KB146048

자
전
적 취
향
II

자전적 취향 II

1판 1쇄 찍음 2020년 7월 23일
1판 1쇄 펴냄 2020년 7월 31일

지은이 | 윤 달
펴낸이 | 정 필
펴낸곳 | (주)뿔미디어

기획·편집 | 박경희, 권지영, 김신혜
표지 디자인 | 우 물

출판등록 | 2002년 9월 11일 (제1081-1-132호)
주소 | 경기도 부천시 소향로 17, 303(두성프라자)
전화 | 032)651-6513 팩스 | 032)651-6094
E-mail | scarlets2012@hanmail.net
블로그 | http://blog.naver.com/dahyangs
비북스 | http://b-books.co.kr

값 13,000원

ISBN 979-11-6565-363-7 04810
ISBN 979-11-6565-361-3 04810 (세트)

자전적 취향

윤달 장편 소설

FEEL PREMIUM EDITION

—⁂— II —⁂—

Contents

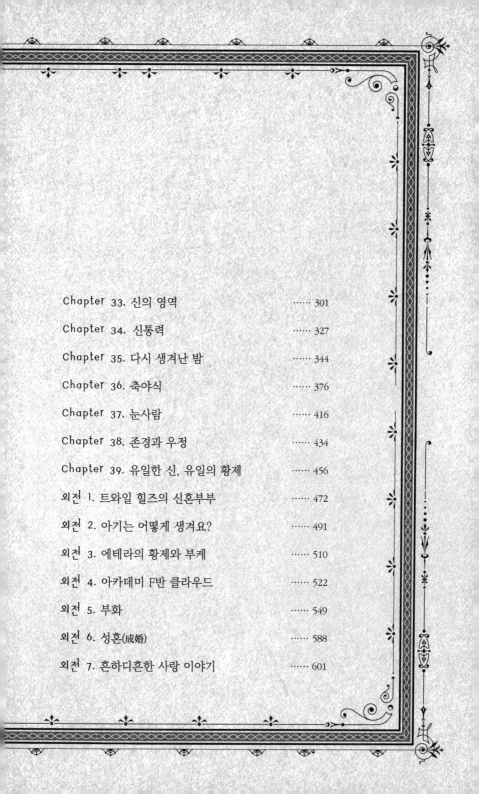

Chapter
21

빙신(氷神)

"도서관장님, 이건 여기에 두겠습니다."

새벽이 다 된 시간까지 야근을 한 기사단원이 큼지막한 모니터와 USB가 담긴 플라스틱 박스를 테이블에 내려 두었다. 팔과 허리에 근육이라곤 없는 늙은 도서관장에겐 곤란한 일이었다. 10년만 젊었어도 거뜬히 옮기는 건데. 괜히 수염만 만지작거리던 페일에게 마침 밤 산책을 마치고 돌아가던 제이드가 다가왔다.

"도와드릴까요?"

"오, 제이드 군."

제이드가 상자 안에서 모니터와 USB를 꺼내 능숙하게 연결해 주며 물었다.

"캠프를 이탈한 물 속성 마물들은 아직 돌아오지 않았나요?"

"아직 오늘 들어온 점호 기록을 확인해 보지 않아서 잘 모르겠지만, 아마 돌아오지 않았을 겁니다."

생각난 김에 살피는 게 좋을 터였다. 페일이 서류철을 뒤져 오늘 자 캠프의

점호 현황 파일을 찾아냈다.

"……이상하군요. 물 속성 학생들 셋이 추가로 사라지다니. 게다가 이 학생은 제이드 군의 친구가 아닌가요?"

파일을 힐끗 바라본 제이드가 인상을 찌푸렸다.

[커밋 글레이시아 ― 부재]

그 만사를 귀찮아하는 놈이 가긴 어딜 갔지? 돈 털릴까 봐 무섭다고 했는데. 어디 카지노 가서 도박이라도 하나? 온갖 추측을 하며 모니터를 설치한 제이드는 꾸벅 인사하고 자리를 벗어났다. 자신이 머무를 막사로 돌아오는 길. 아무리 생각해 봐도 커밋이 괘씸했다.

'이게 친구한테 말도 안 하고 가?'

그래도 나는 나름 친구라고 생각했는데. 어쩐지 억울한 마음이 들어 지금 어디 있는지 물어보려고 해도 커밋은 작정하고 사라진 듯 전화를 받지 않았다. 그렇다면 손수 찾아내서 상전 대접이나 요구하겠다는 깔끔한 결론을 내린 그가 세이린에게 문자를 남겼다.

[밤늦게 미안. 혹시 커밋 어디 갔는지 알아? 야간 점호 때 없었다고 해서.]

의외로 깨어 있던 것인지, 곧장 전화가 걸려 왔다.

"세이린, 너 왜 이 시간에 깨어 있어?"

― 그냥 잠이 안 와서요. 그나저나, 커밋이 없어졌다고요?

"응. 야간 점호 불참이라던데. 아는 거 있어?"

― 주식 대박 터진 돈으로 도박이라도 하러 갔을까요?

얘나 나나 생각하는 건 비슷하네. 제이드가 픽 웃었다.

"잘 모르겠어. 혼자 빠져나간 게 괘씸해서 찾아보려고."

― 같이 가도 돼요?

"뭐? 당연히 안 돼. 네가 다치기라도 하면 내 출셋길은……."

제이드는 말을 하다 말고 신경질적으로 전화를 끊어 버렸다. 눈앞에 세이린이 짠! 하고 등장한 탓이었다. 각성한 후로 정교해진 데다 범위까지 넓어진 순간 이동 마법이 문제였다.

"막히는 거죠."

이동 마법진에서 폭 튀어나온 세이린이 제이드의 출셋길을 위협했다.

"알면 얌전히 돌아가."

"혹시 알아요? 커밋의 숨겨 둔 애인이라도 보게 될지."

"있겠냐?"

"하긴. 그렇죠?"

반사적으로 폭소하긴 했지만 아예 말이 안 되는 건 또 아니었다. 두 마물은 자칭 연애 안, 하는 커밋 글레이시아의 연인을 상상해 보았다. 외계인을 상상하래도 이렇게 어렵진 않을 듯했다.

"그 뚱한 애가 애인이라니. 말도 안 돼."

제이드가 격하게 부정했다. 세이린은 눈썹을 으쓱하며 음흉하게 덧붙였다.

"추리의 기본은 편견을 배제하고 생각하는 거죠."

"그러니까, 커밋이 평소에는 밉살스럽게 굴지만 내 여자에겐 따뜻한, 뭐 그럴 경우?"

"아무리 그래도 그건 너무 현실성이 없잖아요."

세이린이 정색했다.

"여자가 아닐 수도 있단 거죠."

"열린 사고가 중요한 건 알겠는데, 너무 네가 좋아하는 쪽으로 연 거 아니냐?"

"하긴, 뽀뽀까지 한 제이드 님을 두고 다른 남자가 눈에⋯⋯"

"야! 그 말 밖에서 하지 말랬지!"

제이드가 세이린의 입을 틀어막으며 행여 누군가 들었을까 주변을 훑어봤다. 야간 투시에 강한 뱀파이어의 눈으로 봐도 아무도 없다는 게 참으로 다행이었다.

"상대가 남자든 여자든 커밋은 연애 못, 할걸. 차라리 혼자 산책 나갔다가 괴한한테 납치당했다는 게 설득력이 있지."

제이드가 농담 삼아 던진 말에 갑자기 분위기가 싸해졌다. 곰곰이 생각해 본 바, 커밋이라면 연애하러 몰래 빠져나갔다는 것보다 납치를 당했다는 게 더 설득력이 있었다.

"납······치요?"

"설, 설마. 괴한도 정신머리가 박혀 있으면 커밋을 안 잡아가겠지. 딱 봐도 뺀질거리게 생겼는데."

그 외에도 입만 열면 불평이다, 매사에 심드렁하다, 귀찮음이 뚝뚝 묻어나는 목소리를 들으면 진이 빠진다, 주식 빼고 관심이 없다, 등등의 이유로 '커밋 납치설'은 파기되었다. 본의 아니게 커밋을 돌려 깐 둘은 다른 가능성에 대해 생각해 보기로 했다.

"주변에 커밋의 구미가 당길 만한 축제 부스 같은 거 있어?"

제이드가 물었다. 클라우드의 곁에서 질리도록 본 터라 밤 대륙 황혼의 축제에 대해서는 훤히 꿰고 있는 세이린은 곧장 머리를 굴렸다.

"음······ 워렛의 잭팟 카지노? 아르디노에서 가깝기도 하고, 황혼의 축제 때 베팅 대회가 열리잖아요. 저번에 보니까 커밋이 포커를 엄청 잘 치던데."

"그래?"

세이린과 제이드는 곧장 잭팟 카지노로 향했다. 그러나 커밋은커녕 푸른 계열의 머리색을 가진 남자 하나 보이지 않았다.

마력을 펑펑 써 가며 밤 대륙과 중립 지대인 아르디노에서 커밋이 갈 만한 곳은 다 뒤졌음에도 커밋은 없었다. 기진맥진한 두 마물이 편의점의 야외 테이블에 털썩 주저앉아 요구르트를 빨아 마실 때였다.

"자, 방금 나온 따끈따끈한 찌라시입니다!"

멀리서 팔이 네 개 달린 마물이 쩌렁쩌렁 소리쳤다. 찌라시라면 커밋 글레이시아가 교과서보다 자주 읽는 문서가 아니던가. 세이린이 스프링처럼 튀어 나가 한 부를 구매해 왔다. 과연 찌라시라는 이름에 걸맞게 사실 관계가 전혀 확인되지 않은 추측들의 향연이었다.

"역시 신문은 제릴 포스트라니까."

자부심을 느낀 제이드가 재빨리 신문을 훑어봤다. 무언가 커밋의 행방과 관련 있는 것이 있을지도 몰랐다.

"이것 좀 보세요."

세이린이 한 코너를 톡톡 두드렸다. 제목은 '새벽단'이라는 괴상한 조직에 관한 추측'으로, 말 그대로 새벽단에 대해 떠도는 소문들을 모아 둔 것이었다.

[요약하자면, 이들의 요즘 목표는 물 속성 마물들을 모아 빛 속성으로 만드는 것이다. 뭔 개소리냐 싶겠지만 진짜다. 그러니 망설이지 말고 관련 테마주에 투자하라.]

지면상에는 근거가 제시되지 않아 허무맹랑한 이야기로만 느껴졌지만, 이미 여러 차례 실링이나 새벽단과 접촉한 세이린과 제이드는 깜짝 놀랐다. 찌라시가 이렇게 정확한 것이었다니!

"새벽단이 납치했다고 가정하면 물 속성 마물들만 사라진 게 이해가 가요."

"속성 대회는 속성별로 캠프장이 나뉘어 있으니 데려가기 쉽겠지."

새벽단의 소행일 여지가 있다면 기사단 측에 바로 알리는 게 옳으리라. 제이드가 곧바로 휴대폰을 꺼내 들었을 때였다.

"잠깐만요. 제이드 님, 뭔가 이상하지 않아요?"

"이상한 게 한둘이 아니어서 뭘 말하는지 모르겠어."

"생각해 보세요. 새벽단의 플레어 프로젝트는 물의 힘으로 신을 만든다는 건데."

"그런데?"

"그럼 물 속성이긴 하지만 힘없는 F반인 커밋은 이용 가치가 없잖아요. A반 학생을 데려가는 게 낫지."

같은 F반 학생의 분석이라고 하기엔 냉정하기 짝이 없었지만, 어쨌든 일리 있는 말이었다. 제이드가 사라진 학생들의 이름을 떠올리다 말했다.

"음…… 그러고 보니, 커밋을 제외한 다른 사라진 학생들은 A반이거나 B반 상위권이긴 했어."

"커밋은 하인으로 쓰려고 데려갔을까요?"

"A반 학생을 납치하는 것보다 F반 학생을 납치하는 게 위험 부담이 적긴 하겠지."

"아무리 그래도 F반은 너무…… C반이나 D반이라면 모를까."

두 마물은 좀체 그 이유를 짐작할 수 없었다.

비슷한 시각. 밤을 새워서라도 물 속성 학생들이 어디로 사라졌는지를 알아내리라 마음먹은 페일은 에스프레소 석 잔을 원샷했다. 마우스를 딸각거리자 USB에 들어 있던 영상이 곧바로 재생되기 시작했다. 대체 언제 문제가 생겼는지를 알 수 없으니 영상을 마구잡이로 넘기며 볼 수 없는 것이 흠이었다.

학생들은 총 두 차례에 걸쳐서 사라졌다. 그러니 최소 두 번은 학생들의 모습이 나와야 했다. 도서관장은 한참이나 배속을 최대로 높인 영상을 눈알이 빠져라 분석했다. 다행히 한 개의 호크아이가 무언가를 포착했다.

'이 모습은……'

아주 짧은 순간이었다. 삐죽거리는 머리를 한 남자가 화면에 아주 짧게 나타났다가 사라졌다. 그러나 페일은 그가 누구인지 알고 있었다. 하늘빛 머리카락. 밤에도 푸른 안광을 내는 눈동자. 금색과 흰색, 청색이 조화를 이루는 제복 차림.

'아벨 경과 닮았지만, 이건……'

해당 화면을 제 휴대폰으로 찍으려던 페일은 갑자기 오한을 느꼈다. 얼음이 척추를 따라 녹아내리는 감각이었다. 얼어붙은 듯 몸이 움직이지 않았고, 곧 감각 속으로 누군가의 기척이 느껴졌다. 등 뒤에 선 누군가 목을 길게 빼고 화면을 응시하다 말했다.

"나네?"

카인 시엘리아.

화면 속의 남자, 새벽단에 붙은 전직 시엘리아의 영주가 모니터와 페일을 번갈아 보다 유감이라는 듯 어깨를 으쓱했다.

"플레어 프로젝트의 막내 연구원, 페일 세이건."

"……!"

"보아하니 아직도 내가 건 기억 삭제 마법을 떨치지 못한 것 같군."

"당신이 내 기억을 삭제했습니까?"

힘겹게 발음하는 페일의 목소리엔 쇳소리가 섞여 있었다.

"너무 억울해하진 마. 전쟁, 영주, 폭정, 빛, 플레어 프로젝트에 대한 모두의 기억을 지운 거니까. 유감스럽게도 네 기억은 그게 전부였을 뿐이지."

말을 마친 카인이 마법으로 페일의 몸을 공중에 띄웠다. 페일은 무속성인 데 다 전투와는 거리가 먼 마물이라 일이 쉬웠다.

"사고할 수 있는 존재들은 호기심에 약하지. 특히 당신이나 나 같은 연구자들은 더더욱."

카인이 말했다. 페일은 그의 표정을 읽기 위해 최선을 다했으나 몸이 움직이지 않았다.

"그게 무슨 소리…… 크윽."

"궁금하지 않나? 몸에 주입된 신의 마력을 견디지 못한 플레어 프레자일이 어떤 최후를 맞았는지."

무미건조한 목소리로 말하던 카인이 짧은 탄성을 냈다.

"말실수를 했군. 그대는 그 최후를 봤으니 알고 있겠지. 그 여자가 어떻게 죽어 갔는지."

카인이 마력을 일으키자 빛을 머금은 얼음 조각이 페일의 이마에 닿았다.

"모두 떠올려 줘야겠어. 플레어 프레자일이 어떻게 죽어 갔는지. 그리고 네가 어떻게 살아남을 수 있었는지."

□ ■ □

비슷한 시각. 로자리는 오늘도 밤샘을 하는 빌리아를 위해 뜨거운 커피를 내려 주고 있었다. 방 안 가득 퍼지는 커피 향을 느끼며 잠깐 스트레칭을 하던 빌리아가 시계를 다시 한 번 확인하고는 물었다.

"로자리. 페일에게 연락받은 것 없니? 둘이 친하잖아."

"인력 부족이라 속성 대회에 자원했다는 소식을 들은 게 마지막이었어요."

"페일이 보고서를 미룰 리가 없는데."

뭔가 이상했다. 사라진 물 속성 학생들에 대한 보고서가 올라왔어도 진작 올라왔을 시간이건만.

"안 되겠다. 내가 다녀올게."

빌리아의 말에 로자리가 깜짝 놀랐다.

"네? 비전하께서 직접요? 제가 다녀올게요."

"무슨 일이 일어났을지도 몰라. 네가 다쳐서 오면 나는 심심해서 어떡하라 는 거니?"

"하지만……."

"괜찮으니까 걱정하지 말고. 깨어 있는 기사단장이 있으면 불러다 줄래?"

빌리아는 단호했다. 로자리는 감히 반박할 생각도 하지 못하고 연락을 돌려 기사단장들의 상태를 확인했다. 곧, 유일하게 깨어 있던 아벨 시엘리아가 빌리 아의 방에 들어왔다.

"하명하십시오, 비전하."

"늦은 시간에 불러서 미안해요, 아벨. 마력은 충분하죠?"

빌리아가 휘황찬란한 장신구들을 테이블 위에 쏟았다. 와르륵 쏟아지는 보 석들은 모두 에테라산 달빛 수정으로 만든 것들이었다.

"이동 마법식을 넣어 줬으면 해요. 잠깐 갈 데가 있어서."

"비전하의 강함을 모르는 바는 아니나, 지금은 에테라의 마력을 견딜 마땅 한 젬이 없어 위험합니다. 명하신다면 제가 다녀오겠습니다."

아벨 또한 로자리와 같은 반응이었다. 하지만 이번에도 빌리아는 단호했다.

"젬이 없기 때문에 내가 가야 하는 거예요."

"예?"

"알다시피 내 젬은 에테라의 동생에게 있어요. 그 젬이 부서지지 않는 한, 육신이 조각나도 어디선가 다시 자연 발생할 테죠."

젬은 속성을 지닌 마물의 생명. 그러니 젬이 없는 마물의 몸은 껍데기에 불 과했다. 아무리 껍데기라고 해도 치명상을 입을 땐 무지하게 아프겠지만, 전력 을 영구히 잃는 것보다야 나았다. 특히 지금처럼 클라우드 슈테른이 부재중인 상황에서는.

게다가 얼음의 마력이 넘쳐흐르는 약혼반지가 있으니 아예 전투 불능 상태 는 아니었다. 오히려 웬만한 기사보다 나으리라.

"아벨. 내 명을 거역할 건가요?"

"아닙니다, 비전하."

아벨이 묵묵히 달빛 수정에 이동 마법을 담는 동안, 빌리아는 예상 경로를 머릿속에 그렸다. 왜인지 불길한 예감이 자꾸 들었다.

잠시 후, 마법식이 들어간 장신구를 재빨리 착용한 빌리아가 로자리에게 작게 속삭였다.

"내가 어떻게 되든 내 책들을 부탁할게, 로자리. 마왕성 안에선 네가 제일 믿음직하거든."

만일의 경우에 대비하는 것도 잊지 않는 왕비였다.

"아벨. 내가 한 시간 내로 돌아오지 않는다면 당신과 코로나는 성에 남아 전하와 작가님을 지키고, 남은 기사단장들에게 밤 대륙 수호를 명하세요."

빌리아는 마력을 일으켜 단번에 아르디노에 도착했다. 과연 시엘리아의 마력은 자신의 마력과 상성이 좋았다. 내 젬이 있었으면 밤 산책도 좀 하다 들어가는 건데! 문득 아쉬운 마음이 들었지만 지금은 처리해야 하는 일이 많아 꾸역꾸역 삼켜 냈다.

"이곳입니다, 비전하."

안내를 받아 이동한 페일의 거처에는 싸늘한 마력이 감돌았다. 정확히는 싸늘하나 익숙한.

'대체 무슨 일이 벌어진 거지?'

빌리아가 조심스레 페일의 자리에 앉아 모니터를 작동시켰다. USB에 들어 있던 파일들이 모두 삭제되어 페일이 마지막까지 무슨 일을 하다 사라졌는지 짐작할 수 없었다.

'뭔가를 보고 충격을 받았나? 그렇다고 해도 페일이 자의로 보고서를 미루진 않을 텐데.'

그간의 무수한 보고서 콜라보레이션을 근거로 확신하건대, 보고서 마감을 앞둔 도서관장이 스스로 떠났을 확률은 없었다.

그렇다면 타인의 침입을 받은 걸까. 빌리아가 웃음기 없는 얼굴로 막사 안을 둘러보기 시작했다. 곧 그녀의 발에 무엇인가가 밟혀 부스러졌다. 아주 작은 얼음 조각. 그런데, 무언가가 이상했다.

'이렇게 더운데 녹은 흔적이 하나도 없잖아?'

설마. 빌리아가 품에서 약혼반지를 꺼내 얼음 조각에 문질렀다. 순간 같은 파동의 마력이 공명하는 게 보였다. 마력의 파동은 지문과도 같아서 쌍둥이라고 할지라도 완전히 공명하는 경우는 없었다. 그 때문에 친동생인 벨제바브의 뒤에 숨어서 공격을 퍼부을 때도 들킬 것을 염려해 짧고 강렬하게 끝내지 않았던가. 빌리아의 직감과 머릿속의 모든 지식이 오직 한 이름을 떠올렸다.

"카인 시엘리아……!"

허망하게 그 이름을 읊조리자 푸른 마력이 어디로 사라졌는지가 희미하게 보였다. 빌리아는 위험한 줄 알면서도 그곳으로 이끌리듯 이동했다. 마력의 흔적을 따라 스산한 검은 숲에 들어서자 온 신경이 곤두섰다. 습하고 차가운 공기가 마치 시엘리아의 마력처럼 느껴져, 그가 근처에 있다는 확신을 주었다.

'도대체 어떻게 된 거지? 실링처럼 살아난 건가?'

그러나 연이은 이동 마법 끝에 당도한 곳에는 오래전 잃은 약혼자 대신, 소름 끼치는 여자의 형상이 서 있었다.

"빌리아리아 에테라?"

온몸이 새카만 여자는 자신을 알고 있다. 빌리아 또한 물음으로 끝나는 그 목소리를 기억하고 있었다.

"……메디아 칼리포. 아니지, 이젠 레이디 로이펠이라고 불러야 하나?"

그녀는 클라우드가 자연 발생할 때 로이펠 성지에 있었던 게 분명했다. 죽은 것인지 산 것인지, 죽었다 살아난 것인지 구분이 가지 않았지만 어둠에 침식된 상태이니.

그런데, 왜 얼음 마력의 끝에 레이디 로이펠이 있는 것일까.

빌리아는 날카로운 얼음을 빚어내 칼 대신 쥐었다. 다행히 유일 작가님이 펑펑 쏴 댄 색욕의 랭커의 동요가 든 달빛 수정도 지니고 있었다. 큰 변수만 없다면 싸워 볼 만한 상황이었다. 하지만 레이디 로이펠은 가소롭다는 듯 말했다.

"나와, 싸울 건가. 젬도…… 없으면서."

뚝뚝 끊기는 목소리가 듣기 거북했다. 검은 마력을 온몸에 두른 터라 더욱.

빌리아는 구역질을 삼키며 말했다.

"너야말로, 그 상태로 전투가 가능하긴 한가?"

빌리아가 도발하자 레이디 로이펠의 품에서 작은 달빛 수정이 나왔다. 클라우드와 작가님께 숱하게 전해 들은, '수면'이 담긴 수정이 틀림없었다. 하지만 빌리아가 세이린의 동요를 집어 들었을 때, 레이디 로이펠의 왼쪽 입꼬리가 찢어질 듯 위로 올라갔다.

"두 개를 하나로 버티려고?"

쏴아아—

레이디 로이펠이 달빛 수정을 깼다. 이것까진 예상한 전개인지라, 빌리아도 유혹을 펑펑 휘두르는 것으로 응수했다.

'그런데 두 번째 건 뭐지?'

그녀가 의문을 가질 즈음, 레이디 로이펠의 몸에서 또 하나의 힘이 촉수처럼 뿜어져 나왔다. 그건 마력이 아니었다.

'아니, 개나 소나 다 랭커야?'

어이없어하기를 잠시. 빌리아가 두툼한 이끼 위로 폭삭 쓰러졌다.

□ ■ □

검은 숲에 들어선 존재는 빌리아뿐만이 아니었다. 오로지 감에 의존해서 커밋을 찾던 세이린과 제이드 또한 습하고 으스스한 숲에 들어서게 되었다. 수풀을 헤치며 나아가던 제이드가 입을 열었다.

"아까 배터리 나가기 전에 휴대폰으로 봤는데, 잠깐이나마 이 숲에서 물 마력이 요동치는 것을 본 학생들이 있대."

"아무리 생각해도 커밋의 마력이 요동칠 정도는 아닌 것 같은데……."

세이린이 잔뜩 움츠린 채로 말했다. 이 숲은 왠지 귀신의 집이나 담력 체험 같은 관광 상품으로 개조하면 히트 칠 것 같은 장소였다. 박쥐라도 날아갈 때면 그녀는 화들짝 놀라 걸음을 멈추었다.

"뭐야. 고작 박쥐에 겁을 먹냐? 무서우면 내 손 잡든가."

"자긴 뱀파이어니까 당연히 박쥐 안 무서워하면서……! 잠깐만요, 제이드 님. 왜 진작 박쥐 안 풀었어요?"

"……!"

평소엔 잘만 쓰던 화염 박쥐의 존재에 대해 잠시 잊고 있던 제이드였다. 곧, 그가 마력을 일으켜 그야말로 한 무리의 박쥐들을 불러내 말했다.

"커밋 글레이시아 알지? 이 숲에 있는지 찾아봐."

끼기기긱!

동물이란 잘 길들이면 참으로 편리한 존재였다. 세이린은 순식간에 숲의 전역으로 퍼지는 화염 박쥐들을 흡족한 얼굴로 바라봤다. 마침 다리가 아프던 참이었는데 이제 지름이 다섯 걸음은 족히 되는 나무의 등걸에 앉아 한가로이 박쥐들을 기다리면 될 터였다.

'역시 뱀파이어는 달라도 다르군.'

세이린이 히죽거리자마자 제이드가 팍 인상을 썼다. 세이린은 그 반응이 조금 어이없었다. 웃을 상황이 아니긴 했지만, 이렇게 무안 줄 일인가. 그러나 제이드가 인상을 쓴 이유는 다른 데에 있었다.

"방금 무슨 소리 못 들었어? 풀썩, 하는 소리."

"제가 제이드 님처럼 청력이 좋은 줄 알아요?"

반문한 세이린도 곧 무언가가 파스스 움직이는 소리를 듣곤 몸을 굳혔다. 안 그래도 무서워 죽겠는데 효과음까지 나오다니. 제이드의 동공이 암흑을 노려보느라 세로로 길게 얇아졌다. 무언가 마물의 형상이 보이는 것도 같은데, 빛이 없어 정확한 판단이 불가능했다.

"야, 세이린. 빛으로 저기 비출 수 있어?"

"그럼요. 이제 레이저도 쏠 수 있답니다."

한껏 생색을 부린 그녀가 젬을 주머니에서 거의 꺼냈을 때였다.

톡—

"까아아악!"

갑자기 무언가가 어깨에 와 닿는 느낌에 세이린이 주저앉았다. 비명만 들으면 최소 살인 사건을 목격한 사람 같았다. 반사적으로 경계한 제이드가 금방 표정을 풀며 말했다.

"이게 진짜…… 마물 놀라게 하고."

에메랄드빛 머리카락과 눈동자. 평소와 다름없는 시큰둥한 표정. 수풀 속에서 튀어나온 것은 세이린과 제이드가 쭉 찾고 있던 커밋이었다.

"죄송."

커밋은 언제 사라졌었냐는 듯 한 손을 흔들며 성의 없이 사과했다. 세이린이 멱살을 잡고 놀라게 하지 말라고 호통을 친 탓에 그의 태평함은 금방 사라졌다.

"미안하다니까 그러네."

"됐고. 왜 말도 없이 사라진 거야?"

제이드는 까칠한 말투로 쏘아붙이면서도 커밋이 돌아와 내심 안심한 눈치였다. 다시 몰려온 화염 박쥐들이 무언가를 경고하듯 민첩한 날갯짓을 해 댔지만, 목적을 이룬 그는 박쥐들의 소환을 해제하곤 답을 재촉했다.

"왜 사라졌냐고 묻잖아."

"지금 집착해요?"

커밋이 능글스레 답했다.

"세이린한테 헛소리하는 거 옳았냐? 대답이나 해!"

"납치인지 뭔지를 당했는데, F반 학생은 필요 없다면서 여기다 버리고 가더라고요. 자존심 상해."

커밋이 눈을 반원 모양으로 뜨는 특유의 뚱한 표정을 지었다. 세이린과 제이드는 추측 중 하나가 들어맞았다는 짜릿함에 사로잡혀 관심도 없었지만.

"얼른 숲에서 나가요. 배고파 죽겠으니까."

커밋이 어쩐지 조급하게 말하곤 세이린과 제이드의 손목을 잡아끌었다. 한 걸음. 두 걸음. 세 걸음. 정확히 네 번째로 발을 뗄 찰나, 등 뒤에서 소름 끼치는 여자의 목소리가 들려왔다.

"카인. 세이린 폴룩스와 제이드 제릴은 어디서 잡았지?"

목소리의 주인은 멀지 않은 곳에서 빌리아를 제압한 후, 주변을 둘러보던 레이디 로이펠이었다. 그 질문을 들은 커밋이 우뚝 멈춰 섰다. 방금까지 얼른 숲을 빠져나가자고 했던 것과 사뭇 다른 동작이었다.

아니, 다른 것은 그의 동작뿐만이 아니었다. 늘 어딘가 귀찮음이 묻어나던 표정이 날카롭다 못해 위압을 풍길 정도로 차가워져 있었다.

'제길, 레이디 로이펠이 여긴 왜⋯⋯!'

커밋이 이를 으득 갈았다. 레이디 로이펠. 그녀는 신중해야 하는 상대였다.

레이디 로이펠은 여전히 굳어 있는 커밋을 향해 말했다.

"잘됐네. 벨제바브가 그 여자앨 데려오라던데."

커밋이 레이디 로이펠을 매섭게 째려보며 신경질을 냈다.

"내가 벨제바브의 말을 들어야 하나?"

"설마 풀어 줄 생각은 아니겠지. 클라우드 슈테른의 여인들은 다 죽여 마땅한 것을."

레이디 로이펠의 말에 커밋이 세이린과 제이드를 살폈다. 둘 모두 멀뚱히 자신을 바라보고 있었다.

"⋯⋯내가 에테라로 직접 데려간다."

까칠한 목소리를 낸 커밋이 제 젬을 꺼내 들었다. 얼음의 마력이 일렁이는 완벽한 정삼각형의 젬. 이는 세 변의 길이가 다른 삼각형 모양의 젬 보유자와는 비교할 수 없을 정도로 완전한 마력을 지녔다는 뜻이었다.

그것을 본 세이린은 믿을 수 없다는 듯 눈을 동그랗게 뜨곤, 커밋에게 떨리는 목소리로 물었다.

"커밋, 네가 시엘리아만 쓰는 얼음의 마력을 어떻게⋯⋯."

커밋은 피식 웃으며 그간 쭉 유지하고 있던 변신 마법을 풀었다. 순간 마력인지 서릿발인지 모를 힘이 날쌔게 휘몰았다. 빠져나가려 조금만 몸을 뒤틀면 날카로운 얼음 조각이 몸을 산산이 분해할 것 같았다.

잠깐의 이동 마법이 끝나고 다시 땅을 밟았을 때, 세이린과 제이드는 다리에 힘이 풀려 주저앉을 수밖에 없었다.

커밋이 있어야 할 자리에 밤 대륙의 황제 후보이자 아벨 시엘리아의 형, 전쟁 전 시엘리아의 가주였던 카인 시엘리아가 있었다.

그간 숨기고 있던 본래 모습으로 돌아온 커밋이 세이린의 질문에 답했다.

"시엘리아만 쓰는 얼음의 마력을 어떻게 쓰긴. 내가 시엘리아니까 쓰지."

완전한 귀족 본연의 모습을 한 그가 마치 소감이 어떠냐고 묻는 것처럼 눈썹을 씰룩였다.

"이런 미친……."

커밋이 카인 시엘리아였다니. 세이린이 육성으로 놀랐음을 여실히 표현했다. 너무 놀라 자신과 제이드가 어딘가로 납치당했다는 것은 안중에도 없었다. 그러나 카인의 등장에 그녀보다 더 놀란 존재가 있었으니.

"당신은……."

파르르 떨리는 목소리였지만 누구의 것인지는 분명했다. 세이린이 고개를 돌려 빌리아를 바라보곤 더욱 혼란에 빠졌다.

'비전하가 어쩌다 여기 잡혀 오셨지? 카, 카인이랑 마주쳐도 괜찮으신 건가?! 죽은 줄 알았던 약혼자잖아!'

카인 또한 빌리아리아 에테라가 이곳에 잡혀 왔으리라고는 생각지 못했는지 조금 당황한 눈치였다.

"카인 시엘리아. 당신이 어떻게 살아 있는 거죠?"

빌리아의 붉은 눈동자에 서서히 물기가 고였다. 약혼녀였던 자신을 보고도 눈앞의 남자는 너무도 차가웠다. 눈 하나 깜짝하지 않는 그를 보니 숨 쉬기 힘들 정도로 가슴이 아팠다.

지금 목까지 울컥 차오르는 이 뜨거운 재회의 기쁨일까, 진작 찾아와 주지 않은 것에 대한 원망일까. 아니, 애당초 그가 자신을 찾아올 것 같진 않았다. 살아 있을 당시, 약혼반지도 하인을 통해 보내지 않았던가.

"……."

카인은 몰아치는 생각을 수습하지 못하고 바르르 떠는 빌리아에게 다가갔다. 그러곤 손을 내밀었다.

"오랜만이네, 아리아."

몇 년을 꿈에서만 그렸기 때문일까. 카인의 목소리는 지독히도 달콤했다. 빌리아는 이렇다 할 반응도 보이지 못한 채로 그를 응시했다.

그가 품에 손을 넣어 수선화 한 송이를 꺼냈다. 얼음처럼 차가운 마력이 일렁이는 물 속성의 보물. 나르시스 시엘리아였다. 빌리아는 죽은 줄로만 알았던 약혼자가 청혼하듯 내민 꽃을 한참이나 바라봤다. 얼마나 시간이 지났을까. 그가 차가운 음성을 내며 꽃을 거두었다.

"내 꽃은 안 받는군. 약혼자가 살아 있다는 소식을 들으면 보통은 기뻐할 텐데. 역시 지금의 너는 레이디 슈테른이라 이건가?"

레이디 슈테른. 그 소름 끼치는 호칭에 빌리아가 퍼뜩 정신을 차리고 주변을 둘러봤다. 실내 장식으로 보나 언뜻 느껴지는 마력으로 보나 이곳은 에테라였다. 밤 대륙에서 가짜 왕비 생활을 하면서 그토록 그리워했던 고향.

그러나 포근한 자신의 방도 아니고, 화려한 본궁도 아니었다. 일을 마친 고용인들이 모여 술을 홀짝이기 딱 좋을 듯한 창고. 레이디 로이펠은 무슨 목적인지 자신을 여기에 두고 사라졌다. 순간 이동 마법을 담아 왔던 장신구는 모두 빼앗긴 상태였다. 적어도 10분 정도는 정신을 잃고 쓰러져 있었던 것 같다.

"카인. 당신은 레이디 로이펠과 마찬가지로 새벽단 소속인가요?"

빌리아가 조심스레 물었고 카인은 당연하지 않냐는 듯 답했다.

"클라우드 슈테른이 알리지 않은 건가?"

빌리아는 그제야 악덕 고용주 마왕이 왜 자신에게 휴가를 주었었는지 깨달았다. 어쩐지 이상했다. 그 일 중독자가 이유도 없이 휴식을 줄 리 없었다.

한편, 제이드와 세이린은 눈치껏 구석으로 물러나 조용히 오두방정을 떨고 있었다.

"이런 미친……."

두 마물이 가까이에서 본 카인 시엘리아는 숨죽인 채로 감탄사를 내뱉을 정도로 수려한 모습이었다. 푸른 눈동자는 가장 깨끗한 곳의 파도로 빚은 듯 깊었고, 몸의 선은 단단하면서도 날렵했다. 괴도가 얼굴로 사람을 홀린 다음 물건을 훔친다는 우스갯소리가 진담일지도 모른다는 생각이 절로 들었다.

"역시 영주는 얼굴 보고 뽑는 게 맞았네요."

"그 심드렁한 커밋의 정체가 저 잘난…… 허."

제이드는 차마 말을 잇지 못했다. 둘을 더 당혹스럽게 만드는 것은 빌리아와 카인의 관계였다. 제이드는 빌리아의 손에 끼워져 있는 푸른 약혼반지를 보고 또 보다, 지금껏 보였던 것 중 가장 심각한 얼굴을 하고 말했다.

"커밋 쟤 연애 못, 하는 게 아니라 진짜 안, 하는 거였네?"

세이린과 제이드는 한동안 충격에 휩싸여 금붕어처럼 입만 뻐끔거렸다. 연애고자인 줄로만 알았던 커밋의 약혼녀가 마계 최고의 미인이자 유능하기로는 둘째가라면 서러운 빌리아리아라니.

게다가, 카인이 비전하를 냉대했다는 사실을 아는 세이린은 입을 떡 벌리고 놀랄 수밖에 없었다. 어떤 놈팡이가 우리 비전하를 개무시했나 궁금해했건만, 이렇게 가까이 있었을 줄이야.

세이린과 제이드는 그간 커밋의 앞에서 무슨 말을 지껄였는지를 하나씩 되짚어 보았다. 상황이 상황이라 그런지 그동안 커밋의 앞에서 했던 행동들이 주마등처럼 스쳐 지나갔다.

"저놈 앞에서 시엘리아 험담을 그렇게 했는데."

"그게 다 앞담이었네요, 제이드 님. 전 만년 낙제생이라고 엄청 놀렸어요."

"넌 놀리기만 했지, 난 상전 대접까지 하라고 했어."

"카인 시엘리아면 마법 엄청 잘 쓰겠죠?"

"잘 쓰는 정도가 아닐걸. 밤 대륙 최고 가문의 가주잖아. 클라우드 전하가 나타나기 전까지는 유력한 황제 후보……."

제이드는 말을 끝까지 마치지 못하고 캑캑거렸다. 아카데미 전교 꼴찌가 황제 후보라니. 이게 말이나 되는 전개인가. 더 슬픈 사실은 함께한 긴 시간 동안 커밋의 정체를 의심조차 하지 못했다는 것이었다. 막상 사실을 알게 된 지금에야 그동안 이상했던 것들이 팝콘 터지듯 생각났다.

"어쩐지 저놈 피 빨았을 때 속이 싸해진다 했어!"

"그동안 기사단장님께 존칭 생략한 이유가 있었네요."

"술 마실 때도 자기 혼자 얼음 넣어 마시더니……!"

"제릴 하우스 파티 때 시엘리아 예법을 엄청 잘 알더라고요."

"푹신한 침대 아니면 못 잔다더니, 귀족 놈이라 그런 거였을 줄이야."

"앗, 그럼 실링이 대신 로제 플로리스를 훔치러 왔던 것도 커밋이 괴도고 카인이라서……!"

하나둘 따져 보니 눈물이 날 정도로 정황이 많았다. 이쯤이면 커밋이 정체를 알아 달라고 부탁한 정도였다.

"하아……."

두 마물이 이대로는 자괴감에 오래 못 살 것 같다고 생각할 즈음, 누군가가 창고의 문을 거칠게 열어젖혔다. 유니폼을 갖춰 입은 에테라 성의 고용인과 새 벽단 요원들이 섞인 무리였다. 그들은 카인에게 깍듯이 예를 갖추곤 말했다.

"공주님을 침전으로 모시라는 벨제바브 폐하의 명이 있었습니다. 누이가 미천한 장소에 있는 모습은 보고 싶지 않으시다며……."

넋이 반쯤 나간 빌리아는 도살장에 끌려가는 동물처럼 힘없이 붙잡혀 갔다. 모신다는 말이 무색할 정도로 폭력적인 연행이었다. 그다음으로 지목된 것은 세이린이었다. 새벽단 요원들이 그녀를 에워쌌다. 그중에는 지난날 칼리포 기지에서 그녀에게 수치를 당한 자들도 있었다.

"레이디 로이펠께서 빛 속성 여자를 데려오라고 하셨습니다."

세이린은 자신에게 뻗쳐 오는 손을 마력으로 튕겨 내는 카인을 마치 영웅 보듯 반짝반짝한 눈으로 바라봤다.

"이건 내 연구 대상이다. 손대지 마."

친구도 아니고 연구 대상이라니. 상황이 무서우니까 참는다.

"레이디 로이펠이 무슨 명분으로 요구하던가."

"벨제바브 폐하의 봉인을 풀어 준 다음 죽이겠다고 하셨습니다."

새벽단 단원이 깍듯이 말했지만 카인은 단칼에 거절했다.

"빛의 마력이 얼마나 귀한지 알면서 하는 소린가? 사사로운 복수심에 연구 대상을 내줄 생각은 없다고 전해."

"……알겠습니다. 저건 어떻게 하시겠습니까?"

세이린은 고개를 돌려 '저거'를 바라봤다. 제이드가 무척 불만스러운 얼굴을 하고 있었다. 커밋에게 매일 상전 대접을 받다 관계가 역전됐으니 그럴 만도 했다.

"내가 데려가지. 젬은 이미 빼앗았으니."

그 말을 들은 제릴가 도련님은 상당히 당황한 눈치였다. 세이린도 곧장 주머니를 확인했으나 아니나 다를까, 텅 비어 있었다. 졸지에 마법 시전 불가 상태가 된 두 마물은 얌전히 카인의 뒤를 따라갈 수밖에 없었다.

ㅁ ■ ㅁ

고용인들이 방문을 닫자마자 세이린이 푹 엎어졌다. 다행인지 불행인지 에테라 성에서의 커밋, 아니, 카인 시엘리아의 지위는 상당했다. 벨제바브와 맞먹는 가주이기도 했고, 무엇보다 폐하라고 불리는 벨제바브의 유일한 혈육, 빌리아의 약혼자였으니.

방금 전, 카인은 무언가 필요한 것이 없느냐는 고용인들의 형식적인 물음에 어마어마한 주문들을 쏟아 냈다. 방으로 배달된 주문품들과 호화로운 만찬을 꼼꼼히 확인한 그가 문을 쿵 닫고 의자 등받이에 몸을 기댔다. 그 모습은 영락없는 커밋의 것이라 세이린과 제이드의 혼란은 증폭되었다. 커밋은 복잡하게 생각하지 말라는 듯 음식들을 턱으로 가리켰다.

"뭐 해. 안 먹어?"

"먹긴 뭘 먹어, 인마!"

"지금 음식이 넘어가게 생겼어?"

말로는 열심히 튕겼지만 배가 고픈 건 어쩔 수 없었다. 세이린과 제이드는 미식국으로 유명한 에테라의 진수성찬을 양껏 맛보며 감동했다.

독이 들어 있다거나, 무언가 마법이 걸려 있을 가능성 같은 것은 아예 고려하지도 않는 둘을 보며 카인은 이상한 기분에 젖었다. 이런 게 귀족 사회에서는 드래곤보다 보기 힘들다는 신뢰라는 것일까.

하지만 그의 감상은 약 10분 후에 가루가 되어 날아갔다.

"오케이. 배를 채웠으니 대화를 시작해 볼까요, 제이드 님?"

"들어야 할 대답이 많다. 얼른 하자."

세이린과 제이드는 그저 머리를 돌릴 탄수화물이 필요했던 듯했다. 둘은 마치 2인조 공갈 협박범처럼 얼굴에 그림자를 드리웠다.

"커밋. 그동안 툴 로이펠을 이용해서 변신한 거 맞지?"

블루레몬에이드를 슬쩍해 목을 축인 세이린이 조금의 머뭇거림도 없이 말했다. 괴도라더니 정말 보물을 싹쓸이한 것일까. 정말 그의 품에서 오렌지빛 튤립이 나왔다.

"정답."

"악! 짜증 나!"

커밋이 능청스레 대답하자 제이드의 혈압이 수직 상승했다. 말투가 얄미워당장이라도 멱살을 잡고 싶었지만, 존경하는 마물 2위, 아벨 경과 너무 닮아 망설여졌다.

"그러니까, 튤 로이펠을 이용해 커밋 글레이시아라는 위장 신분을 만든 다음, 장장 6개월 동안 우리를 속여 먹었다?"

"6개월? 벌써 그렇게 됐나? 시간 진짜 빠르네."

"야!"

어째 제이드와 카인의 대화 양상은 변한 게 없어 보였다.

"너 진짜…… 죽을래?"

"죽일 수 있으면 죽여 보세요, 제이드 님."

"님?"

"……."

6개월은 결코 짧은 시간이 아니었다. 커밋일 때의 상전 대접이 몸에 밴 카인은 제이드에게 존댓말을 뱉어 놓고 스스로 약 올라 몸서리쳤다.

습관이란 참 무서운 것이어서 두 마물이 오늘도 어김없이 머리채를 나눠 잡고 아옹다옹했다. 그동안 세이린은 체스를 두는 마음으로 카인의 의중을 파악하려 애썼다.

주식하랴, 도박하랴 바쁜 애가 굳이 보물의 능력을 쓰고 메소드 연기까지 해가며 자신에게 먼저 접근했다는 건 그렇게 할 수밖에 없는 이유가 있기 때문일터.

'아무래도 내가 빛 속성이기 때문이겠지. 제길, 잠시나마 아카데미 로맨스를 상상한 내가 바보다.'

비전하는 약혼자가 연구에 몰두하는 남자라고 했다. 실링의 일기에서도 이

속성을 연구하는 로이펠에 카인이 자금을 댔다지 않던가.

'설마, 내 옆에 붙어서 직접 감시한 건가?'

무엇이든 연구를 하려면 데이터라는 것이 필요했다. 수업 중 마법 연습을 계속 커밋이랑 했으니 빛 속성 정보라면 대부분 털렸으리라.

'그나저나 없어진 물 속성 애들을 정말 커밋, 아니, 카인이 데려간 걸까?'

이 질문에 대한 확실한 답이 없기 때문에 지금 상황이 매우 위험했다. 혹시나. 연구라는 목표를 위해 물 속성 학생 몇 명쯤은 녹여 넣어도 된다고 생각할지. 그러니 작전을 바꿔야 했다.

세이린은 적의라곤 없는 부드러운 목소리로 커밋을 불렀다. 그의 본명인 카인으로 부르는 것보다 커밋으로 부르는 게 친밀함을 드러내기 좋을 것이라는 판단 때문이었다.

"커밋. 여길 빠져나가려면 어떻게 해야 해?"

"물리적으로 도망치는 건 거의 불가능하고, 순간 이동 마법을 써야지."

카인 껍데기를 하고 커밋 말투를 쓰니 듣는 마물 입장에선 상당히 혼란스러웠다. 술술 말해 주는 것도 영 수상했지만 거짓말은 아닌 듯했다. 아니, 애초부터 지금 상황을 아는 마물이라면 누구나 할 수 있는 뻔한 말이었다.

"이동 마법진 한 번만 열어 주면 안 돼? 밤 대륙 아무 데나 떨궈 주면 알아서 갈게."

세이린이 '자비를 베풀어 주세요, 형님!'이라고 애원하듯 비굴한 얼굴을 했다. 그러나 돌아오는 대답은 '노'였다.

"난 지금 눈 밖에 난 상태야. 그런데 여기서 이동 마법진까지 열어 주라고?"

"거참······."

제 몫부터 챙기는 게 영락없는 커밋이었다.

"이 성에서 너희를 위해 이동 마법진을 열어 줄 마물은 없어."

"왜 없어? 비전하 계시지."

카인의 입꼬리가 비뚤게 올라갔다. 마치 '그 마물이 그런 걸 할 수 있다고?' 하고 비웃는 모양새였다. 실제로도 카인은 세이린의 계획을 실현 가능성 제로라 생각하고 있었다.

"아리아의 젬은 이 성 중심부에 봉인되어 있는 벨제바브의 심장에 박혀 있지. 그걸 빼면 벨제바브는 죽을지도 몰라."

"일거양득 아냐……?"

세이린이 고개를 갸웃했다. 왕위 뺏어 간 밉상 남동생도 물리치고 젬도 얻어 탈출까지 한다니 그야말로 원 플러스 원이 아닌가. 그러나 카인의 답은 달랐다.

"아리아는 벨제바브보다 강해. 그런데도 왕이 못 됐지."

"그건 벨제바브가……."

"물론 자칭 황제 동생 놈이 얍삽하긴 하지. 하지만 둘의 힘 차이는 압도적이야. 아리아가 마음만 먹으면 진작 처리할 수 있었어."

처리. 카인은 책상 위에 쌓인 먼지를 털어 내는 정도의 작업이라는 듯 발음했다. 그 말을 들은 제이드가 눈에 띄게 표정을 구겼다. 죽인다는 걸까? 아니면 시엘리아가 아벨 경에게 했던 것처럼…….

그가 울컥 내뱉으려던 것보다 아주 조금 빨리 세이린이 입을 열었다.

"네가 기억하는 빌리아리아 에테라가 어떤 모습일진 모르겠지만, 지금은 달라."

더군다나 원래 자신의 것인 젬을 다시 가져가겠다는데 안 주겠다고 고집을 피운다면 따끔하게 혼내는 것이 맞았다. 세이린의 말을 들은 카인은 떨떠름한 얼굴을 하며 이동 마법진을 열어 주었다. 아리아가 자신의 마력이 든 약혼반지를 가지고 있으니 어느 방에 있는지 정도는 가늠이 가능했다.

"그래? 가서 잘 보고 와. 쇠락한 에테라에 돌아온 아리아가 어떤 모습인지."

세이린은 카인의 목소리에 서려 있는 확신이 무엇 때문인지 알 수 없었다.

Chapter
22

에테라의 폭풍

"비전하. 세이린이에요. 들어가도 될까요?"

빌리아의 방 앞에 도착한 세이린이 손을 반쯤 구부려 문에 대고 소곤거렸다. 그러자 손잡이에 손을 대지 않았는데도 문이 슬그머니 열렸다. 불을 켜지 않은 탓에 방 안은 어두웠다.

"……비전하?"

빌리아는 창가의 소파에 앉아 달빛에 젖어 들고 있었다. 그토록 원하던 에테라 성에 돌아온 모습이라곤 믿기 힘들었다. 보는 사람의 마음이 아릴 정도로 창백했고, 무언가를 두려워하는 듯 굳어 있었다. 마치 아주 추운 곳으로 돌아온 것처럼.

세이린은 이 모습을 마왕성에 낮 대륙의 사신단이 왔을 때 본 적이 있었다. 비전하의 친척이자 벨제바브의 심복인 에글론 에테라 앞에서 주눅 들었던 것과 똑같았다.

"비전하, 괜찮으세요?"

"네, 괜찮아요."

대체 어디가 괜찮다고 하시는 걸까. 가까이 다가가 옆에 걸터앉으니 그녀의 몸이 가늘게 떨리는 것이 느껴졌다. 잠시 후, 빌리아는 쓰러지듯 세이린의 어깨에 얼굴을 푹 기대며 사과했다.

"죄송해요, 작가님. 아까 작가님을 먼저 챙겼어야 하는데. 죽은 카인 시엘리아가 어떻게 살아난 건지…….."

게다가 그 싸늘한 눈빛은 무슨 의미인지.

사랑은 아니었다. 실링과 결투까지 벌여 가며 약혼자 자리를 따낸 그가 자신을 사랑하지 않는다는 것쯤은 진작 알고 있었다. 그러나 나르시스 시엘리아를 내밀던 그의 얼굴은 사랑하지 않는 것과는 차원이 다른 감정을 담고 있었다.

'분명 그 눈은…….'

빌리아는 진작부터 은연중에 알고 있었으나 애써 외면하고 있던 진실을 마주했다. 카인이 제게 갖는 감정. 그것은 폐허가 된 고국에 돌아온 공주를 향한 연민, 혹은 동정이었다.

세이린이 담요를 끌어와 빌리아에게 둘러 주었다. 따뜻한 코코아가 두 잔 있다면 참으로 좋을 텐데. 그렇게 생각하자 쟁반 하나가 허공에 뚝 나타났다.

"짠. 음마력이 빚어낸 코코아예요."

어린이집 선생님처럼 방긋거리는 유일 작가를 보며 빌리아가 희미하게 웃었다. 잠시 후, 그녀가 입을 뗐다.

"어렸을 때는 당연히 사랑하는 에테라를 제 손으로 다스릴 줄 알았어요. 좋은 곳이에요. 비옥한 땅에, 물도 부족하지 않죠. 햇발이 따스한 봄이면 걷기만 해도 행복해지는 곳."

빌리아가 고개를 돌려 창밖을 바라봤다. 여름이면 풍성한 그림자를 드리우던 포도나무는 반쯤 뽑혀 있었다. 그뿐만이 아니었다. 바깥 성벽을 타고 오르는 담쟁이덩굴은 관리가 되지 않아 성 안쪽의 벽에도 모습을 드러냈다. 마치 에테라 마물들의 원성이 스멀스멀 성 안쪽으로 넘어와 스민 것 같았다.

성이 초라해지는 건 괜찮았다. 군주의 생활은 얼마든지 더 소박해져도 좋았다. 다만, 수도의 성이 이 모양인 지금 낮 대륙 지방의 마물들이 얼마나 고생하고 있을지 가늠조차 할 수 없었다.

'제가 이렇게 만든 걸까요?'

빌리아는 묻고 싶었다. 세이린이라면 아니라고 해 줄 것을 알기에 더욱 그러고 싶었다. 혈육이 자신에게 등을 돌릴지도 모른다는 두려움에 왕위를 양보했다. 정신을 차려 보니 곁에 남은 게 벨제바브뿐이던 순간의 절망감이 아직도 선명했다.

벨제바브는 영악했다. 저가 아니라면 누나에겐 아무도 없다는 것을 알았고, 그 두려움을 이용했다. 따라서 에테라의 폭정을 잉태시킨 건 빌리아리아 에테라, 자신인지도 몰랐다.

"작가님…… 저는 제가 이곳에 돌아오면 웃으면서 다시 시작할 수 있을 줄 알았어요."

빌리아의 목소리가 끊어질 듯 떨렸다. 낮 대륙의 마물들은 여전히 폭정 시대의 한 줄기 햇살이었다며 아리아 공주를 사랑했다. 그러나 그들이 겪었을 벨제바브의 폭정은 자신이 조금만 더 단호하고 엄했더라면 일어나지 않았을 참사였다.

지금, 이곳에 돌아와서야 그 사실을 깨달은 스스로가 역겨워 뺨이라도 후려치고 싶었다. 벨제바브의 폭정도 문제였지만, 혼자가 되는 것이 두려워 그렇게 하도록 내버려 둔 자신에게도 책임이 있었다. 아니, 오히려…….

"에테라에, 낮 대륙에 재앙의 싹을 틔운 건 저였어요."

그렇게 말한 빌리아가 무릎에 올려놓은 주먹을 꽉 그러쥐었다. 그 위로 굵은 눈물이 후드득 떨어졌다.

세이린은 약한 모습을 보이는 그녀를 가만히 감싸 안고 보듬었다. 밤새 정무를 돕고, 밤 대륙 마물들의 안녕을 위해 왕실 보전에 힘써 달라고 부탁할 때보다 지금이 훨씬 친근하게 느껴졌다.

"다 우시고 진정되면 얘기해 주세요. 원래 우울한 마음은 친구랑 나눠야 괜찮아지더라고요."

빌리아는 세이린의 어깨를 온통 눈물로 적시며 횡설수설 이야기를 늘어놓았다. 따스한 웃음을 지으며 빌리아를 위로하는 세이린의 머릿속엔 오직 한 생각만이 들었다.

'벨제바브 그놈 완전 개새끼네.'

빌리아가 말해 준 벨제바브의 망언은 끝이 없었다. 자기 아니면 누나는 외톨이다, 남는 건 혈육뿐이다, 원래 예쁜 여자는 질투 때문에 같은 여자들과 친해질 수 없다, 등등. 참 부지런히 혀를 놀린 듯했다.

한참을 운 빌리아가 얼굴을 손등으로 문지르며 싱겁게 웃었다. 유일 작가의 말대로, 누군가에게 털어놓으니 정말 나아진 것 같았다. 그녀가 조심히 입을 뗐다.

"이런 제가 왕위를 계승하기를 누가 바랄까요?"

세이린은 상냥하게, 그러나 분명하게 대답했다.

"저를 포함한 비전하를 사랑하는 모든 마물들."

"……."

"그리고 빌리아리아 에테라."

기껍게 말한 세이린은 다시 울컥하는 빌리아의 등을 쓸어 주었다. 침묵과 무언가의 태동처럼 느껴지는 두근거림이 방 안을 가득 채웠다. 짧지 않은 세월을 비전하와 함께 보낸 클라우드도 말하지 않았던가. 이 땅의 왕좌에 어울리는 사람은 오직 빌리아리아 에테라뿐이라고.

동시에, 이대로 밤 대륙에 돌아간 다음 식을 올리고 신혼여행을 다녀오면 곧 빌리아는 에테라의 제후가 되어 떠날 것이라는 생각이 들어 뭉클하고 섭섭했다.

"그토록 원했던 낮 대륙에 들어오자마자 숨이 턱 막히는 것 같았는데. 이번에도 제가 숨 쉴 수 있게 해 주는 건 작가님이네요."

빌리아가 에테라에 도착한 이후 처음으로 편안하게 웃었다.

"괜찮으세요?"

"제 잘못을 뒤늦게나마 수습할 수 있다면, 괜찮지 않더라도 해야죠."

축제 개회식 날, 발코니에서 보았던 그 눈. 자신이 무엇에 집중해야 하는지 분명히 응시하는 그 눈빛이 돌아왔다.

"작가님의 외전과 차기작, 한참이나 남은 진도표를 위해서라면……!"

빌리아는 이제 완전히 기운을 차린 듯했다.

"얼른 젬을 되찾아서 작가님을 클라우드 곁에 데려다드릴게요. 제이드 군도 밤 대륙으로 돌아가야죠."

곁에 있어 줘서 고맙다는 인사를 전하려 할 즈음, 세이린의 어깨 뒤쪽에 짙은 초록빛 연기가 피어올랐다.

"······!"

저항할 틈도 없이, 연기가 홀연히 세이린을 집어삼켜 어디론가 끌고 갔다.

□ ■ □

서당 개 3년이면 풍월을 읊는다더니, 납치도 계속 당하니 짬이 생긴 것일까. 세이린은 침착하게 주변부터 파악하기 시작했다. 가장 먼저 옥좌가 보였고, 그 앞에 무언가 구조물 같은 것이 있었다.

그것이 벨제바브 에테라의 본체인 줄은 한참 후에야 알았다. 번개에 맞아 새카맣게 갈라진 고목의 중심부에 사람을 박아 넣으면 이런 모양일까. 클라우드의 마력은 서 있는 벨제바브의 전신을 단단히 감싸고 있었지만, 그 형태가 견고하지는 않았다.

'에글론이 한 말이 틀린 게 아니었네. 클라우드의 봉인이 많이 약해졌어. 나 때문인가?'

눈에 띄는 것이 하나 더 있었다. 긴 카펫의 양쪽 모서리를 따라 도열한 새벽단 요원들이었다. 어째 실링 워렛이 데리고 다니던 사람들보다는 음침하고 괴기스러운 분위기를 풍기는 게 꼭 버려진 마네킹 같았다.

자신이 벨제바브가 봉인되어 있던 본궁의 중심부에 잡혀 왔다는 것을 깨달은 세이린은 움찔했다. 음침한 목소리가 들렸다.

"가까이 와. 더 가까이."

진짜 벨제바브의 목소리는 풍선껌을 불며 여유를 부리던 환영과는 사뭇 달랐기에 세이린은 겁을 먹고 귀를 틀어막으며 빽 소리쳤다.

"숙적의 약혼녀인 미모의 여성과 가까워지고 싶은 마음은 이해하지만, 징그럽게 왜 이러세요!"

그러나 저항한 보람도 없이 진녹색 마력이 그녀를 봉인된 벨제바브의 몸 쪽
으로 밀어붙였다. 어디까지 가까워지려는 것인지 마력은 저돌적이었다.

"네가 구축의 젬을 개방시켰다는 이야기를 레이디 로이펠이 하더군. 어서
짐의 봉인을 풀어라."

망할 커밋. 내 마력에 대한 정보를 멋대로 수집한 걸로도 모자라, 새벽단 단
원이랑 외부인들까지 돌려 보게 해?!

"젬이 없는데 어떻게 마법을 쓰라는 거예요?"

"웃기지 마. 새벽단 놈들이 너를 각성시켰다는 얘기를 들었어."

벨제바브는 크나큰 거짓말을 하는 사람을 본 것처럼 가소롭다는 얼굴이었
다. 세이린은 무척 억울했다. 그의 말대로 각성을 하긴 했다. 하지만 애인 쓰다
듬는 데 특화된 음마력이 마계에서 최고로 강한 마왕님의 봉인 같은 걸 해제할
수 있을 리가.

"못 해요! 애당초에 각성한 거랑 젬이 없을 때 마법을 쓰는 게 무슨 연관이
에요?"

"설마 신의 마력을 지닌 네가 그걸 모를까."

"설마가 마물 잡는다는 말도 못 들어 봤어요?"

벨제바브는 세이린의 태도에 무척 분노하고 있었다. 얌전히 봉인을 풀어 준
다면 부활할 에테라 제국의 황비나 첩으로 삼을 생각이었건만. 뻔뻔하게 모르
는 척하다니.

"신의 마력은 다른 마력과 달라서 젬이 없어도 발동시키는 게 가능해. 당장
마력을 일으켜!"

권위적인 명령조인 데다 썩 불리한 상황이기까지 했기에, 세이린도 웬만하
면 좋게 좋게 해결하고 싶었다. 일단 벨제바브의 요구를 들어준 다음, 누구든
구하러 와 줄 때까지 시선을 끈다거나. 대화를 길게 주고받는 것이라면 자신이
있었고, 상큼한 데다 발랄하기까지 한 미모를 활용하면 어떻게든 죽음은 모면
할 수 있을 듯했다. 그러나 자신의 '음마력', 즉 젬이 없어도 쓸 수 있다던 신의
힘은 아무 때나 발동할 수 있는 게 아니었다.

"극세사 카펫보다 더 섬세한 게 신의 마력이에요. 아무 조건에서나 발동시

킬 수 있는 게 아니라고요!"

그렇다. 아무리 충만한 음기로 마계 영주권을 받은 음란 마귀라고 해도 이런 험악한 상황에서까지 야한 생각을 할 수 있을 리 없었다.

'제길, 음마력이 우리 마왕님 근처에서만 잘 발동되는 이유가 있었어⋯⋯!'

클라우드 슈테른은 바라만 봐도 5,500개의 나쁜 상상을 하게 만드는, 그야 말로 초월적인 섹시함을 지닌 존재. 그러나 눈앞의 마물은 군이 따지자면 친구 의 동생인 데다, 사랑하는 사이도 아닌 완전히 남이었다.

'혹시 내 마력이 벨제바브를 더듬기라도 했다간⋯⋯!'

나쁜 일에서 활기를 얻어 살아가는 마물들의 사회에서는 아무런 문제가 되 지 않을 게 분명했지만, 21세기 한국의 윤리관에서 본다면 완전히 아웃이었다.

'아무리 내 목숨이 급해도 이름이랑 얼굴밖에 모르는 마물 성추행은 안 돼. 차라리 죽여 버리고 말지.'

어딘가 이상한 결론을 내린 세이린이 결연한 눈을 했다. 그 눈빛이 벨제바브 에겐 농락이나 다름없었다.

"미천한 것과 어울리더니 정신이 나간 모양이군."

느슨한 어둠의 봉인 틈으로 진녹색 마력이 흘러나왔다. 바람의 마력이 오래 고여 있어 썩으면 딱 이런 느낌일 것 같았다. 어둠이 내린 눅눅한 늪지대의 바 람.

세이린은 자신의 전신을 휘감는 벨제바브의 힘에 저항할 수 없었다.

"흐읍⋯⋯."

숨을 쉬기가 힘들었다. 몸이 둥실 공중으로 떠오르는 순간 머금고 있는 공기 들이 터질 듯 뜨거워지기 시작했다. 역겨운 감각이다. 그러나 벗어날 수 없다. 고문을 참아 내려 이를 으득 갈아 봐도 고통스러울 뿐.

"육신이 괴로우면 마력이 보호하려 드는 게 당연해. 어서 빛을 일으켜 짐의 어둠을 몰아내라."

이놈은 날 때부터 미친 걸까, 마왕님을 향한 복수심에 돌아 버린 걸까, 아님 둘 다일까.

세이린은 눈을 질끈 감고 속으로 벨제바브를 저주했다. 하지만 벨제바브가 작은 비명을 지르거나 하는 일은 일어나지 않았다.

'이렇게 죽는 건가……'

호흡이 이어지고 있다는 확신이 들지 않았다. 점점 시야가 흐릿해졌다. 눈꺼풀이 무겁게 내리깔리자 벌써 그리운 얼굴들이 하나둘 스쳤다. 딜런, 로자리, 아벨 경, 레이 경…….

그리고 그리움에 정점을 찍듯 마지막에 떠오르는 클라우드 슈테른. 상상 속의 그가 전매특허인 재수 부재중인 얼굴을 하자, 잊고 있던 무언가가 떠올랐다.

'가만. 클라우드랑 축제 끝나고…….'

두근. 거대한 빛의 마력이 세이린의 심장에서부터 방사형으로 퍼져 나갔다. 어둠에 둘러싸인 벨제바브는 눈이 부셔 눈을 감을 수밖에 없었다.

두근. 세이린을 둘러싼 벨제바브의 침식된 마력이 봄볕에 눈 녹듯 사라졌다. 빛 속에서, 그녀는 새로이 강해진 힘을 느끼며 소리쳤다.

"축제 끝나는 날 마왕님이랑 뜨거운 밤을 보내기로 했는데, 너 때문에 뒤질 뻔했잖아!"

쿠과광—!

거대한 빛기둥이 에테라 성을 집어삼켰다. 세이린이 꼼짝도 하지 못하는 벨제바브에게 다가갔다. 숨을 막히게 했으니 이 정도는 괜찮으리라. 그녀가 벨제바브의 다리 사이를 정조준 해 영혼을 담은 올려차기를 시전했다. 그리고 정확히 5초 뒤에 후회했다.

'이런 미친……'

콰드득 무언가가 부러지는 소리와 함께 불안불안하던 클라우드 슈테른의 봉인이 빛 속으로 서서히 바스라지기 시작했다.

세이린은 뒷걸음질 치며 침착하게 자기변호를 시작했다. 클라우드의 봉인은 자신이 오기 전부터 너덜너덜해져 있었으며, 굳이 낭심을 걷어차지 않았더라도 압도적인 빛에 닿으면 파괴되었으리라.

'아무리 그래도, 이건 좀……!'

어쨌든, 벨제바브는 봉인이 완전히 풀렸으나 고간을 부여잡고 일어나지 못

하고 있었다. 누가 봐도 이 틈에 튀는 것이 좋겠다는 판단을 할 만큼 고통스러워하기도 했다.

'얼른 비전하의 젬을 찾아야 해.'

세이린은 몸을 웅크리고 고통스러운 신음을 토해 내는 벨제바브에게 모종의 미안함을 느끼며 그의 가슴에 박힌 두 개의 젬을 향해 손을 뻗었다.

"커헉······!"

벨제바브가 새카만 피를 토해 냈다. 아무리 치유 마법과 마물의 생태에 젬병인 세이린이라도 이 피가 자신의 야심 찬 발차기와 별개라는 것쯤은 알 수 있었다. 피에서는 검은 마력이 느껴졌다. 겉으로 보기엔 완전히 깨진 클라우드의 봉인이 자칭 황제의 속을 헤집고 있는 것이 분명했다.

"구축의 젬이 완성되려면 한참 남았어. 지금의 세이린 폴룩스가 빛의 마력을 온전히 사용하려면 젬이 필요해."

위쪽에서 카인의 목소리가 들렸다. 가장 높은 곳의 창틀에 걸터앉아 이 상황을 지켜보고 있던 그였다. 골프공만 한 빛나는 구체를 던졌다, 받았다 하는 모습이 마치 선택권은 자신에게 있다는 것을 과시하는 듯했다. 카인은 한껏 오만한 목소리로 말했다.

"벨제바브. 네 봉인 해제를 돕는다면 네가 가진 바람 속성의 보물, 돌풍의 수정을 준다는 말은 아직 유효한가?"

"황제가 뱉은 말도 못 지킬 것 같나?"

만족스러운 대답. 사뿐히 바닥에 착지한 카인이 세이린에게 젬을 돌려주었다. 그리고 작게 속삭였다.

"뭘 생각은 하지 마, 세이린. 제이드 제릴이 무사하길 바란다면."

"······!"

세이린이 따스한 자신의 젬을 꼭 쥐며 카인을 노려봤다. 지금의 그는 아카데미 친구, 커밋이 아니라 완전한 새벽단 소속이었다. 도대체 어떤 것이 진짜 모습일까. 마치 한 사람의 껍데기 안에서 두 자아가 갈등하는 것 같았다.

카인이 젬을 쥔 세이린의 손을 꽉 감싸며 말했다.

"지금 벨제바브의 몸속엔 클라우드 슈테른의 마력이 꽉 차 있어. 저 마력을 몰아낸다고 생각해."

순간 그녀의 눈앞이 핑 돌았다. 구역질이 났고, 머리가 웅웅 울렸다. 갑자기 물속에 들어와 있는 것처럼 부력이 느껴져 시선을 아래로 내리니 온몸이 달빛처럼 보이는 마력에 휘감긴 상태라는 게 보였다. 그리고 서서히 벨제바브의 봉인이 풀렸다.

"크하하핫! 드디어 미천한 것을 벌할 때가 왔다."

굳어 있던 몸을 풀려는 듯 어깨를 붕붕 돌린 벨제바브는 가슴께에 손을 가져가 제 상태를 확인했다. 소용돌이의 핵처럼 살에 파묻힌 두 개의 젬이 이 순간만을 기다렸다는 듯 괴기스러운 바람을 뿜어냈다.

"돌풍의 수정을 내놔."

카인이 벨제바브에게 척 손을 내밀었다. 그러나 돌아오는 것은 칠판을 긁는 듯한 웃음뿐이었다.

"웃기지 마. 네가 세이린 폴룩스를 놓아주려던 것 다 알아. 돌풍의 수정은 다른 간부에게 넘기겠다."

"……."

세이린은 카인이 보이는 침묵에 또 한 번 혼란에 빠졌다.

'카인이 나를 놓아주려 했다고?'

물론 누군가에게 들키기 전에 얼른 숲 밖으로 데려가려고 했었다. 레이디 로이펠에게서 지켜 준 것도 같았고. '야, 이 천하의 나쁜 새끼야, 어떻게 배신을 때릴 수가 있어?' 하고 소리치려던 세이린이 말을 바꿨다.

"카인, 우린 친구잖아! 얼른 날 도와줘야지!"

만화나 영화에서 흔히 나오는, 그리고 효과가 대단하던 '우정에 호소하기' 스킬을 써 봤지만 전직 주식에 미친 놈은 냉담할 뿐이었다.

"친구? 연기는 끝났어."

카인이 떠날 듯 조금 물러나자 넋이 나간 새벽단의 요원들이 훌쩍 다가왔다. 안 좋은 예감은 틀린 적이 없다더니만, 단원들이 일제히 무기들을 꺼내 들었다. 속성 개방을 겪은 세이린이 갖은 훈련을 통해 놀라운 실력 향상을 이뤄 냈다고 해도, 실전은 훈련과 달랐다.

"난 이만 가 보겠어. 뒤를 맡기지."

카인이 물러서는 순간, 벨제바브가 가슴에 박힌 두 개의 젬을 통해 살이 에일 듯한 첨예한 바람을 뿜어냈다. 숫돌로 갈아 날 선 칼은 멀쩡한 사람이 가지고 있어도 위험한데 미친놈이 가지고 있으면 더 위험하지 않나. 지금 벨제바브가 지닌 두 개의 젬은 세상 어떤 무기보다 위험했다.

"이젠 끝이다."

벨제바브가 말을 마치는 순간 숨이 덜컥 막혔다. 바람의 마력으로 황제의 자리까지 넘보던 자는 쉬운 상대가 아니었다. 아니, 지금의 세이린에게 벨제바브는 이길 수 없는 적이었다.

바람이 칼날처럼 몰아치는 바람에 가만히 서 있기만 해도 생채기가 나고 피가 흘렀다. 실처럼 가늘게 베인 상처들은 끊임없이 그 영역을 넓혀 갔다.

카인도 살기의 바람에는 예외가 아닌지 마력을 방어구처럼 둘렀다. 숨을 들이쉴 때마다 몰아치는 바늘을 삼키는 듯 찔러 오는 고통. 눈조차도 뜰 수 없는 칼바람. 아무도 자유롭게 움직일 수 없는 바람 속에서, 굳게 닫힌 문이 열리는 소리가 들렸다.

"벨제바브, 당장 멈춰!"

목소리의 주인은 자신의 방에서 이곳까지 쉴 틈 없이 달려온 빌리아였다. 순간 휘몰아치던 바람이 조금 멈칫했다가, 원래의 배로 몰아쳤다. 벨제바브는 탐욕스럽게 조소했다.

"아리아 누나. 지금 나한테 멈추라고 명령한 거야? 지금 상황을 봐. 클라우드 슈테른은 제 여자가 둘이나 잡혀 왔는데도 오지 않고 있어. 그 미천한 것도 누나를 사랑하지 않아."

그러니 혈육인 제 편을 드는 것이 현명한 처사라고 덧붙이려던 벨제바브가 움찔했다. 빌리아의 반응이 알던 것과 너무도 달랐기 때문이었다.

"당연히 안 사랑하지. 난 그 사랑을 원하지도 않아."

어서 재수 없는 마왕과 금손 유일 작가님이 알콩달콩한 시간을 보내 말랑말랑한 조카들을 많이많이 낳아 주셨으면. 기왕이면 가끔 조카들을 자신이 있을 에테라의 성에 보내 주셨으면, 하는 것이 요즘 그녀의 바람이었다. 즉, 벨제바브의 사랑 협박이 통할 리가 없었다.

자리를 뜨려던 카인은 아리아의 낯선 반응을 보곤 다시 높은 창틀에 걸터앉 았다. 지난번 카지노에서 봤을 때도 느낀 것이지만, 아리아는 변했다. 어떻게 답답하던 공주가 저렇게 변한 것일까. 흥미가 이는 것이 재미있는 구경이 될 것 같았다.

벨제바브는 예상과 다른 빌리아의 반응에 표독스레 지껄였다.

"유약한 건 다 쓸어버린다. 그게 에테라의 전통이야. 누나라고 예외는 없 지."

"네가 날 쓸어 낼 수 있을까?"

빌리아가 맨손으로 유리를 깨 전시되어 있던 긴 검을 뽑아 들었다. 릴리트 에테라의 수호를 받아서 그런지 빌리아의 움직임은 폭풍 속에서도 자연스러웠 지만, 붉은 실 같은 생채기가 빠르게 늘어 갔다. 바람의 흐름을 읽어 내려 붉은 눈동자가 분주히 움직였다. 곧, 바람의 움직임대로 가볍고 정확한 그녀의 발걸 음이 춤추듯 자리를 옮겼다.

"뭣들 하는 거냐. 아리아를 저지해!"

벨제바브가 홀이 울릴 정도로 소리치자 굳어 있던 새벽단 단원들이 하나둘 움직이기 시작했다. 그러나 그들 중 누구도 검을 든 빌리아의 상대가 되지는 못했다.

'우와……'

세이린은 마치 왈츠를 추듯 우아한 움직임으로 적을 처리하는 빌리아를 아 이돌 보듯 바라봤다. 벨제바브의 칼바람에 눈도 뜨지 못하는 조무래기들은 이 미 바람 자체인 에테라의 공주에게 흠집조차 낼 수 없었다. 빌리아는 단번에 벨제바브와의 거리를 좁히곤 말했다.

"넌 예전부터 계산이 느렸어. 바람을 일으키기 시작하면 다른 건 못 했지. 지금 보니 왕위를 물려받기엔 터무니없는 실력이야."

빌리아가 높이 들어 올렸다 내려치는 검을 막아 내기 위해 벨제바브가 마력 으로 창을 빚어 집어 들고는 크게 휘둘렀다. 남매의 창과 칼이 맞붙은 순간, 휘 몰아치던 바람의 기세가 반절로 잦아들었다. 빌리아의 말대로 벨제바브는 바람을 일으키는 동시에 창을 휘두르는 데에 미숙했다.

하지만 우위는 벨제바브가 점했다. 무기의 강도가 문제였다. 마력이 빚어낸 무기가 아닌 빌리아의 검은 두세 번만 맞부딪치면 날에 금이 가거나 부러지는 반면, 벨제바브의 창은 세상 모든 것을 뚫어 버릴 듯 날렵하기만 했다. 벨제바브가 그녀를 벽까지 몰아붙이며 발악했다.

"아리아, 감히 날 배신하고도 무사할 수 있을 것 같아?"

빌리아의 등이 벽에 닿은 순간, 날카로운 창을 짧게 고쳐 쥔 벨제바브는 이미 피가 새어 나오는 옆구리를 그대로 쑤셨다. 군더더기 없고 깔끔한 일격이었다.

"비전하!"

세이린이 벨제바브의 창을 타고 흐르는 피를 보곤 창백하게 질렸다. 두 사람의 몸이 한 뼘의 간격을 두고 맞붙은 바람에 뒤에서 지켜보는 그녀는 상황을 자세히 알 수 없었다.

벨제바브가 주춤거리며 몸을 빼려 하기 전까지 그저 빌리아가 당한 줄로만 알았다. 하지만 빌리아리아 에테라는 씩 웃었고, 그 모습을 본 벨제바브가 당황 어린 목소리로 소리쳤다.

"이러려고 일부러……!"

빌리아는 옆구리를 내주는 대신 벨제바브의 가슴에 박힌 젬을 쥐고 있었다. 순간, 고도로 압축된 마력이 공간 전체를 훑곤 다시 돌아왔다. 마치 피가 온몸을 훑고 다시 심장으로 돌아오는 것처럼 자연스러웠다.

"내 젬은 이만 가져가야겠어."

콰드득!

무언가가 뽑혀 나가는 소리가 나자마자 벨제바브의 바람이 멈추었다. 빌리아가 폭풍을 역방향으로 일으켜 상쇄시킨 탓이었다. 자신의 젬을 손에 쥔 빌리아는 가장 먼저 소환 마법을 사용했다. 평소에 자주 들고 다니던 남색 쥘부채가 손에 착 감겼다.

"이게 얼마 만에 느껴 보는 힘인지……."

빌리아가 이동 마법을 사용해 단번에 세이린의 앞에 섰다. 릴리트 에테라와 미친 듯이 공명하는 바람의 마력이 세이린의 잔상처를 말끔히 치료했다.

"작가님, 괜찮으세요?"

"언니, 멋져요……."

빌리아가 생긋 웃으며 마력으로 성 안을 훑었다. 곧 세이린의 품에 정신을 잃은 제이드가 푹 안겼다.

"정리할 때까지 조금만 기다려 주세요, 작가님."

쥘부채가 착 소리를 내며 접히는 순간, 바닥에 떨어져 있던 온갖 날붙이들이 두둥실 떠올라 벨제바브를 향해 날을 세웠다. 빌리아는 공간 안의 모든 무기를 들어 올린 다음 궤적을 계산해 조종하고 있는 듯했다. 한 마물이 벌일 수 있는 마법이라곤 믿기 어려운 힘. 에글론의 잼을 빌려 마법을 사용할 때와는 그 차원이 달랐다. 빌리아는 머리를 쓸어 넘기며 벨제바브에게 말했다.

"잼을 내려놓고 항복해, 벨제바브."

"……."

"누나 말 잘 들어야 착한 동생이지."

조롱에 가까운 타이름 때문인지 벨제바브가 주위를 둘러봤다. 전쟁의 여신을 알현한 듯 넋이 나간 새벽단 단원들과 병사들이 여럿. 약혼녀였던 여자의 각성을 목격하곤 놀란 듯한 전직 황제 후보가 하나. 지금 기선 제압을 하지 못한다면 평생 수치로 남을 상황이었다.

"닥쳐, 아리아! 마계의 황제가 될 사람은 나야! 누나와 결혼한 그 미천한 것이 아니라! 예전처럼 내 뒤에 숨어서 마법이나 쓰라고!"

빌리아가 표정을 굳혔다. 이딴 놈 살리겠다고 잼에 맹세한 다음 과로 왕비로 보낸 7년이 주마등처럼 스쳤다.

'하긴, 그 시간이 없었다면 난…….'

힘들고 피곤한 날들이었지만, 밤 대륙에서 보낸 시간들이 자신을 성장시켰음을 인정할 수밖에 없었다. 동시에, 이제야 왜 카인 시엘리아가 사랑하지도 않는 자신에게 약혼이라는 카드를 내밀었는지 알 수 있었다.

벨제바브의 뒤에 숨어서 마법을 쓰던 그날 밤, 카인은 힘이 있으면서도 원하는 것을 가질 줄 모르는 적국의 공주를 향한 일말의 자비심을 보였을 뿐이었다. 그가 죽었다 살아 돌아온 지금도 그 사실은 변하지 않았다. 그러나 이젠 억지로 잡고 있던 것들을 바람에 흘려보낼 수 있었다. 혈육의 정이나, 혼자 상사병을 앓으며 짝사랑했던 시엘리아의 가주까지도.

가장 가치 있는 단 하나를 지키기 위해서 기꺼이 백을, 천을 포기하리라. 그래야만 에테라를, 사랑하는 모든 것을 자신의 손으로 수호할 수 있을 테니.

"벨제바브. 네가 그랬지. 유약한 건 다 쓸어버리는 게 에테라가 살아남은 방식이라고."

빌리아가 벨제바브를 응시하며 마력을 집중했다. 그녀가 그의 온 혈관을 타고 흐르는 작은 공기 방울들을 일제히 터트리는 순간, 벨제바브의 몸 곳곳에서 피가 분출했다.

"너를 진작 쓸어버렸어야 했는데."

빌리아의 날카로운 바람은 벨제바브의 관절 마디마디를 꺾어 옭아맸다. 이걸로 벨제바브는 공격 불능 상태가 되었을 것이다.

빌리아는 허탈감인지 개운함인지 모를 감정을 느끼며 상황을 정리했다.

"작가님. 이제 밤 대륙으로 돌아가요. 제이드 군은 좀 어떤가요?"

"외상은 없지만 깨어날 기미가 안 보여요."

세이린은 제이드를 받아 든 즉시 아카데미에서 배운 기초 치유 마법을 사용했지만 별 효과가 없었다. 그녀의 눈동자가 창틀에 걸터앉아 상황을 관조하는 카인에게로 향하는 것은 어쩌면 당연했다.

"커밋. 제이드에게 무슨 짓을 한 거야?"

"그런 것까지 말해 줘야 하나?"

대화를 듣고 있던 빌리아가 인상을 찌푸렸다.

"커밋……이라면 작가님의 친구 아닌가요?"

세이린은 F반 낙제생이 사실은 카인이었다는 이야기를 분노 가득한 목소리로 풀어냈다. 그 이야기를 가만히 듣고 있던 카인은 낯이 뜨거운 듯 점점 시선을 피했다.

"종알종알 시끄러워!"

얄팍한 치유의 마법을 발동시켜 겨우 정신을 차린 벨제바브가 소리쳤다. 그러나 아무도 바람의 사슬과 수갑에 꽁꽁 묶인 패배자의 말을 듣지 않았다. 그 사실이 그를 화나게 했다. 벨제바브는 이동 마법진을 일으켜 누군가를 소환하며 악을 썼다.

"레이디 로이펠, 여기 네 아이를 죽인 남자의 여인이 있다. 그것도 둘이나."

살기 가득한 목소리. 빌리아가 인상을 찌푸리곤 세이린과 제이드에게 방어 마법을 걸었다. 젬을 되찾아 배로 예민해진 감각이 위험을 직감했다. 벨제바브의 마법진에서 어둠에 침식된 레이디 로이펠이 걸어 나왔다. 그녀는 오직 죽은 자신의 아이에 대한 복수만을 원한다는 듯 뇌까렸다.

"클라우드, 슈테른을, 저주한다……."

그림자처럼 새카만 신체에서 유일하게 도드라지는 흰자위가 세이린과 빌리아를 죽일 듯 노려봤다. 기름칠이 덜 된 기계처럼 삐걱거렸으나 분명 살의가 느껴졌다. 벨제바브가 분주히 혀를 놀려 그녀를 자극했다.

"클라우드 슈테른이 자연 발생하던 날을 떠올려라, 레이디 로이펠. 네가 어둠에 침식되었고, 네 아이는 죽었다."

빌리아는 클라우드가 로이펠의 금고를 보며 했던 질문을 가만히 곱씹었다.

'갑자기 로이펠 영주 부부에게 2세가 있었냐고 묻더니만. 레이디 로이펠이 새벽단에 붙은 걸 진작 알고 있었군.'

클라우드가 자연 발생하며 일으킨 재앙 같은 힘에 아이가 휩쓸려 죽었다면 복수심에 불타는 건 어쩌면 당연했다. 하지만 그 주체가 자식처럼 여겨야 할 백성들을 폭정으로 굶겨 죽인 레이디 로이펠이라고 생각하니 영 타당성이 없어 보였다. 빌리아가 혀를 차며 말했다.

"메디아, 아니, 레이디 로이펠. 네가 죽인 로이펠의 백성 중에는 먹지 못해 젖이 나오지 않아 아이를 굶겨 죽여야 했던 어미들이 수두룩해. 입에 풀칠이라도 하려고 영주의 곡식 창고에 숨어 들어갔다가 매질을 당해 죽은 아비들도 있지."

"그게 내 아이가 죽은 것과 무슨 상관이 있지?"

"아이는 누구에게나 귀해. 남의 집 자식들은 굶겨 죽여 놓고, 네 아이가 죽은 건 구구절절 슬퍼?"

어쩌면 영주였던 자들이 저리도 공감 능력이 없을까. 빌리아는 로이펠의 백성들에게 연민을 느꼈다.

"닥쳐. 내 아이는, 내 아이는……!"

마치 마력을 제어하는 장치가 부서진 듯 레이디 로이펠이 사지를 뒤틀었다. 세이린이 그 괴이한 광경을 보지 않으려 눈을 돌렸을 때였다.

"죽어라. 클라우드 슈테른의 여인들이여."

바로 옆, 귓가에서 소름 끼치는 그녀의 목소리가 들렸다. 반사적으로 머리를 감싼 팔에 엄청난 통증이 느껴졌다.

"……!"

세이린의 팔이 부러졌다. 피부 아래로 피멍이 번졌다. 세이린은 빛의 잼을 쥐곤 곧바로 레이디 로이펠을 튕겨 냈지만 이미 두려움에 떠느라 공격이 둔했다.

"작가님!"

빌리아가 레이디 로이펠의 목에 칼을 박아 넣었지만 물리적인 공격은 통하지 않는 듯했다. 목이 뚫린 채로 고개를 돌리는 레이디 로이펠의 모습이 마치 죽은 아이 때문에 승천하지 못한 원령 같았다.

"네가 아이를 잃은 슬픔을 아나?"

한 글자 한 글자에 새겨진 아득한 절망이 뼈를 녹이는 듯했다. 빌리아는 바람을 일으켜 레이디 로이펠과의 거리를 벌렸다.

"작가님, 이거 가지고 계세요."

그녀가 내민 건 릴리트 에테라였다. 치유 마법 전공이 아닌 자신이 엉성하게 뼈를 붙였다간 수술을 해야 하는 상황이 벌어질지도 몰랐다.

울고 있으리라는 빌리아의 예상과 달리, 세이린은 어금니를 꽉 깨물고 눈물을 참고 있었다.

"레이디 로이펠의 힘이나 몸은 어둠에 침식된 상태예요. 제 빛으로 어떻게든 될 거예요."

세이린의 빛의 마력이 거미줄처럼 퍼졌다. 예상대로 레이디 로이펠은 그 빛에 닿지 않으려 애썼다. 불가피하게 빛에 몸이 닿을 때마다 불에 지져지는 듯 연기가 피어올랐다.

"세이린 폴룩스, 빛인 네가 한낱 미천한 그림자의 편을 들다니……."

레이디 로이펠은 빌리아의 공격을 정면으로 받아 내면서도 괴물처럼 끈질기게 세이린에게로 기어왔다. 그녀가 가까이 올수록 땅의 마력이 중력을 키워 서 있는 세이린의 다리뼈에도 금이 가는 듯했다. 그러나 세이린은 빛을 거두지 않고, 오히려 레이디 로이펠을 노려보며 악을 썼다.

"우리 마왕님이 미천하다고?"

그 광경을 내려다보던 카인이 인상을 찌푸렸다. 전공책을 넘기다가 손끝이라도 베이면 포크를 못 들겠다느니, 문을 못 열겠다느니 엄살을 떨어 대던 세이린이었다.

'대체 어떻게…….'

뼈뿐만이 아니라 근육도 상당히 찢겼을 것이다. 뼛조각에 찔린 장기에서 출혈도 심할 터였다. 이미 몸을 가누지 못해야 정상이었다. 그런데도 세이린은 제이드를 보호했고, 레이디 로이펠에게 신성한 빛을 퍼부었다.

"……."

카인이 결심한 듯 몸을 일으켰다. 이 이상 레이디 로이펠이 날뛰도록 놔둘 수 없었다. 게다가, 황혼의 축제가 끝나는 몇 분 후가 되면 세이린은 더 이상 낮 대륙에서 마법을 쓰지 못할 것이었다. 카인이 마력을 일으켜 레이디 로이펠을 다른 곳으로 이동시키려 할 때였다.

"커헉……!"

거대한 마력에 짓눌린 카인의 입에서 피가 터져 나왔다. 입가를 훑은 그는 순식간에 변한 전투의 판도를 보고 경악했다.

클라우드 슈테른, 그가 등장했다.

벨제바브가 고통스러운 듯 몸을 뒤틀었고, 새벽단의 단원들은 이미 새카만 재가 되어 날리고 있었다. 가장 눈에 띄는 것은 레이디 로이펠이었다. 그녀는 게거품과 피눈물을 동시에 흘리며 미쳐 가고 있었다. 자신의 아이를 죽인 원망의 대상, 혜성처럼 등장한 클라우드 슈테른을 똑바로 노려보면서.

'마왕이랑 오래 붙어 뒀다간 레이디 로이펠이 자멸할 거야.'

온 힘을 끌어모아 레이디 로이펠을 다른 곳으로 이동시킨 카인이 풀썩 바닥으로 추락했다. 고작 이동 마법진을 열었을 뿐인데도 어둠의 힘에 짓눌려 맥이 빠졌다.

"미천한 것, 너는 아직 자고 있어야 하는데……!"

벨제바브가 따지듯 소리치자, 클라우드의 어둠이 그를 순식간에 찢어발겼다. 내장이 드러나 피가 바닥을 적셨다. 압도적인 힘에 빌리아의 구속이 깨져 벨제바브의 몸이 걸레짝처럼 바닥에 늘어졌다.

"네가 세이린을 저렇게 만들었나?"

클라우드가 시선을 돌려 카인에게 물었다. 살기만으로도 에테라 성을 점령하는 마물이라니. 카인은 원초적인 공포를 느꼈다. 날고 기는 영주든, 다른 누구든 이 힘 앞에서 굴복하지 않을 수 없으리라.

"내가 저렇게 만든 건 아니지만……."

"방관했지."

클라우드가 그를 으깨 죽이려 할 때였다. 어디선가 거대한 종소리가 울려 퍼졌다. 빌리아의 치유를 받으며 정신을 겨우 붙잡고 있던 세이린은 이것이 낮 대륙의 자정마다 울리는 종소리라는 것을 알고 있었다.

'다산의 성에서 들었던 거랑 똑같네…….'

음란 마귀라 마지막까지 이런 생각을 하게 되는 걸까. 희미한 웃음이 새어 나왔다. 종소리에 웃음 짓기는 카인도 마찬가지였다.

이제 황혼의 축제가 끝났다. 즉, 낮 대륙과 밤 대륙 간의 마력 이동을 가로막는 자연의 결계가 작동할 터였다. 과거 영주였던 카인은 그 힘을 거스를 수 없다는 것을 알았다. 여명회의 창세 신화에 의하면 그것은 창조신이 만든 힘이었다. 카인이 협상을 하는 투로 말했다.

"클라우드 슈테른. 이 이상 새벽단을 건드리면 전면전이다. 너도 낮 대륙에서 마력을 더 이상 사용할 수 없을 테니, 이쯤에서……."

"물러날 것 같나?"

심연보다 어두컴컴한 클라우드의 마력이 천장을 뚫고 하늘을 뒤덮었다. 순간, 카인은 대륙의 결계가 모래 위의 성처럼 무너지고 있음을 눈치챘다.

'어떻게 한 마물이 이런 일을……!'

그와 자신은 격이 달랐다. 그 사실을 인정하곤 눈을 감으려는 찰나, 끊어질 듯 위태로운 목소리가 들렸다.

"클라우드."

세이린의 목소리였다. 단번에 카인의 목을 따고 젬을 부수려던 클라우드가 그 목소리에 멈칫했다.

"나 아파."

늑골이 으스러지고 팔이 부러졌다. 근육도 찢어졌다. 아픈 것이 당연했다. 하지만 전하고자 하는 말은 그게 다가 아니었다.

클라우드는 세이린의 말속에 감춰진 함의를 읽어 냈다.

"……네 목숨은 세이린에게 빚진 것이다."

클라우드가 카인을 벌레 보듯 경멸하곤 마력을 거두었다. 그러곤 세이린에게 다가가 곁에 무릎 꿇었다. 척 보기에도 상태가 좋지 않아 다프네에게 데려가는 것도 어려울 듯했다.

건드려서는 안 될 것을 건드린 새벽단 놈들을 다 죽여 버리고 싶었다. 뼈를 일일이 으스러뜨린 다음 처참히 짓밟고 싶었다. 하지만 세이린이 원하지 않는다면 그렇게 할 수 없었다.

세이린은 당장 치료가 필요했다. 하지만 내상과 출혈이 너무 심해 밤 대륙으로 옮기는 것조차 힘들어 보였다. 세이린의 상태를 보고 잠시 이성을 잃어 결계를 무시하기 위해 무리했기에 제 몸의 상태도 좋지 않았다. 다프네가 온다고 해도 낮 대륙에서 마력을 사용할 수 없을 테니 무용지물이었다.

클라우드가 입술을 짓씹으며 머리를 굴릴 때, 복도에서 와자지껄한 소리가 들려왔다. 모두의 시선이 소리가 새어 나오는 문 쪽으로 쏠렸다.

"보스, 오늘도 최고의 플레이였습니다! 역시 행운의 여신은 보스의 편입니다!"

"행운? 그런 건 애송이들이나 믿는 거지. 프로는 미리 빼 둔 밑장을 믿는다."

"크으, 역시 보스십니다! 베팅 승리와 소소한 악행을 한 번에 해치우시다니!"

"비법 좀 알려 주십시오, 보스!"

저벅저벅 발소리가 잠시 멈췄다. 그러곤 수능 대비 인터넷 강의라고 해도 믿을 만큼 진지한 실링 워렛의 목소리가 들렸다.

"내가 이길 패를 가졌을 때는 탐욕의 랭커의 동요를 쓰는 거야. 그럼 상대는 충동에 빠져 올인하지. 적게 잃고 많이 따기. 이게 모든 돈벌이의 기본이지."

"역시, 실링 워렛 님……!"

"뭘 이런 걸 가지고."

기세등등하게 문을 열어젖힌 실링 워렛은 제게 쏠린 눈동자들에 멈칫 굳었다. 도대체 무슨 일이 벌어진 것인가. 에테라 성은 무너지기 일보 직전이고, 성의 주인인 벨제바브는 내장이 터진 채로 나뒹굴고 있다. 아리아는 젬을 되찾았고, 클라우드 슈테른은 자신을 죽일 듯 노려보고 있다.

"……뭐지?"

반대로, 실링 워렛이 어디 다녀왔는지를 파악하는 일은 쉬웠다. 단원들의 손에 들린 최고급 라텍스 침구 세트에 '황혼의 축제—잭팟 카지노 포커 대회 우승자' 라고 쓰인 대왕 리본이 붙어 있는 탓이었다.

어리바리한 눈으로 주변을 둘러보던 실링이 반쯤 죽어 가는 세이린을 보곤 철렁했다. 마치 사랑하는 사람을 잃을 위기에 처한 남자처럼.

"세, 세이린이 왜 이렇게 다친 거야?"

클라우드는 실링에게 한 걸음만 더 다가오면 죽이겠다는 눈빛을 쏴 댔다. 구석에서 숨을 몰아쉬며 그 모습을 보던 카인이 순간 머리를 굴렸다.

"클라우드 슈테른. 제안을 하나 하지. 실링이 세이린 폴룩스를 말끔히 치료해 주면 오늘은 이만 물러나라."

그제야 상황을 파악한 실링이 털썩 주저앉았다. 입만 산 벨제바브 놈이 레이디 로이펠을 이용해 세이린을 이 지경으로 만든 게 분명했다. 클라우드의 얼굴이 와락 일그러졌다.

"지금 거래를 하자는 건가?"

"잘 생각해 봐. 상대는 마계 최고의 치유 마법 구사자다."

게다가, 최근엔 왜인지 세이린 폴룩스에게 빠져 있기도 하고. 카인은 뒷말을 삼키며 입에 고인 피를 뱉었다.

"비켜. 조금만 더 늦으면 죽을지도 몰라."

실링이 어느 때보다 진지하게 말하곤 세이린을 치료하기 시작했다. 과연 죽은 무속성 마물쯤은 가뿐히 살려 낸다는 마계 최고의 힐러는 달랐다.

클라우드가 부득 이를 갈았다. 새벽단의 힘을 빌리는 것은 마음에 들지 않았지만, 세이린을 치료하는 게 급하니 어쩔 수 없었다.

"아파?"

순식간에 세이린을 말끔히 치유한 실링이 그녀를 일으키며 물었다. 그녀가 고개를 살랑살랑 저을 때마다 복숭아 향이 나는 것 같았다. 어쩜 이렇게 예쁘고 발랄한 데다 상큼하기까지 할까. 실링은 취한 듯한 기분을 느끼며 겨우 입을 뗐다.

"세이린. 다음에 또 아프면 전화해. 내 명함 있지?"

세이린은 미간을 찌푸렸다. 실링의 눈빛과 말투가 어째 예전과 딴판이었다. 게다가, 자신의 동요 뺨치는 이 핑크빛 기류는 무엇이란 말인가. 세이린은 묘한 불안감을 느끼며 대답했다.

"명함? 그런 건 당연히 진작 버렸지."

카인은 실링이 괜한 짓을 해 상황을 더 악화시키지 않도록 제 쪽으로 끌어당겼다. 다행히 클라우드 슈테른은 뱉은 말을 지킬 줄 아는 마물이었다. 어금니를 꽉 물곤 적의 도망을 지켜보는 모습이 매사에 제멋대로 구는 벨제바브와 딴판이었다.

실링이 이동 마법진을 열어 새벽단 간부들을 하나씩 아지트로 옮겼다. 마지막으로 카인을 어깨에 짊어지고 떠나기 전이었다.

"잠깐. 페일 세이건, 도서관장은 어디 있지?"

빌리아가 물었다. 카인은 뒤도 돌아보지 않은 채로 품에서 종이 한 장을 꺼내 바닥에 내려 두며 말했다.

"그자는 제 발로 새벽단에 들어오겠다고 서명했다. 곧 절차를 거쳐 우리 연구원이 되겠지."

"뭐?"

빌리아가 마력을 일으켜 카인이 남긴 종이를 가져왔다. 클라우드에게 보내는 편지인 듯한 종이에는 페일의 손 글씨가 빼곡하게 담겨 있었다.

"저는 플레어 프레자일이 한 몸 바친 연구를 완성해야겠습니다. 죄송합니다, 전하. 용서하시길⋯⋯?"

목소리를 내 읽으면서도 그 내용이 믿기지 않아, 세이린이 몇 번이고 눈동자를 좌우로 움직였다. 분명 도서관장님의 필체였다. 협박당하며 급하게 썼다고 하기엔 내용과 필체가 너무도 차분하고 정갈했다. 정말 스스로 결정한 일인 것처럼.

몸담고 있던 마왕성을 떠나 적의 연구를 돕겠다는 것은 명백한 배신이자 클라우드 슈테른을 향한 반역이었다. 정치를 궁중 암투물 사극으로 배운 세이린도 그 정도는 알고 있었다.

"⋯⋯일단 마왕성으로 돌아간다."

얼굴에 그림자를 드리운 클라우드가 한없이 낮은 목소리로 말했다. 결계석의 영향을 받지 않고 양 대륙에서 마법을 자유롭게 사용할 수 있는 빌리아가 손끝을 튕길 즈음이었다.

"아리아 공주님!"

어디선가 간절한 목소리가 터져 나왔다. 빌리아는 누가 이렇게 자신을 애타게 찾는지 주변을 둘러봤다. 목소리와 아우성은 저 아래, 지하에서부터 들려오고 있었다.

"이 목소리는⋯⋯."

빌리아가 섬세한 마력으로 바닥을 내리찍어 지하로 통하는 구멍을 냈고, 세이린이 그곳으로 빛을 내렸다.

"살, 살았다!"

"공주님! 클라우드 전하!"

지하실에는 에테라의 살림을 맡아 보던 이들이 몰려 있었다. 얼마나 갇혀 있었는지 그 겉모습이 꾀죄죄했다. 바람의 마력이 그들을 곧장 구조해 지상으로 옮겼다. 모두 에테라의 왕자보다 공주를 극진히 챙겼던 고용인들이었다. 그들 중 한 남자가 세이린의 시선을 훅 끌었다.

"곤, 곤잘레스 나쵸 님?"

세이린이 신이라도 본 것처럼 눈을 반짝였다. 마계 최고의 셰프, 존경해 마지않는 요식업계의 큰손을 여기서 뵙다니. 에테라의 왕실 요리사라는 소문이 진짜였어!

"곤잘레스. 어떻게 된 거예요? 당신들은 성을 떠난 줄 알았는데."

빌리아가 물었다.

"벨제바브 폐하의 의중을 알 수 없어 잠시 지하실에 피신해 있었습니다."

고용인들을 데리고 지하에 숨어들었던 그는 최근 에테라 성에서 일어난 거의 모든 일을 알고 있었다.

"레이디 로이펠은 교만의 랭커. 그녀의 동요는 상대를 제 심복으로 복종시키는 것입니다. 에테라의 병사들이 상당수 그녀에게 동요했습니다."

"……!"

다행히 식욕의 랭커인 마계 최고의 쉐프가 동요를 사용하여 모든 고용인들이 지배당하는 것은 막을 수 있었다. 감당할 수 없는 배고픔을 견뎌야 했다는 게 흠이었지만.

"일단 마왕성으로 데려가지. 일러 둘 테니 푹 쉬고 먹도록. 진술은 몸을 회복한 다음 하는 게 좋겠군."

대충 정황을 파악한 클라우드가 말했다.

Chapter
23

빙산의 일각

뒤처리로 하루가 아예 없었던 것처럼 순식간에 지나갔다. 성에 복귀한 클라우드는 밤이 깊었음에도 잠도 자지 않고 곧장 기사단장들의 보고를 받았다. 아벨의 지휘하에 일사불란하게 움직인 기사단이 미처 여행에서 돌아오지 못한 마물들을 밤 대륙으로 이송시켰다. 마왕이 성을 비운 틈을 타 속성 대회의 물 속성 마물들을 싹쓸이하려던 새벽단 엘리트 단원들이 무더기로 검거되었다.

마계의 마물 중 절반 이상이 취해 있는 황혼의 축제 마지막 날, 에테라에서 그 사달이 난 것치고는 피해가 거의 없었다.

"새벽단 단원들에게서 얻어 낸 대답과 에테라의 고용인들이 말한 정황을 분석한 결과, 벨제바브는 이 일을 최소 몇 개월 전부터 계획하고 있었습니다."

코로나가 정중히 고했다. 자칫 전면전으로 번질 수 있었던 상황이 무사히 넘어간 것은 순전히 주군이 잠에서 깨어나 직접 에테라로 향한 덕이었다.

"전하께서 마물들을 지켜 내신 겁니다."

클라우드는 잠시 당시를 회상했다. 약을 먹고 깊은 잠에 빠져 있는데 어둠의 마력이 무언가에 반응했다. 빛의 양상이 변했다. 그녀의 신변에 무슨 일이 생겼

53

을지도 모른다고 생각하니 수면제를 이겨 내고 몸을 일으킬 수 있었다. 스스로가 생각해도 놀라운 일이었다.

"기사단의 수호 덕이지 자리를 비운 군주에게 돌릴 공이 아니다. 적절한 보상을 내리도록."

"예, 전하."

코로나는 주옥같은 주군의 말을 곱씹으며 예를 갖추어 물러났다. 해결할 수 없는 단 하나, 페일 도서관장의 일을 제외하곤 상황이 종료되었다는 최종 보고를 받은 클라우드는 극도로 예민해진 신경을 가까스로 진정시키며 방으로 돌아왔다.

신경이 예민해진 이유야 여러 가지가 있겠지만, 역시 세이린이 다친 게 가장 컸다. 젠장. 그가 낮게 중얼거렸다. 생채기가 난 정도가 아니라 출혈과 골절이 심해 옮기지도 못할 정도였다. 몇 차례에 걸친 검사로 세이린의 몸에 이상이 없다는 것을 확인했지만 아직도 가슴이 철렁했다.

더 마음에 들지 않는 것은, 이 와중에 축제 마지막 날 낮이 짧아졌다며 불평하는 마물들이 있다는 것이었다. 클라우드는 책상 위에 올라온 어이없는 상소문을 그 자리에서 태워 버렸다. 황혼의 축제 마지막 날, 자신이 본능적으로 깨어나지 않았더라면 세이린 폴룩스는 죽었을지도 모른다. 가장 소중한 것을 잃을 뻔했다.

'겨우 낮이 짧아지는 것이 그렇게 불평할 일인가?'

애당초 마물들이 낮을 선호하는 것은 같은 나쁜 일도 낮에 하면 더 대담하게 느껴지기 때문이었다. 여태까지 그런 시시한 기분을 맞춰 주기 위해 축제 마지막 날을 잠으로 보냈다는 자각이 들자 쓴웃음조차 지어지지 않았다.

쨍그랑!

주인의 심경을 읽고 날뛰던 어둠의 마력에 찻잔이 깨졌다. 그 소리에 침대에서 자고 있던 세이린이 벌떡 몸을 일으켰다.

'미치겠네. 언제 잠들었지?'

제이드가 제릴 하우스에 무사히 도착했다는 것을 확인한 다음, 도서관장님이 무언가 남기고 간 것이 있나 도서관을 뒤졌다. 허탕을 치고 돌아와 마왕님이 밤을 새우니 자신도 자지 않겠다고 결심한 게 불과 24시간 전이었다. 그런데 의식할 새도 없이 스르르 잠이 들어 버린 것이다.

자신이 잠든 게 클라우드의 수면 마법 때문이라는 것을 알 리가 없는 세이린은 이불을 꼭 끌어안고 그의 눈치를 봤다. 긴급 상황에 혼자 쿨쿨 잠이나 자다니, 세이린 이 멍청이! 그가 돌아온 것을 보니 다행히 상황이 잘 마무리된 듯싶었지만, 인상을 쓴 얼굴을 보니 무엇 때문인지 화가 난 게 분명했다. 이럴 땐 돌직구가 제일이었다.

"클라우드. 화났어?"

세이린이 쪼르르 그의 곁으로 다가갔다. 머리를 식힐 겸 창가에 서 있던 클라우드는 굳은 표정을 억지로 풀었다. 세이린이 그의 허리에 팔을 감고 꼭 껴안았다. 분노에 쿵쿵 뛰던 심장이 차츰 진정되었다가, 다른 이유로 다시 빨리 뛰는 게 느껴졌다.

"구하러 와 주셔서 고마워요."

토닥토닥. 허리를 감은 손을 대신해 보이지 않는 손, 음마력이 그의 엉덩이를 두드렸다.

"……."

쥐구멍에라도 들어가 숨고 싶다. 제길. 왜 음마력은 분위기라는 걸 모르는 거야. 그녀가 민망함에 시선을 피하자, 클라우드가 김빠지는 웃음을 지었다. 이러니 더 수치사할 것 같았다.

"세이린. 왜 그렇게 무모한 짓을 했나."

사실 클라우드는 세이린이 다친 이유를 알고 있었다. 같이 밤을 지새운 빌리아가 에테라 성에서 무슨 일이 있었는지 틈틈이 말해 준 까닭이었다. 왕비는 세이린이 마왕을 '미천한 것'이라고 칭하는 벨제바브 때문에 분노했다는 대목에 조미료를 팍팍 쳐 말했지만, 클라우드가 그 사실을 알 리 없었다.

"우리 마왕님을 욕하는데 내가 가만히 있을 수 있었겠어?"

몸을 양옆으로 살랑살랑 흔들며 말하는 것을 보니 따끔하게 훈계해야 한다는 이성적인 생각이 점점 흐려졌다. 대신 유치한 본능이 끓었다.

성한 곳 하나 없던 세이린의 전신을 실링의 마력이 훑었다고 생각하니 소유

욕이 일었다. 당장이라도 세이린을 책상 위에 눕혀 놓고 온몸을 핥아 온전히 제 것임을 확인해야 직성이 풀릴 것 같았다.

한편, 세이린은 클라우드의 변화를 무척 기껍게 생각하고 있었다. 무모하고 답답할 정도로 백성을 챙기던 마왕님이 축제 마지막 날, 잠에서 스스로 깨어났으니. 맹목적인 성군에서 영양가 없는 불평 따위 가뿐히 무시해 버릴 수 있는 왕으로 변화하는 그가 무척 기특했다.

"어휴, 예뻐. 우리 마왕님이 나쁜 왕이 되고 있네?"

세이린은 마치 큰 개를 칭찬하듯 그의 등허리를 쓰다듬었다. 물론 클라우드는 작정해도 폭군이 되지 못했다. 유전자에 '성군이 될 자'라고 새겨지기라도 한 것처럼. 그러니 자신의 욕심과 마음을 따른 것을 열렬히 칭찬해 비슷한 행동을 유도해야 한다는 게 세이린의 생각이었다.

"마왕님은 나쁜 짓 할 때가 제일 섹시해."

토닥토닥. 세이린이 이번엔 제 손으로 그의 엉덩이를 두드렸다. '우리 임성운 하고 싶은 거 다 해'라든가, '하고 싶은 나쁜 짓 있으면 말만 해' 하고 너스레를 떠는 것도 잊지 않았다.

그러자 그가 정말 무언가를 갈망하는 눈을 했다. 세이린은 본능적으로 그 갈망을 자신만이 채워 줄 수 있다는 것을 알았다. 게다가 몸과 마음이라면 이미 진작 녹아 있었다. 그 클라우드 슈테른이 성군 강박증에서 벗어나 낮이 짧아지든 말든 잠에서 깨어난 것이 자신 때문이라고 생각하니 묘하게 가슴이 저릿했다.

"어떤 나쁜 생각을 하길래 이런 얼굴을 할까. 같이 카지노라도 털고 싶어요?"

세이린이 침대에 자신을 내려놓곤 무릎걸음으로 다가오는 그를 다리로 쓸며 물었다.

"그것보단 덜 나쁜 생각."

"그 정도면 행동으로 옮겨도 되지 않을까요?"

세이린이 머리카락을 한쪽으로 쓸어 모았다. 대놓고 뿌리는 유혹을 그도 기꺼이 받아들였다. 클라우드는 세이린을 달아오르게 하려고 작정한 것처럼 예민한 귓가를 어루만지며 입 안을 간질이고 혀를 문지르다 입술을 빨아들였다. 그녀가 앙탈을 부렸다.

"불 꺼 줘, 응?"

"얼굴 보고 싶어."

폭 잠긴 목소리에 배 속이 뜨거워지는 것 같았지만, 어두운 게 여러모로 좋았으므로 세이린은 양보할 생각이 없었다. 해서 몸을 돌려 침대 헤드 위로 손을 뻗었다. 닿을 듯 말 듯 네 다리로 땅을 짚는 고양이처럼 엎드린 다음, 구부린 무릎을 일으키고 팔을 쭉 뻗으니 선반 위의 조명 리모컨을 쥘 수 있을 것 같았다.

"……!"

세이린이 낯선 자세에 놀라 몸을 움찔했다. 클라우드가 뒤돌아 무릎 꿇고 엎드려 팔을 뻗는 그녀를 뒤에서 안은 탓이었다. 뒤에서 몸을 반쯤 겹치곤 목덜미에 입을 맞추며 손을 가슴으로 가져가는 행동이 계획한 듯 자연스러웠다.

'이러려고 일부러 불 안 끈 건가? 내가 리모컨 집으려고 이 자세로 엎드릴 거 예상하고?'

역시 마왕은 제비뽑기로 뽑은 게 아니었다. 아무 일 없다는 듯 몸을 돌려 마주 보고 앉기엔 자세가 너무 직설적이었다. 물론 뒤에서 허리를 감아쥔 이 남자가 놓아줄 것 같지도 않았다. 등 뒤 클라우드의 모습이 안 보여 차라리 침대 헤드가 거울이라면 좋겠다고 생각할 찰나였다.

"……거울?"

"……."

세이린이 울 것처럼 눈을 질끈 감았다. 이놈의 음마력이 진짜! 정말로 침대 헤드를 거울로 바꾸면 어떡해! 위태롭게 팔을 받치고 고양이처럼 엎드린 자신의 모습이나 허리를 만지는 클라우드를 이렇게 대놓고 보고 싶진 않았다.

슬그머니 눈을 뜨자 눈앞이 온통 살색, 그것도 자신의 살색이라 얼굴이 터질 것처럼 붉어졌다. 그렇다고 눈을 다시 감자니 그의 손길이 배로 선명하게 느껴질 게 걱정이었다.

그가 척추를 한 입씩 베어 물듯 허리선을 따라 타고 올라오며 입을 맞췄다.

날개뼈와 날개뼈 사이에 제 얼굴을 묻곤 살결을 따끔하게 빨아들인다. 손은 바닥을 향해 있는 배를 쓰다듬다 가슴께의 풍만한 굴곡으로 옮긴 후 손가락 사이로 비틀듯 도드라진 살결을 자극한다.

"아……."

세이린이 거울에 덜컥 손자국을 냈다. 사정없이 자신을 주무르고 간질이는 손길에 팔 힘이 풀릴 지경이었다. 거울을 받친 손 옆으로 선명하게 비치는 클라우드의 안달 난 얼굴에 정신이 아찔해졌다. 왜 재수 부재중인 얼굴 안 하시고 너를 원해 미칠 것 같다는 모습만 보이실까.

"얼굴 보고 싶어서 취하는 자세는 아닌 것 같고…… 그렇게 확인하고 싶어요?"

"뭘."

"내가 당신 것이라는 거."

아무래도 세이린은 등 뒤로 살짝 돌린 자신의 얼굴이 얼마나 사람을 미치게 하는지 모르는 듯했다. 희열에 반쯤 풀린 눈과 달아오른 뺨, 거기에 제 이름이 새겨진 허리까지 보고 있자니 클라우드는 그녀가 제 것이라는 쐐기를 박아 버리고 싶었다.

"잠깐 쉴까."

그가 샅샅이 건드린 몸을 안아 올려 제 다리 위에 앉혔다. 키스하기 딱 좋은 눈높이가 나와 아쉬운 마음이 들었지만 사인을 받는 게 먼저였다. 곧 팔랑거리며 종이 한 장이 그녀의 앞에 떨어졌다.

"이건 결혼식 마지막 순서인 걸로 아는데…… 이게 마왕님이 하고 싶은 나쁜 짓이야?"

"그때까지 못 기다리겠어."

은근히 사인을 재촉하는 눈빛이 싫지 않았다. 사실 좋았다. 그래서 세이린은 괜히 눈동자를 굴리다, 고민하는 척하다, 단단한 테이블이라도 있어야 사인을 하지 않겠냐고 투정을 부렸다. 클라우드에겐 영 달갑지 않은 투정이었지만.

"세이린. 사인하기 싫나?"

"하고 싶죠, 전하. 근데 이불 위에서 펜을 어떻게……."

음마력이 주인 몰래 '침대 위'와 '단단한 것'을 키워드로 검색이라도 한 것일까. 문득 적재적소에 근육이 붙어 단단한 그의 몸이 시야에 훅 들어왔다. 정확히는 복근이.

세이린은 클라우드를 톡톡 건드려 똑바로 눕게 한 다음 허벅지에 올라탔다. 배 위에 혼인 신고서를 올려놓고 펜을 들었을 때, 그는 예상도 못 했다는 듯 한숨과 웃음을 동시에 지었다.

"마왕님, 팔등으로 눈 가리지 마. 나도 얼굴 보고 싶어."

"괜히 음란 마귀 자격으로 마계 영주권이 나온 게 아니군."

"뭐라고? 서명하지 말라고?"

"……."

생글생글 웃는 세이린은 서명을 금방 할 생각이 전혀 없었다. 뒤에서 잡아먹을 듯 밀착해 오던 그가 뜬금없이 쉬자고 했을 때, 이미 달아오른 몸에 닿는 자극이 끊겨 내심 아쉬운 마음이 들었다.

"먼저 잠깐 쉬자고 한 건 클라우드야."

세이린이 늘어지는 오후에 수업을 듣는 학생처럼 책상, 아니, 가슴팍에 얼굴을 찰싹 붙였다. 손끝으로 원과 곡선들을 그리며 단단한 몸을 더듬는 기분은 환상적이었다.

"내 서명을 어떻게 하더라……."

원래는 세이린, 그리고 폴룩스의 머리글자만 서명으로 쓰지만 연습 땐 좀 달라도 괜찮겠지. 그녀는 손끝으로 치골에서부터 쇄골까지의 긴 영역에 세이린 폴룩스라는 풀 네임을 스무 번이나 끄적였다. 예상대로 클라우드가 마른침을 삼키며 숨을 씨근거렸다. 애태우는 손길에 단단한 몸도 착실히 반응했다. 세이린은 능글능글 말했다.

"못 참겠지? 그럼 불 꺼요. 응?"

"……."

그가 체념한 듯 불을 껐다. 세이린은 불을 끄자마자 미리 위치를 봐 둔 서명란에 사인한 다음, 마력으로 혼인 신고서를 고이 모셔 두었다.

"이렇게 금방 끝낼 수 있으면서 시간을 끌었나?"

"당연히 금방 하죠. 책에 사인을 만 번도 넘게 했는데. 내가 마왕님보다 사인 잘할걸?"

세이린이 본 재미에 대해 모종의 배신감을 느꼈을 클라우드가 무언가를 말하기 전, 그녀가 먼저 벨트 버클 바로 아래로 손을 내렸다. 이미 뜨겁게 부푼 몸을 문지르듯 쓰다듬자 되레 제 피가 끓는 듯했다.

"아…… 마왕님 풀린 눈 완전 섹시해."

무심결에 중얼거리자 마주 보고 누운 탓에 가까운 얼굴에서 열기가 끼쳤다. 에테라 성으로 달려온 직후 보였던 위태로운 얼굴을 생각하니 애틋함에 가슴이 사르르 녹아 아래로 흐르는 게 느껴졌다.

"클라우드……."

앙탈인지 재촉인지 모를 이름을 늘어지게 부르자 몸이 바짝 밀착해 왔다. 서서히 제 몸을 밀어 넣을 때면 그는 버릇처럼 입술을 내주었고, 움찔 인상을 찡그리기라도 하면 달래듯 나직이 사랑한다고 속삭였다.

"원하던 자세가 아니어서 어떡하지?"

세이린이 장난스레 묻자 그는 별문제 없다는 듯 굴었다.

"그건 이따가."

대답을 가로막듯, 클라우드가 젖은 살이 맞물리는 소리를 흘리며 입술을 빨아들였다. 따끔거리는 흡입감이 아프기는커녕 아찔하기만 했다. 몸이 덜컥 움츠러들 때마다 다리가 얽혔고 숨이 뒤섞였다. 차오르는 숨을 띄엄띄엄 내뱉어도 온 신경이 몸 안쪽을 문지르고 찌르는 자극에만 쏠렸다.

소음 없이 삐걱대는 침대와 휘어잡은 이불이, 몸을 바짝 끌어안고 놔주지 않는 어깨가 온통 야했다. 빠져나갔다 밀려들어 1초마다 사람 미치게 하는 클라우드는 더 그랬다.

진짜 얼굴이 보고 싶었던 것인지 클라우드는 몸을 움직이는 동안에도 진득하게 눈을 맞추고 키스했다. 그러면 세이린은 마왕님 혀를 깨물 수는 없으니 입을 다물지도, 벌리지도 못한 채 스스로 들어도 야릇한 신음을 흘렸다.

"읏……!"

순간 달기만 하던 그녀의 몸에 힘이 바짝 들어갔다 쭉 빠졌다. 뜨거운 감각이 허벅지를 타고 흘러내렸다. 세이린은 절정을 내주곤 바로 제 몸을 빼내는 클라우드를 애증 섞인 눈으로 올려다봤다.

클라우드는 숨도 고르지 못하고 헐떡대는 세이린을 일으켜 뒤돌아 침대 헤드를 붙잡게 했다. 아쉬운 마음을 달래듯 그가 다시 부드럽게 침범했다. 세이린은 아직도 반짝반짝 윤이 나는 거울에 제 모습을 비춰 보며 아랫입술을 깨물었다.

"하아⋯⋯."

자극이 깊어 허리를 곧게 펼 수도, 완전히 몸을 웅크릴 수도 없었다. 게다가 그는 양손이 자유롭기까지 했다. 살짝 스치기만 해도 성감이 몸 곳곳까지 퍼지는 부위를 문지르고, 아프지 않게 비틀고, 간질이다 긁듯 자극하니 몸에 힘이 풀려 풀썩 주저앉을 것 같았다.

물론 그렇게 둘 그가 아니었지만. 뽀드득 소리가 날 정도로 거울의 유리판에 대고 있던 손을 오므리니 그의 손이 골반을 지나 허벅지 안쪽에 닿았다.

"클라우드⋯⋯ 아!"

축축하게 젖은 살결을 둥글리듯 어루만지는 손끝이 마치 배 속을 휘젓는 것 같다. 팔뚝이 몸을 반쯤 감싼 채라 넘어질 수도 없었다. 다리를 교차하듯 맞붙인 게 오히려 그에게 더 큰 자극을 줘 신음을 삼키는 목소리가 들려왔다. 거울에 비친 그의 얼굴이 평소보다 더 붉어진 것 같다는 생각을 하자 묘한 쾌감이 더해졌다.

입꼬리를 살짝 올린 것이 클라우드를 자극했을까. 그가 참지 않고 몸을 더 격정적으로 몰아갔다. 점점 빠르게 닿아 오는 골반과 꼭 조이고 있는 허벅지 사이의 손이 동시에 성감을 고조시켰다.

"마왕님⋯⋯ 읏!"

턱을 위로 치든 세이린이 몇 초간 턱턱 막히는 숨을 참다 차가운 거울에 이마를 기댔다. 뜨거운 숨이 유리판에 뿌옇게 서리고 사그라들기를 반복했다. 열이 잔뜩 오른 채로 짐승처럼 숨을 몰아쉬는 모습이 자신이 보기에도 이상하고 야릇했다.

이렇게 매번 다리가 후들거리고 머릿속이 하얗게 바랠 수 있다는 게 참으로 신기했다. 세이린이 자신의 몸 곳곳에 입 맞추는 것으로 후희를 내주던 그를 톡톡 옆으로 불러들였다.

"키스해 줘?"

클라우드가 머리를 쓸어 넘겨 주며 물었다.

"하아…… 조금만 이따가. 지금 숨차서 못 하겠어."

세이린이 애교를 부리며 고개를 젓자 그가 입술을 이마에 꾹 눌렀다 뗐다. 얼마나 짓이기고 숨을 거칠게 뱉은 것인지 까칠한 느낌이 들었다. 세이린은 꾸물꾸물 그의 품에 파고든 다음 큰 손을 끌어다 허리를 두르게 했다. 안 그래도 찰싹 붙어 있는 몸을 더 바짝 끌어안아 주는 게 마냥 좋았다.

"전하, 재워 주세요."

그녀가 일부러 눈을 초롱초롱 뜨며 요구하자 클라우드는 마음을 감출 여력도 없는지 한숨을 쉬었다.

"재워 달라는 건지, 재우지 말라는 건지."

"뽀뽀도 해 줘. 나 이제 마왕님 서류상 부인이야."

"……."

그가 얼굴까지 제 품으로 바짝 당긴 다음 등허리를 조심조심 토닥이는 게 영 서툴렀다. 하지만 닿아 오는 입술이 나른해 자꾸만 눈이 감겼다. 심장 박동을 자장가 삼아 세이린은 슬며시 잠에 빠졌다.

□ ■ □

다음 날. 세이린은 비장한 눈으로 일어나며 결의를 다졌다. 제이드와 아카데미를 털어 커밋의 죄를 낱낱이 까발리기로 마음먹었기 때문이었다. 현재 시각 새벽 6시. 복수를 위한 시간치고는 그다지 빠르지 않았다. 마왕님과 진도표 클리어라는 명목하에 잠든 게 고작 두 시간 전이었음에도 컨디션이 최상이었다.

'음마력이 가득 충전돼서 이런가?'

어쨌든, 상황이 상황인지라 일분일초가 아까웠다. 세이린이 널따란 침대에서 몸을 일으키려는 기념비적인 순간.

"이 아침에 어딜 가시려고."

한참 먼저 일어나 정무를 보던 클라우드가 덥석 손목을 잡았다. 마법이라도 건 것인지 세이린의 몸에서 힘이 쭉 빠져나갔다. 체감상 마계 평화가 자신의 손에 달렸지만, 잠깐 농땡이를 피우는 것도 나쁘지 않으리라.

"팔 베고 누우면 마왕님 서류 다 보일 텐데. 보안법 위반인가?"

"국가 기밀을 한 번 눈에 담으면 다시는 일반인 신분으로 못 돌아가겠지."

그러므로 클라우드는 세이린을 품에 안고 서류를 보여 주었다. 이로써 음란 마귀에게 '이혼을 한다'는 선택지는 없는 것이 된 셈이었다.

[호크아이 영상 분석 결과, 실종된 물 속성 학생들은 모두 카인 시엘리아가 납치한 것으로 판명됨. 그 경로는……]

친구라고 생각했던 커밋이 마물을 재료로 쓰기 위해 납치했다는 것은 썩 유쾌한 정보가 아니었다. 한 가지 이상한 것은 납치할 것이라면 진작 할 수 있었을 텐데 왜 이제 와서, 그것도 가장 걸리기 쉬운 속성 대회 자리에서 그랬냐는 것이었다.

'아무리 생각해도 카인의 심리를 모르겠어. 새벽단이 마음에 안 들면 부수고 오면 될 텐데. 영주들 중 제일 강했다면서.'

혹시 약점이라도 잡힌 걸까. 근로 계약서를 잘못 썼다던가. 세이린은 의문을 품은 채로 준비를 마치곤 아카데미에 등교했다. 제이드를 마주하자 드디어 오늘의 메인 일정, 커밋 탈탈 털기의 시간이 다가왔음이 느껴졌다.

"제이드 님, 몸은 괜찮으세요?"

"멀쩡해. 커밋 그 자식, 젬에 상전 대접해 주기로 맹세한 것 때문에 공격은 못 하더라."

제이드는 더 이상 말하지 않았다. 세이린이 빌리아의 방으로 떠난 직후, 카인에게 직설적으로 물음을 던졌었다.

난 네가 나쁜 놈이라고 생각하지 않아. 대체 시엘리아는 아벨 경한테 왜 그런 거야?

그러자 카인은 아무런 대답도 하지 못하고 동요를 일으켜 자신을 재웠다. 정신을 차리니 젬과 함께 제릴 하우스에 돌아와 있었다.

"미안하다. 나도 싸웠어야 하는데."

"아니에요. 근데 좀 아쉽긴 하시겠어요. 에테라 성에서 마왕님이 활약하는 걸 못 보셨으니."

그 말에 제이드가 커밋을 더 격렬하게 원망하기 시작했다. 기세를 몰아 기록 보존실에 쳐들어간 두 마물은 갑자기 내쫓기는 상황을 피하기 위해 문부터 잠갔다. 기록 보존실은 그 이름 그대로 수없이 많은 아카데미의 기록물들을 보관하는 장소였기에, 커밋에 대한 정보를 찾기엔 시간이 많이 걸릴 듯했다.

"뭘 뒤져야 그놈에 대한 정보가 나올까."

"커밋 놈 완전히 털어 버리겠다는 그런 태도, 아주 좋아요."

제이드는 피식 웃으며 학생 현황 서류철을 뒤지기 시작했다. 얼마 시간이 지나지 않아 그가 여러 장의 시험지를 착 내려놓았다.

"이런 미친…… 애 낙제생인 것도 연기였어?"

"네?"

제이드가 발견한 시험지는 문제의 상전 대접 내기를 걸었던 1학년 1차 고사였다. 몇 번이나 답을 맞춰 봐도, 틀린 문제가 없었다.

"수학은 심지어 풀이 과정도 없어. 암산으로 푼 것 같은데."

레이 필드의 말대로 틀린 것은 오직 이름 하나였다. 시험지에는 커밋 글레이시아라는 이름 대신 카인 시엘리아라는 본명이 적혀 있었다. 세이린이 고개를 설설 저었다.

"성적을 연기하다니. 메소드 연기도 이 정도는 아니겠어요."

마계에도 연말 시상식이 있다면, 연기 대상은 따 놓은 당상이리라. 게다가 가만히 생각해 보니 이상한 점이 있었다. 카인 시엘리아라는 본명을 이렇게 대놓고 드러냈는데 아무도 의심하지 않았다니.

'1차 고사 채점은 분명 총장님이 하시는데. 설마…….'

전교생의 시험지를 채점해야 하니 너무 바빠서 이름 문제를 신경 쓰지 못한 것일까. 찜찜함을 느낀 세이린은 일단 조사를 마저 하기로 하고 한 파일을 집어 들었다.

"저는 이거 볼게요. 올해 신입생 가정 환경 조사서."

"우리가 그걸 볼 수 있어? 열람 자격 미충족일 텐데."

아니나 다를까, 표지를 열자마자 관리자급 이상만 열람 가능한 자료라는 경고 메시지가 나왔다. 세이린이 아쉬움에 입맛을 다셨다.

"제이드 님, 이거 못 열어요? 제이드 님이 빅토리아 경을 이을 차기 붉은 기사단장이라고 소문 다 났는데."

"열리겠냐? 그러는 너는, 마왕님 약혼녀 특전 같은 거 없어?"

"있겠어요?"

"일단 손이나 얹어 봐. 뭐라도 얻어걸릴지 알아?"

수석 입학생이 말하니까 왠지 그럴듯하게 들렸다. 세이린은 밑져야 본전이라는 생각으로 자물쇠 마크 위에 손바닥을 얹었다.

[열람 자격 충족 : 이사장 부인]

철컥. 단번에 해제된 잠금을 보며 제이드가 눈을 가늘게 떴다.

"결혼식까지 한 달 정도는 남은 걸로 아는데, 예비 비전하."

"아하하……."

세이린이 제이드의 눈을 슬쩍 피했다. 아무래도 인내력이라곤 없는 마왕님이 날이 밝자마자 혼인 신고서를 제출한 듯했다.

"혼인 신고서에 서명 좀 미리 했어요. 왜요?"

"아무튼 열렸으니 됐어. 다른 애들 건 보지 말고 커밋 글레이시아만 찾아."

"저도 그 정도 생각은 있거든요?"

제이드는 검색 마법을 사용해 어렵지 않게 커밋을 찾아냈다. 그러곤 눈을 동그랗게 떴다.

"아니, 이놈은 진짜……."

커밋 글레이시아라는 신입생에 대한 정보는 모조리 거짓말뿐이었다. 사진은 튤 로이펠로 변장한 가짜 얼굴. 이름도 가명인 데다 무려 시엘리아의 가주였던 마물인데 속성은 개방하지 않은 것으로 표기해 뒀다. 여자 형제가 하나도 없으면서 누나 셋이 있다고 하지를 않나, 보유 재산이 '0원'이라고 하지를 않나.

"허, 이놈 좀 보게. 마계에 여덟 개밖에 없는 보물을 몇 개나 가지고 있으면서, 보유 재산 0원?"

"뭐 하나 진실인 게 없네요."

"대체 아카데미는 이런 가짜 학생 안 잡고 뭐 했대?"

이쯤이면 아카데미 입학 경위부터 의심스러웠다. 아무리 마물들이 소소한 서류 조작을 귀여운 악행으로 넘긴다고 해도, 이건 도가 지나쳤다.

"누군가가 손을 써 줬을 거예요."

한참 후, 입학 전형 관련 파일을 뒤지던 세이린이 그것을 툭 떨어뜨렸다. 펼쳐진 페이지에는 그토록 궁금해하던 커밋의 아카데미 입학 경위가 나와 있었다.

커밋 글레이시아 ‖ 입학 전형 구분 — 추천 전형 (추천자 : 스피카 블랙)

'왜 총장님 성함이 여기서 나와……?'

안 그래도 카인 시엘리아가 물 속성 마물들을 납치했다는 소식을 접하곤 줄곧 스피카를 염두에 두고 있던 세이린이었다. 제이드 또한 오늘 아침, 제릴 포스트 수석 기자들과 아버지가 카인 시엘리아의 범행을 기사화하는 것에 대해 토론하는 것을 엿들은 후로 같은 생각이었다.

"서류 조작해도 안 걸리는 이유가 있었네요."

"스피카 블랙은 대체……!"

두 마물은 그야말로 넋이 나갔다. 그래서인지 꼭 잠근 문 근처를 서성이는 발소리를 한참이나 듣지 못했다. 제이드와 세이린은 문을 쾅쾅쾅 두드리는 누군가의 외침을 듣고서야 인기척을 느꼈다.

"누군진 모르겠지만 어서 나와요. 학생이 기록 보존실에 출입하는 건 금지예요."

위협적인 노크에 뒤따르는 목소리는 누가 들어도 스피카 총장의 것이었다.

"어, 어떡하죠? 숨을까요?"

세이린이 발을 동동 구르며 파일들을 정리했다. 제이드가 정리 마법으로 한 번 더 갈무리하자 기록 보존실은 처음과 같은 상태가 되었다. 이대로 빠져

나가기만 한다면 들키지 않으리라. 그러나 상대는 아카데미의 모든 업무를 총괄하는 스피카 총장. 그녀에겐 아카데미의 모든 곳에 통하는 마스터키가 있었다.

세이린이 급히 이동 마법진을 그릴 때, 잘그락 소리가 나더니 허무할 정도로 부드럽게 문이 열렸다. 기록 보존실에 들어온 스피카는 세이린과 제이드를 보며 한숨을 쉬었다. 또 이 둘이라니.

"세이린 폴룩스. 제이드 제릴. 여긴 학생 출입 금지 구역일 텐데요."

"죄송합니다."

세이린은 칼같이 고개를 숙였다. 현행범으로, 그것도 총장님께 걸렸다. 예전이었다면 살금살금 웃어넘기려는 시도라도 했겠지만, 카인과 총장이 얼마나 깊은 유대를 가지고 있는지 정확히 모르는 지금은 그럴 수 없었다.

그러나 이것은 순전히 마계 소시민인 세이린의 생각이었다. 배짱 두둑한 제릴 포스트사의 아드님은 그 처세가 달랐다.

"커밋 글레이시아가 카인의 위장 신분이라는 보고는 총장님께서도 들으셨으리라 생각됩니다. 보고를 듣기 전부터 알고 계셨을 수도 있고."

애당초 제이드는 어둠을 모욕하는 여명회 출신인 스피카를 좋아하지 않았다. 그러니 총장이 범죄 사실을 알고도 은닉했을지 모른다는 가정을 놓칠 리 없었다.

예의를 갖췄으나 위압감이 느껴지는 제이드의 말투. 그리고 학생을 압도하는 스피카 총장의 기세. 뱀파이어와 여명회 신도의 기 싸움은 숨이 막힐 정도로 한참이나 이어졌다. 그 정적을 깬 것은 스피카였다.

"지금은 속성 대회 납치 사건의 범인 색출 때문에 바쁘니, 내일 오전 중으로 총장실에 찾아오도록 하세요."

스피카가 범인을 모른다는 투로 말하자 제이드는 기가 막혔다.

"그 물 속성 학생들을 잡아간 게 커밋, 아니, 카인이 아닙니까."

"네?"

정말 예상치 못한 것을 들었을 때 감추지도 못하고 드러내는 표정. 지금 총장의 얼굴이 딱 그랬다.

"증거 없이 지껄이는 말은 아니길 바랍니다, 제이드 군."

스피카는 결투 신청에 응답하는 검투사처럼 단호하게 말하곤 내일까지 무단 침입에 대한 사유서를 써 오라는 말을 덧붙였다. 대답 따위는 듣지 않겠다는 듯 돌아서는 그녀를 보며 제이드가 턱을 쓸었다.

정말 몰랐을까? 아니, 몰랐을 리가 없다. 누구보다 이 일과 관련 있는 자리에 있는 마물인데. 대체 어떤 상황에 처하면 저런 반응을 보일 수 있을지 많은 가정이 떠올랐지만, 그중 어느 것도 사실처럼 느껴지지는 않았다.

□ ■ □

한편, 스피카는 제이드와 세이린이 따라오지 않는다는 것을 거듭 확인하며 총장실로 향했다. 출근하자마자 웬 마물 둘이 기록 보존실에 들어갔다는 보고를 듣고 바로 그리로 향한 터라 마왕성에서 온 공문을 아직 확인하지 못한 상태였다.

'내일이면 새벽단에서 나오는 카인이 위험을 감수하고 굳이 직접 마물들을 납치할 이유가 없을 텐데.'

오래전, 그와 자신이 처음 만났던 장소이기도 한 '그 빙산'에 관련된 일이 아니라면 말이다. 총장실에 들어선 그녀는 문을 걸어 잠그곤 허공에 명령하듯 말했다.

"숨을 거면 마력을 감추는 정성 정도는 보이는 게 어때?"

짜증을 가라앉히라는 뜻일까. 테이블 위에 얼음이 동동 뜬 블루레몬에이드 한 잔이 갑자기 튀어나왔다.

"제이드 군과 세이린 양이 날카로운 얼굴을 하던데."

스피카가 말하자 언제부터인지 총장실에 있었던 카인이 안개가 걷히듯 서서히 모습을 드러냈다.

"뭐 어때. 뱀파이어 놈이야 원래 우릴 싫어했고, 신에게 버림받은 것도 이번이 처음은 아니잖아?"

카인은 태연했으나 스피카는 그 모습이 마음에 들지 않았다. 신에게 버림받다니. 떠올리고 싶지 않은 과거였다.

"새로운 플레어 프로젝트는 이제 이론상으로 완벽해. 새벽단 놈들이 정말 새로운 신을 만들어 낼 수 있을지는 두고 봐야겠지만."

카인은 제 일이 아니라는 듯 말했다. 아니, 내일이면 정말 제 일이 아니게 된다. 그 재미없고 답답한 집단에 소속되는 것은 오늘로 마지막이었다. 물론 '시연'이 성공적으로 끝날 때의 이야기였다.

"카인 시엘리아. 앞으로는 어떻게 할 생각이지?"

스피카가 물었다. 카인은 조금의 고민도 하지 않고 대답했다.

"돌아갈 곳은 없어. 하지만 튤 로이펠을 써서 신분을 계속 바꾼다면 머무를 곳 정도는 만들 수 있겠지."

그의 대답에 씁쓸함이 묻어났기에 스피카는 하려던 질문을 삼켰다. 어차피 이미 벌어진 일이고 내일이면 어떻게든 결판이 날 사건이었다. 슬쩍 보이는 마왕성의 공문에 나온 대로 카인이 직접 물 속성 마물들을 납치할 것이라곤 생각도 못 했지만.

"아무튼, 그동안 독실한 여명회 신도인 척하느라 수고 많았어. 예언이니 뭐니 둘러대기 쉽지 않았을 텐데."

스피카에게 감사를 표한 카인이 짙푸른 망토를 갈무리했다. 이 이상 자리를 비운다면 실링은 몰라도 레이디 로이펠의 의심은 살 터였다.

"시끄러워. 그런 사족 덧붙일 시간 있으면 얼른 돌아가지 그래."

스피카가 까칠하게 대답했다. 그동안의 노고를 고작 한마디 말로 치하하려는 걸 보니 카인은 여전히 오만한 귀족이었다.

픽 웃은 카인이 그대로 이동 마법진을 그려 사라졌다. 조금도 녹지 않은 유리잔 안의 얼음을 바라보던 스피카가 살며시 안대를 벗었다. 황금빛 눈동자를 통해 무언가가 흐릿하게, 점점 선명히 보였다.

'이 짓을 하는 것도 이번이 마지막이겠군.'

그녀가 펜을 들고 주군, 클라우드 슈테른을 향한 서신을 써 내려가기 시작했다.

마계의 큰 행사인 황혼의 축제가 끝났으니 마물들의 이목이 클라우드 마왕의 새로운 여인에게 쏠리는 것은 당연했다. 마왕성 측에서는 속성 대회에서 사라진 물 속성 마물들에 대한 희소식이 없어 결혼 준비와 관련된 보도는 자제하고 있었다. 하지만 세이린과 클라우드의 결혼이 한 달도 남지 않은 것은 모두가 아는 사실이었다. 세이린은 창문을 열고 아침 공기를 들이쉬며 복잡한 마음을 가라앉히려 애썼다.

'어제 본 총장님 반응도 걸리고…… 커밋도 계속 생각나. 도서관장님은 잘 계실까?'

걸리는 것이 많아 마음이 편치 않았다. 클라우드와 함께 아침을 맞았다면 조금 덜했을지도 모른다. 그러나 남편 되실 분은 오늘도 바빴다. 웬만한 정무는 이제 책상보다 침대 위에서 보는 게 편하다던 남자가 아예 외출 상태였다.

세이린은 그가 침대 옆 협탁에 남기고 간 화사한 꽃다발과 메모를 거듭 음미하며 잔잔한 미소를 지었다. '좋은 하루 보내.' 군더더기 없는 문구, 컴퓨터로 인쇄했다고 해도 믿을 유려한 필체에서 저를 두고 가는 그가 느꼈을 미안함과 애정이 고스란히 전해졌다.

세이린은 클라우드가 벗어 놓고 간 재킷을 돌돌 말아 껴안았다. 그 순간, 소리도 없이 부드럽게 방문이 열렸다.

"세이린 아가씨. 일어나셨습니까?"

"아가씨의 웨딩드레스 피팅을 돕게 되어 영광입니다."

주름 하나 없이 빳빳이 다려진 흰 앞치마를 둘러 무척 유능한 인상을 주는 한 무더기의 하녀들이 고개를 숙였다.

'맞다. 클라우드는 왕이었지……'

이런 대접은 영화에서만 나오는 줄 알았는데. 세이린은 긴장한 채로 목욕용 옷으로 갈아입히는 하녀들의 손길을 버텼다. 마왕이란 작자는 다 벗고 혼자 씻는데, 왜 나는 이런 옷을 입고 하녀들이 씻겨 주기를 기다려야 하는 것인가. 향기로운 꽃잎이 떠다니는 욕조 안으로 들어가 앉자 시녀들이 작은 탄성을 삼키는 게 느껴졌다.

'……아.'

세이린은 그제야 클라우드가 물고 빨아들인 흔적이 역력한 제 몸을 내려다봤다. 왜 머리 쓸어시고 옷 입으면 가려지는 곳만 허락했을까. 어차피 이리 다 들킬 것을. 차마 선생님들이 모시는 마왕님이 이렇게 만든 거라곤 말할 수 없었다.

몸을 웅크린 세이린은 눈동자를 바삐 굴려 SOS를 보낼 로자리를 찾았다. 그런데 무슨 일인지 이런 자리에 한 번도 빠진 적 없는 로자리가 보이지 않았다.

"로자리는 오지 않은 건가요?"

머리를 빗기던 하녀가 잠시 머뭇거리다 대답했다.

"한 번도 자리를 비운 적 없는 애가 어디로 간 건지 안 보여요. 별궁에도 없고, 하녀들이 자주 드나드는 곳에도 없고……."

그러고 보니 에테라 성 소동 이후로 로자리와 함께 시간을 보낸 적이 없었다. 세이린은 하녀들이 웨딩드레스를 가져오겠노라 고하고 사라진 틈을 타 도서관으로 이동했다. 예상대로, 로자리는 비어 있는 도서관장석을 애석한 눈으로 바라보고 있었다.

'로자리는 도서관장님이 숙제를 내 주셔서 싫다고 입버릇처럼 말했지만…….'

사실 두 마물이 딸과 아버지, 혹은 할아버지와 손녀 비슷한 유대 관계를 가지고 있다는 것은 누구나 눈치챌 법했다. 그만큼 페일은 로자리에게 따스했고, 로자리도 싫은 척했지만 페일을 따랐다.

"아가씨?"

세이린을 발견한 로자리가 손등으로 눈물을 훔치며 자리에서 일어났다. 잠시 잊고 있었다. 오늘은 웨딩드레스를 피팅 하는 날이었다. 중요한 자리에 빠졌으니 명백한 직무 유기였지만, 세이린이 그것을 탓하러 왔을 리 만무했다.

로자리는 그렇기 때문에 더 아무렇지 않은 척해야 한다고 생각했다.

"저게 클라우드 전하가 로이펠에서 가져오셨다는 금고인가 봐요? 생각보다 크네요."

로자리가 웃음을 내비치며 가리킨 것은 괴도와 마주했던 날, 클라우드가 마왕성으로 옮겨 버렸던 문제의 금고였다.

"맞아요. 도서관장님이 안에 엄청 중요한 게 들어 있다고 하셨으니, 소중히 지켜야 할 물건이죠."

도서관장이라는 네 글자에 로자리가 눈을 피했다. 세이린은 곁으로 다가가 눈을 지그시 맞추었다. 잠시 후, 로자리가 울먹이며 토로했다.

"도서관장님은 왜…… 왜 새벽단으로 가신 걸까요? 그분은 누구보다 클라우드 전하를 존경했어요. 진심으로요. 마왕성을 배신할 분이 아니세요."

세이린은 마왕의 총애를 받는 최측근이었다. 그런 그녀의 앞에서 마왕성을 떠나 실링의 편에서 연구를 이어 가겠다는 늙은 마물을 옹호하는 것은 위험한 일일지도 모른다.

하지만 세이린은 자신의 생각도 그렇다는 듯 고개를 끄덕일 뿐이었다.

"무슨 사정이 있지 않을까요? 하다못해 우리는 모르는 학자만의 강박이라든가."

"아가씨……."

"클라우드도 알고 있어요. 페일 님이 아무 이유도 없이 마왕성을 떠나진 않았으리란 거."

며칠 잠을 설치고 끼니를 거른 로자리는 그제야 불안하던 마음이 안정되는 것을 느꼈다. 새삼 무뚝뚝하고 일밖에 모르던 마왕님이 왜 하루가 다르게 세이린에게 녹아내리는지 이해하게 된 그녀였다.

"걱정 끼쳐서 죄송해요, 아가씨. 슬슬 돌아갈까요?"

금방 기운을 차린 로자리가 한결 가벼워진 걸음을 옮겼다. 마음을 진정시키고 문을 활짝 열자, 의외의 인물이 보였다.

"비전하?"

"드레스 피팅이 갑자기 중단되었다더니, 역시 로자리와 여기 계셨네요."

자신의 추리가 맞았기 때문일까. 빌리아는 입가를 가리곤 웃었다. 눈썰미 좋은 유일 작가에게는 그 웃음이 조금 어색하게 보였다. 보통 사람이 어떨 때 저런 얼굴을 보이더라?

"비전하, 혹시 저한테 숨……"

"숨기는 거라뇨! 그런 거 없어요. 작가님, 저 못 믿으세요?"

새로 알아낸 사실 하나. 왕비는 남에게 사주받은 거짓말은 잘 못 하는 타입이었다. 난감함을 여실히 드러내는 왕비님이라. 세이린은 미간을 구겨 가며 그녀가 어떤 부탁을, 누구에게 받았을지 유추했다. 딱 하나 걸리는 게 있었다.

"혹시 클라우드 어디 갔는지 아세요?"

뜨끔. 빌리아가 평소엔 쳐다보지도 않던 관목이나 잔디를 구경하기 시작했다. 어찌 되었든 제 입으로 말하지만 않는다면 약속은 지킨 셈이리라. 그러나 유일 작가는 생각보다 눈치가 빨랐다.

"……혹시 위험한 곳에 혼자 가신 건 아니죠?"

이번엔 빌리아가 존재하지도 않는 먼 산을 바라봤다. 세이린은 낌새를 눈치채곤 협박을 가했다.

"얼른 말 안 해 주시면 외전 파일 싹 날려 버릴 거예요."

빌리아의 눈동자가 일순간 파르르 떨렸다. 작가님의 외전이냐, 클라우드와의 약속이냐. 왕비는 0.3초간 고민하곤 곧바로 외전 쪽 승기를 들어 주었다.

"그게……."

누구보다 클라우드 슈테른의 강함을 잘 알고 있는 왕비가 걱정스럽다는 듯이 운을 뗀다. 그에 세이린은 덜컥 겁을 먹었다.

"누구에게 무슨 소식을 들은 건지 당장 플래티나 빙하에 가 봐야겠다고 말하더라고요."

"그렇게 급하게 가셨으면 새벽단에 관련된 것일 텐데, 혼자 가셨다고요?"

"기사단을 대동하면 눈에 띄니까요. 전면전으로 번질 양상도 있고요. 상황을 보고 올 테니 괜히 작가님이 깨지 않도록 비밀로 해 달라고 했어요."

"제가 깰까 봐 비밀로? 허……."

세이린은 기가 찬 웃음을 지었다. 자기는 다칠지도 모르는 위험한 상황에 뛰어들면서 비밀로 하는 이유가 고작 잠?

짜증인지, 만에 하나 그가 다칠지도 모른다는 두려움인지 모를 뜨거운 눈물이 소리도 없이 흘러내렸다. 물론 전장에 데려가기엔 못 미덥겠지. 걱정하는 마음도 있을 것이다. 하지만 가장 가까운 연인에게 다른 것도 아니고 출정을 비밀로 하다니. 세이린이 떨리는 목소리로 물었다.

"제가 비전하만큼 강했더라면, 제게도 말해 줬을까요?"

"작가님……."

그냥 자는 게 예뻐서 못 깨우는 것 같던데, 라고는 차마 말할 수 없는 분위기였다. 빌리아는 그저 침묵하기로 했다.

"다쳐서 오시지는 않겠죠? 벌써 보고 싶은데."

세이린은 자신이 할 수 있는 일이 없다는 것을 어느 때보다 여실히 느꼈다. 그저 정해진 오늘의 할 일을 최선을 다해 끝내 놓는 것이 제 의무이리라.

그러나 체념하고 눈에 고인 눈물을 털어 내려 눈을 꼭 감았다 뜨자, 온 신경을 얼릴 듯한 찬 바람이 느껴졌다.

바람? 바람이라고?

바람이 차기도 찼거니와 온 세상이 시허연 탓에 눈이 시려 뜰 수 없었다. 그녀가 무슨 일이 벌어졌는지 깨닫기도 전에 놀란 남자의 목소리가 위쪽에서 들려왔다.

"세이린? 네가 이 위험한 곳에는 왜……."

세이린이 겨우 고개를 들자, 그곳엔 두툼한 패딩 점퍼와 모피를 두른 실링 워렛이 있었다. 마찬가지로 그를 발견한 빌리아가 단번에 강력한 방어 마법진을 만들어 냈다. 그러나 실링은 공격 대신 살의 없는 물음만 던졌다.

"클라우드 슈테른이 여길 어떻게 찾아왔나 했더니만. 우리 애들을 매수했나?"

빌리아는 정과 집착을 털어 버린 듯 확연히 까칠해진 그의 말투에 매우 만족하며 답했다.

"매수할 가치가 있어야 매수하지."

"그럼 여긴 어떻게 왔어? 내 휴대폰에 위치 추적 장치라도 달아 둔 거야?"

"내가 너니? 그런 스토킹을 하게."

양 대륙의 바람 속성 마스터가 영양가 없는 말싸움을 이어 가는 동안, 세이린은 로자리의 곁에 꼭 붙어 주변을 살펴봤다. 끝없이 펼쳐진 설산과 가루처럼 날리는 단단한 눈발. 투명한 얼음 아래로 보이는 빛나는 물고기들. 이곳은 클라우드에게 자신이 청혼했던 플래티나 빙하였다. 저번 소풍 때 클라우드의 마법진이 내려 주었던 곳은 빙하의 끄트머리였고, 지금은 완전한 빙하의 중심에 서 있다는 게 차이였다.

"실링 워렛, 네가 플래티나 빙하엔 무슨 일이야?"

세이린이 여느 때와 다름없이 신경질적으로 실링을 째려봤다. 그러나 그의 얼굴은 한여름 아스팔트 위에 있는 것처럼 발그레해졌다.

"여긴 내가 먼저 있었어. 내가 있는 곳으로 온 건 너잖아. 세, 세이린."

'저 말투는 뭐지? 이름은 또 왜 저렇게 불러?'

세이린이 소름 돋은 팔을 문질렀지만, 실링은 그것이 발열 내의 100개를 입어도 살갗을 파고들 추위 때문이라고 생각했다. 세이린이 자신을 보러 온 것일지도 모른다는 다소 생뚱맞은 망상을 곁들이면서.

세이린은 곧 빌리아와 로자리, 그리고 자신이 마왕성과 동떨어져도 한참 동떨어진 이곳에 오게 된 것이 음마력 때문이라는 것을 어렴풋이 알아챘다. 음마력이 일한 건 알겠는데, 왜 여기로 온 건가. 그녀의 의문은 잠시 후 엄청난 굉음과 함께 사라졌다.

쾅—!

숨 막히는 마력의 충돌. 동심원처럼 퍼지는 마력. 뭉게구름처럼 부풀었다가 산발적으로 날리는 눈발. 그 중심에서 세 명의 황제 후보가 각축전을 벌이고 있었다. 정확히는 2 대 1이었다. 카인 시엘리아와 클라우드 슈테른이 근접전을 벌였고, 벨제바브 에테라는 광역 바람 마법을 사용해 카인을 보조했다.

먼발치의 구릉에서 클라우드의 검은 마력이 무수히 많은 창을 만들어 내고 있었다. 그것들이 일순간 카인 시엘리아를 벌 떼처럼 쫓았다. 카인은 서슬 퍼런 마력을 일으켰지만 고전을 면치 못하고 있었다.

"저 미천한 것이!"

에테라 성에서 그토록 무시하던 클라우드에게 호되게 당했다가, 실링의 손에 겨우 살아난 벨제바브가 분개하며 설산에 바람을 가했다. 우르릉 소리를 내며 쌓여 있던 눈이 클라우드를 폭삭 덮었다. 이제야 겨우 어둠을 완전히 묻어 버렸나 생각할 즈음.

"겨우 이건가?"

클라우드가 이를 갈며 눈을 헤치고 공중으로 도약했다. 잠깐이지만 눈 사이에 파묻힌 탓에 피부가 발갛게 물들어 있는 데다, 땀과 눈에 젖어 옷은 물론이고 머리카락도 몸에 달라붙은 모습이었다.

뒤로 조금 물러나 카인과 벨제바브의 동세를 살피며 거친 숨을 몰아쉬던 그가 터진 입술에서 나는 피를 손등으로 거칠게 훔쳤다. 멈추지 않는 피는 혀로 핥아 냈다. 그 광경에 세이린이 심장을 부여잡는 건 당연했다.

'이런 미친…… 더 섹시한 마물이 이기는 싸움인가?'

그는 그간 봐 온 5,500가지 모습과는 또 다른 색기를 발산하고 있었다. 살기 가득한 눈에 흐트러질 대로 흐트러진 머리카락. 짐승 그 자체의 매력을 발산하는 클라우드를 놓칠 음란 마귀가 아니었다.

'아, 안 돼. 착한 생각, 착한 생각…….'

"……세이린."

장난스러운 웃음을 가득 머금은 클라우드의 목소리가 코앞에서 들려오자 세이린은 쥐구멍에라도 숨고 싶은 심정이었다.

"또 무슨 생각을 했길래 저러지?"

그가 턱짓으로 방금까지 격렬한 전투가 이뤄지던 설원 구릉을 가리켰다. 벨제바브와 카인이 전신을 덮고도 남을 정도로 커다란 달빛 수정에 꽁꽁 갇혀 있었다.

"아니, 난 그냥……."

차마 전력을 다해 싸우다 온 마물에게 '노을을 배경으로 우리 짐승 같은 마왕님이랑 찐한 키스 신 찍고 싶다고 생각했지!'라고 대답할 수는 없었다.

스르륵—

적어도 머리로는 그랬다.

"이젠 시간도 마음대로 바꾸나?"

클라우드가 픽 웃으며 물었다. 아무래도 세이린의 음마력은 나날이 성장하는 듯했다. 중천에 있던 해를 몇 초 만에 산허리까지 내려앉히다니.

"어흐흑……."

세이린이 양손으로 노을보다 더 후끈거리는 얼굴을 가리곤 고개를 휘휘 저었다. 이번에야말로 수치사다. 정말로. 그 모습을 퍽 좋아하는 클라우드는 피로 얼룩진 가죽 장갑을 입으로 벗어 바닥에 떨구곤 손끝으로 그녀의 턱을 들었다.

"세이린."

"헙……."

쪽팔림이고 나발이고 당장 보듬고 머금고 껴안고 싶은 얼굴이 눈앞에 펼쳐졌다. 세이린이 지금은 전투 신의 한가운데임을 상기하곤 말을 돌렸다.

"이거 누가 이랬어요?"

클라우드의 반쯤 찢기고 풀린 넥타이를 두고 하는 말이었다.

"카인 시엘리아가."

"어휴…… 감사……."

"감사?"

"……가 아니라, 감히 우리 마왕님한테 이런 짓을 하다니."

세이린은 괜히 추운 척 팔을 손으로 비볐다. 숨을 거의 고른 클라우드가 제복 재킷을 벗어 세이린의 어깨에 걸쳐 주었다.

"여긴 또 어떻게 왔나."

"명색이 신인데, 남편 되실 분께 축복이라도 해 줘야 하지 않겠어요?"

세이린이 발꿈치를 들고 짧게 뽀뽀하자, 웬만한 블록버스터 영화의 CG 뺨치는 화려한 이펙트가 터져 나왔다. 입을 쩍 벌리고 멍하니 그 모습을 바라보던 새벽단 단원과 간부들은 하나같이 생각했다.

'이런 미친. 지금 전투 중에 뭐 하는 거야?!'

'저놈이 그 전쟁 마지막 날 영주들 젬을 부순 그놈이라고?!'

그러나 클라우드와 세이린은 완전히 핑크빛 세계에 있었다. 보는 눈이 많으니 짧은 뽀뽀로만 끝내려던 세이린의 얼굴을 클라우드가 조심히 감싸 쥐었다.

"이게 네 축복인가?"

"좀 짧나?"

능청스레 대답하곤 그의 목에 팔을 감는 세이린에게 벨제바브가 카랑카랑 소리를 질러 댔다.

"미천한 것들! 지금 마물을 이렇게 만들어 놓고 뭐 하는 짓이야!"

"시끄러워. 지금 중요한 장면이거든?"

세이린은 있는 힘껏 벨제바브를 째려보았다. 그러자 안 그래도 달빛 수정에 갇혀 있던 벨제바브는 호박 속에 수천 년 동안 갇힌 모기처럼 옴짝달싹 못 하게 되었다. 세이린은 다시 하던 일에 집중했다. 빙긋 웃으며 머금은 클라우드의 입술에선 비릿한 피 맛이 났다. 그녀는 짐승이 상처를 핥아 낫게 하듯 조심히 그의 터진 입술을 훑었다.

"어휴…… 우리 마왕님 보내기 싫어서 어떡하지?"

안 그래도 클라우드는 세이린의 보이지 않는 손이 걷지도 못하게 제 다리를 붙잡고 있다는 것을 느끼던 참이었다. 진짜 보내기 싫어하는 게 보여 그의 입가가 호선을 그렸다.

"가지 말까?"

방금까지만 해도 자신을 죽이려 들던 클라우드가 저런 말을 한다는 것에 두 황제 후보가 어이없어했다. 하지만 뭐라고 딴지를 걸어도 두 마물은 귓등으로 들으리라.

"키스든 뭐든 할 거면 빨리 좀 해. 전의 상실하기 전에."

결국 카인도 짜증을 냈다. 세이린은 클라우드의 등을 두드리는 척하며 은근 슬쩍 그에게 중지를 세워 보였지만.

"클라우드. 어디 다쳐서 오면 안 돼. 알았지?"

세이린의 격려를 들은 클라우드가 픽 웃었다. 보이지 않는 손이 특히 허리를 애지중지 쓰다듬는 것으로 보아 다른 곳은 몰라도 허리는 건사해야 할 듯했다.

"보낼 건가?"

"아, 진짜 보내기 싫어요."

두 마물은 숨이 막힐 듯한 핑크빛 분위기를 풍겨 대며 같은 레퍼토리를 반복하고 또 반복했다. 어쩜 서로가 저리도 좋은지 의문이 들 정도로 서로를 살펴는 시선이 애틋한 데다, 거리도 한 걸음 이상으로 벌어지지 않았다.

가만히 세이린이 생긋거리는 모습을 지켜보던 실링은 문득 손바닥이 쓰린 것을 느꼈다. 얼마나 주먹을 꼭 쥐고 있었는지 손톱이 파고들어 손에서 피가 나고 있었다. 아리아가 클라우드와 붙어 있는 것을 볼 때는 단 한 번도 이런 적이 없었다. 상처에 치유의 마력을 일으킨 실링이 불현듯 얼굴을 붉혔다.

'이게…… 질투인가?'

질투. 발음하는 것만으로도 속이 뒤틀리는 게 꽤나 마음에 드는 단어였다. 몇 번이나 더 질투라는 두 글자를 뇌까린 그가 주머니에서 만지작대던 버튼을 눌렀다.

에에에에엥—!

빙산 곳곳에 숨겨져 있던 스피커에서 우렁찬 사이렌이 울리기 시작했다. 서로에게 반쯤 녹아들었던 세이린과 클라우드가 흠칫 놀라 떨어질 만큼 날카로운 소리였다.

'빙산에 웬 사이렌? 게다가, 한두 개가 아닌데?'

세이린이 당황하자 두 황제 후보를 봉인하고 있던 달빛 수정에 쩌저적 금이 갔다. 이를 부득부득 갈며 중얼거리는 벨제바브는 무척 빈정이 상했지만, 또 갇히는 불상사가 일어날까 봐 무어라 대꾸하지 못했다. 게다가 이런 사이렌이 울릴 것이라는 예고를 들은 적이 없어 황당하기는 그도 마찬가지였다. 의문에 대한 답을 내리듯, 귀를 찔 듯한 사이렌이 멎고 안내 방송이 흘러나왔다.

— 안내합니다. 곧 간부, 카인 시엘리아 님의 새벽단 퇴임식이 진행됩니다. 단원들은 한 분도 빠짐없이 참여해 주시길 바랍니다. 반복합니다…….

클라우드가 세이린을 안아 들고 빌리아와 로자리의 곁으로 자리를 옮겼다. 지하에 개미굴 같은 기지라도 숨겨 둔 것인지, 빙산과 눈에 숨겨진 출입구 곳곳에서 단원들이 끝없이 기어 나왔다.

"드디어 시작하는군."

"클라우드, 여기서 퇴임식 할 거 알고 있었어?"

클라우드가 침묵으로 동의하자 세이린은 뾰로통한 얼굴을 했다. 그 얼굴을 살살 쓰다듬는 그에게 새벽단의 요원 하나가 행사의 순서지를 나눠 주었다.

장장 몇 시간에 걸친 대전투는 그새 잊은 것인지, 대열을 정렬한 새벽단 단원들이 카인과 벨제바브, 실링을 향해 경례를 올렸다.

'레이디 로이펠은 왜 없는 거지? 입김 센 간부 같던데.'

세이린은 말이 씨가 되어 그녀가 튀어나오기라도 할까 봐 가만히 입을 다물었다. 곧, 실링이 무선 마이크를 받아 들곤 말했다.

"오늘, 카인 시엘리아가 퇴임식을 갖고 그간의 간부 생활을 정리한다. 단원들은 모두 열렬한 박수를 보내도록."

카인은 대체 왜 이런 사이비 종교 행사 같은 것에 자신이 끼어 있는지 모르겠다는 뚱한 얼굴이었다. 그 얼굴은 딱 실링이 말을 이을 때까지만 지속되었다.

"그럼, 먼저 퇴임 선물부터 공개하지."

실링이 손끝을 움직여 마력을 일으키자 감춰져 있던 거대한 빙산 하나가 나타났다. 눈부시도록 흰 주변의 모든 지형과는 달리 드러난 빙산의 색은 검었다. 각도에 따라 피멍처럼 보라색으로 보이기도 했다. 무언가가 군데군데 박혀 있기까지 해 더욱 기괴한 모양.

"저건……!"

자세히 그 빙산을 들여다보던 세이린이 구역질을 했다. 빙산에 얽히고설킨 채로 박혀 있는 것은 수천 구의 시체였다. 처음엔 살아 있는 마물이 얼음의 산이라는 낯선 형태의 봉인 마법에 걸린 모습일지도 모른다고 스스로를 위로했다. 그러나 문제의 빙산을 보면 볼수록, 그들이 모두 죽은 존재라는 것을 인정할 수밖에 없었다.

"윽……."

극도의 거부감을 느낀 세이린은 속이 메스꺼워 미칠 지경이었다. 도대체 어떻게 해야 저런 형태가 만들어지는지 짐작도 할 수 없었다. 아무리 마물의 외형이 천차만별이라고 한들 저런 모양은 아니다. 수천 개의 멍들고, 부러지고, 잘려 나간 다리와 팔, 몸통들이 뒤엉켜 함께 얼어 있는 모습은 아니란 말이다.

'저 끔찍한 조형물을 카인의 퇴임 선물로 준다고?'

그 발상이 기가 막히고 역겨워 헛웃음조차 나오지 않았다. 인상을 한껏 찌푸리고 있던 그녀에게 행사 보조 역할을 부여받은 듯한 새벽단 요원이 다가왔다. 요원은 서비스직 종사자처럼 부드럽고 깍듯한 태도로 물었다.

"세이린 폴룩스 님, 실링 워렛 님의 명을 받고 왔습니다. 퇴임식이 잘 보이는 VIP석으로 안내해 드릴까요?"

내가 지금 맞게 들은 건가? 세이린은 반사적으로 제 귀를 의심했다. 막장 드라마나 영화에서도 적군에게 아군 간부 퇴임식 좌석 업그레이드 서비스를 제공하는 미친놈은 본 적이 없었다.

"알아서 볼 테니 신경 꺼 줬으면 좋겠군."

클라우드가 까칠하게 세이린 몫의 대답을 가로챘다. 에테라 성에서 세이린을 치료할 때도 느낀 것이지만, 실링의 태도가 이전과 확연히 달랐다. 마치 세이린에게 갑자기 사랑에 빠지기라도 한 것처럼.

여기까지 생각이 미치자 당장이라도 플래티나 빙하를 갈아엎어 버리고 싶었다. 페일 도서관장이나 납치당한 물 속성 마물들이 어디에 있는지 확실히 알고 있었다면 진작 그렇게 했으리라.

걸리는 것은 또 있었다. 카인과 벨제바브는 전투 내내 지하의 무언가를 감싸듯 마력을 일으켰다. 마치 충격에 예민한 폭탄이라도 숨겨 둔 것처럼. 혼자 있었을 땐 어디 한번 터져 보라는 마음으로 날뛰었지만, 세이린과 로자리가 휘말릴 수도 있으니 자제해야 했다.

'……재미있는 게 하나 더 있기도 하고.'

클라우드가 빌리아를 힐끗 바라보곤 시선을 거두었다. 철없는 일이라는 자각은 하고 있지만, 약혼자와 애지중지 지켜 낸 동생의 환장의 콜라보레이션을 보느라 썩어 가는 빌리아의 얼굴을 보는 기분이 나쁘지 않았다.

곧, 새벽단 단원의 목소리가 스피커를 통해 흘러나왔다.

— 그럼 퇴임식을 진행하겠습니다. 식순은 나눠 드린 팸플릿을 참고해 주세요.

세이린은 손 위로 떨어진 청첩장 못지않은 사랑스러운 디자인의 팸플릿을 들여다봤다.

'공로패 수여? 연구 발표 및 시연? 기념사진 촬영?'

퇴임 선물로 거대한 시체의 산을 주는 조직의 퇴임식치고는 너무나도 평범해 도리어 이상했다. 단상 위의 카인 또한 이 상황이 어이없긴 마찬가지인지 태도나 걸음이 초연했다.

"먼저, 카인 님의 공로를 짧게 되짚어 보는 시간을 갖겠습니다."

짧게, 라는 말에 어울리지 않는 깨알 같은 글씨가 공중에 나타났다. 실링이 담아 준 탐욕의 랭커 동요를 이용해 카지노에서 연구 자금 모아 오기, 신생 플레어 프로젝트의 완성을 위한 물 속성 마물들 납치해 오기 등등. 세세한 항목 하나하나가 새벽단을 위해 쌓은 공로인지라 마왕성 및 평범한 마물들에게는 범죄 행각과 같았다.

[튤 로이펠을 이용한 커밋 글레이시아라는 위장 신분으로 빛 속성, 세이린 폴룩스의 마력 정보를 성공적으로 빼냈다.]

[초승 호수와 반쪽짜리 월식의 수정을 이용해 빛을 각성시켰다.]

세이린이 내면 깊은 곳에서 우러나오는 한숨을 쉬었다. 자신이 그동안 어떻게 당하고 있었는지가 랩 가사처럼 빠르게 쏟아져 내려오는 것은 참으로 볼만했다. 기가 막혀 단상 위를 째려보아도 카인은 반성은커녕 지루해 죽겠다는 얼굴이었다.

'어휴, 저걸 그냥…….'

성격상 분노의 레이저를 쏴 대고 싶었지만, 에테라 성에서 은근히 제이드와 자신을 구하려고 했던 그 이중적인 태도가 걸렸다. 세이린은 그저 입 안의 살을 잘근잘근 씹으며 카인의 '공로' 라는 것을 듣고 있을 수밖에 없었다.

한참 카인이 어떤 범행을 저지르고 다녔는지를 속사포로 쏟아 낸 마이크를 잡은 단원이 물을 마시곤 숨을 골랐다.

"헉, 헉…… 위와 같은 이유로, 새벽단은 카인 님께 공로패를 수여합니다."

실링이 다분히 정치적인 의도가 묻어나는 박수를 치며 카인에게 다가가 커다란 공로패를 건넸다. 카인은 일말의 망설임도 없이 얼음 사이로 흐르던 차가운 바닷물에 그것을 던져 버렸다. 새벽단 단원은 그 참사를 애써 무시하며 말을 이었다.

"다음으로는 카인 님의 주요 연구인 '신생 플레어 프로젝트'에 대한 프레젠테이션 및 시연이 있겠습니다."

말을 마치자마자 퇴임식 진행을 돕던 새벽단 단원들은 분주히 무언가를 준비했다. 그 모습이 마치 아이돌 가수의 공연이 펼쳐질 스테이지를 최종 점검하는 스태프 같았다. 카인이 지루한 일을 얼른 끝내고 싶어 하는 눈치로 손짓하자 단상의 바닥이 네모나게 갈라졌다. 곧, 그 아래에서 사람 키만 한 높이의 기계 장치가 솟아올랐다.

'저건 또 뭐지?'

세이린은 다소 낯선 모습의 기계 장치를 유심히 살폈다. 빛 속성인 덕에 마력의 흐름이 보였다. 끄트머리에 놓인 슬롯에 무언가를 넣으면 코어, 즉 기계의 중심 부분에서 무언가를 응축해 새로운 힘을 만들어 내는 흐름이었다.

'플레어 프로젝트 시연이라고 했으니, 물의 마력을 넣어서 신통력을 빚어내는 거겠네.'

그녀의 예상대로였다. 카인은 이 기기의 이름이 '플레어'라는 것을 시작으로, 물 마력을 압축해 신의 힘을 만들어 내는 장치라고 설명했다.

"잠깐, 질문!"

카인이 무언가를 꺼내려 주머니를 뒤적일 즈음, 실링이 손을 번쩍 들곤 짓궂게 소리쳤다.

"뭔데."

카인이 신경질적으로 응답했다.

"물의 마력을 압축해서 빛의 마력으로 만드는 게 새벽단이랑 무슨 관계야?"

"네가 플레어 프로젝트를 보완해서 완수하는 게 계약 조건이라고 했으니까."

참으로 깔끔한 정답이었으나, 원하던 답은 아니다. 실링이 웃으며 인상을 쓰자 앞머리에 가려지지 않은 눈이 반쯤 접혀 눈웃음을 머금었다.

"까칠한 간부에게 퇴임 선물을 주긴 싫은데."

실링이 딱 카인에게만 들릴 정도의 목소리로 중얼거렸다. 금빛 눈동자로 살포시 피의 빙산을 가리키는 것도 잊지 않으면서. 카인은 직장 상사의 등쌀에

화를 참는 신입 사원처럼 입술을 맞물었다가, 한참 후에야 대답했다.

"오래전 밤 대륙 영주들이 연구한 바에 따르면, 이속성인 빛과 어둠은 그 총합을 공유하지. 시소처럼 한쪽이 올라가면 한쪽은 필연적으로 내려와야 하는 게 이속성 보유자들의 마력이야."

"그렇지."

"……마계의 빛을 늘려 자연히 어둠을 몰아낸다. 이게 클라우드 슈테른을 몰락시키겠다는 새벽단의 목표. 플레어 프로젝트가 완성되면 신의 힘인 빛을 마음대로 생산해 낼 수 있으니 목표를 이룰 수 있겠지."

실링이 만족스러운 얼굴로 턱짓했다. 카인은 당장이라도 황금색에 미친 놈을 저세상으로 보내고 싶은 충동에 사로잡혔다. 그러나 '그때' 만들어진 시체들의 산을 보니 머리가 차게 식어, 어떻게든 시연을 빨리 마쳐야겠다는 생각만이 들었다.

등 뒤, 단상 아래에 세이린을 비롯한 마왕성 마물들이 와 있다는 사실은 중요하지 않았다. 이 일을 끝마치는 것만이 속죄고, 나아가 스스로를 구원하는 길이니. 카인은 주머니에 손을 넣어 형형한 푸른 빛을 내는 물 속성의 젬들을 꺼냈다.

"커밋, 그건……!"

세이린이 시연을 착착 진행하는 카인을 원망 서린 눈길로 바라봤다. 저 정도의 순도와 마력을 지닌 푸른 젬이라면 얼마 전, 속성 대회 때 납치된 마물들의 젬일 것이었다. 젬은 곧 속성 판정을 받은 마물의 심장. 카인은 자신을 부르는 목소리를 못 들은 척 무시하며 기계 장치의 슬롯을 열었다.

"마계에 하나뿐인 이 기계는 젬을 넣어야만 작동되지. 물 속성 젬을 넣으면 젬에서 마력이 추출되고, 생명의 기본이 되는 물의 마력이 고도로 압축되면 생명을 빚어내는 신의 힘이 된다."

자동 응답기처럼 설명하는 것과는 어울리지 않게 카인의 손은 떨리고 있었다. 이미 여기까지 왔다. 되돌릴 수 없다. 그는 그렇게 스스로를 다그치며 슬롯에 젬을 털어 넣었다.

뚜껑을 닫자 고철들이 맞물려 갈리는 소리가 나며 웅장한 마력이 폭풍처럼 휘몰기 시작했다. 그러나 무언가가 이상했다. 시체가 얽혀 얼어 있는 빙산을 포함하여, 주변의 눈들이 조금씩 녹기 시작했다.

"카인, 잘 되고 있는 거 맞아? 이건 불의 마력인 것 같은데."

실링이 두르고 있던 두툼한 모피를 벗어 돌돌 말며 물었다. 그 말에 아무 감정도 담겨 있지 않은 표정으로 계기판을 들여다보던 카인이 곧 흠칫 놀랐다. 불의 마력. 이 마력은 분명 불의 마력이었다. 그것도 아주 익숙한 파동의.

"젠장!"

자신이 넣은 물 속성의 젬들이 누구의 불 속성 젬과 바꿔치기 되었는지 알아챈 카인이 필사적으로 슬롯을 다시 열려 애썼다.

"열려, 열리라고!"

그러나 덜컹거리는 소리만 날 뿐, 기계는 계속해서 돌아갔다. 오직 기계의 주인인 실링만이 이 기계를 멈출 수 있다는 것을 알면서도 카인은 정신이 나간 것처럼 슬롯을 열려 애썼다. 이 파동은 분명 그녀의 마력이다. 카인이 이를 악물 때, 그의 추측이 옳았음을 입증하듯 허스키한 여성의 목소리가 들려왔다.

"카인 시엘리아. 내 학생들을 죽이려 들다니."

카인은 물론, 새벽단의 간부들과 마왕성의 마물들까지도 그 목소리의 주인을 알고 있었다.

"스피카 블랙! 다 된 플레어 프로젝트에 무슨 짓을 한 거야!"

실링이 이를 부득 갈며 플래티나 빙하에 나타난 아카데미 총장을 째려봤다. 그러나 스피카는 약간 고통스러운 듯 인상을 찌푸리는 것만 빼면 태연했다.

"세이린 아가씨, 이것을 받아 주십시오."

세이린의 손 위로 카인이 연구에 쓰려 했던 여러 개의 물 속성 젬이 떨어졌다. 그것들을 소중히 쥔 세이린이 맹렬히 움직이고 있는 플레어 프로젝트 기계를 바라봤다.

'분명 기계는 젬이 들어가야 움직인다고 했는데······!'

바꿔치기 마법을 사용한 것이 분명했다. 그리고, 이곳에 모인 마물들 중 불 속성을 가진 마물은 하나. 지금까지 그토록 의심하고 원망했던 카인의 추천인,

스피카 블랙.

지금 기계 장치 안에서 압착되고 있는 것이 그녀의 젬이라는 것을 증명하듯, 세이린에게 스피카의 기억이 보였다.

Chapter
24

여명의 파수꾼

"스피카. 할 말이 있어. 낮잠 그만 자고 잠깐 일어나 봐."

사근사근한 목소리가 들려왔다. 동시에 캄캄했던 눈앞이 깜빡깜빡 밝아졌다. 보고 있는 것이 총장의 기억이라는 것을 환기하듯 창문에 앳된 모습의 스피카 블랙이 비쳤다.

그리고 코앞에 있는 은발의 미인. 아카데미 물 속성 수석 졸업자이자 플레어 프로젝트의 주인공. 신이 되기 위해 로이펠에 들어갔던 여명회의 신도.

'이 사람이 플레어 프레자일이구나.'

처음 보는 플레어 프레자일은 장황한 수식과는 어울리지 않을 정도로 소박하고 따뜻한 인상이었다. 긴 은발을 땋은 다음 틀어 푸른 리본으로 장식한 모습에서는 은근한 장난기가 드러났다.

"자는 사람 그만 깨워, 플레어."

스피카가 볼멘소리를 하자 플레어가 대꾸했다.

"기도 시간에 자면서 말은 많아요, 또."

"플레어 너는 머릿속으로 왈츠 추면서. 발 까딱이면서 박자 맞추는 거 다 보

87

이거든?'

"나는 기도문이랑 경전을 다 외우잖아! 스피카는 기도문도 제대로 못 외우고. 네가 불량 신도인 건 신께서도 아실걸?"

총장의 시점으로 기억을 엿보는 세이린에겐 플레어의 모습이 꽤 얄미워 보였다. 그래서일까. 스피카는 영 마음에 들지 않는다는 투로 말했다.

"네가 별것 없는 경전까지 달달 외울 정도로 여명회에 빠삭하니까 로이펠에서 데려가려는 거잖아. 너는 원하지도 않는데."

"걱정하지 마, 스피카. 내가 원하는 건 내가 결정할 거야. 내 결정은 로이펠의 프로젝트에 참여하는 거고."

기억 속의 플레어는 자신의 결정이 어떤 결과를 가져올지 전혀 예상하지 못하는 채로 환하게 웃었다.

"뭐? 로이펠에 가겠다고?"

스피카가 무모한 결정이라며 플레어를 만류했다. 하지만 그녀는 단호했다.

"응. 창조신의 빛 속성을 구현하려면 생명과 가장 관련 있는 물 속성 마력이 필요하대. 낙제생이라는 소문이 나자마자 자퇴한 너랑은 달리, 난 수석 졸업생이잖아?"

턱을 위로 척 빼 들고 머리를 쓸어 넘기는 플레어는 신이 된다는 거대한 사명과는 어울리지 않는 장난스러운 모습이었다.

"그걸 꼭 네가 해야 해? 연구가 어떤 식으로 이뤄지는지도 모르잖아."

스피카는 발끈하는 대신 걱정스런 목소리로 물었다. 하지만 이번에도 플레어는 단호하고 침착하게 대답했다.

"어떤 방법으로든 창조신의 마력을 구현하기만 하면, 귀족들도 더 이상 여명회를 핍박하지 않을 거야."

스피카는 진심으로 플레어를 걱정하고 있었다. 동시에 체념하기도 했다. 눈앞의 친구가 따뜻하나 굳은 얼굴을 하고 있기 때문이었다. 스피카는 플레어가 결정을 바꾸지 않으리라는 것을 직감했다. 플레어는 그런 친구의 손을 꼭 잡고 부탁했다.

"부탁이야, 스피카. 황혼 지대로 도망갈 때, 네가 파수꾼 역할을 맡아 줘. 나 대신 맨 앞에서 사람들을 이끌어 줘."

"뭐? 난 경전은 물론이고 기도문도 몰라. 게다가, 신도들은 대부분 무속성이잖아. 간단한 마법도 못 쓸 거라고!"

"그런 건 중요하지 않아, 스피카."

"탈주 계획이 일주일 남았다는 건 알면서 하는 말이지?"

"알아. 하지만…… 난 내일 떠날 거거든."

플레어는 장난스레 웃었다. 맑은 하늘색 눈동자가 곱게 휘어지는 순간, 스피카는 어쩔 수 없다는 듯 고개를 끄덕였다.

다음으로 펼쳐진 기억은 끔찍함, 그 자체였다.

스피카 블랙은 여명회를 성공적으로 이끌지 못했다. 그녀를 따라 플래티나 빙하에 들어선 여명회의 신도들은 아들에게 영주 자리를 물려주곤 적적해진 시엘리아 선대 영주의 추격에 따라잡혀 무참히 숙청당했다.

모두가 죽었고 마지막까지 살아남은 것은 스피카 하나였다. 얼음 알갱이가 바람을 타고 흩날리는 플래티나 빙하에서, 시엘리아의 은퇴한 늙은 영주는 스피카 블랙의 새카만 눈동자 하나를 뽑아 뭉개곤 말했다.

"반대쪽 눈은 남겨 두지. 네가 죽음으로 이끈 목숨들이 꺼져 가는 걸 지켜봐라."

닳아 피가 나는 손톱으로 바닥의 얼음을 거칠게 긁어쥔 스피카가 발악하듯 말했다.

"시엘리아! 빛의 신이 너를 가만두지 않을 것이다!"

그러자 시엘리아의 늙은 영주는 가소롭다는 듯 수염을 문질렀다.

"주변을 둘러봐라."

빙하는 온통 붉었다. 아득할 정도로 많은 마물들의 시체가 바닥에 널브러졌다. 피와 질척하게 뒤섞인 체액이 얼어붙은 모습은 이곳에 살아 있는 여명회 신도가 그녀 하나임을 뚜렷이 보여 주었다. 시엘리아의 늙은 영주는 주변을 둘러보다 조소했다.

"모두 행렬의 맨 앞에서 파수꾼 역할을 한 네가 내 추격을 따돌리지 못해 죽은 자들이다. 이만큼의 신도들을 죽였으니 너 또한 신에게 버림받았을 터."

시엘리아의 늙은 영주가 칼의 피를 후드득 털어 내곤 걸음을 옮겼다. 탈주의 유일한 생존자, 스피카 블랙의 입김만이 허공으로 흩어졌다.

플래티나 빙하에 홀로 남겨진 스피카 블랙은 오래도록 죽지 않았다. 죽는 게 당연할 만큼 굶고 얼어붙었는데도 달빛처럼 창백한 누군가의 마력이 수없이 그녀를 살려 냈다.

하루하루를 버티는 와중에 에테라가 낮 대륙을 통일했다. 이후 전쟁 상황은 더욱 첨예해졌고, 시엘리아의 영주가 바뀌었으며, 이속성을 지닌 새로운 황제 후보가 자연 발생해 전쟁을 끝냈다. 움직일 수 없을 만큼 지친 스피카 블랙은 여명회 신도들을 학살한 시엘리아의 늙은 영주를 저주하다 이내 그만두었다.

'플레어라면 그런 놈도 용서해야 한다고 했겠지.'

하나뿐이던 친구의 이름을 떠올리자 더더욱 허망한 기분이었다. 로이펠의 플레어 프로젝트가 성공해 플레어가 신이 되었다면 전쟁 따위가 일어났을 리 없었다. 그러니 플레어 프레자일은 아마 죽음을 맞았으리라.

지켜야 할 신념과도 같은 것이 더는 남아 있지 않다고 생각하자 심장 박동이 느슨해지는 것 같았다. 그렇게 눈을 감으려는 순간.

"이게 뭐야……."

가늘게 떨리는 남자의 목소리가 희미하게 들려왔다. 눈과 얼어붙은 체액을 발로 헤집으며 다가오는 그의 얼굴을 보자마자 스피카는 이를 갈았다. 전쟁 통에 살아남은 것인지 어쨌는지 알 수 없지만, 그는 카인 시엘리아. 빙하를 여명회 신도들의 피로 물들인 원수의 아들이었다.

"당신, 살아 있어?"

그런 그가 자신의 어깨를 흔들고, 보온 마법을 건다. 넓은 반경에 널브러진 시신들과 피를 둘러보는 짙푸른 눈동자가 파르르 떨린다. 이렇게 참혹할 줄은 몰랐다는 듯.

한참 후, 보고서로만 들어 오던 살육을 실제로 접한 충격에 넋을 잃은 카인은 무릎 꿇고, 뺨을 적신 눈물이 어는 줄도 모르는 채 잠긴 목소리로 애원했다.

"용서…… 용서해 줘."

"네놈의 아비가 한 짓이다."

"……알고 있어."

스피카는 복수의 충동을 느꼈다. 동시에 두려움에 사로잡혔다. 모종의 죄책감을 느끼는 카인의 푸른 눈동자에는 제 아비와 같은 냉혈의 기운이 흐르고 있었다. 시엘리아의 번영을 위해서라면 최소한의 희생으로 원하는 것을 취한다는 귀족의 어리석음이.

죽인다면 후환은 없을 것이다. 그러나 시엘리아의 영주였던 자를 망가진 몸으로 상대할 수는 없으리라. 스피카는 자신에게 먹을 것을 내미는 카인을 지그시 바라봤다. 플레어. 너라면 이 아이를 어떻게 했을까.

'스스로 깨닫게 했겠지.'

스피카는 스스로 질문에 답한 뒤 카인을 향해 입을 열었다.

"어차피 둘 다 신에게 버림받은 몸. 나와 함께 신의 힘을 파헤친다면 우리는 너를 용서하겠다."

가르침을 위해서는 시간이 필요했다.

머지않아 플래티나 빙하에 붉은 산이 생겼다. 카인은 시신이 부패하지 않도록 녹지 않는 얼음산에 그들을 가두곤 말했다.

"새벽단인지 뭔지 하는 이름으로 모인 영주 놈들이 원하는 건 빛 속성에 대한 정보야. 자기들을 죽인 어둠 속성 보유자를 몰락시키려는 거겠지."

"그렇다면 그곳으로 숨어들어 가서 연구를 도와야겠지. 신의 힘을 만들어 내면 더 좋고."

스피카는 건성으로 대답했다. 그러나 갈 곳이 없던 카인은 가지고 있던 반쪽짜리 월식의 수정을 이용해 실링 워렛의 눈동자를 스피카 블랙에게 이식했다. 아버지에게 잃은 그녀의 원래 눈동자에 대한 보상인 동시에, 실링의 시야를 통해 새벽단에 간 자신을 감시해 달라는 무언의 부탁이었다.

곧, 그가 품에서 땅 속성의 보물, 튤 로이펠을 꺼내 에메랄드색 눈과 머리카락을 가진 남자애로 모습을 바꾸었다. 기억을 엿보고 있는 세이린도 잘 아는 얼굴. 커밋 글레이시아였다.

"스피카! 대체 왜!"

눈을 감고 스피카의 기억을 느끼던 세이린은 카인의 악에 받친 목소리를 듣고 깜짝 놀라 주변을 둘러봤다. 그는 강력한 마법으로 기계 장치를 반쯤 부수며 스피카 총장을 향해 소리치고 있었다.

"네가 물 속성 마물들을 직접 납치한 이유가 이거였군."

카인에게 말한 스피카가 거의 녹아 흘러내리기 시작한 시체들의 빙산을 바라봤다. 그 눈빛이 애틋했다.

"……오랜만에 보는 얼굴들이야."

카인과 자신이 처음 만났을 때, 그가 녹지 않는 얼음에 보존했던 수천 명의 죽은 마물들. 자신이 이끄는 행렬을 따라 밤 대륙의 폭정에서 벗어나려 했으나 영주인 카인의 아버지에게 추격을 당해 플래티나 빙하까지 도망쳐 온 불쌍하고 그리운 동료들. 이미 목숨이 끊어진 여명회의 신도들.

스피카가 짧게 기침했다. 그들의 흐물거리는 몸 위로 그녀의 피가 흩뿌려졌다. 가장 친한 친구의 이름을 딴 기계에 자신의 젬이 녹고 있다는 생각을 하니 스피카는 헛웃음만 나왔다.

"감히 짐에게 추한 꼴을 보이다니!"

벨제바브가 미친 것처럼 시원스레 웃음을 터트리는 스피카를 향해 일격을 퍼부었다. 하지만 어째서인지 영주인 그의 공격이 조금도 먹히지 않았다. 오히려 죽음을 결정한 불의 마력에 데일 듯 숨이 막혔다. 스피카는 피식 웃으며 카인에게 다가가 말했다.

"죽은 무속성 마물쯤은 가뿐히 살려 낸다는 실링의 힘으로 아버지가 학살한 여명회 신도들을 살려 내면, 연구에 눈이 멀었던 네가 범한 방관이라는 죄가 사라질 것 같으냐?"

가여워라. 가여워. 딱 너다운 생각이구나. 스피카는 피를 흘리며 연신 중얼거렸다. 주름진 손이 카인을 쓰다듬다 시체의 산으로 향했다. 순간, 걷잡을 수 없는 거대한 불길이 시신들 위로 번져 죽은 마물들을 태우기 시작했다.

"지금 뭐 하는 거야!"

놀라 소리친 카인이 마력으로 물을 퍼부었다. 하지만 불길은 기름을 만난 듯 더 맹렬히 널름거리며 죽은 여명회 신도들을 집어삼켰다.

"대체 왜…… 다 됐는데, 다 살려 냈는데 이제 와서……!"

카인이 털썩 무릎 꿇었다. 오로지 자신이 방관한 일을 수습할 수 있다는 생각만으로 새벽단에 협조하며 보낸 시간들이 주마등처럼 스쳐 지나갔다.

"물 속성 마물 열댓 명만 희생시키면 천 명이 넘는 마물들을 살릴 수 있었는데……."

그 말을 들은 스피카는 가소롭다는 듯 웃으려 했으나, 기계 장치에 들어간 쨈이 상당히 훼손된 탓에 입에 고인 피를 뱉어 내는 데에 그쳤다. 그녀는 손등으로 피를 닦아 내곤 힘겹게 말했다.

"처음 만났을 때와 변한 게 없군. 신에게 버림받은 우리가 누군가를 살리는 게 애초에 가능할 것 같나?"

아카데미 총장이 빚어낸 불의 사슬이 죽은 여명회 신도들을 모두 감았다. 사슬에 엮인 모두의 몸이 녹아내리기 시작할 즈음, 스피카 총장은 엷은 웃음을 보였다. 그러곤 불길 속으로 걸음을 옮겼다. 카인은 스피카의 손목을 붙잡고 모든 것을 잃은 것처럼 악을 썼다.

"스피카 블랙! 겨우 이따위 장면을 보여 주려고 함께 가자고 했나? 날 가지고 놀았어?"

"이따위 장면이라니. 똑똑히 봐. 네 아버지와 네게서 도망가려다 죽음을 맞은 마물들을."

"이게 네 복수인가? 모든 것을 버리고 따르면 용서해 줄 것처럼 굴곤 다 같이 죽어 버리는 게?"

용서. 모든 것을 가졌던 시엘리아의 젊은 주인이 아무도 접근하지 못할 정도로 숨 막히는 화염에 파고들어 구하는 오직 한 가지. 그리고 그에 대한 스피카의 대답은 그를 주저앉게 만들었다.

"덮고, 무시하고, 기억을 삭제하는 게 전부가 아니야. 세상에는 어떤 희생을 감수해도 수습할 수 없는 일이 있다는 것을 이젠 알겠지."

"고작 그런 걸 가르치려고……."

말끝을 흐리는 카인의 눈에 담긴 빛은 허망하기 그지없었다.

이제야 네 눈동자에서 냉혈의 기운이 걷혔구나. 스피카가 픽 웃었다.

"이것이 괴물이었던 네게 주는 나의, 우리의 복수이자 용서다."

스피카는 마지막으로 시선을 옮겼다. 절대 함께할 수 없는 두 존재가 가까이 있는 것이 보였다.

"클라우드 전하, 아니, 폐하. 카인 시엘리아를 유일의 황제인 당신의 뜻대로 이끌어 주십시오. 그리고 세이린 양."

은은한 미소가 불길 속으로 사라지고 음성만이 들려왔다.

"이들에게 축복을."

아카데미 총장이자 여명회의 파수꾼이었던 스피카는 기계 장치가 젬에서 추출해 낸 불의 마력 속에서 죽은 신도들과 함께 맹렬히 타올랐다. 가만히 화염 속의 스피카 총장을 바라보고 있던 실링이 순간 다른 사람이 된 것처럼 표정을 싸하게 굳혔다.

"저, 저건……."

스피카의 왼쪽 눈을 가리고 있던 안대가 불에 녹아 툭 떨어지는 순간, 너무도 익숙한 황금색 눈동자를 본 탓이었다. 물의 보물인 월식의 수정으로 이식해 불 속에서도 조금도 상하지 않은 모습.

"내 눈이잖아."

카인이 멈추라고 멱살을 잡아도 듣지 않던 실링이 기계 장치의 상판을 부술 듯 붙잡아 마력 추출을 멈추었다. 그러나 눈동자를 향한 그의 집착만큼이나 거센 불꽃은 스피카 블랙의 그림자까지 말끔히 태워 버렸다.

실링이 기계 장치의 슬롯을 열었을 때, 군데군데 실금이 가 있는 스피카의 젬에서 작은 파편들이 튀었다. 세이린은 그중 한 조각을 양손으로 감싸 쥐었다.

'이건…….'

총장, 그리고 그녀와 함께 타오른 수많은 여명회 신도들이 찬양했던 빛의 마력을 지닌 세이린에게 한 번 더 스피카의 기억이 스며들었다.

이번 기억은 분위기가 조금 달랐다.

"미쳤습니까? 죄인에게 아카데미 총장이라는 직책을 맡기려 하다니."

"이 연봉에, 감옥에서 꺼내 주기까지 한다는데 거절하는 네가 더 미친 것 같군."

플래티나 빙하에서 벗어나 아르디노에 다다르자마자 새로운 마왕의 감옥에 갇힌 스피카와 철창에 기댄 클라우드 슈테른이 등장인물이었다. 스피카는 단호하게 말했다.

"나는 미천한 어둠에게 구원받을 생각이 없습니다."

"……미천하다고 생각하든, 뭐라고 말하든 좋아. 무속성 마물들이나 여명회의 신도들을 백성들과 섞이게 하려면 탈주 사건의 유일한 생존자인 네가 필요하다."

지금보다 한층 재수 부재중인 클라우드가 강압적으로 말했다. 스피카는 그 모습에서 형언할 수 없는 빛을 느꼈다.

'어둠에게서 빛이라니.'

평생을 다해 영주들을 부정하고, 황제가 되려는 귀족들을 경멸해 온 스피카였다. 그러나 눈앞의 남자는 마치 창세 신화나 마계의 전설을 초월해 마물들을 위해 자연 발생한 존재처럼 느껴졌다.

"대신 훗날 제가 결심한 일을 행할 때, 막지 않겠다고 약속해 주십시오."

한참을 고민한 스피카 블랙은 마침내 어둠이 풍기는 따스한 빛을 믿어 보기로 했다.

"클라우드……."

세이린이 입술을 일자로 다물곤 무표정을 지키고 있던 그에게 기댔다. 클라우드는 그녀가 무슨 기억을 엿봤는지 아는 것처럼 가만히 머리를 쓸어 주었다.

플래티나 빙하의 분위기는 걷잡을 수 없이 우울하게 가라앉았다. 금빛 눈동자가 불타 버렸다는 사실에 이성을 잃은 한 마물만 빼고.

"살려야 해. 내 눈이……."

반쯤 미친 채로 자신의 눈동자를 되찾을 방법만을 강구하던 실링이 무언가를 떠올린 듯 환희에 젖은 얼굴을 했다.

"그래. 플레어의 사리라면······."

안주머니를 급히 뒤지자 작은 보석함이 만져졌다. 실링은 한 손에 금이 간 스피카의 젬을 쥐고 작은 보석함을 열어젖혔다. 보석함이 열리자 그 틈바구니에서 찬란한 섬광이 새어 나왔다.

감각이 배로 예민한 클라우드나 이속성을 지닌 세이린은 물론, 빙하에 있는 모두가 그것이 무엇인지 알아챘다. 실링이 손에 든 것은 로이펠의 플레어 프로젝트를 통해 만들어 냈다던 신통력, 플레어의 사리였다.

"어떻게 썼더라······."

실링은 투명하고 강렬한 빛을 내는 원형의 구슬을 반쯤 부서진 스피카의 젬에 문질렀다. 신통력이 스피카의 젬으로 흘러들어 가 균열을 메꾸기 시작했다. 시간이 흐를수록 스피카의 젬이 군데군데 투명해졌다.

"실링이 저 방법으로 살아난 것이었군."

그 모습을 가만히 보고 있던 클라우드가 말했다. 분명히 젬을 깨부쉈는데도 멀쩡히 살아 있는 데다, 젬 없이 마법까지 펑펑 써 댈 수 있는 이유. 그것은 실링이 로이펠에 막대한 자금을 대고 받은 두 개의 플레어의 사리 중 하나를 자신에게 사용했기 때문이었다.

'젬 없이 마력을 사용할 수 있는 것과 신통력이 무슨 관련이 있는지 걸리지만······.'

클라우드가 손에 마력을 응축했다. 계획에 없던 일이긴 했지만, 스피카의 젬이 모두 회복되는 순간 플레어의 사리와 함께 빼앗으려는 생각이었다. 하지만 마왕보다 먼저 움직인 자가 있었으니.

"신의 힘은 짐이 가져가겠다!"

벨제바브가 순식간에 날렵한 바람의 마력을 일으켜 플레어의 사리를 낚아채 입 안에 넣고 삼켰다. 그를 제외한 모두가 그 황당한 광경에 놀라 굳어 버렸고, 빌리아는 자신이 망신을 당한 것처럼 얼굴을 가렸다.

'아무리 신의 힘이 탐났다고 해도, 저걸 날름 삼키면 어떡해! 기어 다니는 아기도 아니고!'

답답한 심경이 된 빌리아가 괜히 시선을 이리저리로 돌리다 실링의 얼굴을 봤다. 이제껏 한 번도 보지 못한 깊은 분노가 아주 잠깐 서렸다가, 곧 평소의 거북한 웃음으로 뒤바뀌었다.

'……방금 그 얼굴은 뭐였지?'

빌리아가 움찔했다. 실링은 그토록 사랑하던 아리아의 반응을 신경 쓰지 않은 채로 벨제바브의 등짝을 찰싹찰싹 때렸다.

"뱉어, 뱉어! 그걸 왜 먹어!"

"크핫핫, 이제 짐은 신이…… 커헉!"

거센 통증을 느낀 벨제바브가 몸을 팔로 감싸고 웅크렸다. 약한 모습을 보이거나 무릎을 꿇는 일 따위는 절대 보이지 않으려 하는 자칭 황제는 신통력을 삼킨 지 고작 10초 만에 단상 위로 쓰러졌다.

그의 관절과 관절 사이, 눈의 흰자위, 손톱에서 수천 갈래의 빛이 마치 탈출하려는 듯 뿜어져 나왔다. 벨제바브가 고통스러운 듯 비명을 질렀다. 그러면서도 신의 힘을 받아들일 그릇이 되지 않는다는 사실을 인정하기 싫다는 듯 플레어의 사리를 게워 내지 않았다.

"실링, 짐에게 네 치유의 능력을 써라, 빨리!"

실링은 금방이라도 숨이 넘어갈 듯 말하는 벨제바브를 다소 한심하게 바라봤다. 이래서는 세이린을 독차지하고 있는 클라우드와 싸움을 붙이기는커녕 추한 꼴만 보일 것이 분명했다. 게다가 세이린 폴룩스가 징그러워 보기 싫다는 듯 눈을 가리고 있지 않은가.

"……오늘은 이쯤에서 돌아가지."

실링이 치유의 마법을 일으키며 거대한 이동 마법진을 그려 냈다. 물론 안전한 도망을 위해 스피카의 젬을 인질로 잡는 것도 잊지 않으면서. 단원들에게 짐짝처럼 들린 벨제바브가 가장 먼저 이동 마법진 너머로 사라졌고, 실링은 마지막까지 머뭇거리다 세이린을 한 번 더 눈에 담고 사라졌다.

잠시 후, 바람을 읽어 낸 빌리아가 말했다.

"새벽단 놈들은 에테라 성으로 갔어. 더 이상 숨을 생각도 없나 본데?"

그녀는 주변을 둘러보았다. 시체와 아직 살아 있는 새벽단 단원들이 얽혀 참으로 난잡했다. 실링은 치유 마법으로 구할 수 있을 텐데도 다친 단원들을 버리고 갔다. 빌리아와 로자리는 미처 이동 마법진에 뛰어들지 못한 새벽단 단원들을 제법 정교한 땅의 사슬로 구속했다. 그러자 참으로 다양한 치명상을 입은 여명회 신도만 바닥에 널브러진 채로 남았다.

"클라우드. 이 시신들은 어떻게 할 거야?"

클라우드는 빌리아의 물음에 곧장 대답할 수 없었다. 곤란한 일이었다. 일전에 스피카에게 듣기론 시엘리아의 늙은 영주가 탈주 행렬에 가담한 모든 마물들에게 밤 대륙 출입을 금지하는 저주를 내렸다고 했다. 죽은 몸이라고 해도 영주의 저주는 쉽게 풀리지 않으니 밤 대륙으로 데려갈 수 있을지 확신이 서지 않았다.

시신 수습 방법을 고민하던 클라우드의 앞으로 세이린이 조심히 무릎 꿇었다. 무척 조심스러운 동작이었다.

"세이린. 무슨 생각이지?"

"돌아가신 총장님이 그랬잖아요. 축복해 달라고."

비록 자신은 여명회 신도도, 그들이 찬양하던 신도 아니지만 기도 정도는 해 줄 수 있으리라. 양손을 깍지 껴 맞잡은 세이린이 가만히 눈을 감았다. 축복이란 본래 행복을 빌어 주는 것이다. 그러나 신의 축복은 어떻게 내려야 할지 감이 잡히지 않았다.

'귀하의 무궁한 발전과 건강을 빕니다? 댁내 두루 평안하시길 바라요?'

세이린은 세 번의 삶을 살면서 들었던 온갖 따뜻한 말들을 작게 읊조렸다. 어쨌든 전하고 싶은 마음은 하나였다.

'이들이 편히 쉬게 해 주세요.'

누구에게, 어떻게 해야 하는지도 명확하지 않은 기도였으나 효과는 확실했다. 세이린을 중심으로 빛의 마력이 원형으로 퍼졌다. 그러자 피로 물들었던 플래티나 빙하가 서서히 흰 빛으로 물들었다. 플레어의 사리에서 뿜어져 나오던 날카로운 섬광과는 다른 온화한 달빛. 세이린의 빛이었다.

"작가님, 어떻게 이런 일을……."

세이린의 마력에 닿은 마물의 시신이 온화한 빛 속으로 스러졌다. 그 자리마다 얼음 위로 보드라운 연둣빛 잔디와 풀꽃들이 피어났다. 세이린이 눈을 떴을 때, 플래티나 빙하는 조금 쌀쌀한 낙원의 모양을 하고 있었다. 노을이 완전히 저물어 어둑어둑하던 빙하가 다시 한낮의 밝음을 되찾은 것으로 보아 또 낮이 길어진 듯했다.

클라우드는 몸을 숙여 잔디를 어루만졌다. 분명 본 적 없는 품종. 아니, 애당초 얼음 위에 돋아나는 풀꽃과 잔디는 존재하지 않았다.

"매번 놀라게 하는군."

클라우드의 손을 붙잡고 일어난 세이린이 쓸쓸하게 웃었다.

"저 혼자 한 게 아니에요. 돌아가신 총장님이 도와주셨어요."

"돌아가신 총장님?"

설마 우리 마왕님이 그새 총장님을 까먹기라도 하신 건가. 세이린이 당황한 얼굴로 연신 고개를 끄덕였다. 하지만 클라우드는 여전히 모르겠다는 반응이었다.

"누가 어디로 돌아갔다는 거지?"

"총장님이 하늘나라…… 아니, 지옥일 수도 있긴 한데……."

어째 고인을 능멸하는 기분을 느끼는 세이린과 달리, 클라우드는 눈썹을 살짝 들어 올릴 뿐이었다.

"안 죽었어."

"네? 하지만 분명 불 속에서 다 타셨잖아요."

"실링이 플레어의 사리를 써서 젬을 보존했으니, 어딘가에서 자연 발생하겠지."

"정말요?"

쉽사리 이해가 가지 않는 마계의 시스템이었지만 어쨌든 스피카가 죽지 않았다는 건 기쁜 소식이었다. 세이린이 환하게 웃으며 방방 뛰다 클라우드를 폭 안았다. 자신이 살린 것은 아니지만 어쨌든 칭찬받는 기분이 된 그가 낮은 목소리로 설명을 덧붙였다.

"실링은 스피카에게 있는 자신의 눈을 가지고 싶어 해. 월식의 수정을 사용해 이식한 눈동자이니 아마 스피카가 자연 발생할 때 다시 나타나겠지."

"월식의 수정?"

"반쪽짜리. 자세한 설명은 들어 봐야 알겠지만."

담백하게 덧붙인 그가 세이린을 잠시 뒤로하고 터벅터벅 걸어갔다. 해야 할 일이 하나 더 있었다. 그의 시선 끝에는 잔디 위에 꿇어앉아 밀랍 인형처럼 넋을 놓고 있는 카인이 있었다.

"카인 시엘리아."

칠흑의 마력이 카인의 팔을 붙잡아 일으켜 세웠다. 하지만 몸에 힘이 없는 탈진 상태인지라 붙들려 무릎 꿇은 자세가 되었다. 카인은 한참이나 위에 있는 클라우드를 맥없는 얼굴로 마주했다.

"……스피카에게 부탁받은 고문이라도 있나?"

클라우드가 한심한 것을 바라보듯 눈을 내리떴다. 이렇게 어리석으니 스피카가 남은 생을 바쳐 구원하려 했던 것이 아닌가.

"스피카 블랙은 온전히 내 편이었던 적도, 완전히 나와 마왕성을 적으로 돌린 적도 없다. 네가 심은 눈으로 실링의 시야를 봐 놓고도 내게 보고하지 않아 모두를 위험에 빠트린 게 한두 번일 것 같나?"

"……뭐?"

"총장은 항상 너를 싸고돌았다. 끝까지 그랬고."

클라우드는 카인에게 주먹이나 날카로운 짐승의 앞발을 박아 넣고 싶은 충동을 느꼈다. 마음 같아서는 진작 그랬을 것이다.

'스피카가 마지막까지 이놈을 부탁할 줄이야.'

스피카 블랙은 성실하거나 자애로운 이미지와는 거리가 먼 마물이건만. 어째서 카인에게 그리 집착했는지 알 수 없었다. 하지만 부탁을 받았다고 해서, 지킬 것이 없으니 자신을 희생할 줄 모르는 전직 영주를 냉큼 밤 대륙으로 데려갈 수도 없는 노릇.

'게다가, 아직 빌리아나 아벨이 눈치채지 못한 이놈의 진짜 죄가 알려졌다간……'

마왕성이 발칵 뒤집히는 것으로 끝나지는 않으리라. 전직 영주인 자를 평범한 감옥에 가두는 것도 불가능에 가깝다. 그러니 스스로 갇혀 있도록 만들어야 할 터.

클라우드가 골머리를 앓고 있을 때, 빌리아는 로자리와 함께 살아 있는 새벽단 단원들을 부지런히 마왕성 근처 구금실로 옮기고 있었다. 이상한 기합을 넣어 가며 그 연행을 돕던 세이린이 바닥에 떨어져 있는 무언가를 발견했다.

"이건……."

스피카 총장이 처음 플래티나 빙하에 등장했을 때 바닥으로 던진 무언가가 그 자리에 그대로 있었다. 코트거나 망토거나, 가방 같은 것이리라 생각했건만. 바닥에 고꾸라진 채로 기절한 것은 사유서를 꼭 품에 안고 있는 제이드 제릴이었다.

'맞다. 총장님이 오늘까지 기록 보존실 쳐들어간 거 사유서 써 오랬지!'

세이린은 잊고 있던 사실이었다. 아무래도 모범생을 자처하는 뱀파이어 도련님은 성실히 사유서를 써 왔다가 그대로 총장님께 납치된 듯했다. 세이린이 제이드를 흔들어 깨웠다. 다행히 부상은 없는 듯 그는 금방 일어났다.

"죽는 줄 알았네……."

"제이드 님, 괜찮으세요?"

제이드가 고개를 끄덕였다. 언제 기절했는지는 정확히 알 수 없었지만 스피카 총장이 화염 속으로 사라지는 장면만은 똑똑히 기억났다.

"대체 어떻게 된…… 헉."

제이드가 눈을 번뜩였다. 카인 시엘리아를 첨예한 어둠의 마력으로 구속시키고 있는 클라우드 슈테른 전하라니.

고개를 힐끗 돌려 제이드의 반응을 본 클라우드가 카인을 처리할 괜찮은 방법을 떠올렸다.

"카인 시엘리아는 이 자리에서 처형한다."

낮게 깔린 목소리로 말하자, 예상대로 제이드와 세이린이 움찔 놀랐다. 빌리아가 멈칫하는 것은 예상치 못한 일이었지만. 클라우드가 팔을 뻗어 산도 단칼에 베어 버릴 수 있을 만한 거대한 검을 빚어냈다. 카인은 아무 말 없이, 그야말로 체념한 듯 눈을 감았다.

클라우드가 그의 목을 향해 검을 휘두르는 순간 무기력한 시엘리아의 전 영주에게 향한 검을 두 마물이 막아 세웠다. 겁에 질린 얼굴과 후들거리는 다리, 갑옷 하나 입지 않아 발발 떨리는 몸으로.

"제이드 제릴, 세이린 폴룩스. 지금 내 앞을 막은 건가?"

클라우드야 착착 진행되는 시나리오에 속으로 웃음을 삼켰지만, 정작 카인을 감싼 두 마물은 무서워 죽을 맛이었다. 카인 또한 자신의 앞에 선 세이린과 제이드의 그림자를 흐리멍덩한 눈으로 올려다볼 뿐이었다. 클라우드가 제이드를 한껏 무서운 눈으로 직시하곤 말했다.

"제이드 제릴. 처형을 막은 네 행동에 책임을 질 수 있겠나?"

"네, 네?"

연대 보증의 늪에 빠진 뱀파이어가 눈을 휘둥그레 떴다.

"네가 카인의 처형을 막아섰으니, 카인이 무슨 일을 일으키면 네게 연대책임을 묻겠다."

"예……?"

"네가 못 하겠다면 마왕성에 들일 가치도 없을 것 같군. 지금 이 자리에서 죽이지."

"……!"

죽인다고 말하는 클라우드의 동공이 잠시나마 세로로 길어졌다. 제이드는 유구히 자기를 속여 먹은 데다 비밀까지 많은 커밋 놈을 혼란한 눈길로 바라보다 입을 열었다.

"젬에 맹세하고 제가 책임지겠습니다, 전하. 꼴에 양심은 있어서 두 번 배신하진 않을 겁니다. 총장님께서도 전하께 이 새…… 아니, 카인을 맡기지 않으셨습니까."

만족스러운 대답을 들은 클라우드가 검을 거두었다. 믿을 만한 안전장치를 걸어 두었으니 이제 카인을 마왕성으로 옮겨도 될 듯했다. 처리해야 할 일이 많은 클라우드는 곧장 마왕성으로 향하는 마법진을 열었다. 세이린은 잡고 있던 클라우드의 손을 조심스레 놓으며 물었다.

"전하, 카인 어쩌실 거예요?"

"이리스에게 말해 당분간 레인 성에 가둘 생각이야. 여기 있을 건가?"

"이리스 경 올 때까지만. 그래도 친구잖아요."

세이린이 풋풋한 웃음을 지었다. 클라우드는 원하는 대로 하라는 듯 세이린을 지그시 바라보다 이마에 짧게 입 맞추곤 사라졌다. 마왕의 검은 마법진이 완전히 사라지는 것을 확인한 세이린이 돌연 표정을 바꿨다. 얼굴에 살기를 두른 것은 제이드도 마찬가지였다.

"야, 카인."

세이린이 빛의 마력으로 카인을 꽁꽁 묶었다. 제이드가 그의 품에 손을 넣어 튤 로이펠을 꺼내 내밀었다.

"일단 커밋으로 변신해."

"……내가 왜?"

차마 '알고 지내던 놈이랑 달리 너무 귀공자같이 생겨서 분풀이를 할 수 없다'고 말할 수는 없는 세이린과 제이드였다.

"후…… 내가 너 때문에 팔자에도 없는 연대 보증을……."

제이드가 뚜두둑 손가락 마디를 꺾어 댔다.

"멍청하긴. 클라우드 슈테른의 검에는 살기가 없었어. 누가 봐도 널 이용하려는 속셈이었겠지."

"시끄러워!"

제이드가 멱살을 잡은 채로 카인의 머리에 제 머리를 빡 박아 버렸다. 카인이 벌겋게 부어오르기 시작한 이마를 문지르며 제이드를 설득했다.

"친구라면서. 때릴…… 거야?"

초롱초롱. 생명의 위협을 느낀 카인이 작정하고 순진한 얼굴을 하자, 그 얼굴에서 아벨의 모습을 본 뱀파이어는 움찔할 수밖에 없었다. 피도 반밖에 안 섞였는데 왜 이렇게 아벨 경과 닮은 건지.

"친구는 무슨. 상전 대접 똑바로 안 해? 너 아직 졸업 못 했거든?"

마음이 약해져 차마 흠씬 두들겨 팰 수 없었다. 그러나 제이드와 달리 세이린은 카인의 미인계에 넘어가지 않았다.

"카인. 마왕성에 들어오는 순간 나한테도 상전 대접해야 하는 거 알지? 우리 마왕님 말 안 들으면 총장님 기억에서 네가 어떤 모습이었는지 만천하에 다 떠벌린다?"

카인의 입장에서는 웃으면서 말하는 세이린이 더 무서웠다. 대체 뭘, 얼마나 봤길래.

"얼른 말 잘 듣겠다고 해."

볼이 땡땡 부어오를 정도로 괴롭힘을 당한 카인은 눈물을 그렁그렁 달고 고개를 끄덕이고서야 세이린에게서 벗어날 수 있었다. 세이린은 자체 제작 얼음 주머니를 양 볼에 대는 카인에게 아주 조금 동정심을 느꼈다.

"……진짜 마왕성에 협조해야 해. 낙제생인 너 하나 가르치겠다고 온몸 희생한 총장님을 생각해서라도."

"알았다니까 그러네. 그리고 스피카는 너희 둘도 싫어했잖아."

"그, 그건…… 정황상 의심할 수밖에 없었단 말야!"

안 그래도 스피카를 새벽단의 최종 보스쯤으로 생각하고 있던 것이 무척 켕기던 세이린이었다. 정곡을 찌르다니.

"네가 잘못하면 제이드 님도 같이 모가지야."

"모가지라는 말은 안 하셨는데……."

제이드가 기겁을 하며 세이린을 바라봤다.

"우리 마왕님이 좀 다혈질이셔서. 모가지일걸요?"

카인이 점점 창백해지는 제이드의 얼굴을 보며 킥킥댔다.

"진짜 동반 처형할 기세던데. 같이 앞을 막아선 세이린한테는 아무런 책임도 안 묻는 걸로 봐서."

"……!"

전직 주식광의 날카로운 분석에 제이드가 움찔했다. 맞는 말이긴 했다. 같이 막아섰는데 세이린은 연대 보증에서 쏙 빼 버리시다니!

"배신 계획 세우는 것처럼 말하지 마, 인마! 전쟁 통에 죽었다 살아난 놈이 또 처형당하면 얼마나 웃기겠냐?"

제이드가 버럭 소리쳤지만, 웬일로 카인은 비아냥대지 않았다. 무언가가 다가옴을 느끼고 조용히 혀를 씹을 뿐.

"아가씨, 제이드 군. 죄인은 거기 내려 두고 이쪽으로 오세요. 밤 대륙으로 보내 드리겠습니다."

정예 기사들을 데리고 온 기사단장은 일전에 로이펠에서 괴도 K와 접전을 벌였던 이리스 레인이었다. 구속구를 던져 카인의 온몸을 옴짝달싹 못 하게 한 이리스는 통쾌하다는 얼굴을 하고 있었다. 표정뿐만이 아니라, 그녀는 정말 속이 뻥 뚫리는 기분을 느끼고 있었다.

'드디어 아벨을 창고에 가둔 남자를 내 손으로…….'

처음 창고에 갇힌 아벨을 본 순간 주인어른과 시엘리아의 원로들, 그 자리를 이어받을 아들을 얼마나 저주했던가. 세이린과 제이드를 곧장 밤 대륙으로 돌려보낸 이리스가 가차 없이 카인의 뺨을 후려쳤다.

짝—!

"……이게 뭐 하는 짓이지?"

카인이 당장이라도 이리스를 죽일 듯 눈을 부라렸다. 한때 시엘리아의 하녀였던 여자에게 뺨을 맞는 건 어떻게 생각해도 기분이 좋지 않았다. 세이린이나 제이드가 있을 때와는 판이한 얼굴. 그러나 이리스는 겁먹지 않았다.

"전하께서 네가 마왕성에 한 몸 바칠 의사가 있는지 없는지 확인해 보라고 하셔서."

물론 말로 물어보라는 뜻이었지, 얌전히 맞고 있는지를 확인하라는 의도는 아니었다. 하지만 무슨 상관이겠는가. 눈앞의 남자는 아벨의 유년기를 답답하고 볕도 들지 않는 창고에서 보내도록 종용했다. 자신은 본궁의 따뜻한 벽난로와 호화로운 가구들, 고용인들의 온기에 둘러싸여 있으면서 배다른 동생에겐 아무것도 주지 않았다.

아벨 시엘리아에게 언제든 돌아가고 싶은 안락한 보금자리를 허락하지 않았다는 것. 그 이유 하나만으로도 이리스는 눈앞의 죄인을 마차에 매달아 질질 끌고 다니고 싶었다.

"이건 죽은 형이 되살아 나타났다는 말을 들으면 가족이 생겼다며 마냥 좋아하기만 할 아벨 몫."

이리스가 한 번 더 카인의 뺨을 내리쳤다. 카인은 입에 고인 피를 뱉어 내곤 이리스를 매섭게 째려봤다.

"네가 아벨에게 무슨 짓을 저질렀는지는 생각 안 하나?"

"닥쳐. 따뜻한 집무실이나 서재에서만 앉아 있던 네가, 아벨과 내 관계에 대해 뭘 알아!"

이리스가 한참 물러나 있던 기사들에게 턱짓해 카인을 레인 성의 지하 구금실로 옮겼다. 카인이 그동안 무슨 일을 했는지, 영주일 때는 어떤 일들을 저질렀는지를 빠짐없이 조사해 보고하라는 주군의 명을 받들기 위해서였다.

口 ■ 口

늦은 밤까지 집무실에서 버티고 있던 클라우드는 코로나에게 에테라 성에 잠입해 동태를 살피라 명하는 것을 마지막으로 자리에서 일어났다.

'그러고 보니 페일과 레이디 로이펠은 코빼기도 보이지 않았군.'

고려해야 할 일들이 너무 많아 자리에서 일어났음에도 머리가 지끈거렸다.

'밤이 늦었으니 당연히 자고 있겠지.'

남은 일을 자고 있는 세이린 옆에서 한다면 적어도 두통은 막아 낼 수 있으리라. 눈을 꼭 감고 잠들어 있을 예비 신부를 떠올린 클라우드가 두툼한 서류들을 한 손에 들고 침실에 들어섰다.

"클라우드!"

그러나 세이린은 자기는커녕 손을 방방 흔들며 그를 맞았다. 그새 또 마력 운용법을 익힌 것인지 빛으로 침대 위에서 쓸 만한 탁자를 만들어 노트북으로 무언가를 하고 있던 듯했다.

"밤이 늦은 걸 모르나?"

클라우드가 탁자에 서류들을 내려놓곤 침대에 걸터앉았다.

"내 말이. 마물이 잠도 자야지, 왜 이렇게 늦게 와요? 기다렸잖아."

세이린이 얼른 누워 쉬라는 뜻으로 이불을 걷곤 옆자리를 톡톡 두드렸다. 하지만 클라우드는 아르디노산 최고급 거위 털 베개에는 관심이 없었다.

"알았어. 좀만 기다려요."

세이린이 재빨리 탁자를 침대 아래로 내렸다. 클라우드가 무릎을 베고 누워 얼굴을 마주하는 게 기분 좋았다.

"어휴. 위에서 보니까 더 잘생겼네."

쓰담쓰담. 분명 주인은 얼굴을 칭찬하는데 보이지 않는 손은 왜 허벅지를 쓰다듬는 것일까. 클라우드가 나른한 기분을 느끼며 세이린의 얼굴을 바라봤다. 빽빽한 속눈썹 아래의 보랏빛 눈동자는 늘 영롱해서 보고 있으면 마음이 진정되는 느낌이었다. 그러나 오늘은 조금 달랐다.

빅토리아와 레이에게 플래티나 빙하 지하에 있는 새벽단 기지를 샅샅이 조사하라 명하고, 아벨에게 스피카가 베긴 경전을 가지고 오라 말하느라 정신이 없어 잊고 있었다. 실링 워렛이 세이린을 대하던 태도를.

도대체 어쩌다 실링이 세이린에게 빠진 것인지부터 차근차근 생각해 보려던 클라우드는 그것이 의미 없는 질문임을 깨달았다. 이 빨려 들어갈 것 같은 눈동자에 제 모습이 담긴 것을 한 번이라도 본 사내라면 누구든 그렇게 행동할 테니.

"클라우드, 화났어?"

세이린이 눈웃음을 지으며 오뚝한 콧날을 손끝으로 따라 그렸다. 클라우드는 질투심에 활활 불타고 있는 제 모습을 굳이 설명하지 않기로 했다. 그랬다 간 푸하하 비웃은 음란 마귀가 한껏 귀엽다고 칭찬을 늘어놓곤, '이놈의 인기는', '전하 긴장하세요' 등의 온갖 불안한 문장들을 늘어놓을 게 뻔하니. 그는 세이린이 자신의 질투심을 눈치채지 못하도록 질문을 던지기로 했다.

"무얼 하고 있었나."

"음…… 보고서 작성? 여론 분석?"

세이린이 자신이 인쇄해 온 작업물을 클라우드에게 선보였다. 일종의 보고서였다. 그 내용은 아직 빌리아도 올리지 않은 것으로, 플래티나 빙하 사태에 대한 일반 마물들의 여론을 분석한 것이었다. 클라우드는 진지한 눈으로 세이린의 보고서를 훑어봤다. 페이지를 넘길수록 놀랍다는 생각만 들었다.

'언제 이렇게……'

그동안 몰래 공부라도 한 것일까. 세이린의 보고서는 보고서 퀄리티로 마왕성에서 둘째가라면 서러운 빌리아와 거의 비슷한 수준이었다.

"이번 사건에 어떤 조치가 필요할 것 같나."

"먼저 에테라 성에 정찰을 보내 도서관장님과 레이디 로이펠이 왜 모습을 드러내지 않았는지, 플레어의 사리를 삼킨 벨제바브는 어떻게 되었는지 살펴야 겠죠."

잘 아는군.

"사건이 일어났던 플래티나 빙하 구역을 통제해야 해요. 잔디가 피어서 조사해야 한다는 핑계가 좋겠어요."

기특해.

"그리고, 우리 결혼을 잠시 미뤄야죠."

"그건 싫어."

얌전히 듣고 있던 클라우드가 뚱한 얼굴을 했다. 필요한 조치라는 것은 누구보다 잘 알고 있었다. 이런 판국에 결혼식을 거행하면 새벽단에 휘둘리지 않는다는 인상은 줄 수 있으나, 자칫하면 마물들의 신용을 잃을지도 모른다. 하지만 싫다는 말이 먼저 나오는데 어쩌겠는가.

"물론 하루라도 빨리 상큼한 데다 섹시하기까지 한 날 독점하고 싶어 안달이 난 우리 마왕님한테는 힘든 조치겠지만."

"알면서 그렇게 해맑게 말하나?"

세이린이 어깨를 으쓱하곤 클라우드의 머리를 헝클였다.

"너무 많이 미루지는 말고. 그랬다간 저도 못 기다릴 것 같으니까. 대신 결혼식이 끝나고 나면, 나는 젬이 부서질 때까지 당신 거야. 무르기 없음."

세이린 딴에는 그를 달래려 한 말이었지만, 클라우드는 도리어 심장이 철렁했다. 세이린의 젬이 부서진다는 가정을 단 한 번도 해 본 적이 없었다. 다름 아닌 자연 발생하자마자 여섯 영주의 젬을 부순 자신이.

"……왜 그런 말을 하지?"

"자연 발생하면 찾아올 테니까 기다려 달라는 밑밥이죠."

웃으며 하는 말이 축복인지 재앙인지 구분되지 않았다. 젬이 부서질 때까진 곁에 있겠다는 말이라 달콤하면서도, 젬이 부서진다는 가정을 하는 게 쓰디썼다. 떠들썩한 목소리나 온갖 생각이 다 들게 하는 눈웃음을 볼 수 없게 된다고 상상하는 순간, 발밑이 시커멓게 무너지는 것 같았다.

"이만 잘까."

클라우드가 세이린을 눕히곤 바짝 끌어안았다. 처음 느낀 '두려움'이라는 것을 능숙히 숨길 자신이 없어 주변을 어둡게 만들었다. 하지만 세 번의 삶을 산 세이린은 눈치가 빠른 편이었다.

"클라우드. 무서워?"

"……."

세이린이 능글맞게 웃으며 그의 손을 꼭 잡고 깍지 꼈다. 오늘따라 남편 되실 분의 반응이 왜 이렇게 귀여울까.

"농담이야, 농담. 안 떠날게요."

"그래 준다니 고맙군."

"물론 마왕님이 먼저 떠나 버리면 홧김에 떠나 버릴 수도 있…… 읍."

클라우드가 끊임없이 잔망스러운 말을 내뱉는 입술을 단숨에 머금었다. 촉감으로 전해지는 따뜻한 체온에 안도감이 들었다. 가지런한 치열과 어스름한 단맛이 나는 살결을 탐하고서도 성에 차지 않아 품듯 껴안았다. 세이린이 빙긋 웃으며 너스레를 떨었다.

"안아 주는 건 너무 좋은데 숨 막혀."

"놓기 싫어."

말과는 달리 팔을 조금 풀어 준 클라우드는 세이린의 목에 얼굴을 묻은 채로 복잡한 의미가 담긴 맹세를 수도 없이 아로새겼다.

너를 잃은 내가 되지 않을 것이다.

어떤 수를 써서라도.

절대로.

Chapter
25

형을 지키는 자

몇 시간이 지났을까. 클라우드는 고른 숨을 내쉬며 꿈나라를 팔랑팔랑 돌아다니고 있을 세이린을 계속 눈에 담았다. 물론 습관적으로 머리카락을 매만지고 입을 맞추면서. 오늘은 금방 곯아떨어져도 이상하지 않을 만큼 많은 일이 있었고 상당히 피곤한데도 잠들 수가 없었다.

'왔군.'

세이린에게 온 신경을 집중하고 있던 클라우드가 창문 쪽으로 고개를 돌렸다. 3층인데도 창밖에 마물의 그림자가 일렁였다. 마력으로 세이린의 청각을 둔화시킨 다음 창문의 잠금장치를 해제하자, 레인 성 지하에 갇혀 있어야 할 카인 시엘리아가 들어왔다.

찾아올 테면 찾아오라는 뜻으로 잼을 빼앗지 않긴 했지만, 마왕성에 너무도 쉽게 들어오는 그가 마음에 들지 않았다. 전직 영주인 데다 괴도 노릇을 하면서 단련된 은신술을 감당하기엔 아직 기사단장들이 부족한 듯했다.

몸을 일으킨 클라우드가 카인에게 툭 내뱉었다.

"새벽단 놈들은 사생활에 대한 개념이 없나? 언제부터 지켜본 거지?"

"······그건 사과하지."

사실 카인은 진작부터 창문을 따고 들어오려 했다. 그런데 마왕이라는 작자가 틈만 나면 고개를 숙여 세이린에게 입을 맞추고 머리를 쓰다듬는 게 아닌가.

'이렇게 아끼는 줄 알았으면 후궁 테마주를 싹쓸이하는 건데.'

마물이 사랑받은 만큼 자라는 존재였다면 세이린의 몸집은 마왕성보다 컸을지도 모른다는 엽기적인 생각마저 들었다.

"무슨 생각으로 이 시간에 여기까지 찾아왔는지 모르겠군."

세이린이 깨지 않도록 극도로 주의하며 몸을 일으킨 클라우드가 카인의 앞에 섰다. 과연 스피카가 황제의 재목이라 인정할 만큼 올곧은 성품. 찔리는 것이 많은 카인은 덤덤한 목소리를 내려 애썼다.

"거래를 하나 제안할까 하는데."

"거래 제안이든 뭐든, 한 번만 더 세이린 쪽을 보면 네 눈알을 뽑아 버리겠다."

때마침 세이린이 침대 위에서 몸을 뒤척이며 이불을 걷어찼다. 그러자 마왕은 쪼르르 다가가 다시 이불을 덮어 주고 더 자라며 토닥이다 한가롭고 평화롭게 뺨에 뽀뽀까지 해 줬다. 그 모습을 바라보는 카인의 머릿속에 빌리아리아 에테라의 모습이 스쳐 지나갔다.

'······왜 지금 아리아가 떠오르지?'

칠칠치 못한 에테라의 공주가 지금 떠오를 이유가 없었다. 레이디 슈테른인 지금은 더 이상 자신과는 관련 없는 여자기도 하고. 그럼에도 카인은 클라우드에게 물었다.

"아리아와도 이만큼 친밀했나?"

클라우드는 경멸 어린 눈을 하고 싶은 것을 간신히 참았다.

"내가 누굴 어떻게 사랑하든 관심 꺼 줬으면 좋겠군."

"그렇게 붙어 있으니 침식 진행 속도가 빠르지."

"닥쳐. 그 일에 관해 더 떠든다면 이 자리에서 죽이겠다."

"그렇게 죽이고 싶어 안달이 났으면, 왜 살려 뒀어?"

클라우드는 아벨과 상당히 닮은 카인의 눈을 분석하듯 바라봤다. 총기가 어려 있는 것이 아둔한 놈 같지는 않았다. 그런데 왜일까. 대화를 나누고 있으면 묘하게 어리다는 생각이 들었다.

머리를 쓸 때는 긴장할 만큼 냉정하고 이지적인데도. 아무래도 삶을 책상 앞에서만 보낸 탓에 세상의 실전을 모르는 탓인 듯했다. 같은 영주인데도 상업 실무에 도가 터 실리를 파악할 줄 아는 실링과는 느낌이 달랐다.

"하나 묻지. 스피카가 너를 왜 새벽단으로 보냈다고 생각하나?"

클라우드가 물었으나 카인은 쉬이 답하지 못했다.

"애먼 짓 하면서 방황하지 말고 하던 빛 연구나 쭉 하면서 정신 차리라는 뜻이었겠지. 그런데 너는 그곳에서도 부질없는 생각을 했고."

카인은 부득 이를 갈았지만 이렇다 할 반박은 하지 못했다.

"네가 스피카 몰래 죽은 마물도 살려 낸다는 실링과 계약을 맺은 것 같더군. 플레어 프로젝트를 성공시키면 네가 얼음에 보존한 죽은 여명회 신도들을 살려 준다고 했겠지. 너는 속죄하기 위해 아카데미 학생들을 납치하는 또 다른 죄를 저질렀다. 스피카가 막지 않았다면 그들의 젬을 기계 장치 안에 넣었을 테니."

"하고 싶은 말이 뭐야?"

"네가 실링에게 놀아났다는 말이다."

"뭐?"

"빌리아에게 듣기론 레이디 로이펠도 동요를 사용한다더군. 그렇다면 교만의 랭커라는 얘기인데."

카인은 가만히 입 안의 혀를 씹었다. 왜 진작 이 생각을 못 했을까. 교만의 랭커, 레이디 로이펠의 동요는 맹목적인 충성을 끌어내는 복종. 따라서 실링이 대부분이 무속성 마물인 죽은 여명회 신도들을 설령 살려 냈대도 그들은 새벽단의 눈먼 단원들이 되었을 터였다.

"게다가 나는 아직 밝혀지지 않은 네 가장 큰 죄를 알고 있지."

"……!"

"내가 전적으로 유리한 상황에서 네가 내게 어떤 거래를 제안할지 궁금하군."

새벽단에 있을 때, 카인은 클라우드 슈테른에 관해 들은 것이 많았다. 성군 타이틀에 목숨을 걸고, 백성들의 죽음에 벌벌 떠는 비현실적인 마왕. 그런 그가 온 마계보다 더 아끼는 것이 딱 하나 있으니, 완전히 속죄를 마치려면 그 한 가지를 가지고 늘어지는 수밖에 없었다. 카인이 찬찬히 입을 뗐다.

"내가 네게 줄 수 있는 것을 먼저 말한 다음, 내 요구 사항을 말하지."

"그러시든지."

"침식을 늦춰 주겠다. 연구가 잘 진행되면 완전히 막을 수도 있지. 그럼 세이린 폴룩스를 잃지 않아도 돼. 그 일을 대가로 내가 원하는 건 하나."

카인은 순식간에 표정을 굳히곤 분위기를 가라앉히는 클라우드를 보며 혀를 내둘렀다. 대체 얼마나 빠져 있는 건가. 세이린을 걸고넘어진 순간 거래는 성사된 것이나 다름없다는 것을, 카인은 잘 알고 있었다.

□ ■ □

짧지 않은 시간 동안 마계에 기이한 평화가 지속되었다. 금방이라도 기세를 떨칠 것 같던 새벽단은 플래티나 빙하 사건 이후로 에테라 성에 잠적했고, 말단 단원들도 소란을 일으키지 않았다.

마왕성 또한 왕실의 사정으로 결혼식을 미룬다는 공지 외에는 이렇다 할 입장을 발표하지 않았다. 수면 아래로는 새벽단의 플래티나 빙하 기지에서 나온 물품들을 분석하고, 카인 시엘리아를 탈탈 터느라 분주했지만, 겉으로 드러나는 것은 없었다.

"수고하셨습니다!"

오늘도 로자리와 마력 훈련을 마친 세이린은 몸을 씻고 옷을 갈아입은 다음 도서관으로 향했다.

'이럴 줄 알았으면 전투 이론 관련 책을 좀 읽어 두는 건데.'

아카데미 군사학 시험에서 높은 점수를 받긴 했지만 실전은 다를 게 분명했다. 인간계의 숱한 전쟁 영화들에서 배운 교훈 같은 게 마물들의 전투에서 통할 리도 없고. 아무리 클라우드가 보호해 준다고 해도, 짐이 되지 않으려면 언제든 전투에 임할 수 있게 끊임없이 노력하는 수밖에 없었다. 끝까지 곁에 머무르겠다고 클라우드와 약속했으니까.

'도서관장님이 안 계시니까 도서관이 허전…… 어?'

세이린이 도서관 문을 활짝 열어 둔 채로 눈을 깜빡였다. 밤샘으로 며칠을 보낸 듯한 퀭한 아벨이 비슷한 얼굴로 자신을 바라보고 있었다.

"아벨 경?"

"오랜만입니다, 아가씨."

아벨이 손에 들고 있는 책은 시엘리아의 연감(年鑑), 즉 영주가 남긴 영지에 대한 기록이었다. 그가 이 책을 보고 누구를 떠올리고 있었는지는 안 봐도 뻔했다.

'그러고 보니, 창고에서 자란 아벨 경은 아직 카인을 가까이에서 본 적이 없으시겠구나.'

새벽단의 플래티나 빙하 기지에서 얻은 전리품들을 분석하는 작업이 어제막 끝났다니 그곳에 투입된 기사들에겐 오늘이 첫 자유 시간이었다.

"잠깐 계시겠습니까? 마실 것을 가져오겠습니다."

아벨이 밝은 것인지 어두운 것인지 분간할 수 없는 웃음을 지어 보였다. 세이린은 못 이기는 척 자리에 앉아 시엘리아 연감의 표지를 넘겨 보았다. 참으로 멋들어진 커밋 놈의 서명을 보자 혈압이 훅 오르는 기분이었다.

[최종 승인자 — 카인 시엘리아]

"커밋 글레이시아가 튤 로이펠로 만들어 낸 위장 신분일 줄은 몰랐습니다."

아벨이 씁쓸한 목소리로 말했다.

"반전도 그런 반전이 없었죠."

어느샌가 세이린에게 다가온 아벨이 얼음 마력으로 차갑게 식힌 블루레몬에이드 두 캔을 내밀었다.

'이건 아카데미 다닐 때 커밋이 매일 마시던 건데. 아벨 경도 이거 좋아하시는구나.'

물론 블루레몬에이드를 좋아하는 것이 핏줄 때문은 아니겠지만 어쩐지 신기했다. 두 마물은 탄산이 톡톡 튀는 블루레몬에이드를 비싼 와인 음미하듯 홀짝

홀짝 마셨다. 얼마나 시간이 지났을까. 아벨이 싱거운 웃음을 지었다.

"커밋 군은 앞으로 어떻게 되는 걸까요?"

"……."

세이린은 아무런 대답도 하지 못한 채로 시엘리아 연감을 바라봤다. 자신을 무시했던 배다른 형이 죽었다가 살아 돌아왔다는 소식을 들으면 어떤 느낌일까. 더군다나 한참 전부터 다른 모습으로 자신을 지켜보고 있었다면.

'아오. 커밋 그 새끼는 진짜……!'

까드득. 무심결에 캔을 구기는 세이린을 보곤 아벨이 풀어진 얼굴을 했다.

"운명의 장난 같다는 생각이 듭니다. 전쟁 전, 영주들이 벌였던 이속성 연구의 결과가 이제야 드러나기 시작하는 것이. 이속성과 여명회를 무시하던 전쟁 전 영주들이 누구보다 그것들에 집착하게 된 것이요."

부드러운 음성에 세이린도 고개를 끄덕였다. 실링과 카인이 부활할 수 있었던 이유는 로이펠의 이속성 연구의 산물인 플레어의 사리. 새벽단이 클라우드를 몰락시키는 방법으로 택한 것도 창조신의 빛. 근래의 모든 사건들은 이미 오래전부터 예정되어 있던 것인지도 몰랐다. 생각에 잠겨 있던 아벨이 문득 덧붙였다.

"지금 생각해 보니, 모든 것이 신통력이 될 빛을 지닌 아가씨와 연관되어 있기도 하네요."

세이린이 급격한 오한을 느꼈다.

"설, 설마 절 노리기야 하겠어요?"

이미 여러 번 각성시키려고 하긴 했지만.

"아벨 경이 지켜 주실 텐데. 푸른 기사단장이시니까요."

"글쎄요. 제가 푸른 기사단장이 된 것은 시엘리아의 영주이기 때문인데……."

"아니에요! 아벨 경의 이런저런 장점들을 보고 마왕님이 선택한 거죠."

그나저나 시엘리아 영주이기 때문이라니. 말이 조금 이상했다. 설마 카인 놈이 살아 돌아왔으니 영주 자리를 반납해야 한다고 생각하는 것일까? 아벨 경은 형의 갑작스러운 죽음 때문에 자신에게 영주 자리가 돌아왔다고 생각하니 말이다. 세이린이 조심스레 묻자 아벨이 고개를 가로저었다.

"살아 돌아온 게 믿기지 않지만 죽음을 없었던 일로 할 수는 없을 테니까요. 지은 죄가 있기도 하고. 안타깝지만 그는 긴 시간 벌을 받아야 할지도 모르겠습니다."

세이린은 아벨의 입에서 나온 안타깝다는 말이 믿기지 않았다. 어떻게 하면 자신을 창고에 버려둔 가족을 동정할 수 있는 것일까. 역시 아벨 경은 마물이 아니라 천사였다.

"아벨 경은 카인이 안타까우세요?"

"아무래도 창고에서 홀로 보낸 시간 동안 가족에 대한 환상 같은 것이 생겼나 봅니다."

가족이라는 말을 하는 아벨의 얼굴은 그 누구보다 애처로웠다. 그것은 마치 '밤에 먹어도 살이 찌지 않는 음식' 같은, 세상에 없는 것을 바라는 태도였다. 세이린은 잠시 제게도 가족이 없다는 사실을 떠올렸다. 그러나 애초부터 가족이 없는 것과 멀쩡히 살아 있는데도 버림받아 혼자가 된 것 사이에는 엄연한 차이가 있었다.

"다행입니다. 아가씨께는 가족이 생길 테니."

아벨이 희미하게 웃으며 말하자 세이린은 새삼 놀라운 기분이 들었다. 그녀는 결혼을 연인이 완전히 맺어지는 것이라고만 생각했지, 가족이 되는 것이라고 생각해 본 적이 없었다.

"클라우드 전하는 앞으로 무언가를 잃을지도 모른다는 두려움을 더 배우시겠지요. 가족이 되는 아가씨를 통해서. 그렇게 더 완전한 황제가 되실 겁니다."

자연 발생으로 마계에 넘어온 순간, 가족 같은 친구는 생겨도 가족은 얻지 못하리라 생각했는데. 어쩐지 가슴이 뭉클했다. 세이린은 손끝을 움직여 작은 빛의 깃털들을 아벨의 머리 위에 흩뿌렸다. 따스함을 느낀 아벨이 가만히 눈을 깜빡였다.

"이건 무슨 마법인가요?"

"신의 축복이에요. 푸른 기사단장님이 좋은 마물과 오래오래 행복하기를!"

말을 내뱉고 나니 이리스의 모습이 아벨과 겹쳐 보였다. 대체 두 사람의 과거는 어떻게 되는 것인가.

'……설마 이것도 카인이 조작한 건 아니겠지? 아니야. 기억 조작 연구는 카인을 죽인 불 속성 영주가 한 거랬어.'

세이린은 철렁한 마음에 작게 한숨을 내쉬었다. 아벨은 그런 그녀를 애틋하게 바라보다, 눈길을 그녀의 왼손 약지에 자리 잡은 반지로 옮겼다.

"제게 가족이란 모든 것을 허락하지 않았으나 최후의 순간에 구성원으로 받아들여 준 사람들이지만, 아가씨의 가족은 더 따뜻한 형태일 겁니다."

아벨은 푸른 달빛 수정이 자루에 박힌 자신의 검을 잠깐 내려다보았다. 시엘리아의 영주들에게 귀속된다는 두 자루의 검이 반들반들 잘 관리되어 있었다.

세이린과 아벨은 따뜻한 마음을 간직한 채로 자리에서 일어났다. 오늘 밤, 카인이 있는 레인 성에서 다시 만나리라곤 예상하지 못한 채로.

□ ■ □

레인 성의 지하는 달밤이면 더욱 음습했다. 물 속성의 기사단장이 머무는 곳이라 더 축축한 느낌. 그게 아니라면 곰팡이와 이끼 사이에서 엿이나 먹으라는 이리스 레인의 수작이리라.

철창에 갇힌 카인은 습기 제거 마법을 쓰며 인상을 구겼다. 하지만 불평할 수는 없었다. 시엘리아의 영주로 있을 당시, 반역죄로 잡아 온 마물들을 자신이 어떻게 처리했던가. 아무래도 시엘리아의 도둑고양이가 이런 건 잘도 보고 배운 듯했다.

"무슨 생각을 하길래 얼굴이 잿빛이야?"

조소 어린 음성과 함께 이리스 레인의 발소리가 들렸다. 카인은 더러운 콘크리트 바닥을 바드득 손으로 긁으며 참을 인을 수도 없이 떠올렸다. 마음 같아서는 다시는 마법을 쓰지 못하도록 이리스의 젬을 없애 버리고 싶었지만 마왕이라는 놈과 나눈 거래 때문에 그럴 수 없다는 게 한이었다.

"대체 이 지긋지긋한 심문은 언제 끝나지?"

"네가 성실히 답하기만 한다면 내가 하는 심문은 오늘까지야. 다음 주에는 마왕성에서 청문회 비슷한 자리를 마련할 거고."

그러니 똑바로 대답하라는 말과 함께 이리스가 녹음기를 작동시켰다. 잉크에 젖은 바늘이 감지하는 음파를 파형으로 기록하기 시작했다. 스툴에 앉은 이리스가 전 주인 놈을 탈탈 털기 위해 심혈을 기울여 제작한 질문지를 넘겼다. 대답을 듣기가 영 껄끄러워 뒤로 미루고 미뤄 둔 질문이 애석할 만큼 선명하게 인쇄되어 있었다. 목소리를 가다듬은 그녀가 심문을 시작했다.

"로이펠의 전 영주는 플레어 프로젝트에 자금을 댄 네게 한 개의 플레어의 사리를 줬어. 그걸 어디다 썼지? 실링과 같은 용도로 쓰진 않은 것 같은데."

"이미 알고 있으면서 묻는 것 같은데."

카인이 비아냥대자 녹음을 잠시 정지한 이리스는 종이 뭉치로 쇠창살을 후려쳤다. 귀 따가운 소리가 텅 빈 지하실에 메아리처럼 울렸지만 카인은 조금도 위축되지 않고 말했다.

"플레어의 사리는 인공적으로 만들어 낸 신통력이 든 보석. 마법식을 담은 달빛 수정처럼, 그 안에 깃든 힘을 다 사용하면 사라지지. 나는 마법을 증폭하는 데 썼고."

"구체적으로 말해. 무슨 마법을 증폭시켜 사용했지?"

"너도 잘 아는 밤 대륙의 불 속성 영주, 멀린 엘리타가 개발한 기억 삭제 마법."

"……."

이리스는 여전히 멈춰 있는 녹음기의 스위치를 바라보았다. 진술의 모든 내용은 녹음한 다음 녹취록을 만들어 주군께 바치는 것이 도리. 그러나 카인의 입에서 무슨 말이 나올지 예상할 수 없는 지금은 신중해야 했다.

"기억 삭제 마법?"

이리스가 처음 듣는다는 듯 말했다.

"시치미를 뗄 건가? 빛의 힘은 곧 신의 힘. 마물들의 기억에도 간섭할 수 있지."

"그래서?"

"난 멀린이 개발한 기억 삭제 마법이 담긴 스크롤을 두 장 얻어다 서재에 뒀

118

고, 청소하던 네가 그중 하나를 훔쳤지."

훔친 것 자체는 문제가 되지 않을지도 모른다. 그러나 눈앞의 도둑고양이는 제대로 쓰지도 못하는 그 마법을 아벨에게 시전했다. 카인이 미간을 구기며 말했다.

"아벨이 알면 어떻게 될까? 네가 기억 삭제 마법을 썼다는 거."

"증거라도 있어?"

"네가 미숙한 마력으로 멋대로 마법을 쓴 탓에, 아벨이 정신적인 충격을 받으면 마법이 깨질 거다."

"……!"

"애당초 기억을 조작하는 용도로 만들어진 마법이라 죽진 않겠지만, 두통을 느끼겠지."

"닥쳐! 이제 와서 동생 챙기는 척하지 마!"

"네가 방해하지만 않았어도 내가 아벨의 기억을 지웠을 거야. 다 잊고 처음부터 시작할 수 있었을 거라고!"

두 마물이 풍기는 살기에 주변이 미세하게 진동했다. 이리스가 카인을 비웃으며 소리쳤다.

"기억을 지우면 네 죄가 사라진다는 생각으로 마계 전체에 기억 삭제 마법을 건 거겠지."

"그래. 플레어의 사리는 그렇게 사용했다. 모든 마물들에게서 영주들과 이 속성 연구, 플레어 프로젝트에 대한 기억을 빼앗았지. 그런데 넌 어떻지?"

카인이 이리스에게 발악하듯 물었다. 이리스는 대답 대신 이를 부득 갈았다. 말을 이은 건 카인이었다.

"아벨에게 기억 삭제 마법을 썼기 때문에 면역이 있어 넌 모두 기억하지. 그런데도 기억나지 않는 척 입을 다물고 여기까지 왔어. 나는 스크롤에 나와 있는 마법을 개조해서 사용했지만, 너는 멀린이 개발한 대로 덜어 낸 아벨의 기억을 달빛 수정에 옮겼을 게 뻔해."

카인이 이리스에게 손바닥을 쭉 펼쳐 내밀었다.

"아벨의 기억이 든 달빛 수정을 어서 내놔. 네가 삭제한 아벨의 기억을 내가 온전히 돌려놓을 테니."

이리스는 한동안 카인의 손을 바라봤다. 어떤 것이 아벨을 위한 선택일까. 한참 고민한 후에야 그 손을 쳐 낼 수 있었다.

"기억을 되살리면 아벨은 매일 악몽을 꾸겠지."

차라리 죽여 달라고 애원할 만큼 고통스러운 악몽을.

이리스가 어딘가 멍한 얼굴로 철창을 빠져나갔다. 카인은 그 뒷모습이 사라질 때까지 죽일 듯 노려봤다.

ㅁ ■ ㅁ

한편, 레인 성의 입구는 지하실의 험악한 분위기와 달리 언제나처럼 고즈넉했다. 정확히는 두 손님 때문에 평소보다 조금 시끄러웠다. 두툼한 쇼핑백을 양손에 든 세이린과 제이드가 작은 목소리로 아옹다옹하고 있었다.

"제이드 님, 커밋 이름만 들어도 진절머리가 난다면서 뭘 그렇게 많이 가져왔어요?"

"그러는 너는 꼴 보기도 싫다면서 그게 다 뭐야?"

"전 도서관장님 안부만 묻고 나오려고 했어요."

"나도 나쁜 생각 하고 있는 건 아닌지 확인만 하고 매몰차게 우리 집 가려고 했거든?"

"나쁜 생각⋯⋯?"

음란 마귀가 오랜만에 상상의 나래를 펼쳤다.

"그런 나쁜 생각 아니거든!"

제이드가 빽 대답하고 초인종을 누르려다 손을 거두었다. 아무리 생각해도, 전과자 친구 면회 온 것을 만천하에 들키고 싶진 않았다.

"정문으로 들어갔다가 이리스 경이 카인 못 만나게 하면 어떡해? 이동 마법진으로 들어가자."

세이린도 같은 생각을 하고 있었기에 금방 마법진을 그려 냈다. 이젠 제이드보다 더 정확하고 섬세했다.

겁도 없이 기사단장의 저택에 침입한 둘은 첩보 영화의 한 장면이라고 해도 믿을 만큼 빽빽한 기사들을 보며 경악했다.

'걸리면 망한다!'

다행히 경비가 삼엄한 것은 지하실 입구까지였다. 좌표를 추려 지하실에 들어서자 방치라는 단어가 어울릴 정도로 휑했다. 친구네 집에 몰래 방문하는 듯한 두근거림을 느끼던 세이린과 제이드는 곧 드러난 카인의 꼴을 보고 멈칫했다.

"커밋? 괜찮아?"

벽에 등을 기댄 채로 눈을 붙이고 있는 것이 꼭 부랑자 같았다. 몇 주나 지났다고 야위긴 또 왜 이리 야위었는지. 제이드가 마왕성에서 보급하는 자물쇠를 가리키곤 말했다.

"세이린. 너 이거 딸 수 있지?"

"당연하죠."

세이린이 손을 가져다 대자, 요란한 소리와 함께 문이 열렸다는 메시지가 튀어나왔다.

[비전하의 방문을 환영합니다!]

"짠. 어때요?"

"비공식 비전하께 존댓말 들으니 후환이 두렵네."

"에이. 시엘리아 영주한테도 내내 상전 대접 받았으면서."

제이드가 제 팔자에 마가 끼었는지를 찬찬히 회상했다. 그러는 동안 세이린은 카인의 곁에 풀썩 앉아 쇼핑백을 열었다. 블루레몬에이드와 시엘리아식 조리법으로 만든 에그타르트. 모두 커밋이 즐겨 먹던 것이었다. 세이린은 그것들을 커밋에게 권하며 넉살 좋게 말했다.

"내가 저승에서 보고 느낀 건데, 먹고 죽은 귀신이 때깔이 고와."

남자 손 한 번 못 잡아 본 처녀 귀신 때깔이 제일 별로고. 그녀가 뒷말을 삼키고 회식 자리의 부장님처럼 끈질기게 권하기를 잠시. 곧 커밋이 못 이기는 척 간식들을 말끔히 해치웠다.

"……너희가 여긴 무슨 일이야?"

그의 심드렁한 물음에 제이드의 이마에 불끈 힘줄이 솟았다.

"몰라서 물어? 너 때문에 팔자에도 없는 연대 보증 섰잖아! 그새 딴 맘 먹었나, 아닌가 확인하러 왔지."

"아직도 나를 못 믿나?"

"너 같으면 믿겠나?"

오늘도 어김없이 서로의 머리채를 잡으려 드는 둘을 보며, 세이린이 제이드의 쇼핑백을 슬쩍 오픈했다. 안에는 무언가가 잔뜩 들어 있었다.

"풉…… 제이드 님. 지금 커밋 심심할까 봐 개구리 인형 사 온 거예요?"

제이드의 얼굴이 불이라도 난 듯 뜨거워졌다. 카인은 킥킥 웃으며 인형을 받아 들었다.

개굴—!

"배 누르면 소리도 나네."

"그거 내 거거든?"

급기야 제이드와 카인은 개구리 인형 탈환전을 벌였다. 세이린은 제이드가 사 온 푹신한 베개를 안고 그 진풍경을 레슬링 보듯 구경했다.

'역시 불구경이랑 싸움 구경이 최고……!'

한참 후, 카인은 솜이 다 튀어나온 개구리 인형을 품에 넣곤 벽에 등을 기댔다. 별 영양가 없는 시간을 보내는 것이 왜 이렇게 재미있는지. 하지만 이제 두 마물을 보내야 했다.

"이제 돌아가. 감옥이 캠프장도 아니고. 죄인이랑 시간 보내서 좋을 거 없어."

"죄인인 거 알고 왔으니까 이래라저래라 하지 마."

세이린이 시위하듯 발랑 드러누우려는 것을 제이드가 기겁하며 막아 냈다. 카인은 그런 둘을 보며 쓴웃음을 지었다.

"……내 진짜 죄는 아직 알려지지도 않았어."

"죄가 또 있나?"

세이린과 제이드가 씁쓸함의 이유에 대해 캐물으려 할 때, 레인 성에 익숙한 파동의 마력이 퍼졌다.

"이 마력은……."

밤의 푸른 기사단장, 아벨이 레인 성에 들어온 것이 분명했다.

□ ■ □

마찬가지로 아벨의 마력 파동을 느낀 이리스가 자리에서 벌떡 일어났다. 주군께 올릴 보고서를 한창 작업하고 있는 터라 책상 위에는 아벨에게 숨겨야 할 정보들이 너무도 많았다. 그러니 아벨이 집무실에 오는 것만은 막아야만 했다. 이리스가 긴장한 채로 수하들에게 명했다.

"잘 들어. 아벨이 집무실 앞에 오면 성에 내가 없다고 하고 돌려보내야 해."

그러나 뒤늦은 조치였다.

"멋대로 찾아와서 미안합니다, 이리스."

이리스가 아는 아벨은 늘 정해진 입구와 통행로를 이용했다. 혹 기사단장이라는 지위가 상대를 불편하게 만들까 봐 무턱대고 찾아오지도 않았다. 하지만 지금은 아니었다.

"기사들은 잠시 자리를 비워 주셨으면 합니다."

아벨이 이리스의 수하들에게 말했다.

"하지만 저희는……."

"제 명령을 거역할 셈입니까?"

상대는 마왕의 총애와 온 기사단장들의 존경을 받는 기사단장들의 우두머리였다. 일개 기사들이 그 명을 따르지 않을 방법은 없었다.

이리스와 단둘이 있게 된 아벨은 갖은 서류들이 놓여 있는 책상으로 향했다. 원래는 카인의 얼굴을 먼발치에서 보고 가려 했지만 이리스가 제게 무언가를 숨기는 것이 의심스러웠다. 게다가 레인 성에 들어온 순간부터 무언가의 전조 증상인 듯 머리가 깨질 것처럼 아팠다.

"아벨. 내려가서 차라도 마실래?"

이리스는 책상을 수비하듯 등졌다.

"차는 괜찮습니다. 저녁은 생각 없고. 궁금한 게 있어서 찾아왔습니다."

"일단 내려가서 얘기하자, 아벨. 응?"

하지만 아벨은 계속해서 그리로 다가가려 했다. 마치 자신의 궁금증에 대한 해답이 그곳에 있다는 것을 아는 것처럼.

"이리스 레인."

아벨이 조심스레 이리스의 이름을 불렀다. 얼굴 사이의 거리를 차츰 좁히자 그녀의 심장 뛰는 소리가 들리는 것도 같았다. 그가 입을 맞출 듯 가까이 다가가자 이리스는 눈을 감았다.

"……고맙습니다, 이리스. 끝까지 마음 써 줘서."

눈을 질끈 감은 이리스의 등 뒤로 보고서를 본 아벨은 쓸쓸한 얼굴을 했다. 보고서의 내용은 과연 그녀가 감출 만한 것이었다.

[카인 시엘리아는 플레어의 사리를 기억 삭제 마법을 증폭시키는 데에 사용함.]

신의 힘을 부활에 사용한 것이 아니다.

즉, 애초에 죽은 적이 없다.

'나를 창고에서 꺼내 영주로 만든 건 역시…….'

가문은 황제가 될 형을 대신해 죽을 존재가 필요했다. 전쟁의 마지막 날을 예감했기에, 영주인 카인을 대신해 참전할 화살받이가 필요했다. 화살받이라는 말밖엔 다른 말로 표현할 방법이 없었다. 아벨은 희미한 미소를 지으며 이리스의 붉어진 눈가를 쓸어 주었다.

"그동안 고마웠습니다, 이리스."

"아벨……"

이리스는 사생아로 태어나 창고에 갇혀 살고, 가문에 이용당한 것도 모르는 채 시엘리아의 명예 회복에 한 몸 바친 게 제 일인 양 서럽게 울었다. 직전까지 보고서를 숨기던 그녀의 손이 애처로울 정도로 조심스레 아벨의 뺨을 감쌌다.

"아벨, 사랑해. 내가 네 가족이 되어 줄 수는 없을까?"

이리스가 499번째로 고백했다. 한 글자 한 글자가 떠나지 말라는 애원과도 같았다. 아벨은 그저 그녀의 오른손을 가만히 쥐었다가, 짧게 입 맞추곤 놓아주었다.

"그동안 당신을 밀어낸 건 가까이 있으면 나쁜 꿈을 꿔서였지, 당신이 나빠서가 아니었습니다, 이리스."

"제발, 아벨……."

아벨은 이리스의 손을 놓곤 뒤돌아섰다. 많은 의문이 들었다. 레인 성을 빠져나간 다음 어디로 가야 할까. 아니. 내게 돌아갈 곳이 있긴 할까.

"으……!"

아벨이 짧은 비명을 내지르며 머리를 감싸다가, 무릎 꿇고 몸을 웅크렸다. 머릿속의 무언가가 아주 빠르게 무너져 내린다. 왜인지 사진으로만 봤던 어린 이리스의 모습이 점멸한다. 그리고.

"……이젠 아무것도 필요 없습니다."

어차피 잃을 것이라면, 스스로의 손으로 파괴하는 것도 나쁘지 않으리라는 생각만이 아벨의 머릿속에 들끓었다.

□ ■ □

친구들과 함께 지하실에서 튀어나온 세이린은 믿을 수 없는 광경을 목격했다. 대체 무슨 일이 벌어진 것일까. 아벨의 몸 마디마디에서 투명한 마력이 분출되고 있었다.

'이건…… 벨제바브가 플레어의 사리를 삼켰을 때랑 비슷하잖아?'

아벨은 빛의 마력과 마구잡이로 뒤섞인 채 날뛰는 제 마력을 제어하지 못하고 괴로워했다. 그 모습이 마치 마력에 잡아먹히는 것 같았다.

세이린은 치명상을 입고 바닥에 쓰러진 이리스에게 다가갔다. 괴상한 마력을 느끼고 놀라 튀어나온 다프네에게 치료를 받고 있었지만, 아벨의 마력 때문에 상처가 서서히 얼어붙어 상태가 좋지 않아 보였다.

"아가씨…… 아벨을 붙잡아 주세요."

이리스가 애원하듯 세이린의 손을 꼭 붙잡았다. 그러나 세이린은 아벨이 폭주하게 된 원인을 알지 못했다. 세이린은 진실만을 말하라는 위압감을 내비치며 물었다.

"아벨 경이 왜 저렇게 되신 거예요?"

이리스는 찰나 동안 고뇌했다. 지금이라면 말해야 하지 않을까? 자신이 오래전에 아벨에게 사용했던 기억 삭제 마법이 정신적 충격으로 붕괴했기 때문이라고? 그래서 기억을 지우는 데 쓰인 스크롤에 담겼던 빛의 힘이 제멋대로 날뛰는 거라고? 이리스가 사실을 말하려 입술을 달싹였을 때, 문득 지난날의 기억이 떠올랐다.

'제게 돌아갈 곳이 있을까요?'

시엘리아 성의 창고를 배경으로, 어린 아벨이 쓸쓸함이 묻어 나오는 투로 묻는다.

'돌아갈 곳?'

어린 자신이 되묻자, 아벨이 천진한 눈웃음을 짓는다.

'누나가 있어 줄 테니까 괜찮겠다. 계속 있어 줄래요?'

'응. 계속 기다려 줄게.'

대답을 들은 아벨이 또 한 번 웃는다.

"이리스 경?"

세이린이 무언가를 말하려다 삼키는 이리스를 재촉했다. 아벨의 마력은 1초가 멀다 하고 붕괴되고 있었다. 수면 마법을 걸어 그를 잠시 재우든, 미비한 봉인술로 상황을 정지시키든 무언가는 해야 했다.

그러나 이리스 레인은 자신이 저지른 일 대신 다른 진실을 고백했다.

"카인이 자신을 화살받이로 썼다는 사실을 아벨이 알아차렸어요. 카인은 플레어의 사리를 마계 모두의 기억을 지우는 데에 썼어요. 기억 삭제 마법 증폭에요. 즉, 죽었다 살아난 게 아니에요."

"……!"

세이린이 몸을 일으켜 아벨에게 다가갔다. 아벨이 초점이 사라진 흐릿한 눈동자로 그녀를 마주 봤다.

"아가씨……."

얼음의 마력이 또 한 번 폭주했다. 아벨은 심장부터 잡아먹히는 짐승처럼 날카롭게 앓으며 몸부림쳤다. 세이린은 주먹을 꼭 쥐었다가 그에게로 손을 뻗었다.

'내 마력은 신의 힘이라고 했어. 아직 미숙할 테지만……'

세이린이 아벨의 손을 꽉 붙들었다. 하지만 그의 푸른 눈동자는 아주 깊은 바닷속 어딘가처럼 한없이 짙게 물들었다.

"아벨 경……."

"아가씨. 저는…… 형을 지키는 자입니까?"

조용히 눈물을 흘려보낸 아벨이 세이린의 손을 뿌리쳤다. 냉혈의 가문, 시엘리아의 화살받이 영주는 얼음처럼 차가운 눈물을 손등으로 문질러 털어 냈다. 머리가 깨질 듯 아프다. 이곳을 벗어나고 싶다. 그런 생각만이 들었다.

아벨이 어느샌가 눈동자와 마찬가지로 짙은 남색으로 물든 머리카락을 거칠게 쓸어 올리며 레인 성의 문을 열었다. 달빛마저도 제 앞길을 피해 비추는 듯 하늘이 어둑했다. 단번에 마력을 일으켜 어디로든 걸음을 옮기려 할 때였다.

"어디로 갈 생각이지?"

어둠 속에서 차분히 걸어 나온 것은 다름 아닌 클라우드였다. 어딘가로 영영 사라지려던 아벨은 자신의 앞을 막은 주군을 똑바로 본 채로 두 자루의 검을 찬 허리춤에 손을 가져갔다.

"……전하께서도 알고 계셨습니까?"

마왕이 침묵하자 아벨은 다시 한 번 물었다.

"제가 이 칼을 물려받은 것이, 형의 화살받이 역할을 하기 위함이었단 것을 알고 계셨습니까?"

"알고 있었다고 대답하면 검을 뽑을 건가?"

클라우드는 아벨의 앞을 막아선 채로 상태를 빠르게 살폈다. 이속성 연구의 일환으로 탄생한 기억 삭제 주술이 부서지며 그 충격으로 정신이 붕괴되고 있는 듯했다. 기억 삭제 마법이 육체까지 좀먹진 않겠지만, 도서관장이 없는 마왕 성에서는 아벨의 폭주를 잠재울 수 없다. 이 상황에서 방법은 하나뿐.

"그렇다면 뽑아라."

카강!

두 자루의 검을 뽑아 들 때 나는 칼날이 갈리는 소리. 서슬 퍼런 시엘리아 영주의 무기. 자신을 향한 원망이 가득 담긴 어두운 눈동자. 마왕은 그 모든 것 앞에서도 인상 하나 찌푸리지 않고 칠흑 같은 검 두 자루를 만들어 냈다.

"내가 네 과거를 중요하게 생각할 것 같나?"

아벨의 불안정한 마력이 감도는 두 자루의 검과 한 치의 흐트러짐도 없는 클라우드의 검이 동시에 허공을 가로질렀다.

쾅!

두 마물의 살기가 맞붙은 칼날에서부터 원형으로 퍼져 나가 레인 성을 아수라장으로 만들었다.

"제겐 중요한 일입니다!"

아벨은 클라우드가 무서운 속도로 휘두르는 검을 너끈히 막아 내곤 검을 반 바퀴 돌려 잡아 민첩한 일격을 가했다.

휙!

이동 마법진을 이용해 단번에 아벨의 머리 위로 이동한 클라우드가 검을 내려쳤다. 굴러 피한 아벨이 마력을 일으켜 수없이 많은 얼음 칼날을 만들어 냈다. 그것들이 일제히 쏟아지는 순간.

"역시, 제법 하는군."

클라우드가 칼을 붕 휘둘러 얼음 칼날들을 작은 얼음 조각들로 분해해 날려 버렸다. 그러곤 살기를 머금고 아벨을 몰아세웠다.

서로를 긁어 대는 칼날에서 불꽃이 튀었다. 두 마물은 종횡무진 레인 성을 휩쓸었다. 클라우드가 목에 칼자국이 날 뻔한 것을 한 끗 차이로 피했을 때였다.

"······!"

멀리서 날아오는 검압을 이기지 못한 샹들리에가 흔들렸다. 그 바로 아래, 세이린을 비롯한 마물들이 있었다. 클라우드는 지체 없이 칼을 던져 샹들리에를 날려 버렸다. 그러자 두 개의 푸른 칼날이 목을 엑스 자로 감싸 왔다. 거친 숨을 몰아쉬며 아벨이 말했다.

"제가 이겼습니다. 보내 주십시오."

"이렇게 떨리는 칼날로 내 목을 벨 수 있겠나?"

"……."

아벨은 주군의 눈을 응시하다, 시엘리아 영주의 상징과도 같은 두 자루의 검을 놓아 버렸다. 마지막 순간 자신을 받아들여 준 가문을 위해 사명을 다할 수 있다는 것만 가지고도 아무것도 욕심내지 않던 마물은 그렇게 모든 것을 버렸다.

타이밍을 재던 클라우드가 아벨의 발밑에 이동 마법진을 그리려 할 때였다.

"……아벨."

목소리가 들려오는 쪽으로 고개를 돌린 아벨은 밀려오는 두통에 머리를 감쌌다. 자신과 닮은 듯 다른 저 얼굴. 이복형이면서 자신을 화살받이로 이용한 카인 시엘리아. 그가 무언가 중대한 사항을 입 밖으로 내려고 결심한 듯, 조심스레 입을 떼고 있었다.

'이제 와서 내게 말을 건다고? 변명이라도 하겠다는 건가?'

경멸 어린 눈으로 카인을 노려본 아벨이 단 두 글자를 내뱉었다.

"닥쳐."

그러곤 금방이라도 쓰러질 듯 휘청였다. 머릿속에 익숙한 나쁜 기억들이 몰아쳐 금방이라도 정신을 잃을 것 같았다.

"……."

그 모습을 바라보던 클라우드가 이동 마법진을 그려 아벨을 버리듯 어딘가로 이동시켰다. 그다음, 그대로 이리스에게 걸음을 옮겼다. 그녀의 부상은 제법 회복되어 있었지만 눈동자에 빛이 없었다.

"이리스 레인. 아벨이 왜 저렇게 되었는지 아는 게 있나?"

지금 클라우드의 목소리는 조금의 거짓도 용납하지 않겠다는 듯 확고했다. 이리스는 떨리는 목소리를 내다 카인을 바라봤다. 저 망할 전 영주 놈이 기억 삭제 마법에 대해 주군께 흘렸다. 어디까지, 얼마나 떠벌렸는지는 알 수 없었다. 하지만 클라우드 슈테른은 성군이니 모든 사정을 이해해 주지 않을까? 이리스가 조심스레 입을 열려 할 때였다.

"네가 모든 것을 털어놓으면, 기억을 봉인한 달빛 수정을 깨 아벨의 기억을 원위치시키는 것을 돕겠다."

삭제한 아벨의 기억을 되돌리고 기억 삭제 마법을 없던 것으로 하려면, 어쨌든 기억을 봉인한 달빛 수정을 부숴야 한다. 그렇게 한다면 아벨은 끔찍한 악몽에 계속 시달리겠지. 클라우드가 협상하듯 던진 말이 오히려 이리스를 위축시켰다.

"……저는 아무것도 모릅니다."

"거짓말을 하는군. 지금 말하기 어렵다면 시간을 더 줄 수도 있어."

기억을 '그곳'에 봉인했기 때문에, 아벨을 위해서라면 기억을 원위치하면 안 된다. 설령 아벨이 영영 자신과 보낸 어린 시절을 기억해 내지 못할지라도.

"아벨이 정신적 타격을 입은 것은 카인 시엘리아 때문입니다."

제가 기억 삭제 마법을 쓸 수밖에 없었던 것도.

"전쟁이 끝날 것을 예감한 이복형이라는 자가 목숨을 부지해 가문의 맥을 잇고 연구를 진척시키려 했기 때문에."

"……."

"화살받이인 줄도 모르고 자신이 가족으로 받아들여진 줄 알았던 아벨 시엘리아가 타격을 받은 겁니다."

이리스가 독기 서린 눈으로 말하자, 클라우드는 한숨을 삼키며 그녀의 곁에 낮추었던 몸을 일으켰다.

"네게도 사정이 있을 것이나, 나는 유사시에 상관에게 거짓을 고하는 기사단장에게 내 기사들을 맡길 수 없다."

"……."

"나는 이 자리에서 이리스 레인을 파면한다. 또한, 기사단장이라는 역할을 충실히 수행하지 않은 죄를 물어 킬 협곡에 90일 동안 구금할 것을 명한다."

클라우드가 말을 마치자 사방에서 검은 사슬이 튀어나와 이리스의 손과 발을 옭아맸다. 이리스가 수긍하듯 찬찬히 눈을 감았을 때였다.

"전하. 상처가 깊습니다. 적어도 지혈까지는 허락해 주세요."

세이린이 조심스레 부탁했다. 그제야 클라우드는 다시 벌어진 상처에서 풍기는 피 냄새를 맡았다.

"······다프네 레인. 내일 해가 뜨기 전까지 이리스를 치료해라. 죄인을 킬 협곡까지 인도하는 것은 다른 기사단장에게 맡기지."

"알겠습니다, 전하."

다프네가 씁쓸한 마음을 억누르곤 고개를 숙였다. 이리스의 파면은 언젠가 일어나리라고 예상했지만 충격이 컸다. 물론 주군께 '파면시키려면 파면시켜라' 하고 말하는 듯 독기 서린 눈을 하는 이리스가 더 대단했지만.

'그나저나 삭제한 기억을 달빛 수정에 담아야 하는 거라니. 기사단장이 되기 전 이리스에게 그런 값비싼 게 있을 리 없는데.'

대체 어디에 푸른 기사단장의 기억을 봉인한 것인지 도무지 알 수 없었다.

□ ■ □

몇 시간 후. 소란이 일어난 레인 성에서 한참이나 떨어진 낮 대륙의 에테라 성에서는 기대에 찬 실링의 목소리가 흘러나왔다.

"바다가 아닌 게 아쉽긴 하지만, 그믐 호수는 바다만큼 넓으니까 바다 크라켄이 살지도 몰라."

해상 무역의 메카, 바다와 물의 도시 영주 출신인 그가 밤낚시 행렬을 꾸린 탓이었다. 실링에게 충성을 맹세한 말단 단원들이 낚싯대와 마력 충전식 보트를 어깨에 둘러멨다. 모두가 열의에 찬 가운데, 한 마물만이 마음에 들지 않는 티를 팍팍 냈다.

"아무리 호수가 크다 한들 바다 크라켄이 살겠습니까? 해상 무역으로 성장한 가문의 영주가······ 쯧쯧."

수염을 만지작거리며 비꼬는 이는 페일 세이건. 얼마 전까지 마왕성의 도서관장이었다가 지금은 새벽단의 수석 연구원이 된 자였다.

"에이, 뭐라도 낚기만 하면 되지. 수석 연구원께서 왜 이러실까?"

실링은 거드름을 빼는 그에게 계속 치근덕거렸지만, 페일은 긴장을 늦추기는커녕 더 철벽을 쳤다. 밤 대륙의 초승 호수와 비슷한 크기의 그믐 호수에 다다랐을 때까지만 해도 페일은 실링 쪽으로 고개도 돌리지 않으려 했다. 뭍에 널브러진 무언가를 발견하기 전까지.

"저, 저건!"

여태껏 '플레어'라는 이름을 제외한 그 무엇에도 격한 반응을 보이지 않던 페일 세이건이 물에 반쯤 가라앉아 있는 무언가를 쏜살같이 건졌다. 비정상적인 마력에 휩싸인 아벨이 정신을 잃은 채로 낮 대륙에 쓰러져 있다. 그렇다면 그 이유는 하나.

'전하께서 일부러 이쪽으로 보내셨군.'

잔잔한 미소를 머금은 페일은 실링을 구워삶아 아벨의 목숨을 붙여 놓도록 했다. 아벨을 공격할 것이라는 페일의 예상과 달리, 실링은 발을 동동 구르며 누군가에게 전화를 걸었다.

"여보세요, 누님? 아, 전데요. 제가 지금 아벨을 주웠거든요? 데려가도 돼요? 제발요. 누님에게 피해 가는 일 없도록 제가 잘 타이를게요."

레이디 로이펠에게 허락을 받는 것이었군. 페일이 혀를 츳츳 찼다.

"네? 안 된다고요? 누님 옷이 검은색인 건 저도 아는데, 옷만 검은 게 아니라 온몸이…… 아, 방금 말은 못 들은 걸로 하세요."

실링은 마치 고양이를 주운 초등학생처럼 애원했다.

"아벨 머리색이 원래 은색에 가까운 푸른색이긴 한데, 지금은 아니에요. 반쯤 남색이 됐다니까요? 누님. 잘 생각해 보세요. 누님은 교만의 랭커니까 동요로 아벨을 복종시키면 되잖아요?"

페일이 흠칫 놀랐지만, 실링은 웃으며 통화를 이어 나갔다.

"오케이. 지금 데려갈게요. 밤의 푸른 기사단장만 있으면 마스타그램 팔로워 급상승은 따 놓은 당상이라니까요!"

실링이 사악한 웃음을 지어 보이며 아벨의 몸을 들어 올렸다.

□ ■ □

최근 며칠 동안 터진 기사로 인해 마물들은 혼란에 빠졌다. 처음에는 왕명에 따라 낮의 푸른 기사단장, 이리스 레인이 구금되었다는 소식으로 심장을 쫄깃

하게 하더니만. 이튿날에는 사실상 기사단장들의 대장 격이었던 아벨 시엘리아가 마왕성을 떠났다는 소식이 온 주식 찌라시에 실렸다. 더 이상 놀랄 일도 없다고 생각할 때, 화룡점정으로 오늘 자 신문이 쏟아져 나왔다.

전직 푸른 기사단장 아벨 시엘리아, 새벽단 '간부'로 합류
[단독] 아벨 시엘리아, 그가 마왕성을 버린 이유는?
[사설] 마왕성, 물 속성 보유자 부재에 대비해야…

"다 아벨 경 얘기네요."

코로나가 내민 신문들의 1면을 훑어본 세이린이 한숨을 폭 내쉬었다. 안 그래도 아벨 경과 이리스 경이 없어서 회의실이 휑하다고 느끼던 참이었는데.

"아벨은 그간 놀라울 정도로 추문이 없었으니 언론에서 앞다투어 보도하는 것이겠지."

탁 소리가 나도록 신문을 내려 둔 클라우드가 말했다.

"언론뿐만은 아니에요."

세이린이 회의실 스크린에 사진 한 장을 띄웠다. 업로드된 지 얼마 지나지 않았는데도 조회수와 공유수가 충격적일 만큼 높은 새벽단의 마스타그램 게시글이었다. 사진에는 실링의 치유 마법인 듯한 연둣빛 아지랑이가 의료용 침대에 가득 퍼져 있었다. 침대 베개 위의 머리카락은 척 봐도 시엘리아를 떠올릴 정도로 선명한 하늘색과 짙은 남색이 그라데이션을 이루고 있었다. 실링과 몇몇의 새벽단 단원들이 보란 듯 손으로 브이 자를 그리곤 웃고 있는 모습. 그리고 사진 아래, 요란하게 달린 해시태그들.

#새벽단 #간부스타그램 #셀카스타그램 #아벨_시엘리아 #밤의_푸른_기사단장 #냥줍_말고_아벨줍 #선팔_맞팔 #소통

'무슨 놈의 악당이 이렇게 신세대야!'

세이린이 하루 사이에 어마어마하게 증가한 새벽단 공식 마스타그램 계정을

보곤 혀를 내둘렀다. 이제 인터넷 좀 할 줄 안다, 하는 마물이라면 새벽단이 아벨을 간부로 끌어들였음을 모를 리가 없었다.

기사단장 중 가장 탄탄한 지지층을 가지고 있던 아벨이 새벽단에 붙었으니, 앞으로의 싸움에서 여론이 어떤 반응을 보일지도 조심스러워졌다.

"이 기회를 틈타 한몫 잡아 보려는 중소 언론들은 왜 아벨과 이리스가 하루아침에 마왕성을 떠나게 되었는지를 어떻게든 알아내려 하고 있더군요."

레이가 심각한 얼굴로 보고했다.

"어떻게든?"

"예. 어제 딜런과 칵테일을 마시는 동안에도 취재 기자들이 어찌나 들러붙던지……"

클라우드가 아벨의 빈자리를 느끼며 도끼눈을 했다.

"기사단장인 네게 술 마실 여유가 있는 걸 보니, 아직 위급한 상황은 아닌가 보군."

뜨끔한 레이가 애먼 물잔을 이리저리 훑어보는 동안, 한 자리를 차지하고 앉아 있던 빌리아는 오늘의 스케줄표를 바라봤다.

[카인 시엘리아 심문 — 관련인들은 필참할 것]

빌리아가 손끝으로 지끈거리는 관자놀이를 꾹꾹 눌러 댔다. 카인과 자신은 여러모로 관련이 있으니 불참하는 건 말이 되지 않았다. 하지만 그의 얼굴을 보면 기분이 이상할 것 같다. 아니, 반드시 이상해질 것이다.

"하아……"

그녀가 무심결에 내쉰 한숨에 모두의 시선이 쏠렸다. 빌리아의 이상 반응을 산뜻하게 무시하려던 클라우드는 세이린의 눈총에 못 이겨 휘휘 손짓했다.

"잠시 자리를 비워 줬으면 좋겠군."

기사단장들과 그의 부관들이 우르르 회의실을 빠져나간 후에야 빌리아가 책상 위로 추욱 처졌다. 카인이 멀린 엘리타에게 죽은 게 아니었다니. 이게 무슨 말도 안 되는 상황이란 말인가.

빛의 마력을 이기지 못해 폭주하던 아벨을 클라우드가 새벽단에 보내 버렸다는 이야기는 세이린에게 전해 들어 알고 있었다. 낮 대륙의 에테라는 이속성 연구와 관련이 거의 없는지라 폭주하진 않았지만, 빌리아가 받은 충격은 아벨과 엇비슷했다.

왕관 뺏어서 이제 좀 꽃길 걷나 싶었는데, 동생이란 놈은 전쟁을 일으키려 안달이 났다. 게다가 죽은 줄 알았던 약혼자는 잠수를 탔을 뿐, 쭉 살아 있었단다.

"온 마계가 내 즉위를 막는구나."

힘없이 중얼거린 빌리아는 거의 울기 직전이었다. 세이린이 쪼르르 다가와 손을 잡아 주어도 이번만큼은 위로가 되지 않았다.

형식적이긴 해도 약혼녀였다. 왜 죽음을 위장했다는 사실을 자신에게도 숨겼을까? 비록 동생의 뒤에 숨어 마법을 써 주는 신세였지만, 에테라의 공주이니 조금이라도 도움이 될 수 있었을 텐데. 살아 있다는 종이쪽지라도 보내 줬다면 약혼자를 죽인 원수라며 밀린 엘리타의 이름에 빨간 줄을 죽죽 긋는 쓸데없는 짓은 하지 않았을 것이다.

'하긴. 애초에 엘리타가 밤 대륙 최강이었던 시엘리아를 이겼다는 것부터가 말이 안 되긴 해.'

왜 진작 몰랐을까. 빌리아가 책상 위에 머리를 박자 클라우드가 인상을 찌푸렸다.

"마왕성의 가구들은 마물들의 소중한 세금으로 마련한 것들이니, 화풀이는 그만…… 윽."

세이린이 솜방망이 같은 주먹으로 클라우드의 옆구리를 푹푹 찍어 대며 입술로만 말했다.

"클라우드. 제발 비전하한테 친절하게 좀 굴어! 얼마나 충격이 크시겠어?"

"내가 왜 그래야 하나."

"흥, 오늘부터 별궁에서 잘래요."

"노력은 해 보지."

클라우드가 빌리아를 지그시 바라봤다. 자신의 심기에도 영 거슬리는 일이었지만, 어쨌든 카인은 살아 있다. 덕분에 기사단장 둘을 잃었지만.

"빌리아."

세이린이 제법 다정한 목소리를 내는 클라우드를 속으로 응원했다. 그렇지! 잘하고 있어, 우리 마왕님!

"위로가 될지는 모르겠지만……."

신중한 목소리로 뜸을 들이는 것까지는 완벽했다.

"얼굴만 봐, 얼굴만."

클라우드가 어디서 많이 듣던 위로를 건네자 빌리아의 얼굴은 그야말로 흙빛이 되었다.

"어흑…… 작가님, 클라우드 한 대만 때려 주세요……."

"어디 때릴까요?"

"기왕이면 재수 부재중인 얼굴을 좀……."

빌리아가 뻣뻣해진 뒷목을 주물거리며 앓는 소리를 냈다. 마음 같아서는 새벽단을 상대하는 일 따위 혼자 잘해 보라고 쏘아붙이곤 에테라로 도망가고 싶었지만, 하필 이 사달을 만든 주동자 중 하나가 동생이지 않은가.

'이놈의 책임감 때문에 내가 제 명에 못 살지.'

입술을 깨문 빌리아가 스케줄표에 적힌 약혼자의 이름을 한참이나 바라보다, 무언가 이상하다는 것을 눈치채곤 마왕에게로 시선을 옮겼다.

"클라우드. 너 카인한테 뒷돈 받았어? 네 성격에 기사단장을 둘이나 내치게 만든 카인을 곱게 볼 리가 없는데."

빌리아의 말대로 클라우드는 내내 아벨을 신경 쓰고 있었다. 틈만 나면 코로나와 그림자 기사들을 에테라 성에 보내 정탐을 시키지 않았던가. 예상대로 새벽단은 아벨을 간부로 살뜰히 사용하기 위해 최선을 다해 치료했다. 잃긴 했지만 완전히 잃은 것은 아니다. 이것이 클라우드의 위안이었다.

"카인이 제안을 하더군."

"어떤 제안이길래 그렇게 아끼던 아벨 시엘리아를 팔아먹으셨을까."

빌리아가 탐탁지 않음을 팍팍 티 냈다.

"반대야. 아벨에게 사과하도록 도와 달라는 게 카인의 조건이었어."

"뭐라고?"

시엘리아 세금을 탈탈 털어 이속성 연구에 쓰고, 생사 여부로 여러 마물 낚은 데다 새벽단에 협조하기까지 한 놈의 제안이라고는 믿을 수 없이 기특했다.

"많이 받아서 거짓말해 주는 거 아니지?"

빌리아가 재차 묻자, 클라우드는 짜증을 냈다.

"그렇게 한가해 보이나?"

세이린은 반사적으로 으르렁대는 둘을 떼어 놓았지만, 카인이 그런 제안을 했다는 것을 쉬이 믿지 않기는 마찬가지였다. 카인이 아벨 경에게 사과하고 싶다고 말했다니. 이기적이기만 하던 마물이 조금씩 발전하는 것도 같고.

'이번에도 구라면 손모가지를 잘라야겠어.'

결의를 다진 세이린이 마왕성에 카인이 도착하기만을 기다렸다.

Chapter
26

가장 밝히는 빛

　전쟁이 시작되었을 당시, 레인 일가를 비롯한 시엘리아의 하인들은 도망을 시도했고 대부분이 성공했다. 하지만 도망칠 힘조차 없었던 이들은 그대로 성에 남아 있었고, 그들 중 대부분은 새 주인의 살림을 도맡는 고용인 집단에 합류되었다.

　카인 시엘리아가 구속당한 채로 마왕성에 들어오자 늘 그림자처럼 조용하던 고용인들이 술렁이는 것은 당연한 반응이었다.

　"주인님이 정말 살아 계시잖아? 아, 이젠 전 주인 놈이지."

　"전하께서 왜 저자를 마왕성에 들였을까?"

　"아무튼, 어디 가서 말하면 안 돼. 마왕성 밖으로 이 사실이 알려졌다간……."

　"그런 건 나도 알고 있어."

　시엘리아 성에서 일했던 전력이 있는 고용인들은 곳곳에 숨어 원형 회의실로 향하는 카인을 향해 숙덕거렸다. 카인은 그들의 존재를 모두 눈치챘지만 아무런 반응도 없이 걸음을 내디뎠다. 오히려 신경이 곤두서 있는 것은 그의 옆에 맹수 조련사처럼 꼭 붙어 있는 연대 보증인, 제이드 제릴이었다.

"야, 눈 아래로 깔고 얌전히 걸어. 어디서 계란이나 돌 날아올까 봐 겁난다."

차기 불의 기사단장으로 언급되는 뱀파이어가 주춤하는 것을 본 카인은 조소를 흘렸다.

"그렇게 무서우면 멀리 떨어져서 걸으시지?"

"그건 안 돼. 네가 딴 맘 먹고 튈지 어떻게 알아?"

당당하던 제이드는 회의실에 들어서자마자 며칠 말린 생선포처럼 위축되었다. 마왕과 마왕의 두 여인, 기사단장들은 마치 법정의 재판관석처럼 높은 의자와 테이블에 앉아 있었다. 그 한참 아래에 마련된 것이 심문 대상인 카인의 자리로, 모두에게 둘러싸여 있는 데다 높이가 낮기까지 해 앉는 것만으로도 죄를 술술 불 것 같았다.

'어휴, 내가 친구 잘못 사귀어서 별별 경험을 다 하네.'

제이드가 한숨을 쉬곤 표정을 굳혔다. 긴장을 놓아서는 안 된다. 오늘 카인과 이 자리에 서게 된 것은 존경하는 마물 1위, 주군이신 클라우드 슈테른의 뜻일 테니.

친구라고 생각했던 커밋 놈이 존경하는 마물 2위, 아벨 시엘리아를 별궁에 방치하고 화살받이로 썼다는 것을 알게 된 후로 며칠을 그에게 윽박지르고 욕하며 보냈다. 하지만 레인 성에서, 카인은 분명 아벨 경에게 무엇인가를 말하려고 했다.

'이 자식은 그때 분명 사과하려고 했어.'

물론 아벨이 '닥쳐' 하고 답한 덕에 속이 뻥 뚫리는 듯했던 제이드였다.

한참 윗자리에 앉은 세이린은 누가 봐도 카인보다 백배는 결연한 제이드를 보고 픗 웃었다. 자기가 심문받는 것도 아닌데, 엄청 긴장했네. 손을 흔들어 알은체하자 얼굴을 훅 붉히는 모습은 제릴가의 막내아들이라기보단 영락없는 풋내기 학생이었다.

"전하. 준비된 것 같으니 시작하겠습니다."

빅토리아가 클라우드의 무언의 긍정을 확인하곤 카인의 기본 신상을 파악하는 질문들을 던졌다. 그는 조금도 기죽지 않았지만 오만하지도 않은 목소리로 모든 질문에 차근차근 답했다. 신변을 확인하는 형식적인 질문들이 끝나자, 클라우드가 손을 조금 들어 말을 끊곤 질의했다.

"새벽단의 연구 수준은 어느 정도지? 플레어 프로젝트를 진행할 당시의 로이펠보다 발전했나?"

카인은 그야 당연하다는 듯 즉답했다.

"새벽단의 이속성 연구 시설은 마계 최고야. 실링이 상업과 고리대금으로 축적한 어마어마한 자본을 쏟아부은 데다, 레이디 로이펠이 지닌 플레어 프로젝트 관련 자료들도 풍부하지."

어쩐지 납득이 가는 대답이었다. 제 입으로 설명하진 않았지만, 이속성 연구를 오랫동안 진행한 카인 시엘리아 님께서 남기고 온 자료도 상당할 테니.

"잘난 이속성 연구는 얼마나 진행되었나."

클라우드의 물음을 들은 카인은 잠시 눈을 굴리다 답했다.

"창조신과 신통력, 차기 신에 대한 거의 모든 것들."

차기 신. 그 세 글자에 세이린이 반응하는 것은 당연했다. 그동안 커밋으로 변신해 뽑아낸 데이터들로 무슨 결론을 낸 것일까?

"예를 들면?"

"네가 신으로 선택받은 이유가 창조신과 근본적인 공통점이 있기 때문이라는 것이라든가."

"……!"

세이린이 음흉한 미소를 지었다.

'근본적인 공통점?'

분명 머리부터 발끝까지 여신 뺨치게 우아한 데다, 온화하고 따뜻하며 다정다감한 성격 때문이겠지. 'Oh my God!' 소리가 절로 나올 정도로 끝내주게 상큼한 것도 주요 이유 중 하나이리라. 연예 대상 수상 소감을 말하듯 음란 마귀가 큼큼 목소리를 가다듬었다.

"운명이라면 받아들일게요. 마물들도 아름다운 것을 숭배하는 본능 같은 게 있을……"

"둘 다 밝혀."

"……응?"

카인이 밝힌 '신으로 선정된 이유' 는 기대와 딴판이었다. 세이린은 반사적으로 되물었다.

"밝혀서? 밝혀서라고?!"

"마계를 구성하는 주요 질서 중 하나가 언어유희라는 건 잘 알고 있을 테고. 마계를 창조한 신의 힘은 빛의 형태지. 빛의 사명은 밝히는 것."

"그, 그러니까, 커밋, 네 말은……."

세이린이 손을 달달 떨며 물었지만, 연구 결과를 보고하는 카인은 한 마디 한 마디를 거침없이 내뱉었다.

"음란 마귀 자격으로 마계 영주권을 받은 네가 마계에서 제일 밝히는 마물이기 때문이라는 거지. 정확히 하자면 창조신은 마계를 밝히고, 너는 클라우드 슈테른을…… 읍."

깜짝 놀란 제이드가 겁대가리를 상실한 카인의 입을 틀어막았지만 너무도 뒤늦은 조치였다.

□ ■ □

카인의 폭탄 발언을 들은 세이린이 석고상처럼 하얗게 질린 채로 굳어 버렸기 때문에 심문은 일시적으로 중지되었다.

"말도 안 돼, 이럴 수는 없어…… 밝혀서 신이라니……!"

세이린은 임종 직전의 악역처럼 연신 중얼댔다. 왕의 체면과 남편이라는 지위를 생각해 웃음을 참을 필요가 있는 클라우드는 죄라도 진 것처럼 고개를 푹 숙였다. 담임 교수인 레이 필드는 아예 회의실을 벗어났고, 곧 복도에서 흐느낌인지 웃음인지 구분되지 않는 소리가 울렸다.

'아, 이번에야말로 수치사다.'

세이린이 접시에 코를 박고 싶은 충동을 그 어느 때보다 강하게 느꼈다. 회의실에서 웃지 않고 있는 마물은 빌리아리아 에테라, 딱 한 명이었다.

'그래도 비전하는 웃지 않으시는구나. 나 때문은 아니겠지만.'

초점 없는 빌리아의 시선은 회의 순서지에 쓰인 '카인 시엘리아'라는 이름을 향해 있었다. 아무래도 약혼자이니 생각이 복잡하리라.

"큼, 큼. 그래서, 빛의 마력을 신통력으로 성장시키려면 어떻게 해야 해?"

세이린이 애써 평정을 유지하며 말을 돌렸다. 제이드에게 귀가 따가울 정도로 잔소리를 듣고 있던 카인은 그녀의 질문에 곧장 답했다.

"그 부분은 여명회의 경전을 읽어 봐야 정확하게 드러나겠지만, 마물들이 속성을 개방하는 것과 비슷하지 않을까 예상하고 있어."

저렇게 또박또박 대답할 정도로 이성 박힌 놈이 밝혀서 신이라는 걸 회의실에서 공개적으로 떠벌려? 세이린이 뻣뻣해지는 목덜미를 꾹꾹 주무르며 애써 웃었다.

"예를 들자면? 호수에 빠트리는 거?"

"월식의 수정처럼 고도로 압축된 같은 속성의 마력을 접하거나, 소중한 것을 지키려 하거나."

가장 밝히는 마물에게 차기 신 지위를 계승하는 세계라고는 믿을 수 없을 만큼 풋풋한 방법이었다. 세이린이 '밝힌다=빛=신'이라는 절망적인 공식을 회의록 구석에 끼적일 동안, 자세를 고쳐 앉은 클라우드가 다시 권위적인 목소리로 물었다.

"페일 세이건은 연구 수준과 설비가 뛰어나다는 이유만으로 새벽단에 합류할 마물이 아니다. 분명 다른 것이 있을 텐데."

카인이 잠시 머뭇거리다 말을 이었다.

"그건…… 내가 삭제했던 그의 기억을 되돌린 순간, 페일이 선택한 일이야."

카인의 대답은 퍽 애매했다. 클라우드는 더 설명하라고 말하는 대신 턱을 조금 치켜들었다 내렸다.

"……나는 로이펠에서 얻은 플레어의 사리를 개조한 기억 삭제 마법을 증폭시키는 데에 썼어."

"이리스가 아벨에게 쓴 것과 다른가?"

"이리스가 아벨에게 쓴 기억 삭제 마법은 멀린 엘리타가 구상한 초기 버전이야. 나는 그것을 개조해서 썼지."

영주라는 놈들이 백성들 돈 뜯어다 가지가지 했군. 클라우드가 못마땅하단 얼굴을 했다.

"이리스가 훔쳐 썼던 기억 삭제 마법은 삭제한 기억을 달빛 수정에 봉인해야 해. 시전 당시 이리스가 미숙해서 제대로 해내지 못했을 가능성이 높지만."

"부작용은?"

"기억 제거를 깨끗하게 하지 못해서 아벨이 두통을 느끼고 있겠지. 첩보전을 위해 만들어진 것이라 시전자에 대한 정보도 함께 삭제되었을 거고."

"……!"

카인의 말을 들은 세이린의 가슴이 철렁했다. 누나라고 부를 만큼 이리스와 친밀했던 아벨이 냉대를 일삼은 이유가 기억 삭제 마법에 붙어 있던 시전자 정보 삭제 옵션 때문이었다니.

'그래도 이해가 안 돼. 어째서 아벨 경의 기억을 삭제한 거지?'

모종의 이유 때문에 기억을 삭제했다고 쳐도, 기억을 되돌려주는 것을 도와주겠다는 클라우드의 제안을 거절할 이유는 없었다. 그대로 두면 아벨이 두통을 겪을 걸 안다면 더더욱.

'이리스 경이라면 아벨 경이 아픈 걸 달가워할 리가 없는데.'

기억을 되돌리면 죽음보다 더한 고통이 기다리고 있다면 모를까, 이해되지 않는 결정이었다.

"어쨌든 나는 전쟁이 끝날 즈음 전쟁, 영주, 폭정, 빛, 플레어 프로젝트에 대한 모두의 기억을 삭제했어."

카인이 말했다.

"잘했군."

클라우드가 반사적으로 비아냥거렸다. 말문이 막힌 카인이 다시 입을 열기까진 꽤 오랜 시간이 걸렸다.

"페일 세이건은 플레어 프로젝트와 가장 관련 있는 마물. 그러니 기억을 되찾자마자 플레어 프로젝트를 제 손으로 완성해야 한다고 말했지."

카인이 설명한 페일 세이건의 상황은 마왕성 측에 알려진 것과 조금 달랐다. 페일은 플레어 프로젝트에 참여한 연구원 중 가장 직급이 낮긴 했지만, 잔심부름을 도맡아 한 덕에 로이펠에서 오랜 시간을 보낸 고용인만큼 사리에 밝았다. 심부름을 열심히 한 덕에 로이펠에 방문한 영주들이 그 이름을 기억할 정도였다.

"페일이 로이펠에서 맡은 임무 중 하나는 플레어의 끼니를 챙겨 주는 것이었지."

세이린은 언젠가 실험용 쥐를 굶겨 죽이지 않기 위해 연휴에도 연구실에 출근한다는 연구원의 넋두리를 들은 적이 있었다. 도서관장님의 역할이 그런 것이었을까.

"그러다가 사랑에 빠진 건지, 어쩐 건지는 몰라."

"……사랑? 갑자기?"

만물을 사랑 필터를 낀 채로 바라보는 마계 최고의 로맨스 작가가 듣기에도, 방금 카인의 입에서 나온 '사랑'이라는 단어는 영 뜬금없었다.

"들은 적 없어? 전쟁이 시작되고 플레어 프로젝트의 끝이 보일 무렵, 페일 세이건은 실험체이던 플레어 프레자일을 데리고 튀었어. 그래서 플레어의 임종이 어땠는지 아는 건 페일 하나야. 그러니 실링도 눈에 불을 켜고 페일을 섭외하려 들었지."

클라우드 슈테른이 자연 발생하는 순간, 로이펠 성의 거의 모든 것은 어둠에 침식되어 바스라졌다. 실링과 레이디 로이펠이 미천한 그림자를 몰락시키겠다는 공동 목표를 세우고 새벽단을 만들었을 때도 이속성 관련 자료는 모자랐다.

"이속성을 연구하긴 해야겠는데, 자료가 없는 거지. 알다시피 여명회의 경전은 입에서 입으로만 전해 내려오고."

카인이 말했다.

"여명회를 억압한 네가 경전을 아예 몰랐다고 할 텐가? 게다가, 네겐 탈주를 이끌 정도로 여명회에 빠져 있던 스피카 블랙이 있었어."

클라우드가 날카롭게 지적했다. 하지만 카인은 고개를 설레설레 저었다.

"내가 알기론, 네가 스피카에게 마지막으로 내린 명이 경전을 글로 옮기라는 것이었지. 그 결과물을 확인해 본 적이 있나?"

클라우드는 즉시 문제의 필사본들을 가져올 것을 명했다. 머지않아 기사들이 자물쇠가 주렁주렁 달린 두툼한 두루마리를 가져왔다.

"빛을 이용해 그림자를 몰락시키려는 새벽단의 계획에 맞서려면 그 원리가 설명된 여명회의 경전을 보면 돼."

카인은 '볼 수 있다면 말이지' 하는 투로 말했다. 레이가 땅의 마력을 이용해 어렵지 않게 자물쇠들을 끊어 냈다. 그러자 큼직한 스피카의 필체가 드러났다.

[전하, 죄송합니다. 사실 저는 경전을 처음부터 끝까지 읽어 본 적이 없으며, 경전은커녕 기도문도 잘……]

"……"

클라우드가 답지 않게 당황했다. 세이린은 서술형 시험 답안지를 연상시키는 총장님의 구구절절한 글씨들을 보다 무언가를 떠올렸다.

'맞다. 총장님 기억 속에서 플레어가 총장님한테 불량 신도라고 했었지……!'

카인은 씁쓸한 목소리로 말했다.

"스피카 블랙은 경전을 몰라. 네게 떠든 것도 다 월식의 수정을 이용해 이식한 실링의 눈으로 엿본 거야."

세이린이 되묻듯 눈을 깜빡거렸다.

"그러니까, 여태까지 총장님이 예언이라고 하신 게 전부……."

"커닝이야."

세이린은 스피카에게 낙제생의 동질감을 느꼈다. 그동안 여명회에 통달한 것처럼 말하던 게 다 연기였다니.

그 외에도 카인은 새벽단에 관한 꽤 많은 사실을 마왕성에 흘렸다. 모두 내부자가 아니라면 알 수 없는 종류의 것들인 데다 자세하기까지 했다.

이용 가치는 확실하다. 이것이 심문을 마친 클라우드의 결론이었다. 그러나 걸리는 것이 너무 많은 게 흠이었다. 가령 초지일관 무표정으로 질의응답을 듣기만 하는 빌리아라든가.

하지만 역시 가장 안타까운 것은 아벨 시엘리아, 전직 밤의 푸른 기사단장이었다. 한참을 고민한 끝에 클라우드는 아벨의 기억 삭제 마법 부작용을 완전히 치료하고 스피카의 젬을 되찾기 위해서는 카인의 힘이 필요하다고 회의를 매듭지었다. 그가 제대로 협조할지는 두고 봐야 할 일이지만, 많은 이들의 반박을 불러일으킬 결정이라는 것만은 확실했다.

□ ■ □

다음 날. 마계의 온 마물들이 미디어에서 쏟아 내는 마왕성의 보도 자료를 접하고 입을 떡 벌렸다.

[아카데미 F반 커밋 글레이시아, 마왕성의 임시 기사단장으로 발탁?]

그렇다. 클라우드는 카인이라는 이름 대신 튤 로이펠로 만든 가짜 신분, 커밋 글레이시아를 등용했다고 발표한 것이다. 마왕의 매우 파격적인 인사를 두고 세간에서는 '클라우드 전하가 세이린 님에게 빠져 F반 낙제생이라면 사족을 못 쓰는 취향이 되었다'는 이상한 소문이 돌기도 했다. 여생을 커밋 글레이시아라는 신분으로 살아야 한다는 제약이 붙긴 했지만, 아무튼 카인은 마왕성 소속이 되었다.

'커밋이 첫 임무를 잘 하고 있나 모르겠네.'

세이린은 두툼한 책 몇 권을 가지고 훈련장으로 향했다. 어제부로 마왕성에서는 실링 서재의 모든 책을 왕실 도서관으로 옮겨 여명회에 대한 자료들을 긁어모으고 있었다. 세이린이 들고 있는 책도 털어 온 것 중 하나로, 전쟁이 터졌을 경우 어떻게 해야 할지를 적어 둔 서적이었다.

문을 열자마자 뜨거움과 차가움이 동시에 몰아치는 것으로 보아 농땡이는 피우고 있지 않은 듯했다.

"헉, 헉⋯⋯."

"세이린? 감시하러 왔냐?"

둘만이 있던 훈련장인지라 커밋이 아닌 카인의 모습을 하고 있는 친구가 하나. 그 아래 숨을 헉헉대는 친구가 하나. 세이린은 눈살을 찌푸리며 커밋의 아래에 깔려 있던 제이드를 일으켰다.

"또 싸우고 있는지, 아닌지 보러 왔지."

"보면 몰라? 훈련하잖아."

전쟁 전 영주들은 대를 이어 우위를 점한 힘을 갈고닦은 탓에 신생 가문 소속의 마물들보다 강하다. 그런데 황제 후보이기까지 했던 카인 시엘리아라면 얼마나 강하겠는가. 카인이 강도 높은 훈련을 핑계로 제이드를 살살 약 올리고 툭툭 괴롭히고 있었을 게 뻔했다.

"커밋. 너 자꾸 그러면 밥에 단백질 듬뿍 넣어 주라고 시킨다?"

"단백질?"

"애벌레가 좋아, 다리 많이 달린 게 좋아?"

"윽."

토핑이 듬뿍 얹힌 식사를 상상한 그가 고개를 작게 저었다. 세이린이 틈틈이 생각해 둔 '커밋을 합리적으로 괴롭힐 50가지 방법'을 줄줄 읊으려 할 때였다. 전투에서 쓸 수 있을 만큼 예민해진 음마력이 강력한 힘을 지닌 누군가가 다가오고 있음을 감지했다. 어스름히 느껴지는 바람의 마력.

'비전하?'

심상찮은 분위기를 느낀 세이린이 곧장 훈련장의 창고로 숨었고, 보이지 않는 손이 제이드를 집어다 그녀의 옆에 내려 두었다.

예상대로, 문을 열고 들어온 이는 빌리아였다. 늘 입는 금색 수가 놓인 어두운색의 드레스. 늘 하던 귀걸이와 목걸이, 그리고 머리 장식. 그러나 평소와 다른 점도 많았다. 손에 아벨이 버리고 간 시엘리아의 두 자루 검을 들고 있는 것이 그랬고, 입술을 꼭 다문 채로 굳어 있는 표정이 그랬다.

빌리아는 몇 년간 속으로만 그리워할 수밖에 없었던 카인을 지그시 바라봤다. 예상대로 자신을 바라보는 그의 눈에는 아무것도 담겨 있지 않았다.

'그런데 대체 왜…….'

묻고 싶었지만 치기 어린 집착처럼 들릴까 봐 입 밖으로 낼 수 없는 질문이 있었다. 전쟁 전 영주들, 폭정, 플레어 프로젝트에 관한 모두의 기억을 지웠으면서 왜 내 기억은 남겨 둔 것일까. 다른 마물들과 마찬가지로 깨끗이 잊었다면 숱한 마음고생을 하지 않아도 되었을 텐데.

'……이젠 다 지난 일이야.'

이젠 약혼자에게 버림받았다며 비아냥거리는 벨제바브에게 휘둘리지 않았다. 에테라의 왕관도, 자신의 젬도 스스로의 힘으로 되찾았다. 마음을 굳게 먹은 빌리아가 두 자루의 칼을 바닥에 내려 두었다. 검은 요란한 소리를 내며 바닥에 떨어졌다.

카인은 아벨이 두고 간 두 자루의 검을 가만히 내려다보다, 어느새 훌쩍 큰 에테라의 공주를 바라봤다.

"아리아. 무슨 의미지?"

"아리아가 아니라 빌리아야. 전하의 명으로 왔어."

"내 앞이라고 해서 마왕을 딱딱하게 칭할 필요는 없어."

세이린과 제이드는 마치 얽히고설킨 막장 드라마의 하이라이트 장면을 보는 듯한 긴장감에 사로잡혀 그들을 지켜봤다. 빌리아는 클라우드의 마력이 아주 조금 깃들어 연보랏빛을 띠는 달빛 수정을 꺼내 내밀었다. 일명 마왕성의 기사단장급 인사에게만 주는 통신용 장비. 카인이 이것을 부여받는 순간, 정말로 마왕의 아군으로 인정받는 셈이었다.

"비전하께서 직접 전해 주실 줄이야."

"아직은 줄 생각 없어."

공인 인증서급 증명 절차에 슬슬 지쳐 가던 카인이 무미건조한 눈으로 빌리아를 응시했다.

"이번엔 너와 싸워서 내 이용 가치를 증명하라는 건가?"

하지만 빌리아의 요구는 훈련장 안의 모두가 예상치 못한 것이었다.

"그 칼로 나를 베면, 이 달빛 수정을 줄게."

빌리아와 카인 사이에 심상치 않은 살기가 감돌았다. 하지만 창고에 숨어 그 상황을 지켜보는 세이린과 제이드에겐 조금 다른 분위기로 보였다.

"야, 세이린. 왜 이 심각한 장면이 핑크빛으로 보이지?"

제이드가 영문을 알 수 없다는 듯 말했다. 밥 먹으면서도 주식 그래프를 무한 새로 고침 하는 커밋에게선 전혀 보이지 않던 광채가 카인에게선 풍기고 있었다. 하늘색 머리카락 아래에 자리 잡은 곧게 뻗은 눈썹이 살짝 찌푸려지는 것도, 깊은 바다를 떼어 내 만든 듯한 푸른 눈이 마왕의 여자가 된 약혼녀를 바라보는 것도. 온통 희고 푸른 제복 때문인지 모든 것이 귀공자 같았다.

높고 곧게 뻗은 콧대와 옆 선을 자랑이라도 하듯 그대로 멈춰 있던 카인이 마력을 일으켜 두 자루의 검을 쥐었다. 주인을 알아본 검이 무엇이든 베어 버릴 듯한 매서운 얼음의 기운을 떨쳤다.

"……응?"

"쟤, 지금, 설마……."

세이린과 제이드가 소리 없는 아우성을 치며 커밋을 뜯어말렸다. 안 돼, 미친놈아! 그만둬! 내려놔!

"어딜 베든 상관없나?"

카인이 얼음장 같은 말을 내뱉자마자, 세이린과 제이드는 망연자실한 얼굴로 서로를 바라봤다. 찰나 동안 커밋이 연애를 안, 하는 것이 아니라 못, 하는 것이며, '눈치 없음'은 시엘리아의 유전자에 새겨진 특성이라는 확신이 오고 갔다. 연구에 미쳐서 죽음을 위장하고 약혼이고 뭐고 깡그리 무시한 채로 근 몇 년을 살았다는 건 무릎 꿇고 싹싹 빌어도 모자라건만!

고구마 백 개를 먹은 듯한 답답함에 빠진 세이린이나 제이드와 달리, 빌리아는 카인이 칼을 쥐어서 오히려 후련했다.

'어차피 벌어진 일이고, 되돌릴 수 없어. 미련 없이 각자의 길을 가는 게 최선이야.'

남은 삶을 에테라의 번영을 위해 쓰려면 지금, 그에 대한 마음을 완전히 털어 내야 했다.

"어딜 베든 상관없어. 피가 흐를 정도의 상처만 내면 이 달빛 수정을 줄게."

시원스레 웃은 빌리아가 손끝을 튕겨 무기 겸 액세서리로 사용하는 짙은 남색 부채를 소환했다.

"쉽진 않겠지만."

접혀 있던 쥘부채가 반달 모양으로 활짝 펼쳐지자 숨 쉬긴커녕 눈조차 뜰 수 없을 정도의 강풍이 몰아쳤다. 카인은 진지한 얼굴로 검을 고쳐 쥐곤 역방향으로 마력을 일으켰다. 밤 대륙의 바람 속성 가문, 워렛은 치유 마법에 특화되어 있고, 벨제바브는 누나보다 현저히 약하다. 즉, 상대인 빌리아는 마계의 바람 마법 서열 1위. 전력을 다해야 한다.

물론 숨어서 상황을 지켜보는 세이린과 제이드에게는 카인의 투지가 달가울 리 없었다.

'이런 미친……! 저 새끼는 왜 갑자기 주식 할 때처럼 진지해져!'

'실링이 일기장에 등신이라고 쓴 게 맞는 말이었어!'

고래 싸움에 새우 등 터지게 생긴 두 마물이 간절한 마음으로 벙긋거렸지만, 카인에게 그 마음이 전해질 리 없었다.

'사과를 하라고, 사과를!'

'무릎 못 꿇겠으면 고개라도 숙여!'

챙!

카인이 검을 내지를 때마다 표창처럼 납작하고 뾰족한 얼음 파편들이 쏟아져 나왔다. 빌리아는 바람의 마력을 조종해 그것들이 타다다닥 벽에 박히도록 조종했다. 그는 쉬운 상대가 아니었다. 그러니 물리적인 공격을 할 수 없는 부채로는 어림없다.

"받은 걸 쓰는 건 반칙인가?"

"네 마음대로 해."

답을 들은 빌리아가 카인의 약혼반지를 왼손 약지에 끼고는 마력을 일으켰다. 순식간에 날카로운 얼음 칼 두 자루가 손에 감겼다. 카인은 그 반지를 알아봤다.

"……그걸 왜 간직하고 있지?"

"힘. 그게 당신이 나한테 준 전부잖아."

빌리아가 여유를 부리며 대답하곤 칼을 휘둘렀다. 그의 힘과 자신의 힘이 충돌할 때마다 강한 상대와 맞붙을 때의 두근거림이 온몸을 지배했다. 뺨을 스칠 뻔한 그의 칼날을 힘으로 밀쳐 내곤 등 뒤로 이동해 일격을 날리려 했다.

"쳇."

빌리아가 이를 갈았다. 제 공격의 궤도를 꿰뚫어 본 카인이 뒤돌아 내려치는 칼을 받아 내자 부아가 치밀었다. 그의 이기적인 검에 아무것도 내주고 싶지 않았지만 끝이 말린 금발이 몇 가닥 잘려 나갔다.

카인이 빌리아의 옆구리를 향해 직격으로 검을 내질렀을 때, 그녀는 그 일격을 받아칠 수 없으리라고 확신했다.

휙!

칼날을 막아 내는 대신 곧게 뻗은 검을 따라 빙글 몸을 돌린 빌리아가 카인의 등 뒤를 선점했다. 차가운 칼날이 살점을 얼리며 파고들 것이라는 예상과는 달리, 아무 일도 일어나지 않았다.

"찌르지 않는군. 내게 묻고 싶은 것이라도 남았나?"

카인이 냉정한 목소리로 말하자 빌리아는 내면의 뜨거운 무언가가 울컥 치솟는 느낌을 받았다.

"묻고 싶은 것? 당연히 있지."

처음보다 더 위협적인 불꽃이 튀는 그들의 눈빛에, 창고 안의 두 마물은 머리를 쥐뜯었다.

'등을 내줬으면 졌습니다, 하고 굽히라고!'

'왜 화를 돋워서 2라운드를 시작해!'

커밋에게 진작 눈치라는 것을 떠먹였어야 했다.

쾅, 소리를 내며 살벌하게 마력이 폭발했고 빌리아와 카인은 연기 속에서 각각 튀어 오르듯 뒤로 물러났다. 얼음 검을 다잡은 빌리아가 말했다.

"당신이 말했지. 영주, 폭정, 이속성 연구나 플레어 프로젝트에 관한 모든 마물의 기억을 지웠다고."

"……."

"왜 내 기억은 그대로 뒀어? 계산 실수?"

카인의 미간에 옅은 주름이 팼다. 계산 실수? 그런 것을 했을 리가 없었다. 무려 신통력, 플레어의 사리를 사용했던 대규모 마법이었으니. 영문도 모르던 아벨에게 버리듯 두 자루의 칼을 떠넘기고, 비열한 방법으로 목숨을 보전한 다음. 그다음 아주 조용한 동굴에 들어가 마계에 존재하는 모든 마물의 기억을 삭제하려 했다.

최종 주문을 읊으려던 순간, 힘이 있으나 원하는 것을 가질 줄도 모르는 나약한 에테라의 공주가 떠올랐다. 한 명쯤은 자신을 기억해 줬으면 좋겠다는 어리석은 생각이 거의 동시에 치밀었다.

왜였을까. 왜 그 한 명이 빌리아리아 에테라였을까.

그의 애매한 얼굴을 본 빌리아가 까칠하게 말했다.

"당신에게 중요한 일이 아니라 기억나지 않으면 대답 안 해도 돼. 기억을 가지고 어떻게든 살아남아 보라는 동정이었겠지."

수천 개의 얼음 조각을 실은 빌리아의 바람이 흐트러진 카인의 방어 마법을 맹렬히 파고들었다. 카인은 검압으로 그것들을 튕겨 내며 쩌저적 금이 가기 시작하는 빌리아의 반지를 바라봤다.

"아니면 힘을 가졌는데도 원하는 걸 얻지 못하는 어린애를 향한 연민이거나."

빌리아가 툭 내뱉자 그의 속이 뒤틀렸다. 딴생각을 하는 사이에 바람의 마력이 귀에 파고들어 균형 감각을 어지럽히고 있는 게 분명했다. 문득, 얼음 마법을 연습하느라 용암의 코앞까지 내몰려 현기증을 느끼던 어린 시절이 스쳤다. 어지러워서 더는 못 하겠다고 했을 때, 어른들이 어둡고 무서운 시엘리아의 창고를 가리키며 뭐라고 했더라.

자, 카인. 보이니? 이게 황제를 배출할 시엘리아의 순수 혈통과 잡종의 차이란다. 순수 혈통답게 굴어야지?

"크윽……."

카인이 이를 부득 갈고 훈련장의 바닥 전체를 얼려 버렸다. 미끄러움에 잠시 휘청인 빌리아가 당황한 사이, 흐트러진 바람을 타고 그녀의 코앞까지 접근했다.

획!

카인의 칼날이 종잇장 하나만큼의 틈을 두고 빌리아의 목선에 접했다. 그는 살기를 머금어 핏빛보다 붉은 빌리아의 눈을 직시하곤 말했다.

"네 말대로, 그건 내게 중요한 일이 아니었어."

아버지, 어머니, 가문의 원로들에게 새로운 마법을 연구해 가문을 부흥시켜야 한다고 죽도록 들은 자신에게, 연구보다 더 중요한 것이 있었을 리 없었다. 오직 연구. 오직 결과. 오직 최소의 희생을 통한 최대의 성과. 그렇게 얻은 힘을 아무것도 얻을 줄 모르던 에테라의 영애에게 조금 나눠 주었으니 기억에 남았을 뿐이다.

단지 그뿐.

"내가 기억을 삭제하지 않아서 혼란을 초래했다면 사과하지."

"……."

빌리아는 잠시 숨을 고르며 카인의 사과를 곱씹고 또 곱씹었다. 후련하다는 말이 이럴 때 쓰는 것일까. 이젠 정말 미련 없이 자신의 길을 갈 수 있을 것 같았다.

"뭐…… 어쨌든 당신 덕에 버틴 시간이 꽤 돼. 고마워."

대답한 빌리아가 마력을 일으켜 왼손 약지의 약혼반지를 부수었다. 파스스 깨진 약혼반지에서 얼음의 마력이 새어 나와 제 주인에게로 돌아갔다.

"제일 고마운 건 실링과의 약혼을 파기해 준 것이지만."

긴 머리카락을 칼날의 반대쪽으로 쓸어 넘긴 빌리아가 무슨 행동을 하는지 모르겠다는 듯 무덤덤한 카인의 눈을 마주하곤 픽 웃었다. 그녀가 아주 조금 몸을 옆으로 숙이자, 칼날에 얕게 베인 목선에서 붉은 한 줄기의 선혈이 흘러나왔다.

'……일부러 피를 내다니. 내게 이유 없이 물건을 주는 게 그렇게 싫은가?'

카인이 얼굴을 조금 찌푸렸다. 빌리아는 개의치 않고 클라우드의 하사품인 달빛 수정을 내밀었다.

"마왕성은 새벽단을 몰아내고 아뺄과 스피카를, 평화를 되찾는 데에 적극적으로 협조할 거야."

"나도 최선을 다하지."

카인은 빌리아를 보며 잠시 숨을 멈추었다. 그녀가 만족스럽게 웃는다. 반달 모양으로 사르르 휘어지는 붉은 눈동자가 처음으로 가깝다. 빼앗기기만 할 뿐, 아무것도 못 하던 에테라의 공주가 어떻게 이만큼 자랐을까.

"……클라우드 슈테른이 널 성장시켰군."

움찔. 우아하게 뒤돌아 나가려던 빌리아가 눈에 띄게 경직되었다. 망할 마왕이 생전 배우지 못한 '분노'라는 감정을 일깨워 주긴 했다. 무한 과로 및 끝없는 보고서라는 끔찍한 시스템을 통해. 하지만 그 사실을 밝혔다간 초라해지리라.

"그런 셈이지."

참으로 담백한 대답. 카인은 손에 착 감기는 두 자루의 칼을 허리춤에 꽂아 넣으며 떠나는 빌리아의 모습을 바라봤다. 그런데, 무언가가 이상했다.

"아리아, 아니. 빌리아. 이건 원래 이런 상태인가?"

카인은 반짝반짝 빛을 내는 데다 서서히 뜨거워지기까지 하는 통신용 달빛 수정을 바라보았다.

"어머."

최대한 침착하고 차분한 감탄사를 내뱉었지만, 빌리아의 머릿속은 아수라장이 되었다. 맹렬한 반짝거림은 비상 상황이 발생했다는 신호였다. 싸움에 집중하느라 소집 명령에 응하지 못했다면 재수 부재중인 놈이 쩨려볼 것이 뻔했다.

한편, 훈련장의 창고 안. 세이린은 방금 전 엿본 전투에서 얻은 차기작 영감을 빛의 속도로 메모하고 있었다. '그를 향한 마음을 완전히 놓은 순간 그가 자신의 것이 되었음을, 그녀는 알지 못했다.' 부지런히 펜을 놀리고 점을 톡 찍는데, 제이드가 심각한 목소리를 냈다.

"야, 세이린. 분위기가 이상한데?"

"저 둘 분위기는 아까부터 좀 이상…… 어?"

세이린이 금요일 밤 클럽 조명보다 미친 듯이 반짝이는 달빛 수정을 목격했다.

"저거 출동 신호인데?"

사태를 파악한 세이린과 제이드는 창고에서 둘을 지켜보고 있었다는 사실을 들키지 않기 위해 이동 마법진으로 훈련장 밖으로 나갔다가 정문을 통해 들어오는 수고를 했다.

"작가님. 안에 계신 거 알았는데."

별 효과는 없었지만.

"큼, 큼…… 무슨 일이래요?"

세이린이 달빛 수정에 약간의 마력을 불어넣자, 몹시 다급한 코로나의 목소리가 훈련장에 쩌렁쩌렁 울렸다.

— 비전하, 아가씨! 왜 이제야 받으시는 겁니까!

지옥의 한가운데에 있는 듯, 코로나의 목소리 뒤로 살려 달라는 비명과 굉음이 연달아 흘러나왔다.

"코로나. 무슨 일이에요?"

— 워렛 도심 한복판에 벨제바브 에테라를 비롯한 새벽단 군사들이 대거 출몰했습니다! 클라우드 전하께서도 직접 나오셨지만, 무속성 마물들이 많아 대피시키기가 곤란…… 윽!

잠시 지지직거리는 소리가 났다. 그리고 벨제바브의 나지막한 목소리가 들렸다.

— 누나, 클라우드 슈테른을 잃고 싶지 않다면 얼른 오는 게 좋을 거야.

"……."

빌리아가 잠시 멈칫했다. 벨제바브가 드디어 7년 동안 개고생한 보답을 해 주려는 것일까.

"고민하시면 어떡해요, 비전하!"

세이린이 잠깐 머뭇거리던 빌리아의 손을 이끌고 워렛으로 향하는 마법진에 뛰어들었다.

□ ■ □

으스러진 보도블록과 부서진 건물에서 피어오르는 매캐한 흙먼지가 거대한 바람의 흐름에 이끌리듯 흡수되었다. 바람은 아수라장이 된 워렛 중심부를 큰 궤도로 맴돌았고, 그 중심부에 마력의 주인인 벨제바브, 그리고 실링 워렛이 있었다.

"실링 워렛. 짐에게 치유의 마력을 사용해라."

벨제바브가 제 관절에서 뿜어져 나오는 빛들을 애써 감추며 말했다. 플래티나 빙하에서 플레어의 사리를 삼킨 지 거의 한 달이 다 되어 가지만, 신통력은 '너 따위는 내 그릇이 아니다'라고 말하듯 갈수록 몸속에서 날뛰었다. 신의 힘은 바람 마법의 힘을 최대치까지 끌어 올려 주었다. 그러나 그 힘을 사용할 때마다 몸이 닳는 느낌이었다.

"벌써 다 닳았어? 좀 아껴 쓰지 그래? 세상에 공짜는 없어."

실링이 툴툴대며 광역 치유 마법을 실행했다.

"치유 마법밖에 사용할 줄 모르는 한낱 워렛의 영주가 황제를 보필할 수 있다는 사실을 영광으로 알도록."

"늬예."

죽은 마물도 살려 낸다는 워렛의 치유 마법은 벨제바브만 치료한 것이 아니었다. 바닥에 기절해 있던 새벽단의 단원들도 좀비처럼 스멀스멀 깨어나기 시작했다. 기껏 쓰러트린 자들이 봄볕에 새싹 움트듯 뿅뿅 되살아나는 것을 본 코로나는 양 뺨에 손을 가져다 대고 절망했다.

"전하! 물리적인 공격이 안 통합니다! 눈에 흰자가 없이 검은 게, 꼭 유령 같아 무섭습니다."

"코로나. 남들이 보면 머리부터 발끝까지 검은 네가 더 무서워."

"너무하십니다!"

"적군은 레이디 로이펠의 동요에 홀린 탓에 맹목적인 복종 상태다. 그림자 기사들과 마찬가지로 물리적 공격이 안 통하겠지."

전에도 느낀 것이지만, 자신이 자연 발생할 때 어둠에 침식당한 레이디 로이펠의 마력에는 어둠이 깃들어 있었다. 분명 땅 속성 마법이거나 랭커의 동요인데도 자신의 어둠 마법과 비슷한 효과를 낼 때가 많았다.

'벨제바브가 '복종'이 담긴 달빛 수정을 가지고 있나 보군.'

괴상한 소리를 내며 되살아난 새벽단 단원들이 벨제바브를 중심으로 움직이는 것을 보니 확실했다. 레이디 로이펠은 보이지도 않았고, 실링은 전투에 관심이 있다기보단 무언가를 찾는 느낌이었다.

'뭘 찾는 거지?'

곧, 클라우드는 그 답을 알 수 있었다.

"클라우드 전하!"

상큼한 데다 발랄하기까지 한 세이린이 마법진에서 톡 튀어나와 소리치자,

실링의 시선이 그녀에게로 훅 끌렸다. 손까지 흔들며 어색한 인사를 건네기까지.

세이린은 언제부턴가 자신을 대할 때면 뻣뻣해지는 실링을 도끼눈으로 바라봤다. 마계 최고의 로맨스 소설 작가의 직감으로 확신하건대, 이건 분명 짝사랑하는 상대에게 보이는 반응이었다. 그렇다면 이용해 먹는 수밖에.

"설마…… 워렛의 전 영주가 자기 손으로 일군 워렛을 쳐부수러 온 건 아니지? 난 바다랑 어우러지는 워렛의 빌딩들을 보는 게 그렇게 좋던데."

"하, 하나 줄까?"

"응?"

"빌딩 좋아하면…… 다른 마물 명의로 사 둔 거 몇 개 있거든."

이게 아닌데. 졸지에 건물주가 될 뻔한 세이린이 다시 목소리를 가다듬었다.

"정말 워렛을 부술 거야?"

고개를 살짝 기울이며 애석하다는 얼굴을 하자, 실링이 심장을 부여잡으며 시선을 피했다.

"부수긴. 벨제바브가 잘하고 있나 잠깐 보러 온 거야."

"이제 갈 거지?"

얼른 사라져. 훠이훠이! 세이린이 머리까지 쓸어 넘기며 미인계를 팡팡 써 대자, 실링은 주춤하다 제 심복들을 데리고 초라하게 퇴장했다.

"역시 사랑에 빠진 남자는 포로……."

빙긋 웃으며 고개를 돌린 세이린이 재수 부재중인 얼굴로 자신을 바라보는 클라우드를 보곤 황급히 말을 바꾸었다.

"전하. 포로로 잡힌 마물이 있나요?"

"나밖에 없는 것 같군."

포로 1이 약간 시무룩한 목소리로 말했다. 세이린은 클라우드가 사랑스러워 입꼬리를 죽 올렸다. 그 핑크빛 분위기를 그냥 둘 벨제바브가 아니었다.

"잘 들어라, 워렛의 마물들아! 짐은 무속성 마물만 집중적으로 공격할 것이다."

참으로 야비한 선언이었다. 마법을 쓰지 못한다는 이유만으로 적의 타깃이 된 무속성 마물들이 쌍욕을 해 대자, 벨제바브는 제 탓이 아니라는 듯 덧붙였다.

"신이 창조한 태초의 마계에서는 모든 마물들이 마력을 사용했지. 그러나 그림자가 내리는 순간 빛을 받지 못해 마법을 사용하지 못하는 마물들이 탄생한 것이다. 즉, 너희들이 내 타깃이 된 건 저기 있는 클라우드 슈테른이 살아 있기 때문이다."

손을 위로 쳐들며 소리친 것치고는 워렛 시민들의 반응이 냉담했다.

"뭐라는 겨?"

"지금 자기가 여길 쳐부수는 게 클라우드 전하 때문이라는 거야?"

"농담한 거겠지?"

무속성 마물들은 기사단의 안내에 따라 이동하면서 벨제바브를 향해 혀를 촛촛 찼다.

"이 미개한 것들. 클라우드 슈테른이 사라지고 마계의 어둠이 걷히면 무속성 마물들도 마력을 사용할 수 있다는 말이다!"

"……!"

마물들이 직전보다 더 거세게 웅성거렸다. 대부분 침입자의 말을 믿지 않는 눈치였지만, 혼비백산한 몇몇은 그의 말에 동요했다.

"네가 언제부터 신이나 창세 신화에 관심이 있었는지 모르겠군."

클라우드가 검을 고쳐 잡으며 벨제바브에게 다시 압박을 가했다. 그 모습이 무척 지쳐 보였다.

"작가님, 이쪽으로!"

세이린은 자신을 부르는 빌리아의 곁에 서서 주변을 둘러봤다. 코로나와 그림자 기사들은 끝없이 부활하는 새벽단 단원들을 상대하고 있었다. 다프네를 제외한 모든 기사단장들은 기사들을 데리고 마물들을 안전한 곳으로 대피시키는 데에 집중했다.

'워렛엔 마물들이 너무 많아. 새벽단 단원들도 상대해야 하는데…….'

벨제바브가 넓은 범위의 마법에 특화되어 있다는 것이 문제였다. 공기에 독을 실어 일반 마물들을 공격하는 것을 막으려면 같은 바람 속성의 방어벽이 필요했다.

'비전하가 방어 마법을 잘…… 안 쓰셨지.'

에테라는 극도의 공격성을 추구하는 방향으로 속성이 개방된 집안. 따라서 빌리아의 방어벽만으로는 부족했다.

"세이린, 아카데미 낙제생이 머리도 굴리나?"

조소를 흘리며 비아냥댄 벨제바브는 칼바람을 휘몰아 무속성 마물들을 집요히 공격했다. 하지만 세이린에게는 낙제생이라는 세 글자가 오늘만큼은 행운의 단어처럼 들렸다. 그녀가 커밋으로 변신해 뒤따라온 카인에게 다가가 무언가를 주문했다.

"할 수 있어?"

"할 수는 있겠지만, 사슬 형태의 방어 마법은 무거워서 퍼지는 데 시간이 오래 걸려."

"그건 걱정 말고."

커밋의 어깨를 툭툭 친 그녀가 곧장 빌리아에게로 다가갔다. 머릿속의 계획을 설명하자 빌리아는 생각지도 못했다는 듯 눈을 동그랗게 떴다.

"어떻게 그런 생각을 하셨어요?"

"전술 책에서 비슷한 걸 읽은 적이 있어요."

"작가님 말대로예요. 그렇게 한다면 내구성도 강해질 테니까, 좀비 같은 단원들에게서 워렛 시민들을 보호할 수 있어요."

"그럼 해 볼까요?"

세이린이 커밋과 빌리아를 한곳에 모았다. 일단 마물들의 안전을 확보하기만 하면, 클라우드가 전투하는 데에 훨씬 도움이 될 것이었다.

"커밋. 어금니 꽉 깨물고 똑바로 해. 안 그러면 아군 취급 못 받는다?"

세이린이 악동처럼 말하곤 한 걸음 물러났다.

"알았다니까."

심드렁하게 대답한 커밋이 빌리아에게 자신의 젬을 내밀었다. 빌리아 또한 제 젬을 그의 것에 조심히 밀착시켰다. 무겁지만 견고한 시엘리아의 얼음 사슬이 가볍고 날쌘 에테라의 바람을 타고 빠른 속도로 퍼져 나갔다. 눈 깜짝할 새에 새벽단 단원들이 습격한 지역 전체에 방어선이 구축되었다. 새벽단 단원들이 떼거리로 달라붙었음에도 두 마물의 합작인 방어벽에는 조금의 흠집조차 나지 않았다.

"코로나 경. 레이 경. 빅토리아 경. 지금부턴 마물들을 다른 구역으로 옮기지 말고 안전선 안으로 대피시키세요. 쉽게 뚫리지 않을 거예요."

세이린의 명을 받은 레이는 가슴이 뭉클해지는 것을 느꼈다. 동요도 제대로 사용하지 못하던 아카데미 신입생이 이젠 명까지 내리다니.

"내가 너무 잘 가르쳤나?"

"에이, 독학이죠."

세이린이 넉살 좋게 쏘아붙이곤 공중에서 벨제바브와 접전을 벌이고 있는 클라우드를 바라봤다. 재킷과 넥타이를 휘날리며 검을 다잡는 와중에도 틈틈이 등 뒤의 마물들을 확인하는 모습.

'어후…… 섹시해.'

음란 마귀가 씩 웃으며 소리쳤다.

"클라우드, 마물들은 괜찮아!"

눈동자를 굴려 결계를 확인한 그가 픽 웃곤 벨제바브를 급속도로 몰아세우기 시작했다. 벨제바브의 몸에는 검의 궤적을 따라 붉은 선들이 생겨났다. 그것들이 벌어지도록 격하게 몸을 움직여도, 마왕의 검을 막을 수 없었다.

"젠장! 미천한 것이 감히!"

벨제바브가 사자후를 토했다. 그때, 그의 몸 안에서 날뛰고 있던 인조 신통력이 살갗을 가르고 새어 나오기 시작했다. 마치 헝겊으로 군데군데를 누빈 인형에서 솜이 터져 나오듯 조금씩. 그러나 손쓸 수 없이 빠르게.

"크아아악!"

그의 몸에서 뻗어져 나온 섬광에 닿은 새벽단 단원들은 고통에 신음했다. 빛에 닿은 순간 검은자위밖에 없던 그들의 눈에 흰자위가 생겨났다. 그들은 레이디 로이펠의 동요, '복종'으로부터 벗어난 듯 일순간 맑은 눈을 했고, 곧 먼지가 되어 완전히 소멸했다. 클라우드는 잠시 검을 거두고 그 광경을 지켜봤다.

'좀비 같은 새벽단 단원들은 레이디 로이펠이 동요로 복종시킨 것이었군.'

실링이 마계 최고의 치유 마법으로 죽은 마물을 살려 낸 다음 레이디 로이펠이 복종이라는 동요를 일으킨다. 빛에 닿지 않는 한 죽지 않는 군대라니, 최강이라 칭할 만도 했다.

'레이디 로이펠이 어둠에 침식당한 상태라 단원들도 빛에 당하는 것이겠지.'

어둠은 빛에 복속된다는 마계의 진리를 누구보다 잘 알고 있는 클라우드였다.

한편, 벨제바브는 제 몸을 안쪽에서부터 찢으며 뿜어져 나오는 빛을 손으로, 팔로 막아 보려 애쓰고 있었다.

"대체 이 힘은 뭐야!"

제어하지 못하면 죽는다. 그러나 제어할 수 없다. 두려움이 육체의 고통을 이기는 순간, 눈앞의 마왕을 죽음으로 가는 길동무로 삼아야겠다는 집념이 들었다.

푸욱!

벨제바브의 단검이 클라우드의 허리를 깊게 찔렀다. 하늘에서 떨어진 검은 피가 후드득 바닥에 떨어졌다. 땅의 일에만 집중하고 있던 세이린이 찬찬히 고개를 들었다. 클라우드가 다쳤다. 피가 날 정도로 깊은 상처. 벨제바브가 그의 허리에 단검을 박아 넣었다.

……허리에?

"작가님……?"

빌리아가 심상치 않은 마력의 흐름을 느끼며 세이린에게 다가갔다. 정확히는 다가가려 했다. 그러나 휘몰아치는 빛의 힘이 너무도 강력해 그녀에게 다가갈 수 없었다.

숨이 턱 막힘과 동시에 한없이 따스한 빛의 알갱이들이 원형으로 넓게 퍼지더니 천공까지 솟구쳤다. 근방을 뒤덮고 있던 먹구름이 빛에 닿아 증발하듯 사라지는 순간, 빌리아는 회의실에서 카인이 했던 말을 떠올렸다.

'분명 소중한 것을 지키려고 할 때, 작가님의 음마력이 신통력으로 성장한다고 했었지.'

세이린 폴룩스가 마계에서 가장 소중하게 여기는 것이라면!

쿠과광—!

눈이 멀 정도로 강력한 빛이 벨제바브를 집어삼켰고, 클라우드의 허리에서 단검을 뽑아낸 다음 아무 일도 없었던 것처럼 치유해 냈다. 보이지 않는 손이 끈적한 동작으로 마왕의 허리가 건재하다는 것을 확인한 순간, 음마력이 오로라처럼 넓게 퍼져 어스름을 몰아냈다.

새벽단 단원들이 일순간에 흰 재가 되어 바람에 날아가 워렛의 비상사태가 순식간에 종결되었다.

그리고 이 모든 기적을 일으킨 장본인, 세이린 폴룩스는,

'아, 제발 좀…… 마계 나한테 왜 이러냐…… 마왕님 허리의 수호신도 아니고…….'

빛기둥 안에서 몹시 수치스러워하고 있었다.

Chapter
27

숙취 중의 습격

마물들은 기지와 기적으로 워랫을 수호한 세이린에게 '어둠의 배후를 수호하는 빛'이라는 독특한 칭호를 붙여 주었다. 글자만 본다면 클라우드가 편히 전투에 임할 수 있도록 마물들의 안전을 확보해 주었다는 존경을 담은 수식어였다. 진짜 뜻도 그랬다면 얼마나 좋았을까.

'이 마물들이 진짜⋯⋯.'

세이린은 마계 최대의 동영상 공유 사이트, 마튜브의 동영상 랭킹을 확인하곤 기함했다. 대부분이 '세이린 폴룩스가 마계에서 가장 소중히 여기는 것은 마왕님의 허리'라는 설명을 덧붙이고 있었다.

"뭘 보길래 그렇게 표정이 안 좋아."

맨몸에 흰 이불을 덮은 채로 옆에 누워 있던 클라우드가 몸을 일으켰다. 전날 최선을 다해 수호했던 매끈하고 탄탄한 그의 허리가 자연스레 눈에 들어왔다. 뭐랄까. 잘 구했다는 생각이 절로 드는 조각 같은 몸이었다. 온 새벽을 바쳐 조금의 부상도 없이 멀쩡히 움직인다는 것도 확인했고.

"아니, 그냥⋯⋯ 낮이 또 길어졌다는 기사 보고 있었어."

세이린이 몸을 숙여 그에게 짧게 입 맞추는 동안 재빨리 포털 사이트 화면을 띄웠다. 초승 호수에 빠졌을 때처럼 이번에도 빛의 각성과 함께 낮이 길어졌다. 대부분의 마물들은 나쁜 짓을 더 짜릿하게 즐길 수 있는 낮이 길어짐에 환호했다. 하지만 세이린은 마계의 어둠 그 자체인 클라우드가 걱정되었다. 그는 아프면 혼자 견디고 숨길 위인이지, 절대 누군가에게 고통을 털어놓는 타입이 아니었다.

"클라우드. 노파심에 하는 말인데, 아프면 말해야 해. 알았지? 나한테도 숨기면 서운해."

"서운할 일 없게 허리 관리 잘 하도록 하지."

"아니, 거기 얘기가 아닌데……."

"그럼 어디?"

놀리듯 짓궂게 웃은 클라우드가 세이린을 폭 끌어안았다.

그리고 약 반나절 후. 도서관에서 전술 관련 서적들을 탐독하던 세이린이 무엇인가 중대한 것을 깨달은 듯 고개를 쳐들었다.

"왜, 왜 그러세요, 아가씨?"

"작가님?"

나란히 앉아 제 할 일을 하던 빌리아와 로자리가 놀란 눈으로 세이린을 바라보았다. 책을 잘만 읽다가 갑자기 공중의 누군가에게 머리채를 잡힌 것처럼 훅 고개를 들다니.

"클라우드…… 어디 아픈 건 아니겠죠?"

"네?"

빌리아가 왜 그런 말을 하냐는 듯 되물었다. 하지만 세이린은 나름의 근거를 가지고 한 말이었다. 어째 무언가가 빠진 느낌이 들더니만.

'클라우드가 왜 날 그냥 보냈지?'

그렇다. 마왕은 뜨거운 밤을 보낸 다음 날 아침이면 어김없이 자신을 다시 안았다. 전날 밤에 달아오른 몸이 쉬이 식지 않는 것처럼, 구석구석 입을 맞추고 조금만 더 있다 가라고 꼬드겼다. 목소리를 낮게 깔고, 허리를 팔로 감은 채

귓불을 살살 핥으면서. 그랬던 그가 오늘 아침엔 그저 껴안는 것으로 만족했다. 물론 새벽단과의 대립이 첨예해진 지금이고, 여러 신경 쓰이는 일도 많을 테니 이해했다.

'말도 안 돼. 클라우드가? 내가 오늘따라 이렇게 더 예쁜데?'

아니, 세이린은 이해할 수 없었다.

"작가님, 왜 그렇게 생각하시는지 여쭤봐도 될까요?"

빌리아가 조심스레 물었다. 고질적인 인력 부족에 시달리는 마왕성에서의 클라우드 슈테른은 그 중요성이 남달랐다. 새벽단이 공공연히 적의를 드러내는 지금이라면 더더욱. 그런 그에게 건강상의 문제가 생긴다면 그것은 곧 새벽단의 기회였다.

"별건 아니고…… 평소랑 조금 다르신 것 같아서요."

"어머, 작가님. 놀랐잖아요. 얼마 후면 새신랑 되실 분이 건강에 문제가 생기다니. 이혼 서류에 도장 찍기 전에는 절대……가 아니라, 분명 신경 쓰이는 일이 많아서 그럴 거예요."

이 왕실 도서관 안에서만 해도 클라우드가 신경 써야 할 것은 많았다. 가령, 로이펠에서 훔쳐 온 저 커다란 금고 같은 것. 빌리아가 금고를 향해 턱짓하며 추측했다.

"무고한 로이펠의 아이를 죽였다는 생각에 죄책감을 느끼고 있을지도 모르죠."

"기사단장 문제일지도 몰라요."

로자리도 걱정이 서린 목소리로 세이린을 안심시켰다. 성군인 그는 늘 그래 왔던 대로 온갖 것들에 주의를 기울이고 있을 것이 분명했다.

"역시…… 괜찮으시겠죠?"

세이린이 떨떠름한 웃음을 지어 보였다.

몇 시간 후. 세이린은 엄청난 자괴감에 빠져 스스로의 뺨을 치고 싶은 심정이었다.

'나는 쓰레기다…… 사랑을 조금 덜 나눴다고 마왕님 건강 상태를 의심하

다니.'

생각과는 달리, 그녀의 발걸음은 마왕성의 유일한 이속성 전문가, 카인의 방 앞에 다다라 있었다. 영주 노릇 하던 놈이 작은 방에 순순히 머무는 것이 꽤 대견하다고 생각할 즈음 커밋의 모습을 한 카인이 문을 열곤 심드렁한 얼굴을 했다.

"……너 뭐 하냐?"

"너, 넌 어디 가?"

"제이드 훈련시키러. 네가 워렛 지킨 걸 보고 기합이 꽤 들어갔던데. 넌 여기 왜 왔어?"

차마 사실대로 고할 수 없었던 음란 마귀는 적당히 에둘러 말했다.

"워렛 사건 후로 힘이 강해진 게 느껴지는데, 혹시 클라우드가 영향을 받지 않았을까?"

별생각 없이 한 말이건만. 커밋은 주식 그래프가 떨어질 때만큼이나 심각한 얼굴을 했다.

"왜, 왜 굳은 얼굴을 해!"

"……어떻게 눈치챘어?"

커밋이 조심스레 물었다. 그 모습을 보고 있자니 절로 불안한 생각이 들었다.

"평소랑 조금 다른 것 같아서."

그렇고 그런 부분이 달랐지만 아무튼 거짓말은 아니었다. 답을 들은 커밋은 무언가를 고민하듯 에메랄드색 눈동자를 굴리다가, 방 안에서 화려한 라벨이 붙은 유리병을 가지고 나왔다.

"이건…… 술 아냐?"

"짠. 조니 러너 블루 라벨 야관문 에디션. 한정판이야."

세이린이 도끼눈을 하고 그를 바라봤다. 술이나 마시고 정신 차리란 건가.

"이걸 왜?"

"내가 클라우드 슈테른의 상태를 백날 설명해도 넌 안 믿을 것 같아서."

"네가 나를 하루 이틀 속여 먹었어야지."

"큼, 큼…… 아무튼. 네 눈으로 직접 봐."

의미심장한 말을 남긴 커밋은 제이드가 있는 훈련장으로 향했다. 복도에 멀뚱히 남겨진 세이린은 술을 내준 커밋의 의도를 파악하려다, 이내 속 편한 너털웃음을 지었다.

'술에 의도가 뭐 있겠어. 같이 마시라는 거겠지. 어차피 마왕님은 어둠 속성이라 안 취하겠지만.'

그 '마신다'는 행위에 어떤 비밀이 숨겨져 있을지 아직 예상조차 하지 못하는 그녀였다.

□ ■ □

비슷한 시각. 정무 회의를 마치고 보고를 받은 클라우드는 곧장 방에 딸린 욕실로 향했다. 옷을 찢듯이 벗고 샤워기에서 쏟아지는 찬물을 온몸에 받아 내도 몸이 쉬이 식지 않았다. 거울에 비친 얼굴이 불그스름했고, 물이 흐르는 소리에 자꾸만 세이린의 속살거림이 생각났다.

'……미치겠군.'

침식. 처음 그 단어를 들었을 때 클라우드는 자신의 죽음만을 예상했다. 스피카가 질리도록 말하지 않았던가. 빛과 어둠은 함께할 수 없다고. 그러나 빛이 어둠을 서서히 좀먹는 '침식'은 예상 밖의 방법으로 나타났다.

세이린과 조금만 떨어져 있어도 최음제를 사발로 들이켠 듯 정욕이 들끓는 게 대표적인 현상이었다. 일이든, 무엇이든 아무것도 하지 않고 세이린을 안고 싶었다. 세이린이 내쉬는 숨 하나하나를 다시 삼키고 싶었고, 그렇게 빛을 온전히 제 것으로 만들기를 원했다. 빛에 대한 갈망. 그것이 버림받은 힘인 어둠의 본질이라는 것을 깨닫기 전부터 이미 세이린에게 빠져 있었으니.

"……"

거울에 젖은 머리가 달라붙도록 고개를 숙인 클라우드가 등줄기를 따라 흐르는 물줄기를 느꼈다. 조금씩 굽이쳐 흐르는 것이 장난스러운 세이린의 손길을 연상시켰다.

눈을 질끈 감은 그가 몸의 중심으로 손을 내려 서서히 움직였다. 매 순간, 세이린을 밀어내고 눈웃음을 못 본 척해야 하는 것이 숨 막힐 정도로 고통스러웠다. 일단 세이린과 몸이 닿기만 하면 두통도, 조바심과 갈망도 싹 사라진다는 게 문제였다. 환자들이 점점 진통제에 의존하는 것처럼, 자신은 점점 세이린에게 의존하고 있었다. 마음 같아서는 무릎을 꿇고 편하게 만들어 달라고 애원하고 싶었다.

손을 움직이며 씨근거리던 클라우드가 이내 거칠게 숨을 내쉬었다. 이게 대체 뭐 하는 짓인가 싶었지만 오늘따라 예쁜 웃음을 생긋거리던 세이린을 안았다간 온종일 품고 있을 것만 같았다. 도무지 평정을 유지할 수 없었다. 아무리 소소한 악행이 미덕인 마계라지만, '침식'이라는 게 시도 때도 없이 하나가 되고 싶다는 충동일 줄이야.

온갖 신경질을 내며 몸을 말리고 옷을 입은 그가 욕실에서 나왔을 땐, 그야말로 진풍경이 펼쳐져 있었다.

"역시 마물 하면 낮술이지. 그치, 자기야?"

망했군.

클라우드는 얇은 슬립 원피스를 입고 제 침대에 비스듬히 누워 온갖 유혹적인 말들을 쏟아 내는 세이린을 바라보았다. 금빛 술이 담긴 유리잔이 그녀의 가슴 언저리에서 찰랑거렸고, 세이린은 한쪽 다리로 다른 다리를 쓸어 올리며 나른하게 물었다.

"한잔할래요?"

뭐지, 이 반응은? 세이린은 미동도 없이 자신을 먼발치에서 바라보기만 하는 클라우드를 향해 술잔을 살랑살랑 흔들어 보였다. 혀를 내밀어 입술을 느리게 핥는가 하면, 안주로 가져온 포도 한 알을 입에 물고 찬찬히 굴리는 퍼포먼스까지 보였다. 그럴 때마다 그는 목울대가 거세게 일렁이도록 마른침을 삼켰지만, 절대 달려들지 않았다. 그렇다면 그 이유는 하나.

'설, 설마…… 내가 더 이상 매력이 없는 건가?!'

쿠궁. 충격을 받은 음란 마귀가 손을 바들바들 떨었다. 덕분에 위태롭게 찰랑이던 술잔이 기어이 몸 위로 쏟아지는 대형 사고가 발생했다. 술은 곧게 뻗은 빗장뼈와 가슴, 배와 슬립, 침대 시트를 서서히 적셨다. 세이린이 망연자실한 얼굴로 술잔을 내려놓고 웅얼거렸다.

"클라우드……."

눈물이 그렁그렁 고인 눈동자. 술 냄새에 섞여 퍼지는 달콤한 체향.

"클라우드, 미안…… 웃!"

세이린이 몸을 움찔 떨었다. 단숨에 달려들어 살결을 적신 술을 찬찬히 핥아먹는 클라우드 때문이었다. 그가 조급하게 굴수록 어쩐지 안도감이 들어 자꾸 실없는 웃음이 지어졌다. 세이린이 다리를 쓸어 올리는 손을 낚아채 제 허리를 안게 했다.

"어디 아픈 거 아니지?"

클라우드는 부드러운 목소리에 답하는 대신 한참 전부터 묵직하게 저리던 아랫배에 세이린의 손을 끌어 두었다. 살결을 탐하자 안개가 낀 것처럼 흐릿하던 머릿속이 조금씩 맑아지는 듯했다. 그래서 더 멈출 수 없었다.

그의 속을 알 리가 없는 세이린은 이 모든 것이 커밋이 준 끝내주는 술 때문이라고 생각했다.

'짜식…….'

만족스러운 웃음을 지은 세이린이 클라우드를 쓰다듬다, 술병과 잔을 척 들어 보였다.

"마실래요, 전하?"

"마시면?"

"술김에 작은 잘못 정도는 저질러도 되지 않을까? 여긴 법정이 아니라 침대 위니까."

세이린이 웃으며 내미는 잔이라면 그 안에 있는 것이 독이라 할지라도 단번에 들이켤 클라우드였다. 그가 조금의 망설임도 없이 술을 입에 털어 넣자, 세이린은 묘한 만족감에 사로잡혔다. 술이 맛있나 보다!

"조금 더 마실래?"

쪼르륵. 독한 술이 또다시 술잔에 가득 찼다. 어둠 속성을 지닌 마물은 술에 취하지 않는다는 사실을 봐서 알고 있기에 술을 따르는 손길에 거리낌이 없었다. 그는 또 술을 들이켰다. 그렇게 독하디독한 술 한 병을 혼자 다 비웠다. 세이린이 입술을 집어삼키려는 그를 살살 쓰다듬으며 애태웠다.

"지금 마왕님이랑 키스하면 취할 텐데……."

"그럼 너도 작은 잘못 정도는 저질러도 되겠군."

"어휴, 그렇게 말씀하시면……."

못 이기는 척 넘어가야죠. 세이린이 침대에 등을 기대고 눈을 감았다. 기분 좋은 압박감이 느껴졌다. 맞물린 입술이 조심스레 벌어질 때면 술의 아릿한 쓴맛이 느껴졌다.

'어라? 안 취하네?'

예전 같았다면 빛 속성이라 오염되기 쉽다는 이유로 금방 취했을 그녀가 눈을 말똥말똥 떴다. 그러자 보고도 믿을 수 없는 것이 보였다. 불콰한 얼굴. 생전 처음 보는 느슨하게 풀린 눈. 그리고 사랑스러워 죽겠다는 것을 조금도 숨기지 않고 드러내는 표정.

"이런 미친……."

클라우드 슈테른이 누가 봐도 취한 모습을 하고 있었다.

어둠은 독이나 동요를 무시한다. 술도 마찬가지다. 트와일 힐즈에서 언제 고백이 듣고 싶냐는 달달한 물음을 건넬 당시에도, 클라우드는 술을 꽤 마셨으나 조금도 취하지 않았다. 그런 그가 지금은 술기운에 풀린 눈을 하고 자신을 쓰다듬는다.

'어떻게 된 거지?'

당황한 세이린은 그를 올려다보기만 했다. 그가 이렇게 된 이유가 무엇일지 여러 추측이 들었지만, 가장 유력한 것은 자신의 빛이었다.

'내가 강해져서 마왕님의 어둠이 상대적으로 약해진 건가?'

그렇다면 큰일이었다. 적어도 어떤 힘이 얼마나 약해졌는지는 알아야 새벽단을 상대할 때 차질이 없으리라. 세이린이 다시 입술을 겹쳐 오려는 그를 척 막았다.

"클라우드. 언제부터……."

"아까 아침부터 계속."

"응?"

"안고 싶었는데."

툭. 클라우드를 막아 세웠던 세이린의 팔이 힘없이 침대 위에 떨어졌다. 언제부터 안고 싶었냐고 물으려던 건 아니었지만, 술기운에 나른해진 그의 대답을 들으니 새벽단이고 뭐고 잠시 잊고 싶었다.

'아, 안 돼! 체감상 마계의 평화가 나한테 달렸어……!'

겨우 정신을 부여잡은 세이린이 입 안을 찬찬히 훑는 클라우드를 또다시 밀어 내려 했다. 그러나.

"……오늘은 더 예뻐. 참기 힘들군."

아랫입술을 조심스레 빨아들인 다음 말하는 목소리에 맥이 턱 풀렸다. 만취한 클라우드 슈테른은 평소보다 훨씬 솔직했다. 원래도 낯간지러운 말은 한마디도 못 하게 생겨서 사랑한다는 말을 툭툭 내뱉곤 했지만, 지금은 그와 비교할 수 없을 정도였다. 낮게 깔린 목소리로 찬찬히 '네 어디를 어떻게 하고 싶다'고 말하는 클라우드 덕에 세이린의 얼굴이 터질 듯 달아올랐다.

"어, 어디서 그런 걸 배우셔서……."

"어디서 배웠을까."

게다가, 웃는다! 전매특허인 재수 부재중인 얼굴은 어디다 팔아먹고 계속 웃어!

눈을 지그시 맞춘 채로 예쁜 웃음을 지은 클라우드가 찬찬히 세이린의 눈가를 어루만졌다.

"당황하는 거 보니까 울리고 싶어."

"허으윽……."

세이린은 5분만 주시면 어떻게든 감정선 잡고 울어 보겠다고 대답하려던 것을 겨우 참았다.

"존경하는 마왕님."

"이름 불러 줘."

내가 야설에서만 쓰던 이 대사를 실제로 듣게 될 줄이야. 세이린이 속으로 기립 박수를 쳤다.

"클라우드. 일단 진정하고……."

"진정하고?"

말꼬리는 왜 또 따라 하실까, 우리 마왕님.

"일단 멈춰."

세이린이 간식을 앞에 둔 개에게 '기다려!' 하고 말할 때처럼 손바닥을 척 내밀자, 클라우드의 표정이 일순간 시무룩해졌다.

'어흐흑…… 잘생겨서 감사합니다…….'

세이린이 입술을 깨물었다. 이쯤이면 얼굴 천재, 아니, 얼굴로 하버드 정시도 뚫을 기세였다.

"멈추기 싫은데."

수석!

세이린이 성은이 망극한 얼굴에 어쩔 줄 몰라 하는 것을 찬찬히 음미하던 클라우드가 그녀의 목에 얼굴을 묻었다.

"허락해 줘."

그의 손이 세이린의 머리카락을 목 뒤로 쓸어 넘겼다.

"허락 안 해 줘도, 누가 술김에 작은 잘못 정도는 저질러도 된다고 했으니 안 참을 거지만."

세이린이 대단한 발언을 한 과거의 자신에게 엄지를 척 세웠다. 조금씩 맨살을 어루만지던 그가 문득 생각난 듯 물었다.

"세이린. 날 사랑하나?"

"어휴…… 저는 이 기상과 이 맘으로 충성을 다하여 마왕님만 사랑하겠습니다……."

마치 미리 외워 둔 답을 하듯 세이린이 줄줄 읊었다. 이 얼굴과 등빨, 목소리 앞에서 이런 답을 하지 않는 게 더 어려울 듯했다. 곧, 그가 꼬리 아홉 달린 구미호처럼 사르르 눈웃음을 지었다.

"나도 사랑해."

발음하는 것만으로도 만족스러운 기분이 드는지, 클라우드는 몇 번이고 같은 말을 반복했다.

"어흐윽……."

세이린이 거센 통증을 느끼며 심장을 부여잡았다. 클라우드는 그 손을 걷어내곤 가슴에 입술을 가져갔다. 도드라진 살결을 입에 머금고 혀로 간질일 때마다 그녀의 몸이 움찔 떨리는 게 기분 좋은 자극으로 다가왔다. 야릇한 목소리와 함께 들리는 늘씬한 허리 아래에 손을 넣어 제 이름을 매만질 때면 묘한 안도감마저 들었다. 고작 허리의 서명을 쓰다듬는 것으로 만족할 생각은 없었지만.

몸의 외곽선을 따라 그리듯 손을 내리자 그녀는 반사적으로 허벅지를 맞붙였다. 다른 곳보다 부드러운 살결이 손을 빼지도, 움직이지도 못하게 꼭 조였다. 그렇다면 더 안쪽으로 들어서는 수밖에.

"읏……."

세이린은 달콤한 눈빛과는 정반대로 심히 짓궂은 손길을 느끼며 몸을 바르작거렸다. 손끝으로 빙빙 원을 그리다 앞뒤로 문지르는 것이 얇은 천 하나를 사이에 두고 느껴졌다. 곧 눅눅한 천 대신 그의 맨살이 느껴졌고, 더 뜨겁고 우람진 것이 금방이라도 침범할 듯 입구를 문질렀다.

"하아……."

세이린이 틀어쥔 침대 시트에 주름이 깊게 팼다. 악질적인 장난을 치듯 질컥거리는 감각만을 내주던 그가 깊게 스며들어 왔다. 그가 이불을 휘감는 그녀의 손을 제 몸으로 잡아끌었다. 손길이 다른 곳에 뻗치는 것을 보기 싫었다.

세이린이 기적과 기지로 수호한 그의 허리에 다리를 감으며 픽 웃었다. 조금씩 움직이던 그가 이내 나갈 듯 몸을 내뺐다 몸을 바짝 붙여 올렸다.

"훗……!"

턱을 치켜들며 앓는 것이 마음에 들었는지 클라우드는 집요하게 그 동작만을 반복했다. 술김에 정말 나쁜 짓이라도 하려는 듯 오늘따라 움직임이 거셌다. 평소라면 군데군데 입을 맞춰 주거나 했을 그가 관찰하기라도 하듯 얼굴을 빤히 바라보는 것이 부끄러웠다. 세이린이 팔등으로 눈을 가리자 클라우드가 즉시 으르렁댔다.

"왜 가려. 예쁜데."

"하웃……!"

대답 못 하게 몰아세우는 것 좀 보게!

"팔 치워 줘."

세이린이 눈을 질끈 감고 고개를 절레절레 흔들며 그를 깊이 느끼자, 클라우드는 그녀의 양손을 머리 위로 모았다.

"훗, 마왕님, 아니……."

"이름."

"클라우드…… 읏!"

그의 검은 마력이 세이린의 양손을 끈적하고 미끄럽게 옭아맸다. 차라리 수갑처럼 단단한 도구를 사용했더라면 괜찮았을 것이다. 세이린은 질척한 그의 마력을 손가락 사이에 흘리며 노골적인 감각에 어쩔 줄 몰라 했다. 무려 마왕님의 마력이 빚은 구속을 일개 아카데미 낙제생인 자신이 풀 수 있을 리 없었다.

그 사실을 잘 아는지, 클라우드는 한 곳을 더 세게 문질러 댔다. 흥분한 기세대로 날뛰던 그가 곧 이를 악물고 낮은 신음을 흘렸다. 세이린이 묶인 손과 온몸에 힘을 바짝 넣었다가 발끝을 침대 시트에 문질러 댔다.

"하아……."

쾌감의 정점을 찍어 미친 듯이 두근거리는 가슴 위로 그의 입술이 닿았다. 부드러운 클라우드의 머리카락이 살갗을 간질였고, 그는 다음을 노리는 듯 혀끝으로 옅게 드러난 그녀의 복근을 따라 그렸다. 방금까지 길들이지도 못할 야생 동물처럼 자신을 몰아세우다 다시 말 잘 듣는 애완견처럼 행동하는 게 상당히 귀여웠다.

'아…… 쓰다듬고 싶다.'

세이린이 머리 위로 묶인 손이 아쉬워 입맛을 다실 때였다.

콰직—

깨졌다. 정확히는 깼다.

세이린 폴룩스가 마계 최강, 클라우드 슈테른의 구속 마법을 박살 냈다.

그래, 음마력은 신이 될 빛의 힘이라니 그럴 수 있지. 그런데 왜 하필 지금,

이런 상황에. 세이린은 절망감과 쪽팔림을 동시에 느끼며 풀어진 손으로 제 얼굴을 가렸다. 나도 마왕님 만지고 싶다고 잠깐, 아주 잠깐 생각했을 뿐인데!

"어흐흑……."

"세이린."

"몰라, 부르지 마세요……."

다리를 비롯한 여러 부위가 맞물려 얽혀 있는 데다 실오라기 하나 걸친 것이 없어 도망갈 수도 없는 상황. 세이린은 제일 밝히는 마물을 차기 신으로 정하는 마계를 원망하고 또 원망했다. 대체 왜 이런 은밀한 상황에서까지 고통받아야 한단 말인가.

클라우드는 민망함에 몸서리치는 세이린을 즐거운 눈으로 지켜보다, 구속을 깨 버린 손을 제 허리에 끌어다 놨다. 음란 마귀가 민망한 와중에도 본능대로 매끈한 허리를 쓰다듬다 헛! 하고 놀랐다.

"말했잖나. 네가 뭘 좋아하는지는 내가 더 잘 안다고."

"……."

안 그래도 듣기 좋은 목소리를 낮게 깔고 말하는 걸 보니 사실인 듯했다. 잠깐 갈등하던 세이린은 그대로 클라우드의 뺨을 어루만지며 물었다.

"진짜 아픈 거 아니지?"

세이린은 누가 봐도 고민하고 있었다. 구속을 깬 순간, 빛의 힘이 조금 더 성장했다는 느낌을 강하게 받았기 때문이었다. 그러나 클라우드가 할 말은 하나였다.

"아프지 않으니 하던 걸 마저 했으면 좋겠군."

□ ■ □

이제는 완전히 새벽단의 기지가 된 에테라 성. 소파에 비스듬히 누워 〈임성운의 5,500가지 그림자〉를 탐독하던 실링 워렛이 뒷짐을 지고 각 맞춰 서 있던 단원 하나에게 물었다.

"솔직히, 세이린 예쁘지 않냐?"

"그렇습니다, 보스."

이 질문만 대체 몇 번이란 말인가! 단원이 정해진 대답을 하며 황금색 넥타이를 고쳐 맬 때도, 실링은 계속해서 세이린, 세이린 하고 남의 여자 이름을 불러 댔다.

"경제학을 모르는 마물들도 아는 기본 상식이 있어. 희소한 것은 비싸다."

실링이 책 표지에 박힌 '유일'이라는 필명을 바라봤다. 누가 지었는지 참 잘 지은 필명이구나 싶었다. 마계에 하나뿐인 빛 속성 보유자. 유혹을 동요로 사용하는 색욕의 랭커. 거기다 종족은 무려 음란 마귀. 마음에 안 드는 구석이 없었다.

"그리고 나는 비싼 것을 좋아하지. 그러니까 우린 운명이야."

"'우리'라면······."

"유일 작가, 세이린 폴룩스와 실링 워렛."

"적의 수장과 약혼까지 한 여인을 탐내는 모습, 악랄합니다!"

"보스의 악행은 역시 차원이 다릅니다!"

"칭찬 고마워."

실링이 찡긋 웃을 때였다. 갑자기 어두침침하던 창밖이 시간을 되돌린 듯 대낮처럼 밝아졌다. 실링은 잠시간 그것이 자신의 화사한 웃음 때문이라고 생각했으나, 아무래도 다른 이유가 있는 듯했다.

"잠깐 다녀올 테니까 책 그대로 둬."

이동 마법진을 그린 그가 코앞에 나타난 레이디 로이펠의 방 문을 똑똑 똑똑 똑 두드렸다. 기름칠 잘 된 문이 아무런 소음도 없이 열리자, 검은 로브를 뒤집어쓴 레이디 로이펠이 보였다. 그녀 또한 천체 현상을 관측하듯 티 없이 맑은 하늘을 올려다보고 있었다.

"아까까지만 해도 분명 어스름이 내렸었는데, 다시 밝아졌어요."

실링이 말했다. 레이디 로이펠은 찬찬히 고개를 끄덕였다.

"낮이 길어졌다."

"마왕성에서 대체 어떤 특별 훈련을 하길래 세이린의 힘이 자꾸 강해지는 걸까요?"

뭘 하길래 빛의 마력이 쭉쭉 자라나는지 궁금할 따름이었다. 레이디 로이펠은 느릿느릿 책상으로 다가가 너덜너덜한 공책을 꺼냈다.

[부인을 위한 여명회 경전 요약집]

표지에 누군가가 꾹꾹 눌러쓴 글씨가 적혀 있었는데, 실링은 그 글씨의 주인이 로이펠의 영주, 프로메트 로이펠이라는 것을 알고 있었다. 잠시간 그 공책을 살피던 레이디 로이펠이 선언하듯 말했다.

"때가 되었어."

"……!"

눈을 동그랗게 뜬 실링이 잠시 후 다시 입을 열었다.

"일단 놀라야 할 것 같아서 놀랐는데, 무슨 때요?"

"빛이 미천한 그림자를 뛰어넘었다."

실링은 이번에야말로 제대로 놀랐다. 그 말인즉, 세이린의 마력이 클라우드를 뛰어넘었다는 소리가 아닌가.

"세이린 폴룩스의 마력이 보름달의 형상을 한 신통력이 되는 순간, 미천한 그림자는 파멸한다."

클라우드의 파멸이라. 참으로 듣기 좋은 말이다. 실링이 하나밖에 남지 않은 눈을 가늘게 휘며 웃었다.

"머지않아 마왕이 죽인 누님의 죄 없는 아이에 대한 복수가 완료되는 거네요."

그가 이간질하듯 말하자, 레이디 로이펠이 바드득 이를 갈았다. 실링의 말대로였다. 클라우드 슈테른이 하필 로이펠의 뒷산에서 자연 발생하는 바람에 낳은 지 일주일도 채 지나지 않은 아기가 어둠 속으로 사라졌다. 방어 마법을 사용한 자신도 어둠에 깊게 침식해 이 꼴이 되었으니, 아이가 죽은 것은 어쩌면 당연했다.

"더 잔인한 방법을 써야겠어."

레이디 로이펠이 힘겹게 말하자, 실링은 백번 옳은 생각이라는 듯 고개를 끄덕였다.

"무슨 방법이요?"

"내일 아벨에게 시엘리아 공습을 명한다. 우리도 함께 간다."

□ ■ □

'네가 시엘리아의 혈통임을 스스로 증명하여라. 날카로운 것이라면 주변에 많이 있지 않느냐.'

인자한 듯 차가운 목소리. 로브 안에 감춰진 눈동자들이 끈질기게 따라붙는다. 시엘리아의 혈통에게 나타나는 두 가지 특징. 차가운 눈물과 푸른 피.

아버지라는 자와 원로라는 자들은 어서 핏줄을 증명해 보이라며 재촉했다. 달달 떨리는 손으로 바닥에 떨어져 있던 유리 조각을 집어 들고 팔을 조금씩 긋자 모두가 재미있는 스포츠 경기를 보는 듯한 얼굴을 한다. 차가운 눈물을 하염없이 흘리고 있을 때, 누군가가 나타나 눈을 가려 주었다.

'아벨, 이젠 그만 아파해도 돼. 다 잊자.'

"헉, 헉……!"

아벨이 식은땀을 흘리며 몸을 일으켰다. 꿈이라고 하기엔 너무도 생생해서 온몸에 소름이 돋았다. 축축한 느낌이 들어 시선을 내린 그는 날카로운 비명을 삼키곤 몸을 벌벌 떨었다.

자신의 손에는 근접 전투용으로 가지고 있는 단검이 들려 있었다. 그 검으로 자신의 팔을 그은 것 같았다. 스스로. 그 위치가 꿈속의 자신이 유리 조각으로 상처를 냈던 곳과 거의 똑같았다. 푸른 피가 이불을 조금 적신 채로 끈끈하게 굳어 있다.

'……몽유병? 아니야. 이전까진 한 번도 이런 적이 없는데.'

기억하기로는, 이런 끔찍한 상황을 맞닥뜨린 것은 이번이 처음이었다. 잠결에 제 몸에 상처를 내 피와 함께 깨어나다니.

'그나저나, 그 목소리는 누구지?'

'아벨, 이젠 그만 아파해도 돼. 다 잊자.'

나긋하고 조금은 도도한 목소리가 익숙했지만, 누구의 것인지 이름이 생각나지 않았다. 아벨은 침착한 척 단검을 원래 위치에 장착하고 이불을 정리했다. 그제야 이곳이 늘 아침을 맞던 시엘리아 저택이 아님을 눈치챈 그였다.

"아……."

아벨이 작게 탄식했다. 주군의 목에 칼을 겨누고 마왕성을 제 발로 떠난 일이 새록새록 떠올랐기 때문이었다. 창밖에 보이는 황금색 넥타이를 맨 단원들을 보나 건물 내부의 장식을 보나 이곳은 새벽단의 근거지가 된 에테라 성이었다.

'전하께선 왜 나를 이곳으로 보내셨지?'

의문에 대한 답을 쉬이 찾지 못하고 주변을 둘러볼 때, 문이 열림과 동시에 화사한 꽃다발이 보였다.

[아벨 시엘리아 님의 이직을 축하드립니다!]

아벨이 떨떠름한 얼굴로 영 내키지 않는 꽃다발을 받아 들자, 꽃에 가려져 보이지 않던 실링과 레이디 로이펠의 얼굴이 보였다.

"뭡니까, 이건?"

아벨이 나름 공격적인 어조로 물었다. 그러나 무뚝뚝하고 심드렁한 카인과 자칭 황제, 벨제바브의 폭언에 익숙해진 두 간부는 그의 말투가 그저 부드럽다고 생각할 뿐이었다.

"이제 한솥밥 먹는 한 식구니까 잘 지내보자는 뇌물."

실링이 방긋방긋 웃으며 말하자 아벨이 인상을 찌푸렸다.

"한솥밥 먹을 생각도 없고, 식구라고 생각하지도 않습니다. 잘 지낼 마음 없고, 뇌물이라면 거절하겠습니다."

과연 듣던 대로 푸른 기사단장의 절개는 대단했다. 실링은 이런 인재를 주워 온 자신에게 대견함을 느끼며 한 걸음 물러났다. 그러자 레이디 로이펠이 아벨의 손목을 덥석 잡았다.

"……!"

아벨은 정신을 지배당하는 듯한 어지럼증을 느꼈다. 실링이 천진하게 중얼거리는 말이 늘어져 들렸다.

"복종에 동요하면 어쩔 수 없이 움직이게 될 거야. 아벨 경, 시엘리아로 쳐

들어가서 하고 싶은 거 다 해."

□ ■ □

고슴도치가 위협을 느끼면 몸의 가시를 바짝 세우듯, 젬을 지닌 마물들은 위급 상황이 되면 무의식적으로 마력을 사용했다. 이른 새벽부터 마왕성에 살벌한 어둠의 마력이 감돌았다. 몹시 예민한 상태인 클라우드가 제 몸을 지키기 위해 본능적으로 흩뿌린 방어 마법이었다.

"으윽…… 제길."

클라우드가 머리를 짚었다. 자연 발생한 지 7년 만에 처음 느껴 보는 숙취는 생각했던 것보다 훨씬 강력했다. 인터넷에 급히 검색해 본 결과 숙취에는 물이 보약이라 하여 생수를 얼마나 들이켰는지 모른다.

그러나 머리가 깨질 듯한 두통과 어지럼증은 사라지지 않았다. 제대로 서 있는 것조차 어려워 어디든 계속 앉게 되었다. 다시 침대에 털썩 앉은 그가 세이린의 머리를 쓰다듬으며 잠에서 깨게 해서 미안하다고 중얼댔다.

"아냐. 내가 더 미안하지."

세이린이 괜히 클라우드의 머리를 짚어 보며 사과했다. 당연히 안 취할 줄 알고 그 독한 술 한 병을 탈탈 따라 준 게 잘못이었다. 뜨거운 물로 샤워한 것처럼 사랑을 나눌수록 클라우드는 술기운에 사로잡혔고, 그야말로 원 없이 자신을 안았다. 지쳐서 못 하겠다는 말 대신 졸리다고 핑계를 댈 때에는 작은 앙탈까지 부리지 않았던가.

'주량을 모르고 마셔서 취한 마왕님이라. 어흑……'

다시는 없을 끝내주는 경험을 했다고 생각하니 몸 곳곳이 쓰리고 따가운 것은 별 대수롭지 않게 여겨졌다. 세이린이 지독히도 섹시했던 클라우드를 곱씹으며 엉큼한 웃음을 지을 때였다.

"……!"

두 마물은 거의 동시에 누군가가 다가오고 있음을 느꼈다. 그동안 이런 상황이 한두 번이 아니었던 탓일까. 클라우드와 세이린은 빛보다 빠르게 옷을 갖춰 입곤 주변을 정리했다. 곧, 묵직한 목소리가 들려왔다.

"전하. 코로나입니다. 긴급 상황입니다."

"들라."

클라우드가 근엄하게 대답하자 출전 준비를 모두 마친 모습의 코로나와 레이 필드가 방으로 들어왔다. 긴장감 없기로 유명한 두 기사단장이 무장이라니. 클라우드는 잠시 눈을 감고 무슨 일이 일어났는지를 훑었다.

레이더로 훑듯 마력으로 밤 대륙을 한 차례 더 훑어 낸 그가 인상을 찌푸렸다. 아벨이 쳐들어왔다. 그와 조금 떨어진 거리에는 실링과 레이디 로이펠이 쳐들어왔고, 범위를 더 넓혀 살피자 벨제바브도 있는 듯하다. 이건 명백히 전투 인력을 분산시키기 위한 시도였다.

"……아벨 시엘리아를 주축으로 한 새벽단의 급습이군."

"그렇습니다. 아직 아무 일도 일어나지 않았습니다. 헌데……."

클라우드를 위아래로 훑어본 코로나가 턱으로 손을 가져가 없는 턱수염을 쓸었다.

"전하, 어디 편찮으신지요?"

"……."

마왕은 차마 '숙취다'라고는 할 수 없었다. 그렇다고 유사시에 총책임자가 거드름을 빼며 쉬고 있을 수도 없는 일. 클라우드가 스스로에게 한심함을 느낄 즈음, 레이가 당당하게 말했다.

"전하, 아벨은 제가 상대하겠습니다. 맡겨 주십시오."

"네가 아벨을 상대하겠다고?"

레이는 자신만만하게 그렇다고 대답했다. 아카데미 동기인 아벨에게 은연중 라이벌 의식을 느끼고 있던 그로서는 공정하게 한번 붙어 볼 만한 흔치 않은 기회였다.

"허락하지. 대신 카인 시엘리아를 데려가서 네 마음대로 써. 화살받이로 쓰는 것도 나쁘지 않겠지."

어딘가 악의가 서린 듯한 말투로 클라우드가 말을 계속했다.

"코로나. 레이디 로이펠과 실링 쪽에는 내가 간다. 빌리아 자고 있으면 깨워. 그리고……."

클라우드는 한 번 더 몰아치는 지독한 숙취를 애써 추스르곤 말했다.

"세이린, 조금 더 자고 있도록."

Chapter
28

붉은 피의 기사단장

아벨 시엘리아의 눈동자에는 초점이 없었다. 그렇다고 자아가 아예 없는 것 같지도 않았다. 제 의지로 움직이는 것이 아님에도 몸동작이 재빨랐다.

밤 대륙의 금빛 기사단장, 레이는 총에 땅의 마력을 장전하며 정세를 읽었다. 새벽단이 아벨에게 무엇을 명했는지 알 수 없었다. 아벨은 흐리멍덩한 눈으로 시엘리아 중심부에 단원들을 풀었지만 공격 명령을 내리지 않았다.

'시엘리아 마물들에게 아벨이 배신했다는 것을 선전하는 게 목적이군.'

왠지 실링이 생각해 낸 듯한 야비한 급습. 그러나 걸리는 것은 아벨의 상태뿐만이 아니었다.

"분명 난 커밋 하나만 데려왔는데…… 왜 너희가 여기 있지?"

레이가 셋이 한 몸인 듯 붙어 다니는 커밋과 제이드, 세이린을 쏘아봤다.

"멋대로 따라와서 죄송합니다, 레이 경. 하지만 도움이 될 겁니다."

"저번에 제가 단원들 정화하는 거, 담임 교수님도 보셨죠?"

제이드와 세이린은 나름의 이유를 설명하곤 '커밋 놈이 딴 맘 먹을까 봐'라는 핑계를 덧붙였다. 레이는 흰머리가 쑥쑥 자라는 듯한 느낌을 받으며 적진의 아벨을 바라봤다. 무슨 놈의 급습을 이렇게 당당하고 정직하게 하나 싶을 정도로 그는 아무 일도 벌이지 않았다. 오히려 시엘리아의 마물들이 전 영주이자 가장 신임받는 기사단장이었던 아벨을 카메라에 담기 바빴다.

"……부관. 주변 마물들 통제해. 사진 촬영 못 하게 하고. 비상시니까."

레이가 '비상시'를 강조하며 신경질적으로 명했다. 기사단 일부가 주변 마물들을 대피시키자, 아벨이 굳게 다물고 있던 입을 뗐다.

"레이 필드. 갑자기 찾아와서 미안합니다. 오늘 이곳에 찾아온 건 기사단장인 당신을 격파하고 시엘리아를 제 손으로 파괴하기 위함입니다."

"아벨, 너…… 적의 편에 서서 급습해 온 것이라는 자각이 있긴 하냐?"

레이가 어이없다는 듯 웃었다. 저렇게 물렁하고 깨끗해서 대체 뭘 파괴하겠단 말인가. 아무래도 레이디 로이펠의 '복종'은 마물이 타고난 성정까지 뒤바꾸진 못하는 듯했다. 이리스가 이 진풍경을 봤다면 어땠을까, 하는 생각을 할 즈음.

"레이. 제가 격파한다고 하지 않았습니까."

"……!"

방금까지만 해도 적진의 한가운데 있던 아벨이 레이의 코앞으로 다가와 그의 배에 얼음 칼날을 쑤셔 넣었다.

"쳇."

레이가 반사적으로 마력을 일으켜 방어한 탓에 치명상을 면하자, 아벨이 아쉬운 듯 혀를 찼다. 레이가 들고 있던 리볼버로 아벨을 후려갈기려 했지만 그는 몸놀림이 빨라 가뿐히 피했다.

"이딴 시엘리아는 사라져야 옳습니다."

아벨이 외치자 마찬가지로 눈에 초점이 없는 새벽단의 단원들이 맹렬히 도시의 상징물들을 파괴하기 시작했다.

"시, 시엘리아 브릿지가……!"

"시엘리아 저택이 무너지고 있습니다!"

"타워 오브 시엘리아에 금이 갔습니다!"

기사단원들이 경악했다. 걱정 어린 시선은 레이가 아니라 아벨에게 향해 있었다. 그도 그럴 것이, 시엘리아의 랜드마크들은 모두 전 영주이자 시엘리아의 계승자인 아벨의 개인 자산이었다. 세이린이 무너져 가는 랜드마크들의 가치를 돈으로 환산해 보곤 발을 동동 굴렀다.

"아벨 경…… 이러다 돌아오시면 마왕성에서 신문지 덮고 주무셔야 할지도 몰라요……."

그러나 아벨의 눈동자에는 여전히 총기가 없었다. 그가 딱딱하게 말했다.

"돌아가지 않을 겁니다."

쿠과광!

시엘리아의 주요 건물들이 아벨의 힘에 눌려 빠르게 붕괴했다. 다행히 레이의 통제 조치로 인해 거리에 돌아다니는 마물이 거의 없었다. 시엘리아는 워렛보다 인구 밀도가 낮고 젬 보유자 비율이 월등히 높은 곳이라 인명 피해 염려는 적었다. 세이린은 아벨과 레이의 접전을 등진 채로 창밖을 내다봤다.

'저 망할 새벽단 단원들부터 어떻게 해야 해!'

그녀가 그렇게 생각하는 순간, 역대급으로 강렬한 빛기둥이 마치 정확히 계산된 레이저포처럼 수천 명의 새벽단 단원들에게만 내리꽂혔다.

'아오, 진짜…… 이놈의 밝히는 빛…….'

세이린이 훅 뜨거워지는 얼굴을 양손으로 가리고 고개를 숙였다. 마왕님과 뜨거운 밤을 보내 음란 마귀의 음마력이 풀 충전된 것이 분명했다. 레이가 순식간에 한 부대를 쓸어버리는 세이린을 보곤 믿을 수 없다는 듯 헛웃음을 흘렸다.

"너 대체 간밤에 무슨 훈련을……."

"강해지기만 하면 됐죠, 뭐! 담임 교수님, 뒤를 부탁해요!"

상큼하게 응원한 세이린이 주춤 물러나려 할 때, 아벨이 레이에게 훅 다가갔다.

"크윽!"

레이가 수세에 몰렸다. 아벨은 그 기회를 놓치지 않고 칼을 휘두르다, 이내 거슬리는 듯 주먹을 내질렀다. 겨우 주먹을 막아 낸 레이가 숨을 몰아쉬었다. 원거리 싸움이라면 모를까, 육탄전으로 아벨을 이길 수 없음은 오랜 친구인 자신이 더 잘 알았다. 그렇다면 다른 수를 써야 했다.

"아벨. 아카데미 수업 같이 듣던 거 기억나냐?"

레이는 소년 만화에서 흔히 사용되는 필살기, '추억팔이'를 시작했다.

"기억납니다."

아벨이 조금 누그러진 말투로 말하는가 싶더니, 이내 인상을 구겼다.

"당신은 제게 대리 출석 체크를 부탁하고 매번 놀러 가지 않았습니까. 왜 그랬습니까."

아벨이 한이 가득 맺힌 주먹을 레이의 명치에 꽂아 넣었다. 예상치 못한 일격에 당한 레이가 그대로 정신을 잃고 털썩 쓰러졌다.

'이런 미친…… 난 추억팔이 하지 말아야겠다.'

세이린은 대리 출석 요구자의 최후를 보곤 침을 꿀꺽 삼켰다. 아벨이 찬찬히 다가왔다. 그녀는 마른침을 삼켰다. 자신이 아벨 시엘리아를 상대하는 것은 불가능했다. 아무리 5,500가지 그렇고 그런 생각으로 머릿속이 가득 차 음마력을 그야말로 신의 힘처럼 휘두를 수 있는 지금이라고 할지라도. 언젠가 마왕성으로 돌아올 그를 어떻게 공격할 수 있겠는가?

"아가씨. 저와 함께 가 주셔야겠습니다."

여전히 눈동자에 초점이 없는 아벨이 어딘가 슬픈 목소리로 말했다. 세이린 폴룩스를 이용해 온 마계를 빛으로 물들여 미천한 그림자를 몰아낸다. 이것이 레이디 로이펠이 랭커의 동요를 이용해 아벨의 머릿속에 입력한 행동 지침이었다. 아벨은 조금의 망설임도 없이 얼음 칼을 만들어 냈다. 그러는 동안에도 커밋이 허리춤에 찬 두 자루의 검이 계속 눈에 들어왔다. 으득 이를 간 아벨이 세이린을 향해 칼을 휘둘렀다.

후드득 피가 바닥에 떨어졌다. 그러나 그녀의 것이 아니었다.

"……제이드 군."

아벨은 제 검을 단검으로 막아 낸 A반의 제자, 제이드 제릴을 무미건조하게 바라봤다. 분명 칼날은 잘 막았다. 하지만 얼음 칼날을 싸고도는 날카로운 마력이 제이드의 살갗을 무참히 베어 버렸다.

"불의 마력을 일으켰더라면 이 정도 검기쯤은 막을 수 있었을 텐데."

"가장 존경하는 기사단장께 그럴 수 없습니다."

제이드가 완전히 타락해 버린 아벨을 복잡한 눈으로 노려보며 또박또박 말했다. 아벨은 익숙하고도 애처롭게 느껴지는 그의 모습에 안타까워했다.

"가질 수 없는 것을 지키려 하지 마십시오, 제이드."

"갖지 못한다고 해도 상관없습니다."

제자의 불그스름한 눈동자엔 망설임이라곤 없었다. 자신과 지독히 닮은 그 눈빛에 아벨은 극심한 두통을 느꼈다.

"크윽……."

아벨이 머리를 감싸고 낮게 신음했다. 세이린이 그 모습에 움찔 놀라 다가가려 했다. 그러나 아벨은 눈을 매섭게 뜨곤 마력을 일으켰다.

"다가오지 마십시오."

그의 의식이 반영된 것일까. 달빛 수정만큼이나 투명한 얼음벽이 쌓여 세이린을 가두었다. 아벨이 만든 얼음 구조물은 두꺼운 데다 돔형이어서 마치 인간계의 이글루를 연상시켰다. 그리고 그 안에 갇히게 된 것은 세이린 혼자만이 아니었다. 제이드와 커밋 또한 세이린과 마찬가지로 얼음 돔 안에 들어와 있었다.

"안 돼, 아벨 경!"

세이린이 투명한 얼음을 두드리며 바깥에서 고통에 신음하는 아벨을 불러 댔다. 그의 상태는 정말 좋지 않아 보였다. 그러나 아벨은 고통을 짓씹으며 이동 마법진을 그렸고, 곧 쓰러지듯 그 안으로 뛰어들었다.

"어떡해……."

세이린이 이미 사라진 그를 향한 걱정을 여실히 드러내며 눈썹을 축 내렸다. 커밋은 손으로 얼음벽을 짚은 세이린을 향해 제 일 아니라는 듯 차분히 설명했다.

"이건 시엘리아의 주특기인 얼음 감옥이야. 시전자가 열어 주지 않는 한 안에서 부숴야지만 나갈 수 있어. 안엔 갇히면 보통 산소 부족으로 죽지."

"이런 미친……."

넋 놓고 있을 때가 아니었다. 세이린이 생존 본능에 따라 몸을 벌떡 일으켰다.

"커밋. 네가 아무리 인성 파탄에 여러 마물들을 속여 먹었다고 해도 밤 대륙 황제 후보, 아니, 마계 원 톱이었으니까 이 정도는 부술 수 있지?"

초롱초롱. 세이린이 애원의 눈빛을 쏴 댔다. 그 비굴함에 만족한 커밋은 픽 웃으며 마력을 끌어모으려다 멈칫했다. 얼음 감옥 탈출과 지긋지긋한 제이드 제릴 훈련시키기를 단번에 끝낼 수 있는 좋은 아이디어가 생각났기 때문이었다.

"못 할 것 같아."

"……응?"

"새벽단에 있을 때 젬에 맹세했거든. 난 그쪽 간부들 못 건드려. 아벨도 이제 그쪽 간부니까……."

커밋은 일부러 말을 흐렸다. 젬에 맹세한 건 사실이었다. 아벨이 사용한 '얼음 감옥'은 방어 마법이라 부수든 가루로 만들어 버리든 맹세의 제약을 받지 않지만.

"그나저나, 뱀파이어 도련님 어떡하나?"

커밋이 무척 안타깝게 되었다는 얼굴을 하며 주머니에 손을 찔러 넣었다. 그의 시선은 제이드에게 향해 있었다. 세이린은 바닥에 쓰러진 채로 누워 있는 제이드를 제 무릎 위에 눕혔다. 창백하게 질린 제이드의 체온이 점점 떨어지고 있었다.

"제이드 님!"

"……추워."

제이드가 아벨의 얼음 칼날에 베인 상처를 바라봤다. 상처 주변이 딱딱하게 굳고 있었다. 조금 시간이 지나자 팔을 떼어 내 얼리는 듯한 차가운 통증이 급속도로 퍼지기 시작했다.

"역시 아벨 경은 다르네. 막을 수 있을 줄 알았는데."

제이드가 쓴웃음을 지었다. 어쨌든 푸른 기사단장은 그에겐 여전히 존경하는 마물 2위였다.

"제이드 님, 왜 그러셨어요……."

세이린이 울먹였다. 지금의 자신은 음마력의 가호를 받는 상태인지라, 제이드가 희생하지 않았더라도 목숨은 부지했을 것이다.

'하긴, 그랬다가 보이지 않는 손이 아벨 경을 쓰다듬기라도 했다면…….'

마음을 바꾼 세이린이 냉큼 제이드에게 '고맙습니다.' 하고 말하며 고개를 숙였다. 평소대로라면 민망함에 농담으로 받아쳤을 제이드가 힘없는 웃음을 지으며 순순히 고마움을 받았다. 그 모습이 세이린을 한없이 불안하게 만들었다.

"제이드 님……?"

제이드는 금방이라도 숨이 넘어갈 것처럼 이마를 짚다 종이와 펜을 부탁했다. 작가라는 직업병 때문에 늘 종이와 펜을 가지고 다니는 세이린은 주머니를 뒤지다가 멈칫했다.

"종이랑 펜은 왜요?"

"유서 써야 할 것 같아."

이런 미친. 세이린이 차게 식어 가는 제이드를 꼭 품어 안았다. 이러다 제이드가 정말 죽을 수도 있다는 무서운 생각이 들었다. 커밋은 제이드의 차가운 손을 잡으며 차분하게 말했다.

"그래도 의리가 있는데, 유산 정리하기 힘들면 나한테 맡겨라. 두 배로 불려 줄게."

"……."

제이드는 할 말을 잃었다. 유서 쓴다니 냉큼 뜯어 가려고 하는 것 좀 보게. 게다가, 불려 주기는커녕 흥청망청 써 버릴 기세였다.

"아오, 저걸…… 윽."

커밋을 쏘아보던 제이드가 추욱 처져 세이린에게 몸을 기댔다. 얼음의 기운이 점점 심장으로 뻗쳐 이대로 죽을지도 모른다는 생각이 강하게 들었다. 다급해진 세이린의 빛이 얼음벽을 울릴 정도로 세게 내리쳤지만, 빛이 반사되어 눈만 부셨다.

"가끔 네 힘이 정말 신통력이 될 빛이 맞나 의심스럽다니까."

커밋이 묘하게 비웃는 투로 말하자, 그녀의 마력이 새의 부리처럼 뾰족해져 맹렬히 그의 발을 쪼아 대기 시작했다.

"커밋, 너 뭔가 알고 있지? 수상한 일 꾸미는 거면 얼른 말해. 후딱 넘어가 준 다음 제이드 님 병원 데려가게."

그러자 커밋은 기다렸다는 듯 의미심장한 미소를 머금었다.

"제이드는 뱀파이어잖아. 피를 먹여 보는 게 어때? 전지전능한 빛의 마력이 흐르는 네 피."

커밋은 스피카가 언젠가 했던 말을 기억하고 있었다.

'신의 힘인 빛에서 모든 것이 갈라져 나왔다. 심지어는 상극인 어둠의 마력까지도. 그러니 지, 수, 화, 풍의 네 가지 마력은 물론 전하의 힘까지도 세이린 양에게 영향을 받는 것이지.'

속성 개방이라는 것은 해당 속성의 마력을 조금 더 자유롭게 운용할 수 있게 되는 현상을 말한다. 몇 번의 사고 실험을 통해 세이린의 피를 제이드에게 먹이면 속성 개방을 촉진할 수 있다는 결론을 얻어 낸 커밋이었다.

"내 피?"

세이린이 핏줄이 희미하게 드러난 자신의 팔과 꾸물꾸물 유서를 써 내려가고 있는 제이드를 번갈아 바라봤다. 그녀의 머릿속에는 메디컬 드라마에서 흔히 나오는 강렬한 대사 한 줄만이 떠올랐다.

'살려야 한다! 살릴 수 있어!'

불끈 주먹을 쥔 세이린이 제이드에게 제 팔을 내밀었다.

"자, 제이드 님. 얼른 드세요. 기왕이면 맛있게."

"……?"

남은 체온이 모두 얼굴로 쏠린 듯 제이드의 얼굴이 새빨갛게 달아올랐다.

"……먹으라고?"

"깨물기엔 목이 나을까요?"

세이린이 머리카락을 한쪽으로 쓸어 넘기자 제이드의 눈앞이 핑 돌았다. 그 모습을 멀리 떨어져 지켜보는 커밋은 웃음을 참느라 어깨를 들썩여야만 했다.

눈을 꼭 감고 뱀파이어 도련님의 송곳니가 박혀 들어오기만을 기다리던 세이린은 한참 후 뚱한 얼굴로 눈을 떴다.

"왜 가만히 계세요?"

"……네 피는 안 마실 거야."

제이드가 차분히 답하자 세이린이 눈물을 글썽였다. 아이에게 외면받은 당근이나 피망이 이런 기분일까. 참담하고 조금 억울해 항변이 절로 튀어나왔다.

"제 피, 나름 귀하거든요! 마계에 하나뿐인 빛의 마력이 흐르는 피라고요!"

"아니, 그게 아니라……."

"성인병도 없고, 운동도 해서 깨끗할 텐데! 혹시 제가 음란 마귀라 싫은 거예요? 음마력이 옮을까 봐?"

"응?"

졸지에 제이드에게 자신의 종족을 떠벌린 세이린은 큼, 큼 하고 요란한 헛기침을 해 댔다. 폐렴이라고 해도 믿을 것처럼 격하게 목을 가다듬은 그녀가 다시 제이드를 지그시 바라봤다.

"제 피를 마시면 제이드 님이 괜찮아질 수도 있다잖아요."

"……."

"지금 제일 큰 문제는 제이드 님이 아픈 건데, 이런 상황에서까지 편식하실 거예요?"

제이드가 가만히 마른침을 삼켰다. 제일 큰 문제? 그건 자신이 아픈 게 아니라, 뱀파이어들 사이에서 내려오는 한 줄짜리 전설이었다.

'뱀파이어는 사랑하는 사람의 피를 마시면 속성을 개방한다.'

세이린이 흡혈을 권하는 이 상황이 그동안 애써 외면하고 있던 제이드의 마음을 왈칵 엎질러 버렸다. 세이린의 피를 마셨다가 정말 자신의 속성이 개방되기라도 하면, 그땐 어떤 말로도 둘러댈 수 없었다.

'좋아하는 걸 들킬 수 없어서 죽어야 한다니.'

제이드가 짧게 한숨을 내쉬었다. 명색이 워렛의 실세, 제릴가의 막내아들인데 너무 허무한 죽음이었다. 아니, 마냥 허무한 죽음은 아니리라. 모든 마물을 포용하는 주군, 클라우드 슈테른의 앞길에 누가 되지 않을 수 있을 테니. 영주 시대에는 노예로 살아야만 했던 무속성 마물들을 비롯하여 뱀파이어 같은 비인간형 마물들을 구원한 어둠이 뜻을 펼치도록 돕는 일. 그것이 자신의 꿈이지 않았던가.

"……."

분명 클라우드 슈테른을 모시는 건 여전히 자신의 꿈이었다. 하지만 제이드는 자신을 바라보고 있는 세이린을 눈에 담았다. 이상했다. 분명 시야가 흐릿해지는데도 얼굴이 선명했다. 얼굴을 외울 듯 꼼꼼히 바라본 시간이 길어서일까. 아니면 혼자 세이린을 그린 시간이 많아서일까.

세이린 폴룩스가 온전히 자신의 것이기를 바란 적이 있었다. 바람을 금방 놓아 버렸기에 짧게 스쳐 지나간 시간이었다. 주군이 그녀를 강렬히 사랑하고 있기 때문에 포기할 수 있었다. 가슴을 저릿하게 만드는 이 감정은, 그냥, 그저……

"세이린. 난 네가 웃는 게 좋아."

주군과 나란히 마주 보고 방긋거리는 세이린을 지키고 싶다. 갖지 못할 것이라면 온전히 지켜 내기라도 할 것이다. 기사단장이 되고 싶다는 꿈에 언젠가부터 사심이 서렸다.

"웃는 거요?"

세이린이 그런 유언 같은 소리는 왜 하냐며 울상인 웃음을 지었다. 그 웃음도 예뻐 보였다.

"저도 제이드 님이 웃는 게 좋아요. 그러니까."

사락—

순간이었다. 세이린이 제이드의 단검을 뽑아 자신의 팔에 상처를 냈다. 장미처럼 붉으면서 물큰하게 익은 복숭아의 과즙보다 달콤해 보이는 피가 그녀의 흰 피부를 적셨다. 세이린은 마력이 충만한 제 피를 보며 애써 웃곤 제이드의 입가에 가져갔다.

"달콤할 텐데. 진짜 안 마실 거예요? 제겐 제이드 님이 필요해요."

상황을 모르는 자가 들으면 유혹이라고 해도 믿을 만한 목소리. 눈앞이 아찔해지기를 잠시, 제이드는 이성을 잃고 세이린의 팔을 물었다.

"읏……."

세이린이 앓는 소리를 냈다. 박혀 들어온 송곳니가 뜨거웠다. 그러나 제이드가 목을 꿀떡거릴수록 그의 체온과 마력이 돌아오는 것이 느껴져 팔을 뺄 수 없었다. 한참 피를 빨아 댄 제이드가 흡혈을 마친 것인지 고개를 들었다. 원래도 붉던 그의 눈동자가 한없이 핏빛으로 가라앉아 있었다.

'잠깐, 이 눈은……'

세이린이 움찔했다. 클라우드에게서 한없이 보았던 이 눈빛의 진의. 그것은 갈망, 하나도 남기지 않겠다는 경고였다.

'어째 흡혈이 끝났다는 게 아니라 이제부터 시작이라는 것 같은데……'

제이드의 체온은 이미 돌아왔다. 마력도 이만하면 충분했다. 그렇게 생각한 순간, 세이린의 보이지 않는 손이 커밋을 훅 끌어왔다.

"커밋, 내가 빈혈이 있어서……"

세이린이 얼얼한 팔을 문지르며 말하자, 커밋은 황당하다는 얼굴을 했다.

"야, 너 아깐 네 피가 보약이라는 것처럼 말하…… 윽!"

커밋은 말을 더 이을 수 없었다. 제이드가 그의 손목을 붙잡고 송곳니를 박아 넣은 탓이었다.

"헙……"

음란 마귀가 슬그머니 물러나 제이드의 격한 흡혈에 속수무책으로 당하는 커밋을 바라봤다. 지금의 제이드는 커밋을 가볍게 제압했다. 오직 피에 대한 갈망이 뱀파이어를 움직이는 듯했다.

자꾸 빠져나가려는 커밋의 위에 아예 올라탄 제이드가 팔이 아닌 목을 물고 빨기 시작했다. 당황한 커밋은 튤 로이펠의 마법을 풀어 카인의 모습으로 돌아왔지만, 아래에 깔려 있긴 마찬가지였다.

"야, 제이드…… 윽!"

카인이 고통스러운 듯 신음해도 제이드는 가볍게 무시하고 흡혈에 집중했다. 제이드는 자신을 후려치려는 카인의 손목을 신경질적으로 내리눌렀다.

"아파, 아프다고! 살살 좀…… 윽……!"

곧, 카인의 허리가 활처럼 휘었다.

'저건 흡혈이다, 저건 흡혈이다……'

음란 마귀가 뒤엉킨 카인과 제이드를 보고 '나무아미타불'을 읊듯 반복적으로 중얼거렸다. 제이드의 아래에 붙잡힌 카인은 시엘리아의 상징이 수놓인 망토 위로 손을 말아 쥐었다. 망토에는 차츰 주름이 생겼고, 카인이 망토 아래의 바닥을 한참이나 손톱으로 긁어 댄 뒤에야 제이드는 송곳니를 거두었다.

흡혈이 끝나는 순간 욕지거리를 쏟아 내겠다고 마음먹었던 카인은 자신을 내려다보는 채로 입가의 푸른 피를 핥아 먹는 제이드를 보고 말을 잇지 못했다. 티 없이 붉기만 하던 눈동자가 찐득하게 눌어붙은 혈액처럼 빨갛다. 어디 그뿐인가. 곱슬거리는 회갈색 머리카락과 부드러운 얼굴선이 주던 묘한 앳됨이 사라져 외모가 한층 어른스러워졌다. 소년과 청년의 경계에 걸려 있던 수석 입학 학생이 단번에 제법 위험한 남자가 된 느낌.

"너……."

입만 벙긋거리던 카인이 화상을 입은 듯 뜨거운 쇄골 위의 잇자국을 문질렀다. 그가 하려던 말을 대신한 것은 세이린이었다.

"제이드 님, 속성 개방하신 것 같아요. 나이도 먹은 것 같고."

"……내가?"

"네! 역시 뱀파이어는 사랑하는 마물의 피를 들이켜면 각성한다는 게 맞았어! 축하드려요!"

세이린이 죽다 살아난 제이드를 와락 껴안았다. 순간, 제이드는 낯설 정도로 뜨겁게 치미는 자신의 마력이 진정되는 것을 느꼈다. 그나저나 사랑하는 마물의 피를 들이켜면 각성한다니. 음란 마귀가 무슨 생각을 하고 있을지 뻔히 보였다.

"세이린 너…… 어디 가서 내가 이 자식 피 마셨다고 말하면 안 돼, 알았지?"

"어휴, 그럼요. 아벨 경이 만든 구조물에 갇혀서 필사적으로 빠져나가려다가 각성하신 걸로 할게요."

고개를 주억거리는 세이린의 얼굴이 야한 잡지라도 본 것처럼 불그스름해 있었지만, 카인과 제이드는 군이 언급하지 않았다.

어쨌든 속성 개방을 마친 제이드가 자리에서 벌떡 일어났다. 나이를 먹으면서 키도 꽤 자랐는지 세이린을 내려다보는데 목이 더 뻐근했다. 게다가 예전에 커밋의 피만 마셨을 때는 탈이 났었는데, 이번에는 되레 마력이 회복되었다.

'내가 속성 개방을 하게 된 이유는 역시…….'

제이드는 자신이 송곳니를 박아 넣었던 세이린의 팔을 힐끗 바라보다 시선을 거두었다. 이제 남은 건 이 상황에서 빠져나가는 것뿐. 마음을 다잡은 제이드가 얼음벽을 보고 섰다. 떨림 반 설렘 반으로 가슴이 두근거리는 것을 느끼며 그가 입을 열었다.

"조금 물러나 있어."

존경해 마지않는 아벨이 만든 빙벽은 견고해 보였다. 제이드는 자신이 이것을 녹일 수 있을지 잠깐 의문을 가졌다. 그러나 곧바로 확신이 뒤따랐다. 녹일 수 있다. 지금의 아벨 경과는 달리, 자신이 지켜야 할 것은 어느 때보다 뚜렷이 빛나고 있으니.

제이드가 손바닥을 위로 펼쳐 마력의 폭풍을 만들어 냈다. 불길이 무언가를 감싸듯 원을 그리며 휘몰았다. 견고한 얼음벽에 그것을 던지자 상상보다 더 거대한 굉음이 작렬했다.

쾅!

쩌저적 벽이 갈라지는 소리가 연달아 들렸다. 그다음엔 다시 폭발음이 들리더니 벽이 완전히 얼음 가루로 부서져 내렸다. 제이드는 자신의 마력이 아벨의 얼음 감옥을 조각냈다는 사실을 믿을 수 없었다.

"이게…… 내가 한 일이라고?"

제이드는 다시 마력을 일으켜 보았다. 맹렬히 회전하는 화염의 중심. 그곳엔 녹지 않는 얼음이 있었다. 얼음의 마력을 지닌 카인의 피를 마신 때문인 듯했다.

세이린이 연구자가 현미경을 보듯 눈을 가늘게 뜨고 그것을 바라봤다. 얼음과 불. 불가능한 것의 조합. 얼음의 핵을 가진 불이라.

"역시 파워 오브 러브……."

러브. 세이린이 발음한 꺼림직한 단어에 두 마물이 단호히 고개를 저었다. 얼마나 제이드의 속성 개방에 대한 이야기를 나누었을까. 곧, 명치를 감싼 채로 바닥을 구르고 있던 레이를 둘러싼 기사들이 안도의 목소리를 냈다. 담임 교수가 정신을 차렸음을 발견한 세이린이 흠칫 놀라 그에게로 다가갔다.

"아벨 그 자식, 진짜 세게 때리네. 진짜 맛이 갔나 봐."

아벨에 대한 불평 겸 걱정을 늘어놓는 것을 보니 다행히 큰 문제는 없는 듯했다. 세이린이 넉살 좋게 웃으며 레이를 위로했다.

"괜찮아요, 담임 교수님. 아벨 경이 기술적으로 때리긴 했지만 다프네 경이 치료해 주시면 금방 나으실 거예요."

기사들의 부축을 받으며 일어난 레이가 뚱한 얼굴을 하고 대꾸했다.

"꼬맹이, 너 지금 그걸 말이라고 하냐?"

"그러게 왜 대리 출석을 부탁하셔서……."

"큼, 큼. 아무튼, 상황 종료니 얼른 마왕성으로 돌아가도록. 딴마음 먹지 말고."

기사들과 레이가 사라지자 세이린은 잠시 고민했다. 아직 다른 곳에 출몰한 새벽단 단원들을 정리하러 간 클라우드와 빌리아에게서 일을 마쳤다는 신호가 돌아오지 않은 탓이었다.

'두 분이 같이 가셨는데 시간이 꽤 걸리네. 마왕님 숙취 때문인가?'

막강한 힘을 지닌 두 마물이 함께 전선에 나선 만큼 패배했으리라는 걱정은 들지 않았지만 어딘가 신경 쓰였다. 그렇다고 레이 필드의 '얌전히 있으라'는 명을 거스르기도 어려운 일. 잠시 눈동자를 굴리며 고민한 그녀가 내놓은 해답은 간단했다. 내가 안 가면 되는 것 아닌가. 그녀는 어느샌가 커밋의 모습으로 변신한 카인에게 말했다.

"커밋. 전투가 벌어지고 있는 곳으로 얼른 가 봐. 교신용 달빛 수정도 받았으니 마왕님의 충실한 개가 되어야지. 지은 죄도 많잖아?"

"헐……."

무시할 수도, 못 알아들은 척하지도 못할 만큼 정확한 문장이었기에 커밋은 그 의견을 따를 수밖에 없었다. 그가 할 수 있는 반항이라곤 마음에 들지 않는다는 티를 팍팍 내는 것뿐이었다.

ㅁ ■ ㅁ

한편, 빌리아와 클라우드는 제법 가까운 거리를 유지하며 전투에 임하고 있었다. 전투라고 해 봤자 새벽단 간부들이 풀어놓고 간 단원들을 사슬로 깔끔하게 구속한 다음, 그들이 쩌렁쩌렁하게 틀어 둔 선전용 라디오를 꺼 버리는 일이 전부였다.

— 무속성 마물들이여! 당신들이 마력을 쓸 수 없는 것은 그림자가 창조신의 빛을 가렸기 때문이다! 새벽단에 가담해 빛을 숭배하고 그림자를 쳐부수자!

곳곳의 라디오에서는 실링 워렛의 요란한 목소리가 흘러나오고 있었다. 낮이 길어진 것은 빛의 재림이 머지않았다는 신호이므로 새벽단에 들어와야 한다는 버전의 방송도 있었다. 기합이 잔뜩 들어간 실링의 선전이 끝나면 비교적 차분한 목소리로 새벽단의 인터넷 홈페이지와 마스타그램 주소까지 나왔다.

"대대적으로 선전하네. 마물들도 동요하겠어. 어차피 빛인 작가님이 우리에게 있으니 소용없는 짓이겠지만."

그렇게 말한 빌리아는 한심하다는 듯 도끼눈을 하고 클라우드를 바라봤다. 마생 7년 만에 거한 숙취를 느끼고 있는 마왕은 얼굴을 잔뜩 일그러뜨린 채로 겨우 정신을 붙잡고 있었다. 답지 않게 왕비와 붙어 있는 것도 어떻게 해서든 릴리트 에테라의 마력이 미치는 범위 안에 들어 두통을 잠재워 보기 위한 꼼수였다. 혀를 찬 빌리아는 그의 컨디션이 좋아질 만한 이야기를 꺼내기로 했다.

"그건 그렇고. 이혼은 언제 할까?"

예상대로 클라우드는 표정이 조금 온화해졌다.

"슬슬 고민해 봐야겠군. 미뤄진 결혼식 전이 낫겠지."

"그건 좀 곤란한데…… 작가님이 예전에 부탁하신 게 있거든. 신혼여행 동안 네가 정무에서 신경 끌 수 있게 해 달라고 했어."

클라우드는 태연한 척하려 했지만 세이린의 사랑스러운 부탁에 웃음을 숨길 수 없었다. 빌리아는 기다렸다는 듯 핑크빛 이혼 계획을 줄줄이 읊기 시작했다.

"우리 이혼 서류에 도장만 먼저 찍어 둔 다음 작가님이랑 결혼식 올리고, 내가 일하고 있을 테니 5일 동안 신혼여행 편히 다녀와. 아마 7일로 늘어나겠지만. 그 뒤에 우리 이혼 서류 제출할게."

"7일? 그건 무슨 소리지?"

"작가님이 허니문 베이비를 노리고 있다고 하셨거든!"

빌리아가 나름의 호들갑을 떨며 말하자, 방심하고 있던 클라우드의 얼굴이 확 달아올랐다. 허니문 베이비라니. 세이린은 어째서 그런 거룩한 계획을 자신에게 알려 주지 않았단 말인가.

겨우 가슴을 진정시킨 그에게 빌리아가 짓궂게 말했다.

"건강 관리 잘하고. 고급 정보를 좀 흘리자면, 작가님은 매일 아이에게 책 읽어 주는 남자가 좋대."

"아기들을 위한 책을 미리 사 두는 게 좋겠군."

"베이비 샤워 벌써 기대된다……."

두 마물이 세이린과 2세라는 주제로 이뤄진 꽃밭에서 상상의 나래를 펼칠 즈음, 이동 마법진에서 나온 커밋은 바짝 붙은 채로 열성적인 대화를 나누는 마왕 부부를 가만히 지켜봤다. 아기 이야기나 임신에 대한 이야기를 하며 기뻐하는 것으로 유추할 수 있는 상황은 하나뿐이었다.

'……아리아가 아이를 가진 건가.'

클라우드 슈테른은 마물들의 절대적인 지지를 받는 성군이고 백성들은 그의 아이를 학수고대했다. 그러니 아리아의 임신은 마계의 경사였고, 마땅히 축하받아야 할 일인 동시에 자신과는 관계없는 일이었다. 그렇게 생각한 커밋은 묵묵히 새벽단 단원들을 정리했다. 아주 차분하게. 평소와 다름없이.

쿠과광!

훈훈한 대화를 나누고 있던 빌리아와 클라우드는 난데없는 굉음에 놀라 커밋을 바라봤다. 무슨 기분 나쁜 일이라도 있었던 것일까. 섬세하기로 유명한 시엘리아의 마력이 영 괴팍하게 운용되고 있었다. 인상을 찌푸린 빌리아가 그 이유를 파악하기 위해 커밋에게 다가갔다.

"작가님 쪽에서 무슨 일이라도 있었어? 왜 그래?"

"딱히."

커밋은 무슨 문제라도 있냐는 듯 능청을 떨었다. 그러곤 더 난폭해진 마력으로 새벽단이 저지른 일들을 수습하기 시작했다. 빌리아는 궁금했다. 왜 그가 갑자기 난폭하게 구는 것일까? 시엘리아가 '냉혈의 가문'이라 불리는 것은 푸른 피 때문이기도 했지만, 그들의 성격이 대대로 냉철하기 때문이기도 했다. 그런 시엘리아의 영주였던 남자가 대놓고 신경질을 내다니.

'마음에 안 드는 일이라도…… 응?'

무언가를 발견한 빌리아가 눈을 가늘게 떴다. 커밋이 조금씩 움직일 때마다 그의 목 언저리에 무슨 자국이 있는 것이 보이는 탓이었다. 멍이라고 하기에는 깊고, 더 야릇한 무언가. 빌리아는 그것이 뱀파이어의 이빨 자국이라는 것을 곧 알아차렸다.

'카인이 제이드 군이랑……? 아냐, 존중하자. 나랑 상관없는 일이야.'

본분을 잊어도 새까맣게 잊은 왕비는 시선 처리를 할 생각도 못 하고 붉게 찍힌 낙인을 빤히 바라봤다.

'얼마나 강하게…… 큼. 아니야. 사생활인데. 이젠 남이기도 하고.'

빌리아가 나쁜 생각을 떨치듯 고개를 휘휘 저었다. 그제야 커밋은 그녀가 어디를 바라보고 있는지 깨닫곤 황급히 변명을 시작했다. 손으로 슬쩍 흡혈 자국을 덮으면서.

"아리아, 아니, 빌리아. 이건……."

"아니야. 설명하지 않아도 돼. 그럴 필요도 없고."

"오해하지 마. 다른 여자가 아니라 제이드가 남긴 거야."

"……?"

빌리아는 얼굴 가득 물음표를 띄웠다. 대체 오해하지 말라면서 제이드 군이 남겼다고 하면 무어라 대답해야 하는가.

"아, 제이드 군이 남겼구나……."

빌리아는 공감의 제스처를 취하려 했으나 어째 점점 영혼이 빠져나가는 느낌이었다. 커밋은 그제야 그녀가 무슨 오해를 했는지 대충 파악했다. 빌리아가 세이린의 책을 좋아한다는 말은 들은 적이 있지만, 둘의 사고방식이 비슷할 줄이야. 커밋이 차분한 목소리로 제이드가 빨아들인 자국에 대해 설명하기 시작했다.

"상황이 급했어. 제이드가 아벨의 공격을 받아 생명이 위독했고. 사태를 해결하려면 속성을 개방시키는 게 제일 나은 방법 같았다고."

하지만 빌리아는 여전히 의문 가득한 얼굴이었다. 다급해진 커밋은 사족을 덧붙일 수밖에 없었다.

"빌리아. 너도 알고 있을 거 아냐. 뱀파이어는 사랑하는 사람의 피를 마시면 속성을 개방한다는 전설."

말을 뱉은 커밋은 빌리아의 표정을 보고서야 아차 했다. 아, 내가 이 얘기를 왜 꺼냈을까.

"이, 그래서 살아 있으면서도 날 방치한 당신이 제이드 군에게 피를……."

공감하는 척 되뇌던 빌리아의 얼굴이 잿빛이 되었다.

□ ■ □

한편, 마왕성으로 돌아온 세이린은 레이의 병상을 살핀 후 자연스레 클라우드의 방에 들어섰다. 그새 고용인들이 한차례 정리를 마친 것인지 '술에 취한 마왕님과.avi'로 기억되는 전날의 흔적이 거의 남아 있지 않았다. 테이블 위에 놓여 있는 '조니 러너 블루 라벨 야관문 에디션' 병을 제외하고 말이다. 세이린은 눈매를 엉큼하게 접어 보이며 끝내주는 술을 건네준 커밋에게 감사했다.

'짜식…….'

덕분에 좋은, 황홀한, 끝내주는 시간을 보냈으니 감사를 표해야겠다는 생각이 들었다. 마력 회복에 좋은 온갖 선물들을 바구니에 챙긴 세이린은 곧장 마왕성 구석에 있는 커밋의 연구실을 찾았다. 문 앞에 선물 바구니를 두고 돌아가려는 찰나, 끼이익 소리를 내며 연구실의 문이 안쪽으로 열렸다.

'어라? 왜 문이 열려 있지?'

설마, 커밋 놈이 마왕님 쪽으로 전투 지원 가는 척하고 그사이에 튄 건 아니겠지. 불안감을 느낀 세이린은 슬며시 연구실 안으로 들어와 의자 위에 바구니를 내려놓곤 주변을 살폈다.

머지않아 그녀는 커밋이 튄 게 아니라고 확신할 수 있었다. 커밋이 애지중지 아끼는 마계의 보물들, 그리고 찌라시 스크랩북이 소파 위에 얌전히 놓여 있었으니.

'다행이다. 또 배신할 조짐이 보이면 이번에야말로 손모가지를 자르려고 했는데.'

상큼하게 안도의 숨을 내쉰 세이린은 연구실 밖으로 나가려다 무언가를 발견하고야 말았다.

[클라우드 슈테른의 상태 및 역(逆) 플레어 프로젝트 연구]

책상 위에 놓여 있는 서류철의 라벨. 너무도 익숙한 그의 이름이 돋보기라도 댄 것처럼 눈에 혹 들어왔다. 커밋이 마왕님의 상태를 왜? 갑자기 불안감이 밀려왔다. 그러고 보니, 어제 비싸 보이는 양주를 건네던 커밋은 그에게 무슨 일이 일어났는지 직접 보라고 했다.

세이린이 서류철의 표지에 손을 댔다. 잠금 마법이 걸려 있었지만, 마왕과 혼인 신고를 일찌감치 마친 그녀인지라 서류철은 부드럽게 열렸다. 글자를 따라 좌우로 움직이던 세이린의 보랏빛 눈동자에 차츰 물기가 어렸다.

[……따라서, 어둠 속성 보유자인 클라우드 슈테른은 빛의 마력뿐만 아니라 빛 속성을 지닌 마물과 접촉하기만 해도 침식을 겪는다. 침식을 통해 어둠은 점점 빛에 먹혀들며, 그 끝은 완전한 소멸이다. 침식은 세이린 폴룩스가 속성 판정을 받은 순간부터 시작되었을 가능성이 크다. 이를 보완할 방법은 다음과 같다.]

'클라우드가…… 나 때문에 아프다고?'

세이린은 믿을 수 없었다. 오늘 아침까지만 해도 멀쩡하게 웃어 주던 남자가 '침식'이라는 것 때문에 서서히 소멸하고 있다는데. 그녀는 급히 페이지를 넘겼다.

[플레어 프로젝트가 생명과 가장 관련이 깊은 물 속성의 마력을 응축해 빛을 만들어 내는 것처럼, 파괴와 가장 관련이 깊은 불의 마력을 응축해 인공적으로 어둠의 마력을 발생시킨다.]

한마디로, 클라우드는 점점 강해지는 자신의 빛 속성 마력에 대항해 인공적으로 만든 어둠의 마력을 두르지 않으면 살 수 없다는 말이었다.

"나 때문에 클라우드가……."

세이린은 서류철을 꼭 껴안은 채로 의자에 깊이 앉았다. 갑자기 모든 것을 잃은 기분. 다리에 힘이 풀려 움직일 수 없었다.

□ ■ □

상황을 완벽하게 정리하고 마왕성에 들어선 클라우드는 커밋을 뒤따랐다. 커밋은 자신의 연구실에 들어서기 전, 몸을 돌려 마왕에게 할 말이 있느냐는 물음을 건넸다. 클라우드는 아직도 숙취로 지끈거리는 머리를 짚으며 물었다.

"네가 내게 한 제안이 얼마나 진행되었는지 궁금하군."

"역 플레어 프로젝트를 말하는 거야? 그거라면 재료가 부족하다니까. 마왕성에 불 속성 기사가 많긴 하지만, 연구에 투입될 만큼 강력한 불 속성 마력 보유자는 턱없이 부족해."

때마침 제이드 제릴이 속성 개방을 하긴 했지만, 그렇다고 문제가 해결되는 건 아니기에 커밋은 구태여 말하지 않았다.

"없으면 다른 방법을 찾아."

클라우드가 신경질적으로 말했다. 커밋은 미간을 찌푸린 채로 곤란한 듯 눈동자를 굴리다, 무언가가 생각난 듯 입을 열었다.

"일전에 레이디 로이펠이 가진 경전 요약집에서 '태초의 어둠'이라는 걸 본 적이 있어."

"레이디 로이펠에게 경전이 있나?"

"경전은 없지만, 그녀의 남편이 여명회 경전의 핵심만 추린 요약본을 만들어서 선물했다나 봐."

백성들이 굶어 죽어 가는 와중에 사랑꾼들 납셨군. 클라우드가 마음에 들지 않는다는 티를 팍 냈다.

"그래서?"

"여명회의 창세 신화에 따르면 태초의 빛은 사라졌지만, 태초의 어둠이라는 건 아직 세상에 존재한다고 해. 어디 있는지는 알려지지 않았고."

클라우드는 커밋의 말을 가만히 곱씹었다. 애당초 역 플레어 프로젝트는 어둠의 마력을 만들어 내기 위한 작업이었다. 만일 '태초의 어둠'이라는 게 존재한다면 그 힘을 사용하는 것이 훨씬 간단할 터. 클라우드가 눈동자를 살기로 빛내며 말했다.

"찾을 수 있나?"

"노력해 볼게. 찾을 수 있을지 없을지는 모르겠지만."

"최대한 빨리 해결해 줬으면 좋겠군. 세이린에게는 비밀로……."

클라우드가 채 말을 마치기도 전이었다. 굳게 닫혀 있던 연구실의 문이 느리게 열렸고, 얼굴이 눈물범벅이 된 세이린이 걸어 나왔다. 원망에 찬 눈으로 클라우드를 바라보면서.

"하…… 비밀?"

"……세이린."

"가까이 오지 마세요."

울먹이는 목소리로 클라우드에게 소리친 세이린은 자신을 막아서는 그의 몸을 밀쳐 내곤 빠르게 걸었다. 자리에서 벗어나는 내내 눈물 때문에 앞이 흐릿해 결국 이동 마법진을 그릴 수밖에 없었다.

클라우드는 세이린이 사라진 자리를 멍하니 바라봤다. 자신을 밀쳐 내는 세이린의 손길이 뇌리에 박힌 듯 반복적으로 재생되었다. 세이린이 온 힘을 다해 밀쳐 냈다고 한들 자신의 몸이 밀릴 리 없었다. 그런데도 세이린은 자신을 밀치기 직전, 아프게 하긴 싫다는 듯 손에서 힘을 뺐다. 마왕은 말을 잇지 못했다. 커밋 또한 애매한 분위기에 눈치껏 침묵했다.

사위를 감싸는 무거운 침묵을 깬 건 음료가 놓인 은쟁반을 아슬아슬하게 들고 발랄하게 걸어오는 그림자 기사단장, 코로나였다. 시커먼 갑옷 위에 흰색 에이프런까지 두른 무척 발랄한 모습이었다.

"전하! 여기 계셨습니까! 숙취에는 초코우유가 최고라 하여, 곤잘레스 셰프와 함께 만들어 보았습니다!"

"……고맙군."

클라우드는 여러모로 참담한 기분을 느끼며 코로나가 권하는 초코우유를 찬찬히 마셨다. 누군가가 자신의 상태를 신경 써 준다는 것은 어쨌든 고마운 일이니 때를 잘못 맞추었다고 한들 핀잔을 줄 수 없었다.

코로나는 주군이 수제 초코우유를 꿀꺽꿀꺽 마시는 모습을 무척 뿌듯하게 바라봤다. 그리고 그런 코로나를 커밋이 분석적인 시각으로 뜯어봤다. 온몸이 새카만 기사. 마물이 아닌 듯한 마력 운용. 빛 그 자체인 세이린과 찰떡궁합을 자랑하는 정체불명의 그림자 기사단장.

'태초의 어둠이라는 게 설마······.'

커밋이 코로나의 팔을 덥석 붙잡았다.

□ ■ □

마왕성의 별궁, 일명 자취방으로 이동해 온 세이린은 베개를 끌어안고 한참을 흐느꼈다. 빛의 마력이 커질수록 어둠의 마력을 지닌 그가 죽어 간다는 건 어쩌면 진작 알고 있던 사실인지도 몰랐다.

'총장님은 다 알고 그런 말씀을 하신 건가.'

세이린이 입술을 깨물었다. 머릿속에 스피카의 예언이 재생되는 탓이었다.

'세이린 양의 빛은 점점 어둠을 좀먹겠지요. 클라우드 전하는 결국 세이린 양에게 목숨을 바칠 겁니다.'

마계를 창조한 빛은 곧 신이 될 힘이다. 빛은 달의 위상 변화와 비슷한 방식으로 성장한다. 빛의 마력이 보름달처럼 성장하는 순간, 어둠이 설 자리는 사라지며 빛은 곧 신이 된다.

무서워. 세이린이 눈을 질끈 감았다. 여명회의 경전대로 빛 속성을 지닌 자신이 신이 된다면 어둠은 미천한 것이라는 그들의 의견에 근거를 제공하는 셈이었다. 하물며 어둠인 클라우드의 희생이 필수인 신이라니. 가장 소중한 것이 없는 마계에 무슨 의미가 있다고.

'빛은 고작 어둠 따위를 원해서는 안 돼요. 더 크고 원대한······.'

세이린의 머릿속에 또 한 번 스피카 총장의 목소리가 스쳤다. 고작 어둠 따위를 원하면 안 된다니. 고소장 받기 전에 들었다면 모를까, 너무도 늦은 충고였다.

세이린은 한숨을 쉬며 무릎을 끌어안았다. 지금 이 순간에도 클라우드가 자신 때문에 아플까 봐 겁이 났다. 그는 무언가를 위하기 시작하면 그 하나를 위해 밑도 끝도 없이 참아 내는 성격인지라, 분명 죽을 만큼의 고통을 겪고 있다 해도 숨겼으리라.

클라우드가 아프다는 사실을 숨긴 이유야 뻔했다.

'나 때문이겠지……'

가까이 있을 때 침식이 빨라진다면 떨어져 있으라는 처방이 나올 테니 비밀로 했을 거다. 커밋이 뜬금없이 술을 준 이유도 이제 와 생각해 보니 간단했다. 술에 취하지 않는다는 어둠 속성 보유자의 특징이 깨졌다는 것을 두 눈으로 확인하라는 뜻이었다.

"어흐흑. 나는 그런 줄도 모르고 마왕님이랑 몇 번이나…… 어쩐지 할 때마다 음마력이 강해지더라니……!"

세이린이 과거의 자신을 원망하며 베개에 주먹을 퍽퍽 박아 댔다. 세이린, 이 멍청이. 아픈 남자 데리고 대체 뭘 한 거야! 클라우드의 구속을 깰 수 있었던 것도 온 우주가 감동해 도울 만큼 그를 만지고 싶어 해서가 아니었다. 그저 빛의 마력이 어둠의 마력을 뛰어넘었을 뿐.

이쯤 되자 클라우드가 '음란 마귀가 스킨십을 못 한다고 한다면 상심할 것이 뻔해서' 아픈 사실을 말하지 못한 것은 아닌가 하는 생각까지 들었다.

"내가 이렇게나 음란 마귀인데 어떻게 신 같은 게 되겠어……!"

세이린은 온 힘을 다해 이불을 팡팡 차올렸다. 거위 털이 폭탄처럼 터져 나오고 멀리서 노크 소리가 들려올 때쯤에야 겨우 정신을 부여잡은 그녀였다. 들어오라는 허락을 보내자 로자리가 따뜻한 차와 간식이 담긴 쟁반을 가지고 들어왔다.

"아가씨가 전투에 참여하셨다고 들었어…… 어머. 우셨어요?"

로자리는 세이린의 퉁퉁 부은 눈과 눈물 자국을 금세 알아봤다. 쟁반을 아무렇게나 내려 둔 로자리가 곧장 세이린의 옆자리에 앉아 그녀의 안색을 살폈다. 세이린은 그 다정한 시선이 고마웠다.

"로자리…… 제가 정말 신이 되어야 하는 걸까요?"

로자리는 세이린을 포근하게 그러안았다. 그러자 세이린의 눈에서 눈물이 폭포수처럼 쏟아지기 시작했다. 여신 같다는 소리야 여러 번 들어 봤다지만, 진짜 신이 되어 온 마계의 희망이 되는 전개는 한 번도 생각해 본 적이 없었다.

'……절대 싫어.'

세이린이 막연히 생각해 본 '신'은 금과 달빛 수정으로 장식된 화려한 장신구를 걸치고 하늘하늘한 옷을 입는 우아한 존재였다. 목동들이나 신을 스트랩 샌들, 길게 굴곡진 머리카락을 가진 아름다운 여인. 의무나 책임 따위를 먼저 생각하지 않는 음란 마귀가 신이 되면 마계는 폭삭 망하리라. 세이린은 여러모로 두렵다는 본심은 꽁꽁 감춘 채로 자신의 자질 부족을 토로했다.

"아무리 마계에서 제일 밝힌다고 하지만…… 한낱 음란 마귀가 빛의 신이 될 순 없어요."

"왜 그렇게 생각하세요, 아가씨?"

로자리가 묻자 세이린은 당연하지 않냐는 듯 답했다.

"신은 가장 힘들 때 마물들에게 희망을 주는 존재잖아요. 마물들을 옳은 길로 이끄는 한 줄기 빛. 저는 자질 부족이라고요."

세이린은 동의를 구하듯 로자리를 바라봤다. 하지만 로자리는 그렇지 않다고 말하는 것처럼 입매를 둥글게 올려 보였다.

"아가씨. 이것 좀 보실래요?"

로자리가 땅 속성의 마력을 일으켜 조각상을 만들기 시작했다. 세이린은 로자리가 구석기에서 청동기 사이의 유물 같은 것을 만들어 내리라 예상했다. 자신과 연습했을 때처럼.

하지만 그녀가 만들어 낸 것은 당장 가져다 팔아도 손색이 없을 만큼 정교한 마왕성 모형이었다. 머리카락 한 올 한 올이 섬세하게 나타난 빌리아의 흉상, 갑옷의 디테일이 살아 있는 코로나 전신상도 뚝딱 만들어 내는 로자리였다. 연습에 연습을 거듭한 땅의 마력은 처음 마법 교습을 시작했을 때와는 비교도 되지 않을 만큼 섬세했다.

"신이 마물들에게 희망을 주는 존재라고 하셨죠? 속성 판정만 받은 채로 마법을 쓸 줄 모르던 제가 이만큼 성장하게 된 건, 아가씨가 희망을 주셨기 때문이에요."

"아니에요. 로자리가 저 없을 때 연습을 많이 해서 그렇죠."

"아가씨를 만나지 못했다면 시작도 못 했을 연습이죠."

세이린이 잡고 있던 이불을 더 꽉 쥐었다. 더 쏟을 눈물도 없겠다고 생각했건만 가슴이 또 찌르르 울렸다. 로자리가 생긋 웃으며 세이린을 보듬어 안았다.

"아가씨는 제가 힘들어할 때 곁에 있어 주셨어요. 이번에는 제가 곁에 있어 드릴게요. 지금은 잠시 자리를 비워 드려야겠지만."

로자리가 흘긋 문 쪽을 바라보며 장난스러운 웃음을 지었다. 세이린도 자연스레 시선을 옮겼다. 그곳에 예상치 못한 손님이 와 있었다.

"1층 문이 열려 있길래 무슨 일이 있는 줄 알고…… 다른 사람이랑 있는 줄 몰랐어. 미안. 다음에 올게."

제이드가 속성 개방 후 한층 삐죽삐죽해진 회갈색 머리카락을 괜히 매만지며 말했다. 속성 개방과 동시에 나이도 먹은지라 키가 더 커졌고 몸의 선이 더 굵어졌다. 옷과 구두를 모두 다시 사야 할 정도의 변화였다. 그의 아버지는 '우리 제이드가 완전히 수컷이 됐네!' 하고 너스레를 떨었으나, 제이드는 그 말을 애써 잊으려 했다.

세이린의 피를 마시기 직전, 제이드는 그동안 애써 외면하고 있던 제 마음과 결국 마주해 버렸다.

세이린 폴룩스를 좋아한다. 그 애가 언제까지나 웃었으면 좋겠다.

주군의 여인에게 연심을 품는 건 명백한 반역이었다. 해서, 제이드는 미련을 말끔히 털어 내기 위해 별궁에 방문한 것이었다. 세이린의 얼굴을 본 순간 머릿속이 하얗게 바래 목적을 잊어버린 게 문제였지만.

세이린은 멀끔히 차려입고 찾아온 제이드를 멀뚱히 바라봤다. 오늘 낮에 속성 개방을 한 마물이 왜 지금 여기 있는 것일까. 막내아들의 속성 개방을 손꼽아 기다리던 미스터 제릴이라면 호화로운 축하 파티를 열어 주고도 남았을 것이다. 워렛 마물들은 파티광으로 유명하니 이렇게 이른 시간에 파티가 끝났을

리 없다.

'워렛식 파티에서는 밤을 새우자고 소리치며 폭탄주를 말기 시작할 시간인데.'

어쨌든 찾아온 마물을 그냥 보내는 것은 예의가 아니었다. 게다가 제이드의 손에는 달콤한 냄새를 폴폴 풍기는 간식들이 잔뜩 들려 있었다.

"에이. 우리가 언제부터 예의 따졌다고. 들어오세요."

세이린은 넉살 좋게 제이드를 방으로 들였다. 자리를 슬쩍 비켜 주던 로자리는 제이드가 등 뒤로 들고 있던 꽃을 슬쩍 빼앗으며 속삭였다.

"저도 클라우드 전하께 충성을 바치는 마왕성 직원이라. 이해해 주시길."

제이드는 그 목소리를 못 들은 체하며 태연히 세이린이 권하는 자리에 앉았다. 세이린이 마왕성의 별궁에 산다는 사실은 아카데미에서 나눈 수많은 잡담을 통해 알고 있었으나 들어와 보기는 처음이었다. 세이린이 빌리아에게 전수받은 왕실 여성의 필살기, 티 테이블 세팅 마법을 제법 능숙하게 펼치며 능청을 떨었다.

"어휴…… 뭘 이런 걸 다. 잘 먹을게요."

제이드가 테이블 위에 내려 둔 케이크를 자연스레 뜯는 그녀였다.

"아직 네 거라고 말한 적 없는데?"

"에이, 설마. 커밋 거예요? 이 야심한 밤에 선물을 사다 주는 의도라면…… 백 퍼센트 환심을 사겠다는 건데."

"네 거 맞으니까 그런 추측 좀 하지 마라."

야심한 밤이라는 위험 발언도 넣어 두고. 제이드가 뒷말을 삼켰다. 세이린은 제이드의 케이크에 눈이 멀어 언제 울었냐는 듯 방긋방긋 웃고 있었다.

"제이드 님. 절 위해 사 오신 거예요?"

"오해하지 마. 속성 개방 축하 파티에 있던 거 슬쩍해 온 거야."

척 봐도 손수 사 온 마법당 스페셜 에디션. 일전에 아벨이 사다 준 것과 같은 케이크였다. 세이린이 픽 웃었다. 제이드가 이런 정성을 들이는 이유야 하나뿐이지 않겠는가.

"제이드 님 성의를 봐서 커밋 흡혈 건은 아무한테도 말하지 않을게요."

"……."

제이드는 입꼬리를 올려 보이는 것으로 대답을 대신했다. 무어라 생각하든 상관없었다. 그보다는 케이크를 우물거리는 세이린의 뺨에 진 눈물 자국이 어지간히도 신경 쓰였다.

"그만 보세요. 닳아요."

세이린이 픽 웃으며 쏘아붙였다. 그러나 제이드는 그냥 넘기고 싶지 않았다.

"……왜 울었어?"

세이린은 답지 않게 말을 빙빙 돌렸다. 제이드는 하는 수 없이 영 내키지 않는 카드를 꺼냈다.

"야, 그래도 우리 친군데. 왜 울었는지 정도는 말해 줘야지. 비싸게 굴지 말고."

"하긴. 친구 좋다는 게 뭐겠어요."

푸스스 웃은 세이린은 괜히 포크를 만지작거리며 말을 꺼냈다.

"……신이 되고 싶지 않아요. 그런데 제 마력이 계속 성장해요. 밤은 계속 짧아지고."

평소의 마냥 밝고 발랄하던 모습과는 거리가 있는 우울한 목소리였다. 분위기가 급격히 침울해지자 세이린은 말을 돌렸다.

"제이드 님에게 신이란 어떤 존재예요?"

"글쎄. 나는 전하를 무시하는 여명회를 저주하는 쪽이라. 신에 대해서는 진지하게 생각해 본 적 없는데."

세이린이 불퉁한 얼굴을 할 때, 제이드는 무언가를 깨달은 것처럼 싱겁게 웃었다.

"다른 건 모르겠고, 닿을 수 없는 아득한 존재인 건 알겠네."

세이린이 되물었으나 제이드는 평소 즐기지도 않는 차를 홀짝였다. 왜인지 그 맛이 쓸쓸했다. 연신 차의 쓰쓰름함을 느끼던 제이드에게 세이린이 나지막이 말했다.

"무서워요. 신이 되는 순간 모든 걸 잃고 혼자 나락으로 떨어질까 봐."

"……신이 웬 나락?"

"저는 마왕님이나 왕비님처럼 백성을 위해 개인 생활을 갈아 넣는 일 못 할 거 같아요. 그럼 벌을 받을 것 아니에요?"

"밝히는 마물을 신으로 선택하는 마계에 그런 까다로운 기준이 있을 리가. 그리고, 넌 무슨 마물이 나락을 무서워하냐?"

강한 불 속성의 마력을 지니고 태어났다고 해서 나락의 화염과 용암이 해롭지 않을 리 없었다. 하지만 제이드는 세이린이 우울해하는 모습을 보고 싶지 않았다.

"뭐…… 난 나락 같은 건 안 무서우니까 거기에 있어 줄게."

네가 나락에 떨어져도 혼자 떨지 않도록.

"물론 네가 나락에 떨어지기를 바라진 않지만."

그러니 나락이 아닌 지상에서 그분과 내내 행복하길.

"……친구니까."

제이드가 픽 웃으며 마음을 다잡았다.

제이드의 우정에 감동받은 세이린은 로자리에게 했던 것처럼 그에게 두 팔을 벌렸다.

"어허흑, 제이드 님……!"

"제발 부탁인데, 내 출셋길 콘크리트로 막지 마라."

제이드는 세이린이 활짝 벌린 양팔을 힘겹게 무시하며 자리에서 일어났다. 우정의 포옹이라니. 아무리 마계라지만 그딴 게 존재할 리 없었다.

"이만 갈게."

"조금 더 있다 가시면 안 돼요?"

"수련하러 갈 거야. 커밋보다 강해지고 싶거든."

"다시 말씀드리지만, 이 야심한 시간에 누군가를 떠올린다는 것 자체가 사심……."

"그런 것도 같고."

작게 대답한 제이드가 세이린의 인사를 듣는 둥 마는 둥 하며 잰걸음으로 그녀의 방을 나섰다. 계단을 내려오던 그가 마주 올라오는 남자를 보고 그 자리에 돌처럼 굳었다. 그 남자가 클라우드 슈테른, 자신이 온 마음을 다해 존경하는 주군이었기 때문이다.

제이드가 예를 갖추자, 클라우드는 쿵쿵 빠르게 뛰는 제이드의 심장 박동을 가만히 듣다 말했다.

"제이드 제릴. 이따 잠시 시간을 낼 수 있나?"

"⋯⋯예, 전하."

"곧 부르지."

□ ■ □

제이드가 남기고 간 케이크를 크림까지 싹싹 먹어 치운 세이린은 마음을 다 잡았다. 어떻게 해서든 그를 잃지 않을 것이다. 일단 이속성 중 빛의 지분을 늘리려 안달이 난 새벽단을 쓸어버린 다음, 자신의 마력을 억누를 방법을 찾으면 된다.

새벽단 기지에서 여명회 관련 자료를 탈탈 털어 와 베이스를 구축해 두고 페일 도서관장님을 다시 모셔 와 연구를 부탁드리는 방법도 있다. 물론 빛의 마력이 더 거대해지는 것을 막는 게 우선이겠지만. 당을 가득 섭취한 세이린이 투지를 활활 불태울 즈음이었다.

똑똑똑—

담백한 노크였다. 로자리의 리듬은 아니었다. 소리만 듣고도 세이린은 누가 문을 두드렸는지 알 수 있었다.

"⋯⋯클라우드?"

마왕님이 왜 하지 않던 노크를 하시나, 하던 세이린은 곧 자신이 내렸던 접근 금지 명령을 떠올렸다. 아무리 내가 마왕님을 사랑한다지만 아픈 걸 숨기는 행동은 나빴어. 세이린은 표정을 굳히고 그를 맞이하기로 마음먹었다.

끼익—

그리고 5초 만에 실패했다. 어딘가 풀죽은 듯한 모습의 클라우드 슈테른이 정원에서 갈무리해 온 듯한 화사한 꽃다발을 들고 서 있었기 때문이었다. 엄하고 근엄하며 진지한 모습을 보이려던 음란 마귀의 머릿속에 19금 사이렌이 왱

211

왱 울렸다.

"왜 오셨어요?"

이미 얼굴은 붉어졌지만 말이라도 도도하게 하리라. 하지만 그 마음마저도 클라우드의 대답을 들으니 와르르 무너졌다.

"……사과하고 싶어서."

아니, 우리 마왕님이 언제부터 이렇게 말랑말랑한 말투를 쓰셨담. 세이린은 입 안의 살을 씹으며 입꼬리가 올라가려는 것을 필사적으로 막았다.

클라우드는 받아 달라고 눈빛으로 애원하며 꽃다발을 내밀었다. 세이린은 못 이기는 척 그것을 받아 들곤 의자를 톡톡 두드려 그를 앉게 했다.

"……왜 숨긴 거예요?"

세이린이 벌을 주듯 손마디를 꾹꾹 누르며 묻자 클라우드도 솔직하게 답했다.

"침식이 빛 속성이 가까이 있을수록 빨라진다는 말을 들으면 네가 나를 피할까 봐. 아무리 그렇다 해도 거짓말을 한 건 내 잘못이야. 미안해."

"하지만 같이 있으면 전하께서 아프시잖아요. 방법을 찾을 때까지 어쩔 수 없이 떨어져 있는 게……."

세이린은 말을 마칠 수 없었다. 클라우드가 짙은 청보라색 눈동자를 마주해 왔기 때문이다. 그와 눈을 맞추는 순간 자신의 마음을 속일 수 없었다. 클라우드와 떨어져야 한다는 생각만으로도 아찔하다. 어쩔 수 없는 상황이라고 해도 곁에 있고 싶었다. 해서, 세이린은 조심스럽게 물었다.

"전하. 마력을 억누르는 도구 같은 게 있을까요?"

"쳄에 감는 사슬이나 구속구 같은 게 있긴 해. 그런데 그건 갑자기 왜……."

클라우드가 불안감을 느끼며 말끝을 흐렸다. 하지만 세이린은 이미 결정을 내린 후였다. 어떤 짓을 해서라도 당신 곁에 더 있고 싶다. 세이린은 그렇게 말하는 대신 무섭다는 듯 눈썹을 찌푸리며 말했다.

"신이 되고 싶지 않아요. 두려워요."

"세이린. 혹시 나 때문이라면……."

"제겐 신이라는 지위에 맞는 책임감도, 희생정신도 없어요. 그러니까 마력을 제어하는 사슬을 구해다 주세요."

그렇게 말한 세이린은 그저 클라우드를 꼭 껴안았다. 그의 목에 팔을 감고 우는 얼굴을 보이지 않으려 애를 썼다. 한참 후, 세이린은 눈물로 젖은 그의 어깨를 손으로 문지르며 물었다.

"저랑 붙어 있으면 아프지 않다고 했죠? 그럼 떨어져 있을 땐 어디가 어떻게, 얼마나 아픈 거예요?"

세이린은 당장이라도 그 고통을 해결해 주겠다는 듯 물어 왔다. 하지만 클라우드는 답하지 않고 어물거렸다. 시선을 피했고, 귀까지 얼굴을 붉히다 민망한 듯 침을 삼켰다.

'뭐야. 대체 어디가 아프길래…… 설마.'

쿠궁. 충격을 받은 음란 마귀가 마계를 맹렬히 저주하기 시작했다.

'이 미친 마계가! 하필 거길 아프게 하다니! 훌륭하다고 기립 박수를 쳐 줘도 모자랄 판에! 감히 우리 마왕님에게 말 못 할 고통을 줘?!'

이딴 마계, 부숴 버릴까. 세이린이 진지하게 고민했다. 그제야 클라우드는 세이린이 무언가 오해하고 있음을 알아챘다.

"……세이린."

"괜찮아. 마왕님만 겪는 고통이 아니에요. 비뇨기과가 괜히 있겠어요?"

"……?"

두 마물의 시선이 애매하게 엉켰다. 한참 후, 클라우드는 세이린의 오해를 알아채곤 그녀의 볼을 쭉쭉 잡아 늘였다.

"음란 마귀. 네가 생각하는 그런 고통 아냐."

"아야…… 그럼요?"

"……시도 때도 없이 하고 싶어."

툭. 공중을 배회하던 세이린의 팔이 침대로 툭 떨어졌다. 이성도 같이 떨어진 듯했다.

'무슨 놈의 저주가 이, 이, 이렇게 환상적, 아니, 환장……!'

차마 생각을 잇지 못한 그녀가 클라우드의 어깨를 붙잡고 물었다.

"그게 침식이에요? 하고 싶은 게?"

"……그런 것 같더군."

"얼마나 하고 싶…… 이게 아니지. 아프거나 하진 않고?"

"육체적 고통은 가끔 가슴이 따끔한 정도. 하지만 제일 심한 증상은 역시…… 그거야."

민망한 듯 얼굴을 붉힌 클라우드의 손은 어느새 세이린의 옷 안으로 파고들어 허리를 쓰다듬고 있었다.

"계속 네가 생각나. 웃는 얼굴이나 네 목소리, 손끝도. 입술은 특히 더."

"어흑, 마왕님……."

이놈의 세계관은 어디서부터 잘못된 건가. 세이린은 클라우드의 침식을 어떻게든 지연시켜 보려 초인적인 인내력을 발휘했다. 그러나 클라우드는 저도 모르는 사이 남은 한 손으로 세이린의 귓가를 지분대며 말했다.

"……떨어져 있으면 5분 안에 죽을지도 모르겠군."

"그렇다고 마냥 붙어 있을 수도 없잖아요. 침식이 가속화된다는데."

역시 자신의 젬에 사슬을 감아야겠다고 결심한 세이린은 문득 커밋의 연구실에서 본 것을 떠올렸다.

"역 플레어 프로젝트라는 것을 실행에 옮기면 괜찮아지는 거예요?"

"아마도."

"……아마도?"

"거의 확실해."

그렇게 말한 클라우드는 세이린을 끌어안고 목에 얼굴을 묻었다. 이성을 놓으면 자신이 갈망을 마음껏 채울까 겁났다. 그렇다고 떨어져 있자니 정말 5분 안에 미쳐 버릴 노릇이었다. 대체 이놈의 마계는 침식이라는 것을 만들어도 왜 이런 쪽으로 만든 것일까.

"괜찮을 테니, 오늘은 슬슬 잘까."

그가 달콤한 목소리로 말하곤 세이린을 재웠다. 다행히 세이린은 금방 잠들었다. 조심히 그녀를 눕힌 마왕은 시간을 확인했다. 늦었다. 누군가를 불러내기엔 분명 민폐인 시간이다. 그는 이번 한 번만 나쁜 일을 하기로 마음먹곤 마왕성의 홀로 이동해 소환 마법을 사용했다.

곧, 기다리고 있었단 듯 말끔한 모습의 제이드 제릴이 모습을 드러냈다. 클라우드는 제게 예를 갖추는 제이드 제릴을 찬찬히 훑어보았다.

보고받은 대로 속성 개방을 마친 그는 성장해 있었다. 소년에서 남자로.

클라우드는 빅토리아가 '전하. 이 아이 좀 보실래요? 제가 점찍어 둔 후임자랍니다.' 하고 어린 제이드의 사진을 들이밀었을 때를 기억하고 있었다. 어린 것이 속성 개방도 전인데 마력이 충만하다며 어찌나 칭찬하던지. 빅토리아가 미스터 제릴에게 거액의 뒷돈을 받았나 의심이 들 정도였다.

'……그땐 이렇게 만날 줄은 몰랐는데.'

세이린을 만나기 전부터 클라우드는 제이드를 지켜보고 있었다. 뱀파이어 기사단장이라. 좋지 않은가. 비인간형 마물들은 항상 핍박을 받아 왔다. 박쥐의 사념에서 유래한 뱀파이어들도 마찬가지였다. 그런 가문에서 기사단장이 나오는 것이야말로 마물과 마계의 통합을 원하는 자신이 바라는 것이었다.

그러나 짧은 시간 동안 너무나도 많은 것이 바뀌었다. 아니, 바뀐 것은 두 남자의 마음뿐인지도 모른다. 마왕인 자신이 세이린 폴룩스와 사랑에 빠졌고, 하필 비인간형 마물 최초의 기사단장을 꿈꾸는 눈앞의 사내가 같은 여성에게 연심을 품었을 뿐.

사랑은 위험한 동시에 고귀한 마음이라는 것을 이제는 클라우드도 잘 알고 있었다. 세이린이 무려 5,500가지 술수를 동원해 가르쳐 준 사실이니까. 그러니 이번 인사는 신중해야 했다.

"제이드 제릴."

클라우드가 무겁게 가라앉은 목소리로 그를 불렀다.

"예, 전하."

제이드는 여전히 한쪽 무릎을 꿇은 자세로 그에게 예를 표하다, 찬찬히 고개를 들었다. 존경해 마지않는 주군. 그리고 어둠과 청보라빛 촛불이 음침한 분위기를 자아내는 마왕성의 홀. 어렸을 때부터 이와 비슷한 장면을 머릿속에 그리고 또 그렸다. 성군 클라우드 슈테른의 부름을 받아 기사단장이 되는 신성한 순간. 마왕의 뜻을 받들어 마계를 지키는 충성스러운 기사가 되는 장면을.

그러나 지금, 기사의 고결한 마음 같은 건 남아 있지도 않았다. 자신을 움직이는 건 오직 사사로운 욕심이었다.

"제이드 제릴. 한 가지 묻겠다."

클라우드가 위엄 있는 목소리로 물었다. 제이드는 올 것이 왔다고 생각했다. 조금 억울하기도 했고, 아주 잠시나마 명실상부 마계 최강인 남자와 자신이 맞붙는 장면을 상상하기도 했다. 그러나 그럴 수 없다. 세이린이 울지도 모른다.

"……하문하십시오, 전하."

제이드가 고통스러운 듯 답하자 클라우드가 잠시 간격을 두고 물었다.

"그대는 갖지 못할 것을 지킬 수 있나?"

이 문장이 무엇을 뜻하는지 제이드는 너무도 잘 알고 있었다.

"……갖고자 마음먹은 적 없으니, 지킬 수 있습니다."

"어떤 마음은 네가 원한다고 해서 포기할 수 있는 게 아니다."

"일순간도 제 것인 적 없었기에 포기할 것도 없습니다."

"제이드 제릴. 그대는 마계를 수호하는 일에 목숨을 바칠 수 있나?"

클라우드가 물었다. 순순히 그렇다고 대답하면 마계를 지키는 기사단장의 자리에 오를 것을 제이드도 알고 있었다. 그러나 존경해 마지않는 성군에게 두려움을 무릅쓰고 말하고 싶은 것이 있었다.

"전하. 제가 감히 지키고자 하는 것은 세이린 폴룩스의 웃음입니다."

이것은 반역에 가까운 욕심이었다.

"그렇기에 전하의 명을 받들어 마계를 수호하는 데에 최선을 다하겠다고 맹세할 수 있습니다."

그녀가 그것을, 클라우드 슈테른의 뜻이 펼쳐지는 세상을 원하기 때문에.

"……."

클라우드는 핏빛으로 형형히 빛나는 제이드의 눈동자에 강한 인상을 받았다. 소소한 악행을 즐기는 마물들의 왕답게 잠깐이지만 놀리고 싶은 마음이 들었다.

"만일 세이린이 반역을 꾀한다면 그대는 어떻게 할 텐가."

"어, 음……."

예상치 못한 질문에 제이드가 당황했다. 세이린이 반역? 꾀할 리가 없다. 만일 어쩔 수 없이 반역을 꾀할 만큼 주군이 망가졌다면…….

'세이린이 반역을 계획하기 전에 내가 칼을 뽑았겠지.'

사회생활에도 일가견이 있는 제이드는 위험한 대답 대신 모르겠다는 천진한 미소로 일관했지만, 클라우드는 눈살을 작게 찌푸렸다.

'부부 싸움 잘못 했다간 등에 칼 꽂히겠군.'

어째 마왕성에 마왕인 제 편보다 세이린의 편이 더 많은 느낌이었다. 당장 왕비만 해도 그렇지 않은가. 하긴, 탓할 수도 없는 노릇이었다. 누군가를 자신의 색으로 물들이는 일이야말로 세이린이 가진 진짜 힘이니.

'……실링 워렛까지 꼬여서 문제지만.'

잠깐 딴생각을 하던 클라우드가 픽 웃곤 마력을 일으켰다. 칠흑의 마력이 제이드의 전신을 부드럽게 감싸고 돌기 시작했다.

제이드가 하고 있던 붉은 넥타이에 마왕성의 금빛 문양이 박혔다. 새카만 정장은 기사단장의 상징인 제복으로 뒤바뀌었다. 구두 대신 전투용 부츠가 발을 편안히 감쌌고, 제이드의 검에는 마왕의 웅장한 마력이 덧대어졌다. 마지막으로, 무릎 꿇은 그의 뒤로 화염을 연상시키는 붉은 망토가 길게 펄럭였다.

클라우드는 벙벙한 채로 제 몸을 감싼 기사단장 제복을 바라보는 제이드에게 다가갔다.

"제이드 제릴. 그대를 붉은 기사단장으로 임명한다."

제이드는 한동안 아무런 답도 하지 못했다. 마왕의 목소리에 온몸이 전율했다. 한참 후, 무언가라도 말해야겠다 싶어 겨우 입을 연 그였다.

"감사합니다, 전하. 최선을 다해 마계를……."

"아니."

클라우드가 말허리를 잘랐다.

"네가 지켜야 할 것은 온 마계가 아니라, 오직 하나."

"……."

"갖지 못할 단 하나를 지키는 기사단장이 될 수 있겠나?"

그의 물음에 제이드가 고개를 숙였다. 이것이야말로 원하던 바였다. 영원히 갖지 못할 유일한 존재. 그리고 그녀가 원하는 당신을 수호하는 일.

"기꺼이."

제이드가 답했다. 새로운 기사단장이 태어나는 순간이었다.

Chapter
29

태초의 어둠

비슷한 시각, 마왕성 구석의 연구실. 코로나를 앞에 앉혀 놓고 갖은 실험을 하던 커밋은 갑자기 미친 듯이 울리는 휴대폰에 넋이 나갔다. 누가 해킹 시도라도 하는 것일까. 급히 알림을 확인한 커밋의 눈이 튀어나올 듯 동그래졌다.

[속보] 제이드 제릴, 늦은 시각 붉은 기사단장으로 임명
최초의 비인간형 마물 기사단장 탄생!
붉은 피의 기사단장, 제이드 제릴

그간 자신이 열심히 갈군 제이드가 속성 개방을 이뤘고, 마왕에 의해 붉은 기사단장으로 낙점되었단다. 새벽단이 마왕성에 반기를 드러내는 비상 상황이니만큼 제이드를 추가로 밤의 붉은 기사단장으로 임명했다는 마왕성의 공식 보도가 뒤따랐다.

곧장 주식 앱으로 들어간 커밋은 환희의 탄성을 내지르며 주먹을 꽉 쥐고 제

몸 쪽으로 연신 끌어당겼다. 세이린 폴룩스의 후궁 테마주에 이어 거액을 투자한 '붉은 기사단장 테마주'가 초대박을 친 것이다.

"갑자기 뭡니까?"

코로나가 갑자기 약이라도 한 듯 날뛰는 커밋을 보며 물었다. 극도의 흥분 상태인 커밋은 아무것도 듣지 못했지만.

한참 동안 휴대폰을 만지작거린 커밋은 불어난 자본이 주는 흐뭇한 기분을 느끼며 소파에 느른히 기대앉았다. 테이블 위에는 수많은 검사의 결과지들이 어지러이 놓여 있었는데, 모두 코로나의 힘을 분석한 결과였다. 클라우드가 돌아간 후로부터 지금까지, 커밋은 마왕성의 그 누구도 궁금해하지 않던 코로나의 정체를 파헤치는 중이었다.

그림자 기사단장이라는 이름의 유래부터 그가 사용하는 기술들, 그리고 힘의 파동까지. 분석 결과들이 가리키는 것은 단 하나였다. 클라우드가 참 다양한 용도로 써먹는 그림자 기사단장 코로나가 여명회 경전에 나온 '태초의 어둠'이다. 마계를 구축한 빛이 사라지고 그 잔재로 남은 장엄한 어둠 말이다.

하지만 눈앞의 기사단장은 어딘가 맹한 모습이었다. 커밋은 들고 있던 연필 뒷부분으로 미간을 톡톡 두드리며 물었다.

"코로나. 정말 아무 기억이 없어?"

"은근슬쩍 말 놓지 마십시오, 커밋."

"아, 예. 그림자 기사단장님, 정말 아무 기억 없으신지."

"기억이라면 아까 말씀드리지 않았습니까."

"마왕이 자연 발생하면서 '코로나'라는 이름을 불러 준 순간 꽃이, 아니, 기사단장이 되었다…… 그런 거 말고. 더 이전의 기억."

코로나는 딱히 기억나는 것이 없다는 눈치였다. 커밋으로선 참으로 답답한 노릇이었다. 새벽단과의 싸움에서 최소의 피해로 승리하려면 여명회의 신화를 자세히 파악할 필요가 있다. 허나 마왕성에는 잘 정리된 경전은커녕 경전을 제대로 아는 이 하나 없다. 새벽단에는 경전 요약집을 가진 레이디 로이펠, 그리고 독실한 여명회 신도, 플레어의 최후를 지켜본 페일 세이건이 있다.

'기억을 모두 되찾은 페일 세이건만 있었어도 정보 불균형은 해결될 텐

데……'

뭐, 연구를 위해 수없이 배신을 때린 자신이 할 불평은 아니었다. 주어진 환경에서 최선을 다하기로 한 커밋이 팔짱을 끼고 그림자 기사단장, 아니, 태초의 어둠을 바라봤다. 어쨌든 태초의 어둠은 태초의 어둠. 잘만 한다면 방대한 기억을 끌어낼 수 있을 터. 커밋은 하는 수 없이 몸을 일으켜 일전에 심심풀이로 주문한 최면술 책을 찾기 시작했다.

코로나가 책장을 뒤지는 커밋의 뒤통수에 대고 물었다.

"커밋. 전하의 상태는 얼마나 위중한 겁니까."

"심각해. 마력 총량이 세이린보다 적어. 그래도 막강하겠지만 침식이 점점 빨라지니 방심할 수 없지."

안 그래도 새카만 코로나의 얼굴이 더 어두워졌다.

"제가 태초의 어둠이라고 하지 않았습니까. 저를 이용하면 해결할 수 있는 문제입니까?"

"아마도. 지금 클라우드 슈테른의 문제는 어둠의 마력이 세이린보다 적기 때문에 발생해. 네 힘을 마왕의 마력으로 바꿀 수 있다면 침식은 획기적으로 지연되겠지."

"……부작용이 있습니까?"

"네가 당분간은 움직이지 못하겠지."

"전 또 뭐라고…… 예?!"

기껏해야 주삿바늘이 따끔할 것이다, 정도의 부작용을 생각한 코로나가 입을 쩍 벌렸다.

"죽, 죽는 겁니까?"

"네 몸은 마력 덩어리야. 젬도 없고. 말하자면 마력을 배터리 삼아 움직이는 갑옷 로봇이랄까. 동력인 마력을 다 추출당하면 방전된 것처럼 멈추겠지."

"……예?"

"너무 걱정하진 마. 새벽단을 쓸어버린 다음 마왕이 어둠을 채워 주면 다시 움직일 수 있을 테니까."

"그렇게 태연하게 말하지 마십시오!"

빽 소리친 코로나가 눈치는 좀 없었지만 친절하고 다정했던 푸른 기사단장이 그립다며 푸념을 늘어놓았다. 곧 푸념을 깔끔하게 무시한 커밋이 최면술 책과 최면에 쓰이는 펜듈럼을 꺼내 들고 코로나에게 다가왔다. 책과 펜듈럼. 두 조합을 본 코로나가 까악 놀라며 양팔로 몸과 가슴을 사수했다.

"이런 방식의 희생이었다면 미리 알려 주셔야 하는 것 아닙니까? 아무리 제가 차가운 마왕성의 기사단장 이미지라고 해도, 마음만은 계란찜처럼 말랑말랑하단 말입니다!"

"……?"

"겉만 시커멓지 속은 순결 그 자체인 제게……!"

커밋이 무슨 개 풀 뜯어 먹는 소리냐는 얼굴을 하곤 펜듈럼을 들어 코로나의 얼굴에 가까이 가져갔다. 최면술을 이용한다면 코로나의 무의식 속 기억을 끄집어낼 수 있을지도 몰랐다. 명색이 '태초'의 어둠이니, 뭐라도 기억해 내 준다면 도움이 되리라.

"보석에 집중해, 코로나 경."

커밋이 펜듈럼을 살랑 흔들었다. 그러자 추를 따라 코로나가 부지런히 시선을 옮겼……지만 투구에 가려져 보이지 않았다. 얼마간의 시간이 흐른 후, 커밋이 최면술 책자에 나온 대로 읊기 시작했다.

"자…… 무엇이 보이십니까."

꽤 요사스러운 목소리였다. 그 목소리에 홀린 듯, 코로나는 아스라이 떠오르는 기억을 말로 옮기기 시작했다.

"바나나 껍질이…… 보입니다."

"바나나 껍질?"

커밋이 어이없다는 듯 되물었으나 코로나는 연신 고개를 끄덕일 뿐이었다. 태초의 어둠이라는 작자가 겨우 떠올린 최초의 기억이 바나나 껍질이라니. 밟고 넘어져 기억 상실이라도 얻었단 말인가. 기껏 최면술까지 동원했건만!

커밋은 도끼눈을 하곤 펜듈럼을 마구 흔들어 댔다. 뭐라도 더 떠오르게 하겠다는 집념이었다. 얼마나 코로나를 혹사시켰을까. 커밋은 해롱거리는 그림자 기사단장에게 다시 한 번 요사스런 목소리를 냈다.

"자, 무엇이 보이십니까."

"충만한 빛이 일렁이는 산의 능선이 보입니다."

빛나는 산의 능선? 커밋이 눈을 가늘게 뜨곤 말을 이을 것을 요구했다.

"앞쪽에 땅의 마력이 감도는 산입니다. 로이펠 성의 뒷산인 것 같습니다."

로이펠 성의 뒷산? 그곳이라면 클라우드 슈테른이 자연 발생한 로이펠 성지가 아닌가.

"더 말해 봐, 코로나."

"최면 상태라고 말 놓지 마십시오, 커밋."

"아, 예. 더 말해 주세요, 코로나 경."

"흰 가운을 걸치고 안경을 쓴 사내들이 밀폐 용기를 들고 산을 오릅니다. 산 중턱에 그것들을 버립니다. 우유처럼 흰 액체인데, 희미하게 빛이 납니다."

커밋은 그것이 플레어 프로젝트를 실행하는 과정에서 발생한 폐기물임을 단번에 알아챘다.

"그다음은?"

"저는 이끌리듯 그 안으로 들어갑니다. 그리고…… 구름처럼 퍼진 빛 속, 누군가가 태아처럼 두둥실 떠다니는 것을 봅니다. 눈을 감은 상태인데 어찌나 멋있는지…… 벌써 위엄이 넘칩니다."

"클라우드 슈테른인가?"

코로나가 고개를 끄덕이는 순간 커밋은 혼란에 빠졌다. 무언가가 이상해도 한참 이상했다. 빛과 어둠은 동시에 존재할 수 없다. 그런데 신의 힘이 될 빛을 만드는 실험의 폐기물에서 클라우드가 자연 발생하다니. 말하자면 생명의 탄생이 불가능한 고온의 환경에서 여린 싹이 움튼 상황이었다.

'어떻게?'

커밋은 의문을 가득 품은 채로 코로나를 들들 볶았다. 하지만 코로나가 떠올린 기억은 그것이 전부였다. 그 뒤로는 눈을 번뜩 뜬 클라우드에게 명을 받고 전쟁을 끝냈다는 지겨운 이야기가 또 반복되었다. 한참 후, 최면 상태에서 깨어난 코로나가 커밋을 초롱초롱한 눈으로 바라봤다.

"제가 떠올린 기억이 전하께 도움이 되는 것입니까?"

"그건 모르겠고…… 코로나 경, 어쨌든 당신이 가진 힘은 마왕에게 도움이 돼."

"어떤 방식으로 말입니까?"

"당신 마력의 파동을 변형해서 마왕에게 주입할 거야. 그러면 마왕은 침식의 고통에서 벗어날 수 있어."

"아예 회복하시는 겁니까?"

"회복은 아니야. 대신 이속성인 세이린과 힘겨루기를 하지 않아도 돼. 그 과정에서 유발되는 고통도 느끼지 못하겠지."

말하자면 비탈길을 내려가듯 서서히 약해질 상황을 낭떠러지에서 떨어지는 꼴로 바꾸는 셈이었다. 고통도 느끼지 않고, 서서히 약해지지도 않다가 한 번에 뚝. 하지만 줄어드는 마력을 보며 초조하게 죽을 날만 셈하는 것보다야 그것이 훨씬 나으리라. 코로나는 자못 심각한 얼굴을 했다가, 결심한 듯 소파 손잡이를 꼭 쥐었다.

"무섭긴 하지만 위대한 클라우드 전하와 한 몸이 될 수 있다면, 이 코로나, 모든 것을 바칠 수 있습니다. 목숨까지도."

한 몸이 된다니. 어째 어감이 이상한데. 커밋이 눈살을 찌푸렸다. 어쨌든 그림자 기사단장은 결연했다. 지금까지 보였던 장난스러운 모습은 온데간데없고 태도마저 진지해진 모습.

커밋은 자신이 영주 자리를 내려놓고 시엘리아를 떠나던 순간 빛의 속도로 시엘리아 성에서 빠져나갔다던 고용인들을 떠올렸다. 그들도 한때는 자신에게 충성을 맹세했다. 그리고 배신했다. 배신에 일가견이 있기에 그 마음을 이해하는 건 어렵지 않았다. 그런데 눈앞의 기사가 목숨을 걸고 충성할 수 있는 것은 무엇 때문일까.

"코로나 경. 왜 주군에게 목숨까지 바치려 드는 거지? 희생은 지금까지도 충분히 했잖아."

커밋의 물음에 코로나는 검지를 척 세워 보이며 제법 멋지게 말했다.

"당신은 그분의 큰 뜻을 평생 모를 겁니다, 커밋. 벨제바브의 제국엔 벨제바브만이 있고, 당신의 제국엔 시엘리아만이 있지만, 그분이 꿈꾸는 제국엔 백성들이 있습니다. 마왕성의 기사들은 그 숭고한 이상을 위해 목숨을 바치는 겁니다."

"……."

"그분은 모든 것을 포용하는 어둠입니다. 그림자가 아니라."

훗. 너무 주인공스러운 대답이었다. 언젠가 이런 명대사를 꼭 한번 해 보고 싶었던 코로나가 픽 웃었다. 커밋의 눈동자가 동요하고 있었다. 그것도 꽤 강렬하게. 마치 새로운 사상을 접한 듯한 반응이었다. 잠시간 멍하던 커밋은 한참 후에야 겨우 입을 뗐다.

"……그렇다면 다행이네. 일단 돌아가 봐. 마왕에겐 내가 보고하지."

"그렇게 하십시오. 아, 그리고 하나만 더 부탁드리고 싶습니다."

코로나가 여태껏 보였던 것 중 가장 진지한 모습으로 책상 위의 서류철 라벨을 가리켰다.

"앞으로는 '역 플레어 프로젝트'라는 괴상한 이름 말고, '코로나 프로젝트'라고 이름 붙이셨으면 합니다."

"……."

기이한 집착에 할 말을 잃은 커밋이 멍하니 고개를 끄덕였다.

□ ■ □

얼마 후, 마왕의 건강 상태를 냉철한 눈으로 보고받던 세이린에게 울상이 된 코로나가 찾아왔다. 그가 낀 검은 이어폰에서는 쩌렁쩌렁한 소리로 슬픈 이별 발라드가 흘러나오고 있었다. 코로나는 전체적으로 짝사랑하던 연인에게 고백하자마자 장렬히 차인 듯한 느낌을 풍겼다. 세이린이 벌떡 일어나 너덜너덜해진 그림자 기사단장을 살폈다.

"코로나 경, 괜찮으세요? 무슨 일이에요?"

"세이린 아가씨…… 전하께서 절 거부하십니다."

자못 우울한 목소리였다. 세이린은 급히 자리를 권하며 무슨 일이 있었느냐고 물었다. 그러자 코로나가 왈칵 눈물을 터트렸다. 다른 마물이었다면 검은 투구에 가려진 그의 표정 변화를 눈치채지 못했겠지만 세이린은 달랐다.

"코로나 경…… 울지 말고 천천히 말해 보세요. 전하께서 코로나 경을 거부하신다는 게 무슨 말이에요?"

세이린이 티슈를 톡톡 뽑아 주며 그를 달랬다. 한참을 훌쩍거리다 코를 팽 푼 그가 말했다.

"커밋이 '코로나 프로젝트'에 대해 보고했는데, 전하께서 단칼에 거절하셨답니다."

"코로나 프로젝트……요?"

"제가 태초의 어둠이었습니다, 아가씨."

맙소사. 세이린이 입을 틀어막았다. 그림자 기사단장이 그동안 벌인 기이한 일들을 떠올린다면 충분히 가능한 이야기였다. 지금 눈물을 훌쩍이며 말하지 않았다면 더 설득력이 있었을 텐데. 세이린은 어색하게 웃으며 그를 토닥였다.

"코로나 프로젝트란 게, 역 플레어 프로젝트를 말하는 건가요?"

"그렇습니다. 불의 마력을 고도로 압축해 어둠의 마력을 만들어 내는 대신 제 힘을 사용하는 겁니다. 쉽고, 빠르고, 간편하죠."

코로나는 마치 자신이 인스턴트식품이라도 되는 것처럼 설명했다. 그 말을 들은 세이린은 단번에 굳어 버렸다. 즉, 불의 마력 대신 코로나 경을 녹여낸다는 이야기 아닌가.

"코로나 경. 안 돼요. 마왕님이 왜 거절하셨겠어요?"

"이제야 드는 생각이지만, 제가 '전하와 한 몸이 되고 싶습니다!' 하고 소리친 것이 거북하셨나 봅니다."

거북하게 들리긴 하네. 세이린이 애써 웃으며 위로라는 본분을 상기했다.

"그게 아니에요. 클라우드는 코로나 경을 희생시키기 싫은 거예요."

"……하지만 어쩔 수 없습니다."

세이린도 코로나가 어려운 결정을 내렸음을 잘 알고 있었다. 하지만 클라우드를 살리고자 희생을 마음먹은 그를 마냥 칭찬할 수는 없는 노릇이었다. 아무도 잃고 싶지 않다. 그러나 그런 안이한 욕심이 모든 것을 잃게 할지도 모른다. 잠시 두려움을 느낀 세이린이 입술을 깨물었다.

"안 돼요, 코로나 경. 마왕성에는 불 속성 기사들이 많고, 이제 붉은 기사단장도 둘이나 돼요."

"하지만 아가씨……."

"그들이 조금씩 힘을 합친다면 큰 희생 없이도 전하의 상태를 호전시킬 수 있어요. 그러니 그런 생각 마세요."

세이린이 코로나의 손을 꼭 붙잡았다. 빛의 젬에 목걸이 줄처럼 얇은 사슬을 감았음에도 그녀의 곁에 있으면 그림자 기사단장인 그의 컨디션은 최고가 되었다. 머리가 맑아졌고 정신이 명료해졌다. 차분하게 생각한 코로나가 다시 입을 열었다.

"마왕성에는 시간이 없습니다. 아가씨가 젬에 사슬을 감아 마력의 성장을 억제했다고 해도 전하의 상태는 급격히 나빠지고 있습니다. 게다가 새벽단이 아벨 경을 공격의 주축으로 쓰고 있지 않습니까. 이런 상황에서 불 속성 전력을 낭비할 순 없습니다."

"그래도 안 돼요, 코로나 경."

세이린은 단호히 말하고 자리에서 일어났다. 그런 그녀의 손을 코로나가 미련이 남은 구 애인처럼 덥석 잡았다.

"아가씨. 어차피 저는 생명으로 움직이는 존재가 아닙니다. 전하께 힘을 빌려드린다 해도 잠시 멈출 뿐입니다."

"……."

"나중에, 일단 전하의 침식을 지연시키고 새벽단을 처치한 후에, 방법을 찾거든 저를 깨워 주십시오."

"코로나 경. 마왕님껜 코로나 경이 살아 있는 쪽이 더 큰 힘이 돼요."

세이린이 간절한 눈으로 코로나를 올려다보았다. 코로나는 자연스레 고소장을 작성하던 오래전의 주군을 떠올렸다. 어찌나 평정을 잃은 모습이던지. 그땐 정말 클라우드 슈테른이 세이린을 잡아다 족칠 줄 알았다.

그러나 길지 않은 시간 동안 눈앞의 아가씨는 참 많은 것을 뒤바꿨다. 이런 여인이라면 반드시 새벽단을 몰아내고 신의 힘을 온전히 차지할 수 있으리라. 코로나는 픽 웃으며 말을 돌렸다.

"아가씨. 엄청난 비밀을 하나 알려 드리겠습니다."

"마지막인 것처럼 말하지 마시고요, 코로나 경."

코로나는 은밀한 말을 전하듯 입가를 가리곤 소곤댔다.

"사실 전하께선 아가씨께 첫눈에 반한 겁니다."

"……네?"

"사랑에 빠진 줄도 모르고 어찌나 신경질을 내시던지. 나중에 시간이 나면 그때 전하의 모습이 어땠는지 들려드리도록 하겠습니다."

코로나의 답에 세이린이 사르르 웃었다. 금방이라도 죽을 것처럼 말하던 기사단장이 다음을 기약해 주니 마음이 편해진 탓이었다.

"꼭이에요, 코로나 경."

□ ■ □

그날 밤. 제이드를 포함한 네 기사단장은 코로나의 긴급 소집 요청을 받고 한자리에 모였다. 정작 당사자인 코로나가 오지 않는 것이 문제였지만. 제이드가 교수이면서 이제는 동료가 된 기사단장들에게 한껏 예쁨을 받고 있을 무렵이었다.

"다들 모이셨습니까. 오늘 부른 것은 다름이 아니라, 부탁이 있기 때문입니다."

새카만 리볼버를 든 코로나가 나타났다. 무척 결연한 얼굴로. 순간 '코로나 프로젝트'에 대해 알고 있는 기사단장들이 경악스러운 얼굴을 했다. 설마설마 했는데 올 것이 왔구나. 그들의 경악을 못 본 체한 코로나는 리볼버와 한 알의 탄환을 기사단장들의 가운데에 있는 테이블에 내려놓곤 말했다.

"이건 커밋이 특수 제작한 마력 추출 탄환입니다. 맞는 즉시 탄환에 마력이 저장되지요."

코로나는 탄환을 맞아도 자신은 죽지 않으며, 주군이 어둠을 되찾을 때까지 잠시 잠드는 것뿐이라는 설명을 덧붙였다.

"지금부터 리볼버를 빙글 돌리겠습니다. 총구가 가리키는 곳에 있는 분께서 저를 쏴 주셨으면 합니다."

"……!"

제안한 코로나를 제외한 모두가 침을 꿀꺽 삼켰다. 아무리 죽이는 게 아니라지만, 주군의 의견에 전적으로 반하는 그런 일을 벌였다간…….

'백 퍼센트 영창이다!'

서늘한 기운이 감돌기를 잠시. 동의도 구하지 않은 코로나는 총을 빙글 돌렸다.

드르르르—

"헉……."

총구는 자비 없이 제이드 제릴을 가리켰다. 망했다. 기사단장 되자마자 동료에게 총 쏘고 영창이라니. 제이드가 얼굴을 새하얗게 물들이자 빅토리아가 재빨리 그를 감쌌다.

"얘는 안 돼요, 코로나. 아직 마왕님께 첫 임무도 부여받기 전이란 말이에요!"

"흠…… 그것도 그렇군요."

코로나가 총을 한 번 더 굴렸다. 이번에는 다프네 레인이 지목되었다. 놀란 다프네를 대신하여 이번에도 빅토리아가 열변을 토했다.

"은빛 기사단장이 없으면 마왕성에는 힐러가 없어요."

"일리 있는 말입니다."

코로나는 총을 한 번 더 굴렸다. 빙글 돈 리볼버의 총구가 빅토리아를 가리켰다. 그녀를 대신하여 레이가 입을 열었다.

"빅토리아는 안 돼. 파이어 드래곤은 천연기념물이라 어디에 가두는 게 법으로 금지되어 있어…… 잠깐만."

레이 필드는 싸늘해진 주변의 시선을 느꼈다. 이제 남은 기사단장은 하나, 바로 자신이었다. 그리고 분위기상…….

"지금 나더러 코로나 쏘고 영창 가라는 거야? 안 그래도 전하께 미운털 박혔는데?"

아닌 게 아니라, 모두가 자신의 영창행을 바라고 있는 듯했다. 당황한 레이에게 코로나가 살며시 리볼버를 쥐여 주었다.

레이는 현실을 부정했다. 솔직히 그동안 주군의 명을 슬그머니 어기거나 근무 시간에 딴짓을 많이 해 오긴 했다. 하지만 그 모두 '소소한 악행에 대한 특별법' 에 위반되지 않는 선에서였지 이렇게 대놓고 영창감은 아니었다.

"코로나, 진심이야? 전하께서 널 잃으면 무척 상심하실 거야. 얌전히 불 속성 기사들의 협조를 기다리는 게 옳지 않을까?"

"상황이 급박한 건 레이 경도 아시지 않습니까. 그리고 잃는 게 아닙니다. 잠시 잠들 뿐."

코로나의 목소리는 정무 회의 때보다 더 진지했다. 레이는 망연자실한 눈으로 리볼버를 응시하다 코로나를 다시 바라봤다.

"코로나. 아무도 영창을 안 가는 방법이······."

레이가 채 말을 마치기도 전에 따가운 시선이 그를 향했다. 하나같이 '쓰레기!' 하고 소리치는 듯한 눈길이었다.

"자살은 옳지 않아요!"

"맞아요! 자살 권유라니!"

기사단장들이 레이의 손에 리볼버를 꼭 쥐여 주며 외쳤다. 아니, 타살은 괜찮은 거냐! 레이는 무척 억울한 얼굴을 했지만 아무도 그의 의사에는 관심이 없었다.

제길. 그동안 잘 버텼는데, 결국 영창인 건가. 잘 가거라. 내 연봉과 연금이여. 이제 반토막이 나겠구나. 레이가 씁쓸한 얼굴을 하곤 리볼버를 능숙하게 장전했다. 과연 총기류를 주력으로 사용하는 기사단장다운 솜씨였다.

코로나는 불상의 그것처럼 온화한 얼굴······을 하고 마음을 비웠지만 아무도 눈치채지 못했다. 긴장이 감도는 순간. 코로나의 가슴에 정확히 총구를 겨눈 레이는 누군가를 떠올렸다.

'······그래. 어차피 갈 영창, 다 지르고 가자.'

클라우드가 들었다면 기함할 사고방식이었으나 지금의 레이는 제정신이 아니었다.

"코로나. 잠깐 시간을 줘. 킬 협곡에 다녀올게."

타앙―!

깊은 새벽, 마왕성에 총성이 울렸다. 침식을 막기 위해 세이린과 떨어져 정무를 보고 있던 클라우드는 즉각 기사단장들을 소집했다.

소집 명령을 듣고 모여야 하는 기사단장은 빅토리아, 제이드, 레이, 다프네, 코로나. 총 다섯. 그러나 자신의 눈앞에 있는 것은 넷. 게다가 하나는 살인이라도 저지른 것처럼 식은땀을 줄줄 흘리고 있다.

'……살인이라도 저지른 것처럼?'

"레이 필드. 총성에 대해 아는 대로 보고하도록."

클라우드가 참을 인 자를 수도 없이 그리며 하명했다. 레이는 벌벌 떨면서 힘겹게 입을 뗐다.

"제가…… 나쁜 짓을 저질렀습니다."

"뭉뚱그려 말하지 말고 똑바로 말해. 대체 이 새벽에 무슨 일을 저지른 거지?"

클라우드의 살기에 눌린 레이가 코로나 사건의 전말을 토해 냈다. 코로나의 부탁에 따라 그의 몸체인 검은 갑옷은 위풍당당한 포즈를 취한 채로 마왕성 분수 앞에 자리 잡게 되었다는 사족까지 덧붙였다. 얌전히 말을 듣던 클라우드가 결국 폭발했다.

"이 새끼 당장 영창 보내. 대체 기사단장이라는 놈이 정신이 있나? 왜 내 말을 귓등으로 듣지? 도저히 못 봐주겠군. 너희 전부 영창…… 윽."

결국 클라우드 슈테른은 뒷목을 잡고 쓰러졌다.

레이를 제외한 기사단장들은 '너희 전부 영창……'은 완결된 문장이 아니므로 왕명으로 볼 수 없다고 중얼거리며 레이를 오랏줄로 동여맸다.

빌리아에게 정치 교습을 받던 세이린 또한 날카롭게 터지는 총성을 똑똑히 들었다. 빌리아는 로자리에게 무슨 일이 일어났는지를 파악하도록 명했다. 잠시 후, 로자리는 코로나 살해 사건부터 클라우드가 뒷목을 잡고 쓰러진 현 상황까지를 줄줄이 읊었다.

"지금은 다프네 경이 전하를 치료하고 계시다고 해요."

"이런 미친……."

세이린은 울먹이며 즉시 마왕성의 분수로 향했다. 로자리의 말대로, 코로나는 히어로들이 흔히 취하는 자세인 허리 양옆에 손을 대고 가슴을 넓게 펴 보이는 포즈로 굳어 있었다. 그 위풍당당함에 압도……되기는커녕, 세이린은 하염없이 눈물을 흘렸다.

"코로나 경……!"

세이린이 방전된 로봇을 연상시키는 코로나를 와락 끌어안았다. 삐걱거리는 불안한 소리와 함께 손목이 툭 분리되어 분수에 빠져 버렸다는 것이 문제였지만.

"허으윽……."

세이린은 급히 눈물을 훑곤 분수에서 코로나의 손목을 건져 냈다. 패륜적인 범죄를 저지른 것만 같아 속이 울렁거렸다. 슬쩍 나타나 그런 그녀를 따스하게 위로하는 이가 있었으니.

"괜찮아, 세이린. 코로나는 죽은 게 아니라 잠시 작동을 멈춘 것뿐이라니까."

"커밋…… 근데 너 뭐 해?"

"코로나와 레이의 숭고한 희생을 없던 걸로 만들면 안 되잖아?"

커밋은 코로나의 손목을 다시 끼워 준 다음, 레이가 가슴에 박아 넣은 마력 추출 탄환을 꺼내 플라스크에 넣었다. 그 모습을 본 세이린이 뒷목을 잡으며 앓는 소리를 냈다.

"제발 누가 죽었으면 슬퍼할 줄도 알아라, 이 미친 마물들아……."

"죽은 거 아니라니까."

툭. 세이린 폴룩스가 정신을 잃고 쓰러졌다.

□ ■ □

얼마 후, 코로나 프로젝트를 위한 준비는 완료되었다. 커밋이 코로나의 마력 파동을 클라우드의 것처럼 변형시키는 데에 성공한 것이다. 물론 그 과정에서 커밋은 당장 코로나를 돌려놓으라는 마왕의 분노를 견뎌 내야 했다. 마음 같아서는 포기하고 싶었지만, 마왕의 진노와 함께 업무 폭탄을 떠안게 된 기사단장들이 틈틈이 찾아와 주군을 어서 낫게 하라고 윽박을 질러 댔다.

'마왕성 놈들의 유대감이 생각보다 강하네. 마왕 빼돌이는 뱀파이어 자식 하나인 줄 알았는데.'

커밋은 침상에 누워 있는 클라우드를 보며 마지막으로 코로나의 힘이 깃든 탄환을 점검했다. 기사단장들이 엄숙한 분위기로 문가에 뒷짐을 지고 서 있었다. 세이린은 〈마지막 잎새〉의 한 장면처럼 침대 옆 스툴에 앉아 클라우드의 손을 꼭 잡았다.

"클라우드…… 잘 끝날 거야. 걱정 마세요."

"……세이린."

클라우드는 세이린의 애틋한 쓰다듬을 거부하지 않은 채 속으로 생각했다. 주문 세 번 외우면 끝난다고 했는데. 하지만 굳이 세이린의 걱정을 떨칠 생각은 없었다. 솔직한 마음으로는 더 엄살을 부리고 싶었다. 보는 눈만 없었다면 말이다.

기사단장들은 자신들은 당장 영창을 보낼 것처럼 노려봐 놓고 약혼녀에게는 꿀 떨어지는 눈을 하는 주군을 작게 원망했다. 세이린이 클라우드를 조심히 쓰다듬으며 말했다.

"혹시, 만약에 잘못된다고 해도 나는 끝까지 마왕님 곁에 있을 거야."

세이린은 마력을 옮기는 작업을 그야말로 대수술 중의 대수술 정도로 생각하고 있었다. 온갖 걱정을 사서 하는 그녀에게 본모습을 한 카인이 툭 내뱉었다.

"그렇게 걱정하지 않아도 된다니까. 보물을 써서 마력을 옮길 예정이니 5분이면 마력 옮기고 회복까지 끝나. 주문 세 번 외우면 끝이라니까."

"내가 도울 건 없을까?"

"어느 속성이든 보물이 더 있으면 도움이 될 것 같은데."

카인이 빌리아를 슬쩍 바라봤다. 정확히는 빌리아의 머리에 장식된 릴리트 에테라를. 카인에게는 괴도 시절 마계 곳곳을 돌아다니며 긁어모은 보물들이 여러 개 있었지만, 바람 속성의 보물은 하나도 없었다. 돌풍의 수정은 벨제바브가 실링에게 넘겼고, 릴리트 에테라는 에테라의 공주가 가지고 있으니. 전직 괴도 K의 노골적인 시선에 빌리아가 보물을 슬쩍 감췄다.

"다른 건 몰라도 이건 안 돼요. 에테라의 상징이라고요."

"빌려주기 싫으면 마법 시전을 도와주는 방법도 있지만……."

카인은 잠시 멈칫했다. 굳이 아이를 가진 아리아를 까다로운 마법에 동원시키고 싶지 않았기 때문이었다.

"됐어. 나 혼자 할게."

하지만 빌리아에게는 그의 머뭇거림이 조롱으로 보였다. '네가 감히 섬세한 내 마법진을 따라올 수 있을까?' 하는 조롱. 울컥 화가 난 빌리아는 즉시 자리에서 일어나 클라우드의 침대 옆에 섰다.

"도와줄게요. 그 마법."

찌릿. 카인과 빌리아의 눈에서 스파크가 튀어 올랐다. 보다 못한 빅토리아가 왼쪽 뿔을 똑 잘라 안에 꽁꽁 숨겨 두었던 홍염의 수정을 내밀었지만, 두 마물은 관심도 없는 듯했다.

빌리아와 카인은 경쟁적으로 세이린을 포함한 마물들을 내보냈다. 그리고 살벌한 얼굴로 클라우드의 침대 양옆에 섰다. 카인이 여러 겹으로 짜여 있어 무척 복잡한 마법진들을 연달아 만들어 내며 말했다.

"지금이라도 나가, 빌리아."

배 속의 아이를 생각해야지. 그는 질척거리고 싶지 않았기에 뒷말을 삼켰다. 그러나 빌리아는 이를 으득 갈며 그의 마법진을 단숨에 따라 그렸다.

"내가 왜 나가야 해?"

마물 살리겠답시고 마력을 옮기는 자리이건만 살기가 감돈다. 둘 사이에 누워 있던 클라우드는 불안감을 느끼며 착잡한 목소리를 냈다.

"적어도 마취 마법은 건 다음 싸워 줬으면 좋겠군. 듣고 있자니 불안해."

그 말을 들은 빌리아는 기회를 잡은 것처럼 손가락을 튕겨 완벽한 마취 마법진을 만들어 냈다. 그러자 카인이 눈을 동그랗게 떴다. 아이를 가진 마물이 마취 마법이라니.

"아리아, 아니, 빌리아. 당장 그만둬. 뭐 하는 거야?"

"아무리 에테라가 공격성을 추구하는 방향으로 속성을 개방했다지만 마취 마법 정도는 쓸 줄 알아."

"알겠으니까……."

"카인. 내 힘을 언제까지 무시할 셈이야?"

무시? 물론 얼마 전까지는 은연중에 아리아를 에테라의 공주였을 때처럼 취급하긴 했다. 하지만 교신용 달빛 수정을 두고 결투를 벌인 그날 이후로 그런 일은 없었다. 어쨌든 상황이 급박했으니, 카인은 싸울 생각은 없다는 듯 양손을 들고 말했다.

"뭐 때문에 그렇게 생각하는진 모르겠지만 일단 마취 마법진은 거둬."

"내가 왜?"

빌리아가 어이없다는 듯 묻자 카인이 조금의 망설임도 없이 답했다.

"배 속의 아이를 생각해야지."

그의 한마디에 갑자기 분위기가 싸해졌다. 팔등으로 눈가를 가리고 있던 클라우드도 놀라 빌리아를 바라봤다. 하지만 가장 놀란 것은 빌리아리아 에테라, 본인이었다.

'배, 배 속의 뭐?'

빌리아는 자신이 뭘 들었는지 한참이나 곱씹었다. 카인 또한 섣불리 입을 열지 않았다. 가장 먼저 침묵을 깬 건 클라우드였다.

"……전혀 몰랐는데. 축하할 일이군."

그가 차분하게 말하자 카인은 픽 웃었다. 전혀 몰랐다니. 무슨 말도 안 되는 소리란 말인가. 하지만 클라우드의 다음 물음을 듣는 순간, 카인의 눈이 튀어나올 듯 동그래졌다.

"그래서, 애 아빠는 누구지?"

세 마물의 얼굴에 물음표만이 둥둥 떠다녔다. 카인은 클라우드를 바라봤고, 클라우드는 빌리아에게 답을 구했으나, 빌리아도 어쩌다 이런 상황이 되었는지 모르는 상황.

한참 후, 카인이 당황 어린 목소리로 물었다.

"애 아빠는 당연히 왕인 너 아냐……?"

클라우드는 즉각 불쾌감을 드러내며 정색했다.

"약이라도 했나? 왜 그런 생각을 하지?"

"그야 너희 둘은 결혼했으니까……."

찰싹─!

빌리아가 가차 없이 카인의 뺨을 때렸다. 카인이 얼얼한 뺨을 감싸며 다시 그녀를 바라봤을 땐, 그녀의 얼굴이 수치심으로 새빨개져 있었다.

"내가…… 내가 어떤 마음으로 여태껏 아무 남자도 안 만났는데 그딴 오해를……!"

그러나 유전자에 눈치 결핍 옵션이 붙은 시엘리아 남자는 그 이유를 쉬이 눈치챌 수 없었다. 빌리아는 바르르 떨리는 목소리로 그에게 현 상황을 떠먹여 줬다.

"난 클라우드 슈테른이랑 손끝도 안 스쳤어. 이 마물이 죽든 말든 나랑은 아무런 상관도 없다고! 아이를 가진 적도 없고!"

수술 전에 따뜻한 말을 해 줘서 고맙군. 클라우드가 도끼눈을 했으나 아무도 주목하지 않았다. 빌리아는 문득 자신이 카인에게 매달리는 듯 말했다는 것을 인식하고 입술을 짓씹었다.

"애당초에, 약혼 전후로 한 번도 날 찾아오지 않은 네가 왜 이제 와서 배려하는 척이야?"

빌리아가 쏘아붙였다. 그러나 카인도 무언가 할 말이 있는 듯 인상을 썼다.

"내가 아리아, 널 찾아갔었다면?"

빌리아는 제 귀를 의심했다. 자신이 벨제바브의 뒤에 숨어 마법을 쓰다 들킨 그날 밤 이후로 카인 시엘리아는 단 한 번도 제게 모습을 드러내지 않았다. 약혼반지도 사람을 시켜 보냈고 약혼식에도 불참했다. 그런 남자가 자신을 찾아온 적이 있다고?

"거짓말하지 마."

빌리아는 언짢은 감정을 드러냈다. 이건 분명한 그의 농락이리라. 두 마물이 서로를 매섭게 노려보는 가운데, 클라우드는 조용히 자신에게 마치 마법을 걸어 잠들었다.

카인은 코로나의 마력이 담긴 플라스크를 만지작거리며 부러 시선을 피했다. 빌리아는 그의 애매한 태도가 거슬렸다. 대체 무엇을 원하길래 자신의 마음을 뒤흔드는 질문을 던진단 말인가.

"카인. 똑바로 말해. 정말 찾아왔었어? 나를?"

"……마왕이 전쟁을 끝냈을 때 폐허가 된 에테라에 찾아갔었어. 네가 살아 있다는 말을 듣고. 그런데……"

"……!"

빌리아는 이미 그의 뒷말이 무엇일지 알고 있었다. 영주들의 젬이 처참히 부서진 순간, 자신은 벨제바브를 위해 마왕을 돕겠다고 어길 수 없는 맹세를 했다. 그 후, 연기를 시작하지 않았던가. 클라우드를 사랑해 마지않는 밤 대륙의 왕비 연기를.

"그건……."

"설명해 주지 않아도 돼. 연구에 정신 팔려 있던 내게 마왕과 결혼한 네 결정을 비난할 자격은 없어. 그런데 마왕과 네가 아무 상관도 없다는 건 무슨 소리야?"

카인은 클라우드에게 코로나의 힘을 서서히 옮겼다. 자연스레 빌리아의 시선을 피하기 위한 행동이었다. 클라우드에게 코로나의 마력이 온전히 스몄다. 순간 창밖의 푸르기만 하던 하늘에 서서히 어둠이 내려앉았다. 빛이 점점 잠식해 가던 마계에 다시 어둠의 지분이 늘어났다는 뜻이었다. 고개를 떨군 채로 주변을 정리한 카인은 한참 후에야 빌리아를 바라보았다.

"……빌리아?"

빌리아는 눈을 내리뜨고 입술을 꼭 맞문 채로 울음을 참고 있었다. 벨제바브를 지켜야 한다는 생각에 내린 자신의 결정이 이런 결과를 가져올 줄은 꿈에도 몰랐다. 꼼짝없이 실링 워렛과의 약혼만 기다리던 나날, 뜬금없이 나타나 자신을 구해 준 시엘리아의 영주를 얼마나 소중히 여겼던가. 그가 자신에게 일말의 마음도 없다는 것을 알기에 마음을 접을 수 있었다. 그런데 그렇지 않았을지도 모른다니. 빌리아는 꼭 쥐고 있던 주먹을 느슨히 풀며 그를 불렀다.

"카인. 그때, 무슨 생각으로 날 찾아왔던 거야?"

"……글쎄."

애매한 그의 답에 빌리아가 허탈한 듯 웃곤 클라우드의 마법을 해제했다. 이젠 다 지난 일이고, 되돌릴 수 없다는 생각만을 반복하며.

그녀가 자리를 뜨려 할 때, 카인이 나직한 목소리를 냈다.

"빌리아. 내 질문에 대답해 줬으면 좋겠는데. 마왕을 사랑하는 게 아니라면 대체 뭐 때문에 결혼한 거야?"

빌리아는 속으로 한숨을 쉬었다. 내가 이제까지 사랑해 온 건 당신 하나였어, 하고 짜증을 내고 싶기도 했다. 하지만 모든 일이 끝나고 새벽단을 소탕하면 에테라 수호라는 큰 과제가 남아 있었다. 빌리아에게는 유치한 사랑놀이보다 에테라가 훨씬 중요했다. 결론을 내린 빌리아는 카인을 향해 차갑게 내뱉었다.

"클라우드는 적어도 연구에 미친 폭군은 아니었어. 난 성군을 황제로 만들기 위해 결혼한 거고."

"……."

"난 폭군은 딱 질색이라."

쿵. 빌리아가 문을 닫고 나갔다.

□ ■ □

세이린은 클라우드의 방 앞에서 초조한 시간을 보내고 있었다.

'분명 5분이면 끝난다고 했는데, 벌써 20분째야.'

무언가 문제라도 생긴 것일까 불안해하고 있을 때, 굳은 얼굴을 한 빌리아가 방에서 빠져나왔다. 그리고 더 굳은 얼굴을 한 카인이 보였다. 세이린은 놀란 가슴을 부여잡고 클라우드에게 달려갔다. 잘못되었을지도 모른다는 예상과 달리 그는 너무도 멀쩡한 모습으로 눈을 떴다.

"세이린."

"클라우드…… 다행이다."

세이린이 그의 손을 꼭 붙잡았다. 마력을 옮기는 것이 간단한 수술이긴 한 것인지 클라우드는 금방 몸을 회복했다. 일상생활에 문제가 없음은 물론이고 더 이상 침식의 고통을 느끼지도 않았다. 침식의 속도 또한 무척 더뎌져, 마물들은 다시 길어진 밤 대륙의 야경을 마음껏 즐길 수 있었다.

그러나 며칠 후, 세이린은 모종의 불안감을 느꼈다. 하루에 두어 번은 민가를 습격하던 새벽단이 갑자기 괴멸하기라도 한 듯 아무런 활동을 하고 있지 않기 때문이었다.

'새벽단도 밤이 길어진 걸 봤을 텐데. 그럼 클라우드의 마력이 다시 강해진 것도 알 테고.'

그러나 무슨 꿍꿍이인지 새벽단은 습격은커녕 입단 선전도 잠정 중단한 상태였다. 마왕성의 다른 기사들이 정탐을 나가긴 했지만, 기존 정탐 담당이던 코로나만큼 뛰어난 성과를 거두진 못했다.

잠시 고민한 세이린은 자신만의 방법으로 새벽단의 동태를 살피기로 했다. 일명 SNS 염탐하기. 실링이 직접 관리하는 새벽단 마스타그램 계정에 들어간 세이린은 엄지로 스크롤을 내리며 게시 글과 요란한 해시태그들을 외울 듯 바라봤다.

'실링 이 자식, 아벨 경이랑 도서관장님한테 무지 치근덕거리네. 몰래 찍은 사진을 뭐 이리 많이 올렸어?'

그 외에도 실링은 새벽단 공식 계정이라는 곳에 본인의 셀카를 놀라울 정도로 많이 올려 두었다. 영양가 없는 게시 글들을 슥슥 넘기던 세이린은 아차, 하고 인상을 찌푸렸다. 실수로 실링의 헐벗은 상반신 사진에 하트를 꾹 누른 탓이었다.

'눌러도 왜 하필 이런 사진에!'

음란 마귀가 허공에 결백을 주장하며 하트를 다시 회수했다. 실링에게 이미 알림 메시지가 가긴 했겠지만, 수많은 알림 속에 묻혔을 것이 거의 확실했다. 거의.

□ ■ □

새벽단 간부들은 중앙 홀의 안락한 소파에 모여 무료한 시간을 보내고 있었다. 이유는 간단했다. 실링이 당분간은 잠시 휴식기를 갖자고 생떼를 썼기 때문이다.

실링의 치유 마법으로 목숨만 겨우 붙어 있는 정도인 벨제바브는 소파 하나를 독차지한 채로 멍을 때렸다. 레이디 로이펠은 오늘도 검은 로브를 뒤집어쓰곤 경전 요약집을 한 줄 한 줄 외웠다. 아벨은 무미건조한 얼굴로 주변을 연신 둘러봤고, 페일은 신문의 십자말풀이에 열중했다.

그리고 실링 워렛은 독서에 온 정성을 기울이는 중이었다. 그가 형광펜으로 밑줄까지 쳐 가며 읽는 책은 〈임성운의 5,500가지 그림자〉. 아닌 게 아니라, 실링은 세이린에게 완전히 빠져 있었다. 미천한 그림자를 몰아내기는커녕 하루하루를 사랑앓이로 보내는 실링을 보다 못한 벨제바브가 몸을 훅 일으켰다.

"실링 워렛. 지금 장난하나? 밤이 길어졌잖아! 미천한 그림자가 무슨 짓을 한 게 틀림없다고! 대체 왜 지금 같은 때에 쉬는 거지?"

실링은 무척 차분한 얼굴로 벨제바브의 코앞에 책을 펼쳐 보였다. 그러곤 한 문장을 톡톡 두드렸다.

"여기 읽어 봐, 자칭 황제."

[나는 기사도 정신을 발휘하는 그의 모습에 홀딱 반했다.]

"……이 문장이 왜?"

실링은 아직도 모르겠냐는 듯 혀를 츳츳 찼다.

"유일 작가가 기사도 정신을 중요하게 생각한다잖아. 그럼 윤리와 도덕을 지켜 정정당당한 싸움을 해야지."

그의 말에 벨제바브는 물론이고 아벨과 페일까지 표정을 구겼다. 이 무슨 궤변이란 말인가. 적이 빈틈을 보일 때 공격하는 것은 누구나 아는 전술의 기본이었다. 하지만 실링은 얼굴을 붉히며 방긋 웃곤 다시 책을 읽기 시작했다. 위 편삼절을 달성할 기세로 쉴 새 없이 눈동자를 움직이던 그에게 우르르 황금 넥타이를 맨 단원들이 몰려왔다.

"보스!"

"무슨 일이야?"

"세이린 님이 보스의 사진에 하트를 눌렀습니다!"

"뭐?"

실링은 몸을 벌떡 일으키곤 당장 마스타그램 앱을 실행했다. 세이린의 하트라니. 단원들에게 3교대로 마스타그램 계정을 관리하라고 명한 보람이 있었다. 장대비처럼 쏟아지는 알림들 속에서 유일 작가가 제 복근 인증샷에 하트를 꾹 눌렀다는 문장만 빛이 났다. 실링은 믿을 수 없다는 듯 연신 스크린샷을 찍어댔다. 페일은 즉각 인상을 찌푸리며 그의 휴대폰을 훔쳐봤다.

"큼……."

살색 화면을 본 페일이 곤란한 얼굴을 했다. 다른 사진이었다면 세이린 양이 실수했다고 생각했겠지만 벗은 상반신 사진인지라 확신이 들지 않았다. 실링이 눈을 반짝이며 페일과 아벨에게 화면을 내밀었다.

"다른 것도 아니고 하트야. 빨간 하트. 부끄러워서 금방 취소한 거겠지?"

아벨은 침묵했다. 실링은 그것이 레이디 로이펠의 동요, 복종 때문이라고 생각했다. 그러나 정신이 온전한 페일은 세이린을 필사적으로 감쌌다.

"그건…… 종족 특성 같은 것이겠지요. 아무튼 사랑은 아닙니다."

"종족 특성?"

"그렇습니다. 벌이 꽃을 보면 반응하듯 음란 마귀인 세이린 양도 자극에 반응한 것뿐이라는 겁니다."

페일은 자연의 섭리, 우주의 법칙 등의 장황한 수식어를 붙여 가며 세이린을 변호했지만 실링은 귓등으로도 듣지 않았다. 5분 전까지만 해도 기사도 정신을 운운하던 실링은 결심한 듯 휴대폰을 주머니에 넣고 말했다.

"안 되겠어. 기사도인지 뭔지는 나중에 챙기고 일단 세이린부터 데려와야지."

이야기를 듣고 있던 아벨이 그를 흘겨봤다.

"납치를 하시겠다는 겁니까?"

"납치라니. 그렇게 말하면 내가 죄라도 짓는 것 같잖아? 나는 그냥……"

잠깐 턱을 쓸며 고민한 실링이 말을 이었다.

"일방의 동의만을 얻은 사랑의 도피를 하려는 거라고."

"그게 납치잖습니까."

"아벨 경은 마물이면서 뭐 그리 윤리 의식이 강해?"

툭 쏘아붙인 실링이 모두에게 휴식은 끝났으니 이만 돌아가 보라며 손을 휘이휘이 저었다. 손짓을 등지고 있던 레이디 로이펠만이 소파에 남아 경전 요약집을 마저 읽었다.

실링은 슬며시 그녀의 곁에 다가가 앉았다. 그동안 친해지려 지극한 정성을 들였음에도 레이디 로이펠은 경전 요약집을 절대 보여 주지 않겠다는 듯 덮었다. 실링은 그럴 줄 알았다는 듯 능청스레 웃으며 과거를 회상했다.

"프로메트 로이펠도 참…… 다시 생각해 봐도 엄청난 사랑꾼이었던 것 같아요. 경전을 손수 요약해 선물하다니."

프로메트 로이펠. 죽은 남편의 이름이 나오자 레이디 로이펠의 마력이 조금씩 요동쳤다. 이미 어둠에 먹혀들어 땅의 마력이라고 할 수 없을 정도로 탁한 힘이었다.

실링은 그녀의 마력과 몸, 심지어 정신마저도 온전치 않다는 것을 누구보다 잘 알고 있었다. 클라우드 슈테른이 자연 발생하던 순간, 농축된 어둠에 휩쓸린 로이펠의 영부인. 망자나 다름없는 지금의 그녀를 움직이는 건 갓 낳은 아이를 죽인 마왕을 향한 원한과 복수심, 그리고 아이를 향한 집착이었다. 그것들이 사라지는 순간 레이디 로이펠도 사라지리라.

'크…… 역시 사랑은 모든 걸 초월한다니까. 나도 얼른 내 사랑을 데려와야 겠어.'

잠시 본분을 잊고 감동한 실링이 마저 말을 이었다.

"솔직히, 아무도 누님과 프로메트가 잉꼬부부가 될 줄은 몰랐을걸요?"

"……그랬겠지. 정략혼이었으니."

"아리아와 카인을 보고 정략혼은 다 저렇게 되는구나, 했는데."

감상적인 목소리를 낸 실링이 금빛 눈동자를 곱게 휘었다.

"이제 끝낼까요, 누님? 누님이 그렇게 사랑하던 남편을 꼭 닮은 딸아이를 죽인 마물. 남편의 잼을 깨부순 클라우드 슈테른, 슬슬 그만 봐야죠."

"너무 오랜 시간을 지체했어."

실링은 선뜻 동의의 뜻을 나타내는 레이디 로이펠의 손을 꼭 맞잡았다.

"당장 누님 방으로 달빛 수정을 보낼게요. 랭커의 동요인 '복종'을 담아 주세요."

"······내일 움직일 건가?"

"누님 말대로 너무 오랜 시간을 지체했으니까요. 내일, 전 간부들을 동원해 마왕성을 칠까 하는데."

레이디 로이펠은 자신의 몸 상태를 잘 알고 있었다. 아무리 사념으로 버티고 있다고 한들 몸은 걷잡을 수 없이 망가지고 있었다. 미천한 그림자가 태초의 어둠을 제 힘으로 길들인 후부터는 고통에 잠을 이루지 못할 정도였다. 자신의 모든 것을 앗아 간 마왕을 저주했다. 그러니 자신이 나락으로 사라져야 한다면 그를 길동무 삼는 것이 마땅했다.

"······그렇게 하지. 내일, 마왕성을 부순다."

레이디 로이펠이 저주하듯 중얼거렸다.

Chapter
30

새벽단의 기습

으스러지는 망루와 곳곳에서 울리는 단말마의 비명. 끊임없이 맞붙는 병장기들. 숨을 들이쉴 때마다 재와 화약, 피의 냄새가 코를 찌르는 곳. 여긴 어디일까 하는 의문도 잠시. 고개를 찬찬히 들자 찢겨 나간 마왕성의 깃발이 보인다. 그리고 아득한 곳에서 들려오는 허스키한 목소리.

'달이며 빛인 신이시여. 대비하소서.'

"헉, 헉……!"

아늑한 클라우드의 품 안에 잠들어 있던 세이린이 발작적으로 몸을 일으켰다. 밤 대륙은 깊은 새벽에 잠겨 있었고, 마왕성은 개미 새끼 하나 기어 다니지 않는 것처럼 조용했다. 그러나 꿈에서 본 마왕성의 모습이 너무도 생생했다.

'이게 대체 무슨 꿈이지?'

세이린은 불길한 예감에 몸을 떨었다. 덩달아 깬 클라우드가 금방 그녀에게 이불을 둘러 주곤 꼭 껴안았다.

"세이린. 괜찮나? 무슨 일이지?"

"……나쁜 꿈을 꿨는데 너무 생생해."

클라우드는 세이린의 머리를 쓸어 주며 따뜻한 차를 만들어 냈다. 찻잔을 쥔 세이린이 일렁이는 찻물을 바라보다 흠칫 놀랐다. 대비하라는 여인의 목소리가 누구의 것인지를 기억해 냈기 때문이었다.

'그건 분명 스피카 총장님이었어.'

기도인지 경고인지 구분할 수 없는 말은 분명 그녀의 목소리였다. 새벽단은 전례 없이 잠잠하다. 어떠한 활동도 하고 있지 않다. 하지만…….

"클라우드. 내가 꾼 게 예지몽이 아니겠지?"

평소 '내 꿈은 개꿈'이라는 입장을 고수했던 세이린은 무언가에 홀린 것처럼 그에게 꿈에 대해 말했다. 새벽단이라는 명명백백한 적이 존재하는 상황에서 군사적 판단을 잘못 내리는 것은 자칫하면 파멸에 이르는 길이었다.

클라우드는 세이린의 눈을 바라봤다. 근거가 없다는 그녀의 말과 달리, 자수정처럼 반짝이는 보랏빛 눈동자는 무언가 확신에 차 있었다.

"예지몽이라면 시간이 없어요, 전하. 마왕성은 당장 전투태세를 갖춰야 해요. 한 시간 후면 새벽단 간부들이 마왕성에 쳐들어올 거야."

세이린은 말을 뱉고도 안절부절못하고 있었다. 만일 자신의 판단이 틀렸다면 그 실수는 부메랑처럼 마왕성으로 되돌아오리라. 하지만 클라우드는 곧장 제복을 갖춰 입고 전 기사단장과 기사들에게 소집 명령을 내렸다.

"……들어주시는 거예요?"

조금 어리둥절한 눈을 하는 그녀에게 마왕이 말했다.

"네가 내린 판단이지 않나. 그 사실만으로도 위험을 감수할 만하지."

"……"

"단, 모든 책임은 내가 져. 잘못될 경우 넌 모르는 일로 해."

□ ■ □

동이 트기까지 서너 시간이 남았다. 실링은 아무것도 예측하지 못하고 있을 마왕의 머릿속처럼 캄캄한 어둠에 작은 탄성을 내질렀다. 때 이른 승리의 기분을 만끽하는 그를 레이디 로이펠, 아벨, 벨제바브가 한심하게 바라봤다. 그 아래로 레이디 로이펠의 동요에 홀린 새벽단 단원들이 지평선까지 그득 도열해 있었다. 곧장 휴대폰을 들어 역사에 길이 남을 인증 샷을 찍은 실링이 거대한 이동 마법진 수백 개를 그렸다.

"오늘, 우리의 목표는 미천한 그림자를 마계에서 없애 버리는 것. 그리고……."

실링이 배에 힘을 빡 주고 쩌렁쩌렁 소리쳤다.

"세이린 폴룩스와 내가 오늘부터 1일이 되도록 하는 것이다!"

아무도 환호하지 않았지만 실링은 조금도 민망해하지 않았다.

레이디 로이펠의 동요가 든 달빛 수정을 꼭 쥔 새벽단 간부들이 일제히 마왕성으로 향하는 이동 마법진에 몸을 맡겼다. 잠에 취해 있을 시간, 그것도 대규모 기습이므로 전적으로 유리한 상황이었다. 그런데.

"이게 대체 무슨……."

마왕성에 도착한 벨제바브는 눈앞의 광경에 할 말을 잃었다. 견고한 결계, 그 안의 무장한 기사들. 망토를 휘날리며 살기를 내뿜고 있는 기사단장들과 그들의 뒤에서 검을 뽑는 마왕. 무언가가 잘못되어도 단단히 잘못되었다.

참고로, 이 모든 것은 클라우드 슈테른 집권 이래 처음으로 떨어진 S급 긴급 소집 명령의 힘이었다. 마왕성에 주둔하고 있던 기사들은 물론, 영창 간 레이필드까지 단 3분 만에 무장을 완료한 모습으로 강제 소환된 것이다.

하지만 그 사실을 새벽단이 알 리 없었다. 실링 또한 인상을 찌푸릴 뿐 물러나지 않았다. 그새 맞춘 것인지 상큼한 전투복을 입은 세이린이 자신을 죽일 듯 노려보고 있는 것을 발견한 탓이었다.

"아벨 경. 마왕성 의복 디자인은 누가 해?"

"……비전하께서."

"역시 아리아는 못 하는 게 없다니까."

실링이 잡담을 나누는 동안, 레이디 로이펠은 심장 부근을 움켜쥐었다. 미천한 그림자를 눈앞에 두자 온 마음이 살육을 저지르라며 날뛰었다. 그녀가 성큼 거리를 좁혀 마왕성의 결계를 건드렸다. 일렁이는 주홍빛 마력. 땅 속성의 결계였다.

"시작할까."

말을 마친 레이디 로이펠이 곧장 마력을 응축해 결계에 일격을 가했다.

쩌엉!

충돌로 인한 울림이 원형으로 퍼지며 지천을 뒤흔들었다. 오늘 모든 것을 쏟아붓기로 한 레이디 로이펠의 공격은 매서웠다. 곧, 결계가 산산조각이 났다. 동시에 개미 떼처럼 바글바글 몰려 있던 새벽단 단원들이 두 다리로, 때론 짐승처럼 네 다리로 마왕성을 향해 돌진했다.

"오늘, 결판을 내고 세이린 폴룩스를 내 것으로 만들겠다!"

실링이 제대로 쓰지도 못하는 창을 휘두르며 외쳤으나 아무도 듣지 않았다.

□ ■ □

마물들의 전투에는 규칙도, 순서도 없었다. 아군과 적군이라는 잣대로만 다른 마물들을 판단한 다음 물어뜯는 것이 전부였다. 강한 한 존재가 수천, 수백을 상대하며 가장 약한 자라 할지라도 공적을 세울 수 있는 시간. 전투가 시작되자 마물들이 눈을 살기로 밝혔다.

세이린 또한 동요와 얇은 사슬이 감긴 쩸을 이용해 새벽단 단원들을 빠르게 처치해 나갔다. 그녀의 빛에 닿으면 단원들은 완전히 소멸됐다. 그 속도가 빨라 실링의 치유 마법으로도 그들을 살릴 수 없었다. 세이린의 빛은 쭉쭉 뻗쳐 나갔고, 로자리가 세이린의 곁에서 그녀를 보호했다.

얼마나 시간이 지났을까. 여전히 저질 체력을 자랑하는 왕실 작가는 헉헉대며 성벽에 잠시 등을 기댔다.

"로자리, 뭐가 이렇게 많죠?"

"실링이 계속 단원들을 살려 내고 있어요. 전하께선 레이디 로이펠을 상대하고 계시고요. 비전하께선 실링과 벨제바브를……."

"아이고야……."

세이린이 눈을 질끈 감았다. 쩸에 사슬을 감은 탓에 체력 소모가 더 심한 듯했다. 그녀가 다시 눈을 떴을 땐, 헉 소리 나오도록 매끈한 남성 모델의 반라 화보가 코앞에 있었다. 음란 마귀의 심박수가 미친 듯이 상승했다.

"이, 이게 뭐예요, 로자리?"

"비전하께서 비상용으로 챙겨 주셨어요. 아가씨의 마력을 채워 줄 거라면서."

"허, 참, 허, 참……."

세이린은 필사적으로 억울해했으나, 이미 그녀의 음마력과 보이지 않는 손이 주변의 새벽단 단원들을 모조리 쓸어버린 후였다.

□ ■ □

아벨 경이 아무것도 없는 북쪽 망루로 향한다. 제이드는 그것이 자신을 유인하기 위한 행동임을 알면서도 그를 따라갔다. 일순간 우뚝 멈춰 선 아벨이 얼음으로 만든 두 자루의 검을 고쳐 쥐곤 물었다.

"제이드 군. 기사단장 일은 즐겁습니까."

"생각보다 즐겁지 않습니다."

"오랫동안 꿈꾸던 일이 아닙니까."

카강!

아벨이 급습했다. 제이드는 그의 검을 아슬아슬하게 막아 내곤 픽 웃었다.

"야근이 너무 잦습니다. 업무량도 폭탄이고. 무엇보다, 지금의 마왕성엔 아벨 경이 안 계시지 않습니까."

제이드가 불의 마력을 일으켜 아벨을 튕겨 냈다. 그새 얼음의 마력이 검을 타고 흘러들어 왔는지 팔이 동상에 걸린 것처럼 둔해졌다. 이대로라면 존경하는 마물 2위와의 정면 승부에서 밀릴 게 뻔했다. 제이드가 칼자루를 더 꽉 쥐며 숨을 고를 즈음.

"야, 제이드…… 어."

부정맥이라도 왔는지 요 며칠 두근거림으로 잠을 못 이뤄 어딘가 맹한 커밋이 걸어오다 멈칫했다. 제이드는 회심의 미소를 지어 보이곤 커밋에게 이리 오라며 손짓했다. 그 모습이 뒷골목의 불량 학생을 연상시켰다.

"커밋, 잘 왔다. 내가 불 속성이라 얼음 마력에 너무 약하거든?"

제이드가 뱉은 말의 속뜻을 알아들은 커밋은 아벨의 눈치를 보며 속삭였다.

"……너 미쳤냐? 지금 여기서 하고 싶다고?"

"지금 하면 이길 수 있을 것 같단 말이야."

"너는 매일 박아 넣는 입장이라 이해를 못 하나 본데, 나는 아직도 전에 했던 것 때문에 욱신거려."

커밋이 희미하게 남은 흡혈 자국을 가리키며 말했다.

"……아팠냐?"

"그럼 안 아팠겠냐?"

두 마물은 전투 중임을 잠시 잊고 미친 듯이 다투기 시작했다. 대화가 진행될수록 아벨의 얼굴이 점점 일그러진다는 게 문제였지만.

'대체 뭘 하려고…….'

아벨이 온갖 나쁜 상상을 떨치기 위해 고개를 휘저을 무렵, 제이드가 커밋의 넥타이를 훅 끌렀다.

"시끄러워. 가만히 있으면 단추도 내가 푼다?"

"……내가 풀 테니까 손 떼."

커밋이 자진하여 단추를 풀고 한쪽 셔츠를 내린 다음 눈을 질끈 감았다. 콰득! 핏줄 위로 이빨을 박아 넣은 제이드가 목을 쉼 없이 꿀떡거렸다. 아벨은 차마 못 보겠는지 고개를 돌렸다.

곧 흡혈을 마친 제이드가 동공을 세로로 길게 늘이며 기절한 커밋을 내동댕이쳤다. 역시 마력 회복엔 커밋 놈 피가 최고였다.

"아벨 경. 기다려 주셔서 감사합니다."

불의 마력이 화염인 듯 핏줄기인 듯 제이드의 몸과 칼날에 휘몰았다. 아벨은 진지한 얼굴로 다시 제자를 향해 검을 겨누었다. 칼날이 공중을 가르며 부딪칠 때마다 불과 물의 마력이 얽혀 연쇄 폭발을 일으켰다. 검의 궤도에 따라 사슬처럼 늘어져 터지는 마력 때문에 칼을 휘두를수록 더 가까이 맞붙게 되었다.

자칫 잘못했다간 심장을 내줄 만한 거리. 스승을 향해 거침없이 검을 겨누던 제이드가 무언가를 눈치챘다. 일전에 봤을 땐 초점을 잃은 듯 흐릿하던 아벨의 눈동자가 오늘은 초승 호수처럼 맑았다. 그뿐인가. 마력의 파동도 자신이 속성을 개방하던 시엘리아 공습 때보다 훨씬 안정적이었다.

"아벨 경, 돌아오신 겁니까?"

아벨은 아무런 대답도 하지 않고 얼음 폭풍을 일으켜 제이드에게 무수히 많은 생채기를 냈다. 시야를 확보하기 위해 반사적으로 불의 마력을 일으킨 제이드가 인상을 썼다.

"윽……!"

실수였다. 얼음이 불에 녹고 끓으며 순식간에 수증기가 피어오른 탓에 시야가 완전히 차단되었다. 아벨은 이를 으득 갈고 뒤로 물러서려는 제이드의 명치에 정확히 주먹을 꽂았다. 제이드의 몸이 움츠러들었다. 아벨은 제 쪽으로 훅 고꾸라지는 제이드의 얼굴에 대고 작게 소곤댔다.

"제이드, 미안합니다."

"……!"

"며칠 푹 자고 깨어나면 전하께 전하십시오. 그동안 마왕성에서, 아니, 모두가 실링 워렛을 너무 얕보고 있었다고."

"그게 무슨……."

"오늘, 레이디 로이펠이 죽을 겁니다. 그리고 실링 워렛은 이 모든 것을 계획하고 있었습니다. 전하께만 전해 주십시오. 그리고 다시 한 번 미안합니다."

제이드는 무엇이 그리도 미안하냐고 묻고 싶었다. 그러나 아벨은 행동으로 답을 알려 주었다. 그의 얼음 칼날이 제이드의 심장 부근에 깊숙이 박혔다.

"커헉……!"

심장을 관통하는 건 피했으니 다프네가 며칠만 고생하면 치료할 수 있으리라. 아벨은 과다 출혈을 막기 위해 칼날을 뽑지 않은 채로 제이드를 바닥에 눕혔다. 그러곤 제이드의 칼로 제 옆구리를 깊이 그었다. 그새 눈부시게 성장한 불의 마력이 무척 대견하게 느껴졌다.

아벨은 제이드의 검을 바닥에 놓아 주며 마지막으로 제자의 모습을 눈에 담았다. 곧 죽을 것이라고 생각하니 모든 게 애틋하게 느껴졌지만, 자신을 곧잘

따르던 제이드 제릴은 특히나 더 애틋했다.

'……제이드가 기사단장이 된 모습은 보고 갈 수 있어서 다행입니다.'

뭉클한 기분을 느낀 아벨이 엷게 웃었다.

□ ■ □

빌리아리아 에테라는 뒷목을 잡고 쓰러지지 않도록 심혈을 기울이고 있었다. 그녀가 상대하고 있는 것이 전쟁 전, 바람 속성 마스터라고 불리던 두 명의 마물이기 때문이었다. 벨제바브 에테라와 실링 워렛, 꼴 보기 싫은 동생과 결혼할 뻔한 놈이라는 기가 막힌 조합이었다.

'따로따로 봐도 열받는데 둘을 동시에 상대해야 한다니. 내가 전생에 무슨 죄를 지었길래!'

빌리아는 무척 억울해하면서도 주 무기인 부채와 보조 무기로 쓸 단검을 꺼내 쥐었다. 상황이 상황이니만큼 내뺄 수 없었다. 레이디 로이펠이 죽을 각오를 한 것인지 클라우드와 호각을 이뤘다. 기사단장들은 실링이 끊임없이 되살려 내는 새벽단 단원들을 상대하면서도 민가를 교대로 살피느라 정신이 없었다.

'카인 시엘리아는 돕지 않고 어디서 뭘 하는 거야? 젬에 한 맹세 때문에 새벽단을 직접 공격하진 못한다고 해도 방어 정도는 도와줄 수 있잖아!'

빌리아는 부글부글 끓는 속을 진정시키며 폭풍을 일으켰다. 덕분에 벨제바브가 독을 실어 보냈던 바람이 순식간에 흐지부지 사라졌다. 독이 서린 공기를 한군데에 모은 빌리아가 근처에 있던 세이린에게 부탁했다.

"작가님! 달빛 수정에 이것들 좀 가둬 주세요."

"알았어요!"

상큼하게 대답한 세이린은 어렵지 않게 빌리아의 요구를 들어주었다. 거대한 달빛 수정에 독을 완전히 가두어 버린 것이다. 벨제바브에게 거의 들러붙어 힐링 마법을 써 대던 실링의 눈에는 그 모습이 마치 천사처럼 보였다.

"세이린. 피곤해 보이는데 너도 치유해 줄까?"

실링의 호의에 세이린은 양손의 중지를 뻣뻣이 세워 보였다. 그 반응에 실링이 충격을 받았지만.

"세, 세이린…… 이럴 거면 내 상의 탈의 사진에 하트는 왜 눌렀어!"

"실수로 누른 거거든? 바로 취소했다고!"

"난, 난 그런 줄도 모르고……! 마물 헷갈리게……!"

상처받은 실링을 깔끔하게 무시한 세이린은 새벽단 잔당들을 마저 소탕했다. 티 내지 않으려 애썼지만 음마력을 팡팡 써 대니 머리가 어지러웠다. 벌써 새벽단 단원들의 반절 정도를 빛으로 소멸시킨 그녀였다. 로자리가 50장이 넘는 그렇고 그런 사진들을 슬라이드 쇼로 보여 줬지만 더 이상 야한 생각이라는 것이 들지 않았다.

'아, 피곤해…….'

세이린이 이마를 짚자마자 멀리서 싸우던 클라우드와 빌리아가 눈을 마주하고 고개를 끄덕였다. 갑자기 마왕이 넥타이와 재킷을 벗어 던지고 전투에 임하기 시작했다. 빌리아의 바람이 클라우드의 재킷을 세이린에게 정확히 패스했다. 넘겨받은 재킷에는 그의 은은한 체향이 배어 있었다.

'아…… 수치스러운데 마왕님이 너무 섹시하다.'

찬란한 음마력이 마왕님 감상을 방해하는 주변의 새벽단 단원들을 모조리 쓸어버렸다. 클라우드의 재킷을 걸친 세이린에게 로자리가 엄지를 척 세워 보였다.

"아가씨. 조금만 기다리세요. 도서관에서 자료를 더 가져올게요!"

픽 웃는 것으로 마음을 다잡은 세이린이 다시금 마력을 휘두르기 시작했다.

빌리아도 실링과 벨제바브에게 다시 신경을 집중했다. 아무리 봐도 참 짜증나는 조합이었다. 멀리서 본다면 벨제바브에게 실링이 기생하는 것이었지만 실제로는 정반대였다. 기껏 젬에 맹세해 7년 동안 과로 왕비 생활을 하며 지켜 낸 동생은 이제 실링의 치유 마법 없이는 움직이지도 못하는 신세. 실링이 치유 마법을 쓰지 못하도록 집요히 괴롭히던 빌리아가 눈동자를 굴렸다. 무언가가 이상했다.

'실링 워렛은 왜 벨제바브를 살려 둔 거지?'

치유 마법을 쓰는 동안 보호받고 싶은 것이라면 레이디 로이펠이나 아벨 쪽이 덜 성가실 것이다. 벨제바브를 살려 두겠다고 결정한 순간 실링이 신경 써야 하는 것은 극도로 많아진다. 마법을 쓰는 벨제바브의 몸 상태를 수시로 체크해야 하고, 성질 더러운 자칭 황제의 폭언까지 들어야 한다.

'대체 왜?'

실링이 플레어의 사리를 아낀다면 더더욱 이런 선택을 할 리가 없었다. 일주일, 아니, 하루만 치유 마법을 써 주지 않아도 벨제바브는 죽을 것이다. 수시로 관절을 뚫고 나오려는 플레어의 사리의 빛 때문에. 그럼 죽게 내버려 둔 다음 보석만 회수하면 된다. 날고 기던 전쟁 전이라면 모를까, 지금의 벨제바브는 치유 쪽으로 속성을 개방한 실링에게도 그리 두려운 상대가 아닐 게 분명했다.

'……이상해. 실링에게 다른 생각이 있나?'

빌리아가 눈을 세모나게 뜨고 실링과 벨제바브를 견제했다. 그러나 실링은 천연덕스레 윙크만 날렸다. 순간 빌리아는 엄청난 깨달음을 얻었다. 다른 생각이고 나발이고 죽이면 그만 아닌가.

콰광!

빌리아가 마력을 한계까지 개방시키자 벨제바브와 실링은 긴장한 얼굴로 침을 꿀꺽 삼켰다. 그 사이로 아벨의 이동 마법진이 구원자처럼 뿅 튀어나왔다.

"아벨 경, 벨제바브, 아리아 좀 부탁할게!"

실링이 찡긋 웃어 보이곤 강력한 치유 마법을 시전했다. 아벨의 잔상처가 순식간에 아물었고, 지쳐 있던 벨제바브가 다시 살아났다. 바람이 스산하게 부는 가운데 빌리아와 아벨의 시선이 공중에서 얽혔다.

"……잘됐네. 내가 요즘 시엘리아에 화나는 게 많아서."

빌리아가 팔을 걷어붙이곤 손마디를 뚜둑 꺾었다. 멀리서 힐끗 그 광경을 본 클라우드가 소리쳤다.

"빌리아. 벨제바브는 몰라도 아벨이랑 몸싸움은 참아 줬으면 좋겠는데. 나중에 마왕성에서 마주치면 어색할 테니."

"어련하실까."

못마땅하다는 듯 대답한 빌리아가 다시 부채를 펼쳐 들었다.

세이린이 각고의 노력을 들인 끝에 새벽단 단원들은 거의 정리가 끝났다. 남은 것은 황금색 넥타이를 맨 고위 단원들과 새벽단의 간부들이었다. 제이드가 깊은 상처를 입긴 했으나, 근처에 있던 커밋이 응급 처치를 잘 했고 다프네도 붙었으므로 생명이 위험한 상태는 아니었다. 지친 세이린은 로자리가 있는 도서관으로 가 잠시 숨을 돌리고 있었다.

전세를 읽은 클라우드의 미간에 주름이 잡혔다. 문제는 레이디 로이펠이었다. 그녀는 새벽단에 썩 불리한 상황임을 알면서도 이 자리에서 죽음을 맞으려는 듯 몸부림쳤다. 땅의 마력인지 어둠의 마력인지 구분할 수도 없을 만큼 침식된 힘이 여러 방향에서 분출했다. 레이디 로이펠은 전투가 길어질수록 사지를 뒤틀며 클라우드를 저주했다.

"내 아이, 내 남편……."

"네가 죽인 백성들도 누군가의 가족이었다. 네 가족만 소중한가?"

클라우드는 세이린과 빌리아가 누누이 충고한 대로 대꾸하면서도 일말의 죄도 없는 그녀의 아이를 죽인 것에 대한 죄책감을 느꼈다. 그럴수록 레이디 로이펠은 피인지 눈물인지 모를 것을 흘리며 끊임없이 클라우드의 몰락을 빌었다.

"미천한 그림자여, 네놈은 빛에게 집어삼켜질 것이다!"

표정을 구긴 클라우드가 검을 박아 넣으려 할 때였다. 덜컥 그녀의 몸이 멈췄다. 공중에서 마왕과 각축전을 벌이던 레이디 로이펠이 연료가 떨어진 자동차처럼 바닥으로 추락했다. 그녀의 몸 마디마디에서 어둠의 힘이 흘러나왔다. 마치 플레어의 사리를 삼킨 벨제바브의 상태를 연상시켰다.

"안 돼. 내 복수는 아직……."

레이디 로이펠이 경련했다. 눈앞의 클라우드 슈테른은 조금 지쳤을 뿐, 아직 너무나도 멀쩡했다. 자신의 모든 것을 앗아 간 원수의 목숨을 끊어 놓기는커녕 치명상조차 입히지 못했다. 바닥에 쓰러진 레이디 로이펠은 고통스러운 듯 신음했다. 젖혀진 가슴에서 검게 물든 땅의 마력이 폭발하듯 빠져나왔다.

"안 돼……!"

레이디 로이펠이 뭉개지기 시작하는 입술을 짓씹었다. 그를 해칠 수 없다면, 그가 가장 사랑하는 여인이라도 길동무로 데려가리라. 레이디 로이펠은 마지막 마력을 짜내 세이린 폴룩스가 있는 곳으로 순간 이동했다. 그러곤 아무도 방해하지 못하도록 곧바로 건물 전체에 결계를 쳤다.

단단한 땅의 결계이니 함부로 누가 들어오지 못할 것이다. 그렇게 생각한 레이디 로이펠은 숨을 고르며 주변을 살폈다. 이곳은 도서관인 듯싶었고, 세이린 폴룩스와 하녀로 보이는 어린 여자가 겁에 질린 채로 자신을 바라보고 있었다.

"마왕의 여인…… 널 저승으로 데려가겠다……."

"거긴 이미 다녀왔다니까 그러네!"

세이린이 방어 마법진을 펼치곤 레이디 로이펠의 결계를 공격했다. 그러나 미동도 없었다. 땅 속성 마력의 특징이 강한 방어력인 데다, 마물이 죽기 직전 짜내는 마력은 평소보다 더 위력이 강하니 어쩌면 당연한 일이었다.

휘청이며 두 여인에게로 다가오던 레이디 로이펠은 무언가를 발견하곤 눈길을 돌렸다. 큼지막한 금고. 그 위의 익숙한 문양. 그리고……

[프로메트 로이펠]

흘림체로 각인되어 있는 애틋한 이름. 레이디 로이펠은 그것이 로이펠 성에 있던 두 칸짜리 금고라는 것을 금방 알아챘다. 남편이 자신을 위해 반쪽짜리 월식의 수정을 넣어 두었던 그것. 에테라에서의 마지막 전투에 참여하기 전, 자신이 출산을 앞두었을 때. 그때 남편이 선물이라며 가져온 것이 이 생체 인식 금고였다.

레이디 로이펠은 사랑하는 그이의 정성이 마왕성에 박제되어 있는 것을 원치 않기에 금고로 서서히 다가갔다. 특수 제작한 것이기에 무슨 마법을 써도 열 수는 없겠지만, 온 힘을 짜낸다면 금고를 소멸시킬 수 있을지도 몰랐다.

반쯤 바스라진 몸을 이끌고 금고로 향하는 그녀의 앞을 막아선 것은 다름 아닌 로자리였다. 로자리가 호박색 눈동자를 매섭게 번뜩이며 세이린을 향해 말했다.

"아가씨. 금고는 제가 지킬 테니 결계를 부숴 주세요."

로자리의 말을 들은 세이린은 머리가 차갑게 식는 것을 느꼈다.

"로자리. 이리 와요. 그 여자는 위험해요."

"도서관장님이 여러 번 말씀하셨어요. 이 금고는 중요한 거라고. 그러니 제가 지킬 거예요."

"안 돼요, 위험하니까 얼른……!"

"아가씨의 빛 속성이라면 결계를 금방 부술 수 있을 거예요. 빨리요!"

세이린은 로자리에게 최선의 방어 마법을 걸어 준 다음, 마력을 집중시켜 결계를 부수기 시작했다. 곧 달려온 기사단장들과 마왕이 밖에서 함께 공격해 오는 덕에, 결계는 늦어도 1분 후면 깰 수 있을 듯했다. 레이디 로이펠은 제 앞을 막아선 겁 없는 하녀를 바라봤다.

"땅 속성 젬을 가진 마물이군. 내가 땅의 가문인 칼리포의 영애였다는 것은 알고 있겠지."

로자리가 겁먹지 않고 대꾸했다.

"당신이 어떤 마물인지는 상관없어. 난 페일 님이 소중하게 여긴 금고를 지킬 뿐이야."

"페일 세이건이 네 부모라도 되나?"

"……그래."

"페일 세이건이 어디서 전쟁고아를 주웠나 보군. 널 마왕성에 두고 새벽단에 붙은 걸 보니 그다지 소중하게 여기진 않은 모양이야."

무슨 용기인지 로자리는 코앞까지 다가온 레이디 로이펠을 있는 힘껏 노려봤다. 그리고 말했다.

"당신 가족만 소중한 줄 아는 당신이 소중하게 여긴다는 말을 할 자격이 있어?"

세이린과 기사단장들의 맹공을 이기지 못한 결계에 빠르게 금이 갔다. 이젠 마지막이다. 수세에 몰린 레이디 로이펠이 손을 뻗어 로자리의 목을 서서히 졸랐다. 손가락에 마지막 남은 힘을 짜내자 작고 여린 몸이 버둥거렸다.

"네 말대로 내겐 오직 나와 그이의 피를 물려받은 그 아이만이 소중하다. 그애의 복수를 위해서라면 네깟 건 몇 번이고 죽일 수 있어!"

동시에 벌어진 일이었다. 결계가 깨졌고, 레이디 로이펠의 일격에 당한 로자리의 등 뒤로 거대한 날개가 돋듯 피가 분출했다. 로자리의 호박색 젬이 해변의 모래처럼 부서져 비가 내리듯 바닥을 토독토독 두드렸다. 로자리의 피는 등지고 있던 금고를 흥건히 적셨다. 그것으로 모자라 생체 인식 센서 위로 끈적하게 흘러내렸다.

핏빛이 된 금고와 맞춰 볼 수도 없을 만큼 잘게 부서진 하녀의 젬을 눈에 담던 레이디 로이펠은 문득, 실링이 출전 전에 했던 말을 떠올렸다.

'누님이 그렇게 사랑하던 남편을 꼭 닮은 딸아이를 죽인 마물. 남편의 젬을 깨부순 클라우드 슈테른, 슬슬 그만 봐야죠.'

일순간 온몸에 소름이 돋았다. 레이디 로이펠은 실링에게 한 번도 자신의 아이에 대해 자세히 말한 적이 없었다.

'내 아이가 그를 꼭 닮은 딸이라는 것은 어떻게……'

의문도 잠시. 부서진 하녀의 젬에서 따스한 땅의 마력이 새어 나와 제게 닿는 순간 레이디 로이펠의 가슴은 철렁 내려앉았다. 너무도 익숙한 느낌의 마력에 몸의 피가 전부 빠져나가는 듯 전신이 떨려 왔다. 그리고 그때.

— 로이펠의 영애, 로이펠 2세를 위한 2번 슬롯이 열립니다.

안내 메시지와 함께 단단히 잠겨 있던 금고가 열렸다.

누구도 쉬이 말을 잇지 못했다. 세이린은 로자리에게 달려가 그녀의 몸을 껴안았다. 가슴에 큰 구멍이 뚫린 탓에 뛰는지 뛰지 않는지 만져 볼 심장조차 없었다. 그리고 그곳에서 터져 나온 피가 금고를 열었다. 누가 봐도 로자리는 죽었다.

"로자리!"

빌리아가 단숨에 다가와 로자리를 끌어안고 릴리트 에테라를 사용했지만 이미 식어 가는 몸을 다시 덥힐 수는 없었다. 그러나 가장 충격을 받은 것은 살인의 장본인, 레이디 로이펠이었다. 그녀는 몸이 연기가 되어 공중으로 흩어지는 와중에도 로자리에게서 눈을 떼지 못한 채로 중얼거렸다.

"그렇다면 저 아이가……"

클라우드가 자연 발생하던 순간 이미 그녀의 목숨은 다한 셈이었다. 오직 복수를 향한 집착만으로 움직이던 레이디 로이펠의 몸은 제 손으로 딸을 죽인 순간 소멸하기 시작했다. 이렇게 끝날 복수일 줄 알았더라면 애당초 시작조차 하지 않았으리라. 신음하던 레이디 로이펠은 이미 금이 가고 이가 빠진 호박색 젬만을 덩그러니 남겨 두고 완전히 증발했다. 그녀의 끝이었다.

레이디 로이펠이 사라짐에 따라 강력한 땅의 결계가 완전히 부서졌지만 마왕성의 누구도 로자리를 위해 치유 마법사를 부를 생각을 하지 못했다. 상태가 위중한 정도였다면 악을 쓰고 바람 속성 보유자를 찾았으리라. 하지만 이건 너무도 명백한 사망이었다.

코앞에서 로자리의 최후를 목격한 세이린만이 초점 없는 눈으로 그녀의 부서진 젬 조각들을 긁어모았다. 레이디 로이펠이 사념을 담아 휘두른 마력은 강력했다. 자신의 방어 마법쯤은 가뿐히 부술 수 있을 만큼.

세이린은 로자리에게 금고를 맡기고 결계를 부수는 데에만 집중한 자신의 결정을 깊이 후회했다. 그러나 이미 너무 늦은 일이었다. 넋을 놓고 눈물을 흘리는 그녀에게 실링 워렛이 살며시 다가왔다. 그는 하트 모양으로 곱게 접힌 분홍빛 종이 몇 장을 세이린에게 톡 내밀었다.

"……오다 주웠어."

하나도 설레지 않을 말을 하면서. 그의 심장에 곧바로 클라우드의 검은 창이 관통했지만 실링은 오늘도 태연하게 창을 제 손으로 뺐다. 클라우드는 공간을 찢어발길 기세로 실링과 벨제바브를 공격했다. 그러나 젬 없이 치유의 마력을 쓰는 실링을 막는 것은 사실상 불가능했다.

클라우드가 실링의 멱살을 잡다 곧 금고 쪽으로 얼굴을 돌렸다. 벨제바브 에테라가 그새 쥐새끼처럼 다가와 잠금장치가 해제된 금고를 열어 보고 있었다. 오랜 시간 동안 닫혀 있던 금고의 두 번째 칸이 열렸다. 뽀얀 먼지가 한 번 휘몰았고 뒤이어 찬란한 빛줄기가 여러 갈래로 퍼졌다.

마지막 하나가 여기 있었잖아?

벨벳 쿠션 위에는 플레어의 사리가 고이 모셔져 있었다. 벨제바브가 그것에 손대는 순간, 그가 일전에 삼켰던 플레어의 사리가 배 속에서 요동치기 시작했다.

"크윽……!"

벨제바브로서는 도저히 견딜 수 없는 힘이었다. 그러나 저 힘을 가지면 낮 대륙은 물론 마계 전체를 통치하는 유일한 황제가 될 수 있으리라는 확신이 들었다.

벨제바브가 플레어의 사리를 쥐었다. 빛의 마력에 살갗이 벗겨지고 근육이 경련했다. 두 플레어의 사리가 충돌하며 거대한 마력의 소용돌이가 휘몰았다. 도서관의 책들이 날개 달린 새처럼 퍼덕이며 공중을 갈랐다. 빛이 만들어 낸 폭풍은 빌리아의 바람 마력도, 클라우드의 어둠의 힘도 가뿐히 삼켰다. 벨제바브의 아군인 실링과 아벨조차도 견디기 힘들어했다. 결국 실링이 벨제바브에게 소리쳤다.

"플레어의 사리를 놓고 내가 아까 준 것이나 써!"

벨제바브라고 뾰족한 수가 있는 것은 아니었다. 도서관을 뒤흔드는 빛의 마력이 사라지는 순간 마왕성 놈들이 죽은 하녀의 복수를 시작할 게 분명한 상황이니. 그는 아쉬운 듯 느릿느릿 플레어의 사리를 내려 두고 금고를 닫았다. 그러곤 주머니에 실링이 떨구고 간 불의 젬을 꼭 쥐었다. 아카데미 총장, 스피카 블랙의 젬을.

채 가시지 않은 빛 마력의 폭풍을 타고 화염이 매서운 속도로 번졌다. 도서관의 구석구석에 순식간에 불이 번졌다. 모든 것이 불타기 시작했다. 화마는 도서관을 넘어 마왕성의 잔디를, 관목과 풀꽃들을 맹렬히 잡아먹었다.

"세이린, 다음에 봐."

찡긋 웃으며 세이린에게만 산소 공급 마법을 써 준 실링은 이동 마법진을 일으켜 살아 있는 새벽단 단원들과 간부들을 데리고 이동했다. 당장 시급한 것은 불길을 멈추는 것이었다. 그러나 지금, 마왕성에는 물 속성 보유자가 턱없이 부족했다. 커밋이 마력을 흩뿌렸지만 애당초 그의 마력은 얼음에 가까웠기에 진화 작업에는 적절하지 않았다. 불길이 도서관의 천장까지 치솟으려는 순간.

쏴아아—

일순간 비구름이 몰아치며 마왕성에 거센 비를 퍼부었다. 빗방울에 닿은 불은 급속도로 힘을 잃었다. 물의 마력으로 만들어진 비구름은 창문을 통해서 도서관 안으로도 들어왔다.

먹구름이 비를 내리는 순간 책을 활활 태우던 불길이 잦아들기 시작했다. 시간이 조금 더 지나자 젖은 책들이 투둑 바닥으로 떨어졌다. 빛의 마력 폭풍도 잠에 취한 듯 궤도가 흐트러지더니 곧 잠잠해졌다.

클라우드는 손바닥을 위로 해 빗줄기에 섞인 희미한 마력을 느꼈다. 맞으면 행동이 더뎌지고 잠이 오는 비. 이 마력의 주인을 그가 모를 리 없었다.

"……레이 필드."

클라우드가 나직하게 부르자 마찬가지로 빗줄기를 느끼고 있던 레이가 움찔 그를 바라봤다.

"이리스 레인이 구금되어 있는 킬 협곡에 다녀왔나?"

"……."

"영창 다시 가."

"넵."

클라우드는 또다시 호송되는 레이를 깔끔히 무시하곤 빌리아와 세이린이 감싸고 있는 로자리에게로 다가갔다. 로자리의 상태는 처참했다. 비에 핏기가 씻겨 나가 한층 창백하기까지. 세이린이 로자리를 꼭 껴안고 있는 동안 클라우드는 말없이 그녀에게 실링이 남긴 종이 하트들을 펼쳐 보았다. 요리를 위한 레시피를 연상시키는 메모였다. 재료로 무엇 무엇을 준비한 다음, 1번부터 따라 하면……

"로자리를 살릴 수 있다……고?"

"클라우드, 지금 뭐라고 했어?"

세이린이 그의 손에 들린 종이를 빼앗아 빠르게 읽어 내렸다. '로자리 로이펠 부활을 위한 가이드'라는 제목은 분명 실링의 필체였다. 그러나 내용은 페일 세이건, 왕실 도서관장의 글씨가 분명했다.

[준비물 : 속성이 같고 비슷한 마력 파동을 지닌 레이디 로이펠의 젬. 로자리의 젬 파편. 전지전능한 빛의 마력. 빛의 마력은 곧 생명을 관장하는 신의 힘. 모든 것을 가능하게 합니다.]

페일의 필체로 쓰인 한 줄을 읽는 순간, 세이린의 머릿속엔 따스한 도서관장의 목소리가 들리는 듯했다. 그녀는 마력으로 레이디 로이펠의 금이 간 쩸을 끌어왔다. 그리고 완전한 원형인 자신의 쩸을 꺼냈다.

"해 볼게요. 밑져야 본전이니까."

세이린은 페일이 손수 적은 설명대로 마력과 손을 움직이면서도 복잡한 기분에 사로잡혔다. 신이 되고 싶지 않았다. 여명회의 창세 신화대로 빛을 지닌 마물이 신이 되는 순간, 어둠은 미천한 것이라는 주장에 힘을 실어 주는 셈이었으니까. 어떤 방법으로든 클라우드에게 절망을 심어 주고 싶지 않았다.

동시에, 신도 아닌 자신이 로자리를 살리려 한다는 것이 무척 무모한 시도처럼 느껴졌다. 많이 성장했다고 한들 아직 미숙한 마력이다. 이런 마력을 가지고 죽어 버린 누군가를 살릴 수 있다면 자신은 정말 신이 될 존재가 맞을 것이다. 그렇다면 빛을 완성해 신이 되는 것은 피할 수 없는 운명일까.

'안 돼. 지금은 일단 로자리를 살리는 것에만 집중하자.'

마음을 다잡은 세이린이 레이디 로이펠의 쩸과 가루가 된 로자리의 쩸을 쥔 채로 손을 깍지 꼈다. 간절한 기도를 올리는 마음으로 빛의 마력을 불어넣자 땅의 마력이 제 것인 듯 따스하게 손에 감겼다. 굳게 맞물린 손안에서 로자리의 쩸이 퍼즐처럼 차츰 맞춰지는 것이 느껴진다.

눈을 꼭 감고 있는 세이린은 지금 자신이 얼마나 신성하게 보이는지를 알 수 없었다. 그러나 도서관에 모여 있는 마물들은 그녀가 내뿜는 따스한 빛에 절로 진정되고 있었다. 전투의 흥분이 가라앉았고 경건한 마음이 차올랐다. 동시에 창밖의 어둠이 다시 물러나는 것이 보였다. 쩸에 사슬을 감았음에도 세이린 폴룩스의 빛이 또 한 번 성장한 것이다.

코로나의 희생 덕에 클라우드는 아무런 타격을 입지 않았다. 그저 그녀가 하루가 멀다 하고 성장하는 것을 복잡한 눈으로 바라볼 뿐이었다.

곧, 세이린이 감고 있던 눈을 살며시 떴다. 보랏빛 눈동자가 반짝임과 동시에 로자리의 몸이 빛에 휘감겼다. 몸에 났던 큰 구멍이 사라지고 심장 박동이 들려온다. 빛이 다시 맞춰진 호박색 쩸에 닿는 순간, 다시는 보지 못하는 줄 알았던 로자리가 깨어났다.

"로자리!"

세이린이 로자리를 꼭 껴안았다.

'내가 사람을, 아니, 마물을 살려 냈다니. 다음 생에는 서울대 의대를……'

뿌듯한 웃음을 지으려던 세이린이 시선을 아래로 떨궜다. 아무리 도서관장님이 방법을 알려 준 덕이라고는 하나, 미숙한 마력으로 죽은 마물을 살려 냈다. 신이 되어 전지전능한 힘과 감당할 수 없을 만큼의 책임을 떠안는 것. 그것이 마계에 떨어진 음란 마귀의 운명일까.

멀리서 아벨 시엘리아에게 치명상을 입은 제이드가 고비를 넘겼다는 외침이 들려왔다. 바짝 껴안은 로자리의 몸에서도 맥이 뛰는 것이 느껴졌다. 세이린은 일단 안도의 한숨을 내쉬었다. 새벽단의 마왕성 급습은 마왕성의 승리로 끝난 듯했다.

□ ■ □

큰 전투가 끝났음에도 에테라 성에는 전운이 감돌았다. 일주일 전, 마왕성 급습을 앞두었을 때보다 더한 긴장감이었다. 레이디 로이펠의 몸이 공기 중으로 흩어지던 그날, 에테라 성으로 돌아온 실링은 유감이라는 말만을 남기곤 빠르게 그녀의 유품을 정리하기 시작했다.

레이디 로이펠은 과연 플레어 프로젝트를 시행했던 로이펠의 안주인이었다. 유품 정리를 핑계로 그녀의 방에 들어서자 그간 새벽단에 단 한 번도 제공되지 않은 자료들이 곳곳에 숨겨져 있었다. 플레어 프로젝트를 실행에 옮겼을 당시의 기록들. 관련 자료들. 그리고 그녀가 끔찍이 아끼던 〈부인을 위한 경전 요약집〉.

실링은 어둠의 힘이 펄펄 끓는 경전 요약집만을 제 주머니에 넣었고, 남은 자료들을 모조리 페일에게 넘기며 말했다.

"로자리 일은 유감이야, 페일 수석 연구원님."

페일은 영업용 미소 외에 다른 반응을 보이지 않았다. 실링은 그의 어깨를 툭툭 두드리며 '레이디 로이펠의 자료가 도움이 되기를.' 하는 신사적인 인사를 건넸다. 어딘가로 향하려는 실링에게 페일이 물었다.

"벨제바브에게 가는 겁니까."

"그래야지. 실험이 끝났는데, 자칭 황제를 살려 둘 이유가 없잖아?"

산뜻하게 웃은 실링이 주머니에 손을 넣고 이동 마법진을 띄웠다. 걸음을 내디디자 사방이 흰 벽지로 되어 있는 감금실에 도착했다. 그곳에 놓인 가구라곤 페인트칠이 떨어져 나간 철제 의자가 전부였는데, 그 의자 위에 벨제바브가 위태롭게 앉아 있었다.

"실링…… 어서 짐에게 치유의 마법을 써라."

벨제바브가 힘겹게 말했다. 금방이라도 숨이 넘어갈 듯 그의 눈은 붉은 눈동자보다 흰자위가 더 많이 보였다. 플레어의 사리를 삼킨 순간 벨제바브는 실링의 치유 마법이 없으면 움직일 수 없는 몸이었다. 그 사실을 누구보다 잘 알 실링이 마왕성에서 돌아온 지 일주일이 되도록 치유 마법을 써 주지 않았다.

벨제바브는 몸은 물론 자신의 호흡조차 통제할 수 없었다. 의자에 앉아 있는 것은 황제의 위엄을 보이겠다는 마지막 고집이었다. 실링이 픽 웃으며 그의 코앞에 레이디 로이펠의 경전 요약집을 휘휘 흔들어 보였다.

"있잖아, 벨제바브. 로이펠 부부 말이야. 참 뻔뻔하지 않아?"

"……무슨 뜻이지?"

"쓸 줄 아는 게 치유 마법뿐이다. 재능이라곤 돈 버는 것밖에 없다. 그렇게 개무시를 해 놓고, 막상 자기들이 급해지니 과거는 잊고 한편이 되자고 하는 거."

플레어 프로젝트에 막대한 연구 자금이 필요했을 때도 그랬고, 플레어 프로젝트가 붕괴하기 시작했을 때도 그랬다. 실링이 어이없다는 듯 웃을 때마다 벨제바브의 몸이 바르르 떨렸다.

'실링 워렛…… 그 하녀가 레이디 로이펠의 딸이라는 걸 분명 알고 있었어. 레이디 로이펠을 죽이려고 급습을 감행했군.'

생각이 거기까지 미치자 구역질이 치밀었다. 공포. 그것이 벨제바브가 제 목숨을 쥔 실링에게서 느끼는 것이었다. 벨제바브는 뒤집히기 직전인 눈으로 그를 바라보며 말을 이었다.

"……짐이 황제가 된다면 애써 준 네 공을 잊지 않겠다. 네게 가장 풍요로운 영토를 주고, 그래, 너를 제후로, 왕으로 삼겠다. 밤 대륙 정도는 네게 맡기지. 그러니 얼른 치유의 힘을……."

쿵!

벨제바브가 말을 마치지 못하고 의자 아래로 굴러떨어졌다. 실링이 그의 몸에 남아 있던 치유의 마력을 거둬 간 탓이었다. 실링은 찬찬히 그의 앞에 쭈그려 앉아 물었다.

"벨제바브. 아까부터 묻고 싶었는데…… 내가 왜 왕이 되어야 해?"

실링이 눈웃음을 지었다.

"난 너와 달리, 신이 될 수 있는데."

Chapter
31

보름의 왈츠

새벽단이 마왕성 급습을 벌인 지 일주일이 지났다. 클라우드는 로이펠 성에서 가져온 금고의 2번 슬롯에 있던 물건을 로자리에게 주었다. 원래 그녀의 것이니 마음대로 하라는 의미였다.

그러나 로자리는 그것을 부모님에게 받은 선물이라고 생각하지 않았다. 그녀에게 '부모님'이라고 칭할 수 있는 자는 실로 페일 세이건, 도서관장 하나였기 때문이다. 해서, 로자리는 자신이 받은 로이펠 부부의 선물 모두를 세이린에게 바쳤다.

플레어의 사리가 하나. 〈로이펠 2세를 위한 여명회 경전 요약집〉이 한 권. 로이펠에 전해져 오는 땅 마법 비전서가 한 뭉텅이. 마왕성 측은 경전과 땅 마법 비전서를 심도 있게 분석했다. 그 결과를 듣는 것이 오늘 아침 회의였다. 클라우드가 신호하자 빅토리아가 대표로 자리에서 일어나 발표를 시작했다.

"먼저 로이펠의 땅 마법 비전서에 대해 말하자면…… 이건 마왕성에서 쓸 수 없겠어요. 로이펠의 혈통을 이어받은 마물만 쓸 수 있는 마법뿐이에요."

즉, 로자리만이 쓸 수 있는 땅 마법 모음집이란 얘기였다. 빌리아는 로자리를 흘끗 보며 말했다.

"그럼 로자리에게 다시 돌려주고 로이펠의 마법을 익히도록 하는 게 좋겠어요. 버리긴 아까우니."

의견을 말하는 듯했지만 사실은 고급 마법을 연습하라는 명령인 셈이었다. 로자리는 부루퉁한 얼굴을 숨기고 깍듯이 그러겠노라고 대답했다. 다른 사람도 아니고 비전하의 말이니 따라야 했다. 빅토리아는 뒤이어 〈로이펠 2세를 위한 여명회 경전 요약집〉을 꺼내 모두에게 보이며 말했다.

"로이펠의 영주가 요약에 재능이 있었는지 중요한 내용은 다 들어 있어요. 문제는 상황이 새벽단, 특히 실링에게 유리하다는 거죠."

빅토리아가 설명한 그 이유는 이랬다. 이제는 실화 취급을 받는 여명회의 창세 신화에 따르면 빛은 시간이 흐름에 따라 지, 수, 화, 풍이라는 개별의 속성으로 분화한다.

그러니 이미 네 가지 속성 중 하나의 젬을 지닌 마물은 만들어진 빛, 플레어의 사리를 품는 순간 그 마력을 견디지 못한다. 빛의 마력은 네 가지 속성이 균형을 이루는데, 마물이 이미 가지고 있는 젬이 그 균형을 깨트리기 때문이다. 벨제바브 에테라가 플레어의 사리를 삼키고 겪는 부작용이 이 때문이었다.

그러나 실링의 경우 이야기가 조금 다르다. 그는 클라우드에 의해 젬을 잃었을 당시, 로이펠에 연구 자금을 대 준 대가로 받은 플레어의 사리를 사용한 탓에 젬 없이도 마력을 쓴다. 플레어의 사리를 흡수한다고 해도 그 균형을 깨트릴 젬이 없는 것이다. 게다가 부작용이 생겨도 무한한 치유의 힘으로 상쇄할 수 있다. 빅토리아가 씁쓸한 얼굴로 결론을 내렸다.

"따라서, 실링이라면 만일 플레어의 사리를 삼켜도 멀쩡할 겁니다. 오히려 바람과 빛, 두 속성을 부릴 수 있게 되겠지요. 빛 속성을 지니고 자연 발생한 세이린 아가씨만큼은 아니겠지만, 플레어의 사리를 이용해 빛의 힘을 사용할 수도 있으리라 추측됩니다."

그뿐만이 아니었다. 빛의 힘을 몸에 품은 벨제바브가 스피카의 젬을 사용해 마왕성에 불을 지른 사건으로 미루어 보아, 빛 속성을 지니면 속성이 다른 마물의 젬을 사용할 수 있는 듯했다. 세이린이 눈을 동그랗게 떴다.

"진짜로 다른 마물의 젬과 마력을 자기 것처럼 쓸 수 있을까요?"

"경전에 따르면 빛이 모든 속성의 뿌리이니까요. 해 본 적 없으세요?"

"한 번도 해 본 적 없는데……."

세이린은 확인을 위해 젬을 빌릴 만한 적당한 마물을 물색했다. 마왕님 젬은 잘못 만졌다가 부작용이 생길 수도 있으니 패스. 비전하의 공격은 바람이라 티가 나지 않을 테니 보류. 세이린이 누군가를 발견하곤 눈을 반짝였다.

"커밋. 젬 좀 줘 봐."

시엘리아는 물의 마력을 단단한 얼음으로 얼려 사용한다. 세이린을 비롯한 시엘리아 외의 마물들은 물의 마력으로 얼음을 만들 줄 모르니, 커밋의 젬은 참으로 적절한 실험 대상이었다.

커밋은 하는 수 없이 제 젬을 세이린에게 넘겼다. 푸른 기운이 감도는 완벽한 정삼각형 젬. 세이린이 그것을 꼭 쥐자 얼음의 기운과 함께 커밋의 기억이 흘러들어 왔다.

'이건 얼마 전 마왕님 수술 때잖아?'

빌리아와 카인의 대화를 본의 아니게 엿들은 세이린은 애써 포커페이스를 유지하며 물의 마력을 일으켰다. 곧이어 달빛 수정만큼 투명하고 단단한 얼음이 그녀의 손에 얹혔다. 세이린은 그 감각을 외워 냈다.

"사실인가 봐요. 빛 속성이 다른 마물의 젬을 쓸 수 있다는 거."

클라우드가 세이린의 대답을 곱씹었다. 플레어의 사리는 총 넷. 그중 둘은 각각 카인과 실링이 사용했으니, 마계에 남은 것은 두 개. 하나는 실링이 소유하고 있던 것으로 스피카의 젬을 회복시키다가 벨제바브의 배 속에 들어가 있고, 또 하나는 지금 마왕성의 테이블 위에 놓여 있다.

"이 플레어의 사리를 실링이 차지하는 게 최악의 경우겠군. 보관에 신중해야겠어."

하지만 그렇게 말한 클라우드라고 해서 마땅한 보관 장소를 생각해 둔 것은 아니었다. 금고나 특정 장소는 도둑맞을 염려가 너무 컸다. 자신이 가지고 있는 게 제일 안전하겠지만, 그러자니 침식이라는 게 걸렸다.

'……코로나가 힘을 빌려주지 않았더라면 플레어의 사리를 보자마자 쓰러

졌겠군.'

인공적으로 만들어 낸 것이라고는 해도 어쨌든 빛 덩어리이니 말이다. 클라우드가 쉬이 답을 내리지 못하자 세이린이 무슨 문제냐는 듯 고개를 갸웃했다.

"제가 가지고 있는 게 제일 낫지 않을까요? 같은 빛 속성이라 도움이 될 것 같은데. 실링도 웬만해서는 절 공격하지 않을 거고."

구구절절 맞는 말이었으나 아무도 동의의 뜻을 표하지 않았다. 클라우드의 미간이 작게 찌푸려졌다. 실링이 세이린을 공격하지 않은 이유야 자명했다. 사랑. 마왕이 뚱한 얼굴을 하자 세이린은 작전을 변경하기로 했다. 일명 사르르 녹이기.

"마왕님이 지켜 줄 거잖아요. 그러니까 제가 가지고 있어야죠."

방글방글 웃으며 애교를 부리는 그녀에게 마왕은 여전히 대항력이 없었다. 겨우 이성을 붙잡은 클라우드가 고개를 저었다.

"안 돼. 실링이 이속성인 너를 노리고 있다는 걸 모르나?"

"하지만…… 그래도 마왕님이 지켜 줄 거잖아. 자기야, 응?"

다소 부적절한 호칭까지 속살거리며 설득하자 결국 클라우드가 백기를 들었다. 현재 마왕성에서 빛의 마력에 가장 친화적인 것이 세이린이기 때문이라는 구차한 이유를 덧붙여 가며. 아무튼, 이걸로 실링이 플레어의 사리를 가질 확률은 극히 낮아졌다. 그렇게 생각하며 회의를 끝마치려 할 때였다.

"……!"

자리에서 일어나던 빌리아가 순간 몸을 휘청였다. 모두가 이번에도 마왕과 작가님이 오붓한 시간을 보내도록 하기 위한 왕비의 수작이라고 생각했다. 그러나 빌리아는 젬을 꺼내며 믿을 수 없다는 얼굴을 했다.

"젬에 한 맹세가 풀렸어."

"뭐?"

그 '맹세'가 무엇인지 아는 클라우드와 세이린은 굳을 수밖에 없었다. 빌리아 또한 7년 전, 전쟁의 마지막 날 클라우드의 앞에서 했던 맹세를 떠올렸다.

'이 애를 살려 주신다면…… 당신이 마계 최초의 황제가 되도록 최선을 다해 돕겠다고 젬에 맹세하겠습니다.'

벨제바브를 살려 준다면 마왕을 황제로 만들어 주겠다는 맹세. 아직 클라우드가 황제의 자리에 오르지 않았음에도 이 맹세가 풀렸다는 건 단 하나만을 의미했다.

"벨제바브가…… 죽었다고?"

빌리아가 털썩 자리에 주저앉았다. 곧, 에테라에 정탐을 갔던 기사 몇몇이 돌아와 벨제바브가 생을 마쳤음을 확인해 주었다. 클라우드가 주먹을 책상에 꾹 눌렀다. 설마설마했지만 실링은 제 아군인 벨제바브의 목숨까지 가벼이 여기고 있었다.

'살리고 죽이는 것이 제 마음이니 신이라도 된 기분이겠군.'

그렇다면 상황은 달라졌다. 지금쯤 실링은 플레어의 사리를 제 몸에 온전히 받아들이려 하고 있을 것이다. 어쩌면 오래전부터 이런 상황을 계획했을지도 모른다. 클라우드가 찜찜한 기분을 느낄 때, 누군가가 회의실 문을 열고 들어왔다.

"제이드 님?"

세이린이 벌떡 일어나 가슴에 붕대를 칭칭 감은 그를 부축했다. 회의 시작 전, 병상에 잠깐 들렀을 때만 해도 제이드는 깨어나지 못하고 있었다. 아무래도 정신을 차리자마자 회의실에 온 듯했다.

'급한 일이라도 있는 걸까?'

세이린이 어리둥절해할 만큼 제이드의 표정은 좋지 않았다. 제이드는 아벨이 뿌연 수증기 속에서 제게 했던 말을 어서 주군에게 전해야 한다는 생각뿐이었다. 마왕에게로 다가간 제이드가 다시금 통증이 번져 오는 가슴께를 감싸며 입을 뗐다.

"전하. 아벨 경과 페일 님이 무언가를 계획하고 계신 것 같습니다."

□ ■ □

"헉, 헉……!"

아벨 시엘리아는 오늘도 흥건한 채로 잠에서 깨어났다. 식은땀과 푸른 피가 뒤섞여 흰 이불을 축축하게 적시고 있었다. 아벨은 제 손에 들려 있는 단검을 바닥에 내동댕이쳤다. 또다. 자신을 둘러싸고 혈통을 증명해 보이라 다그치는 시엘리아 원로들이 나오는 악몽을 또 꿨다. 그리고 어김없이 들려오는 여자 목소리.

'널 위해서라면 뭐든지 할 수 있어, 아벨.'

매번 조금씩 다른 여자의 목소리와 함께 도망치듯 꿈에서 깨어나면 항상 제 몸을 날카로운 것으로 그은 흔적이 있었다. 시엘리아 혈통을 증명해 보이라는 꿈속의 압박감에 몸이 반응하는 듯싶었다.

'……차라리 죽는 게 나을 것 같은 악몽도 오늘로 마지막이겠지.'

아벨은 잔잔한 수면을 떠올리며 마음을 가라앉혔다. 그가 외출 준비를 마치자마자 누군가가 문을 두드렸다. 아벨은 보지 않고도 페일 도서관장이 찾아왔음을 알고 있었다. 지금 찾아올 마물이라곤 그뿐이기 때문이었다.

오늘 새벽, 실링 워렛은 도서관장이 설계한 기계 장치 안으로 들어갔다. 벨제바브에게서 회수한 플레어의 사리를 온전히 흡수하기 위해서였다. 레이디 로이펠과 벨제바브가 죽었으므로 실링이 부재중인 지금 새벽단의 간부급 인사는 둘이었다. 마왕성에서 온 아벨 시엘리아, 자신과 왕실 도서관장.

아벨은 이 상황이 꽤 아이러니하다고 생각하며 문을 열었다. 예상대로 따스한 미소를 머금은 페일이 작은 쟁반을 들고 문 앞에 서 있었다.

"아벨 경, 안색이 창백하시군요. 괜찮은 겁니까?"

페일이 쟁반을 테이블에 내려 두며 물었다. 아벨은 미소로 화답하며 페일이 내미는 아침 식사를 받아 들었다. 자신에게 주어진 최후의 만찬은 치즈와 베이컨이 듬뿍 들어간 샌드위치와 커피였다. 돌아갈 곳도 없는 마물에게 주어진 것치곤 나쁘지 않다고 생각하며 아벨이 샌드위치를 우물거렸다. 페일 또한 이것이 자신의 마지막 끼니임을 알기에 음미하듯 천천히 식사를 이어 갔다.

한참 후, 식사를 마친 두 마물이 정다운 눈길로 서로를 살폈다. 도서관장과 기사단장. 한 주군 아래서 7년을 함께 보낸 사이였다. 지금은 '그녀'가 몸 바친 연구를 완성하려 적의 수석 연구원이 되었고, 주군의 목에 검을 겨누고 적의 간부 자리를 꿰찬 신세지만 말이다. 그들에겐 이제 주군이라고 칭할 존재가 없었지만, 단 하나 자명한 사실이 있었다.

모든 것을 용서하고 포용하려는 클라우드 슈테른의 뜻은 진영과 종족, 신념을 초월하는 가치를 지닌다. 그가 이루려는 숭고한 이상은 어디에 있든, 어떤 것을 믿고 있든 기꺼이 뜻을 모을 만한 것이었다. 마왕의 뜻은 옳다. 목숨을 바칠 수 있을 만큼. 인자하게 웃은 페일이 운을 뗐다.

"실링이 들어간 기계는 딱 24시간 후에 열릴 겁니다. 그 전에는 누가 와도 열 수 없겠지요."

그러니 두 마물에게 남은 시간은 약 20시간 남짓이었다. 플레어의 사리를 가져 빛의 힘을 소유하게 된 실링을 죽이는 것은 사실상 불가능해졌다. 그러므로 오늘, 실링이 또 다른 빛을 만들어 갖지 못하도록 플레어 프로젝트와 관련된 모든 것을 끝내야 한다. 목숨을 바쳐서. 이것이 새벽단에서 다시 조우한 아벨과 페일이 한참이나 궁리한 끝에 내린 결론이었다.

아벨은 창밖을 살폈다. 물이 새는 음침한 창고를 연상시키는 궂은 날씨였다. 앞으로 펼쳐질 일의 복선일까. 아벨이 싱겁게 웃었다.

"……도서관장님이 계셔서 다행입니다."

"저야말로. 마지막 식사를 아벨 경과 함께 할 수 있어서 영광이었습니다."

두 마물은 서로에 대한 존경을 담아 인사를 나누고 헤어졌다. 이제 모든 것을 부숴 주군이 싸울 수 있는 발판을 마련해 줄 때였다.

口 ■ 口

빛과 어둠, 세이린 폴룩스와 클라우드 슈테른은 마력의 총량을 공유한다. 이것이 페일 세이건이, 이속성 연구를 통해 마계의 비밀을 밝히려 했던 모든 학자들이 연구의 전제로 삼는 한 줄의 진리였다.

빛이 커지면 어둠이 작아지고, 빛이 작아지면 어둠이 커진다. 놀이터의 시소처럼 한쪽이 올라가면 필연적으로 한쪽이 내려와야 하는 것이 이속성의 마력이었다.

처음 예상치 못한 일은 왕실 작가의 마력이 너무도 **빨리** 성장한다는 것이었다. 속성 개방 이후로, 밤마다 특별 훈련이라도 하는지 하루가 다르게 빛이 강해졌다. 그 때문에 영원히 최강일 것만 같던 마왕의 마력이 상대적으로 약세가 되었다. 사그라들기 시작한 어둠은 빛을 더욱 갈망했고, 머지않아 침식으로 소멸할 운명이었다. 하지만.

'카인 시엘리아가 적절히 조치한 것 같군. 코로나 경이 태초의 어둠인 것을 알아내다니.'

코로나의 희생으로 빛과 어둠이 다시 균형을 이뤘으니 문제없으리라 생각한 것이 불과 지난주였다. 그러나 상황은 급변했다. 실링 워렛이 벨제바브에게서 플레어의 사리를 회수해 흡수하기 시작한 것이다. 오직 젬의 제약을 받지 않는 마물인 실링만이 플레어의 사리를 완전히 흡수할 수 있었다.

'성가시게 되었어.'

페일이 얼굴 가득 씁쓸함을 드러냈다. 실링이 플레어의 사리를 흡수해 빛의 마력을 운용할 수 있게 된다면 간신히 맞춰진 빛과 어둠의 균형이 다시 깨질 터. 마왕의 어둠은 또다시 더욱 강성해진 빛에 밀릴 게 확실했다.

'아니야. 실링이 빛을 더 흡수하지 못하게 막으면 돼. 그렇게 하면 지금의 균형이 유지될 거야.'

페일은 긍정적으로 생각하기로 했다. 실링이 빛을 가진다고 해도 마왕성에는 빛을 지니고 자연 발생한 세이린이 있다. 듣기론 로자리가 그녀에게 플레어의 사리를 선물했다니 빛 대 빛의 싸움에서 왕실 작가가 밀릴 일은 없을 것이다.

'빛의 형세가 지금처럼만 유지되어도 마왕성은 방법을 찾을 거야.'

실링이 외부에서 신통력을 더 공급받지 못하는 한, 최후의 승리자는 세이린 폴룩스가 될 것이다. 그러니 실링의 빛이 커지지 못하도록 '플레어 프로젝트'를 마계에서 없애 버리는 게 아벨과 자신의 마지막 과제였다.

페일은 미로를 연상시키는 에테라의 지하로 들어섰다. 이곳은 원래 에테라의 고용인들이 머무는 공간이었는데, 증축과 개조를 여러 번 거쳐 지금은 처음의 모습이 거의 남아 있지 않았다. 새벽단은 에테라 성을 점령한 이후로 드넓은 지하 공간을 연구실로 사용하고 있었다. 그 구조가 시엘리아 성보다 복잡해 외부인은 물론 새벽단 소속 연구원들도 길을 잃기 일쑤였다.

페일은 지도를 보며 겨우 중앙 연구실에 도착했다. 수석 연구원 자격으로 받은 출입증을 보안 장치에 태그하자 두꺼운 문이 열렸다.

'어수선하군.'

불안정한 빛을 뿜어 대는 플레어 프로젝트의 폐기물들이 유리 용기에 담겨 곳곳에 자리했다. 이 폐기물들은 물의 마력을 압축해 빛을 만드는 실험 과정에서 발생한 것들이었는데, 실패작이긴 하지만 나름의 힘을 가지고 있었다.

아직 실링이 연구 자료랍시고 투척하고 간 레이디 로이펠의 유품도 산처럼 가득했다. 그 옆으로 레이디 로이펠의 동요에 의해 복종 상태가 된 새벽단 단원들이 분주히 움직였다.

'실링 워렛. 생각보다 만만한 놈이 아니야.'

페일은 레이디 로이펠 사후, 연구원들이 그녀의 동요에서 벗어나 잠시간 맑은 눈을 하는 것을 보았다. 하지만 돌아온 실링은 레이디 로이펠의 동요로 그들을 자신에게 다시 복종시켰다. 간부들에게 지급한다는 핑계를 대고 레이디 로이펠에게서 동요를 미리 받아 두다니.

'실링은 로자리가 로이펠의 영애라는 것을 처음부터 알고 있던 게 분명해.'

졸렬하고 야비한 것이 어딜 봐도 영주나 왕, 황제나 신의 재목은 아니었다. 혀를 츳츳 찬 페일은 로자리를 비롯한 마왕성 마물들의 얼굴을 떠올리곤 어서 일을 마무리하기로 결심했다. 그가 수석 연구원의 자리에 앉자 마법진으로 단단히 잠겨 있던 모든 캐비닛과 서류철의 봉인이 해제되었다.

이것은 페일이 딴 맘 먹고 튀는 것을 막기 위한 실링의 아이디어였다. 새벽단 단원들이 연구 자료를 열람하려면 페일이 의자에 엉덩이를 붙이고 있어야 했다. 자리에서 일어나는 순간 모든 서류와 연구 자료는 일제히 고도의 방어 기능이 있는 봉인의 보호를 받는다. 즉, 이 거대한 연구실을 불살라 버리려거든 자신도 함께 불타야 한다.

'플레어. 드디어 네 연구를 완성하고 네 곁으로 가는구나.'

픽 웃은 페일이 딸랑딸랑 종을 울려 새벽단의 모든 연구원을 자신이 있는 곳에 모았다. 그러곤 지극히 쓸모없는 명령을 내리기 시작했다.

"당신들은 연구실에서 쓰는 두루마리 휴지 하나에 엠보싱이 몇 개나 있는지 세서 보고하십시오. 당신들은 연구실에 남은 A4용지가 몇 장인지 알아 오고."

그 외에도 연구원들의 필기구 선호도를 조사해 오라든가, 연구실에서 하루 평균 소비되는 포스트잇의 양을 헤아려 오라는 명이 있었다. 정신머리가 박힌 마물이라면 명을 듣는 즉시 고개를 갸웃하며 반발을 드러냈으리라. 그러나 연구원들이라곤 죄다 실링이 사용한 복종의 동요에 넘어간 자들이었다. 그들은 실링의 지시에 따라 페일의 어이없는 명령에도 그대로 복종했다.

페일은 계획대로 척척 움직여 주는 새벽단 단원들을 한심하게 바라보며 제 자리에 다시 앉았다. 봉인 마법이 풀려 플레어 프로젝트를 구성하는 데 필요한 모든 서류가 무방비 상태에 놓였다. 페일은 주머니에 손을 넣어 실링이 기계 장치 안으로 가지고 들어가지 못한 붉은 젬을 만지작거렸다. 강렬한 화염을 일으키는 스피카 블랙의 젬.

'스피카 총장. 티끌도 남기지 말고 모조리 태워 주십시오.'

기도하듯 읊조린 그가 스피카의 젬을 플레어 프로젝트의 폐기물 속으로 던졌다. 액체처럼 넘실거리는 연구의 폐기물이 희미한 빛을 내며 차츰 뜨거워지더니 이내 불을 머금기 시작했다.

곧, 기름 위에 불이 붙은 듯 불길이 빠르게 번져 나갔다. 기밀 유지를 위해 사본조차 만든 적 없는 연구 자료들이 걷잡을 수 없이 타올랐다. 캐비닛이 무너져 더 많은 폐기물이 왈칵 쏟아졌고, 그것에 닿은 연구원들은 세이린의 빛에 당했을 때처럼 한 줌 재가 되어 소멸했다. 요란한 사이렌과 함께 스프링클러가 작동했지만 불길은 조금도 가라앉지 않았다.

화마는 무서운 기세로 연구실을 휩쓸었다. 페일은 저 불길이 플레어 프로젝트에 관한 모든 자료를 싸그리 먹어 치운 다음, 제 몸까지 집어삼켜 주길 바랐다. 육신이 조금이라도 남게 된다면 마계 최고의 힐러 실링은 어렵지 않게 자신을 되살릴 테니. 검은 연기를 한참이나 들이마신 그는 시야가 흐릿해지는 것을 느끼며 눈을 감고 기도했다.

"플레어 프레자일. 세이린 폴룩스. 부디 불길이 아무것도 남기지 않게 해 주십시오."

그가 눈을 감았다.

□ ■ □

도서관에 앉아 로이펠의 금고에서 나온 경전 요약집을 읽고 있던 세이린은 흠칫 놀랐다.

'방금 그 목소리는 뭐였지?'

졸고 있던 것도 아닌데 환청처럼 누군가의 목소리가 들려왔다. 기도하는 듯, 임종을 앞둔 듯 차분한 음성이. 곧, 세이린은 그것이 페일 세이건의 목소리라는 것을 알아차렸다. 이동 마법진을 열어 곧바로 마왕에게 향한 그녀가 소리쳤다.

"클라우드!"

그는 아침 회의에서 다루지 못한 자잘한 안건들을 기사단장들과 의논하던 중이었다.

"세이린. 무슨 일이지?"

"도서관장님이……."

고작 한마디 했을 뿐인데도 클라우드는 세이린이 하고 싶은 말 모두를 알아차렸다. 그러나 인상을 찌푸리고 마력을 널리 퍼트려도 페일의 위치를 알 수 없었다.

"제길……!"

눈으로 찾는 것이 더 빠르리라. 마왕은 곧장 에테라 성으로 향하는 이동 마법진을 열었다. 어디선가 뭉게뭉게 피어오르는 검은 연기에 페일 세이건의 냄새가 섞여 있었다. 연기는 지하의 거대한 공간에서 시작돼 에테라 성의 곳곳에서 피어오르고 있었지만 새벽단은 움직임 없이 조용했다.

'실링이 없으니 새벽단 단원들을 관리할 간부가 없다는 건가.'

눈을 날카롭게 뜬 클라우드가 연기를 따라 에테라 성 안으로 들어갔다. 지하실로 통하는 거대한 문의 주변에는 이미 검은 연기가 자욱했다. 왕성의 지하라면 꽤 복잡할 것이라고 결론지은 그가 마력을 끌어내 지하실 입구를 내리쳤다.

쾅! 쾌광!

보수한 지 얼마 되지 않은 에테라 성에 다시 금이 갔다. 검은 연기가 더 **빠른** 속도로 퍼져 나왔다.

"세이린. 성 바깥에서 기다리겠나."

인상을 찌푸린 클라우드가 곧장 지하실로 들어가 벽을 부숴 가며 주변을 살폈다. 모든 것이 타들어 갔다. 움직일 때마다 흰 재가 눈송이처럼 날려 시야 확보가 어려웠다. 질컥거리는 흰 액체를 밟을 때마다 마력이 빠져나가는 느낌이었지만 지금은 물불 가릴 때가 아니었다.

얼마나 그 안을 휘젓고 다녔을까. 클라우드는 겨우 도서관장을 찾아냈다. 곧장 이동 마법진을 그린 그가 세이린이 있는 에테라 성의 들판으로 장소를 옮겼다. 그곳엔 뒤늦게 소식을 들은 마왕성의 인사들이 도착해 있었다.

클라우드가 들판에 페일을 눕히자 다프네가 곧장 치료를 시작했다. 치유의 마력이 그의 전신을 맴돌며 검은 연기를 빨아들였다. 곧, 페일이 힘겹게 정신을 차렸다.

페일은 살아 움직이는 제 손을 저주하듯 바라봤고, 들이켜선 안 될 공기를 들이켜 가며 자신을 구해 낸 주군을 쓸쓸한 얼굴로 맞았다. 클라우드는 그 반응을 이해할 수 없었다. 왜 이토록 절실히 죽음을 바란단 말인가.

"다프네. 페일의 상태는."

클라우드가 물었다. 다프네는 고개를 조심스레 저었다.

"도서관장님이 들이마신 건 일반적인 화재의 연기가 아니에요. 강한 마력이 깃들어 있어요. 이대로는 오래 버텨도 15분이에요."

다프네가 겨우 말했다. 그러나 페일은 그 대답에 안도했는지 편안한 웃음을 머금었다.

"전하. 불충한 제가 부탁을 하나 드려도 되겠습니까."

"……무엇이든."

"플래티나 빙하에서 마지막을 맞고 싶습니다."

"……."

'마지막' 이라는 단어에 클라우드가 잠시 멈칫하는 동안, 세이린이 그곳으로 모두를 이동시켰다. 클라우드는 보온 마법을 걸어 주며 쓴소리를 해 댔다.

"페일. 새벽단의 수석 연구원이 되겠다는 그대를 붙잡아 데려오지 않은 건 목숨을 부지하라는 뜻이었지, 적진에서 나를 위한 공을 세우라는 의미가 아니었다."

딱딱한 말투와 달리 클라우드는 눈시울을 붉히고 있었다. 페일이 인자한 웃음을 했다.

"한 번쯤 간언을 올리고 싶었는데. 전하께선 감정을 제대로 표현하는 방법을 더 배우셔야 합니다."

"내가 알고 있는 것의 절반은 네게 배운 것이지. 이번에도 네가 가르칠 텐가?"

"물론 세이린 양에게 배우셔야지요."

잠시 거친 기침을 한 도서관장이 농담을 이어 갔다.

"홧김에 고소장 날리는 일도 자제하셔야 합니다."

"……그건 한 번밖에 안 했어."

"얼른 진도표를 끝내 버리고 세이린 양을 자유의 몸으로 만들어 주십시오."

클라우드가 픽 웃었다.

"네 유언이니 그렇게 하지."

그 외에도 페일은 빌리아의 과로를 막아 달라는 둥, 마왕성의 인력난을 어떻게든 해결해야 한다는 둥 불만을 쏟아 냈다.

"이쯤 하니 후련하군요."

"……그런가."

무릎을 꿇은 클라우드의 곁에 누워 있던 페일은 주군의 얼굴을 지나쳐 높이 뜬 별들을 바라봤다. 지상이 아수라장임에도 깨끗하고 고매하게 빛나는 것이 꼭 그녀를 닮은 모습. 페일은 가느다란 목소리로 말했다.

"전하. 오래전 제겐 사랑하는 여인이 있었습니다."

"……마땅한 인연이 없었다고 하지 않았나?"

"그녀가 떠났으니까요. 저는 그 사실을 너무도 오래 잊고 있었습니다."

실패로 끝난 플레어 프로젝트의 막내 연구원으로 들어가 처음 마주한 그녀의 이름은 플레어 프레자일. 새장 같은 실험실에 갇혀 온 혈관에 물의 마력을 주입받는 중에도 은발의 여인은 기품을 잃지 않았다. 페일은 자신이 로이펠의 실험실에서 그녀를 꺼내던 순간을, 그녀와 함께 빙하의 동굴에 은신해 보름 동안 왈츠를 추던 때를 떠올렸다.

"그녀는 자신의 희생으로 여명회 신도들이 핍박받지 않기를 바랐지요. 전하께선 그 여인을 닮았습니다."

"……."

"지금 실링의 빛은 세이린 양의 빛을 이길 수 없습니다. 얼마나 시간이 걸릴지는 모르지만 승기를 잡는 건 결국 아가씨입니다. 명심하십시오. 실링이 조금이라도 빛을 더 가지면 빛의 형세가 그에게 기울 겁니다. 아가씨의 빛만이 신이 될……."

실처럼 가느다란 목소리로 말하던 페일이 잠시 멈칫했다. 왕실 작가가 주군의 옆에 꼭 붙어 있는 것을 본 지금, 불현듯 로이펠에서 왜 신을 만드는 데에 실패했는지 깨달았기 때문이었다.

'그런 것이었군.'

페일은 영영 풀지 못할 것만 같던 숙제를 해결한 것처럼 맑게 웃었다. 플레어 프로젝트는 물의 마력을 응축해 신의 힘이라는 빛을 만들어 내는 데엔 성공했지만, 플레어를 신으로 만들지는 못했다. 그러나 모든 것을 깨달은 지금, 그 실패는 당연한 것으로 여겨졌다.

페일은 세이린에게 하려던 말을 고쳐 전했다.

"세이린 양. 원하는 일을 하십시오. 그리하여 신이 되십시오. 세이린 양이 지키고자 하는 모든 것을 지킬 수 있을 겁니다."

세이린에겐 이해할 수 없는 선문답처럼 들리는 말이었다. 그러나 그녀는 고개를 연신 끄덕였다. 페일이 로자리를 바라보며 금방이라도 끊어질 듯한 숨으로 클라우드에게 말했다.

"전하. 저 아이와의 대화가 끝나는 즉시 제 몸을 태워 주십시오."

"……어려운 부탁을 하는군."

"제가 살아 있는 한 실링은 어떻게든 플레어 프로젝트를 복구해 낼 겁니다. 절대로 그가 빛을 더 갖도록 해서는 안 됩니다. 부탁드립니다. 이제 그만 플레어의 곁으로 보내 주십시오."

클라우드는 입술을 맞물고 고개를 작게 끄덕였다. 곧, 페일의 곁에 로자리가 풀썩 주저앉았다. 페일은 오래전 어둠의 마력 속에서 임종을 맞던 플레어가 했던 말을 떠올렸다.

'페일. 로이펠에 가서 레이디 로이펠의 아이를 구해 주세요. 그 애는 죄가 없어요.'

그녀의 말이 생각나다니. 페일은 자신에게 남은 시간이 채 5분도 되지 않는다는 사실을 직감했다.

"로자리. 미리 말해 주지 못해 미안하구나. 기억을 잃는 바람에 어쩔 수 없었단다."

"페일 님⋯⋯."

"지금은 그냥 듣기만 하거라. 네 아버지는 신을 만들려는 시도가 실패할 것을 알고 나를 불렀었다. 그리고 네 이름을 지어 줬지. 네 친아버지, 프로메트 로이펠이 지어 준 진짜 네 이름은⋯⋯"

로자리가 고개를 저으며 말허리를 잘랐다.

"제 이름은 로자리예요. 도서관장님이 지어 주신 그대로."

"⋯⋯."

"그리울 거예요. 잊지 않을게요."

"앞으로 공부할 것이 많을 테니 내 이름 정도는 잊어도 괜찮단다."

"절대로 안 잊어요."

로자리가 희미하게 웃으며 그의 주름진 손을 꼭 잡았다. 다정한 온기가 스며왔다. 페일은 플레어가 로자리를 수호한 것이 자신을 홀로 남지 않게 하려는 뜻이었을지도 모른다고 생각했다. 그에 대한 답은 곧 들을 수 있으리라.

"잘 지내려무나, 로자리. 건강하고."

"페일 님, 그동안⋯⋯"

툭. 로자리가 감사했다는 말을 마치기도 전에 페일의 손에서 미미한 힘이 빠져나갔다. 도서관장은 더 이상 숨을 쉬지 않았다. 로자리는 고개를 푹 숙인 채로 그의 몸이 식을 때까지 움직이지 못했다.

그의 몸에 마왕의 청보랏빛 불꽃이 피어오르기 시작한 것은 한참 후의 일이었다.

□ ■ □

그날 밤. 세이린은 클라우드를 깊이 껴안은 채로 한참을 잠들지 못했다. 잠이 오지 않는다. 더 정확히는 자고 일어났을 때 클라우드에게 무슨 일이 생길까 두려워 잘 수 없다. 세이린은 하염없이 클라우드를 쓰다듬으며 생각에 잠겼다.

'페일 님은 끝까지 실링과 내 빛에 대해서 얘기하셨어. 클라우드의 어둠이 아니라.'

그의 말은 되풀이하여 생각할수록 실링과 자신이 최후의 결전을 벌이게 될 것이라고 들렸다. 아니, 그렇게 될 것이다.

빛만이 신의 힘이라면 실링과의 결전은 피할 수 없는 일이었다. 지금까지의 모든 전투에는 클라우드나 빌리아, 제이드나 그 외의 누군가가 곁에 있어 주었다. 하지만 만일, 실링과 단둘이 붙는 상황이 온다면. 그때는 자신의 손으로, 자신의 빛으로 클라우드 슈테른과 모두를 지켜야만 한다.

'난 신 같은 건 되고 싶지 않은데……'

그러나 그것만이 클라우드를 지키는 방법이라면 어쩔 수 없으리라. 세이린이 두려운 마음을 떨치려 이를 악물었다.

"무슨 생각 하나."

얌전히 안겨 있던 클라우드가 잠긴 목소리로 물었다. 세이린은 그저 어깨를 가볍게 으쓱했다.

"내가 마왕님 없이 살 수 있을까, 하는 생각을 해 봤어."

"마음에 안 드는군."

그렇게 말하면서도 클라우드는 내심 대답이 궁금한 눈치였다. 세이린은 그의 이모저모를 헤아리는 척 눈동자를 이리저리 굴리다 답했다.

"못 살 것 같은데, 어떡하죠?"

"쓸데없는 고민이군. 절대 떨어질 일 없어."

"난 왜 마왕님 말이 축복으로 들리지?"

"네가 심심하면 내리는 축복 말인가?"

세이린은 장난스러운 축복을 건넬 때 클라우드가 보이는 희미한 웃음이 좋았다. 지금 그 웃음이 보고 싶기도 했다.

"큼큼. 우리 마왕님에게 또 축복을 내려 주지. 끈질기게 곁으로 돌아올 테니 저랑 영원히 행복해 주세요."

"……듣기 좋군."

이번에도 클라우드는 풀어진 표정을 보이며 세이린을 매만졌다. 세이린은 손길을 느끼다 괜한 질문을 던졌다.

"내가 우리 마왕님 품 안으로 못 오는 불미스러운 상황이 발생하면 어떡하지?"

클라우드는 헛소리 그만하고 자라는 듯 세이린을 꼭 껴안았다. 그녀가 볼을 부풀리고 입술을 비죽 내밀 찰나, 나지막한 그의 목소리가 귓가에 닿았다.

"뭘 걱정하나. 내가 갈 텐데."

다디단 목소리에 걸맞은 달콤한 꿈을 꾸리라 기대했던 세이린은 인상을 찌푸렸다. 지평선도, 천장도 바닥도 없는 흰 공간으로 미루어 보아 분명 이곳은 꿈속이었다. 그런데 왜 수줍게 웃는 실링 워렛이 덩그러니 눈앞에 있단 말인가. 한참 볼을 꼬집어 본 세이린이 짜증을 가득 담은 얼굴로 소리를 빽 질렀다.

"내가 왜 꿈에서도 실링을 봐야 하는 건데!"

실링은 깜짝 놀라며 뺨을 발그레 물들였다.

"꿈에서 '도'……? 깨어 있을 때도 내 생각 한 거야?"

세이린의 혈압이 쭉쭉 치솟았다. 꿈속의 실링이 징그러울 정도로 실제 실링과 흡사했기 때문이었다. 가죽 재킷에 모피를 둘렀지만 셔츠는 입지 않아 복근이 훤히 드러난 것도, 새카만 머리카락으로 한쪽 눈을 가린 것도. 세이린이 성큼성큼 실링에게 다가가 눈을 가늘게 뜨고 얼굴을 살폈다. 눈물점까지 완벽히 구현되어 있다니.

'말도 안 돼. 아무리 이 새끼 때문에 스트레스를 많이 받았다지만!'

세이린이 몹시 억울해하는 것과 달리 실링은 지금 상황이 무척 마음에 드는 듯했다. 한참 세이린의 시선을 즐긴 실링은 별일 아니라는 듯 툭 털어놓았다.

"이건 네 꿈이 맞아. 내가 거기 들어온 거야."

"어떡해. 헛소리하는 것까지 구현되다니. 너무 생생해서 짜증이 나는데."

"진짜라니까? 지금 내 몸은 페일 수석 연구원님이 만든 기계 장치 안에 들어가 있지만 내 정신은 네게 와 있는 거야. 내가 플레어의 사리를 잘 흡수했다는 소리지. 이제 우린 꿈을 공유하는 사이야."

"……."

세이린이 인상을 팍 구겼다. 마왕님이랑도 못 해 본 꿈 공유를 이놈이랑 하다니.

정말 기계 장치 안에 있는 것인지, 실링은 연구실이 활활 불탄 것이나 도서관장이 죽었다는 사실을 전혀 모르고 있었다. 세이린은 웃기지 말라며 그에게 면박을 주었다. 그러자 실링은 무척 억울해했다.

"쳇. 좀 믿어 주지."

"네가 진짜 실링이라면 새벽단 보스만 아는 기밀이라도 불어 봐."

세이린의 능청에 넘어간 실링은 그쯤이야 당연히 할 수 있다며 쓸모없는 기밀들을 늘어놓았다. 한참을 떠든 그가 머리를 쓸어 넘기며 허세를 부렸다.

"내가 진짜 실링이 아니라면 '플레어 파이널 에디션 실링 워렛 한정판'을 옮긴 걸 어떻게 알겠어?"

"플레어…… 뭐?"

"인공적으로 빛을 만들어 내는 마력 추출기 최종 개량 버전. 이젠 플레어의 '사리'가 아니라 사탕으로 나온다고."

고작 보석을 사탕으로 바꾸기 위해 기계를 개량했단 말인가. 즉각 비웃음을 흘리려던 왕실 작가의 얼굴이 곧 창백하게 질렸다. 가슴이 철렁 내려앉았다.

"어디 있어?"

"나는 지금 에테라 성에 있는 기계 장치 안에. 한 시간 정도 후면 나가. 놀러 오게?"

"너 말고! 플레어라는 마력 추출기 말이야!"

"그거라면 에테라 성 거울의 홀에……."

세이린은 실링이 채 말을 마치기도 전에 꿈에서 깨어나 몸을 일으켰다. 불안한 마음이 가라앉지 않았다.

'도서관장님은 마왕성을 위해 플레어 프로젝트와 관련된 모든 것을 없애 버린다고 하셨어.'

하지만 에테라의 성에 방문했을 당시, 지하실을 제외한 다른 곳은 조용했다. 세이린의 머릿속에 불안한 가정이 치솟았다.

'아벨 경, 아벨 경은 어디 계시지……?'

Chapter
32

빛의 각성

실링이 플레어의 사리를 받아들이는 일에 집중하고 있는 지금, 아벨 시엘리아는 새벽단의 유일한 간부였다. 아벨은 무표정을 유지하며 단원들에게 지하실의 불이 완전히 진화되었다는 보고를 들었다.

"제가 직접 확인하겠습니다."

딱딱하게 답한 아벨은 직접 지하실 구석구석을 확인했다. 플레어 프로젝트의 폐기물과 스피카 총장의 젬이 만들어 낸 불길은 정말 모든 것을 태웠다. 슬쩍 스피카의 젬을 주워 주머니에 넣은 그가 다시 거울의 홀로 걸음을 옮겼다.

"시간이 늦었으니 이만 돌아가십시오."

황금색 넥타이를 맨 단원들은 의심은커녕 퇴근할 수 있어서 다행이라는 얼굴로 후다닥 사라졌다. 그들이 아벨이 딴 맘을 먹었으리라고 생각하지 않는 이유는 여러 가지였지만, 마력 추출기 구조 자체의 탓이 컸다.

아벨은 성인 마물 서너 명은 너끈히 집어삼킬 만큼 거대한 기계 장치를 바라봤다.

'마력 추출 외의 기능이 없어. 바깥에서 공격하면 자동으로 방어 기능이 작

동하고.'

외부의 공격으로 부술 수는 없도록 설계되어 있었기에 새벽단 단원들은 아벨이 기계를 부수지 못하리라고 생각한 것이다. 하지만 아벨 시엘리아에게는 다른 생각이 있었다.

'……여기 있다.'

아벨은 페일이 일러 준 대로 기계 장치의 뒤에 있는 다이얼들을 바라봤다. 기계를 작동시키기 위해서 젬 하나만 넣으면 되었던 기존 버전과 달리, 개량형은 젬과 젬의 주인을 모두 기계에 넣어야 했다. 해서, 이번 버전부터는 마물과 젬 중 어디서, 얼마나 마력을 짜낼 것인지를 조정하는 옵션이 추가된 것이다.

강도의 단계는 총 세 가지였다.

콩 꼬투리에서 알맹이를 꺼내듯.

과즙기로 오렌지를 착즙하듯.

그리고 사골을 끓이듯 영혼까지.

아벨이 젬과 마물에 해당하는 추출 강도를 모두 최고 수준으로 설정하자 안내 메시지가 출력되었다.

— 권장하지 않는 출력입니다. 과부하로 인한 고장의 위험이 있습니다.

마력 추출기를 최대 출력으로 설정해 둔 다음, 기사단장급 젬을 넣으면 기계가 추출된 힘을 견디지 못하고 폭발한다고 했다. 씁쓸한 얼굴을 한 아벨은 재킷을 벗어 가지런히 개 구석에 두었다. 그 위에 스피카의 젬을 두려다, 문득 이렇게 하면 스피카의 젬을 아무도 발견하지 못할지도 모른다는 두려움이 들었다. 돌아갈 곳이 없는 자신이 아니던가.

아벨은 총장의 젬을 아카데미 총장실 좌표로 보냈다. 그리고 자신의 젬을 꺼냈다. 정확한 직각삼각형 젬은 앞으로 벌어질 일도 모른 채 푸른 광채를 풍기고 있었다. 젬을 투입하는 슬롯을 연 아벨은 눈살을 찌푸렸다. 슬롯 옆에 새벽단 간부 셋, 즉 실링과 레이디 로이펠, 벨제바브의 핸드 프린팅이 붙어 있는 탓이었다.

[우리 우정 영원히! 새벽단 Forever!]

다소 오글거리는 문구와 함께 말이다.

'영원히는 무슨. 자기가 다 죽었으면서.'

고개를 설레설레 저은 아벨은 제 젬을 슬롯의 앞까지 가져갔다가 다시 거두 었다. 카인이 플레어 프로젝트를 시연하던 날, 스피카 총장의 방해로 시연이 망 했다는 이야기는 들어 알고 있었다. 그랬기에 실링은 한번 마력 추출을 시작하 면 어떤 자극으로도 절대 멈추지 않는 옵션을 걸어 두었다고 했다.

'……돌아갈 곳이 있는 것도 아닌데 나는 왜 망설이는 거지?'

아벨은 스스로를 이해할 수 없었다.

솔직한 마음으로는 마왕성이 그리웠다. 숭고한 이상을 가진 주군과 그의 뜻 을 따르는 기사들도 새삼 애틋했다. 그러니 자신이 이 일을 해야 하리라. 문득 오래전의 약속이 떠올랐다.

'저는 아가씨께 등을 돌리지 않겠습니다. 물론 전하께도. 제가 사랑하는 두 분이시니, 목숨을 다해 지켜 드리겠습니다.'

진심에서 우러나왔던 맹세를 상기하며 마음을 다잡은 아벨은 젬을 슬롯에 넣었다. 강철로 된 뚜껑이 닫혔다. 그리고 마물이 들어갈 만한 커다란 유리문이 열렸다. 세로로 길고 좁아서 꼭 관을 연상시켰다.

그곳에 제 몸을 밀어 넣기 전, 아벨은 창밖을 바라봤다. 비가 내리고 있었다. 문득, 악몽 끝에 따르던 여자의 목소리가 떠올랐다.

'아벨, 악몽도 이걸로 끝이야.'

조금도 기억나지 않는 목소리의 주인을 떠올리려 하자 두통이 밀려왔다. 당 신은 대체 누구인데 가족도, 돌아갈 곳도 없는 나를 구하려 뛰어드는 것일까.

픽 웃은 아벨은 유리관으로 걸음을 뗐다. 기계 장치는 환영한다는 듯 뜨거운 연기를 콧김처럼 내뿜었다. 아벨은 무거운 걸음으로 그 안에 들어갔다. 쿵 소리 를 내며 유리문이 닫혔고 웅웅거리는 기계음만이 푸른 기사단장의 귓전에 맴돌 았다.

아벨은 누군가가 대찬 소나기를 헤치며 제게 다가오고 있는 것을 보지 못한 채로 눈을 감았다. 요란한 기계음이 귓가에 닿자마자 전선들이 촉수처럼 그의 몸을 휘감았다.

"크윽……!"

끔찍한 감각이었다. 굵은 전선이 팔목과 발목을 각각 휘감아 움직이지 못하도록 전류를 흘려보냈다. 이미 수차례 고민하고 결정한 희생이었다. 하지만 막상 홀로 유리관 안에 들어오니 살고 싶었다.

신체적인 고통 때문이 아니었다. 곁에 아무도 없다는 것이 두려웠다. 아무도 자신을 기억해 주지 않을까 봐 겁났다. 정신을 놓아 버리면 차라리 편하리라. 그러나 기사단장으로 살아온 세월이 그를 저항하도록 만들었다.

몸으로 흘러들어 오는 전류가 더 강해진다. 서서히 마력이 새어 나가는 느낌이 든다. 톱니바퀴가 맞물려 돌아가는 소리 사이 문이 벌컥 열리는 소리를 들은 것도 같다. 그러나 눈을 뜰 기력이 없었다.

아벨은 눈꺼풀을 파르르 떨다 이내 멈췄다. 전선에 단단히 묶인 그의 몸이 죽은 사람의 것처럼 축 늘어졌다. 빛의 마력인지 물인지 모를 액체가 발목을 적시며 바닥부터 천천히 차올랐다. 다리, 허리, 그리고 가슴께까지. 희미한 빛을 내는 액체가 어깨 높이에서 넘실거릴 때, 아벨은 곧 숨이 막히리라 생각하곤 입술을 짓씹었다. 그가 애써 붙잡고 있던 정신을 서서히 놓으려 할 때였다.

"흡……!"

들이쉬던 공기가 일순간 바뀌었다. 마냥 두둥실 떠오르던 몸이 갑자기 무거워진 기분마저 들었다. 아벨은 감고 있던 눈을 번쩍 떴다.

"어떻게……."

자신의 몸은 지금 한번 작동하기 시작하면 절대 멈추지 않는다던 마력 추출기의 바깥이었다. 무슨 일이 벌어진 것인지 잼 또한 주머니에 얌전히 들어 있었다. 전기 충격으로 인해 몸을 움직이지 못하는 탓에 아벨은 눈동자만 굴려 주변을 둘러봤다.

분명 굳게 닫았던 홀의 문이 활짝 열려 있다. 복도의 창문 밖으론 줄기차게 비가 내리고 있다. 거울의 홀 안쪽으로는 보폭이 큰 발자국들이 나 있었는데, 발의 크기로 보아 거센 비를 뚫고 급히 달려온 건 여성인 듯했다.

"윽……!"

아벨이 머리를 감싸 쥐었다. 레인 성에서 카인이 죽은 적이 없다는 사실을 접했을 때처럼 극심한 두통이 파고들었다. 마력 추출 장치에서 요란한 소리가 날수록 머릿속으로 무수한 장면들이 빗방울처럼 쏟아졌다. 누군가가 내미는 따스한 손. 작고 따뜻한 품 안으로 포근히 안아 주는 감각. 이마에 닿는 따뜻한 입술. 자신을 오롯이 담는 하늘빛 눈동자. 뒤이어 따라붙는 애정 어린 목소리.

'아벨, 사랑해. 내가 네 가족이 되어 줄 수는 없을까?'

언젠가부터 완전히 잊고 있던 한 존재, 이리스 레인의 고백.

아벨은 고개를 쳐들었다. 방금까지만 해도 자신이 들어가 있던 마력 추출기의 유리관 안에 누군가가 대신 들어가 있는 것이 보였다. 바꿔치기 마법이 분명했다. 그리고 그 마법을 사용한 주체는……

"이리스!"

그녀를 기억해 낸 아벨이 애타게 부르짖었다. 한쪽으로 길게 땋아 내린 라임색 머리카락이 마력의 흐름에 따라 흔들렸다. 이리스는 '다행이다' 하고 말하는 것처럼 연푸른 눈동자에 웃음을 머금었다가, 고통을 티 내지 않으려는 듯 눈을 질끈 감았다.

아벨은 힘이 들어가지 않는 몸을 억지로 일으켜 마력 추출기에 가까이 갔다. 과부하가 시작되는 것인지 경고음이 나오며 마력 추출 진행 상태를 그래프로 보여 주던 액정에 금이 갔다. 기계 장치에 가까이에 다가가는 것만으로도 마력이 급격히 빨려 들어갔다. 슬롯에 들어간 이리스의 젬이 잘게 부서질수록 아벨의 두통은 심해졌다.

아벨의 것보다는 아니었지만 기사단장이었던 이리스의 마력 또한 강력했다. 최대 출력으로 그녀와 그녀의 젬에서 마력을 뽑아내던 마력 추출기가 폭주하기 시작했다.

"이리스!"

아벨이 마력을 집중해 기계 장치를 공격했다. 과부하로 인해 내부의 방어 장치가 망가진 탓인지 외부의 공격임에도 효과가 있었다. 그러나 마력 추출 속도가 너무나도 빨랐다. 이 속도라면 기계 장치를 완전히 부수기 전에 이리스가 죽어 버릴 것이다. 아벨은 이를 악물고 기계 장치를 내리쳤다.

어스름히 들려오는 쿵, 하는 소음에 이리스가 눈을 떴다. 아벨 시엘리아가 자신을 위해 마력을 퍼붓고 있었다.

'아벨……'

이리스가 희미하게 웃었다. 이미 온몸에서 힘이 빠져나갔고, 슬롯에 들어 있는 젬은 한계까지 공격당해 바스라지기 시작했다. 자신의 젬이 부서지는 순간 아벨은 영영 '그 악몽'을 꾸리라. 이리스가 비탄에 잠겼다.

'결국 아벨을 악몽에서 구해 주지 못했어.'

이리스에겐 어머니를 따라 창고에 들어갔다가 아벨을 처음 만난 게 어제 일처럼 생생했다. 시엘리아의 버려진 도련님은 혈통을 증명하라는 악몽에 답하듯 거의 매일 밤, 제 몸을 그었다. 시엘리아 혈통의 상징인 푸른 피 속에서 눈물을 뚝뚝 흘리는 그를 처음 봤을 때, 이리스는 첫눈처럼 순수하고 깨끗한 도련님을 안아 주고 싶었다. 따뜻하게. 그래서 더 이상 나쁜 꿈을 꾸지 않도록.

'……다 내 욕심이었을까.'

이리스가 쓴웃음을 지어 보였다. 카인의 서재에서 훔쳐 온 기억 삭제 마법을 아벨에게 사용한 직후 아벨은 자신을 깨끗이 잊었다. 마력 사용 미숙으로 인한 부작용인 줄 알았지만, 카인의 말에 따르면 마법에 붙은 기억 삭제 옵션 때문이라고 했다. 시간이 흐르면 아벨이 자신을 기억해 주리라는 희망은 곧 절망으로 바뀌었다.

그제야 이리스는 깨달았다. 시엘리아의 버려진 도련님은 눈사람. 자신이 닿으려 할수록 체온에 녹아내려 사라질 존재였다.

'내 젬이 완전히 부서지면 아벨도 우리가 함께 보낸 과거를 떠올리겠지.'

기억 삭제 마법을 시전할 당시, 시엘리아의 하녀였던 자신이 가지고 있던 유일한 달빛 수정은 마물의 심장이나 다름없는 젬이었다. 그러니 자신의 젬이 깨지는 순간 아벨은 모든 것을 기억해 내리라. 이리스는 그 사실을 위안 삼기로 했다.

'아벨, 네 돌아올 곳이 되어 주겠다는 약속을 못 지켜서 미안해. 그래도 행복해야 해.'

이리스가 가느다란 숨을 놓았다. 아벨은 더 이상 숨을 내쉬지 않는 그녀를 바라보며 미친 듯이 마력 추출기를 부쉈다.

"멈춰! 멈추라고!"

곧, 그의 바람대로 마력 추출기가 우뚝 멈추며 절망적인 안내 메시지가 들려왔다.

— 마력 추출이 종료되었습니다.

아벨은 떨리는 눈으로 슬롯을 열었다. 이리스의 젬이 완전히 가루가 되어 있었다. 아주 조금 남은 이리스의 마력이 천장에 검은 먹구름을 만들어 냈다.

투둑, 툭—

아벨은 난장판이 된 거울의 홀을 차갑게 식히기 시작하는 빗방울을 멍하니 손에 담았다. 하지만 그것은 빗방울이 아니었다.

'이건······.'

빗방울을 손에 담을 때마다 가슴이 뭉클해졌다. 따뜻했다. 그리고 포근했다. 이리스의 먹구름이 쏟아 내는 것은 그녀의 젬 안에 담겨 있던 아벨 시엘리아의 기억이었다. 아벨은 이리스가 갇혀 있는 유리관 앞에 서서 그녀를 바라보며 비를 맞았다.

이리스의 젬이 간직하고 있던 아벨의 기억이 방울방울 바닥을 적시다 어스름한 흰 빛을 내며 웅덩이처럼 고였다. 수면에는 이리스를 쓰다듬는 아벨의 모습이, 서투른 솜씨로 아벨을 그리는 이리스의 모습이 영상처럼 움직였다. 비가 바닥을 적시면 적실수록 거울의 홀 전체가 거대한 스크린이 되어 그의 기억을 띄웠다. 아벨은 지금 이 순간, 어느 방향으로 고개를 돌려도 이리스 레인을 볼 수 있었다. 잔상이 남아 눈을 감아도 혼자가 아니었다.

"이리스······."

아벨은 거울의 홀을 빙 둘러보곤 이리스를 바라봤다. 이곳에 있는 모든 것이 그녀와 자신이었다. 머리를 한 대 얻어맞은 것처럼 눈앞이 핑 돌았다.

나사 몇 개가 튀어 나가더니 고장 난 마력 추출기의 유리문이 덜컥 열렸다. 조금의 마력도 느껴지지 않는 이리스의 몸이 앞으로 고꾸라졌다. 아벨은 이리스를 안아 들고 맥없이 중얼거렸다.

"이리스······ 누나."

무릎 위에 그녀를 눕히고 맥을 짚어 봐도 아무것도 느껴지지 않았다. 이리스를 깊이 끌어안을수록 머릿속엔 수많은 장면이 주마등처럼 스쳤다.

그중 가장 강렬하게 느껴지는 기억이 있었다.

"아벨. 낮에 주인님의 서재를 청소했어. 네 악몽을 멈출 방법이 아예 없는
것 같지는 않아."

"그래요?"

"그런데…… 내가 마법에 실패해서 네 기억에 문제가 생기면 어떡하지?"

이리스는 망설이고 있었다. 쨈을 만지작거리는 것으로 보아 자신의 마법 실
력에 확신이 없기 때문인 듯했다. 어린 자신은 앞으로 무슨 일이 일어날지도
모르고 환하게 대답했다.

"이리스. 모든 걸 잊는다고 해도 누나는 기억할게요. 그러니 부탁해요."

어린 이리스는 한참 동안 말을 잇지 못하다 결심한 듯 읊조렸다.

"……널 위해서라면 난 뭐든 할 수 있어, 아벨."

차게 식은 이리스의 뺨 위로 얼음처럼 차가운 아벨 시엘리아의 눈물이 툭 떨
어졌다.

'기억 삭제 마법을…… 내가 부탁한 거였구나…….'

결국 이리스의 행동은 모두 자신을 위한 것이었다는 사실을 너무도 늦게 깨
달았다. 그녀의 행동은 단 한 순간도 다른 누구를 위한 적이 없었다. 이리스 레
인은 창고의 유일한 손님이었고, 자신의 단 하나뿐인 돌아갈 곳이었다. 그런 그
녀를 어떻게 잊고 살 수 있었는지.

"이리스……."

아벨은 그녀를 깊이 껴안고 탄식했다. 열린 문으로 누군가가 우르르 들어오
는 소리가 들렸지만 신경 쓸 겨를이 없었다. 쨈이 부서진 마물은 마계 최고의
힐러, 실링이 온다 해도 살릴 수 없었다. 자신이 움직일 수 있는 것이 이리스가
대신 죽었기 때문이라고 생각하니 내뱉는 숨조차 저주스럽게 느껴졌다.

"아벨 시엘리아. 무슨 일이지?"

익숙한 목소리에 아벨이 고개를 돌렸다. 자못 당황한 클라우드 슈테른이 서
있었다. 아벨은 그가 이 시간에 왜 이곳까지 온 것인지 굳이 묻지 않았다. 주군

의 질문에 대답하지도 않았다.

그러나 클라우드가 상황을 파악하는 것은 어렵지 않았다. 고치지 못할 정도로 망가져 검은 연기만 뿜어 대는 마력 추출기나 서서히 투명해지는 이리스의 몸이 모든 것을 말해 주고 있었다.

클라우드는 자신을 뒤따라온 세이린을, 세이린이 손에 꼭 쥐고 있는 플레어의 사리를 바라봤다. 지금 자신에게는 두 가지 선택지가 있었다. 하나는 이리스 레인의 희생을 숭고하게 여기고 아벨을 위로하는 데에서 그치는 것. 또 하나는 플레어의 사리를 사용해 이리스를 살리는 것이었다.

전자를 선택하면 이리스를 잃겠지만 세이린이 가진 플레어의 사리를 보존하니 실링에게 빛 속성의 우위를 넘겨주지 않을 수 있다. 후자를 선택한다면 이리스 레인을 부활시킬 수 있으나 앞으로의 정세가 몹시 불리해질 것이다. 정확히는 빛 속성인 세이린이 실링의 빛에 먹혀들어 가기 시작하리라. 이기적인 선택이었지만, 세이린이 플레어의 사리를 가지고 있어야만 그녀를 잃지 않을 수 있었다.

"……세이린."

클라우드가 그녀를 불렀다. 하지만 세이린은 조금의 망설임도 없이 이리스에게 플레어의 사리를 사용했다. 찬란한 빛이 일더니 순식간에 창백하던 이리스의 얼굴에 혈색이 돌았고, 조금 더 시간이 지나자 사근거리는 숨소리마저 들려왔다.

"……!"

거울의 홀에 들어선 모두가 세이린의 행동에 놀랐다. 가장 놀란 것은 아벨이었다.

"아가씨, 지금 무슨 짓을……."

세이린은 마땅히 할 일을 했다는 듯 눈썹을 으쓱했다.

"플레어의 사리를 사용해서 이리스 경을 살렸어요."

"하지만 그러면 아가씨의 빛이……."

"제가 워낙 정의로운 성격이라. 아벨 경이 행복하시길 바라기도 하고요."

모두가 한없이 가벼운 왕실 작가의 말투에 할 말을 잃었다. 주위의 시선들에 슬슬 부담을 느낀 세이린은 자신이 왜 그런 선택을 했는지 실토하기 시작했다.

"꿈에서 실링이 말했어요. 이 마력 추출기는 물 속성을 압축해 사탕으로 만들도록 개량되었다고."

사뿐사뿐 걸은 그녀가 마력 추출기의 옆쪽으로 다가갔다. 그곳엔 사탕의 형태로 추출된 빛의 마력이 굴러 나오면 곧바로 이동 마법이 발동되는 마법식이 짜여 있었다. 즉, 이리스의 물의 마력은 모조리 추출, 압축된 다음 지금쯤 기계 장치의 주인, 실링의 입 안에 굴러다니고 있을 게 뻔했다. 세이린이 말을 이었다.

"아벨 경이 마력 추출기에 들어갔다면 마력이 너무 강해 사탕이 완성되기 전에 기계 장치를 태워 버렸겠죠. 하지만 이리스 경의 마력은 아벨 경보다 약해요. 도서관장님은 아벨 경 마력을 기준으로 계산하셨을 테니, 실링이 기계에서 추출된 빛 사탕을 먹는 경우는 생각하지 않으셨겠죠."

실링이 이리스의 마력을 추출해 만들어 낸 빛을 먹는다면 어차피 빛의 형세는 실링에게 유리해질 것이었다. 그렇다면 플레어의 사리를 사용해 이리스를 살리는 행동을 망설일 필요가 없었다. 거울의 홀에 들어선 모두는 곧 세이린의 판단이 옳았음을 알 수 있었다.

— 뭐야, 내 사탕 어디 갔어?! 방금까지만 해도 잘만 먹고 있었는데!

째지는 실링 워렛의 목소리가 에테라 성 전체에 울려 퍼졌기 때문이었다.

얼마 지나지 않아 실링 워렛이 거울의 홀에 모습을 드러냈다. 플레어의 사리를 흡수하느라 페일 도서관장이 만든 특수 침대 안에 꼼짝없이 누워 있던 탓에 새카만 머리카락이 잔뜩 눌린 모습이었다. 방금까지 빨고 있던 사탕을 포함하여, 그간 있는 대로 공을 들인 빛 속성 연구와 관련된 모든 성과가 불타 버렸다는 것을 안 실링은 털썩 무릎을 꿇었다.

"대체 새벽단의 어디가 마음에 안 들었길래 이런 짓을…… 말로 해도 됐잖이   ."

실링은 허망한 눈을 하고 재활용도 못 할 만큼 처참히 부서진 마력 추출기를 어루만졌다. 클라우드가 조금의 망설임도 없이 그를 공격했다.

갈퀴처럼 휜 어둠의 마력이 코앞까지 다가왔을 때 실링이 마력을 일으켰다.

그러자 실링과 세이린을 제외한 만물이 회색빛으로 물들었다. 같은 빛 속성을 지닌 세이린은 실링이 플레어의 사리를 온전히 흡수해 그 힘으로 시간을 멈췄음을 알 수 있었다.

'젠장. 실링이 나보다 빛을 더 잘 쓰잖아?'

빛의 힘을 얻은 이후로, 세이린이 시간 질서를 파괴해 본 경험은 플래티나 빙하에서 클라우드와 키스하려 했을 때 딱 한 번이었다. 세이린은 기죽지 않으려 팔짱을 끼고 턱을 올려 보이는 오만한 자세를 취했다. 실링이 그 모습에 마른침을 꿀꺽 삼키다 우물쭈물 말했다.

"저, 세이린…… 온 김에 구경하고 갈래? 보여 주고 싶은데."

"구경이라니, 뭘?"

"에테라 성을 개조해 만든 새벽단의 새로운 아지트."

세이린은 대답 대신 담백하게 중지만 곧추세우려 했다. 그런 그녀에게 실링이 덧붙였다.

"마계에 새로이 세워질 '빛의 제국' 의 중추가 될 성 말이야."

세이린이 양손의 중지에서 힘을 빼며 되물었다.

"빛의…… 제국?"

실링은 마음에 드냐고 묻는 것처럼 환하게 웃었다.

"응. 빛의 제국. 황제는 나고, 황후는……."

세이린이 자신을 애틋하게 바라보는 실링을 노려봤다. 그러자 실링은 트레이드마크였던 뻔뻔함을 모두 엿 바꿔 먹은 듯 말을 줄였다. 대신 한쪽 팔을 배에 대고 나머지 팔로 에테라 성의 깊은 곳을 우아하게 가리켰다.

"갈까?"

"……."

'시간까지 멈춘 놈이 가자고 하는데 거절했다가 무슨 일을 당할지 몰라.'

세이린이 찜찜함을 느끼며 그를 따라갔다. 그녀의 눈에, 에테라 성은 시간을 멈춰 온통 흑백으로 변한 것을 제외하면 일전에 봤던 것과 큰 차이가 없었다. 하지만 실링은 이곳을 어떻게 바꿨고, 저곳을 어떻게 손봤다는 것을 일일이 알려 주었다. 마치 예비 신부와 신혼집을 보러 다니는 흥분한 예비 신랑처럼.

"누가 여기에 한 '자칭 황제 멍청이'라는 낙서를 지웠고, 여기 있던 벨제바브 흉상 대신 내 흉상을 놨고……."

세이린은 무척 재미없는 다른 그림 찾기 게임을 하는 기분에 휩싸였다. 심드렁한 얼굴로 성을 둘러보기를 한참. 정신을 차린 세이린은 자신이 백합이 만발한 정원이 한눈에 보이는 발코니에 실링과 단둘이 있다는 사실을 알게 되었다.

'이런 미친…….'

세이린은 마계 최고의 로맨스 소설 작가로서 본능적으로 원치 않는 일이 일어나기 직전임을 알아차렸다. 그녀의 예상대로 실링은 사각형 모양으로 볼록하게 튀어나온 주머니에 손을 밀어 넣었다. 안 돼, 꺼내지 마! 세이린이 오만상을 하며 입을 열었다.

"뭘 하려고?"

"당연히 유일 작가님께 고백하려고."

본인이 발랄한 데다 상큼하고 섹시하기까지 한 것을 잘 알고 있는 음란 마귀였지만 이런 상황은 예측한 적 없었다. 도대체 뭘 했길래 그사이에 이렇게 빠지나.

"대체 왜?"

세이린이 물었다. 실링이 이 질문에 아무런 답도 하지 못하리라고 예상한 그녀였다. 하지만 실링은 보는 사람까지 낯간지러워지는 순정 만화 남자 주인공 같은 얼굴을 하고 말했다.

"난…… 언제부턴지 네가 하는 건 다 좋아. 네 마스타그램 팔로워 수가 444M명인 것도 좋고……."

이게 아닌데. 세이린은 곤경에 처했다.

그 외에도 실링은 필명이 '유일'인 것과 마계의 하나뿐인 빛 속성 보유자라는 것 등등을 세이린의 매력 포인트로 꼽았다. 그녀가 곤란해하든 말든 실링은 쐐기를 박았다.

"그리고…… 내일부터 사귀면 마렌타인데이에 딱 100일이야."

"100일 기념으로 뭘 하려고……."

본능적으로 받아친 세이린이 아차 하며 혀를 씹었다. 실링이 부끄러운 듯 시선을 피하자 속이 울렁거렸다.

"다가오지 마. 공격할 거야."

세이린이 사슬이 감긴 젬을 꺼내 들자 실링이 이해할 수 없다는 듯 물었다.

"그렇게까지 하는 거, 힘들지 않아?"

실링은 그녀의 젬을 슬쩍 건드려 보았다. 찌릿거리는 마력의 폭발이 연쇄적으로 일어나며 인공적으로 만들어 낸 그의 빛의 마력이 자연 발생한 빛에 빨려 들어갔다. 거부 반응이 나타나 금방 손을 떼야 했지만 실링은 그사이에도 많은 것을 느낄 수 있었다.

'마왕 때문에 성장을 억제하느라 사슬을 감은 건가?'

목걸이 줄만큼 얇은 사슬에 칭칭 감긴 젬은 제 힘을 마음껏 발산하지 못해 금방이라도 터질 듯 뜨거웠다. 세이린은 주머니에 자신의 젬을 꽁꽁 숨기며 대꾸했다.

"네가 알 바 아냐."

"힘들지 않을 리가 없지. 무한히 성장하는 힘을 사슬로 억누르고 있으니."

"내가 선택한 일이야."

실링은 슬픈 휴먼 드라마를 볼 때처럼 눈시울을 붉혔다. 왜 그런 선택을 하는지 모르겠다는 눈치였다.

"미천한 그림자를 지키려고 한 선택인 건 알아. 세이린, 너는 마왕을 잡아먹고 신이 되기 싫은 거겠지."

"……."

"클라우드 슈테른과 있으면 너는 매 순간 네가 성장할까 봐 두려워해야 해."

세이린이 실링의 말을 무시하고 뒤돌아 발코니에서 빠져나왔다. 그러나 실링은 그녀를 뒤따르며 말을 이었다.

"계속해서 커지는 네 힘을 억누르고 제어해야 해. 기쁠 때도 웃을 수 없겠지. 마력은 감정 변화에 따라 성장하기도 하니까."

실링이 계단의 난간을 뛰어넘어 세이린의 앞길을 막아섰다. 그리고 말했다.

"세이린. 난 네가 아파하는 게 싫어. 지금이야 참을 만하겠지만…… 고통은 점점 심해지겠지."

"닥쳐. 내 결정은 내가 알아서 해."

"그림자를 버리고 빛이 된 나한테 와. 그러면 네 힘을 억제하지 않아도 돼."

실링이 진지한 목소리로 제안했다. 하지만 세이린은 웃기지도 않는다는 듯 피식 웃었다.

"실링 워렛. 잘 들어. 난 클라우드 슈테른을 위해서라면 죽을 만큼 아픈 고통을 견딜 수도, 죽을 수도 있어. 물론 널 죽일 수도 있고."

말을 마친 세이린이 살기를 그득 담은 눈으로 그를 노려봤다. 그녀가 실링을 휙 지나쳐 나갔다. 실링은 가슴 깊은 곳이 아려 오는 것을 느꼈다. 이것이 짝사랑만의 두근거림일까? 그녀가 멀리 떠나가느라 산홋빛 머리카락이 부드럽게 흔들릴수록 실링의 탐욕은 끓어올랐다. 탐욕의 랭커는 유일 작가를, 세이린 폴룩스를, 마계의 하나뿐인 빛을 가지고 싶었다.

'역시…… 난 날 때부터 순정남이라니까.'

제 처지를 평한 실링이 세이린을 향해 경고하듯 내뱉었다.

"세이린. 잘 들어. 오늘 자정까지 내게 오지 않으면 클라우드 슈테른을 죽일 거야. 나도 빛의 힘을 흡수했으니 마왕을 죽이진 못하더라도 영영 깨어나지 못하게 만들 수는 있어. 내가 내 손으로 마계에서 어둠을 몰아내기 전에 네가 나를 선택해. 어차피 최후에 남는 건 신의 마력을 지닌 너와 나, 둘뿐일 테니까."

실링이 말을 마치자마자 온통 흑백이던 주변에 서서히 색감이 더해졌다. 시간이 다시 흐르기 시작했지만 세이린은 안도의 한숨을 내쉴 수 없었다.

□ ■ □

실링이 플레어의 사리를 온전히 흡수한 탓에 마계의 밤은 찰나처럼 지나갔고, 자정이 다 되어 감에도 바깥은 낮처럼 밝았다. 불청객처럼 찾아온 백야(白夜) 속에서 마왕성의 어수선함은 극에 달했다.

아벨은 자신이 훈련시킨 기사들의 안내를 받아 마왕성 지하의 구금실에 갔혔다. 세이린이 플레어의 사리를 사용해 되살린 이리스는 다프네와 은빛 기사들에게 둘러싸여 집중 치료를 받고 있었다. 세이린은 미래의 비전하라는 제 지위를 활용하여 이 모든 상황을 커밋에게 보고받는 중이었다.

이리스와 아벨에 대해 말하는 커밋의 얼굴색 또한 좋지 않았다. 세이린은 사슬에 묶여 마력을 주체하지 못하는 자신의 젬을 어루만지며 물었다.

"커밋. 이리스 경이랑 아벨 경이 저런 사이인 거 너도 몰랐지?"

"……알았으면 이리스에게 그렇게 매몰찰 이유가 없었겠지."

커밋이 후회 가득한 목소리로 답했다. 여태껏 단 한 순간도 이리스 레인이 아벨을 위해 기억 삭제 마법을 사용했다고 가정해 본 적이 없었다. 아벨을 제 품으로 끌어들이는 게 타락시키려는 수작인 줄로만 알았지, 품에 감싸 안아 주려는 뜻인 줄은 몰랐다.

세이린은 씁쓸하다 못해 창백해지는 커밋의 얼굴을 보다 표정을 풀었다.

"그건 이리스 경이 깨어나면 싹싹 빈다고 치고. 너한테 물어보고 싶은 게 있어. 플래티나 빙하에서 내 마력에 갇혔을 때 어땠어?"

커밋은 곰곰이 그때를 회상했다. 새벽단을 벗어나기 전, 벨제바브와 한편을 이루어 마왕을 상대하던 순간을. 세이린은 예전 황제 후보 둘을 거대한 달빛 수정에 가두지 않았던가. 그것도 '마왕님과 노을을 배경으로 찐한 키스 신을 찍고 싶다' 는 지극히 음란 마귀다운 이유로.

그때의 기억을 되살린 커밋이 간략하게 답했다.

"엿같았지."

"……좀 더 자세하게!"

"숨은 쉴 수 있고 생각도 할 수 있었어. 말할 수도 있고. 그런데 공격을 하거나 마력을 쓸 수가 없어서 답답했고. 바깥세상에서 완전히 분리된 느낌이랄까."

그런데도 너는 꿋꿋이 마왕과 키스를 나눴지. 미래의 비전하 앞에서 뒷말을 삼키는 커밋이었다.

세이린은 커밋의 답을 한참이나 곱씹었다.

마력이 통하지 않는다니. 딱 자신이 원하던 반응이었다.

세이린은 클라우드의 침전에 들어섰다. 자정이 가까운 시간에도 밝디밝은 바깥을 바라보는 그의 표정은 한없이 어두웠다.

"마물들의 반응은 둘 중 하나였어요. 전하를 걱정하거나, 길어진 낮에 환호하거나."

세이린이 비서처럼 보고하며 그와의 거리를 좁혔다. 클라우드는 우유처럼 허여멀건 창밖에서 시선을 거두곤 세이린의 머리카락을 쓰다듬었다. 바깥이 너무도 환한 탓인지 처음보다 색이 조금 밝아진 듯했다. 변한 것은 머리색뿐만 아니었다. 1년이 채 되지 않는 시간 동안 세이린의 몸과 마음, 마력은 눈부실 정도로 성장했다. 이 성장에 방해가 되는 것은 자신뿐이리라.

세이린은 클라우드의 가라앉은 얼굴을 밝히듯 환하게 웃으며 그를 껴안았다. 눈물이 날 만큼 따뜻했다. 고개를 쭉 들어 그와 얼굴을 마주한 그녀가 목이 메어 떨리는 목소리를 냈다.

"지금, 마지막으로 마왕님에게 축복을 걸어 줄까 해."

"……마지막?"

클라우드의 얼굴에서 희미한 웃음이 걷혔다. 그러나 세이린은 그가 움직이지 못하도록 허리를 감은 팔에 힘을 더했다.

"사랑해, 클라우드. 시간이 얼마나 걸릴지 모르겠지만 꼭 마왕님 품으로 돌아올게."

보드라운 빛의 깃털이 터져 나옴과 동시에 가느다란 눈물이 세이린의 빰을 타고 흘렀다. 클라우드는 무슨 말을 하는 것이냐고 되물으려 했다. 그러나 그녀가 더 빨랐다.

세이린은 자신의 젬을 감싼 구속의 사슬을 푼 다음 마력을 일으켰다. 클라우드의 젬 위로 손바닥을 얹자 찬란한 달빛 수정이 순식간에 그의 온몸을 가두었다. 클라우드 슈테른이 세이린의 빛에 완전히 갇혔다. 급격히 자신을 덮쳐 오는 빛에 잠시 정신을 잃은 채로.

세이린은 흠 하나 없이 매끈하고 투명한 보석 위로 이마를 대고 한참을 울었다. 클라우드의 심장 박동이 들리지 않았다. 마계에서 잠시 그의 어둠을 분리해 냈으니 당연한 일이었다.

세이린은 실링이 사슬이 감긴 자신의 젬을 만지던 순간을 기억하고 있었다. 인공 빛을 흡수한 실링이 손을 대자 완전한 원형을 한 자신의 젬이 그의 마력을 빨아들였다. 순간이지만 분명 실링의 마력이 자신의 마력에 눌렸다.

'가짜 빛을 쓰는 실링을 이길 수 있는 건 진짜 빛을 가진 나뿐이야.'

물론 긴 시간을 들인다면 마왕성은 방법을 찾아낼지도 모른다. 그러나 그렇게 한다면 클라우드의 침식은 계속될 것이고, 자신은 내내 그를 잃어야 한다는 두려움에 떨어야 하리라.

세이린은 자신이 싸워야 한다는 것을 확신하면서도 이를 악물었다. 무서웠다. 자연 발생한 빛이 실링의 만들어진 빛을 이길 수 있다고 해도 싸움이 얼마나 길어질지는 모르는 일이었다. 그 기간이 영원에 가까울지도 모른다. 그러나 끝을 모르고 치닫는 실링의 욕망을 끊어 낼 수 있는 건 마왕성이 아니라, 빛인 자신이었다.

갑작스러운 마력의 변화에 마왕성의 마물들이 달려오는 소리가 들려왔다. 손등으로 눈물을 훔친 세이린이 클라우드에게 말했다.

"클라우드. 기다려 줘. 시간이 얼마나 걸릴지 모르겠지만……."

더 이상 피하지 않을 것이다. 당신을 잃지 않기 위해 축복인지 저주인지 모를 숙명을 받아들이리라.

"내가 신이 될게."

오직 어둠인 당신을 위해서.

Chapter
33

신의 영역

세이린은 마지막으로 달빛 수정에 단단히 봉인된 클라우드를 눈에 담은 다음 침실 밖으로 나왔다. 복도에는 눈을 동그랗게 뜨고 말을 잇지 못하는 마물들이 참으로 많았다. 세이린이 싱겁게 웃으며 이동 마법진을 그리려 하자, 마왕의 방을 살펴본 기사 하나가 파랗게 질려 소리쳤다.

"클라우드 전하께서 봉인당하셨습니다!"

움찔. 모두가 세이린을 바라봤다. 그녀는 여전히 허탈한 웃음을 머금고 있었다.

"세이린. 무슨 짓을 한 거야?"

제이드가 세이린을 가로막고 물었다.

"제이드 님. 제가 반역을 저지른 것 같은데, 잡아가실 건가요?"

"농담하지 말고."

제이드의 얼굴에는 이 상황을 안타까워하는 마음이 가득 담겨 있었다. 해서, 세이린은 농담 대신 솔직하게 말하기로 했다.

"제이드 님. 지금 상황에서 실링을 상대할 수 있는 건 저뿐이에요. 실링 워렛은 죽지 않고, 신의 힘을 지닌 저도 죽지 않으니까."

"……."

제이드의 눈시울이 붉어졌다. 세이린은 바르르 떨리는 손을 감추려 주먹을 쥐곤 말을 이었다.

"얼마나 긴 싸움이 될지는 몰라요. 하지만 제가 가진 빛의 마력은 실링의 가짜 빛을 이길 수 있어요. 그러니까 계속 싸우면 돼요. 제가 실링을 누를 정도로 강해질 때까지."

"이길 때까지 계속 싸우겠다고? 죽을 만큼의 고통을 견디면서?"

세이린은 대답 대신 입술을 맞물었다. 그러자 제이드가 세이린이 그린 이동 마법진을 부쉈다.

"못 보내."

"전하를 지키는 게 기사단장의 역할이잖아요. 제이드 님은 이제 붉은 기사단장이고."

"난 아냐. 난 너를……."

제이드가 말을 마치지 않고 세이린의 어깨를 붙잡았다. 이대로 보낼 수는 없었다.

"저번에 네가 그랬잖아. 신이 되는 게 무섭다고."

"마왕님이 영영 사라지는 게 제일 무서워요. 그 생각을 하니 신이 되는 것쯤이야 괜찮을 것 같더라고요."

"조금만 기다리면 무슨 수라도 나올 거야. 그러니까……."

제이드가 말끝을 흐리자 세이린이 눈웃음을 지으며 그의 뺨을 조심히 쓸었다.

"미안해요, 제이드 님. 클라우드 슈테른이 없는 마계는 제게 아무런 의미가 없어요."

"……."

세이린의 손끝을 타고 강력한 수면 마법이 스며들었다. 제이드는 그대로 그녀에게 픽 쓰러졌다. 세이린은 등 뒤에 있는 것이 분명한 F반 친구를 불렀다.

"커밋. 제이드 님 잘 돌봐 드려."

다가온 커밋에게 제이드의 몸을 넘겨준 세이린이 말을 이었다.

"나 없다고 딴 맘 먹으면 네가 결투 이후로 비전하께 반해서 매일 잠도 못 자고 뒤척인다는 거 만천하에 떠벌릴 거야."

정곡을 찔려 얼굴을 훅 붉힌 커밋이 경악하며 입 모양으로 벙긋거렸다.

"세이린 너…… 지금 내 뒤에 빌리아 있는 거 알고 하는 말이지?"

"물론."

장난스레 웃은 세이린이 다시 이동 마법진을 그렸다. 잠시 멍하던 빌리아가 황급히 뛰어왔다.

"같이 가요, 작가님."

"안 돼요. 마왕성엔 비전하가 계셔야 해요. 제 봉인 마법이 강한 편이라 전하께서 금방 깨어나시진 못할 거예요."

빌리아는 세이린의 단호한 답에 왜인지 아무런 반박도 할 수 없었다. 세이린이 에테라로, 실링에게로 향하는 이동 마법진으로 몸을 던지기 직전이었다.

"그렇다면 이거라도 가져가 주세요."

빌리아가 누구에게도 양보한 적 없는 릴리트 에테라를 그녀에게 내밀었다.

"고마워요, 비전하."

세이린은 환하게 웃으며 릴리트 에테라를 품에 챙겼다.

　　　　　　□ ■ □

실링은 보름날의 달빛처럼 환한 마법진에서 걸어 나오는 세이린을 황홀한 눈으로 바라봤다. 마법진에 흐르는 기류에 따라 산홋빛 은발이 살랑이고, 마력으로 갖춰 입은 전투용 제복이 차츰 드러난다. 그토록 탐내던 빛. 그 자체가 자신에게로 오고 있었다.

실링은 마차에서 내리는 연인을 에스코트하는 귀족처럼 그녀에게 손을 내밀며 말을 붙였다.

"데리러 가려고 했는데. 제 발로 왔네?"

"네가 마왕성에 오는 게 싫어서."

세이린은 실링이 내민 손을 무시하곤 거리를 벌렸다. 그녀가 손을 뻗어 달빛 수정으로 된 검을 만들자 에테라 성의 홀에 전운이 감돌았다. 실링은 아쉬운 듯 입맛을 다시며 세이린을 마주 보았다.

"정말 나랑 싸울 거야?"

"싸우기만 할 게 아니라, 이길 거야."

실링은 바람의 마력을 일으켜 창을 만들어 냈다. 두 마물이 든 무기를 달빛이 한 차례 훑었다. 실링이 한 번 더 경고했다.

"세이린. 이 싸움은 금방 끝나지 않을 거야. 내 몸에는 치유의 마력이 흘러. 젬이 없어도 알아서 상처가 치유된다고."

"알아."

"그런데 왜?"

실링이 소년 만화의 악당처럼 되물었다. 세이린은 씩 웃으며 실링을 째려봤다. 그녀가 억겁 동안 이어질지도 모르는 전투를 시작하는 이유는 단 하나였다.

"난 신이 될 거거든."

실링이 눈을 반짝였다.

"역시 미천한 그림자를 마계에서 완전히 몰아내는 게 좋겠지?"

"아냐. 틀렸어. 내가 신이 되려고 하는 건, 그렇게 해야 클라우드를 구할 수 있기 때문이야."

세이린이 검을 쥔 채로 왼손의 약혼반지를 빼냈다. 클라우드의 어둠을 달빛 수정에 봉인한 지금, 마계에 남아 있는 어둠은 이것이 마지막이었다.

'미안해, 클라우드.'

세이린은 약혼반지에 짧게 입 맞추곤 그것을 달빛 수정 안에 봉인시켜 버렸다. 그 모습을 본 실링이 입꼬리를 쭉 찢어 올렸다.

"이제 마계엔 너와 나, 우리의 빛뿐이야. 미천한 그림자 따위가 낄 자리는 없어!"

실링이 빛의 마력으로 창을 만들어 세이린에게 돌격했다.

챙!

세이린은 검을 가로로 틀어 그것을 막아 냈다. 그녀의 예상대로, 제 검과 맞붙은 실링의 창에 작은 진동이 일었다. 여름 정오의 태양 빛 아래서 백열등이 힘을 쓰지 못하는 것처럼 실링의 빛은 세이린의 빛 앞에서 큰 공격력을 지니지 못했다.

세이린이 검을 쥔 손에 더 힘을 실었다. 병장기가 갈리며 듣기 싫은 소리가 났다. 그녀가 마력을 실어 실링의 창을 아예 튕겨 낼 때였다. 별안간 실링의 창이 부서지더니 고운 모래가 되어 바닥을 향해 실처럼 흘렀다. 그리 많지 않은 양이었음에도 바다에 닿자마자 물결처럼 넓게, 더 넓게 퍼졌다. 세이린은 공중으로 몸을 옮겨 물 위에 톡 떨어진 기름처럼 영역을 넓히는 빛 알갱이를 지켜봤다.

'저게 뭐지?'

빛의 마력은 에테라 성을 순식간에 집어삼켰고, 정원으로, 성의 담벼락 바깥으로 번져 갔다. 마침내 아득히 먼 곳처럼 보이는 그믐 호수까지 온통 흰 빛에 잠식된 순간. 거대한 빛의 웅덩이에서 수백, 수천 갈래의 빛기둥이 하늘을 향해 솟구쳤다. 그 기세가 가만히 그 장면을 지켜보던 실링조차도 놀라 뒤로 엎어질 정도였다.

빛기둥들은 일제히 뿜어져 나오는 분수의 물줄기처럼 일순간 공중에 머무르다 마침내 거대한 돔형 결계를 만들어 냈다. 에테라 성에서 그믐 호수에 걸친, 일반 마물들은 흉내조차 내지 못할 규모의 결계. 그 안쪽으로 서서히 빛의 마력이 차올랐다. 그제야 세이린은 이 결계가 실링과 자신의 빛이 감응해 만들어진 것이라는 사실을 깨달았다.

'이게…… 완성된 신의 힘?'

나름 전지전능하다고 믿어 왔던 음마력으로도 이 정도 결계를 만들어 내지는 못하리라. 시간과 공간의 질서조차 새 주인을 기다리는 신의 영역. 그것이 이 결계 안의 이름이었다.

잠시 주변을 살핀 세이린과 실링은 멈추었던 전투를 재개했다. 따뜻한 빛의 마력이 주변에 가득한 탓에 세이린의 움직임은 이전과 비교할 수 없을 정도로 날쌨다.

'뭐지? 갑자기 마력이 충만해졌어……!'

세이린은 검을 지휘봉처럼 휘둘렀고, 그녀의 계산대로 수십 개의 단검이 실링을 향해 날아갔다. 실링은 바람을 일으켜 그것들을 쳐 냈다. 신의 영역에서 싸움을 벌이는 탓인지 날아오는 공격이 죄다 묵직했다. 그러나 실링을 더 힘들게 하는 것이 있었으니.

'왜 아까부터 자꾸…… 야한 생각만 들지?'

실링이 마른침을 삼켰다. 전투에 집중할 수 없었다. 처음에는 그저 마물이라면 틈틈이 하는 나쁜 생각인 줄로만 알았다. 하지만 세이린이 자신을 죽이려 사쁜 돌아서며 검기를 휘두를 때마다, 심장이 저릿함과 동시에 머릿속에 나쁜 생각이 분화하는 화산처럼 솟구쳤다.

잡생각이 들면 마력이 흐트러질 법하건만 세이린은 조금도 흐트러지지 않았다. 도무지 움직일 힘이 없어서 실링이 겨우 목소리를 짜냈다.

"잠시만!"

"뭐야?"

세이린이 머리를 쓸어 넘기며 검을 겨눴다. 실링은 저 검에 베여도 좋겠다고 자꾸만 생각하는 머리를 벽에 쿵쿵 박았다. 한참 후, 머리에 커다란 혹을 단 실링이 물었다.

"세이린, 넌 아무 생각도 안 들어?"

"이기고 있는데 무슨 생각을 하겠어? 널 죽이고 신이 될 거야."

세이린은 다시 실링을 향해 바늘처럼 가느다란 광선을 쐈다. 그가 쳐 내지 못한 여러 가닥의 광선이 그의 몸을 관통했지만 실링의 몸은 즉시 회복되었다. 세이린은 혀를 차며 땀을 훔쳤다.

그 자연스러운 모습을 본 실링은 대단한 사실을 하나 깨달았다. 카인의 말에 따르면 세이린이 신의 힘인 빛을 지니게 된 가장 큰 이유는 그녀가 마계에서 가장 밝히는 음란 마귀이기 때문이라고 했다. 즉, 이 야릇한 생각들은 모두 천연 그대로의 신의 힘이 만들어 낸 결과이리라.

"역시 세이린 넌……."

실링은 거대한 쓰나미처럼 몰아치는 야한 생각을 차분하기 그지없는 얼굴로 받아들이는 세이린을 바라봤다. 경이롭다. 저것은 훈련으로 따라잡을 수 있는 경지가 아니다. 저것이 바로……

"마계에서 제일 밝히는 자……!"

자신이 흡수한 만들어진 빛에는 없는 진짜 신의 힘.

실링이 경탄에 찬 얼굴로 자신을 보자, 세이린은 묘하게 수치스러웠다.

'아오. 이놈의 음마력…… 진짜 제일 밝히는 신의 힘이 맞나 보네.'

신의 영역이 구축되고 시공간 질서가 아수라장이 된 후로부터 계속 나쁜 생각이 들었다. 하지만 그녀가 누구인가. 마계 최초로 음란 마귀 자격으로 영주권을 따낸 유이린, 유일 작가였다.

'훗. 이 정도 야한 생각쯤이야.'

세이린이 픽 웃었다. 찬란히 빛나는 그녀를 본 실링의 가슴에 다시금 유일한 빛을 갖고 싶다는 충동이 끓었다. 그가 몸을 일으키곤 기세등등하게 말했다.

"세이린. 네가 아직 내 본모습을 몰라서 마왕을 선택한 것 같은데……."

그가 채 말을 마치기도 전에 세이린이 레이저포를 그의 가슴에 박아 넣었다. 깊은 통증을 느낀 실링이었지만 치유의 마법이 곧장 치료했기에 티를 내지 않았다. 흐트러진 머리카락을 정리한 실링이 다시 말을 이었다.

"세이린. 넌 내 본연의 모습을 몰라."

"알고 싶지도 않아."

"아니, 태초의 내 모습을 보게 되는 순간 넌 나를 선택할 거야."

실링이 발을 쿵 굴렀다. 그러자 그의 몸을 덮고 있던 모피 및 기타 의상들이 싹 사라졌다. 머리부터 발끝까지 실오라기 하나 걸치지 않게 된 실링은 세이린을 정면으로 바라봤다.

"어때!"

음란 마귀의 눈이 튀어나올 듯 동그래졌다. 인간계에서 학교 다닐 때 본 바바리 맨도 이렇게 다 까지는 않았다. 정신을 부여잡은 세이린이 인상을 팍 쓰며 실링을 타박했다.

"미쳤어? 이게 뭐 하는 짓이야? 게다가 태초의 모습을 보면 널 선택할 거라고? 내가 애인 사귈 때 몸만 보는 줄 알아?"

"그렇게 말하면서도 시선은 내 몸에 향해 있잖아?"

뜨끔. 음란 마귀가 잠시 할 말을 잃었다가 급히 세 치 혀를 놀렸다.

"이, 이건 종족 특성이거든?"

"아무래도 상관없어. 이미 네 마음은 내게 기울었을 테니."

실링은 더 자세히 보라는 듯 양팔을 벌려 보았다. 세이린이 여전히 인상을 쓴 채로 생각했다.

'확실히 복근은 잘 빠진…… 큼큼. 이게 아니지.'

세이린은 나름의 감상평을 기대하고 있는 실링에게 찬물을, 아니, 얼음물을 퍼부었다.

"내가 지금 네 손에 죽는다고 해도 이 말은 해야겠다."

"……뭔데?"

드러난 복근을 정면에서 바라보고 있던 보랏빛 눈동자가 슬쩍 아래로 향했다.

"본연의 모습을 보니, 더더욱 클라우드 슈테른이야."

잠시 후, 그녀가 비릿하게 웃으며 내뱉은 감상평의 속뜻을 이해한 실링이 털썩 무릎을 꿇었다.

"크윽……!"

자존심에 깊은 타격을 받은 실링은 가슴을 거세게 움켜쥐었다. 이번에도 클라우드 슈테른에게 패했다. 정신머리라면 몰라도 몸이라면 자신 있었건만!

"크아아악!"

거센 분노에 사로잡힌 실링의 마력이 폭주하기 시작했다. 실링은 전신을 뒤덮은 힘에 몸부림쳤다. 거친 사포로 문지르는 듯한 쓰라림이 온몸을 뒤덮었다. 불의 마력과는 다른 양상으로 뜨거운 마력이 플레어의 사리를 흡수한 실링의 몸으로 계속 흘러들어 왔다. 당황한 세이린은 초인으로 진화하는 중이라고 해도 믿을 실링의 상태를 보며 뒤로 물러났다.

'이런 미친…… 그 소릴 듣고 각성하는 건가?'

실링의 몸 안에서 여러 속성의 마력이 부딪히고 뒤섞이는 게 보였다.

분위기를 읽은 실링이 패기만만하게 소리쳤다.

"드디어……!"

그러나 아무 일도 일어나지 않았다. 세이린은 도끼눈을 하고 실링의 마력을 살폈다. 마물 하나 집어삼킬 것처럼 들끓던 마력이 다시 온순해져 있었다. 어쨌든 실링 워렛의 마음 및 자존심은 가루, 아니, 초미세 먼지가 되어 저 멀리 날아갔지만.

"세이린, 감히 내 마음을 갈기갈기 찢어 놔? 너 때문에 다시 쓸 수도 없게 된 마음인데?"

"그러게 누가 옷 벗으래? 다시 못 쓸 것 같으면 얼른 폐기해!"

카강!

실링이 기습적으로 던진 창이 세이린의 머리카락을 스쳐 지나가 벽에 박혔다. 세이린은 반격을 위해 칼을 휘두르려다 주춤했다. 작가의 고질병인 손목 터널 증후군이 하필 지금 저력을 발휘한 것인지 검을 쥔 손목이 욱신거렸다.

'아, 진짜. 명색이 전투 신인데……!'

이를 악문 세이린이 검을 버렸다. 그러곤 손끝으로 마력을 부려 실링에게 맹공을 퍼부었다. 그녀의 마력이 부메랑처럼 휘날릴 때마다 신의 영역 바깥에서는 천둥이 치고 하늘이 무너질 듯 비가 퍼부었다. 실링은 사랑에 빠지긴커녕 자신의 빛을 모조리 흡수할 기세로 덤벼드는 세이린을 향해 이를 으득 갈았다. 이제 진짜 신의 마력이 어떤 방식으로 작동하는지 알았으니, 더 이상 봐줄 마음이 없었다.

"세이린, 잘 들어! 우리 어머니는 나를 낳다가 돌아가셨어!"

유교의 잔재가 남아 있는 국가에서 자라 감성팔이에, 특히 가족에 대한 이야기에 약한 세이린의 움직임이 눈에 띄게 뻣뻣해졌다. 실링은 빛과 바람의 마력으로 세이린을 공격하며 말을 이어 갔다.

"계모가 있었는데 아버지가 죽여 버렸어!"

"대, 대체 그런 얘길 지금 왜 해!"

그것도 나한테! 세이린이 실링의 말을 무시하고 음마력을 발휘하기 위한 5,500가지 그렇고 그런 생각을 이어 가려 애썼다. 하지만.

"아버지는 날 해상 무역에 강하게 키우겠답시고 매일 워렛 앞바다에 던졌고, '마높이'랑 '마몬 학습지' 밀리면 밀린 문제 수만큼 회초리로 맞으면서 자랐어!"

쿠과광!

"내 사촌인 페니 워렛, 엔 워렛이 수없이 날 암살하려고 했어!"

"좀 조용히 해!"

세이린은 실링의 의도를 알아차렸다. 지금 실링은 야한 생각을 하지 못하도록 슬픈 가정사를 읊는 게 분명했다.

세이린이 클라우드 슈테른이라는 초월적으로 섹시한 존재를 생각하며 온갖 마력과 그렇고 그런 생각을 짜낼 때였다.

쿠과광!

조금 다른 빛의 마력이 벽을 부수고 바닥을 갈랐다. 세이린은 무엇인가 이상함을 눈치챘다. 뿔. 실링 워렛의 새카만 머리카락 사이로 자그마한 검은 뿔이 돋고 있었다. 자신의 도발로 인해 실링이 심장을 부여잡은 이후부터 어째 마력의 흐름이 달라졌다 싶었다. 그런데 뿔이라니. 제 머리를 빠르게 만져 본 세이린은 아무것도 나지 않았음에 안심했다.

실링은 자신의 몸에 무슨 일이 일어나고 있는지 상상도 하지 못한 채로 빛의 마력을 써 댔다.

◻ ◼ ◻

신의 영역 안쪽은 바깥과 시간이 다르게 흘렀다. 찬란한 빛을 내며 실링과 신의 자리를 두고 싸우는 중인 세이린은 고작 몇 시간이 지났다고 생각하고 있었다. 그러나 바깥, 마왕성에는 벌써 일주일이라는 시간이 지난 후였다. 세이린의 달빛 수정에 갇힌 채로 눈을 감고 있는 클라우드의 곁을 하루에도 수십 명의 마물들이 돌봤다. 빌리아 또한 그중 하나였다.

'작가님…… 봉인 마법에 너무 힘을 주신 것 같은데. 그새 클라우드랑 부부 싸움이라도 하신 건 아니겠지?'

빌리아가 걱정스러운 눈길로 모니터에 실시간으로 송출되고 있는 에테라 성과 눈앞의 클라우드를 번갈아 바라봤다. 빛의 결계가 반투명해 자세한 것은 알 수 없지만, 세이린은 분명 최선을 다해 실링과 싸우고 있었다.

하지만 상대는 무한히 살아나는 불사신. 세이린이 기지를 발휘하지 않는다면 그의 빛을 몰아내고 완전한 신이 되는 것이 불가능할 수도 있었다. 빌리아가 지끈거리는 머리를 짚으며 정무를 계속하려 할 때였다.

"……세이린."

푹 잠긴, 그러나 익숙한 목소리에 빌리아가 고개를 쳐들었다.

"클라우드? 정신이 들어?"

"세이린은 어디 있지?"

짙은 청보라색 눈동자를 겨우 반쯤 드러낸 마왕은 정신을 차리자마자 그녀를 찾고 있었다. 빌리아는 의료진과 기사단장들을 부른 후 곧바로 현 상황을 설명해 주었다.

"신의 영역이라 네 어둠의 마력을 나눠 받은 마왕성 기사들은커녕 일반 마물들도 접근이 힘들어. 결계 안의 모두를 바깥으로 대피시킨 것만으로도 기적이야."

"세이린이 실링과 홀로 싸우고 있다고?"

클라우드의 목소리가 격앙되었다. 빌리아는 씁쓸한 얼굴로 고개를 끄덕였다. 마왕성의 모두가 혹시나 하는 마음에 신의 영역에 접근해 보았으나 강력한 거부 반응에 나가떨어질 뿐이었다.

"젠장……!"

짓씹듯 내뱉은 클라우드가 마력을 일으켜 달빛 수정을 부수려 했다. 하지만 봉인된 그의 젬은 묵묵부답이었다. 클라우드가 마력을 일으키지 못하는 제 젬을 부술 듯 노려볼 때였다.

"전하!"

며칠 밤샘을 해 시들시들한 기사단장들이 우르르 몰려들어 왔다. 제이드와 함께 있던 카인도 함께였다. 클라우드는 즉시 제 봉인을 풀 것을 명하면서도 그것이 불가능하리라는 확신에 사로잡혔다. 자정에 가까운 시간임에도 창밖이 대낮처럼 환했기 때문이다. 말을 아끼는 그에게 카인이 다가와 말했다.

"포기해, 마왕. 세이린은 어둠이 없는 마계에서 실링과 싸우고 있어. 네가 봉인을 풀었다간 변수가 생기는 것뿐이라고."

클라우드는 카인이 무슨 말을 하려는지 이해했다. 세이린은 지금 빛뿐인 마계에서 실링과 각축을 벌이고 있었다. 어둠이 없다는 전제하에 진행되는 싸움이니 자신이 달빛 수정을 깨는 순간 방해가 될 수도 있었다. 아무렇지 않은 척 표정을 굳힌 클라우드는 속으로 자신의 어둠을 저주했다.

벌써 일주일째라고 했다. 일주일. 신이 되었다면 진작 되었을 시간이었다. 세이린이 무한한 싸움에 온몸을 내던져야 하는 것은 어둠인 자신이 살아 있기 때문인지도 몰랐다. 빛은 어둠이 사라지는 순간 신이 된다고 했으니, 어둠이 사라지지 않으면 신이 될 수 없으리라.

클라우드는 커다란 달빛 수정에 손을 대곤 잠시 눈을 감았다. 어스름하게나마 세이린의 마력이 느껴져 표정이 풀어졌다. 어둠 속성을 지니고 자연 발생한 순간부터 여명회의 경전이 사실이 아니기만을 바랐다. 플래티나 빙하에서 세이린이 여명회가 틀렸다고 말해 줬을 때 얼마나 행복하던지.

하지만 지금, 자신은 결국 여명회의 창세 신화와 경전에서 자유로울 수 없다. 그럼에도 그 끝이 완전한 비극이 아니니 괜찮다는 생각이 차올랐다. 세이린 폴룩스는 어둠이 사라지는 순간 마계의 새로운 질서가 된다. 그렇다면……

"세이린의 봉인을 풀 수 있겠나?"

클라우드가 진중한 목소리로 물었다. 아무도 섣불리 입을 열지 못하는 가운데, 카인만 어깨를 으쓱했다.

"포기하라니까 그러네. 각각 다른 속성을 지닌 네 마물이 목숨 걸고 네게 마력을 퍼부어 준다면 모를까, 신의 힘을 깨는 건 불가능해."

□ ■ □

"헉, 헉……"

세이린이 거친 숨을 내쉬며 실링을 바라보았다. 그의 검은 머리카락 사이로 돋은 뿔이 처음 발견했을 때보다 훨씬 자라 있었다. 이상한 건 그뿐만이 아니었다. 점점 지쳐 가는 자신과는 달리, 실링은 광기에 사로잡혀 시간이 갈수록 그야말로 미친놈처럼 날뛰었다.

'저 뿔은 대체 뭐지?'

한동안 관찰한 결과, 실링의 뿔은 누군가의 장난이나 놀이공원용 머리띠 같은 것이 아니었다. 정말로 그의 몸에서 뿔이 돋고 있었다. 세이린이 빤히 보자 그 시선을 느낀 실링은 뺨을 붉히며 툭 내뱉었다.

"이제 와서 빤히 바라봐도 소용없어. 이미 내 마음은 돌아섰다고."

아닌 것 같았지만 세이린은 굳이 지적하지 않았다. 곧, 실링은 허세를 부리려 머리카락을 쓸어 올리다 무언가 딱딱한 것을 만졌다. 그의 얼굴에 두려움과 놀라움이 반반 뒤섞였다.

"세이린, 이거 네가 한 거야?"

"내가 머리에 뿔 자라게 하는 마법을 왜 쓰겠어?"

그런 마법을 쓸 줄 알았다면 진작 클라우드에게 써 놓고 셀카를 백 장 정도 찍었으리라. 세이린이 단칼에 부정하자 실링은 달빛 수정을 만들어 어두운 벽에 붙여 놓고 제 얼굴을 비춰 보았다. 무언가가 이상했다. 뿔에 가만히 손을 대고 있자 희미하게나마 어둠의 마력이 느껴졌다.

'내가 심장에 박아 넣은 플레어의 사리는 인공 빛인데…… 왜 어둠의 뿔이 자란 거지?'

일단 마음에 드니 셀카를 찍은 실링은 그것을 그대로 마스타그램 새벽단 공식 계정에 업로드했다. 그 후, 실링은 한참이나 순식간에 늘어 가는 팔로워를 뿌듯한 얼굴로 바라봤다.

세이린은 지금이 다시없을 절호의 기회임을 느꼈다. 실링이 마스타그램에 심하다 싶을 정도로 집착하는 것은 마왕성의 누구라도 아는 사실이었으니 말이다.

'일격에 끝내야 해. 어딜 공격해야 하지?'

실링 워렛은 젬이 없다. 하지만 심장 깊숙한 곳에 받아들인 플레어의 사리가 있다. 판단을 내린 세이린이 순식간에 공중으로 도약했다. 실링이 놀란 얼굴로 휴대폰을 떨궜을 때, 세이린은 온 마력을 집중해 날카로운 달빛 수정을 만들었다.

일순간 그녀의 투명한 단검이 실링의 심장을 정확히 찔렀다. 자연 발생한 빛을 더 깊숙이 박아 넣자, 칼끝에 무언가 단단한 것이 느껴졌다.

'이게 플레어의 사리……!'

세이린이 있는 힘껏 칼을 욱여넣었다.

"크윽……!"

실링은 말을 듣지 않는 빛의 마력 대신 바람의 마력으로 세이린을 내던지려 했다. 그러나 세이린의 품에 있는 릴리트 에테라가 그녀를 수호했다. 실링은 코앞에 있는 세이린을 째려보며 사자후를 내뱉었다.

"네가 아무리 방해해도 난 힘을 가질 거야. 아무도 날 얕보지 못할 만큼의 힘을 얻을 거라고!"

실링이 울컥 내뱉은 순간. 세이린이 쥐고 있던 날카로운 달빛 수정이 실링의 심장에 박힌 플레어의 사리에 가느다란 균열을 만들어 냈다. 그리고 마침내, 실링의 심장에 박혀 있던 플레어의 사리가 조각나기 시작했다.

콰드득!

플레어의 사리가 무수한 빛의 띠를 내뿜으며 산산이 부서졌다. 그곳에서 새어 나온 빛들이 세이린에게 다가와 별처럼 그녀의 주변을 맴돌기 시작했다.

"이건……."

세이린은 긴장을 풀고 제 곁을 맴도는 빛을 받아들였다. 플레어의 사리에서 새어 나온 힘을 온전히 안으로 빨아들이는 순간 온몸을 따스한 빛이 감쌌다.

'이제…… 신이 된 건가?'

세이린은 감격의 눈물이 나려는 것을 꾹 참으며 실링에게 빛의 사슬을 휘감았다. 그러나 기대는 곧 절망으로 바뀌었다. 실링의 몸에서 여러 갈래의 검은 사슬이 튀어나와 세이린의 사슬을 쳐 내고 그녀의 전신을 옭아맸다. 세이린은 허망하게 바닥으로 추락하는 빛의 사슬을 보며 말을 잇지 못했다.

"대체 어떻게……!"

분명 실링의 플레어의 사리는 조각냈다. 빛의 마력도 모두 자신이 흡수했다. 하지만 어째서인지 실링은 빛도, 바람도 아닌 무언가 다른 마력을 사용하고 있었다. 어느 때보다 찬란하게 빛나는 빛의 사슬을 단번에 쳐 낼 만큼 강력한 힘을. 게다가 실링의 사슬은 그녀의 마력을 빨아들였다. 세이린은 서서히 눈앞이 흐려지는 것을 느꼈다.

실링은 팔뚝만 한 높이로 자란 제 뿔을 매만지며 입이 째지도록 웃었다. 그리고 자신의 새로운 힘을 시험하듯 이것저것을 만들어 보다, 앞머리에 가려졌던 왼쪽 눈가에 손을 가져갔다. 실링이 눈에서 손을 거두는 순간 세이린의 눈에서는 눈물이 흘렀다.

카인에게 빼앗긴 그의 왼쪽 눈동자가 다시 생겨났다. 기적이라 불러도 좋을 치유 능력을 지닌 실링이 여태껏 재생시키지 못한 단 하나가 자르르 황금 빛을 냈다. 그리고 이런 일을 할 수 있는 힘은 분명……

"세이린. 신이 된 건 나 같은데?"

신의 힘뿐이었다.

황금색 눈동자를 만들어 낸 실링이 히죽거릴수록 세이린의 머릿속은 아수라장이 되어 갔다. 분명 자신의 빛은 완전해졌다. 주머니 속의 투명한 젬 또한 보름날의 달처럼 찬란하게 빛나고 있다. 그러나 이 기나긴 싸움의 승리자는 자신이 아닌 실링 워렛이었다.

세이린과 마찬가지로 의문 가득한 얼굴을 하고 있던 실링은 어찌 되었든 상관없다는 듯 어깨를 으쓱하곤 말했다.

"무슨 일이 일어났는지는 모르겠지만, 내가 이겼어."

실링이 성큼 다가와 움직이지 못하는 세이린의 얼굴을 매만지다 구석에 놓여 있던 단단한 달빛 수정을 내밀었다.

"이게 뭔지 알지?"

실링이 내민 건 싸움을 시작하기 전, 세이린이 클라우드의 마력이 깃든 약혼반지를 봉인한 달빛 수정이었다.

"잘 봐. 이게 지금 마계가 처한 상황이야."

콰드득!

실링이 상큼하게 웃으며 달빛 수정을 가루로 만들었다. 세이린의 일그러지는 표정을 똑똑히 보겠다는 듯 얼굴과의 거리를 좁히지 않은 채로. 세이린은 이를 악물었다. 그렇게 하지 않으면 실링의 앞에서 몸을 부들부들 떨며 울 것만 같았다.

실링은 그 모습마저도 귀엽다는 듯 세이린을 한껏 눈에 담다 쭈그려 앉아 있던 몸을 곧추세웠다.

"세이린. 신의 힘으로는 이런 것도 할 수 있다?"

실링이 약 올리듯 손가락을 튕기자 순식간에 에테라 성의 홀은 물론 신의 영역을 꽉 채울 만큼의 기사들이 나타났다. 모두 레이디 로이펠의 동요에 당한 것처럼 실링에게 맹목적인 복종 상태였다. 실링이 가볍게 눈짓하자 그들은 각자의 무기를 세이린에게 겨눠 보였다.

까마득한 위협 속에서 세이린은 실링을 노려봤다. 그러나 공포에서 오는 눈물이 그녀의 뺨을 적셨다. 실링은 그 이중적인 모습이 무척 마음에 든다는 듯 웃으며 말했다.

"세이린. 마지막으로 기회를 줄게. 어떤 형태든 좋아. 내게 사랑한다고 말해. 그럼 널 살려 주고 사랑까지 해 줄게. 네 힘을 억누르지 않아도 되는 빛의 제국에서 매끈한 복근을 가진 신과 함께 영원히 사는 거야. 어때?"

즉, 그렇게 하지 않으면 죽이겠다는 말이었다. 세이린은 클라우드에게 했던 약속을 떠올렸다. 신이 되어 어둠을 구하리라. 마음을 다잡은 그녀가 닥치라고 말하고 싶은 것을 꾹 참고 한 글자 한 글자를 차분히 발음했다.

"……실링 워렛."

"응. 잘 듣고 있어."

"클라우드 슈테른을 사랑하기 위해 너를 사랑해."

"……"

실링의 표정이 짓밟힌 알루미늄 캔처럼 단번에 일그러졌다. 그가 곧바로 세이린의 멱살을 잡아챘다. 그러나 세이린은 눈물을 흘릴 뿐, 조금도 기죽지 않은 목소리를 냈다.

"왜? 마음에 안 들어? 다시 할까?"

"세이린, 너……"

금방이라도 죽일 듯 그녀를 내려다보던 실링이 일순간 온화한 얼굴을 했다.

"역시 괜히 왕실 작가가 아니네. 이런 인재를 이 자리에서 죽일 수는 없지."

웃음을 머금은 실링이 새로 태어난 부하들에게 무언가를 준비하라 명했다. 그의 명은 즉각 받들어졌다. 머지않아 실링의 앞에 고성능 마이크와 여러 대의 카메라, 반사판이 등장했다. 손짓 하나로 의자를 만들어 낸 실링이 그곳에 앉자 두꺼운 전선이 연결된 카메라에 일제히 불이 들어왔다. 실링은 라이브 방송을 앞둔 연예인처럼 목을 가다듬곤 카메라를 향해 앞머리를 쓸어 올렸다.

"친애하는 마물 여러분들, 안녕? 난 실링 워렛이야. 여기는 빛의 결계 안, 신의 영역의 중심부가 된 에테라 성이고."

실링은 일종의 개인 방송을 하고 있었다. 새벽단의 마스타그램과 마계의 전 TV 채널에 그의 얼굴이 나타났다.

"보다시피 나는 신이 되었지. 모두를 구원할 빛의 신 말이야. 모두가 힐링으로 속성을 개방했다고 나를 무시할 때……."

실링은 이후 약 10분 동안 자신의 팍팍했던 과거 삶과 기적처럼 느껴지는 성공 신화에 대해 떠들었다. 제풀에 지친 그가 생수로 목을 축이곤 다시 말을 이었다.

"아무튼, 신이 되었으니 제국을 선포하는 것이 옳겠지."

씨익 웃은 실링이 자리에서 일어났다. 그러자 그가 새로이 얻은 마력이 그에게 베레모처럼 부푼 왕관과 화려한 망토를 얹어 주었다.

"나는 오늘, 이 순간을 워렛력(曆)의 시작으로 지정한다. 또한 유일한 황제의 자리에 스스로 오를 것을 선포한다. 수도는 당연히 워렛. 제국의 국호는……"

실링이 아련한 눈을 하고 사슬에 묶여 있는 세이린을 바라봤다.

"역시 나라 이름은 첫사랑 이름에서 따는 게 좋겠지? 국호는 폴룩스."

세이린이 얼굴을 구겼다. 첫사랑은 무슨. 비전하를 아내로 맞고 싶어서 '아리아 차지하기 플랜'이라는 것도 짰으면서! 그러나 그녀가 불만을 드러내기도 전에 실링이 선언하듯 쩌렁쩌렁한 목소리를 냈다.

"폴룩스 제국의 첫 번째 행사는 바로, 공개 처형식."

"······!"

"그럼 이 자리에서 질문. 나는 누구를 죽이고 싶은 걸까?"

실링이 눈웃음을 짓자 황금빛 눈동자가 살기로 반짝였다. 아무도 섣불리 대답하지 못하는 권능을 즐긴 실링이 카메라를 직시하곤 말했다.

"앞으로 한 시간 후 세이린 폴룩스를 처형한다. 죄목은 제국의 새로운 황제를 향한 반역과 불충. 마계의 새로운 신을 향한 불신. 그리고······."

실링이 점차 정신을 잃어 가는 세이린을 보곤 입술을 맞물다 말했다.

"너무 예쁘고 섹시한 데다 발랄하기까지 한 죄. 이것만으로도 충분히 사형감이야."

□ ■ □

세이린은 눈을 뜰 수 없었다. 아니, 눈을 떴는지 감았는지 구분할 수 없다는 것이 더 정확한 표현이었다. 분명 눈꺼풀을 움직인 것 같은데 감각되는 것이라곤 눈이 시린 흰색. 찬란한 흰 빛뿐이다.

세이린은 시야 확보를 포기하곤 조심스레 몸을 움직여 보았다. 사형에 처한다고 했으니 몸이 꽁꽁 묶여 있으리라 예상한 것과 달리 팔다리는 모두 자유로웠다. 마력을 찬찬히 빼앗아 가던 사슬도 없었다. 감각으로 예측하건대 지금 누워 있는 곳은 매끈한 유리판이나 대리석 위였다. 어디로 운반되고 있는 것인지 조금씩 흔들리는 것이 느껴졌다.

'······사형장으로 끌려가는구나.'

이런 미친. 내가 뭘 잘못했다고. 세이린은 혹시 모를 장애물을 피해 몸을 조심스레 일으켰다. 눈앞이 허옇게 밝기만 하니 너무도 불편했다.

'제발······ 실링이 그새 내 눈을 파낸 게 아니라면 앞이라도 좀 보여라.'

세이린이 간절한 마음으로 짜증을 내자 일순간에 시야가 훅 트였다. 끔찍하게 밝고, 아득하게 높다. 이것이 음마력의 도움을 받은 세이린이 눈을 뜨자마자 인식한 것들이었다.

그녀는 지금 사방이 각각 네 걸음 정도 되는 널따란 달빛 수정 위에 앉아 있었다. 매끈하게 가공된 이 달빛 수정은 마력을 성글게 엮어 만든 탑 위에 아슬 아슬하게 놓인 채였다.

'마력으로 에펠탑 같은 걸…… 그믐 호수 위에 만든 거야?'

세이린이 파악한 대로였다. 실링은 이것이 신의 힘이라고 자랑이라도 하듯 에테라의 그믐 호수 표면 위에 탑을 세웠다. 그리고 그 위에 달빛 수정을 깔고 사형수인 세이린을 보관하는 정성까지 들인 것이다. 놀이 기구도 못 타는 작은 간을 가진 세이린은 조금만 고개를 틀면 보이는 아찔한 높이에도 닿지 않게 덤 덤했다. 발치에 놓인 한 시간짜리 모래시계가 이미 절반이나 지나 있었기 때문 이었다.

'뒤지기 30분 전이라고 생각하니까 하나도 안 무섭네.'

그럼에도 아쉬운 마음에 혀를 굴리기를 잠시, 세이린은 자신이 너무 순응적 으로 굴고 있다는 사실을 깨달았다. 사형이라고 해도 어차피 실링이 내린 명이 다. 누군가가 자신을 죽이기 전에 탈출하면 될 일이 아닌가? 깔끔하게 결론 내 린 그녀가 다시 탑의 아래를 내려다보았다. 그러곤 입술을 맞물었다.

"이런 미친……."

뭍에는 물론이고 올라오기 힘든 호수의 표면까지 실링이 깔아 둔 부하들 이 벌레처럼 드글드글했다. 그들은 모두 잘 벼려진 무기를 탑 쪽으로 겨누고 있었다. 언제든 신호만 떨어진다면 탑의 꼭대기를 공격할 수 있는 자세. 그리고 사방에 펼쳐진 그믐 호수.

'그러고 보니, 여명회의 창세 신화에서 빛의 신이 사라진 게 그믐 호수라고 했지.'

이쯤 생각이 미치자 실링이 어떤 방법으로 사형을 집행할지가 그려지기 시 작했다. 시간이 되었다는 타이머가 울리면 탑 아래에 개미 떼처럼 우글거리는 부하들이 일제히 탑을 공격하리라.

'나 하나 죽이겠다고 저 많은 마물들을…… 어휴.'

세이린이 깊은 한숨을 내쉬며 탈출 시도를 감행했다. 보는 눈이 수없이 많으 니 위치를 드러내는 비행 마법으로 나가는 건 불가능해 보였다. 해서 이동 마 법진을 그려 보았으나, 완성 직전에 이곳에 깔린 실링의 마력이 훼방을 놓았다. 랜덤 이동 마법도, 연락 마법도. 마력을 마구잡이로 분출해 탑을 폭파시키려는 시도까지 해 봤지만 모든 것이 실패였다.

"……안 되는구나."

세이린이 자리에 주저앉아 무릎을 끌어안았다. 모래시계의 모래가 아래로 빠르게 흘러내리고 있었다. 실링이 정말 신이라도 된 것인지 아무것도 할 수 없었다. 가만히 눈동자를 굴리던 세이린은 아직 주머니 속에 있는 젬을 꺼내 찬찬히 살폈다. 흠 하나 없는 완전한 구체. 어느 때보다 찬란한 빛. 스피카 총장님과 도서관장님이 말하던 '신이 될 빛'은 분명 이러한 모습이리라.

'그런데 왜…… 실링이 신이 된 거지?'

세이린은 이해할 수 없었다. 완전한 빛은 제 손에 있었고, 실링의 심장에 자리하고 있던 플레어의 사리는 확실히 부쉈다.

'내가 실링만큼 힘을 원하지 않아서 신이 되지 못한 걸까?'

공격이 아니라 치유 마법을 사용한다는 이유로 영주들에게 오랜 시간 핍박을 받은 실링은 힘을 향한 갈망이 상당했다. 이제야 깨달은 사실이지만 실링은 로이펠에서 플레어 프로젝트를 시작했을 때부터, 어쩌면 그 이전부터 힘을 갖기 위해 부단히 노력했다. 힘을 원하는 마음만 본다면 압승이었다.

'결국 나 때문인가.'

세이린이 눈시울을 붉혔다. 아무리 생각해도, 보름달보다 더 밝은 빛을 가지고도 신이 되지 못했다면 문제는 자신에게 있는 것 같았다. 그간 신이 되기를 꾸준히 거부해 와서일까. 아니면 무한한 희생정신이나 투철한 봉사 정신이 없어서일까.

'고등학교 다닐 땐 봉사 시간도 초과해서 채웠는데. 마계에선 알아주지도 않는구나.'

괜한 생각을 한 세이린이 무릎에 얼굴을 묻었다. 방울져 떨어지는 그녀의 눈물이 바닥, 달빛 수정에 닿았으나 만화에서처럼 화려한 빛과 함께 탑이 무너지는 기적 따위는 일어나지 않았다. 세이린은 입술을 깨물어 울음소리를 삼키며 그리운 존재들을 떠올렸다. 가장 먼저 떠오른 건 딜런이었다.

'마지막으로 통화한 게 제이드가 기사단장이 되었을 때였는데.'

미스터 제릴이 기사단장이 된 아들 자랑을 그렇게 해 댄다며 얼마나 툴툴대던지. 푸스스 웃은 세이린이 연달아 보고 싶은 얼굴들을 떠올렸다. 늘 큰 그림을 그리던 비전하, 함께 어울리던 기사단장님들, 마왕성에서 함께 지낸 로자리, 커밋과 제이드를 비롯한 아카데미 친구들, 스칠 때마다 눈웃음을 지어 주던 수많은 마물들.

그리고, 클라우드 슈테른.

그의 얼굴을 떠올린 세이린은 희미하게 웃음을 머금었다. 왜일까. 안도감 비슷한 것이 마음을 따뜻하게 적셨다. 이내 사형 집행까지 100초가 남았다는 카운트다운이 시작되었지만 푸스스 소리 내어 웃기까지 했다.

"……다행이다."

세이린이 여전히 무릎에 얼굴을 파묻은 채로 울음인지 웃음인지 모를 목소리를 냈다. 이속성은 마력의 총량을 공유한다. 그리고 클라우드를 봉인한 지금, 이속성의 거의 전부라고 해도 좋을 힘은 자신이 차지하고 있었다. 실링은 빛도, 어둠도 아닌 새로운 힘을 얻은 듯하니 논외. 그렇다면 자신이 실링에게 사형당해 빛의 젬이 깨지는 순간 클라우드의 어둠은 다시 마계 최강이 될 것이다.

세이린 폴룩스라는 마물을 만나기 전처럼.

그렇게 생각하니 이 상황도 그리 나쁘지 않게 느껴졌다.

'……신이 되어서 돌아가겠다는 약속을 못 지켜서 어떡하지.'

약속을 지키지 못한 건 미안했지만 다시 강하고 건강해질 클라우드를 생각하자 웃음이 났다. 세이린은 손등으로 눈가를 문질러 닦곤 채 1분도 남지 않은 시간을 탈출 시도로 보내리라 다짐했다. 마음을 다잡은 그녀가 몸을 일으키려 할 때였다.

"세이린."

"……!"

나지막한 목소리가 귓전에 맴돌자 세이린은 이끌리듯 고개를 들었다. 가장 큰 그리움을 느끼게 했던 존재. 떠올리는 것만으로도 희미한 웃음을 머금게 하는 마왕. 클라우드 슈테른이 눈앞에 있었다.

"울었나?"

부드럽게 물은 그가 어서 안기라는 듯 팔을 벌렸다. 세이린은 뿌예지는 시야를 주체하지 못하고 그를 와락 끌어안았다.

그러자, 이미 잘게 부서진 클라우드의 젬이 느껴졌다.

세이린은 현실을 부정했다. 다른 누구도 아닌, 그 클라우드 슈테른이다. 마계에서 제일 강한 마물의 젬이 이렇게 잘게 부서졌을 리 없다. 세이린은 떨리는 손으로 그의 부서진 젬을 어루만졌다. 원래는 청보라색이던 것이 어둠의 마력이 모조리 빠져나가 잿빛에 가까웠다.

"클라우드……?"

클라우드는 부름에 답하는 대신 세이린을 더 꼭 끌어안았다. 지금 이 순간, 그에게는 단 하나만이 확실했다.

세이린 폴룩스를 사랑한다. 이 재회가 재앙인지 축복인지 구분할 수도 없을 만큼.

젬이 부서지는 건 어둠을 지닌 자신이 신의 영역이라 불리우는 빛의 공간에 침입할 때부터 이미 예견된 일이었다. 아니, 어쩌면 마계의 수많은 공원 중 하나에서 세이린을 우연히 마주쳤을 때부터.

클라우드는 플래티나 빙하에서 돌아와 한숨 돌리던 어느 밤, 잠든 세이린을 보며 수없이 아로새겼던 맹세를 떠올렸다.

너를 잃은 내가 되지 않을 것이다.

젬이 깨진 지금도 그 마음은 변하지 않았다. 세이린 폴룩스를 잃지 않을 수만 있다면, 클라우드 슈테른의 목숨은 몇 번이고 포기할 수 있었다.

사형 집행까지 앞으로 40초. 클라우드가 세이린의 이마에 길게 입 맞추곤 운을 뗐다.

"세이린. 내게 마지막으로 한 번만 더 축복을 줘."

"마지막……?"

"내가 어디로 가든 그곳이 네 곁이길. 난 그거면 돼."

세이린은 그의 말을 이해하기 싫어 고개를 저었다. 그러나 클라우드는 구태여 설명하지 않았다.

사형 집행까지 앞으로 20초. 설명할 시간에 그녀를 조금이라도 더 눈에 담고 싶었다. 실링이 신이 된 순간 마계의 모든 질서가 무너졌다. 그리고 이 모든 것을 바로잡을 수 있는 건 자신이 따르는 질서, 세이린 폴룩스뿐이었다.

아니, 이건 핑계였다. 마왕이라는 자리를, 황제라는 이상을 일순간에 저버리고 그믐 호수로 달려오기 위한 변명.

이곳에 온 이유는 단 하나.

"사랑해."

사형 집행까지 10초.

클라우드가 으스러지도록 껴안고 있던 세이린을 놓곤 빛의 탑 끄트머리로 걸어갔다. 이미 젬이 부서졌으니 마력을 쓸 방법은 없다. 하지만 자신에겐 일으킬 수 있는 한 가지 힘이 더 있었다. 클라우드는 빛의 탑 아래로 몸을 던졌다. 무속성 마물이나 다름없는 지금, 실링의 결계는 클라우드를 막지 못했다.

사형 집행까지 3초, 탑 아래 깔린 온 마물들이 세이린이 있는 꼭대기를 향해 무기를 겨누는 순간.

"너희들이 노릴 건 나다."

클라우드 슈테른이 강력한 동요를 일으켰다. 시기의 랭커의 동요는 주변의 모든 존재들이 자신에게만 살의를 느끼도록 하는 것. 그의 동요가 신의 영역 안으로 먹구름처럼 퍼지는 데에는 채 1초가 걸리지 않았다. 실링이 세이린에게 겨누었던 온갖 창과 칼날, 화살과 총알들이 모두 클라우드를 향해 날아왔다.

살과 근육, 뼈와 장기를 깊이 가로지르는 소리가 메아리처럼 호숫가에 울렸다. 세이린은 눈앞에 펼쳐진 상황이 차라리 영화의 한 장면이라 믿고 싶었다. 자신에게 향했던 모든 공격을 한 몸에 받아 냈다.

마력을 모두 잃은 클라우드 슈테른이.

살아 있을 리가 없다.

"클라우드⋯⋯!"

세이린이 절규했다. 그녀의 목소리가 그믐 호수 가득 울렸다. 동시에 실링이 신의 힘으로 소환했던 수많은 기사들이 서서히 자취를 감추기 시작했다. 아직도 탑의 꼭대기에 갇혀 있는 세이린에겐 클라우드의 몸이 어디에 있는지 보이지 않았다.

"제발……."

클라우드의 어둠이 사라졌다는 것을 알려 주듯 조금씩 빛의 마력이 차오른다. 세이린은 마력을 거칠게 휘둘러 댔다. 그러자 실링이 세운 빛의 탑에 조금씩 금이 가기 시작했다. 빛의 마력이 겨우 한 몸을 던질 수 있을 만한 크기까지 구멍을 넓혔을 때, 실링이 그녀의 앞을 막았다.

"그만둬, 세이린. 무의미한 짓이야."

그새 더 단단해진 듯한 뿔에서는 어째서인지 어둠의 마력이 새어 나오고 있었다. 실링은 미친 듯이 제 몸을 붕괴시키기 시작하는 알 수 없는 힘에 두려움을 느끼며 세이린을 마주했다.

"클라우드 슈테른은 죽었어."

"……저리 비켜."

세이린이 실링을 밀쳐 냈다. 그러나 밀리지 않은 실링이 그녀의 손목을 잡아챘다. 실링이 지금 느끼는 기분은 세 글자로 요약이 가능했다. 비참함. 영주들 중 누구도 갖지 못한 힘을 가지면 이런 감정은 느끼지 않아도 될 것이라고 생각했다. 그 누구도 자신을 무시하지 않으리라 생각했다. 하지만 모든 것이 예상과 달랐다. 심지어, 그토록 집착해서 얻어 낸 신의 힘조차도 제 몸을 무참히 부수기 시작했다.

'대체 왜…….'

울렁거리는 속을 겨우 잠재운 실링이 세이린에게 애원하듯 물었다.

"만일 내가 클라우드 슈테른을 살려 준다면, 네가 마계에서 가장 아끼는 걸 다시 준다면…… 날 사랑해 줄 수 있어?"

"……."

세이린은 절박함에 파르르 떨리는 실링의 눈을 보고 깨달았다. 공격이 아닌 치유 마법을 사용한다는 이유만으로 같은 영주들에게 오랜 시간 배척받은 실링이다. 어쩌면 그야말로 누구보다 간절하게 빛의 구원을 갈망한 존재인지도 몰랐다. 세이린은 날카로운 눈을 하곤 실링에게 말했다.

"네 말대로, 신의 힘은 네가 가졌어. 나는 신이 아니야. 그러니 내가 사랑하는 걸 없앤 네게 자비심을 보일 필요도 없지."

실링이 그녀를 향해 퍼붓던 애원의 눈길을 힘없이 바닥으로 떨어뜨렸다. 세이린은 다시 한 번 힘주어 말했다.

"내가 신이 된다고 해도 절대로 그럴 일은 없을 거야."

세이린이 매몰차게 거절하자 실링이 그녀의 앞에 무릎 꿇었다.

"내 힘은 전지전능해. 지금 마왕을 살릴 수 있는 건 나뿐이야."

실링은 비굴한 자세를 하고도 협박하듯 말했지만 세이린은 좁은 구멍에 몸을 통과시키며 내뱉었다.

"지금은 그렇지도 않은 것 같은데."

실링이 움찔했다. 그녀의 말이 맞았다. 클라우드 슈테른이 신의 영역에 들어온 후로부터 갑자기 마력이 붕괴하기 시작했다. 늘 잘만 써 오던 치유 마법도 갑자기 말을 듣지 않았다.

'이게 다 그 미천한 그림자 때문에······!'

이를 부득 간 실링이 힘을 일으켜 수면에 나뒹굴던 클라우드의 몸을 그믐 호수 깊은 곳으로 가라앉혔다.

"······!"

세이린이 실링을 노려보곤 곧바로 탑 아래로 몸을 던졌다. 그믐달의 형상을 한 그믐 호수의 물은 눈을 가늘게 떠야 할 정도로 희게 번쩍이고 있었다. 탑의 꼭대기에서 어느 정도 거리가 벌어지자 정교한 마법 사용이 가능했다.

세이린은 이동 마법진을 이용해 실링이 클라우드를 가라앉힌 수면으로 향했다. 피 냄새가 코를 찔렀다. 한 몸에 무수히 많은 마물의 공격을 받아 냈으니 출혈이 심한 것은 당연했다.

세이린은 수면 위에 얼룩처럼 남아 있는 혈흔을 조심스레 문질렀다. 그러자 수면 위로 맺혀 있던 피가 우유처럼 흰 물속으로 아스라이 퍼졌다. 드넓은 호수의 물이 모조리 빛나는 탓에 혈흔은 애초에 없던 것처럼 말끔히 사라졌다.

그도 이렇게 사라질 것이다.

'클라우드······.'

속으로 그의 이름을 읊조린 세이린이 발밑을 받치고 있던 마력을 거두었다. 그녀의 몸이 차가운 물속으로 차츰 잠겨 들어갔다.

Chapter
34

신통력

발, 다리, 허리, 그리고 얼굴과 머리카락까지 전부 물에 잠긴 순간 어느 때보다도 충만한 빛의 마력이 느껴졌다. 세이린은 빛이 이끄는 방향으로 유유히 몸을 움직였다. 무슨 일인지 물속에서도 숨을 쉴 수 있었다. 그것도 아주 편안하게.

부지런히 다리를 움직여 물장구를 치자 깊이 가라앉은 클라우드가 보였다. 넝마가 된 그의 몸은 이미 아무런 움직임이 없었고, 피는 모두 빠져나온 듯 얼굴이 창백했다.

세이린은 무한히 가라앉을 것만 같은 클라우드의 몸을 조심히 안아 들었다. 자신이 있는 한, 클라우드는 더 이상 깊고 차갑고 어두운 곳으로 혼자 가라앉지 않아도 된다. 세이린은 그 사실 하나만으로도 이곳에 영원토록 머물 수 있으리라 생각했다.

"클라우드."

그의 이름을 발음하자 보그르르 일어난 물거품이 아득한 수면 위로 올라갔다. 마왕의 몸을 끌어안은 세이린은 조금씩 수면을 향해 몸을 움직였다. 그러나 마력을 일으켰음에도 클라우드의 몸은 자꾸만 호수의 바닥을 향해 가라앉았다. 세이린은 함께 가라앉는 쪽을 선택하곤 눈을 감았다. 귓가에 그의 목소리가 맴돌았다.

'내게 마지막으로 한 번만 더 축복을 줘. 내가 어디로 가든 그곳이 네 곁이길. 난 그거면 돼.'

'마지막 축복이라니. 그런 게 어디 있어.'

세이린은 차게 식은 클라우드의 뺨을 쓸었다. 굳어 가는 몸을 껴안고 호수의 바닥으로 가라앉는 내내 그에게 축복을 내렸다. 곧, 등에 차가운 호수의 바닥이 닿았다. 희끄무레한 먼지가 구름처럼 피어올랐다.

'초승 호수에 빠져서 나이를 먹었을 때도 이런 기분이었는데.'

새삼 옛일을 회상한 세이린은 쓴웃음을 지었다. 신의 마력이라고 했다. 빛을 완성했다. 그런데 왜 신이 될 수 없었던 것일까. 자신에겐 마계를 지키고 마물들의 번영과 행복을 위해 한 몸 바치겠다는 숭고한 의지가 없었다. 입꼬리가 부르르 떨리도록 억지웃음을 지을 자신도, 정확히 계산된 양의 약을 먹고 잠들 생각도 여전히 없다.

'아니야. 내가 신이 되지 못하는 건……'

세이린은 클라우드를 더욱 단단히 안았다. 두렵기 때문이리라. 빛이 신통력으로 완전히 진화하는 순간 어둠은 다시 미천한 것 취급을 받을 것이다. 그렇기에 무심결에 신이 되기를 거부하고 있는지도 몰랐다. 애당초, '신'이라는 위대한 자리에 어떤 존재가 군림해야 하는지도 그를 통해 깨닫지 않았던가.

'클라우드 슈테른. 마계에 신이 있다면 당신이어야 해.'

오직 마계를 위해 모든 것을 바칠 수 있는 마왕. 고결한 이상만으로도 온 마물을 통합하는 군주. 어둠인 동시에 마계의 빛인 클라우드 슈테른. 그렇기에 눈을 뜰 수 없을 만큼 찬란한 빛 속에서도, 코앞도 보이지 않는 캄캄한 어둠 속에서도 나는 당신을 혼자 두지 않을 것이다.

"……!"

생각을 이어 가던 세이린이 흠칫 놀랐다. 주머니에 넣어 두었던 젬이 무언가에 반응하듯 미친 듯이 진동하기 시작한 탓이었다. 세이린은 젬을 꺼내 꼭 쥐었다. 그러자 아주 잠시나마 무지갯빛 마력이 보였다.

모든 것이 조화롭게 뒤섞인 빛깔. 그것이 퍼져 나가는 것을 흐릿한 눈으로 지켜보던 세이린은 불현듯 자신이 왜 신이 되지 못했는지를 깨달았다. 자신이 지금 지니고 있는 힘은 온전하고 완전한 빛이었으나, 동시에 아무것도 아니었다.

신의 힘은 빛도, 어둠도 아니었다.

그렇기에 빛만을 고집했던 플레어 프로젝트는 실패했고, 빛 덩어리인 플레어 프로젝트의 폐기물에서 어둠인 마왕이 태어날 수 있었다.

'클라우드. 여명회가 틀렸어. 빛이 신성한 것도 어둠이 미천한 것도 아니야.'

허망하게 읊조린 세이린이 그를 더 바짝 끌어안았다. 빛의 마력은 달의 위상 변화처럼 성장한다고 했다. 손톱처럼 얇은 모양에서 반달로, 그리고 완전한 보름달로. 달은 차고 기우는 것이었다. 때로는 찬란한 모습으로, 때로는 캄캄한 모습으로 마계를 비추는 존재.

빛이며 어둠. 모든 것의 조화. 그것이 신이었다.

"이 반응은……."

꼭 쥐고 있던 젬이 빛의 고리를 연달아 뿜어 댔다. 어둠을 등한시하는 것이 아니라 제 안쪽으로 받아들이는 게 신이라면, 더 이상 거부하지 않아도 되었다. 세이린은 일순간 환희에 찬 얼굴을 했다가 곧 씁쓸함을 머금었다.

'……너무 늦었어.'

세이린이 깊게 탄식했다. 신은 빛과 어둠, 둘 중 하나만 있어서는 도달할 수 없는 존재라는 것을 조금 더 일찍 깨달았어야 했다. 클라우드가 목숨과 마왕이라는 명예를 버리고 신의 영역으로 들어선 순간, 실링이 어둠의 마력이 깃들어 있던 약혼반지를 부순 순간 늦어 버렸다. 이제 마계엔 빛과 하나가 될 어둠이 존재하지 않는다.

"……사랑해, 클라우드."

세이린은 싱겁게 웃었다. 이대로 클라우드의 곁에 영원히 머무르고 싶었다. 보그르르 퍼지는 공기 방울을 느끼며 그녀가 찬찬히 눈을 감았다.

'그래도 다행이다.'

어둠은 신에게 버림받은 미천한 그림자가 아니었다. 여명회를 비롯한 마물들이 인정해 주지 않았을 뿐, 언제나 신의 일부였다. 언젠가 기회가 찾아온다면 클라우드를 꼭 껴안은 채로 다정하게 말해 주고 싶었다. 당신은 버림받은 적이 없다고. 과거에도, 미래에도, 그리고 함께 그믐 호수에 잠겨 있는 지금도.

'아주 조금의 어둠이라도 남아 있었다면, 이번에야말로 내가 신이 되어 당신을 살릴 수 있었을 텐데.'

그렇게 생각하며 얌전히 눈을 감은 세이린이 곧 퍼뜩 눈을 떴다. 마계에 남은 마지막 어둠의 마력이 어디에 깃들어 있는지를 생각해 낸 탓이었다.

'클라우드의 마력이라면.'

클라우드 슈테른의 칠흑 같은 마력은 곧 어둠 그 자체. 그의 젬도, 그가 마력을 담아 선물한 약혼반지도 마계에서 영영 사라져 버린 지금, 딱 한 곳에는 그의 마력이 남아 있었다. 세이린이 피식 새어 나오는 웃음을 그대로 흘리며 자신의 허리에 손을 가져갔다. 클라우드가 아카데미 추천을 명목으로 남긴 서명이 손끝에 부드럽게 감겼다.

세이린이 빛의 마력을 그 위로 흩뿌렸다. 그러자 그의 이름이 새겨진 곳이 따끔하더니 곧 보랏빛으로 빛났다. 허리에 새겨진 글자가 두둥실 떠올라 그녀의 시야에 네온사인처럼 나타났다.

그가 직접 새긴 이름을 보는 순간 자동으로 웃음이 지어졌다. 손을 내밀어 완전한 빛의 젬을 그의 이름 사이로 휘젓자 세이린의 젬에 클라우드의 이름이 빨려 들어왔다.

두근—

세이린의 심장이 거세게 뛸 때마다 호수 바닥에 일곱 빛깔로 아롱거리는 기류가 퍼져 나가기 시작했다. 호수 바깥을, 마계 전체를 밝히고 있는 마냥 하얀 빛과는 다른 찬란함이었다. 다채로운 기류는 호수 바닥을 기점으로 오로라처럼 퍼져 나가기 시작했다.

따스하기만 하던 이전의 빛과 달리 슬픔과 기쁨, 분노와 두려움이 느껴지는 마력. 희망과 절망을 동시에 거느리는 힘. 살아 있는 것들이 느끼는 모든 감정이 응축된 듯한 생명의 기운. 그 파동을 가만히 들여다보던 세이린은 감탄할 수밖에 없었다.

'이게 온전한 신의 힘, 신통력······.'

신통력은 분명 빛의 형상을 하고 있었지만, 그 안에는 분명 지, 수, 화, 풍의 네 가지 속성과 어둠의 기운이 모두 담겨 있었다. 어설픈 음마력이나 황금색 눈동자를 재생시켰던 실링의 신통력과는 그 차원이 달랐다.

곧, 단단하고 완전한 구형이던 세이린의 젬이 서서히 사라지기 시작했다. 그러나 세이린은 고통이나 두려움을 느끼지 않았다. 오히려 자신감을 되찾았다.

'이젠 젬도 필요 없다는 건가?'

신의 힘이 젬의 구속에서 벗어나 완전히 해방되는 순간. 마침내 호수가 눈도 뜰 수 없을 정도의 무지갯빛 광채로 가득 찼다. 세이린은 시린 눈을 잠시 감았다. 그 상태로 숨을 들이쉬자 새로운 힘을 온전히 받아들일 수 있었다.

다양한 색으로 아롱거리는 오로라가 세이린의 온몸을 훑어 내렸다. 그러자 물속으로 한들한들 퍼지던 산홋빛 은발이 유려한 곡선을 그리며 더 길어졌다. 그녀가 머릿속으로 막연히 그려 보던 살구색 드레스가 몸을 감쌌다. 황금과 한 없이 맑은 달빛 수정으로 만들어진 장신구가 새로이 태어난 신의 몸을 호화롭게 장식했다.

눈을 뜬 세이린은 고대 그리스의 여신상들이나 입고 있을 만한 드레스와 치렁치렁 흔들리는 황금 장식을 두른 제 몸을 신기한 듯 바라봤다. 머리부터 발끝까지가 막연히 그려 왔던 신의 모습 그대로 변화되어 있었다. 그렇다면 해야 할 일은 단 하나.

"클라우드 슈테른."

세이린이 다정한 목소리로 사랑하는 그의 이름을 불렀다.

"정의의 이름······ 아니, 마계 공식 여신님의 이름으로 명한다."

제법 무게를 잡은 세이린이 조심히 클라우드의 양 뺨을 감싸 쥐었다.

"얼른 일어나서 저랑 영원히 행복해 주세요."

세이린이 클라우드에게 짧게 입 맞췄다. 그러자 그녀의 입술이 닿은 곳을 기점으로 봄날의 햇살을 연상시키는 온기가 돌기 시작했다. 온기 다음으로는 혈색이 돌았고, 창과 칼, 활의 맹공을 한 몸에 받아 넝마가 된 육신이 차츰 아물고 치유되기 시작했다. 반쯤 찢겨 나가고 구멍이 난 몸에 생명의 마력이 들어차 그의 몸을 새로이 빚어냈다.

세이린은 움찔 떨리는 클라우드의 속눈썹을 보다 무심결에 생각했다.

'……그래도 얼굴에 잔상처가 있는 건 꽤 섹시했는데.'

이제는 완전한 신통력이 된 음마력이 그녀의 요구를 받아들여 얼굴의 가벼운 생채기를 조금 남겨 두었다.

'하여간 이놈의 음마력은 긴장 놓을 틈을 안 줘요.'

세이린이 픽 웃었다. 얼마 지나지 않아 클라우드가 굳게 닫고 있던 눈을 아주 천천히 떴다. 멎었던 숨을 다시 내뱉는 입가에선 보그르르 거품이 일었다. 보이지 않던 클라우드의 짙은 눈동자가 서서히 드러날 때마다 세이린의 얼굴에는 환희가 번졌다.

마침내 그가 완전히 눈을 떴다. 얼굴의 작은 생채기들만 제외하면 흠 하나 없는 온전한 모습의 부활이었다. 클라우드는 되살아난 것이 믿기지 않는다는 듯 눈을 느리게 깜빡였다. 물속에서 숨을 쉴 수 있다는 것도 마냥 신기했다. 하지만 그를 가장 놀라게 하는 것은 역시 눈앞의 새로운 신이었다.

"……세이린."

세이린은 여전히 끝내주는 마왕님의 목소리에 흠뻑 취해 그를 살살 어루만졌다. 따뜻했다.

"클라우드. 이렇게 예쁜 날 두고 어딜 가려고."

"……."

"오래오래 같이 행복하고 싶어서 멋대로 살려 냈는데. 이 정도는 애교로 봐 줄 거죠?"

세이린이 방긋 웃었다. 그 모습을 코앞에서 본 클라우드의 눈시울은 진정시킬 새도 없이 뜨거워졌다. 그녀가 자신의 희생을 필요로 한다면 몇 번이고 죽을 수 있었다. 아울러 그녀가 자신의 삶을 원한다면 몇 번이고 살아날 수 있었다. 오직 자신의 빛이며 질서인 세이린 폴룩스만이 이 일을 가능하게 했다.

"……내게 감히 신을 사랑할 자격이 있을지 모르겠군."

그렇게 말한 클라우드는 위를 향해 너울거리는 세이린의 머리카락을 뒤로 넘겨 주었다. 신이 된 연인은 여전히 사랑스러웠다. 클라우드는 제 뺨을 끌어당기는 세이린의 손길을 느끼며 그대로 입을 맞췄다.

세이린은 말 대신 행동으로 사랑을 전하는 그를 부드럽게 받아들였다. 맞물린 입술이 서로의 숨을 베어 먹듯 느리게 움직이자 벌어진 입술 사이로 작은 물방울들이 새어 나왔다. 세이린은 그의 턱선을 양손으로 꼭 감싸고 뽀뽀하는 것으로 키스를 마무리하곤 눈을 마주했다.

한없이 밝은 그믐 호수의 물을 배경으로 한 자신만이 클라우드의 눈동자에 담긴 전부였다. 세이린이 아쉬운 듯 한 번 더 입을 맞추곤 지독히도 밝은 빛이 그물 모양으로 한들거리는 수면을 올려다보았다. 이렇게 사랑스러운 남자를 아주 잠시나마 마계에서 영영 사라지게 만들었던 실링 워렛이 그믐 호수 표면에 어슬렁거리는 게 보였다.

쨈을 잃긴 했으나 클라우드 또한 실링이 다가왔음을 직감적으로 눈치챌 수 있었다. 마왕이 얼굴을 일그러뜨리자 세이린은 걱정하지 말라는 듯 그의 미간을 살살 문질러 폈다.

"국보급 얼굴 자꾸 구기지 맙시다, 마왕님. 마왕성에서 떠날 때 약속했던 대로 실링 워렛은 내가 상대할 거야."

"하지만……."

"클라우드, 나를 믿어 줘. 이제 마계 공식 여신님이잖아?"

생색을 낸 세이린이 엷은 미소를 머금은 채로 발을 굴렀다. 그녀의 마력으로 인해 두 마물은 눈부신 그믐 호수의 바닥에서 실링 워렛이 있는 호수의 표면으로 순식간에 이동하게 되었다.

갑작스러운 기류의 변화를 느낀 실링은 흠칫 놀란 얼굴로 주변을 살피다 금방 세이린을 발견했다. 오색찬란한 오로라를 선녀의 날개옷처럼 두르고 있는 마계의 새로운 신이 황금색 눈동자에 가득 담겼다. 실링의 얼굴에는 아름다운 것을 마주했을 때의 황홀함과 그것을 영영 가질 수 없음을 깨달았을 때의 좌절이 동시에 어렸다.

세이린 또한 실링을 살폈다. 머리에 돋은 검은 뿔은 그새 더 단단하게 자라

산양의 것처럼 둥글게 말려 있었다. 새로이 얻은 힘 덕분인지 실링의 마력이 더욱 선명하게 보였다. 그 마력을 분석하던 세이린이 작게 눈살을 찌푸렸다.

'실링의 머리에 돋은 뿔에서 어둠의 마력이 느껴져.'

그녀의 빛을 빛이자 어둠인 완전한 신통력으로 성장시킨 것은 클라우드의 어둠이었다. 하지만 실링이 흡수한 빛을 불안정하나마 신통력으로 성장시킨 어둠은 클라우드의 것이 아니었다.

'분명 실링이 흡수한 플레어의 사리는 내가 깨 버렸는데…… 그런 건가.'

무언가를 깨달은 세이린이 손끝을 움직여 시공간을 멈추었다. 그러자 실링이 일전에 에테라 성에서 했던 것처럼 모든 것이 흑백으로 바뀌었다. 색채를 지닌 것은 오직 신통력을 지닌 두 마물, 세이린과 실링뿐이었다. 세이린은 영롱한 오로라를 거느리고 찬찬히 그에게로 다가가며 말했다.

"실링 워렛. 이제야 나보다 네가 먼저 신이 된 이유를 알겠어."

"……."

세이린은 실링이 신의 힘을 얻기 직전에 했던 말을 떠올렸다.

네가 아무리 방해해도 난 힘을 가질 거야. 아무도 날 얕보지 못할 만큼의 힘을 얻을 거라고!

실링 워렛의 힘은 무한한 치유. 무엇이든 치유해 낼 수 있는 그의 힘은 결코 실링을 멈출 수 없도록 만들었으리라. 같은 영주들에게 싸늘한 시선과 냉대를 받았을 때도, 숱한 마물들과 결투를 하다 부상을 입었을 때도 실링은 다시 일어날 수밖에 없었다. 죽고 싶어도 죽지 못하게 하는 치유, 그것이 그의 힘이니.

'……여기까지 오는 동안 실링 워렛의 속은 썩어 문드러졌겠지.'

누구보다 전지전능하다는 빛의 힘을 갈망했을 실링의 마음속엔 짙은 어둠이 드리워져도 한참을 드리워졌을 터. 세이린은 실링에게로 더 가까이 다가갔다.

공격 태세를 갖추려던 실링은 온몸에서 힘이 빠져나가는 느낌을 받았다. 느낌뿐만이 아니었다. 자신이 겨우 얻어 낸 신통력이, 죽고 싶을 때조차 죽도록 허락하지 않았던 치유의 힘이 정말로 세이린 폴룩스의 오로라에 빨려 들어가고 있었다.

"쳇. 목숨을 걸고 열망한 끝이 겨우 이건가."

실링이 허망하게 중얼거렸다. 치유의 힘을 무시하지 않는 사랑도, 아무도 무시하지 못할 만큼 강력한 힘도 죽도록 원했다. 그러나 모든 것을 바친 갈망의 끝은 이토록 허무했다. 실링은 그믐 호수 표면에 무릎을 꿇은 채로 세이린을 올려다보았다. 여명회의 말대로, 신이 되는 것은 결국 자신이 아니라 빛을 지닌 그녀였다.

그의 얼굴에 늘 서려 있던 장난기가 걷혔다. 대신 황금빛 눈동자에 물기가 어렸다. 세이린이 실링의 머리에 손을 얹었다. 실링은 복종하듯 찬찬히 눈을 내리깔았다. 머리에 얹힌 손이 따뜻해서 눈물이 났다. 황금빛 눈동자에서 흘러나온 가느다란 눈물이 턱에 맺혔다가 똑 떨어졌다. 한참이나 세이린의 온기와 빛을 느낀 실링은 온몸의 마력이 모두 빠져나간 것을 눈치챘다. 그가 떨리는 목소리로 세이린에게 말했다.

"세이린 폴룩스. 너는 이제 신이지?"

"그런 것 같네."

"그럼…… 나를 구원해 줘."

단번에 실링을 조지려던 세이린이 예상치 못한 말에 당황했다.

"넌 신이잖아. 모든 것을 아우르는 마계의 유일한 신."

"……그래서?"

"신은 모든 것을 포용하고 감싸야지. 죄가 있으면 용서해 주고."

실링이 뻔뻔하게 말하자 세이린이 퍽 애매한 표정을 보이며 시선을 피했다. 물론 세이린도 인간계에서 신이란 무한히 용서하는 존재라고 배웠다. 어떤 거지 같은 죄를 저질러도 자신의 잘못을 회개하면 온화하고 따뜻한 신이 모든 죄를 사하여 준다던가. 세이린이 양심에 콕콕 전해지는 따가움을 느낄 때, 실링이 쐐기를 박았다.

"나를 구원해 줘, 세이린."

황금빛 눈동자가 애처롭게 빛났다. '눈에는 눈, 이에는 이'라는 함무라비식 사고방식을 고수하는 세이린은 실링의 간절함에 자신의 모습을 내려다봤다. 그리스 로마 신화에나 나올 법한 드레스와 장신구들. 일곱 빛깔로 빛나는 오로라. 누가 봐도 마계의 하나뿐인 신은 자신이었다.

"좋아. 실링 워렛, 내가 널 구원해 줄게. 네가 원하는 건 마물들의 존경과 인정이니까 워렛 광장에 실링 워렛상(像) 세워 줄게. 해가 뜨는 방향으로. 교과서에도 네 업적을 싣도록 지시할게. 이러면 되겠어?"

"한 가지만 더 부탁해도 돼?"

세이린은 영 내키지 않았으나 티 내지 않고 고개를 끄덕였다.

"내가 가진 〈임성운의 5,500가지 그림자〉에 친필 사인해 줘."

"그쯤이야 뭐. 사인해서 알데바란 타워 1층에 전시할게."

유일 작가의 친필 사인을 얻게 되었다는 기쁨도 잠시, 실링이 얼굴을 애매하게 구기며 되물었다.

"책은 나한테 줘야지 왜 전시를 해?"

"그야……."

세이린이 실링의 머리에 얹었던 손을 거두어 하늘을 향해 뻗었다가 그에게로 휙 내렸다. 심상찮은 마력의 흐름에 흠칫 하늘을 올려다본 실링의 눈동자는 두려움과 놀라움으로 동그래졌다.

쿠과과광—!

새로운 신의 부름을 받은 수많은 유성들이 꼬리를 길게 늘어뜨리며 실링에게로 낙하하고 있었다.

"세이린! 구원해 준다며!"

실링의 외마디 비명에 세이린이 눈을 꼭 감고 소리쳤다.

"닥쳐! 원래 악당은 죽음으로써 구원받는 거야!"

"넌 신이잖아! 용서하는 게 신이 따를 질서라고!"

실링이 움직이지 않는 몸을 뒤틀며 빽 소리쳤다. 하지만 세이린은 휙 물러나 실링과의 거리를 벌린 다음 상큼하게 답했다.

"예전엔 그랬을지도 모르지. 하지만 이젠 내가 마계의 질서잖아?"

아득한 우주에서부터 날아오던 유성 무리는 그믐 호수 표면 한가운데에 고정된 실링 워렛에게로 향했다. 세이린은 뒤로 훌쩍 도약함과 동시에 주변에 퍼져 있던 신통력을 거두었다. 그러자 시간과 공간이 멈추어 흑백으로 보이던 주변이 다시 색감을 되찾고 움직이기 시작했다.

한곳에 가만히 멈춰 있던 클라우드 또한 시간이 멈췄다는 사실을 인지하지 못하고 어리둥절하다 극렬한 마력의 흐름을 느끼고 하늘로 고개를 쳐들었다. 그의 눈동자에는 호수 바닥에서 보았던 물고기 떼보다 많은 유성들이 담겼다.

조금 더 고개를 내리니 실링과 세이린이 보였는데, 세이린은 젖 먹던 힘까지 짜내 구속 마법에서 벗어나려는 실링을 향해 손을 권총 모양으로 해 겨누고 있었다.

"야, 세이린! 구원해 준다며!"

실링이 그새 사기라도 당한 듯 억울한 목소리를 냈다. 그러거나 말거나 세이린은 검지와 중지를 실링에게 겨눈 후 손을 뒤로 사정없이 젖혀 댔다.

탕! 탕탕!

세이린은 차마 못 보겠다는 듯 고개를 클라우드 쪽으로 돌리면서도 계속해서 손을 꺾었다. 클라우드는 세이린의 보이지 않는 총에 속수무책으로 당하는 실링을 보며 어이없어했다. 잠시 후.

"마왕니임…… 이린이 무서웠어. 얼른 꼭 안아 주세요."

방금까지 자비 없이 보이지 않는 총알을 연사하던 세이린이 쪼르르 달려가 클라우드의 품에 푹 안겼다. 클라우드는 신통력에 호되게 당해 바닥에 늘어지는 실링과 세이린을 번갈아 보다 물었다.

"……세이린. 실링을 구원해 준다고 하지 않았나?"

그의 말에 마물이 다 된 음란 마귀가 태연히 대꾸했다.

"어차피 즐길 만한 소소한 악행이 곧 선행인 세계잖아요? 마신(魔神)이 자애로운 용서는 무슨. 이제 이 세계의 질서는 나야."

"……."

역시 내 여자. 지극히 마물답게 웃은 마왕이 애정을 가득 담아 세이린을 보듬었다. 마침 하늘에서 유성도 떨어져 참으로 낭만적인 기분이 들었다.

'……유성?'

태연히 넘어갈 뻔한 클라우드가 반사적으로 인상을 구겼다. 유성들이 지금처럼 빠른 속도로 떨어진다면 실링은 물론이고 그믐 호수 전체가 아수라장이 될 것이 분명했다.

"세이린. 슬슬 우리도 멀리 피해야⋯⋯."

"아, 역시 우리 마왕님 품이 최고⋯⋯."

세이린은 피할 마음을 먹기는커녕 살랑살랑 애교를 부리며 클라우드의 가슴팍에 얼굴을 비볐다. 클라우드는 그새 훌쩍 가까워진 유성들을 당황 어린 눈으로 지켜보다, 될 대로 되라는 마음을 먹곤 신의 명령을 따르기로 했다.

콰콰콰쾅!

귀가 멀어 버릴 정도의 굉음이 작렬했다. 헤아릴 수도 없을 만큼 아득한 규모의 유성우가 그믐 호수에, 실링 워렛의 몸에 내리꽂혔다. 세이린은 평화를 음미하는 양 눈을 감고 클라우드의 허리를 꼭 껴안았다.

클라우드는 조금 멍해진 채로 신의 힘을 바라봤다. 거대한 충격에 호수 물이 솟구쳐 올라 실링의 모습은 진작 보이지 않았다. 하늘에서 내려다보면 그믐달 모양이라 하여 그믐 호수라고 이름 붙여졌건만. 유성이 빗발치는 바람에 그믐 호수는 점점 원형이 되고 있었다.

하지만 클라우드를 가장 놀라게 하는 것은 따로 있었다. 거대한 지형물 하나를 뒤바꿀 만큼의 충격임에도 세이린과 붙어 있으니 전혀 타격을 입지 않는다는 것이었다.

하나로 정의 내리기 어려운 빛깔의 꼬리를 늘어뜨린 유성들은 그 후에도 한참이나 그믐 호수 표면에 무섭게 충돌했다.

클라우드는 세이린이 두른 오로라와 유성을 번갈아 바라보았다. 한 마물이 우주를 지휘해 천체를 무기로 쓰다니. 들어 본 적도 없었다.

얼마나 시간이 지났을까. 세이린은 폭음이 잠잠해진 것을 느끼곤 그의 품에 쏙 안겨 있던 몸을 돌려 실링을 바라봤다. 실링은 호수 표면에 겨우 떠 있었는데, 몸이 넝마가 되었지만 조금씩 다시 꿈틀거리고 있었다. 그 모습을 본 클라우드도 참 질기다는 듯 인상을 찌푸렸다.

"다시 살아나겠군."

세이린은 그럴 리가 없다는 듯 얼굴을 갸웃했다.

"이상하네. 분명 만화나 영화에서는 악당의 썩어 문드러진 마음을 치유하면 알아서 성불하던데……."

"썩어 문드러진 마음?"

"응. 내가 신이 된 건 클라우드의 어둠을 흡수했기 때문이야. 그러니까 실링이 신통력을 잃게 하려면 마음 깊숙한 곳에 자리 잡은 어둠을 없애야 하는 거지."

"어둠을 꺼내면 되는 거였나?"

클라우드는 진작 그렇게 말하지 그랬냐는 투로 답하곤 기절해 있는 실링에게 성큼성큼 다가갔다. 가만히 있던 세이린은 곧 경악했다. 젬도 부서진 양반이 위험하게! 그러나 클라우드는 개의치 않고 실링의 오른쪽 뿔을 뚝 잡아 뜯었다.

'이런 미친…… 역시 우리 마왕님의 단단한 팔 근육은 그대로구나.'

음란 마귀가 엉큼하게 눈가를 휘었다. 맑은 소리를 내며 잘려 나간 실링의 뿔은 안이 텅 비어 있어서 꼭 비어 있는 아이스크림콘을 연상시켰다. 클라우드는 둥글게 잘린 뿔에서 무엇인가를 꺼내듯 탈탈 털었다. 각도를 바꿔 가며 같은 동작을 얼마나 반복했을까.

실링의 몸에 돋았던 뿔 안에서 두루마리 휴지처럼 돌돌 말린 무언가가 나왔다. 세이린은 보이지 않는 손을 이용해 그것을 곧게 펴 보았다. 실링의 뿔에 들어 있던 물건은 짙은 어둠의 마력이 느껴지는 책자였다. 두께는 그리 두껍지 않았지만 누군가가 항상 휴대하던 것인 듯 손때가 묻고 구깃구깃했다.

"이건…… 레이디 로이펠의 여명회 경전 요약집이잖아요?"

세이린은 로자리가 강제로 물려받은 것과 비슷한 표지를 한 〈부인을 위한 경전 요약집〉을 알아봤다. 클라우드가 그것을 발로 툭툭 건드려 보며 답했다.

"레이디 로이펠은 내가 자연 발생할 때 어둠에 침식당했지. 그녀의 소지품인 이 물건에도 어둠이 들어찬 것 같군."

"아……."

세이린은 실링을 신으로 만든 어둠이 새카맣게 썩어 문드러진 마음이 아니라는 사실에 내심 실망했다.

'마계는 이럴 때만 현실적이더라. 감동이라는 걸 몰라요.'

이제는 자신의 것이 된 세계에 불만을 토한 세이린을 대신해 클라우드가 경전에 칼날을 박아 넣었다. 분명 칼날이 박힌 것은 바닥에 나뒹구는 경전이건 만, 실링의 가슴에서 검은 마력과 흰 마력이 부채꼴로 터져 나왔다.

세이린이 클라우드가 내리꽂은 검에 오색찬란한 신통력을 더하자 실링의 몸이 가루가 되어 공중으로 사라졌다. 세이린은 아득한 하늘 위로 먼지가 되어 날아가는 실링을 한참이나 올려다봤다.

'바람에 날려 당신…… 아니, 내 곁으로 오는 일은 없어야 할 텐데.'

아무리 먼지가 되었다고 해도 말이다.

세이린과 클라우드는 그간 참으로 끈질기게 달라붙었던 실링이 완전히 사라졌음을 머지않아 실감할 수 있었다. '신의 영역'이라 불리던 돔형의 결계가 정점부터 서서히 분해되기 시작했기 때문이었다. 그러나 눈이 시릴 정도의 환한 빛으로 만들어진 결계가 걷혀도 마계는 여전히 환했다. 세이린은 그 이유를 미루어 짐작했다.

'아직 백야(白夜)가 끝난 건 아니구나.'

차분히 정리해 보면 당연한 일이었다. 자신은 허리에 깃들어 있던 마계의 마지막 어둠을 흡수해 빛의 마력을 완전한 신의 힘으로 진화시켰다. 방금은 실링에게 뜬금없이 뿔이 자라게 된 원인인 레이디 로이펠의 경전을 정화하지 않았던가. 즉, 마계에는 남은 어둠이 눈곱만큼도 없었다.

'제길. 겨우 새벽단을 물리쳤는데 밤이 사라지면 어떡해!'

아쉬움에 입맛을 다신 음란 마귀의 눈동자가 곧 책임감과 의무감으로 반짝였다. 전지전능한 신이 되었는데, 어둠이 없으면 어떻게 해야겠는가. 패기롭게 생각한 세이린이 클라우드의 손을 덥석 잡고 말했다.

"클라우드. 이제 어둠이 마계를 구할 때야."

□ ■ □

다채로운 빛으로 아롱거리는 오로라를 숄처럼 두른 세이린이 클라우드를 이끌었다. 부러 마법진을 그리거나 마력을 휘두르지 않아도 세이린이 발을 내디딜 때마다 장소가 바뀌었다.

클라우드는 새로운 신이 이끄는 대로 걸음을 내맡겼다. 가장 먼저 도착한 곳은 에테라 성의 가장 높은 망루였다. 높은 곳에 다다르자 바람이 불어와 세이린의 머리카락과 치맛자락을 부드럽게 헤집었다.

클라우드는 그 아름다운 모습에 매료되어 왈츠를 출 때처럼 세이린의 한쪽 손을 머리 위로 들어 주었다. 세이린은 방긋 웃으며 치맛단이 붕 뜨도록 한 바퀴 돌았다. 그러자 마냥 밝기만 하던 하늘에 아주 조금, 어스름이 내렸다. 클라우드는 가장 아름다운 방법으로 마계에 어둠을 되돌려 놓는 세이린을 지켜보다, 자연스레 그녀의 허리를 껴안았다.

세이린은 또다시 걸음을 옮겼다. 이번 장소는 아카데미가 있는 중립 지대, 아르디노였다. 클라우드가 단단히 껴안고 있던 세이린의 허리를 조금 풀어 주었다. 세이린은 오로라가 느슨한 소용돌이를 그리도록 빙글 도는 것으로 아르디노에 어둠을 내렸다.

한동안 빛과 어둠은 이끌고 따르기를 반복했다. 그러는 동안 장소는 계속해서 뒤바뀌었다. 워렛의 앞바다에, 로이펠의 뒷산에, 킬 협곡에, 칼리포와 엘리타에도 어느 때보다 따스한 어둠이 퍼져 나갔다.

세이린과 클라우드가 서로의 눈동자를 애틋한 눈길로 바라볼 때마다 어스름은 들판을 가로지르는 쥐 떼처럼 확산했다. 세이린은 떠날 듯 그의 품을 벗어나 빙글 돌다가도 결국 그의 품으로 돌아왔다. 그리하여 낮뿐이던 마계에 다시 밤이 생기기 시작했다.

두 마물이 마지막으로 도착한 곳은 낮 대륙과 밤 대륙 사이에 위치한 플래티나 빙하의 어느 빙산 위였다. 세이린은 왈츠 파트너에게 하듯 양손으로 치맛자락을 잡고 클라우드에게 장난스레 인사했다. 픽 웃은 클라우드도 레이디에게 예를 갖추듯 허리와 고개를 작게 숙여 보였다.

"클라우드."

세이린이 차분한 목소리로 그를 부르곤 고개를 돌려 드넓은 플래티나 빙하의 전경을 눈에 담았다. 눈이 멀 듯한 빛뿐이던 마계에 붉게 타오르는 노을이 얼비치기 시작했다. 오직 붉게 타오르는 사랑만이 밤과 낮의, 빛과 어둠의 경계를 허무는 노을로 자리했다.

눈앞의 당신이 없었다면 신이 될 수 없었을 것이다. 그렇게 확신한 세이린이 그의 가슴팍에 잠시 손을 댔다 거두었다.

클라우드는 갑작스레 들이치는 세이린의 신통력에 몸을 굳혔다. 하지만 아주 잠시뿐이었다. 세이린이 클라우드에게 전한 것은 어둠이었다. 그는 가만히 주먹을 쥐었다 펴 보는 것으로 부여받은 마력을 점검했다. 닿은 곳을 파괴하고 침식시키던 그의 어둠과는 달리 모든 것을 포근하게 덮어 주는 어둠. 세이린 폴룩스가 부여한 새로운 질서.

클라우드는 노을이 내려 눈가가 붉어진 것이 티 나지 않아 다행이라고 생각했다. 그런 그의 귓가에 아득한 환호와 함성이 닿았다.

"이 소리는……."

"마물들이 어둠을 되찾아서 기뻐하는 소리. 클라우드 슈테른, 당신을 잃지 않아서 환호하는 거야."

"……낮을 더 좋아하는 줄 알았는데."

세이린이 그럴 리가 있냐는 듯 어깨를 으쓱했다.

"내가 신이 된 단 하나의 이유는 당신이야. 그러니까 이 하늘도, 이 땅과 우리가 만든 노을까지도 다 마왕님에게 줄게."

"……."

"이번에는 빛이 아니라 어둠이 마계를 구했으니 이 세계는 클라우드 슈테른, 당신 거야."

클라우드는 아무런 대답도 할 수 없었다. 노을에 물들어 한층 색이 짙어진 세이린의 머리카락과 그 사이로 우아하게 드리운 장신구. 오롯이 자신을 향한 채로 자수정처럼 빛나는 눈동자를 받아들이기에도 심장이 벅차 미친 듯이 뛰었다.

"어때. 세상을 다 가진 기분이 들어요?"

그녀의 눈가가 장난스레 웃음을 머금었다. 그 웃음을 본 순간, 클라우드는 온 마계를 받았다는 사실을 단번에 잊어버린 듯 욕심 가득한 목소리를 낼 수밖에 없었다.

"하나만 더."

보랏빛 눈동자를 바라보고 있던 클라우드의 시선이 차츰 내려와 그녀의 입술로 향했다. 세이린은 그가 원하는 마지막 한 가지를 주기 위해 마주하고 있던 눈을 찬찬히 감았다.

클라우드가 세이린의 입술을 적시던 노을을 조심스레 맛보았다. 그 무엇과도 견줄 수 없을 정도로 달콤했다. 한층 길고 부드러워진 머리카락을 손가락에 휘감으며 부드럽게 머금은 혀끝에는 전기가 흐르는 듯했다.

클라우드는 키스를 이어 갈수록 온몸이 지르르 저리는 것을 느꼈다. 이대로 감전되어 영영 시간이 멈추기를, 그래서 그녀가 앞으로 내뱉을 모든 숨과 말들을 온전히 독차지하기를 바랐다. 그러므로 원했다. 어느 때보다도 간절하게.

"……세이린."

클라우드가 거부할 수도 없을 만큼 깊게 잠긴 목소리로 물었다.

"내가 다시 생겨난 네 밤을 가져도 되겠나?"

Chapter

35

다시 생겨난 밤

'이런 미친……'

세이린이 정신을 잃지 않으려 애썼다. 네 밤을 가져도 되겠냐니. 사양할 리가 없었다. 세이린은 '제발 가져가세요!' 하고 소리치고 싶은 것을 간신히 참아내곤 그의 목에 팔을 둘렀다. 그러곤 이마를 맞댄 채로 요염하게 속삭였다.

"내 모든 밤은 전적으로 클라우드 슈테른 소유야."

클라우드의 눈이 갈망으로 요동쳤다. 노을에 젖은 세이린의 뺨을 훑어 내는 그의 손길이 더 은밀한 접촉을 원하고 있었다. 세이린은 까치발을 들고 클라우드의 목에 감긴 팔을 바짝 끌어당겨 그에게 키스했다. 입술이 뭉개지고 깨물린 혀가 아픈 줄도 모르는 격한 입맞춤을 이어 가며 음란 마귀는 언젠가 읽은 적이 있는 건축 관련 잡지를 떠올렸다.

'그래. 플래티나 빙하는 관광지치고 숙박 시설이 너무 없어. 이참에 신의 힘으로 호텔 하나 짓는 것도 나쁘지 않아.'

음마력을 일으켜 끝내주게 호화로운 데다 방음 장치까지 완벽한 호텔을 하나 지은 다음 '그랜드 마다페스트 호텔'이라 이름 붙이리라. 물론 호텔이 제 기능을 하는지 시험 삼아 이용해 보는 것까지가 마땅히 신이 해야 할 일이었다. 세이린이 어디 하나 흠잡을 데 없는 계획에 스스로 감탄하며 클라우드의 허벅지에 한쪽 다리를 감았을 때였다.

강력한 어둠의 마력이 세이린과 클라우드의 곁에 다가왔다. 황급히 단단한 허벅지에 감겨 있던 다리를 푼 음란 마귀가 경계 태세를 갖추었다가, 곧 환호했다. 새카만 투구. 우람한 몸 전체를 하나도 남김없이 뒤덮은 검은 갑옷과 방어구들.

"코로나 경!"

"세이린 아가씨!"

세이린이 환한 목소리로 다시 움직이기 시작하는 코로나를 와락 껴안았다. 클라우드와 함께 백야 상태이던 마계에 어둠을 흩뿌린 탓에 다시 움직일 수 있게 된 것이 분명했다. 코로나는 세이린을 번쩍 안아 들고 붕붕 돌리는 묘기를 보였다. 그가 주군을 발견한 것은 잠시 후였다.

"전하!"

클라우드에게 예를 갖추는 순간, 코로나는 자신이 이번에도 왕실 작가와 후끈한 시간을 보내려는 주군을 방해했다는 사실을 알아차렸다. 마왕성에 위풍당당한 포즈로 굳어 있던 동안 눈치라는 것을 학습한 그림자 기사단장은 황급히 자리를 피해 주려 했다. 그런데.

"코로나. 돌아온 건가?"

"......!"

클라우드 슈테른이 자연 발생했을 때부터 모셔 왔던 코로나는 지금, 처음으로 자신을 향해 웃고 있는 주군의 얼굴을 보았다. 왕실 작가가 고소당한 직후 부르짖었던 '얼굴, 등빨, 목소리' 중 왜 얼굴이 가장 먼저 나왔는지 단번에 납득한 코로나였다. 미소를 띤 주군의 얼굴은 타의 추종을 불허할 만큼 강력했다.

클라우드는 코로나가 다시 움직이기 시작한 것을 무척 기쁘게 생각하고 있었다. 그 모습에 코로나가 주먹을 불끈 쥐었다.

"전하! 아가씨! 플래티나 빙하는 유명한 관광지임에도 불구하고 숙박 시설이 적어 마물들이 늘 불만스러워했습니다!"

그럴 리가 없었다. 플래티나 빙하는 출입 통제 구역 중 하나였으니까. 하지만 코로나는 아무 말을 계속 이어 갔다.

"이참에 근사한 호텔을 지어 주고 시설 점검까지 해 주시는 것이 어떠십니까!"

패기 넘치게 소리친 코로나가 마왕성으로 향하는 이동 마법진을 그렸다. 그러자 클라우드가 답지 않게 움찔했다.

'……마왕성?'

마치 중요한 일을 잊은 것 같았다. 예를 들어, 거대한 달빛 수정 봉인을 깨느라 무리한 모두가 쓰러져 있다던가. 클라우드의 당황 어린 얼굴을 정면에서 본 세이린은 덩달아 긴장하며 물었다.

"클라우드. 아까부터 묻고 싶었는데…… 내 봉인 어떻게 깼어?"

□ ■ □

신이 되기 직전이었던 세이린이 건 봉인은 단단했다. 질리도록 들은 여명회의 설화에 따라 어둠인 자신이 사라져야 빛인 세이린이 살 수 있다고 믿었던 클라우드는 어떻게든 봉인을 해제하려 했다. 그러나 마왕의 침실에 모인 기사단장들과 빌리아 왕비는 거대한 달빛 수정을 부술 방법을 알지 못했다.

클라우드는 세이린이 홀로 무게를 견디도록 놔둔 자신을 향한 분노와 자괴감에 몸서리쳤다. 그런 그에게 마왕성의 유일한 이속성 전문가, 카인이 말했다.

"포기하라니까 그러네. 각각 다른 속성을 지닌 네 마물이 목숨 걸고 네게 마력을 퍼부어 준다면 모를까, 신의 힘을 깨는 건 불가능해."

카인의 목소리는 또 다른 배신을 계획하고 있나 싶을 정도로 심드렁했다. 하지만 카인은 세이린을 누구보다 믿고 있기에 그렇게 말했을 뿐이었다. 세이린이 속성 판정을 받은 후부터 가장 가까이에서 성장 과정을 감시해 온 그였다. 누구보다 세이린이 신이 될 것을 확신하고 있었다.

'……신 테마주를 왕창 샀으니 세이린이 신이 되어야 해.'

아무튼, 카인은 제 연구실로 돌아가 낮잠이라도 자려고 했다. 그런 그에게 빌리아가 물었다.

"각기 다른 네 가지 속성을 지닌 마물들이 있으면 봉인을 풀 수 있다는 거야?"

"이론상으로는. 지, 수, 화, 풍의 네 가지 속성을 고도로 압축하면 아주 잠깐이지만 빛의 힘을 만들어 낼 수 있다는 연구 결과가 있어."

안정성이 낮은 데다 빛의 힘을 아주 잠깐 만들어 낼 수 있기에 플레어 프로젝트에서는 생명의 기원인 물의 마력만을 압축하는 방법을 사용했다. 즉, 네 가지 속성을 압축해 빛의 힘을 만들어 낸 다음 클라우드의 달빛 수정을 깨는 건 목숨을 걸어야 할 정도로 위험한 일이었다. 카인은 다시 한 번 고개를 저으며 쐐기를 박았다.

"봉인을 푸는 순간 마왕은 빛을 견디지 못하고 죽을 거야. 세이린은 그렇게 되는 걸 원치 않겠지. 그러니 기다려야……"

그가 말을 마치기도 전에 신의 영역을 비추던 화면이 번쩍거렸다. 무슨 일이 일어난 것인지 유추하는 것은 어렵지 않았다. 별안간 화면이 점멸하더니 검은 뿔을 단 실링 워렛이 위풍당당한 모습을 드러냈다.

실링이 자신의 업적을 줄줄 읊다가 새로운 제국을 선포하는 동안, 마왕성의 모두는 화면 구석의 바닥에 시선을 고정했다. 누구의 것인지 뻔한 산호색 은발이 바닥에 헝클어져 있는 것을 발견한 것이다.

세이린 폴룩스가 패배했다. 아무도 그 사실을 받아들이지 못했다. 클라우드가 달빛 수정을 쿵 내리쳤다. 세이린을 잃을지도 모른다는 두려움 때문일까. 내면의 무언가에 찬찬히 금이 가는 듯하더니 젬이 장식되어 있던 심장 부근부터 차차 고통이 퍼져 나갔다.

그러자 완벽이라고 칭해도 될 만큼 견고하던 달빛 수정에 작은 균열이 일기 시작했다. 클라우드는 넥타이핀으로 달고 있던 자신의 젬이 미친 듯이 어둠의 힘을 내뿜고 있다는 것을, 그러느라 젬이 서서히 망가지고 있다는 것을 알아챘다. 어둠의 마력이 달빛 수정에 미세한 실금을 만들어 내고 있었다.

클라우드는 그 틈으로 새어 들어오는 빛에 이를 악물었다. 마지막이다. 이대로 가만히 있으면 영영 세이린을 볼 수 없을지도 모른다. 클라우드가 입을 떼기 전에 빌리아가 카인에게 말했다.

"지금이라면 달빛 수정 봉인이 약해졌으니 아까보다 봉인을 풀기 수월할 거야."

"확실히 목숨은 걸지 않아도 될지 모르지. 하지만 타격이 클 거야. 뒤섞인 마력을 받아들이지 못해 영영 깨어나지 못할 수도 있어."

"괜찮으니까 바람 속성은 나한테 맡겨."

"……."

아직 빈자리가 셋이나 된다. 누구도 쉬이 나서지 못할 것이다. 그렇게 생각하고 있던 카인의 어깨를 잡아 돌린 것은 제이드였다.

"불 속성은 내가 해도 돼."

카인은 제이드의 뒤로 쩸을 꺼내 들고 당장이라도 목숨을 바칠 듯 눈을 빛내는 기사단장들을 보곤 말을 잇지 못했다. 용족이라 그 중요도가 남다른 빅토리아 스칼렛도, 평소에는 책임감이라곤 없는 듯했던 레이 필드도. 주인의 일을 모른 체해도 욕먹지 않을 로자리와 얼마 전에 기사단장이 된 제이드 제럴까지. 모두가 마왕을 위해 목숨을 바칠 수 있다는 듯 결연한 얼굴을 하고 있었다.

'……과연 스피카 블랙이 황제로 점찍어 둔 존재군.'

밤 대륙 최강이었던 시엘리아의 영주 자리를 차지하고 있는 동안 카인은 단한 번도 이런 광경을 보지 못했다. 신하는 주군을 위해 기꺼이 모든 것을 바치고, 황제는 지키고 싶은 단 하나를 위해 자신을 포기한다. 황제의 자리를 위해 가족을, 영주라는 직책을 비롯한 모든 것을 버린 카인의 머릿속에 코로나의 목소리가 스쳤다.

'그분이 꿈꾸는 제국엔 백성들이 있습니다. 마왕성의 기사들은 그 숭고한 이상을 위해 목숨을 바치는 겁니다. 그분은 모든 것을 포용하는 어둠입니다. 그림자가 아니라.'

카인은 쓴웃음을 지으며 인정할 수밖에 없었다. 자신에게는 없는 것이 클라우드 슈테른에게는 있었다. 그런 진정한 군주가 달빛 수정의 봉인을 깨라고 한다면 그 명을 따라야 하리라.

카인은 복잡한 마법식을 짜냈다. 빌리아는 자신의 목숨을 바치려 서로 안달이 난 기사단장들을 진정시킨 다음 말했다.

"빅토리아, 레이. 둘은 유사시에 마왕성을 지켜야 해요. 로자리와 제이드가 마력을 사용하는 게 좋겠어요."

이름 불린 자들의 희비가 엇갈렸다. 로자리와 제이드는 영광이라는 듯 곧장 잼을 꺼냈고, 빅토리아와 레이는 아쉬움을 감추지 못하며 고개를 숙여 명을 받들었다. 카인이 네 개의 작은 마법진을 만들어 빌리아와 제이드, 로자리에게 하나씩 내밀곤 자신의 앞에도 두었다.

"물 속성은 내가……."

카인이 중얼거릴 무렵 갑자기 문이 열렸다. 그곳엔 소식을 듣자마자 달려온 듯한 아벨 시엘리아가 서 있었다.

카인과 아벨은 한동안 서로를 차가운 눈빛으로 바라볼 뿐 아무런 말도 하지 않았다.

아벨은 복잡하게 짜인 마법진을 단번에 해독해 상황을 파악했다.

"물 속성 마력 담당은 제가 하게 해 주십시오."

"……위험한 일이니 내가 할게. 난 어차피 잃을 것도 없어."

씁쓸하게 말한 카인은 픽 웃곤 덧붙였다.

"네겐 이리스가 있잖아. 가족이 생겼으니 지켜야지."

아벨은 잠시 답답한 얼굴을 했다가, 스스로 무언가 결론을 내리곤 분한 듯 이를 으득 갈며 쏘아붙였다.

"카인. 마법진을 저렇게 짜 놓고 가족을 지키라는 말이 나옵니까?"

일이 잘못될 경우 나머지 세 마물의 마력이 물 속성 보유자에게로 집중된다는 사실을 말하는 것이었다. 그리되면 마력이 충돌하거나 다른 문제가 생길 시 그 타격이 모두 물 속성 보유자, 카인에게 향하게 된다.

하지만 카인은 태연히 답했다.

"그러니까 내가 한다는 거잖아."

"……어쨌든 당신도 시엘리아 성을 가지고 있지 않습니까."

카인은 잠시 아벨의 말을 곱씹다 무슨 뜻인지 모르겠다는 듯 고개를 갸웃했다. 듣다 못한 제이드가 카인의 등짝을 찰싹 때리며 설명했다.

"마음이 초승 호수만큼 넓은 아벨 경께서 널 가족으로 생각하신다는 거잖아, 이 빙신아!"

"……!"

카인은 정말이냐고 묻듯 아벨을 바라봤다. 아벨은 분한 듯 얼굴을 붉히면서도 부정하지 않았다. 죄책감과 뭉클한 기분을 동시에 느끼며 카인이 아벨을 향해 말했다.

"내가 할게. 혹시 일이 잘못되면……."

"어림없습니다. 똑바로 끝내고 나와서 제게 사과하십시오."

"……알았어."

카인과 아벨이 동시에 희미한 웃음을 머금었다.

일에서 제외된 빅토리아와 레이가 먼저 방을 나섰다. 아벨은 아쉬운 듯 머뭇대다가 맨 마지막으로 방을 나서며 문을 닫았다. 남겨진 네 마물은 달빛 수정 안에 갇힌 마왕을 위해 마력을 개방하기 시작했다. 머지않아 마왕은 세이린의 달빛 수정에서 벗어날 수 있었지만, 카인 시엘리아는 쓰러졌다.

□ ■ □

세이린과 클라우드는 코로나의 안내를 받아 마왕성에 딸린 1인용 병실에 들어섰다. 어째 스산하기 짝이 없게 느껴지는 병실의 침대 위에는 카인이 링거를 맞으며 잠들어 있었다.

봉인을 해제할 당시 잠들어 있던 클라우드나 코로나는 어떤 문제가 있어 카인이 쓰러졌는지 알 수 없었다. 하지만 전지전능한 능력을 지니게 된 세이린은 달랐다. 커밋은 달빛 수정 봉인을 푸는 과정에서 생긴 타격을 마법진에 짜인 대로 홀로 고스란히 받아 낸 탓에 꽤 오랫동안 깨어나지 못하고 있었다.

'주식밖에 모르던 커밋 놈이 희생을 하다니…… 웬일이래.'

기특함을 기꺼이 받아들이기로 한 세이린은 손을 한 번 튕겨 보통 마물들은 따라 하지도 못할 화려한 마법진들을 빚어냈다. 비눗방울처럼 투명하면서 무지갯빛을 띠는 마법진이었다. 세이린은 커밋을 콕 건드려 그가 받아 낸 타격들을 거두었다. 그의 얼굴에 금방 혈색이 도는 것이 다시 한 번 그녀가 온전한 신이 되었음을 증명했다.

"일주일 후면 깨어날 거예요."

세이린이 말하자 코로나가 퍼뜩 눈을 빛냈다.

"이곳은 이제 제가 지키고 있겠습니다. 두 분은 힘드셨을 테니 이만 쉬시지요."

참으로 적극적인 협조였다. 한참 전부터 그렇고 그런 생각만을 하고 있던 세이린과 클라우드는 그 협조를 마다하지 않았다. 두 마물은 코로나의 배려에 못 이기는 척 병실을 빠져나왔다. 고용인들을 피해 복도 구석으로 온 세이린이 마력을 일으켜 마왕성을 한 번 훑어보곤 말했다.

"이제 급한 불은 다 끈 것 같아요."

그 말을 들은 클라우드는 지체 없이 세이린의 허리를 감아 안고 나직하게 속삭였다.

"그럼 이제 우리 급한 것만 어떻게든 하면 되겠군."

클라우드는 손끝을 움직여 마왕성에서 가장 안락한 자신의 침실, 그중에서도 침대 위로 향하는 이동 마법진을 그리기 시작했다. 세이린이 그의 얼굴을 바짝 끌어당기고 입술을 찌릿할 정도로 빨아들이는 탓에 완성된 마법진은 유치원생이 그린 것처럼 삐뚤빼뚤했다. 클라우드는 마법진을 완성하자마자 제 입술을 지분대던 세이린을 번쩍 안아 들었다. 바로 그때였다.

"응……?"

그녀의 신통력에 드글드글 다가오는 마물들의 무리가 포착되었다. 한둘이 아니라 말 그대로 떼거리로 몰려오는 터라, 실링이 살아났다거나 하는 비상사태가 발생해 기사들이 주군께 찾아오는 것이라고 생각하기 딱 좋았다.

잠시 눈을 마주한 세이린과 클라우드는 무언가 심상치 않음을 눈치채곤 급한 일 처리를 잠시 미루기로 암묵적 합의를 마쳤다. 그러나 서로에게 안달이 난 연인에게 다가온 마물들의 정체는 환한 얼굴을 한 마왕성의 주요 인사들이었다.

"작가님! 클라우드!"

으슥한 곳에 있는 둘을 가장 먼저 발견한 빌리아가 손을 붕붕 흔들었다. 평소라면 분위기를 보고 슬쩍 자리를 비켜 주었을 눈치 백단 왕비였지만, 반가움이 앞서서인지 오늘따라 바짝 다가왔다.

빌리아는 뒤따라오던 기사단장들과 고용인들을 제치고 가장 먼저 세이린의 코앞에 서서, 신이 된 그녀를 한참이나 눈에 담았다. 이전보다 길어진 산홋빛 머리카락과 흰 살결, 솔처럼 두른 오로라. 세이린이 내딛는 걸음마다 빛이 나는 듯했다. 주민등록상 음란 마귀라고는 믿을 수 없을 만큼 신성하고 성스러운 모습이었다.

"작가님……!"

빌리아가 세이린을 와락 끌어안곤 연신 다행이라며 중얼거렸다. 그 행동에 가슴이 찌이잉 울린 세이린도 빌리아를 얼싸안았다. 빌리아는 평소 앙숙이었던 클라우드에게도 잘 왔다며 인사했다. 그 행동에 이질감을 느낀 마왕은 신의 영역에서 나온 후로 처음 휴대폰을 확인했다.

"……?"

날짜를 확인한 그가 얼굴 가득 물음표를 띄웠다. 달빛 수정 봉인을 해제하던 날과 날짜는 같았다. 문제는 달이었다.

"반년이나 지났다고?"

신의 영역 안과 바깥의 시간이 다르게 흐른다는 사실은 알고 있었다. 하지만 하루처럼 느껴진 시간이 바깥에서 반년이나 지난 후일 줄이야. 빌리아가 답지 않게 반가움을 표현하는 것도, 기사단장을 비롯한 기사들이 우르르 달려오는 것도 이해가 갔다.

"반년 만에 돌아오셨으니 오늘은 축제를 열어야겠네요."

고개 숙여 인사한 빅토리아가 말했다. 축제. 물론 기나긴 싸움이 끝났음을 대대적으로 선포하는 일은 중요했다. 하지만.

"……."

"……."

클라우드와 세이린은 아주 잠깐 눈을 마주하는 것으로 망연자실한 심정을

352

공유했다. 반년 만에 만난 동료들과 회포를 푸는 것? 물론 좋았다. 신과 군주가 꼭 해야 할 일이기도 했다.

그래도! 아무리 그래도!

'마왕님이랑 달콤하고 뜨거운 시간……!'

세이린은 마이아가라 폭포만큼이나 줄기차게 흐르는 눈물을 속으로 삼키며 모두에게 인사했다. 신이 된 자신을 신기하게 훑어보는 시선들이 꼭 나쁜 생각을 하는지 안 하는지 감시하는 것처럼 느껴졌다.

차라리 변한 모습을 초고속으로 보여 주고 쉬는 걸 핑계 삼아 도망가기로 한 음란 마귀가 기사들 사이로 파고들었다. 그녀가 모델처럼 한 바퀴 빙글 돌자 바글바글 몰려 있던 기사들이 짝짝짝 박수를 쳤다. 그 즉각적인 반응에 심취한 세이린은 새로 얻은 힘이나 무지갯빛 오로라를 한껏 뿜냈다. 그녀가 퍼뜩 정신을 차린 것은 속이 타 물 마법으로 목을 축이는 클라우드를 봤을 때였다.

'이런 미친…….'

모델 놀이에 빠져 있을 때가 아니었다. 세이린은 어떻게든 클라우드와 슬쩍 빠져나가 둘만의 시간을 보낼 방법을 궁리했다. 클라우드의 짙은 청보랏빛 눈동자에서 점점 웃음기가 걷혔다. 그 섹시하기 짝이 없는 눈을 가만히 바라보던 세이린이 갑자기 이마에 손등을 가져다 댔다.

"아이고…… 이린이 피곤해 죽네……."

"……."

보는 마물들이 민망할 정도의 발 연기였다. 오직 클라우드만이 세이린의 사지가 오그라드는 연기에 개의치 않고 그녀를 번쩍 안아 들었다.

"세이린이 지친 것 같으니 별궁에 데려다주는 게 좋겠군."

마왕이 마치 남의 일인 듯 말하는 게 압권이었다. 세이린이 갑자기 앓는 소리를 내자 기사들이 술렁였다. 빌리아는 기사단장만을 남긴 채로 모두를 물렸다.

"작가님. 제 방에서 쉬시는 건 어떠세요? 저번에 말씀하신 대로 온돌도 깔았는데."

"아이고…… 커헉…… 이린이 더워 죽네……."

세이린도 자신의 연기가 차마 눈 뜨고 못 봐 줄 정도라는 것을 인정했다. 그렇다 해도, 아니, 그래서 더 의문이었다. 비전하가 오늘따라 왜! 평소의 눈치 백단 왕비님이라면 이미 클라우드에게 안달이 나 있다는 것을 진작 눈치챘을 터. 하지만 빌리아는 오늘따라 작정한 듯 눈치 없는 마물처럼 굴었다.

마왕님과 애틋 야릇한 시간을 보내려면 왕비님과 기사단장들의 시선을 돌려야 한다고 결론 내린 세이린이 아무 말이나 닥치는 대로 하기 시작했다.

"제가 이렇게 아픈 건 반년 동안 쓰러져 있던 커밋 놈을 치유했기 때문이에요."

"어머. 커밋이 깨어났나요?"

예상대로 빌리아와 제이드는 커밋 놈에게 관심을 보였다.

"일주일 후면 깨어날 거예요. 혹시 모르죠. 사랑의 뽀뽀를 받으면 조금 더 일찍 깨어날지?"

빌리아와 제이드에게 떡밥을 뿌린 세이린은 두 마물이 당황하는 사이 재빨리 이동 마법진을 일으켰다.

순식간에 사라진 마왕과 마계의 새로운 신을 본 빌리아가 피식 웃었다. 아주 안달이 나 계시군. 지극히 마물다운 흉계를 꾸미는 빌리아에게 로자리가 슬쩍 다가와 물었다.

"이 정도 놀렸으면 슬슬 두 분이 시간 보내시라고 풀어 드릴까요?"

그렇다. 빌리아리아 에테라는 지금 일부러 세이린과 클라우드가 단둘이 시간을 보내지 못하도록 하고 있었다. 그 이유야 간단했다.

"제이드 군, 잠깐 커밋 상태 좀 살펴 줄래요?"

제이드를 병실 안으로 들여보낸 빌리아가 야망 가득한 웃음을 지으며 다시 말을 이었다.

"로자리. 큰 것을 얻으려면 긴 시간 인내해야 하지. 쉽게 얻은 것은 쉽게 끝나는 법이란다."

이미 클라우드와 자신의 이혼은 확정이었다. 그러므로 아기들이라면 사족을 못 쓰는 빌리아는 새로이 원대한 목표를 세우고 있었다.

"작가님은 허니문 베이비를 원하셨지만…… 어차피 허니문까진 얼마 안 남았잖니?"

"……!"

지금도 안달이 나 있을 테니 딱 한 번만 더 짓궂은 장난을 치리라. 왕비의 큰 그림에 로자리는 물론이고 자리를 비운 제이드를 제외한 나머지 기사단장들 모두가 깨달음을 얻은 얼굴을 했다.

□ ■ □

한편, 세이린과 클라우드는 왕비가 쩍 벌려 둔 호랑이의 입 안으로 걸어 들어온 신세가 되었다는 자각은 하지 못한 채 마왕의 침실에 들어왔다. 문이 닫히기도 전에 클라우드는 세이린을 바닥에 내려놓았고, 벽에 등을 기댄 그녀는 그의 허리를 끌어안았다.

세이린이 클라우드의 몸에 한쪽 다리를 감자 그는 자연스레 그 다리 아래로 팔을 넣어 매끈한 다리를 조금 더 들었다. 성급하고 위협적인 키스를 시작으로 서로에게만 집중하려던 두 마물에게 불청객처럼 잡음이 들려왔다.

— 아아. 마이크 테스트. 안내 방송 드립니다. 클라우드 슈테른 전하께서는 어서 집무실에 드시어 밀린 서류들을 검토하여 주시길 바랍니다.

현 마왕 즉위 이후 최초의 전체 안내 방송. 그 진행을 맡은 것은 가위바위보에서 진 레이 필드였다.

— 아울러 신이 된 꼬맹이…… 아니, 세이린 폴룩스는 마물들의 알 권리를 위해 인터뷰에 응해 주시길 바랍니다.

뚝. 안내 방송은 여기까지였다. 세이린과 클라우드는 다시 눈을 마주한 지 1초 만에 지금 들려온 소리들을 무시하고 하던 일을 마무리하는 악행을 저지르기로 마음먹었다. 그러나.

"까악!"

"윽……!"

2세를 향한 왕비의 강력한 사심이 담긴 이동 마법진이 두 마물을 각기 다른 장소로 찢어 놓았다.

□ ■ □

찰나의 순간 옷매무시를 가다듬은 세이린은 아무 일도 없었다는 듯 태연하게 자리에 앉았다. 그녀가 소환된 곳은 클라우드의 침실과 떨어져도 한참 떨어져 있는 마왕성의 응접실이었다. 세이린이 자리에 앉아 신호를 보내자 새로운 신의 탄생을 전하고 싶어 안달이 난 마왕성의 대변인과 외부 기자들이 줄줄이 들어왔다.

'이런 미친…… 금방 끝날 것 같지 않은데.'

세이린의 불길한 예감은 적중했다. 기자들은 세이린에게 어디서부터 이 신화가 시작되었는지를 아주 세세하게, 하나도 빼놓지 않고 설명해 주기를 부탁했다.

"후…… 알겠습니다. 지루하실 테니 최대한 빨리 끝낼게요."

주먹을 불끈 쥔 채로 심호흡을 한 세이린이 속사포 랩을 시작했다.

한편, 클라우드는 익숙하디익숙한 집무실에 도착하자마자 기겁했다. 신의 영역 바깥세상에서는 혼란한 와중에 반년이라는 시간까지 지나, 클라우드가 검토해야 할 서류들이 책상을 가득 채우고도 보조 테이블 위까지 수북했다.

"허……."

그 광경에 압도당한 클라우드는 1초라도 빨리 일을 끝내 보겠다고 마음먹곤 재빨리 눈동자를 움직이기 시작했다. 얼마 지나지 않아 클라우드의 두 눈에 검은 오라가 피어오르기 시작했다. 집권 초기보다 더한 열정과 집중력으로 미친 듯이 일을 해 댄 덕에 클라우드는 세 시간 만에 모든 일을 끝마칠 수 있었다.

'……세이린.'

침식이 정점에 달했을 때보다 세이린을 더 원했다. 몸이 달아오르는 걸 떠나 이제는 머리가 아프고 환청이 들릴 지경이었다. 눈을 질끈 감은 클라우드는 그녀가 부여해 준 새로운 어둠을 퍼트려 응접실의 상황을 파악했다. 신이 도운 것인지 세이린 또한 방금 인터뷰를 마치고 기자단을 배웅하고 있는 모습이었다. 그렇다면 자신이 해야 할 일은 하나.

'어딘가 거울이 있었던 것 같은데······.'

이 공간에 들어서는 순간 업무에만 집중하느라 거울이 있었어도 본 적은 없었다. 클라우드는 거울을 들여다보며 자신의 겉모습을 점검했다.

세이린이 어떤 모습을 좋아하더라. 머리카락은 직접 헤집어 놓는 걸 좋아했던 것 같다. 넥타이 매듭은 잘 못 푸는 편이니 너무 단단하게 고정되어 있으면 안 되겠지. 제 손으로 넥타이를 조금 느슨하게 고쳐 맨 클라우드는 눈동자를 굴려 주변에 아무도 없다는 것을 재차 확인하곤 그대로 바닥에 엎드렸다. 아무리 골똘히 생각해 봐도 세이린이 좋아하는 건 역시 얼굴, 등빨, 목소리였다.

하나, 둘, 셋······ 마흔.

순식간에 푸시업을 마친 그가 가쁜 숨을 몰아쉬며 침실로 향했다.

마계에는 마법진이라는 기가 막힌 이동 수단이 있다는 것을 새카맣게 잊어버린 세이린은 클라우드의 침실을 향해 냅다 달리는 중이었다. 달리고 달리던 중에 커다란 전신 거울 앞에 서게 된 음란 마귀가 우뚝 멈추었다.

'나 지금······ 괜찮은가?'

세이린이 다급히 손으로 머리를 빗었다. 부드러운 산홋빛 은발이 엉덩이 아래까지 굴곡을 이루었다. 예전 같았으면 허리의 서명이 보이지 않는 것이 걱정이었겠지만 일단 지금은 허리의 서명이 사라졌으니 패스.

'오케이. 오늘도 상큼하고 발랄한 데다 섹시하기까지 해.'

만족스러운 얼굴로 고개를 끄덕인 세이린은 마지막으로 클라우드가 좋아하는 딸기 맛 립밤을 입술에 톡톡 찍어 발랐다.

"딱 기다려라, 우리 마왕님! 내가 간다!"

세이린이 비명인지 포효일지 모를 목소리를 내는 순간. 잠잠하다 싶었던 음마력이 세이린을 클라우드의 침실 바로 앞까지 옮겨 주었다. 실링과 최후의 결전을 벌이러 갈 때보다 더 비장한 눈을 한 세이린은 발을 굴러 치렁치렁하고 복잡한 자신의 옷을 바꿨다. 잡아 뜯기 편한 흰 셔츠. 찰떡같이 어울리는 검은색 H라인 스커트.

'완벽해.'

역사를 이룰 준비를 마친 세이린은 박력 넘치게 침실 문을 열어젖혔다. 입구 근처에서 기다리고 있던 그의 눈이 태양의 열기를 갈아 넣은 듯 이글거리고 있었다. 벽에 등을 기댄 세이린이 마주한 클라우드의 넥타이를 부드럽게 잡아당겼다. 그가 사전 작업을 해 둔 덕에 넥타이가 스르륵 풀려 바닥에 떨어졌다.

문이 닫히는 순간, 세이린과 클라우드는 미친 듯이 서로를 탐하기 시작했다. 몸도 마음도 안달이 나 행동이 거칠고 조급했다. 인내심이 한계에 다다른 클라우드와 세이린은 시간을 허비하지 않았다. 침대까지 가는 데에는 채 1분도 걸리지 않을 게 분명했지만 그 짧은 시간조차 더 기다릴 수 없었다. 단추나 지퍼, 버클을 푸는 데 들일 시간마저 아깝게 느껴졌다.

세이린은 턱을 위로 치켜든 채로 클라우드와 키스를 나누면서도 손을 점점 아래로 내렸다. 터질 듯 옆으로 비스듬히 불거진 그의 중심을 손으로 왕복하듯 어루만지자 도리어 제 몸이 끓는 것 같았다.

평소 세이린이 긴장을 풀도록 시간과 정성을 들이는 클라우드도 오늘은 참을 여력이 없었다. 얼른 그녀 안으로 파고들어 버리고픈 생각뿐이다가도 세이린의 입 안을 휘저을 때면 키스도 계속하고 싶었다.

클라우드는 키 차이 때문에 고개를 푹 숙인 채로 붉은 입술을 빨며 그녀의 몸 굴곡들을 죄다 으스러뜨릴 듯 휘감아 움켜쥐었다. 이 정도로는 만족할 수 없었다. 클라우드는 군데군데에 짧게 입 맞추며 마계의 새로운 질서 앞에 무릎 꿇었다. 체향이 더욱 진하게 느껴져 머리가 아팠다.

세이린은 허벅지에 닿는 부드러운 머리카락에 어쩔 줄 몰라 하면서도 그를 막지 않았다. 아니, 막을 수 없었다.

"아……."

손톱으로 등지고 있던 벽지를 긁어 대던 그녀는 질컥거리는 소리가 날수록 턱을 치켜 올리고 눈을 감았다. 신음을 흘리며 자신을 맛보는 그를 느끼다, 손을 내려 그의 머리를 헝클이는 일은 전보다 몇 배나 더 황홀했다.

'원래 이 정도로…….'

이상한 약을 먹거나 한 것도 아닌데 이상하리만치 온몸이 민감했다. 그러나 세이린은 그를 막기는커녕 쓰다듬과 야릇한 단어들로 그를 더 부추겼다. 급했다. 얼른 정점을 찍고 싶었다.

"클라우드, 더…… 아……!"

그녀의 허벅지와 엉덩이를 움켜쥐고 있던 손이 점점 위로 옮겨 와 가슴께를 어루만졌다. 머지않아 세이린은 제 입술을 잘근 씹었다. 그녀가 혼자만 얼굴이 벌겋게 달아오른 것을 사과하듯 손등으로 입술을 훔치는 클라우드의 턱을 들었다.

"마왕님…… 나 지금 미치겠어. 이상해."

맥없이 중얼거린 세이린이 허리를 푹 숙여 여전히 무릎을 꿇고 있는 그의 입술을 잘근잘근 씹었다. 혀끝을 비비다 치열을 핥아도, 입 안을 모조리 건드리고 훑어도 열기가 식지 않았다. 클라우드가 겪었던 침식이 이런 느낌이었을까. 몸이 달아 미칠 것 같았다. 세이린은 새빨갛게 달아오른 얼굴로 클라우드를 재촉했다.

클라우드는 안 그래도 묵직하던 아랫배가 인상이 찌푸려질 정도로 저릿한 것을 느끼며 자리에서 일어났다. 장막처럼 흐르는 긴 머리카락이나 빽빽한 속눈썹 아래로 자신을 내려다보는 눈길 때문에 미쳐도 진작 미쳐 있던 참이었다. 세이린의 몸은 이미 녹진하게 풀려 있었다. 그를 받아들일 준비는 진작 되어 있었다.

클라우드가 손을 내려 벨트 버클만을 다급히 풀어냈다. 입고 있는 옷에 뭐 이리 불필요한 장식이 많은지 화가 다 날 지경이었다.

평소엔 물에 물감이 번지듯 찬찬히 스며 오던 그가 단번에 들이닥쳤다.

"하아……."

이를 악무느라 힘이 바짝 들어갔던 세이린의 입가가 곧 야릇한 호선을 그렸다. 클라우드가 받은 간격으로 움직일 때마다 제복에 달린 장식물들이 흔들리며 잘각, 잘각 소리를 냈다. 그럴 때마다 세이린은 눈앞이 아찔해졌다. 불기둥이 들이닥친 듯 다리가 후들거렸다. 이상할 정도로 쾌감이 컸다.

"클라우드……."

세이린이 울먹이며 클라우드에게 도움을 요청했지만 달뜬 숨을 내뱉으며 말하는 바람에 잠시 멈춰 달라는 요구는 완전히 반대로 해석되었다. 클라우드의 눈동자에 반짝임이 사라졌다. 갈망에 깊게 잠긴 얼굴을 한 그가 가슴을 더 바짝 밀착해 왔다. 세이린의 한쪽 다리를 틀어쥔 그가 움직임에 속도를 붙였다. 제복에 달린 장식들이 더욱 빠르게 잘칵거렸다.

"클라우드…… 아!"

세이린이 감당할 수 없을 만큼 밀려오는 쾌감에 입술을 깨물다, 꼭 쥐고 있던 주먹을 입가로 가져가 검지를 잘근 씹었다. 자신의 몸이니 누구보다 잘 알고 있었다. 아무리 오랜만이라 해도 이 정도로 반응할 리 없었다.

'이런 미친. 이거 설마…… 신이 돼서 마력이 뻥튀기 된 만큼 예민해진 건가?'

정확한 분석이었다. 마력은 곧 마물의 감각이니 무언가 자극을 받아들이는 감도도 더욱 예민해지는 것이 정상이었다.

'안 돼. 이러다 죽으면 진짜 수치사라고!'

오늘도 자신에게 드리운 수치사의 그림자를 느낀 세이린이 다급히 그를 찾았다.

"클라우드…… 아흣……!"

그러나 마왕이라는 작자는 세이린을 도와줄 생각이 없었다. 클라우드는 세이린이 뚝뚝 끊기는 신음 사이사이 제 이름을 부를 때마다 더 깊고 빠르게 치달았다. 오히려 세이린이 불편할지도 모른다는 기특한 생각을 하곤 재킷을 단번에 벗어 던지기까지 했다.

진작 다리에 힘이 풀린 세이린은 넘어지지 않으려 클라우드의 목에 팔을 감고 껴안았다. 단단한 몸이 닿았다가 떨어지는 게 더욱 적나라하게 느껴져 머리가 핑 돌았다.

"아, 제발……."

세이린이 눈물을 글썽거리며 클라우드를 올려다봤다. 이번에도 역효과였다. 클라우드는 세이린을 어루만지던 부드러운 손길을 거두곤 벽을 짚었다. 그러곤 미친 듯이 몸을 붙여 올렸다.

세이린의 몸이 그녀의 의사와 상관없이 제멋대로 움직였다. 들이닥친 그를 놓지 않고 깊게 머금고 싶어 다리에 바짝 힘이 들어갔다. 그 행동이 그에게 더 큰 자극이 되리라는 것은 잠시 후에 깨달았다.

"아, 클라우드……! 읏!"

세이린이 얼굴을 젖히며 눈을 질끈 감았다. 그러나 버틸 수 없을 정도의 쾌감은 잦아들지 않았다. 이미 정점을 찍었음에도 클라우드가 계속 움직였다. 집요하게 한곳을 찌르고 문질러 대는 탓에 세이린의 눈가에 고여 있던 눈물이 툭 떨어졌다.

"마왕님, 잠시만, 아……!"

그녀의 온몸이 바르르 떨렸다. 아랫배와 허벅지가 경련하는 것이 고스란히 느껴졌다. 세이린이 몸을 가누지 못하고 다리에서 힘을 뺐을 때에야 클라우드는 낮은 신음을 흘리며 움직임을 매듭지었다.

그는 바닥에 주저앉을 뻔한 세이린을 양팔로 안아 올렸다. 울고 있었다. 그것도 아주 예쁘게. 얼마나 신음을 참은 것인지 입가에 대고 있던 주먹에 잇자국이 나 있었다.

"……아팠나?"

"그건 아닌데……."

"그럼 왜 울었어."

"이상할 정도로 좋아서……."

세이린은 오해의 소지가 있다는 것을 인지하곤 말끝을 흐렸지만 그는 이미 욕망의 구렁텅이에 빠진 눈이었다.

"……나도."

짧게 대답한 클라우드가 고개를 젓는 세이린의 얼굴을 홀린 듯 바라봤다. 머리카락이 땀과 눈물에 젖어 얼굴에 달라붙은 게 이렇게 자극적일 수가 없었다. 클라우드는 잘 익은 복숭아처럼 벌겋게 달아오른 뺨에 키스하며 눈물을 핥아 먹었다.

그가 숨 돌릴 틈도 없이 곧바로 다시 안기를 원한다는 것을 알아챈 세이린이 고개를 푹 숙여 힘들다는 것을 최대한 드러냈다.

"하아…… 다리, 다리에 힘이 안 들어가요……."

"내가 안고 하면 돼."

"네……?"

완벽한 소통 실패였다. 세이린은 그에게 안겨 있는 자신의 자세를 바라봤다. 말이 안겨 있는 것이지 클라우드의 양팔에 다리를 각각 걸치고 앉아 있다는 말이 더 어울렸다. 이런 자세라면 클라우드가 자기 마음대로 움직이기 딱 좋았다. 눈빛만 봐도 이미 그렇게 할 것 같았다.

클라우드는 세이린을 고쳐 안곤 그녀의 등을 벽에 닿게 했다. 이렇게 하는 게 균형을 잡기 편하다는 것을 경험적으로 알고 있는 탓이었다.

'이런 미친…….'

세이린이 침을 꼴깍 삼켰다. 클라우드는 언제 숨을 몰아쉬었냐는 듯 본격적으로 다음 동작을 취할 준비가 된 상태였다. 그렇다고 해서 풀린 눈을 한 마왕님에게 멈추라는 말을 하고 싶진 않았다. 아니. 멈추라는 말은 이미 세이린 폴룩스의 사전에 없는 말이었다.

"클라우드, 살살 천천히. 응?"

"알았으니까 힘 조금만 빼."

클라우드가 사근사근 말하곤 거칠게 몸을 밀어 넣었다. 알았긴 무슨. 세이린이 그의 어깨에 얼굴을 푹 기댔다. 뜨거운 것이 밀려 들어오는 느낌은 황홀하면서도 견딜 수 없었다. 좋았다. 분명 좋았지만 쾌감이 두려울 정도로 컸다.

클라우드가 차츰 몸을 움직였다. 세이린은 무언가가 자신을 사정없이 휘젓는 느낌에 신음을 토했다. 그제야 세이린이 평소보다 더 격하게 반응한다는 걸 인지한 마왕은 잠시 멈추……기는커녕 더 세게 몸을 붙여 올렸다. 밭은 움직임에 세이린의 몸과 머리카락이 요동쳤다. 세이린은 몸을 떨며 신경을 따라 전기처럼 흐르는 쾌감을 받아들였다.

무언가가 반복적으로 부딪혔다 떨어지는 소리만이 야릇한 공기 속으로 퍼져 나갔다. 클라우드는 제 움직임에 따라 흔들리는 세이린을 보며 점점 이성을 잃어 갔고, 이번에도 세이린을 울리고야 말았다.

"아훗……!"

세이린이 있는 힘껏 클라우드를 껴안았다. 이젠 고개를 젖힐 힘도 남아 있지 않았다. 좋아 죽겠다는 말을 일상에서 자주 쓰는 편이었지만, 정말로 좋아서 죽을지도 모른다고 생각하니 아찔했다. 심장이 비정상적으로 빨리 뛰었다. 맞닿아 있는 그의 가슴에서도 비슷한 박동이 느껴져 괜히 입꼬리가 올라갔다.

클라우드는 세이린이 웃는다는 것을 알고 곧장 그녀를 고쳐 안았지만.

"클, 클라우드……?"

"왜 또 울었어."

마력을 일으켜 세이린을 공중에 앉힌 그가 뺨을 살살 쓰다듬어 눈물을 걷어 냈다. 그 상냥한 손길에 잠시 방심한 세이린은 그의 중심이 다시 뜨겁고 단단해지는 것을 느끼곤 움찔 긴장했다.

"마왕님, 나 하고 싶은 말이 있는데……."

"나도 사랑해."

클라우드가 다정하게 입 맞추곤 은근슬쩍 그녀에게 스며들었다. 음란 마귀가 다시 가느다란 신음을 흘리며 망연자실했다. 이게 아닌데!

"클라우드. 딱 1분만 움직이지 말고 가만히 있어 봐."

"……."

"그렇게 노골적으로 뚱한 얼굴 하지 말고!"

세이린이 클라우드의 얼굴을 꾹꾹 주무르며 자신의 현 상황을 설명하기 시작했다.

"보다시피 내가 신이 되었잖아?"

"……예뻐."

"크흠…… 아무튼, 그래서 마력이 훅 늘었단 말이지?"

클라우드는 세이린이 왜 이런 얘기를 하는지 잠시 고민했다. 마력. 감각. 예민. 평소보다 격한 반응. 월등한 학습 능력을 지닌 마왕이 세이린이 하려는 말의 뜻을 파악하기까진 1초면 충분했다. 클라우드는 무척 아쉬운 얼굴을 하곤 말했다.

"네가 힘들면 조금 익숙해진 다음에 해도 돼. 기다릴 수 있어."

"마왕님. 말은 참 고마운데……."

안타깝게도 그의 몸은 솔직했다. 여전히 뜨겁고 단단한 것을 보니 클라우드의 모든 부분이 기다릴 수 있을 것 같지 않았다. 웃음 섞인 한숨을 내쉰 세이린이 기운 없는 손으로 그를 쓰다듬었다.

"침대 가서 천천히 할 수 있어?"

"네가 원한다면."

애가 타 무척 힘들긴 하겠지만. 클라우드가 그녀를 안아 든 자세 그대로 침대를 향해 걷기 시작했다. 세이린은 움찔 놀라 그의 어깨를 꼭 틀어쥐었다.

"아훗……! 살살 걸어. 천천히. 응?"

"시간 없어. 곧 저녁 만찬을 준비해야 한다며 기사들이 찾아오겠지."

세이린도 들어 알고 있었다. 오늘 저녁에는 긴 싸움이 끝난 것과 밤이 돌아온 것을 축하하는 만찬이 예정되어 있었다. 마왕인 클라우드는 물론 신이 된 자신도 연설 따위를 준비해야 한다며 언제 불려 갈지 몰랐다.

세이린을 침대에 조심히 내려 둔 클라우드는 목 뒤로 손을 넣어 머리카락을 정리해 주었다. 우는 연인은 예상보다 훨씬 관능적이었지만, 계속 우는 모습을 보고 싶진 않았다. 클라우드는 세이린이 웃는 게 더 좋았다.

"이번엔 안 울리도록 노력하지."

클라우드가 사랑을 담아 이마에 길게 입술을 댔다. 세이린은 마찬가지로 땀에 젖은 그의 머리카락을 쓸어 주다 마력을 일으켜 옷가지들을 죄다 바닥으로 떨궈 버렸다.

'천천히 즐길 시간이 있었으면 참 좋을…… 잠깐만.'

쇄골에 클라우드의 다정한 키스를 받던 세이린이 씨익 웃었다. 클라우드가 고개를 들어 그녀를 바라보는 순간, 강력한 신통력이 마계 전체를 휩쓸었다. 세이린은 한결 편안해진 얼굴로 너스레를 떨었다.

"완전 까먹고 있었네. 나 이제 신이잖아?"

새로운 신이 시간과 공간을, 침대 위의 둘을 제외한 온 마계를 정지시켰다. 클라우드는 멍하니 창밖을 바라봤다. 바람에 날리고 있던 나뭇잎이 공중에 그대로 멈춰 조금도 움직이지 않았다. 시간을 멈출 수 있는 연인이라.

"……"

두말할 것 없이 최고였다.

세이린 또한 시공간 조작을 잘 마쳤다는 것을 거듭 확인했다. 그렇고 그런

일을 위해 마계의 시공간을 조작한다는 것이 조금 양심에 찔렸지만 죄책감은
그리 오래가지 않았다.

'그러게 누가 제일 밝히는 마물을 차기 신으로 선정하래?'

그동안 음마력 때문에 여러 번 수치사 위기에 처했으니 이 정도는 누려도 괜
찮으리라. 자기 합리화를 마친 음란 마귀가 몸을 일으켜 클라우드의 허벅지 위
에 마주 앉았다. 여전히 자극이 깊어 몸이 작게 떨렸다. 앞선 두 번의 절정으로
익숙해졌다고 생각한 것은 순전히 그녀의 착각이었다.

클라우드가 손을 까딱여 침실 가득 어둠을 채웠다. 세이린이 빛보다 어둠을
좋아한다고 했던 것을 기억하는 탓이었다. 완전히 캄캄한 것이 아닌 어스름한
정도인지라 두 마물은 마주한 서로에게만 집중할 수 있었다.

앞선 두 번의 움직임에서 세이린과 클라우드가 원한 것은 자극이었다. 서로
의 심장이 이전처럼 온전히 뛰는 것을, 상대가 조금도 다치지 않고 멀쩡히 살
아 있다는 것을 쾌감으로 확인받고 싶었다.

하지만 지금 원하는 것은 조금 달랐다. 두 마물은 서로의 몸 구석구석에 상
처가 없다는 것을 세세하게 확인하기를 원했다. 이미 꼭 붙어 있으면서도 더
가까이 있고 싶어 눈앞의 연인을 쓰다듬고 계속 끌어당기는 애틋한 시간이 길
게 이어졌다.

세이린은 클라우드의 뺨을 어루만져 조금 남아 있던 잔상처를 말끔히 치유
해 냈다. 하는 김에 앙앙대느라 따끔거리는 자신의 목에도 치유의 마력을 흘린
그녀였다.

클라우드는 웃음을 머금은 채로 세이린의 날개뼈부터 허리까지를 쓰다듬었
다. 따뜻했다. 그리고 조금 허전했다.

"마왕님 지금 허리 서명 생각하죠?"

뜨끔. 클라우드가 대답 대신 제 이름이 새겨져 있던 자리를 어루만졌다. 그
의 머릿속에 문득 세이린의 결연한 얼굴과 목소리가 떠올랐다.

'클라우드, 기다려 줘. 시간이 얼마나 걸릴지 모르겠지만…… 내가 신이 될
게.'

거대한 달빛 수정에 어둠을 봉인하던 그날, 세이린은 분명 자신을 위해 신이

365

되겠다고 말했다. 그러니 이제 유치한 허리 서명 같은 것이 없어도 세이린 폴룩스는 자신만의 연인이었다. 물론 조금 아쉽긴 했지만.

세이린은 클라우드가 귀여워 미칠 지경이었다. 재수 부재중인 얼굴이나 정색만 할 줄 알던 마물이 어느샌가 풍부한 표정을 갖게 된 것도, 유치한 서명에 목숨 거는 것도 모두 사랑스러웠다.

"으으…… 사랑해요."

앓는 소리를 낸 그녀가 쭉 껴안고 있던 그를 더 바짝 끌어안았다. 단단한 몸에 얼굴과 머리카락을 마구 비벼 대도 클라우드는 싫은 소리 대신 짧은 뽀뽀를 계속 선사했다.

애정 가득한 고백을 들은 그의 가슴 또한 빠르게 뛰고 있었다. 클라우드는 이 상황이 행복했다. 무척이나. 어둠을 지니고 자연 발생한 이후부터 쭉, 미천한 어둠은 위대한 빛이 남긴 폐기물일 뿐이라는 얘기를 들었다. 어둠은 빛의 그림자에 불과하며 신의 버림을 받은 무가치한 존재라는 저주스러운 말에 장장 7년이나 시달렸다.

그런데 새로운 신은 여명회가 틀렸다는 것을 증명해 주는 것으로도 모자라, 넘치도록 제게 애정 표현을 했다. 배시시 웃으며 툭 튀어나온 목울대에 입을 맞췄고, 부드러운 키스를 이어 가다가도 입꼬리를 씩 올려 보이곤 사랑한다고 속삭여 주었다.

"……"

그동안 신에게 버림받은 존재라며 괴롭힘을 당해서일까. 클라우드는 신의 사랑을 더 받고 싶었다. 클라우드는 제 복근을 쓰다듬는 세이린의 손을 덮었다가 부드럽게 깍지 꼈다. 깍지 낀 채로 꼭 쥐고 그녀의 손에 입 맞추자 떨어질 수 없는 사이라는 느낌이 들어 절로 웃음이 지어졌다.

세이린은 애정이 가득 담긴 눈으로 깍지 낀 손을 바라보는 클라우드 때문에 심장에 통증을 느꼈다.

"으읏……"

물론 그녀가 앓는 소리를 내는 건 사랑스럽기 그지없는 깍지 낀 손이나 하버드 정시 수석 입학도 가능할 얼굴 때문만은 아니었다. 클라우드가 휙 몸을 뒤집었다. 그의 위에 앉아 있던 세이린은 자연스레 푹신한 침대에 눕게 되었다.

"아홋…… 마왕님……."

세이린이 깍지 낀 손에 힘을 더했다. 클라우드가 목 언저리를 강하게 빨아들이며 허리를 움직였기 때문이었다. 흡입감이 어찌나 강한지 제이드에게 피를 빨리다 눈물이 그렁그렁해지던 커밋이 단번에 이해가 갔다.

게다가 몸이 몇 천 배는 더 민감해진 탓에 그의 움직임 하나하나가 다 슬로모션처럼 강렬하게 느껴졌다. 제 길을 낼 기세로 쉴 새 없이 들이쳤다 빠져나가는 몸이나 손깍지를 살살 문지르는 손끝이. 세이린이 깍지를 끼지 않은 손을 동그랗게 말아 입가에 가져갔다. 막무가내로 신음을 흘리자니 부끄러워 꼭 쥔 주먹으로 입가를 꾹 막았다.

"……세이린."

클라우드는 그 모습이 마음에 들지 않는다는 듯 으르렁거렸다. 그래도 그녀가 목소리를 꾹꾹 참자 마왕은 주먹 쥔 손을 잡아채 제 허리에 가져다 두었다. 예상대로 음란 마귀는 신음을 참는 것 따위는 까맣게 잊고 마왕의 잘 빠진 등을 어루만지며 몸을 바르작거렸다.

"아, 좀만 더 천천……."

입술을 깨문 세이린이 말이 헛나왔다는 듯 다시 입술을 짓씹었다. 클라우드가 달콤하고도 악랄한 목소리로 되물었다.

"천천히?"

"……."

세이린이 살랑살랑 고개를 저었다. '천천히'라니. 지금 상황에선 없는 게 나은 단어였다.

그녀의 의사를 읽은 마왕이 더욱 거칠게 그녀를 몰아갔다. 세이린은 그의 얼굴을 끌어당겨 찬찬히 입 안을 헤집었다. 조급하게 혀를 굴리던 세이린이 움찔하더니 다리로 클라우드를 꼭 감쌌다.

"클라우드…… 웃……!"

허벅지에 힘이 바짝 들어갔다. 몸이 붕 뜨는 동시에 푹 가라앉는 느낌이 들었고, 배 속이 뜨겁게 녹아내리는 기분이었다. 절정을 찍은 쾌감에 힘이 풀려

발을 침대 시트에 쿵 내려 둔 세이린이 깍지 끼고 있던 손에서도 힘을 쭉 뺐다.

클라우드도 일순간 몸을 굳혔다가 숨을 씨근거렸다. 불쾌하게 달아오른 얼굴에 가쁜 호흡을 하는 것이 무척이나 섹시했다. 세이린이 엉큼한 미소를 띤 채로 옆자리를 톡톡 두드리며 말했다.

"안아 주세요."

"……."

"포옹 말하는 거, 알죠?"

"모르는 척해도 되나?"

클라우드가 뻔뻔하게 물었지만 세이린은 힘들다며 고개를 살랑살랑 저었다. 픽 웃은 마왕이 세이린에게 제 팔을 베도록 내주곤 그녀를 따뜻하게 보듬었다. 세이린은 신이 되었을 뿐 이전과 달라진 것이 거의 없었다. 예쁜 목소리도, 절정에 다다랐을 때 표정을 찡그리는 버릇도.

……물론 본인이 느끼는 것은 많이 달라졌다지만.

"세이린. 잘 건가?"

"으응…… 졸려요. 나른해."

세이린이 애교 가득한 목소리로 말하곤 더 바짝 안겨 왔다. 클라우드는 아직도 새빨갛게 익은 그녀의 뺨에 연달아 입 맞추는 것으로 아쉬움을 달랬다.

처음 거대한 달빛 수정 안에서 깨어나 주변을 둘러봤을 때는 발밑이 와르르 무너지는 줄 알았다. 단언컨대 그런 느낌은 처음이었다. 세이린을 영영 잃을지도 모른다고 생각하니 제 목숨 따위는 아깝지도 않았다. 그만큼 두려웠다.

하지만 팔랑팔랑 나돌아 다니기를 좋아하는 세이린은 신이 된 후에도 제 품으로 돌아왔다. 축복하고 약속해 준 그대로. 클라우드는 간질거리는 마음을 참지 못하고 세이린에게 작게 속살거렸다.

"다시 와 줘서 고마워. 사랑해."

분명 자는 줄 알고 한 말이건만. 세이린의 입꼬리가 씩 올라갔다.

"어휴 마왕님도 참. 이렇게 꼬드기시면……."

"……?"

진실한 사랑 고백을 다른 의도로 알아들은 그녀가 다시 마왕의 허리 위에 올라탔다.

□ ■ □

결국 클라우드 슈테른은 새로운 신을 자신만의 방법으로 숭배했다. 비록 신을 많이 울리긴 했지만.

클라우드는 기절한 듯 잠든 세이린을 꼭 껴안고 토닥이며 창밖을 바라봤다. 빛과 어둠이 균형을 되찾아 다시 짧아진 밤 대륙의 낮은 벌써 사라진 채 노을이 지고 있었다. 노을에 붉게 물든 나뭇가지 위, 꼭 붙어 몸을 비비던 암수 한 쌍의 새가 포르르 날아가는 것이 참으로 운치 있었다.

'……날아갔다고?'

당황한 클라우드가 창밖을 빤히 응시했다. 바람이 불 때마다 나뭇가지가 살랑살랑 흔들린다. 나뭇잎도 자유로이 날아다닌다.

'망했군.'

마왕이 곧장 시간을 확인하곤 한숨을 삼켰다. 세이린이 쓴 시간 정지 마법이 풀려 있었다. 분명 세이린은 시간을 멈추고 천천히 즐기기를 원했다. 그리고 신의 힘이란 어떠한 경우에도 완벽해야 한다. 그러므로 그녀의 의사와 다르게 시간 정지 마법이 풀린 것은 좋은 징조가 아니었다.

'……이상한데.'

실링을 비롯한 새벽단 간부들은 마계에서 완전히 사라졌다. 따라서 시간 정지 마법이 풀린 것은 다른 이유가 있으리라. 클라우드가 도둑이 제 발 저리는 심정으로 세이린을 내려다보았다. 행복한 얼굴로 새근거리고 있었으나 분명 눈물 자국이 있었다.

"……."

아무래도 절정에 다다른 세이린이 마력 운용 과정에서 실수를 범한 것 같았다. 그렇다면 도대체 언제를 기점으로 신통력이 무력화된 것일까. 떠오르는 장면이 몇 개 있었다.

'클라우드, 나 진짜 죽을 것 같아.'

'……진짜?'

'잘생긴 얼굴로 시무룩한 표정 하지 말고요……'

'알았어. 이리 와. 안아 줄게.'

'……생각해 봤는데, 한 번 더 하는 것쯤은 괜찮지 않을까요? 어차피 신이라 죽지도 않을 텐데.'

그리고 세이린은 자신이 불사신이라는 것을 몸소 확인하는 대가를 치렀다. 허리를 젖히며 매달렸으니 이때 신통력이 흐트러진 것일 수도 있었다.

'이때가 아니라면……'

클라우드는 세이린을 쓰다듬으며 다른 장면을 생각해 냈다.

'하아……'

'……예뻐서 참기 힘들어.'

'우리 마왕님, 여태까지 참았다는 듯 말하는 것 좀 보게.'

'알았으니까 눈 감아 봐. 몸에서 힘 좀 빼면 더 좋고.'

'아무리 뽀뽀하면서 살살 꼬드겨도 한 번 더는 안, 아훗……!'

클라우드는 이때부터 시간이 다시 흐르기 시작했을지도 모른다고 생각했다. 세이린이 어느 때보다 애타고 간절한 목소리로 자신을 찾았으니. 얼마나 급했는지 호칭 또한 다양했다. 클라우드, 마왕님, 임성운, 자기야 등등.

클라우드가 아무래도 두 번째로 떠올린 장면을 기점으로 시간이 다시 흐르기 시작한 것 같다는 결론을 내리려 할 즈음, 그의 머릿속에 한 장면이 더 떠올랐다.

'하웃…… 재워 준다면서. 거길 쓰다듬으면 어떻게 자라고……! 감각이 너무 예민해져서 미칠 것 같단 말이에요. 응?'

'세이린. 새로 얻은 감각에 빨리 적응하는 게 낫지 않겠나?'

'그건 그런데…… 좋은 방법이라도 있어?'

'많이 하면 돼.'

'아…… 진짜. 목소리는 왜 깔아요. 얼굴은 또 왜 들이밀고!'

'딱 한 번만 더.'

클라우드는 이다음에 시간 정지 마법이 풀린 것이라고 거의 확신했다. 울먹이면서도 피하지 않고 안기던 세이린을 생각하니 양심이 콕콕 찔렸다.

'……그렇게 해 대니 마법이 풀리지.'

이쯤 되면 클라우드 슈테른이 시간 정지 마법을 풀었다고 하는 게 더 정확한 설명인 듯했다.

아무튼 오늘 저녁에 싸움이 끝났음을 축하하는 만찬이 열린다고 했으니 곧 누군가가 찾아올 듯했다. 무방비 상태에 놓인 자신에게 누군가가 찾아오는 것은 상관없었다. 문제는 세이린이 품에 안겨 있다는 것이었다. 세이린이 일어나 시간 정지 마법을 다시 쓰면 조금 더 쉴 수 있을 테지만 자는 그녀를 깨우긴 싫었다. 시간이 또 멈췄을 때 얌전히 있을 자신도 없었고.

클라우드가 직박구리 사건급 난감함에 눈동자를 굴리며 해결책을 강구할 때였다. 군더더기 없는 노크 소리가 침실에 울렸다. 마력을 일으켜 불청객의 정체를 파악한 클라우드는 세이린이 깨지 않도록 청력 둔화 마법을 사용했다.

마왕의 침전에 살금살금 다가온 마물은 빌리아리아 에테라였다.

그녀는 클라우드나 세이린에게 말을 거는 대신 각 맞춰 봉한 서류 봉투 하나를 문 틈새로 밀어 넣었다. 바람의 마력이 스며 있는 탓에 봉투는 살랑살랑 날아 클라우드에게로 날아왔다.

'이 상황에도 보고서를 넘기다니.'

계약 사항에 참으로 충실한 왕비였다. 클라우드는 서류 봉투를 열어 마왕성을 비운 6개월 동안 빌리아가 처리한 일들을 찬찬히 훑어봤다. 임시지만 마왕성의 최고 통수권자였던 빌리아는 그 권능을 즐기긴커녕 그야말로 하루하루를 과로 상태로 보낸 듯했다.

"고생했군."

"조용히 해, 클라우드. 작가님 깨겠어."

신이 되어 마왕성에 돌아온 세이린을 껴안고 방방 뛰던 것과는 사뭇 다른 냉정한 반응이었다. 클라우드는 그럴 줄 알았다는 듯 눈썹을 까딱이곤 빌리아의 보고서를 마저 읽었다. 역시 마계 최고의 퀄리티였다. 클라우드는 악덕 고용주 뺨치는 만족스러운 웃음을 지으며 보고서를 덮었다. 그러자 팔랑거리며 스케줄 표 한 장이 튀어나왔다.

"빌리아. 이건 뭐지?"

"네 앞으로의 일정을 간략하게 정리해 봤어."

클라우드는 빌리아가 손수 정리해 준 제 스케줄을 훑다 아리송한 얼굴을 했다.

"만찬이 오늘 저녁이라고 하지 않았나?"

"만찬을 오늘 저녁에 열었으면 큰일이 났겠지. 두 주인공이 참석을 못 했을 테니."

"……."

클라우드는 날카로운 분석에 어딘가 허를 찔린 기분을 느끼며 말을 아꼈다. 둘 사이를 이어 주려 그간 부단히 노력했던 빌리아는 누구보다 잘 알고 있었다. 마왕성에 돌아온 마왕과 작가님이 귀환 당일 열리는 저녁 만찬에 참여하는 것은 불가능하다는 것을.

'나흘은 방에서 안 나올 줄 알았는데. 가정이 너무 심했나?'

침실 밖으로 나오기는커녕 문틈 사이로 밀어 넣은 서류에도 반응해 주지 않을 수도 있다고 생각했는데, 만찬에 참여할 생각을 하고 있었다니. 의외의 기특함이었다. 신통력을 써 시간을 멈추었다고는 생각지도 못한 빌리아가 어깨를 으쓱하곤 사라졌다.

□ ■ □

만찬이 오늘이 아니라 내일이라는 것을 알아차린 후로 클라우드는 계속 미소를 머금고 있었다.

'세상모르고 자는군.'

지친 세이린이 제 품에서 잠을 청하는 것은 그가 제일 좋아하는 순간 중 하나였다. 클라우드는 졸린 줄도 모르고 세이린을 밤새 지켜봤다. 그녀를 깨운 다음 아무런 질문이나 던져 잠에 푹 잠긴 목소리를 듣고 싶은 것도 꾹 참았다.

어느새 별과 달이 내뿜는 푸른 빛이 나른한 햇살로 바뀌었다. 클라우드는 세이린의 눈가를 손으로 가려 주며 행복감에 젖어 들었다. 눈부신 햇살이 바닥에 떨어진 베개와 구겨진 침대 시트를 적시고 세이린의 머리카락 위에도 내려앉았다. 곧 따스함을 느낀 그녀가 눈가를 움찔하며 잠에서 깨어났다.

"아웃……."

달콤한 인사를 건네 주리라는 그의 기대와 달리 세이린의 첫마디는 깊은 통증에 대한 신음이었다. 온몸 곳곳에 근육통이 느껴지는 탓에 그녀는 벌떡 일어나는 대신 애벌레처럼 꾸물꾸물 클라우드의 품에 파고들었다.

'아…… 진짜 아프네. 치유 마법이라도 써야 하나?'

울먹거리던 음란 마귀가 치유의 마력을 일으켰다. 그러나 그렇고 그런 일을 해 대는 바람에 얻게 된 통증에는 신통력이 듣지 않는 듯했다.

'아오, 이놈의 마계…….'

세이린이 한숨을 폭 내쉬자 뜨끔한 클라우드는 그녀의 허리에 손을 대고 불의 마력을 아주 작게 일으켰다. 노곤함을 느낀 세이린이 그의 가슴팍에 얼굴을 비비적댔다.

"잘 잤어?"

그가 물어 왔다. 세이린은 고개를 끄덕이곤 클라우드를 더 꼭 안았다. 따스한 품에 안겨 있자니 창밖의 새가 지저귀는 소리도 무척 상쾌하게 다가왔다.

'……지저귄다고?'

"웅? 시간 멈춘 거 풀렸어요? 만찬은요?!"

클라우드는 시간 정지 마법이 풀린 것을 알아채곤 당황하는 세이린에게 자초지종을 설명했다. 세이린은 마왕님과 나란히 만찬에 빠진 것이 아니라는 사실에 작게 안도했다.

"만찬 준비는 서너 시간 후부터 하면 된다더군."

"그럼 이대로 조금만 더 있어도 된단 거네요?"

찌르르 전신에 퍼지는 통증을 미남 테라피로 진정시키기로 마음먹은 음란 마귀가 손마디로 그의 얼굴을 찬찬히 따라 그렸다. 맨살에 기분 좋은 햇빛이 닿아 모든 일이 마무리되었다는 것이 실감 났다.

턱선을 쓰다듬고 귓가를 어루만지는 내내 끈질기게 따라붙는 그의 눈동자를 보니 문득 하고 싶은 말이 있었다. 야광 페인트를 들이부은 듯 하얗고 밝던 그

믐 호수 속에서 영영 다시 볼 수 없을 줄 알았던 클라우드에게 해 주고 싶었던
말.

"내가 지금 끝내주게 탄탄한 마왕님 팔을 베고 옆에 누워 있는 게 무슨 의미
인지 알아?"

"······날 사랑하나?"

"어휴····· 그럼요."

세이린이 클라우드의 미모에 넋을 잃고 반사적으로 대답했다가 다시 목을
큼큼 가다듬었다. 원래 하려던 말도 비슷한 맥락이긴 했지만, 완전한 문장으로
다시 말해 주고 싶었다.

"우리 마왕님이 더는 신의 버림을 받은 존재가 아니라는 거지."

"······."

그가 무어라 말하지 않는 것이 자신의 의도를 이해하지 못했기 때문이라고
생각한 세이린은 거듭 설명했다.

"자고 일어났는데도 내가 어디 안 가고 클라우드 곁에 있잖아. 무려 마계
의 유일신이 당신을 사랑하기 때문이야. 신의 사랑을 독차지하는 기분은 어때
요?"

세이린이 눈가가 꾹 접힐 만큼 환하게 웃었다. 잠깐 마왕님의 탄탄한 가슴을
뺨으로 느끼던 음란 마귀는 그가 여전히 침묵하는 것에 의아해하며 고개를 들
었다. 그러자 그의 눈가가 눈에 띄게 불그스름해진 것이 보였다. 너무도 환한
낮이라 잘못 봤을 리 없었다. 보이지 않는 손으로 제 볼을 꼬집어 꿈이 아님을
확인한 세이린은 어쩔 줄 몰라 가만히 그를 바라봤다.

클라우드가 눈시울을 붉히다니! 세이린의 가슴이 콩닥콩닥 뛰기 시작했다.
슬퍼서가 아니라 기뻐서 눈시울을 붉힌다. 그렇다면······!

'무조건 울리고 만다. 내가 마왕님 우는 걸 또 언제 보겠어.'

음란 마귀가 불순한 결의를 다지곤 목소리에 촉촉함을 장착하는 동안 클라
우드는 반짝이는 그녀의 눈동자를 눈에 담았다.

눈앞의 연인은 바라보는 것만으로도 가슴이 벅찼다. 햇살을 받아 은하수처
럼 흐르는 머리카락. 자수정처럼 영롱한 눈동자와 나긋한 목소리. 그녀의 세세

한 것 하나하나가 드리운 줄도 모르고 있던 그림자를 비춰 쫓아내는 빛이었다. 여명회가 아예 틀린 것은 아닐지도 몰랐다. 빛은 구원이 맞았다.

클라우드가 절절한 감동에 젖어 들 즈음 세이린이 손가락을 튕겨 오색으로 빛나는 깃털들을 그의 머리 위에 펑 터트렸다. 그가 간질거리는 곳이 뺨인지 마음인지 구분하지 못할 정도로 행복해할 때, 세이린이 입을 열었다.

"마계의 유일신인 내가 우리 마왕님에게 축복을 주지."

"……."

"사랑해."

세이린이 어느 때보다 촉촉한 목소리를 내자 클라우드의 뺨에 한 줄기 눈물이 찬찬히 흘러내렸다. 전날 손수 쥐뜯고 헤집은 탓에 까치집이 된 새카만 머리카락 아래로 불그스름해진 눈가. 오뚝한 코끝에도 평소보다 혈색이 돌았고 입술은 꾹 맞물기까지 했다. 답지 않게 시무룩하게 기운 눈썹과 어떻게든 달래 달라는 듯 애원하는 눈빛.

'이런 미친…….'

세이린이 신통력을 이용해 클라우드의 울먹임을 소리 없이 연속 촬영한 다음 그의 뺨을 조몰락거렸다.

"우리 마왕님 누가 울렸어!"

"……네가."

"어휴…… 그럼 울린 제가 달래 드리는 게 인지상정이겠죠?"

뻔뻔하게 말한 세이린이 클라우드의 눈물을 살살 닦아 주며 마성의 주문을 속삭였다.

"넌 나를 원해."

신이 된 마계 최강 색욕의 랭커의 동요가 빛을 발하는 순간이었다.

Chapter
36

축야식

　오늘 저녁 벌어지는 호화로운 만찬의 정식 명칭은 축야식(祝夜式)이었다. 이름 그대로 마계에서 영영 사라진 줄로만 알았던 밤이 돌아온 것을 축하하는 자리이기 때문에 만찬이 진행되는 곳은 물론이고 뒤풀이 파티가 이뤄지는 홀까지 별이 총총히 박힌 밤하늘이 연상되도록 꾸며져 있었다. 짙은 남색 커튼 위에 은색 실로 수놓인 마왕성의 문양. 아롱아롱 빛을 반사시키는 크리스털 샹들리에까지.

　모든 것이 평화로워 보였으나 마왕성의 고용인들은 발을 동동 구르고 있었다. 행사를 준비하는 데에 있어 가장 중심이 되는 한 마물. 왕비 빌리아리아 에테라가 어디론가 사라졌기 때문이었다.

　"대체 어디 계시지? 방에도 안 계시던데……."

　"만찬 전에는 항상 직접 최종 점검을 하셨는데. 로자리 씨, 왕비님이 어디 계신지 아세요?"

　고용인들은 만찬 준비를 마무리하는 로자리에게 물었다. 그녀가 왕비와 스스럼없이 포커를 칠 정도로 막역한 사이라는 것을 모르는 이가 없기 때문이었다. 하지만 로자리는 애매한 웃음을 지으며 시선을 피했다.

"음…… 모르겠어요. 그냥 저희 선에서 마무리할까요? 비전하는 아마 오지 않으실 테니까요."

로자리가 씁쓸한 미소를 머금었다.

□ ■ □

비슷한 시각. 빌리아리아 에테라는 긴 시간 봐 왔음에도 적응이 되지 않는 밤 대륙의 일몰을 내다보고 있었다. 낮 대륙은 밤 대륙과 달리 낮이 무척이나 길고 밤이 짧은 편이었다. 마왕이 유일 작가에게 고소장을 보낸 직후부터 그리던 큰 그림이 완성되었으니, 자신은 이혼 후 익숙한 낮 대륙으로 돌아가리라.

빌리아는 침대로 시선을 옮겼다. 시엘리아 혈통이 지니는 특유의 하늘빛 은발이 베개 위에 흐트러져 있었다. 바다만큼 푸른 눈동자는 그가 눈을 굳게 감고 있기에 보이지 않았지만 카인의 겉모습은 처음 만났을 때와 조금도 달라지지 않았다.

그런데 왜, 당신은 이제 와서 내게 쩔쩔매는가.

창틀에 기대 있던 몸을 일으킨 빌리아는 침대맡에 앉은 채로 클라우드가 갇혀 있던 달빛 수정 봉인을 깨던 순간을 떠올렸다. 카인이 짠 마법진에는 네 속성의 마력이 정확히 같은 양 투입되었어야 했다. 실수를 해도 에테라 직계 혈통인 자신이 아니라 로자나 제이드가 할 것이라 생각하고 있었다.

그러나 결정적인 순간, 필요한 것보다 적은 마력을 투입하는 계산 실수를 저지른 것은 자신이었다. 물려받아 오랜 시간 몸에 지니고 있던 릴리트 에테라를 실링과 결전을 벌이러 가던 세이린에게 빌려준 것이 화근이었다. 바람 속성의 보물이 없으니 마력 계산을 평소와 달리 했어야 했는데 멍청하게 그러지 못했다. 집약된 마력은 실수를 저지른 제게 역류하는 대신 카인을 덮쳤다. 강력한 마력에 공격받던 순간, 카인이 무슨 일을 벌였던가.

'……분명 그때 나한테 방어 마법을 걸어 줬어. 내가 받아야 할 타격을 대신 받았으면서.'

이번에도 당신은 나를 도왔고, 나는 영문도 모르고 당신의 도움을 받았다.
빌리아는 자신을 이곳에 오게 한 유일 작가님의 목소리를 곱씹었다.

'커밋은 일주일 후 정도에 깨어날 거예요. 혹시 모르죠. 사랑의 뽀뽀를 받으면 조금 더 일찍 깨어날지?'

'작가님이 신이 되기 전에 하신 말씀이라면 농담이라고 생각했을 텐데.'

일단 마계의 유일한 신이 된 세이린 폴룩스가 말한 것인지라 농담인지 진담인지 구분할 수 없었다. 그래서 혹시나 하는 마음에 이곳까지 온 것이 아닌가.

"……카인 시엘리아."

빌리아는 링거를 맞으며 침대에 얌전히 눈을 감고 누워 있는 전 약혼자의 이름을 작게 불러 보았다. 그러나 막상 이름을 부르고 나니 아무런 기분도 들지 않았다.

그 사실이 그녀를 미소 짓게 했다.

'도움을 받았으니 도움을 주는 것뿐이야.'

빌리아가 몸을 숙였다. 긴 금발이 사르륵 흘러내려 카인의 얼굴에 쏟아지던 달빛을 가렸다. 얼굴을 가까이 할수록 그의 호흡이 느껴져 안심이 되면서도 머리가 지끈거렸다. 빌리아는 얼른 입을 맞추고 이곳을 빠져나가겠다고 마음먹곤 거리를 좁혔다. 마침내 코끝이 스치는 거리.

'눈을 떠야 하나, 감아야 하나.'

빌리아는 정석대로 눈을 감았다가, 〈임성운의 5,500가지 그림자〉에서 유이린이 눈을 뜨고 뽀뽀했다는 대목이 있는 것을 떠올리곤 눈을 떴다. 그런데.

"……빌리아?"

언제부터 뜨고 있었는지 모를 푸른 눈동자가 작게 동요하고 있었다.

빌리아는 코끝이 스칠 만큼 가까운 거리에서 카인을 내려다보았다. 불쾌한 얼굴을 할 것이라는 예상과는 달리 카인의 뺨은 독한 술이라도 들이켠 듯 서서히 붉어졌다. 혈기는 뺨을 흥건히 적시고도 남아 귀까지 잘 익은 사과처럼 붉게 물들였다. 더 압권인 것은 늘 냉랭하고 무미건조했던 카인의 목소리가 갓 태어난 아기 새의 것처럼 바르르 떨리고 있다는 사실이었다.

"……빌리아."

카인은 겨우 세 글자를 발음하고도 긴장이 역력한 채로 마른침을 삼켰다. 그 반응을 본 빌리아는 반년이나 지나 버린 장면을 떠올렸다. 실링과 최후의 결전을 벌이러 떠나던 날, 세이린이 카인에게 했던 말을.

'나 없다고 딴 맘 먹으면 네가 결투 이후로 비전하게 반해서 매일 잠도 못 자고 뒤척인다는 거 만천하에 떠벌릴 거야.'

그때 카인은 결코 부정하지 않았다. 오히려 정곡을 찔렸다는 듯 낯을 붉혔다.

'흐음……'

빌리아가 붉은 눈동자에 흥미를 가득 담아 카인을 살피며 생각에 잠겼다. 물론 자신이 클라우드의 가짜 왕비 연기를 시작한 탓도 있다지만 무려 7년이나 약혼녀를 방치해 놓고 이제 와서 관심을 보이는 카인이 괘씸했다. 괘씸하므로 놀리고, 괴롭히고 싶다.

게다가, 왕비가 왕이 아닌 다른 남자와 입 맞추는 건 소소한 악행이 선행인 마계에서도 명백한 이혼 사유. 이혼 꿈나무가 마다할 이유란 없다. 그렇게 결론 내린 빌리아가 그대로 고개를 숙여 카인의 입술 위에 제 입술을 겹쳤다.

생전 처음 자신의 입술에 말캉하고 연한 살결이 닿는 느낌은 이상했다. 유일 작가의 묘사처럼 온몸이 뜨거워지는 기분도 아니었다. 시엘리아의 피를 이어받은 카인의 입술은 차가웠다. 왠지 지난날의 그가 차가운 말만 툭툭 내뱉던 것이 이해가 갈 정도였다. 살아 있는 인간형 마물의 체온이라고 하기에는 비정상적으로 차가워 몸을 더듬어 뜨거운 곳이 있나 확인해 보고 싶을 정도였다.

잠깐 위험한 상상을 한 빌리아가 조심히 혀를 내밀었다. 입술 안쪽을 망설이듯 맛보자 카인은 잠시 머뭇거리는 듯하더니 조심스레 입을 벌렸다. 빌리아는 딱 그 타이밍에 맞춰 입술을 뗐다.

"……?"

카인은 빌리아의 반응을 이해하지 못해 곧바로 혼란에 빠졌다. 더 원한다는 듯 굴다가, 갑자기 왜 이러냐는 얼굴이라니. 가슴은 빌리아가 병문안 비슷한 것을 와 주었다고 생각할 때부터 미친 듯이 뛰고 있었다. 그런데 이젠 머리까지 말을 듣지 않았다.

카인은 머리카락을 정리하며 병실을 빠져나가려고 하는 빌리아를 불러 세우고 물었다.

"……뭐 한 거야?"

질문을 던진 전직 밤 대륙 최강의 영주이자 황제 후보였던 남자의 바람은 의외로 소박했다. 빌리아의 대답에 자신을 향한 아주 작은 흥미나, 하다못해 약혼자라는 단어라도 들어 있기를 바랐다. 그녀가 여지를 주길 바랐다. 하지만 빌리아의 대답은 상상 이상이었다.

"그냥 해 본 건데?"

"……그냥? 이유도 없이?"

"이유? 심심해서."

마치 '곧 일국의 왕이 될 내가 너 따위 마음대로 못 할 것 같냐'고 말하듯 오만한 태도였다. 물론 새벽단과의 대치 상태가 마왕성의 승리로 마무리된 지금, 카인 시엘리아의 이용 가치는 폭락한 상태였다.

빌리아는 복잡한 눈으로 자신을 바라보는 카인에게 무슨 문제라도 있냐는 듯 고개를 갸웃했다. 풍성한 금발이 물결치듯 흘러내리는 모습을 본 카인은 숨을 들이쉬었다. 그의 격한 반응에 짜릿한 기분을 느낀 빌리아는 아예 그를 짓밟고 싶다 생각하곤 물었다.

"왜. 멋대로 키스하면 안 돼?"

카인은 이를 악물었다. 빌리아가 심장에 봄바람이라도 들이부은 것인지 온몸이 간질거렸다. 그는 아무에게도 이런 대접을 받아 본 적이 없었다. 분명 다른 이에게 이런 장난감 취급을 받았다면 기분이 상했으리라. 하지만 이성이 계산을 마치기 전에 입 밖으로 튀어나온 것은 맥없는 한 글자뿐이었다.

"……돼."

네가 하고 싶으면 마음대로 해. 카인이 체념한 목소리를 냈다. 원하는 대로 쓰다 버린대도 그 주체가 빌리아라면 기분이 나쁘지 않을 것 같았다.

묘한 정복감을 느낀 빌리아가 그에게로 다가가 다시 입술을 겹친 다음 그의 아랫입술을 강하게 물었다. 입술을 문 채로 고개를 휙 틀었다면 피가 났을 만큼의 강도로. 차가운 입술을 잘근잘근 씹은 빌리아가 단물이 빠진 껌을 뱉듯 그의 입술을 놓아주곤 건조한 표정을 했다.

잡아먹을 것처럼 괴롭히다 버리다니. 카인은 못마땅하다는 얼굴을 하려 했다. 그러나.

"카인······?!"

시엘리아의 전 영주이자 전직 괴도 K는 심박수가 너무 올라간 탓에 픽 쓰러지고 말았다.

□ ■ □

밤이 돌아왔음을 기념하는 축야식의 하이라이트는 만찬 뒤의 연회였다. 연회가 진행되는 마왕성의 홀은 밤이 돌아온 것을 기념한다는 취지에 걸맞게 샹들리에마다 짙은 남색 벨벳을 드리운 채였다. 길게 놓인 테이블 위에는 곤잘레스 나쵸 셰프가 영혼을 갈아 넣어 만든 상그리아와 핑거 푸드들이 즐비했다.

슬쩍 들어온 왕비가 마물이라도 하나 기절시킨 것처럼 땀을 삐질삐질 흘렸으나 곧 축야식의 주인공들이 등장한 탓에 슬그머니 묻혔다.

"마계의 유일신 세이린 폴룩스 만세!"

"와아! 마왕 클라우드 슈테른 전하! 만세!"

세이린과 클라우드는 우레와 같은 박수와 환호를 받으며 파티가 진행되는 홀에 들어섰다. '유일신'이라는 호칭을 듣고 자아도취에 빠진 세이린은 그 자리에 서서 손끝을 튕겼다.

비눗방울의 표면처럼 다채로운 빛깔로 아롱거리는 오로라가 파티 홀을 장식했다. 은은한 빛이 나는 것이 꼭 최고급 파티 조명을 켠 듯했다. 세이린이 딜런을 발견하고 우다다다 달려가자 클라우드는 파티 참석자들을 죽 훑어보았다.

"반가운 얼굴들이 많군."

가깝게는 그동안 새벽단의 침입에 대비한 비상사태를 가동시키느라 자주 얼굴을 보지 못했던 고용인들. 멀게는 카인에게 젬을 빼앗겼다가 스피카 총장의 도움으로 겨우 되살아난 A반 물 속성 학생들까지 있었다.

오랜만에 만난 얼굴들이 있는 것처럼, 이 자리에 없는 것이 이상하게만 느껴지는 마물들도 있었다. 페일 세이건, 아벨 시엘리아, 이리스 레인, 그리고 스피카 블랙. 클라우드가 그들의 얼굴을 떠올리며 와인을 홀짝일 즈음이었다.

벌컥—

홀의 정문이 활기차게 열렸다. 반사적으로 소리가 나는 곳을 향해 움직인 마물들의 눈동자가 휘둥그레졌다. 모두가 놀라 입을 벙긋거릴 뿐 무어라 말을 하지 못했다.

"초대받지 않은 손님은 낄 수 없는 자리인가요?"

결국 먼저 입을 연 것은 스피카 블랙, 다시 자연 발생해 돌아온 아카데미의 총장이었다. 새카맣게 구불거리는 뱀 같은 머리카락도, 눈가에 진 매서운 인상의 주름까지도 이전과 조금도 다르지 않은 모습. 그러나 늘 안대로 가리고 있던 실링의 황금색 눈동자는 원래 그녀의 것인 검은색 눈동자로 재생되어 있었다.

"스피카 블랙. 다시 자연 발생한 건가?"

클라우드가 그녀에게 다가가 악수를 청했다. 그 나름의 반가움을 표하는 방법에 스피카도 픽 웃으며 손을 맞잡았다.

"주군께 오랜만에 인사드리는군요."

스피카가 클라우드를 향한 존경을 담아 고개를 숙였다. 찬찬히 고개를 들 무렵, 그녀의 시선을 사로잡는 존재가 있었다. 산홋빛 은발을 길게 늘어뜨린 채로 믿기지 않는다는 듯 자신을 바라보고 있는 아카데미의 낙제생. 모두가 사실이라 믿어 의심치 않았던 여명회의 질서를 부수고 그 위에 자신의 질서를 세운 세이린 폴룩스.

스피카는 제게 인사를 하러 다가오는 세이린을 바라보다 찬찬히 허리를 숙였다. 거의 절을 하는 수준의 깊은 인사를 받은 세이린은 당황할 수밖에 없었다.

'신통력을 그렇고 그런 데에만 쓰고 있는데 신 대접이라니……! 그것도 매번 낙제생이라고 놀리던 총장님께서!'

세이린이 바짝 긴장한 얼굴을 하자 스피카는 푸스스 웃어 버렸다. 그 웃음에 세이린이 더 쪼그라들었다는 게 문제였지만.

"결국 세이린 양이 옳았군요."

스피카가 담담하게 말했다. 신의 힘은 빛이라는 것. 그리고 그 잔재일 뿐인 어둠은 그림자에 불과하며 미천하다는 것. 밤 대륙의 영주들은 물론이고 무수히 많은 여명회의 신도들까지 사실이라 믿어 의심치 않았던 사실이었다. 그 창세 신화가 거짓임을 세이린 폴룩스는 밝혀냈다.

"세이린 양은…… 과연 모든 것을 밝히는 존재군요."

"제, 제가 언제 그렇게……."

비밀과 어둠을 밝히는 존재에게 스피카가 웃으며 말했지만 그 뜻을 잘못 알아들은 음란 마귀는 볼을 화르륵 붉혔다. 부활하시는 동안 뭐라도 보신 걸까. 스피카의 사망과 부활 사이에 밝힌 것이 한둘이 아니니 어떤 것을 말하는 건지 도무지 추측할 수 없었다. 민망함을 느낀 세이린은 말을 돌리기로 했다.

"총장님, 이제 밤 대륙에 들어오실 수 있는 거예요?"

클라우드를 비롯한 주변의 마물들도 스피카의 대답이 궁금한 듯 눈을 반짝였다. 스피카가 카인과 아벨의 아버지에게 받은 저주 때문에 밤 대륙에 출입할 수 없다는 사실은 꽤 널리 알려져 있었기 때문이다. 스피카는 자신도 믿기 어렵다는 투로 말했다.

"플래티나 빙하에서 목숨을 잃고 다시 자연 발생하기 전에 플레어와 잠깐 이야기를 나눌 수 있었습니다."

총장은 환상인지 현실인지 분간할 수 없던 그 순간을 떠올렸다. 페일 세이건과 나란히 서서 활짝 웃던 플레어 프레자일의 모습을. 그 모습은 비록 지금의 세이린 폴룩스보다 화사하지 않았지만, 분명 신에 가깝게 찬란했다.

'고마워, 스피카.'

플레어가 그렇게 말하자 스피카의 심장 부근에서 검게 물든 얼음 조각이 빠져나왔다. 그것은 오래전 여명회를 이끌고 밤 대륙을 탈출하던 당시 시엘리아의 늙은 영주가 박아 넣은 저주였다.

"아가씨처럼 완전한 모습은 아니었지만, 플레어도 약간의 신통력을 얻은 듯하더군요. 저주를 풀어 준 것을 보니."

스피카가 말했다. 세이린은 그녀의 말에 동의를 표했다.

"플레어 씨는 여명회의 신도들이 핍박받지 않기를 바라면서 플레어 프로젝트에 목숨을 바친 분이니까요. 신이 되어도 이상하지 않죠."

마계에서 제일 밝힌다는 이유로 신이 된 음란 마귀가 말했다.

스피카는 세이린의 말에 가슴이 뭉클해지는 것을 느꼈다. 그녀의 말대로 플레어의 노력은 허사가 아니었다. 여명회가 왜곡된 창세 신화를 좇는 종교라는 것이 만천하에 드러난 지금이라고 할지라도.

'이젠 전하께 힘을 실어 드려야겠지.'

경전도 제대로 모르는 불량 신도였으나 어쨌거나 밤 대륙 탈주 행렬 최후의 생존자였다. 이만하면 여명회를 대표해 발언할 자격은 충분했다. 잘못된 것을 바로잡기로 마음먹은 스피카가 입을 뗐다.

"이 자리에서 공식적으로 선언하겠습니다. 어둠을 미천한 것이라 칭하던 여명회는 틀렸습니다. 여명회가 좇던 빛은 온전한 신의 힘이 아니었습니다. 신의 힘은 빛과 어둠이, 모든 것이 경계 없이 뒤섞인 모습입니다. 클라우드 슈테른, 당신께서 그리던 제국의 모습 그대로. 이제 여명회의, 온 마물의 황제가 되어 주십시오."

클라우드는 차분히 총장의 말을 들었다. 아리던 가슴 한구석이 따뜻해지는 기분이었다. 제국. 그 단어에 마물들의 눈이 반짝였다. 스피카의 입에서 황제라는 단어가 나오는 순간 파티 홀의 마물들이 탄성을 내질렀다.

"와아아아!"

"황제 폐하, 만세!"

당사자인 클라우드는 천둥처럼 시끌벅적한 마물들의 환호가 끝날 때까지 멍하니 스피카를 바라보다 겨우 입을 뗐다.

"……스피카."

"그간의 불충을 용서하십시오, 전하."

총장이 장난스러운 말투로 말하자 클라우드가 씩 웃었다.

"용서받고 싶으면 평생 아카데미 총장 해."

"……그건 싫습니다. 그간 고생했으니 이제는 천천히 노후를 즐길까 하는데."

"시끄럽군. 내 명을 거역할 텐가? 연봉 두 배로 올려 줄 테니까 죽을 때까지 총장직을 맡아."

"연봉이 문제가 아니라……."

차마 일중독인 차기 황제가 문제라고는 말할 수 없는 스피카였다.

"마왕님……!"

세이린이 폴짝 달려와 클라우드를 껴안았다. 그가 자신을 핍박하던 세력의 대표에게 공식적으로 사과받은 것이 제 일인 양 기뻤다. 졸지에 안온한 노후를 포기하게 된 스피카는 그 모습을 바라보다 어디 한번 당해 보라는 듯 선언했다.

"그나저나, 제가 돌아왔으니 때가 왔군요. 아카데미 개강입니다."

개강. 두 글자를 들은 세이린은 다리에 힘이 풀려 주저앉고야 말았다. 이제 겨우 새벽단을 처리하고 마왕님과 행복하고 끈적한 마계 라이프를 즐기는가 했더니.

스피카는 세이린의 망연자실한 모습에 당황하는 주군을 즐겁다는 듯 바라보다 시선을 옮겼다. 축야식에 초대받은 아카데미 학생들 다수가 개강 소식에 얼이 빠져 있었다. 아카데미 학생 중 단 한 명의 마물만이 여유 만만한 얼굴이었다.

"드디어 개강이구나!"

"지금 제이드 님만 좋아하고 있는 거 알아요?"

세이린이 울상을 하고 제이드를 바라봤다. 제이드는 수석 입학생 특유의 반짝거리는 눈으로 응수했다.

"내가 개강을 얼마나 기다렸는데. 학생의 본분은 공부야."

"그건 제이드 님 같은 전교 1등이나 하는 말이고…… 저랑 커밋은 이제 죽은 목숨이란 말이에요."

자연스레 자신과 커밋을 낙제생 세트로 묶은 세이린이 잠시 후 탄식했다. 이제 커밋 놈은 낙제생이 아니라 밤 대륙의 전직 황제 후보였다!

'망할 커밋. 시엘리아 영주면 분명 다음 시험 다 맞을 텐데……!'

순식간에 낙제생 동지를 잃은 세이린은 개강 후의 아카데미를 상상하며 얼굴을 하얗게 물들였다. 제이드는 그녀를 놀리듯 여유를 부렸다.

"졸업만 하면 되지, 뭐. 이제 신이니까 취업 걱정은 없잖아?"

"그건 그렇지만…… 아, 자퇴하고 싶다."

세이린이 영혼을 담아 중얼거렸다. 그 말을 들은 스피카는 마음대로 하라는 듯 고개를 끄덕였다.

"추천 전형으로 들어온 마물은 추천 서명을 보여 주셔야 자퇴 처리할 수 있습니다."

"허으윽……."

추천 서명이라니. 그믐 호수 아래에서 신이 되기 위해 이미 써 버려 더는 마계에 없었다. 세이린이 현실을 격렬히 부정하든 말든 제이드는 꿈결 같은 아카데미 라이프를 상상했다.

"얼른 아카데미 수업 듣고 싶다……!"

제이드의 눈동자가 학구열에 불탔다. 스피카는 그 불길에 찬물을 퍼부어 버렸지만.

"제이드 군은 수업 들을 기대를 하면 안 되죠. 이제 기사단장이지 않습니까. 제이드 군은 학생이 아니라 기사단장과 아카데미 교수 겸직입니다."

"……예?"

교수라는 두 글자를 들은 제이드는 개강이라는 말을 들은 세이린처럼 하얗게 질렸다. 곧, 그가 스피카에게 애원하듯 말했다.

"아직 아카데미 졸업장도 없는데……."

"실력이 중요하지 졸업장이 중요한 것은 아니지요."

"저, 저한테는 중요한……."

스피카는 절대 의견을 철회할 생각이 없는지 손가락을 튕겨 종이 한 장을 뽑아낸 다음 서명했다. 그렇다. 그녀는 졸업장 따위 얼마든지 찍어 낼 수 있는 아카데미의 총장이었다.

"졸업장 여기 있습니다, 제이드 군. 다음 주부터는 F반을 맡아 주시면 됩니다."

"F반이요? 그 구제 불능들을 제가……."

"제이드 님, 구제 불능이라뇨! F반에서 신 나왔으면 게임 끝난 거지!"

듣던 F반 학생이 꿍얼거렸지만 제이드의 주의를 끌지는 못했다. 스피카는 눈빛으로 항변하는 제이드에게 차근차근 그 이유를 설명했다.

"비록 복종의 동요에 당한 상태라고는 하나 목격자가 많았으니 스스로의 손으로 시엘리아를 공격한 아벨 경은 파면을 피하지 못할 겁니다. 이리스 경도 직위 해제 상태지요."

따라서 아카데미 담임 교수들의 인사이동은 불가피했다. 마왕성과 마찬가지로 인력난에 시달리는 아카데미이니 제이드가 학생 노릇을 할 여유 따위는 없었다.

존경해 마지않는 아벨의 이름이 나오자마자 제이드는 교수라는 제 역할에 수긍했다. 클라우드와 스피카는 아카데미 학생들의 입에서 탄식이 흘러나오든 말든 다음 주로 개강 일정을 확정 지었다. 회의 아닌 회의를 간단히 마친 스피카가 마계 최고의 셰프가 만든 요리가 놓인 테이블로 발길을 옮기려 할 때였다.

"한 가지만 더 묻지."

클라우드가 조심스레 총장을 불러 세웠다.

"말씀하십시오, 전하."

"……세이린의 신통력이 조금 불안정한 것 같은데. 큰 문제인가?"

세이린을 걱정하는 클라우드의 목소리에는 수심이 가득했다. 아무리 생각해도 뜨거운 밤을 보내다 정신을 놓은 탓에 마력이 흐트러진 듯했으나 혹시 모르는 일이었다.

스피카는 걱정 가득한 주군에게 '아직 신통력 운용이 익숙하지 않아서 그렇다'는 말을 하려 했다. 그런데.

"스피카 총장. 오랜만이에요."

툭 튀어나온 빌리아가 사근사근 웃으며 스피카 총장을 와락 껴안았다. 다소 과감한 왕비의 행동에 당황하기를 잠시. 스피카는 제 주머니에 슬쩍 미끄러져 들어온 묵직한 뇌물을 느낄 수 있었다. 이건 분명 에테라산 SSS급 달빛 수정이었다. 비싸기도 비싸지만 물량이 적어 에테라의 최상류층이 아니면 구하는 게 거의 불가능에 가까운. 해서, 스피카는 왕비의 큰 그림에 동참하기로 했다.

"전하. 빛인 세이린 양이 신통력을 온전히 휘두르지 못하는 것은 전하께서 하신 젬의 맹세 때문입니다."

다시 자연 발생하기 전. 스피카는 죽음도 삶도 아닌 어느 경계에서 페일, 플레어와 긴 이야기를 나누었다. 그렇기에 클라우드가 어둠의 젬에 무슨 맹세를 했는지도 알게 된 총장이었다.

"전하께서 속히 젬의 맹세를 없던 것으로 만드셔야 세이린 양의 신통력이 온전해질 겁니다."

연설 중이라 해도 믿을 만큼 진지한 스피카에게 낚인 클라우드는 결연한 얼굴로 고개를 끄덕였다. 젬의 맹세를 없던 것으로. 즉, 〈임성운의 5,500가지 그림자〉 절반을 현실로 만들어 고소장을 없던 것으로 만들어야 하는 상황. 클라우드는 고이 간직하고 있던 펜듈럼과 진도표를 다시 꺼내리라 다짐했다.

□ ■ □

약 일주일 후. 클라우드는 순발력 테스트를 할 때처럼 방 구석구석을 빠르게 왕복하는 세이린을 보며 덩달아 조급해졌다.

"아침은 먹었나?"

"몰라. 지금 아침 먹을 시간이 어디 있어요! 개강 첫날부터 지각하게 생겼는데!"

"내일부턴 조금 일찍 일어나는 게 좋겠군."

"마왕님이 아침에는 조금 더 참는 게 좋지 않을까요?"

세이린이 욱신거리는 허리를 문지르며 클라우드에게 톡 쏘아붙였다. 한 침대에서 잠든 다음 그의 품에 꼭 안겨 일어날 때면 아침마다 우람하게 솟아 있는 그의 중심을 무시하기가 참 어려웠다. 오늘은 개강이기에 초인적인 인내력을 발휘해 겨우 거절했건만.

'신통력을 온전히 사용하려면 고소장을 얼른 해결해야 한다더군.'

클라우드가 펜듈럼을 살살 흔들며 꼬드겼다. 어쩔 수 없다는 듯 아주 악랄하게. 결국 꾐에 넘어간 음란 마귀는 과거의 결정을 탓하며 볼을 부풀렸다.

"내일부턴 참아 보지."

"어휴…… 그렇다고 너무 참진 마세요. 우리 마왕님 병날라."

세이린이 앙탈을 부렸다. 곧 빙글 돌아 신통력으로 등교 준비를 마친 그녀가 생긋 웃으며 마법진을 그렸다.

"클라우드. 나 다녀올게! 일 열심히 하고 있어!"

세이린이 마법진 안으로 뛰어들었고, 그녀가 모닝 키스를 잊었다는 사실을 깨달은 마왕이 곧장 뒤따랐다.

한편, 커밋은 총장실에 찾아와 반가움과 사죄의 마음을 가득 담은 블루레몬에이드를 만들고 있었다. 다리를 꼬고 소파에 기대앉은 스피카는 성실히 음료를 제조하는 커밋을 슬쩍 보다, 총장실 한쪽 벽에 걸려 있는 모니터를 바라봤다. 모니터에서는 아카데미 정문에서 마계의 신과 그녀의 연인이 후끈한 스킨십을 벌이는 것이 대문짝만하게 송출되고 있었다. 서로가 좋아 어쩔 줄 모르는 연인의 모습을 보다 결국 채널을 돌린 스피카가 픽 웃으며 말했다.

"사랑에 빠진다는 게 생각보다 무섭구나."

"……어?"

"몰래 키스하면 모를 줄 아나?"

왈칵. 커밋이 잘만 만들고 있던 블루레몬에이드 한 잔을 실수로 쏟아 버렸다. 그의 손이 은폐한 범죄를 들킨 범인의 것처럼 파르르 떨리고 있었다.

'……봤나? 자연 발생하기 전에는 영혼 상태니까 봤을 수도 있어.'

커밋은 마법으로 엎어진 레몬에이드를 처리하며 힐끔 스피카의 눈치를 봤다. 스피카는 언제나처럼 감정을 읽기 어려운 건조한 얼굴을 하고 있었다. 그래서 더 알 수 없었다. 스피카 블랙이 빌리아와 자신이 짧은 입맞춤을 나눈 것을 아는지, 모르는지를.

커밋은 침착하고 뻔뻔하게 이 상황을 빠져나가기로 했다. 스피카가 다시 자연 발생했다기에 인사를 나눌 겸 온 것이니 굳이 빌리아에게 시선을 뗄 수 없다는 사족을 덧붙일 필요는 없으리라. 그렇게 마음먹은 커밋은 지극히 평범하게 엎어진 잔을 치우기로 했다.

"커밋. 왜 그렇게 손을 떨지?"

"내가 빌리아랑 키스하든 말든 네가 무슨…… 헙."

"……뭐?"

왈칵. 시엘리아 혈통들이 생명수처럼 여기는 블루레몬에이드가 또 한 번 엎질러졌다. 스피카는 추궁하듯 커밋을 바라봤으나 전직 밤 대륙의 황제 후보는 발끝만 내려다봤다. 바닥으로 뚝뚝 떨어지는 물방울을 보며 상황을 파악한 스피카가 비웃음을 흘렸다.

"카인. 쓰레기 짓 국가 대표가 와도 널 따라잡긴 힘들겠어. 방치할 땐 언제고, 이젠 마음대로 키스를 해? 대체 이유가 뭐야?"

커밋은 도끼눈을 하고 한숨을 푹푹 내쉬며 엉망이 된 책상을 치웠다. 차라리 병상에서의 짧은 입맞춤이 자의였으면 했다. 하지만 분명 먼저 입술을 겹친 것은 빌리아였다. 게다가, 그 이유는……

"나도 몰라! 심심해서 그랬다잖아!"

다시 관심이 생겨서도, 여전히 약혼자라고 생각해서도 아니고 심심해서. 울컥 투정 부린 커밋은 세상이 망하기라도 한 것처럼 초점 없는 눈을 했다. 신을 만드는 프로젝트에 일생을 바쳤으면 뭐 하나. 빌리아의 마음 하나도 꿰뚫어 볼 수 없는 것을.

상념에 젖은 눈을 하는 그에게 스피카는 같잖은 짓 하지 말라는 듯 따끔하게 쏘아붙였다.

"삽질할 시간 있으면 네 친구가 첫 수업 들어가는 거나 응원해. 애도 아니고 어리광만 늘어서는."

"……시간이 이렇게 됐나?"

커밋은 마력을 일으켜 다시 블루레몬에이드 두 잔을 만들곤 한 잔을 스피카에게 내밀었다. 짠, 하고 청량한 소리를 내며 잔이 부딪쳤다. 자신을 보며 쯧쯧 혀를 차는 스피카에게 어깨를 으쓱한 커밋이 작게 털어놓았다.

"……어쨌든 다시 자연 발생해서 다행이네. 돌아온 걸 축하해."

"할 말은 그것뿐인가?"

카인은 마주하고 있던 시선을 슬쩍 피하고서야 낯간지러운 진심을 전할 수 있었다.

"……많은 걸 가르쳐 줘서 고맙기도 하고."

"낙제생에게 가르침을 베푸는 건 당연한 일이지."

까칠한 말투와 달리 스피카는 흐뭇한 웃음을 지었다.

□ ■ □

수강 신청 전, 새로운 담임 교수를 배정받는 시간. F반 학생들은 동기에서 교수로 진화한 제이드 제릴을 고전적인 방법으로 환영하기 위해 분주했다.

강의실 앞문 위에 더러운 칠판지우개를 올려놓는 것은 기본. 교단 아래에는 파리지옥에서 채취한 끈끈이를 잔뜩 발라 두었고, 제이드가 설 자리의 천장에는 물이 그득한 양동이가 아슬아슬하게 놓였다. 커밋은 모내기에 열중하는 농부처럼 제이드 엿 먹이기에 차근차근 정성을 들였다.

"세이린, 넌 아무것도 안 해?"

"물리적으로 괴롭히는 건 좀…… 짓궂은 질문이나 하고 말지."

"명색이 마물들의 신인데 시시하긴."

커밋은 새벽단이 마왕성에 쳐들어왔을 때보다 더 진지하게 F반 학우들을 지휘하며 강의실 세팅을 완료했다. 곧 복도를 내다보던 누군가가 와자하게 소리쳤다.

"야, 담임 교수님 오신다!"

그 말에 복작거리던 강의실이 언제 그랬냐는 듯 얌전해졌다. 세이린의 옆자리에 앉은 커밋은 점잖을 빼며 〈마물학 개론〉 책을 훑어보는 척했다. 벌컥 문이 열림과 동시에 아슬아슬하게 놓여 있던 칠판지우개가 떨어졌다. F반 학생들의 눈동자에 기대감이 서렸다.

"……이것들 봐라?"

하지만 제이드는 가볍게 칠판지우개 공격을 피했다. 교단 아래 끈끈이도, 천장의 물 양동이도 눈 하나 깜짝하지 않고 피하는 그였다.

"오오……."

"저러니 교수가 되지."

F반 학생들은 아벨 시엘리아와 견줘도 될 만큼 흐트러짐 없는 제이드의 위용에 고개를 끄덕였다. 정성껏 지뢰밭을 일구었던 커밋이 아쉬움에 입맛을 다실 즈음이었다.

"담임 교수님!"

세이린이 눈을 반짝이며 손을 번쩍 들었다. 제이드는 어디 엿 먹일 수 있으면 먹여 보라는 듯 눈썹을 까딱였다.

"세이린 폴룩스. 무슨 일이지?"

제법 교수다운 말씨였다. 하지만 세이린은 기죽지 않았다. 담임 교수님 물 먹이는 질문이라면 당연히 이거였다. 제이드의 대답이 궁금하기도 하고.

자신에 관한 일이라면 눈치가 없어지는 세이린은 환하게 웃으며 말했다.

"담임 교수님, 첫사랑 얘기해 주세요!"

순간 킥킥대던 커밋이 입을 쩍 벌리고 세이린을 바라봤다. F반의 분위기가 갑자기 싸해졌다. 그 이유를 눈치채지 못한 세이린은 고개를 갸웃거리며 얼굴 가득 물음표를 띄울 뿐이었다. 세이린을 제외한 F반 마물들은 경악을 금치 못했다.

'제이드 제릴의 첫사랑이라면 당연히…….'

아카데미에서 제이드가 세이린을 짝사랑하는 것을 모르는 마물은 딱 둘뿐이었다. 눈치 없기로 유명한 시엘리아의 영주, 아벨 시엘리아와 절절한 짝사랑의 주인공인 세이린 폴룩스. 아벨 시엘리아가 교수직을 박탈당한 지금, 제이드의 첫사랑이자 제자가 된 세이린은 천진하게 첫사랑 얘기나 해 달라고 조르는 중이었다.

'뭘 놈의 신이 이렇게 잔인해?'

세이린의 극악무도한 질문에 혀를 내두른 커밋이 책을 탁 소리가 나게 펼쳤다.

"교수님, 수업이나 합시다."

"자기소개든 뭐든 해 주세요!"

"수강 신청 관련 안내 사항은 없어요?"

공부나 수업 따위와는 거리가 먼 F반 학생들이 나름의 방법으로 제이드를 돕기 시작했다. 제이드는 눈물겨운 제자 겸 동기들의 도움에 한숨을 푹 내쉬다가 겨우 말했다.

"내 첫사랑 얘기는 안 돼. 교육상 안 좋아."

입 밖으로 내는 순간 반역죄로 끌려가도 할 말이 없는 첫사랑 겸 아마도 마지막 사랑이었다. 물론 음란 마귀는 '교육상 안 좋다'는 말을 그렇고 그런 사이였다고 생각했지만.

'역시 마물들이란……'

명백한 오해를 한 그녀가 엉큼하게 웃었다. 제이드는 한숨을 쉬면서도 F반 학생들에게 은밀한 제안을 건넬 수밖에 없었다.

"잘 들어. 소소한 악행에 대한 특별법에 따라 아카데미 교수들은 발령 후 3년간은 온갖 부정행위를 저질러도 처벌받지 않아."

F반 학생들은 제이드가 낙제생을 죽이겠다고 말하는 줄로 알고 세이린과 커밋을 측은하게 바라봤다. 하지만 제이드의 목표는 정반대였다. 어떻게든 커밋 놈과 세이린을 졸업시키리라.

"성적 안 나올 것 같으면 내가 가르치는 과목 수강 신청해. 점수 잘 줄게."

불의 기사단장이 대놓고 특혜를 예고했다. 세이린과 커밋은 어떻게든 수강 신청을 성공하겠노라고 다짐했다.

그로부터 약 반나절 후.

"아오, 진짜…… 이놈의 수강 신청……."

세이린은 우는소리를 하며 터덜터덜 아카데미를 빠져나오고 있었다. 이번에도 수강 신청은 망했다. 교수들이 퇴근하고도 한참 후까지 남아 다른 마물이 버린 과목을 주워 보려 했지만 모두 허사였다.

"F반은 왜 수강 신청이 맨 뒤지?"

커밋 또한 우울한 목소리로 중얼거렸다. 다행인지 불행인지 제이드 제릴 교수의 수업을 하나 건지긴 했다. 문제는 그 수업이 비인간형 마물들을 위해 마련된 〈흡혈학 개론〉 강좌라는 것. 흡혈이라니. 비록 어디다 써먹을 수도 없는 기술이었지만 점수를 잘 준다니 만족하기로 한 둘이었다.

"세이린, 마왕성으로 가려고? 담임 교수님한테 밥 한번 얻어먹어야 하지 않겠어? 첫 출근 축하도 해 줄 겸."

"네가 웬일로 그렇게 기특한 생각을 해?"

"찌라시에 따르면, 미스터 제릴이 제릴 하우스를 제이드에게 완전히 넘기고 노후를 즐기러 떠나셨다고 해."

"호오……."

그렇다면 그 넓은 제릴 하우스에서 마음껏 음주 가무를 즐겨도 된다는 소리가 아닌가. 친구네 집에 부모님이 없다는 소식을 들은 두 철부지 마물은 곧장 그곳으로 이동했다.

한편, 제릴 성의 완전한 주인이 된 제이드는 샤워 가운을 걸친 채로 발코니에 기대 성 아래를 내려다보고 있었다. 클라우드 슈테른의 앞에 무릎 꿇고 기사단장이 된 순간 부여받은 것은 제복과 마력뿐만이 아니었다. 마왕성 소유였던 드넓은 워렛의 영지와 고용인들, 상당한 금액의 봉급이 지급되었다. 껄렁껄렁한 레이 필드가 왜 목숨 걸고 기사단장직을 사수하는지 단번에 납득이 갈 만큼 기사단장의 복지는 탄탄했다.

"……쓸데없이 넓다."

제이드가 막대한 영지와 텅 빈 것처럼 느껴지는 제릴 하우스를 돌아보며 중얼거렸다. 바닷바람에 질려 어두컴컴한 동굴을 그리워하던 형들과 아버지는 냅다 밤 대륙 동부의 산맥에 별장을 짓고 거처를 옮겼다. 해서 넓은 제릴 하우스에 있는 것은 제이드와 고용인이 전부였다. 분명 그랬어야 했다.

가까운 해변에서 불어오는 바닷바람을 느끼던 제이드는 성 안에서 들려오는 잡음에 귀를 쫑긋 기울였다.

"이야…… 술 많은 것 좀 보게."

"커밋. 그걸 왜 네 가방에 넣어?"

"친구 사이에 네 거 내 거가 어딨어."

"누가 전직 괴도 아니랄까 봐."

목소리의 주인이 누구인지는 보지 않아도 선명했다. 제이드는 성큼성큼 걸어 문을 벌컥 열었다.

"……너희 여기서 뭐 하냐?"

예상대로, 문 앞에는 커밋과 세이린이 먹을 것을 잔뜩 들고 서 있었다. 유치한 파티 풍선도 함께. 넉살 좋게 웃은 세이린이 제이드에게 물었다.

"축하 파티 어때요?"

"……나쁘지 않네. 마침 부모님도 안 계시고."

마물다운 악랄한 웃음을 지은 제이드가 마력으로 방에 테이블과 의자를 만들어 냈다. 세이린이 사 온 음식들을 좌르륵 펼치고 커밋이 술을 차곡차곡 내려놓자 제법 축하 파티 분위기가 났다. 커밋은 제이드를 따라 자리에 앉으려다 무언가를 발견하곤 멈칫했다.

"야, 세이린. 미안한데 아까 봤던 그 술 좀 가져다줄래? 네가 마음에 든다고 했던 거."

"오케이."

아무렇게나 둘러대 세이린을 잠시 방 밖으로 내몬 커밋이 턱짓으로 목욕 가운만 입고 있는 제이드의 몸을 가리켰다.

"마왕에게 부당 해고 당하고 싶지 않으면 옷 입어라."

"아, 맞다."

제이드는 옷장으로 다가가 주섬주섬 옷을 꺼내 입었다. 커밋은 시엘리아의 마력을 이용해 녹지 않는 얼음을 세 개의 잔에 채웠다. 제이드는 오래전, 로이펠 성에서 보았던 냉철한 괴도 K의 모습과 지금 커밋의 모습에 간극을 느끼며 픽 웃었다.

"밤 대륙 최강 시엘리아의 마력을 술잔 채우는 용도로 쓰다니."

"시끄러워."

민망함에 시선을 피하는 커밋의 곁에 제이드가 바짝 다가왔다.

"야, 커밋 글레이시아. 앞으로도 가끔 놀러 와라."

"내가 앞으로 어디서 뭘 할지 어떻게 알고."

제이드는 웃기지도 않는다는 듯 픽 웃었다.

"과거를 깊이 후회하며 비전하 꽁무니만 졸졸 따라다니겠지, 뭐. 그래도 마왕님을 보고 깨달은 바가 있긴 할 테니 여생을 봉사로 보낼 생각 정도는 하고 있을 거고."

"……."

"밤 대륙보다 발전이 더딘 낮 대륙에 가서 봉사하면 속죄도 하고 비전하도 가까이에서 볼 수 있다고 생각하겠지."

정곡을 찔린 커밋은 괜히 얼음을 마력으로 쪼개고 또 쪼갰다. 그럴수록 제이드는 킥킥 웃으며 커밋의 어깨를 두드렸다.

"제자가 짝사랑에 깊이 시름할 게 뻔히 보여 이 담임 교수님의 마음이 편하지 않구나."

"다른 누구도 아니고 짝사랑 거하게 실패한 걸로 유명한 네가 그렇게 말하니 웃음밖에 안 나온다."

"뭐야?"

찌릿. 두 마물이 오랜만에 서로를 죽일 듯 노려보다 팔을 뻗어 사이좋게 머리채를 나눠 쥐었다. 그런데 무언가가 허전했다.

"야, 근데…… 세이린 왜 안 오냐?"

"그러게. 나간 지 꽤 됐는데."

티격태격할 때면 항상 '이기는 편 우리 편'을 외치던 세이린이 돌아오지 않았다.

□ ■ □

팔랑팔랑 나돌아 다니기를 좋아하는 음란 마귀는 제릴 하우스의 술 창고에서 마시고 싶은 술을 잔뜩 꺼낸 다음 성을 둘러보고 있었다. 물론 자의는 아니었다.

'내가 어느 길로 왔더라?'

세이린은 그새 길을 잃었다. 길을 찾을 수 있다는 것을 보여 주고 싶어 직감에 의존해 한참을 걸었지만 어째 점점 더 미궁으로 빠져드는 기분이었다. 입을 비죽 내민 그녀는 결국 제이드의 방으로 향하는 이동 마법진을 그리기로 했다. 로제 플로리스 사건 때 하룻밤 묵은 적이 있어 좌표는 알고 있었다. 영롱한 신통력이 스민 이동 마법진이 나타났다. 세이린은 그곳으로 곧장 뛰어들려다 멈칫했다.

'방금…… 뭐였지?'

오싹한 기분에 등줄기가 차게 식었다. 찰나지만 분명 느껴졌다. 실링 워렛의 마력이.

세이린은 굳은 얼굴을 하고 술이 그득 담긴 유리병들을 꼭 끌어안았다. 예기치 못한 장소에서 실링 워렛의 마력이 느껴지는 지금, 신이 된 자신이 해야 할 일은 하나였다.

'아무것도 못 느낀 척하고 튀자. 아직 우리 마왕님이랑 신혼여행도 못 갔는데!'

허니문 베이비라는 거룩한 계획을 여기서 포기할 수는 없었다. 하지만 그녀의 순발력보다 실링의 마력이 바닥에 토끼 굴 같은 구멍을 만들어 내는 게 더 빨랐다.

"허으아아악!"

세이린은 갑자기 바닥에 뚫린 커다란 구멍 안으로 떨어졌다. 이 속도로 떨어지면 꼼짝없이 죽겠구나 할 즈음, 자신이 신이라는 사실을 자각한 세이린은 신통력을 일으켜 주변을 밝히고 낙하 속도를 조절했다.

그녀가 발을 디딘 곳은 일전에 봤던 실링의 서재와 무척 비슷하게 꾸며져 있으면서도 더 은밀한 느낌이 드는 공간이었다. 고차원적인 보안 마법이 걸린 서류들이 책장 가득 꽂혀 있었는데, 모두 실링의 마력이 느껴졌다. 하지만 가장 시선을 잡아끄는 것은 덩그러니 바닥에 놓인 한 개의 상자였다.

'이게 뭐지?'

안에서 고도로 압축된 실링의 마력이 스멀스멀 피어오르고 있었다. 세이린은 그 상자를 열어 볼지 말지 고민하며 인상을 찌푸렸다.

곧, 세이린의 맥없는 비명을 듣고 제이드와 커밋이 달려왔다. 제이드는 세이린이 멀쩡한 것을 거듭 확인하곤 안도감이 서린 목소리로 말했다.

"넌 왜 우리 집에 올 때마다 집주인도 모르는 공간을 발견하냐?"

"그러게요, 제이드 님."

"이 상자는 뭔데 안에서 실링의 마력이 느껴지는 거지?"

제릴 포스트 1면에 실링 워렛이 소멸하고 새벽단이 해체되었다는 기사가 뜬 것이 벌써 2주 전. 그가 완전히 소멸했다는 것을 마력과 신통력으로 여러 번 확인했으니 이 상자는 분명 죽기 전에 걸어 둔 마법 때문에 지금 나타난 것이리라.

커밋은 섬세한 물 속성의 마법으로 실링이 남긴 마법진을 해체해 보았다. 흐릿하나마 실링이 남긴 메시지도 있었다.

"세이린. 네게 내 모든 걸 남길게……라는데?"

"이게 왜 갑자기 튀어나온 거야?"

"세이린 네가 워렛 성에 나타나면 이 공간이 드러나면서 상자가 튀어나오게 설계되어 있네."

매의 눈으로 마법진 구석구석을 훑어본 커밋이 결론 내렸다.

"그놈은 왜 남의 집에 멋대로 이런 마법진을 설치해 놓은 거야? 아무리 여기가 워렛 성이었다고 해도!"

제이드가 울컥 화내며 상자를 발로 툭 쳤다. 세이린에게는 실링의 풀빛 마력이 물처럼 넘실거리는 게 보였다. 잠시 고민한 그녀가 별문제 있냐는 듯 상자 앞에 쭈그리고 앉아 손을 풀었다.

"안에 든 게 폭탄이나 마법진은 아닌 것 같으니까 열어 봐도 되겠지?"

"넌 곧 결혼할 마물이 뭐 그렇게 겁이 없어?"

"그야 전 불사신이니까. 안 죽는다고요."

깔끔하게 결론 내린 세이린이 상자 뚜껑을 턱 잡았다. 제이드와 커밋은 혹시 몰라 방어 마법을 걸어 주면서도 궁금해하는 얼굴을 숨기지 못했다.

'실링이 세이린에게 남긴 게 뭐지?'

'이번에야말로 주식 투자 비전서여라…….'

꿀꺽. 마른침을 삼킨 세이린이 상자의 뚜껑을 열어 바닥에 내려 두었다. 그에 따라 상자 안의 어마어마한 내용물이 빛을 발했다.

"이런 미친……."

반사적으로 중얼거린 세이린은 보고도 믿기 싫다는 듯 눈을 비볐다. 무어라 반응을 보이지 않는 것은 커밋과 제이드도 마찬가지였다. 상자에는 그간 말로만 듣던 실링의 황금색 팬티가 포장도 뜯지 않은 채로 차곡차곡 담겨 있었으므로. 그뿐일까.

[세이린. 네 사이즈에 맞춰서 네 것도 특별히 주문 제작했어.]

쪽지 아래에는 벨리 댄스를 추기 위해 준비된 복장이라고 해도 믿을 만큼 치렁치렁한 황금 장식이 달린 여성용 속옷 세트도 있었다.

"황금색에 미친 놈이 끝까지……!"

되레 수치심을 느낀 제이드가 엄청난 화염을 상자 안에 퍼부었다. 실링이 '마지막으로 남긴 모든 것'은 그렇게 모닥불처럼 활활 타오르기 시작했다. 세이린은 제이드의 불길이 다른 곳으로 번지지 않도록 결계를 친 다음, 잠시 내려 두었던 술병을 집어 들었다.

"저딴 건 잊고 올라가서 마십시다. 제이드 님 첫 출근 축하해야지."

수북한 황금색 팬티 아래에 중요한 무언가가 깔려 있으리라고는 생각지도 못한 세 마물이었다.

□ ■ □

집무실에서 정무를 보던 클라우드는 늦은 시간까지 펜을 놀렸다. 스피카 총장이 다시 자연 발생한 덕에 아카데미 수업이 재개되어 검토해야 할 관련 업무가 수도 없이 많았다. 그에 더해 마계에 신이 재림했으니 그녀에게 왕관을 받고 마왕이 아닌 마계의 황제로 발돋움해야 한다는 목소리가 커졌다.

'슬슬 대관식도 준비해야겠군.'

클라우드는 세이린을 위한 으리으리한 신전도 지어 주고 싶었다. 그곳에서 결혼식을 올릴 생각만으로도 행복했다. 그리하여 신전 건립식과 결혼식 준비

건까지 일이 늘어 버린 것이다.

'제국을 세우기 전에 공교육 시스템을 완전히 닦아 놔야 할 텐데.'

게다가, 이 마물을 지극히도 생각하는 마왕은 일을 수습하기는커녕 더 벌이고 있었다. 백성들에게 완벽한 황제가 되고 싶다는 욕망이 다시 활활 불타오른 탓이었다.

"전하, 과로로 쓰러질 지경입니다. 저는 전하와는 달리 하루 6시간 수면을 꼬박꼬박 지킨단 말입니다!"

오늘 자 당직, 코로나가 막대한 서류를 철하며 궁얼거렸다. 클라우드는 또 어마어마한 양의 서류를 건네주며 답했다.

"로자리가 경전 요약집을 분석했다며 알려 주더군. 태초의 어둠은 안 먹고 안 마시고 안 자도 쓰러지지 않는다지."

"너무하십니다!"

코로나는 입을 비죽 내밀면서도 부지런히 손을 움직여 클라우드를 도왔다. 마왕도 내심 미안한지라 오늘은 펜을 이만 내려놓기로 했다. 코로나로서는 무리하는 것이 맞았다. 원래 정무에 대해 이야기를 나누고 깊은 밤까지 묵묵히 일하는 것은 아벨의 역할이었다.

"……지금쯤 뭘 하고 있을지 모르겠군."

"전하. 지금 제가 있는데 다른 기사단장을 생각하시는 겁니까?"

"보면 모르나? 아무래도 가 봐야겠어."

깔끔하게 대답한 클라우드가 집무실을 나섰다. 좀체 쓰이지 않는 마왕성의 지하 구금실로 향하는 걸음이 무거웠다. 마물답지 않게 나쁜 일이라곤 할 줄 모르는 아벨이 지하 구금실에 적응했을 리 없었다.

지하에 들어서는 그에게 씁쓸한 얼굴을 한 마왕성의 기사들이 깍듯이 인사했다. 조금 더 걷자 철장 안에 얌전히 앉아 있는 아벨 시엘리아가 보였다.

'……여전하군.'

푸른 기사단장은 조금의 흐트러짐도 없는 자세로 명상을 하고 있었다. 그의 몸을 둘러싼 마력은 잔잔한 수면과도 같았다. 기개 높은 기사단장은 얼마든지 구금실 밖으로 빠져나올 수 있으면서도 그렇게 하지 않았다.

'레이였으면 지금쯤 구금실 안에서 밀반입한 감자튀김을 먹고 있었을 텐데.'

역시 마왕성에는 아벨이 필요했다. 하지만 아무 일도 없었다는 듯 아벨을 복직시킬 수는 없었다. 아벨이 제 영지이며 밤 대륙의 주요 도시인 시엘리아를 습격한 사실은 이미 너무 널리 퍼져 있었다.

물론 레이디 로이펠의 동요에 당한 상태였다는 것이 드러난 후로 동정 여론이 일었지만, 습격은 습격. 다른 마물이었다면 진작 밤 대륙에서 추방해야 한다는 목소리가 들끓었을 일이나 지지층이 탄탄한 아벨이기에 반대 여론이 그 정도까지는 아니었다.

'……하지만 이제 밤 대륙 요직을 맡기진 못하겠지.'

클라우드는 지끈거리는 머리에 작게 인상을 쓰며 철창 자물쇠를 뜯어 버렸다. 눈을 감고 있던 아벨이 찬찬히 푸른 눈동자를 드러냈다.

"……전하."

푸른 기사단장이 주군께 예를 갖췄다. 역시나 한 치의 흐트러짐도 없는 모습이었다. 클라우드에게는 애잔하기 짝이 없었다. 가문의 일원으로 받아들여 준 줄 알고 그 가문의 명예를 회복하기 위해 한 몸 바쳤건만, 그들이 자신을 화살받이로 사용했다는 사실을 알아 버렸다. 누가 안 미치겠는가.

그러나 아벨은 큰 죄를 지었을 때처럼 고개를 푹 숙인 채 진실한 속죄의 모습만을 보였다. 클라우드는 작게 한숨 쉬곤 말했다.

"아벨. 고개를 들도록."

"저는 주군께 얼굴을 보일 자격이 없습니다."

클라우드는 눈짓으로 주변을 경비하던 기사들을 물리고 철창 안으로 들어갔다. 비스듬히 등을 기대자 벽돌의 냉기가 스몄다. 클라우드는 구금실을 둘러보곤 말했다.

"아벨. 네가 지은 죄는 하나다. 그것이 무엇인지 알고 있나?"

"……저는 마왕성, 당신을 배반했습니다."

마력 추출기를 파괴하기 위해 목숨까지 버려 놓고 잘도 배신했다는 소리를 하는군. 클라우드가 혀를 내둘렀다.

"레이 필드가 있는 한 기사단장이 내 뒤통수치는 건 배신으로도 안 쳐. 네 죄는 마왕성이 함락되기도 전에 네게 돌아갈 곳이 없다고 생각한 것. 그것 하나다."

"……전하."

"구금은 다음 주까지. 네 죄에 맞는 처분은 천천히 생각하도록 하지. 내게 부탁할 것이 있다면 언제든 말하도록."

말을 마친 클라우드가 벽에 기대고 있던 몸을 일으켰다. 그러자 입을 꼭 다물고 있던 아벨이 목소리를 냈다.

"전하. 염치없지만 부탁드릴 것이 있습니다."

클라우드는 듣지 않고도 그 부탁을 알 것 같았다.

"……벌은 제가 받겠으니 이리스 레인이 완전히 치료받을 수 있도록 해 주십시오."

역시나. 마왕이 픽 웃었다. 이리스는 세이린이 플레어의 사리를 사용한 덕에 되살아났지만, 아직 예전처럼 건강한 상태는 아니었다. 얌전히 명상만 하는 줄 알았는데 아벨은 이리스의 건강 상태에 관심을 기울이고 있던 듯했다.

"진작 그렇게 하고 있으니 그 부분은 염려 말도록. 그래도 걱정된다면 꽃을 갈무리해 병문안을 다녀오는 것도 좋겠지."

"하지만……."

"아벨. 무슨 마물이 그렇게 윤리 의식이 높나? 바깥바람 좀 쐬다 알아서 돌아와."

지극히 마물답게 웃은 마왕이 철창을 활짝 열어 둔 채로 지하 구금실을 빠져나왔다. 아벨이 이리스를 욕심내는 모습을 보니 마음이 한결 가벼워짐과 동시에 세이린이 보고 싶다는 생각을 한 그였다.

'아카데미 수강 신청은 대체 언제…… 음?'

그녀에게 연락하려 휴대폰을 꺼내 든 클라우드는 화면을 보고 인상을 찌푸렸다.

[부재중 전화 — 커밋 글레이시아]

□ ■ □

클라우드가 휴대폰을 확인하기 약 한 시간 전.

"이제야 같이 술 마실 맛이 나네."

약간 풀린 발음으로 중얼댄 커밋이 세이린과 제이드를 살폈다. 레드빅에서 첫 음주를 같이 했을 때와는 달리 둘 다 속성 개방을 이뤄 주량이 훨씬 늘어난 모습이었다.

세 마물은 지극히 마물답게 도수가 높은 양주를 한 병씩 들고 꼴깍꼴깍 마셨다. 병 입구가 좁아 얼음을 넣지 못하는 게 문제였으나 커밋이 시엘리아의 마력을 병 안에 넣어 주면 해결이었다.

커밋은 제게 처음 보는 술병을 따 내미는 세이린에게 물었다.

"세이린. 정말 괜찮아? 빛 속성은 잘 취하잖아."

"이젠 빛과 어둠이 뒤섞인 마계 공식 여신님이라 괜찮은 것 같은데?"

여유를 부린 음란 마귀가 분홍빛으로 넘실거리는 술을 꼴깍꼴깍 마셨다. 이 술로 말할 것 같으면, 제이드네 술 저장고에 있던 것 중 가장 비싸 보이는 것을 신통력으로 복제해 온 것이었다.

'복숭아 맛이네?'

세이린이 술을 물처럼 마셔 댔다. 그리고 잠시 후.

"흐음…… 좀 덥지 않아?"

얼굴이 복숭앗빛으로 달아오른 세이린이 웅얼댔다. 그제야 뭔가 이상한 것을 느낀 커밋과 제이드는 세이린이 꼭 쥐고 있던 술병을 빼앗아 라벨을 확인했다.

[조니 러너 핑크 라벨 유일신 에디션 — 색욕]

돈에 눈먼 마물들은 승전 이후 앞다투어 새로운 신, 세이린 폴룩스 한정판 제품들을 출시했다. 그중 세이린이 마신 것은 하필 색욕의 랭커이기도 한 그녀를 기념해 그녀의 동요와 비슷한 효과를 내도록 만들어진 술이었다.

"이런 미친……."

커밋이 눈을 가늘게 떠 깨알 같은 라벨의 제품 설명을 읽어 보았다.

[색욕의 랭커의 동요는 유혹! 연인과 즐거운 시간을 보내 보세요!♥]

그렇다. 세이린이 마신 술에는 최음 효과가 있는 마계의 이런저런 식물들이 잔뜩 들어가 있었다. 캄캄한 그림자를 콧등에 드리운 클라우드의 얼굴을 떠올린 커밋은 재빨리 사건 현장을 은폐하곤 말했다.

"야, 제이드. 세이린 들어. 옮기자."

"……어디로?"

"아까 갔던 실링의 비밀 서재로. 실링이 장난친 거에 세이린이 넘어간 걸로 꾸미면 되잖아. 걘 어차피 죽은 놈인데. 우린 살아야지."

"역시 새벽단 출신이라 그런지 너도 인성이……."

"뭐, 인마?"

티격태격하기를 잠시. 암묵적 합의를 마친 제이드와 커밋은 알아들을 수 없는 말을 웅얼거리는 세이린을 번쩍 들어 옮기기 시작했다.

얼마 안 있어 실링의 비밀 서재에 마왕이 도착했다. 마법진에서 나오자마자 인상을 팍 구긴 그가 곧장 주변에 결계를 치고 제이드와 커밋에게 말했다.

"실링의 비밀 서재를 발견해서 전화한 건가?"

"뭐, 그건 찬찬히 조사해 보시면 아시겠지. 그럼 우린 이만."

심드렁하게 답한 커밋이 제이드를 끌고 위층으로 올라갔다. 클라우드는 팔짱을 낀 채로 실링의 비밀 서재를 눈에 담았다. 다 큰 마물 둘이 들어가고도 남을 만큼 커다란 상자 두 개가 덩그러니 놓인 공간이라니.

'……뭔가 이상한데.'

불과 한 시간 전까지만 해도 서재였던 곳을 제이드와 커밋이 작당해 바꿔 버렸다곤 생각지도 못한 마왕이었다.

첫 번째 상자 안에는 마구 쏟아 넣은 듯한 책들이 여러 권 들어 있었는데, 그 중 몇 권에선 익숙한 마력이 느껴졌다. 클라우드는 문제의 책들을 차곡차곡 빼 들었다. 마계에서 영영 사라진 줄로만 알았던 페일 세이건의 〈빛과 어둠에 관하여〉. 실링이 직접 작성한 듯한 일기장.

'조사해 볼 필요가 있겠군.'

마왕이 연달아 마력을 일으켜 상자를 뒤적였다. 그가 책 더미 맨 아래에서 실링이 작성한 듯한 종이 한 장을 발견해 끄집어냈다. 그의 손이 닿는 순간, 한 시간 전까지만 해도 실링의 황금색 속옷 컬렉션 맨 아래에 파묻혀 있던 양피지에서 빛이 났다.

[유산 상속서]

이 서류로 말할 것 같으면, 실링이 생전에 세이린에게 제 재산을 모조리 남겨 주기 위해 특수 제작한 것이었다. 세이린이 비밀 서재에 들어서 이 유산 상속서를 건드리면 자동으로 그녀의 이름이 기입되어 막대한 재산이 상속되는 시스템이었다. 그러나.

[상속인 : 사랑하는 '클라우드 슈테른']

"……?"

손을 댔다는 이유로 졸지에 실링의 전 재산을 상속받게 된 클라우드는 얼굴 가득 물음표를 띄울 뿐이었다. 어떻게 된 건지는 모르겠지만 공교육 시스템 구축 및 신전 건립에 필요한 자금을 단번에 마련한 그가 만족스러운 얼굴을 하고 다음 상자를 열었다. 어째 얼음의 마력으로 만들어진 듯한 무거운 뚜껑을 열자 달달한 복숭아 향이 풍겨 왔다. 뚜껑을 휙 열어젖힌 클라우드가 당황 어린 얼굴을 했다.

"……세이린?"

"흐응…… 우리 마왕님 왔어요?"

세이린이 동그랗게 몸을 수그린 채로 상자 안에서 자고 있었다. 이것들이 진짜. 마왕은 곧장 제이드와 커밋을 불러들여 잔소리를 퍼부으려 했으나 세이린이 웅얼거리는 것이 더 빨랐다.

"클라우드, 나…… 하고 싶어."

툭. 허공에 소환 마법진을 그리던 마왕의 손에서 힘이 쭉 빠져나갔다. 동시에 그의 머릿속에서 커밋과 제이드에게 상을 줘야 한다는 의견이 일었다. 몸이 달아 어쩔 줄 모르는 음란 마귀는 멍해진 그를 가슴에 푹 끌어안곤 유혹을 퍼붓기 시작했다.

"우리 집 가자. 트와일 힐즈에 있는 우리 집. 응?"

"취했으니 마왕성으로 가는 게 좋겠군."

"싫어요. 얼른 트와일 힐즈로 데려가 주세요."

클라우드는 이번에도 고개를 저으려 했다. 그러나.

"……마왕님, 얼른. 나 못 참겠어. 응?"

"……."

일개 마물에 불과한 자신이 감히 신의 명을 거스르는 것은 도리에 어긋난다고 의견을 바꾼 마왕이 재빨리 트와일 힐즈로 향하는 마법진을 그렸다.

세이린의 거처였던 트와일 힐즈의 펜트하우스에 들어선 클라우드는 잠시 고민에 빠졌다. 당장 몸이 달아올랐으니 어떻게든 해 달라는 세이린을 덮쳐 버리고 싶었지만 그녀의 상태가 문제였다.

"마왕니임……."

음란 마귀가 평소와 다름없는 욕망 가득한 목소리로 그를 취하고 싶다는 뜻을 팍팍 드러냈다. 그러나 클라우드는 몸을 가누지 못할 정도로 취한 그녀를 범하고 싶지 않았다.

'트와일 힐즈에 오면 항상 신종 고문만 당하는군.'

세이린과 몸을 섞고 사랑을 확인하는 건 언제나 환영이었다. 하지만 클라우드는 여전히 그녀가 맨정신일 때 사랑을 나누기 바랐다. 술기운이나 이상한 묘약에 취해 제정신이 아닐 때가 아니라.

"세이린. 오늘은 이만 자는 게 좋을 것 같군."

그의 단호한 말투에 음란 마귀가 세상이 무너진 얼굴을 했다.

"클라우드…… 또 침식이라 너무너무 하고 싶은데 못 멈출까 봐 밀어내는 거라면 괜찮아. 마음의 준비 할게."

몸은 이미 충분히 준비되어 있었으니.

하지만 클라우드는 장인 정신을 발휘해 세이린을 이불로 돌돌 말아 움직이지도 못하게 만들어 버렸다. 격렬하게 꿈틀거리는 그녀를 눕히자 볼멘소리가 들려왔다.

"흑…… 마왕님은 내 맘도 모르고!"

모르긴 뭘 몰라. 원한다는 걸 온몸으로 드러내는 걸로 모자라 네 입으로 그렇게 말하기까지 해 놓고. 클라우드는 그렇게 대답하고 싶은 것을 꾹 참고 손으로 세이린의 눈가를 덮었다. 그리고 고백했다.

"네가 원할 때 하고 싶어. 취했을 때가 아니라."

"술에 취했을 때도 마왕님을 안고 싶어 한다는 게 중요한 거 아닐까요?"

분명 손으로 덮었는데도 초롱초롱 빛나는 그녀의 시선이 느껴지는 듯했다. 클라우드는 몸도 못 가누는 세이린을 억지로 안지 않겠다며 제 윤리 의식을 되새겼다. 그가 완고하게 나오자 세이린은 한풀 꺾인 목소리로 웅얼댔다.

"……그럼 샤워만 하고 오면 안 돼? 비누 냄새 폴폴 풍기는 마왕님이랑 같이 있으면 잠이 솔솔 올 것 같은데."

초인적인 인내력을 발휘해 참는 것만으로도 바쁜 클라우드에겐 세이린의 부탁을 거절할 여력이 없었다. 순순히 고개를 끄덕인 그가 샤워 부스에 들어가 찬물을 틀고 물줄기를 맞았다. 얼음장처럼 차가운 물을 온몸에 맞는데도 몸이 쉬이 식지 않았다.

한참 후, 클라우드는 냉수마찰에 온몸이 벌겋게 언 홍익인간 상태가 되어 샤워 부스에서 나왔다. 세이린은 여전히 김밥처럼 돌돌 말려 침대 위에 누워 있었다. 적어도 그가 머리를 털어 말릴 때까진 그랬다.

깡그랑—

클라우드의 발에 무언가가 치였다. 마계 최고의 숙취 해소 음료, 마명 808의 빈 캔이었다. 빈 캔이 무려 다섯 개. 침대에 걸려 있는 익숙한 펜듈럼과 탁상 위에 펼쳐져 있는 〈임성운의 5,500가지 그림자〉 두 권. 그리고 실실 올라가기 시작하는 세이린의 입꼬리.

"……."

그간 세이린이 줄기차게 쳐 온 장난 때문일까. 클라우드가 마른침을 꿀꺽 삼킬 때였다. 일순간 눈부신 섬광이 일어 그가 눈을 꼭 감았다. 그러자 어디선가 웅장하기 짝이 없는 '환희의 송가'가 들려오기 시작했다. 빛의 한가운데에서는 깃털과 반짝임이 팝콘처럼 터져 나오고 있었고, 침대 위에 돌돌 말려 있던 세이린 폴룩스는,

"짜잔! 남자의 로망! 자기 셔츠만 입은 애인!"

그의 셔츠만을 입고 금방이라도 승천할 듯 침대 위에 벌떡 서서 몸매가 부각되는 요망한 포즈들을 연달아 취하고 있었다.

클라우드는 머리를 말리던 수건을 떨어트린 채 넋을 잃고 그녀를 바라봤다. 약간 취기가 남아 있는 듯한 얼굴로 윙크를 하고 손 키스를 날려 대는 게 무척이나 발랄했다. 게다가, 입고 있는 건 오직 셔츠 한 장.

"……."

마물이 윤리 의식은 무슨. 클라우드는 일순간에 도덕을 버리고 쾌락을 택했다.

"어후…… 그런 짐승 같은 눈빛 아주 바람직해요."

세이린은 그의 선택에 씩 웃으며 신통력을 일으켰다. 그와 그녀의 위치와 자세가 얼추 바뀌었다. 두 다리로 서 있던 클라우드는 침대에 등을 기대고 눕게되었다. 음란 마귀가 환장하는 비누 냄새를 폴폴 풍기면서. 게다가, 그가 걸치고 있는 건 오직 허리춤의 수건 한 장.

세이린이 무릎걸음으로 침대에 올라 그의 몸 위로 살금살금 올라탔다. 술에취한 유이린과 어이없어하면서도 거부하지 않는 임성운이라. 그를 내려다보자문득 생각나는 장면이 있었다.

"내가 우리 마왕님 첫 키스를 훔쳤을 때랑 비슷한 상황이네?"

"네가?"

"……응? 내가 클라우드 허락 안 받고 마음대로 키스한 거 아니었어? 그때마왕님이 얼굴 굳혔잖아."

"내가 한 거야."

세이린은 마왕과 자신의 첫 만남을 떠올렸다. 고소장. 고소인과 피고소인. 아무리 생각해도 첫인상이 좋지는 않았다. 그렇다면 괘씸해서 마물다운 방법으로 놀려 주려고 한 것이겠지. 그녀가 궁금증을 해결한 듯 환한 얼굴을 했다.

"빛 속성이라 끌렸나 보다. 그러다 찬찬히 제 사랑스러움에 빠진 거고. 맞죠?"

"순서를 잘 생각해 봐. 그날 아카데미 입학 추천 서명을 했으니 속성 판정은한참 뒤잖나."

"그럼 왜? 내가 새삼 예뻤나?"

"……그렇다고 해 두지."

클라우드는 원래 하려던 말을 삼키고 적당히 얼버무렸다. 사랑한다, 안고 싶다 하는 말은 잘만 하면서도 왜 그 말은 입 밖으로 못 내겠는지.

'첫눈에 반했다는 게 뭐 그리 대수라고.'

아니, 절대 말 못 한다. 첫눈에 반한 게 문제가 아니었다. 사랑과 짜증을 구분하지 못해 고소장을 날린 게 문제지. 사실대로 털어놓았다간 세이린과 함께 자다가도 이불을 팡팡 차올려 그녀를 깨우리라.

다행히 세이린은 어찌 되었든 좋다는 눈치였다. 눈썹을 으쓱인 그녀는 왼손을 뻣뻣이 펴 흔들며 너스레를 떨었다.

"뭐, 어찌 됐든. 마왕님의 사랑의 증표가 내 손에…… 어라."

없다. 약혼반지가 없어.

당황한 세이린이 아무런 장식도 없는 왼손을 보고 또 봤다. 그제야 신의 영역에서 실링이 약혼반지를 박살 냈다는 사실이 떠올랐다.

망연자실한 세이린의 왼손을 클라우드가 끌어다 제 입가로 가져갔다. 약지에 그의 촉촉한 입술이 닿았다. 그는 보란 듯 반지가 있어야 할 자리를 세게 빨아들여 제 것이라는 자국을 냈다.

세이린은 그 따끔한 애정 표현에 흐뭇함을 느꼈다. 이제 그는 사랑을 모르는 마왕이 아니라 선수 중의 선수였다.

"전하. 새로운 사랑의 증표를 내려 주셨으니 오늘은 특별히 하고 싶은 거 다 해도 돼요."

교태를 부려 그를 유혹하는 건 성공인 듯했다. 마왕은 그녀를 바짝 끌어안아 몸을 밀착했다. 뜨거운 손길을 기대하고 눈을 감은 세이린은 잠시 후 도끼눈을 했다.

"우리 마왕님, 이거에 집착하는 것 좀 보게."

"시도 때도 없이 네게 마물이 꼬이는데, 집착 안 하겠나?"

클라우드 슈테른은 뭐든 해도 된다는 허락이 떨어지자마자 새카만 마력으로 세이린의 허리에 제 이름을 또 한 번 새겼다. 무척 만족스러운지 서명을 쓰다

듣고 또 쓰다듬기까지.

못 말린다는 듯 웃어 보인 그녀가 침대에 걸어 둔 펜듈럼과 〈임성운의 5,500가지 그림자〉를 힐끗거리다 야릇한 미소를 지었다.

"클라우드. 내 허리에 당신 이름 있는 게 그렇게 좋아?"

세이린은 대답할 틈을 주지 않고 그의 입술을 머금었다. 클라우드라고 제 의견을 말할 생각이 있는 건 아니었다. 그의 손은 그녀가 입고 있는 제 셔츠의 단추를 풀기 바빴다. 이젠 옷에 달린 온갖 잠금장치를 눈 감고도 풀 수 있는 경지에 이른 두 마물이었다.

보이지 않는 손이 그가 허리에 두르고 있던 수건을 바닥으로 떨궜다. 입고 있던 셔츠를 벗어 내던진 세이린은 입술을 맞비비다 몸을 일으켰다. 무릎으로 일어난 다음 단단히 부푼 그의 중심에 맞추어 다시 내려앉는다. 속이 뜨겁게 덥혀지는 느낌에 등허리가 저릿했다. 평소와 다름없는 행동이었지만 클라우드의 얼굴엔 야릇한 긴장이 서렸다.

"왜요? 마왕님은 허리 서명 좋아하잖아. 마침 책에 이런 장면이 있기도 하고."

세이린이 뒤돌아 그의 얼굴을 바라보며 말했다. 무슨 상황인지 자각한 클라우드의 얼굴에 훅 피가 몰렸다. 그래. 물론 책 속에 있는 장면이긴 했다. 몸을 겹친 유이린이 배나 가슴이 아니라 등을, 뒷모습을 보이고 내려앉는 게.

"……얼굴 보고 싶어."

"하지만 책에 나온 건 이 자세란 말이지. 언젠 남은 진도표를 빨리 클리어해서 제 신통력을 온전하게 만들어야 한다면서요?"

알망궂게 웃은 그녀가 몸을 살짝 움직였다. 단단히 맞물린 탓인지, 낯선 자세 탓인지 조금만 움직여도 성감이 고조되었다.

그녀가 조금씩 움직이며 몸에 힘을 주자 클라우드의 복근에 힘이 바짝 들어갔다. 자연스레 상체를 일으킨 그는 그녀를 기쁘게 해 주려 머리카락을 쓸어 넘겨 주고 목선에 입을 맞춰 주면서도 알 수 없는 감정에 휩싸였다. 세이린이 질끈 눈을 감는 것이나 얼굴을 빨갛게 물들인 채로 제 이름을 부르는 걸 못 보는 게 아쉬웠다. 마주 보고 안는 게 더 취향이기도 했고.

그러나 잠시 후.

"하아…… 클라우드…… 아훗!"

술에 취한 세이린은 더 적나라하게 신음을 흘리며 제 느낌을 표현했다. 안 그래도 껌뻑 죽는 허리 서명인데 자꾸 위아래로 흔들리기까지 하니 그의 가쁜 숨이 더 가빠졌다. 게다가.

"안 도와줄 거예요?"

세이린이 그의 팔을 끌어다 제 몸을 자유롭게 탐하도록 풀어놓았다. 마왕은 이 자세도 그리 나쁘지 않다고 생각했다. 그런 그에게 세이린이 일격을 가했다.

"키스해 줘."

쾌감에 취해 풀린 눈을 한 세이린이 몸을 움직이며 살짝 뒤돌아 눈을 마주했다. 마생 8년 차, 클라우드 슈테른의 취향이 개조당하는 순간이었다.

클라우드는 고개를 숙여 그녀의 입술을 머금고 빨았다. 세이린이 팔을 젖혀 칭찬하듯 쓰다듬어 주는 것도, 그러면서도 원을 그리는 듯한 허릿짓을 멈추지 않는 기분도 환상적이었다.

"하웃…… 아, 진짜 좋아…… 웃!"

세이린이 달뜬 목소리를 그대로 흘렸다. 술기운이 약간 남아 있는 탓에 그녀는 그를 좋을 대로 사용했다. 바짝 조이고 머금은 채로 놓아주지 않다 제멋대로 비좁은 안을 찔러 댔다. 목과 어깨를 따라 입을 맞추던 그의 아래가 한층 묵직해졌다. 클라우드는 세이린의 귓불을 핥으며 위태롭게 신음을 삼켰다. 질컥대는 소음이 더 빠르게 사위로 퍼졌다.

"아……!"

멈출 줄 모르고 움직이던 그녀가 탄성을 내지르며 눈을 꼭 감았다. 동시에 클라우드가 씨근거리는 숨을 하얗고 끈적하게 토해 냈다. 절정의 여파를 느끼던 세이린은 그대로 등 뒤의 클라우드에게 안겨 몸을 기댔다. 쾅쾅 뛰는 그의 심장이 느껴져 안정감과 만족감이 동시에 들었다.

"하아…… 마음대로 움직여서 미안해."

세이린이 그의 손에 꾹 입을 맞춘 다음 손깍지를 꼈다. 그녀 못지않게 만족감을 느낀 클라우드가 머리카락을 정리해 주며 되물었다.

"미안하긴 뭐가."

"흐음…… 마왕님도 좋았어요?"

네가 그렇게 나를 원해 안달을 내는데 좋지 않았을 리가. 클라우드는 그렇게 말하는 대신 산뜻하게 웃었다.

"이젠 내가 마음대로 움직일 테니 미안해할 것 없어."

□ ■ □

꼭 마주 안고 찬찬히 쓰다듬으며 서로에게만 집중했던 밤이었다. 세이린과 클라우드는 상대가 조금이라도 더 기쁘도록 애쓰며 절정을 맞고 다시 입 맞추길 반복했다.

클라우드는 작은 갈증을 느끼며 눈을 떴다. 자신의 팔을 벤 채로 자는 세이린을 살살 굴려 옆자리에 내려 두는 일이야 능숙했지만, 오늘은 그녀가 반쯤 올라타 자고 있어 불가능해 보였다. 어젯밤의 격렬함이 다 머리카락으로 간 것인지 거울에 비쳐 보이는 머리 모양은 그야말로 까치집이었다.

물 마법으로 갈증을 해결한 클라우드는 세이린을 가만히 자도록 놔두는 대신 잠이 확 깰 정도로 꽉 껴안았다. 난데없는 기습에 당황해 깨는 것도 잠시, 세이린도 팔다리로 그를 힘껏 안았다. 어젯밤에도 느낀 것이지만 클라우드는 어째 부활 후 애교나 애정 표현이 늘었다.

"클라우드, 잘 잤어?"

마왕은 고개를 끄덕였으나 거짓말이었다. 잠꼬대가 심한 세이린이 이불을 걷어차지는 않을까, 침대 아래로 떨어지지는 않을까 뜬눈으로 지새운 그였다.

선을 넘을 듯 말 듯 한 긴장감 속에 함께 씻은 두 마물은 펜트하우스에서 시간을 조금 더 보내다 마왕성에 돌아가기로 했다. 시계를 보곤 세이린이 허기를 느끼고 있으리라 짐작한 클라우드가 주방으로 향했다.

"세이린. 먹을 게 있는지 살펴봐도 되나?"

"거기 있는 건 다 마음대로 하셔도 돼요."

사르르 웃으며 말한 음란 마귀가 잽싸게 덧붙였다.

"마왕님이 앞치마만 입어 준다면."

세이린은 허리에 수건 하나만 걸친 그가 앞치마를 입어 주기를 간절히 바랐다. 그리고 신의 바람은 곧 명령이었다. 클라우드는 제 앞에 펼쳐지는 50가지 앞치마들 중 하나를 골라 입을 수밖에 없었다.

"역시……."

세이린이 물개 박수를 짝짝 치며 완벽한 앞치마 핏을 감상했다. 곧 그가 마력을 사용해 가며 야심 차게 요리를 시작하자 따분해진 그녀는 주변을 둘러봤다. 손끝을 움직이자 침대에 걸려 있는 펜듈럼이 세이린에게 날아왔다.

"진도표 클리어까지 얼마 남지 않았네요?"

"벌써 그렇게 많이 했나?"

"그야……."

우리가 하루에도 몇 번씩 하니까. 진도를 벼락치기로 끝내는 현 상황이 어째 민망하게 느껴져 세이린은 말을 돌렸다.

"클라우드, 나 이거 봐도 돼?"

세이린이 들고 있는 것은 어제 실링의 비밀 서재에서 가져온 책들이었다. 마음대로 하라고 답한 클라우드가 곧장 덧붙였다.

"네가 내 셔츠만 입어 준다면."

어째 취향이 닮아 가는 둘이었다. 그의 요구대로 흰 셔츠만 달랑 걸친 세이린은 대리석 조리대에 앉아 클라우드가 가져온 책을 훑어봤다. 먼저 연 것은 하드커버로 된 고급스러운 무지 노트였는데, 세이린은 이것이 실링의 일기장이라는 것을 잘 알고 있었다. 어렵지 않게 잠금을 해제하고 나니 웬 그림들이 보였다.

"이건 저번에 발견한 일기장보다 더 예전에 쓴 것 같은데요? 그림일기예요."

세이린은 잡지를 보듯 실링의 일기를 휙휙 넘겼다. 그러다 눈에 들어오는 그림이 있었다. 일기의 제목은 마왕. 날씨 흐림. 실링은 그 아래 마왕이 된 제 모습을 상상해 그려 넣은 듯했다. 흑발과 황금색 눈동자를 보니 확실했다.

"실링이 왜 뜬금없이 뿔을 단 건지 알겠네. 실링이 상상하던 마왕의 모습에 뿔이 있어요."

스튜를 젓던 클라우드가 슬쩍 그녀가 내미는 그림을 보았다.

"그럼 실링이 잠시나마 얻었던 건 신의 힘이 맞는 건가?"

"네. 약하긴 했지만, 몸에 흡수한 플레어의 사리랑 레이디 로이펠의 경전 요약집이 섞여 신통력이 되었던 것 같아요. 뭐, 그래 봤자 진짜 신이 될 수 있는 건 어둠을 찐하게 사랑하는 저뿐이지만."

세이린의 애교 가득한 대답에 클라우드가 미소를 머금었다. 세이린은 성은이 망극한 얼굴에 감사하며 다른 책 한 권을 집었다. 페일 세이건이 쓴 〈빛과 어둠에 관하여〉. 사실상 마계에 남은 유일한 이속성 연구 자료였다. 그리운 이름에 세이린과 클라우드는 뭉클함을 느꼈다. 하지만 그 은은한 감정은 표지를 열자마자 박살 났다.

[영주 새끼들. 이렇게 부려 먹어 놓고 월급 제때 입금 안 하기만 해 봐라.]

[내가 퇴사를 하든가 해야지!]

[플레어 프레자일이라는 여인이 불쌍해.]

깊은 분노가 우러나는 끼적임이 페이지마다 빼곡했다. 아무래도 페일의 연구원 시절은 조금 더 혈기 왕성했던 듯했다. 할 말을 잃은 두 마물은 도서관장의 욕설 퍼레이드를 못 본 척 마지막 장으로 건너뛰어 책의 맨 끝줄을 보았다.

[플레어 프로젝트는 신통력을 만들어 내는 데에 성공한 듯하나 그 힘은 무언가가 빠진 것처럼 불안정하다. 현 연구 단계에선 두 이속성과 신의 관계를 정확히 기술할 수 없다고 판단된다.]

세이린은 마지막 순간, 제게 원하는 것을 하라고 말해 주던 페일의 다정한 모습을 떠올렸다. 그는 마지막 순간 분명 깨달았으리라. 빛과 어둠이 뒤섞여 하나가 된 것이 신이라는 사실을.

행간을 읽어 낼 기세로 멀뚱히 책을 바라보던 그녀는 플레어의 사리조차 온전한 신통력이 아니라는 것에 주목했다. 안 그래도 플레어의 사리로 되살린 이리스의 몸 상태가 예전 같지 않아 걱정하던 차인데, 고민스러운 일 하나가 해

결될 기미가 보였다.

빛뿐인 힘이라 치료가 온전하지 않다면 어둠을 가해 해결하면 될 일. 그녀는 공기 중에 어둠을 흩뿌려 이리스에게로 실어 보냈다.

"스튜가 맛있어서 그런가? 오늘은 좋은 일이 생길 것 같아요."

이리스가 깨어났음을 느낀 세이린이 능청을 떨었다.

Chapter
37

눈사람

지하 구금실 정중앙에 앉아 흐트러짐 없는 자세로 명상을 하던 아벨이 놀란 듯 눈을 동그랗게 떴다. 이리스가 깨어났다. 어젯밤 이리스의 창틀에 두고 온 꽃에 마력을 불어넣어 둔 탓에 분명히 알 수 있었다.

"이리스 누나……."

얼른 그녀를 보고 싶다고 생각하고 벌떡 일어난 아벨은 먼지를 툭툭 털었는 데, 점점 그 행동이 느려졌다. 그의 머릿속에 여태까지 생각하지 못한 문제점 하나가 떠올랐기 때문이었다.

양심에 찔린다. 그것도 아주 많이.

누나가 내 돌아갈 곳이라느니, 사랑한다느니, 절대 잊지 않겠다느니 말해 놓고 그녀를 까무룩 잊어버린 자신이었다. 지금까진 이리스가 몸을 회복하고 깨어나기만을 간절히 기다리느라 제 못된 행동을 잠시 잊고 있었다.

'이리스에게는 내가 쓰레기…….'

스스로에게 쓰레기라는 평을 내린 아벨은 그 말이 꼭 맞다고 생각하곤 절망했다. 결과만 놓고 본다면 자신이 이리스 레인의 등골을 알차게 빼먹은 셈이 아닌가. 아벨은 울상을 하고 다시 바닥에 앉았다. 건강을 되찾은 이리스가 너무도 보고 싶었지만, 제 감정에 따라 그녀를 멋대로 찾아가는 게 파렴치한 일로 느껴졌다.

'이리스…… 깨어나서 다행입니다.'

아련하게 창문을 올려다보는 그를 보고 혀를 츳츳 차는 마물이 있었으니.

"야, 아벨. 장난해? 이리스를 아직도 모르냐? 당장 안 달려가?"

면회를 온 레이가 답답함을 느끼곤 가슴팍을 팡팡 두드렸다. 아벨은 여전히 시무룩했지만.

"레이, 면회 와 줘서 고맙습니다."

"지금 네가 나한테 고마워할 때야? 이리스가 깨어났다잖아. 얼른 가서 만나고 와."

"……저는 이리스에게 몹쓸 짓을 했습니다."

몹쓸 짓은 지금 이리스가 너한테 기대하는 거고! 레이가 철창 자물쇠를 뜯어버리는 것으로 탈옥을 적극 권유했다.

"아벨, 이리스가 널 기다리고 있을 거라는 생각은 안 해 봤어?"

"지금의 저를 반갑게 맞아 줄지 모르겠습니다. 세이린 아가씨가 플레어의 사리를 이용해 살려 줬다고는 해도, 이리스는 저 때문에 목숨을 잃었으니까요."

"네 말이 맞다."

지금의 푸른 기사단장은 만나 봤자 답답함만 유발하리라. 한숨을 쉰 레이가 소환 마법진을 그려 세이린 폴룩스를 소환했다. 주군께 또 욕을 먹겠지만 이리스의 일이니 감수하기로 한 레이였다.

요리를 잠시 중단하고 클라우드와 뜨거운 아침을 보낸 다음, 다시 같이 몸을 씻고 겨우 스튜로 식사를 마친 세이린은 갑작스러운 소환에 어리둥절한 눈치였다.

"아벨 경? 담임 교수님? 무슨 일로 소환하셨어요?"

"꼬맹이. 아무래도 네가 아벨을 좀 가르쳐야겠다."

"무슨 일인데요?"

"말도 마라. 아벨 시엘리아께서 이리스가 깨어났는데 자길 쓰레기로 생각할까 봐 못 가겠단다."

"이런 미친……."

사태의 심각성을 느낀 마계 최고의 연애 소설 작가가 자신의 책을 소환하곤 결의를 다졌다.

"걱정 마세요, 담임 교수님. 속성 코스로 한 시간 안에 끝낼게요!"

연애 고자 아벨 시엘리아만을 위한 연애학 개론 벼락치기가 막을 올리는 순간이었다.

□ ■ □

다프네의 걱정 어린 시선 아래 건강 검진을 마친 이리스는 제 방으로 돌아왔다. 다행히 몸은 건강했고, 신의 은총을 받은 덕에 마력은 더욱 강력해졌다는 소견이 나왔다. 다시 일상으로 돌아갈 수 있다니 분명 기뻐해야 할 일이었다.

하지만 이리스는 깊은 공허감을 느꼈다. 제 몸이 퍼즐이라면 가장 중요한 한 조각이 빠진 느낌이었다.

"아벨……."

전직 주인 놈, 카인 시엘리아가 그를 화살받이로 쓴 충격이 아직 가시지 않았을 게 분명했다. 자고로 충격이란 아벨처럼 순진무구하고 도덕적이며 올곧은 존재에게 더 오래 남는 법이니.

아벨에게 먼저 연락을 해 볼까 잠시 고민하던 이리스는 창틀 쪽으로 시선을 옮겼다가 놀란 얼굴을 했다. 분명 건강 검진을 받으러 나갈 때 누가 엮었는지 모를 엉성한 꽃다발만이 놓여 있었는데, 지금은 그 옆에 앙증맞은 눈사람 하나가 추가되어 있었다.

제작자의 미적 감각이 안녕한지 걱정될 정도로 엉성한 모양이었다. 웃는 입을 표현한 것이 너무 과하여 공포감마저 들었다. 하지만 이리스는 이 못생긴 눈사람이 누구의 작품인지 단번에 알아봤다.

"……아벨!"

이리스는 눈사람에 남아 있는 마력을 잡아내 추적 마법을 사용했다. 그러자 아벨이 어디로 사라졌는지가 발자국 모양으로 나타났다. 이리스는 자신이 실내용 슬리퍼를 신었다는 사실을 까맣게 잊은 채로 달리고 또 달렸다. 발자국은 레인 성의 담벼락을 지나 깃털처럼 희고 간질거리는 깃털갈대밭으로 향해 있었다.

눈이 내린 듯 갈대의 머리 부분이 온통 하얘 시야가 어지러웠다. 무작정 들어갔다간 길을 잃을지도 모른다. 그럼에도 그녀가 무작정 깃털갈대밭의 한가운데로 들어섰을 때였다.

"……어?"

발자국이 갑자기 사라졌다. 다시 추적 마력을 사용하려 해도 마력이 듣지 않았다. 이리스는 곤란에 빠진 제 상황을 잠깐 한탄하다 더 큰 불안감에 휩싸였다. 다프네의 말에 의하면 아벨은 시엘리아를 급습한 죄로 구금 상태라고 했다.

'아벨에게 무슨 일이 생긴 걸까?'

한번 이렇게 생각하니 불안한 가정들이 꼬리에 꼬리를 물고 머릿속을 점령했다. 이리스가 급히 이동 마법진을 열어 레인 성으로 돌아가려 했을 때였다.

"……이리스?"

등 뒤에서 아벨 시엘리아의 목소리가 들려왔다. 자신이 그토록 애타게 찾던 아벨이 등 뒤에 있었다. 뒤를 돌아보기도 전에 이리스의 눈가에는 눈물이 차올랐다. 그녀는 얼른 눈물을 훔치고 여전히 사랑해 마지않는 아벨 시엘리아를 마주하려 했다.

하지만 이리스보다 아벨이 빨랐다. 그가 그녀의 앞으로 성큼 다가와 눈을 맞췄다.

"……이리스. 저 때문에 우는 겁니까?"

그의 손에는 이리스의 것과 비슷한 크기의 눈사람이 들려 있었다.

"아벨……."

이리스는 눈물을 뚝뚝 흘리며 아벨을 눈에 담았다. 그의 눈동자와 머리카락은 레인 성에서 변한 것 그대로 짙은 남색이 서려 있었다. 또 하나 변한 점이 있다면, 제2의 피부가 아닐까 싶을 정도로 매일 입고 있던 기사단장 제복 대신 정장에 코트를 걸치고 있다는 것이었다. 하지만 어떤 모습을 하고 있든 분명 아벨 시엘리아였다. 목숨을 기꺼이 내줄 만큼 사랑하는.

한편, 아벨은 태연한 척 이리스의 눈물을 닦아 주면서도 바짝 긴장한 채였다. 세이린이 연애 특강 도중 흘린 팁에 따라 이리스가 좋아하는 것, 둘만의 추억이 서린 매개체가 무엇일까 열심히 생각했다. 고민 끝에 눈사람을 만들어 두고 왔지만 이리스는 울고 있다. 자신이 저질렀던 못된 행동에 죄책감이 더해져 미안해 죽을 것 같았다. 분명 우는 건 이리스인데 왜 제 코끝이 찡해지는지.

한편, 주눅 든 아벨의 모습에 그가 마력 추출기에 제 발로 들어가던 장면을 떠올린 이리스는 왈칵 감정이 치밀어 더욱 눈물을 흘렸다.

"이, 이리스……."

당황한 아벨은 눈을 마주하려 했으나 이리스가 고개를 숙이고 훌쩍훌쩍 우는 바람에 그럴 수 없었다. 어떡하지. 그의 얼굴에 낭패감이 서렸다. 아벨은 입술을 맞물고 눈동자만 도르륵 굴렸다.

세이린과 클라우드는 먼 곳의 덤불 뒤에 쭈그려 앉아 깃털갈대밭 안의 상황을 지켜보고 있었다.

"어흑, 아벨 경…… 제발 화끈하게 달래 드려요……."

세이린이 답답함에 클라우드의 허벅지를 콩콩콩콩 내리쳤다가, '내가 소중한 우리 마왕님 허벅지에 무슨 짓을!' 하는 얼굴로 그곳을 쓰다듬었다.

아벨과 이리스를 지켜보는 마물은 세이린과 클라우드뿐만이 아니었다.

"아벨 자식, 답답해 뒤지겠네."

"시엘리아 혈통들이 원래 눈치도 없고 연애도 좀……."

"……옆에 나 있거든?"

순서대로 레이 필드, 제이드 제릴, 카인 시엘리아였다. 이들도 멀지 않은 곳에 매복을 하고 아벨과 이리스를 지켜보는 중이었다.

그뿐일까.

"유일신이시여…… 제발, 제발 이리스가 이번에야말로 아벨 경과 행복하게 해 주세요. 저는 더 이상 연애 상담을 해 줄 여력이 없답니다……."

"다프네, 너무 걱정하지 마. 이번에도 아벨이 삽질하면 내가 깃털갈대밭 불 살라 버리고 영창 갈게."

다프네와 빅토리아도 얼른 이리스와 아벨의 절절한 사랑 이야기가 매듭지어 지길 바랐다.

물론 모든 관람객이 가슴 졸이며 간절한 마음으로 응원하는 것은 아니었다.

"비전하, 캐러멜 맛으로 드릴까요, 버터 맛으로 드릴까요?"

"역시 로자리. 난 캐러멜 맛으로 줄래?"

"저는 버터 맛으로 부탁드립니다."

갈대밭 근처의 또 다른 풀숲 뒤에서는 와작와작 팝콘을 먹는 소리가 났다. 그곳에서는 로자리와 빌리아, 코로나가 마치 한 편의 로맨스 드라마를 감상하는 마음으로 이리스와 아벨을 지켜보고 있었다.

보는 눈이 많다는 것을 알 리가 없는 아벨은 조심히 이리스를 껴안았다. 훔쳐보는 마물들의 숨이 턱 막힐 만큼 부드럽기 짝이 없는 동작이었지만, 아벨에 겐 과감한 행동이라는 것을 아는 이리스만 눈을 반짝였다.

아벨은 이리스의 눈가를 쓸어 주었다. 아무래도 세이린이 단숨에 전수해 준 수많은 사랑의 기술들은 주군이 사용하도록 남겨 두고 자신은 제 방식대로 하는 것이 좋을 듯했다.

"이리스. 당신이 제게 어떤 의미인지 모르고 계속 밀어내기만 한 것에 대해 사과드립니다. 변명의 여지없이 제 잘못입니다."

"아벨. 그동안 나를 얼마나 밀어냈는지 알아?"

이리스가 장난스레 묻자 아벨은 할 말이 없다는 듯 기어들어 가는 목소리로 답했다.

"이리스가 499번 고백을 했으니 그 이상……."

자신이 셌지만 참으로 아득한 숫자였다. 그래서 아벨은 입맞춤이나 포옹으로 이 사과를 얼버무리고 싶지 않았다.

이리스는 요령이라곤 피울 줄 모르는 그의 모습에 다시 한 번 웃었다. 이래야 아벨이지.

때맞춰 세이린이 연출한 부드럽고 달콤한 바람이 두 마물과 깃털갈대밭을 쓸고 지나갔다. 잠시 몽환적인 분위기를 느낀 이리스와 아벨은 그 어느 때보다 차분하고 올곧게 서로를 바라볼 수 있었다.

"아벨. 두통은 이제 괜찮아?"

이리스가 먼저 운을 뗐다.

"기억 삭제 마법의 부작용이라면 이제 괜찮습니다. 누나의 젬이 깨지는 순간 기억이 완전히 돌아와 기억 삭제 마법이 풀렸으니까."

기억을 되찾은 아벨은 기억이 잃기 전 사용했던 '누나'라는 호칭과 기사단장이 된 후부터 썼던 '이리스'라는 이름을 무심결에 섞어 사용했다. 이리스의 심장만 바사삭 부서지는 실수였다.

"이리스. 묻고 싶은 게 있습니다. 왜 제 기억을 당신의 젬에 봉인하는 위험한 짓을 하신 겁니까."

쿵쿵쿵. 멀리서 지켜보던 마물들이 그 이유를 몰라서 묻냐는 듯 가슴을 두드렸다. 하지만 핑크빛 기류에 둘러싸인 아벨과 이리스에게는 들리지 않는 소음이었다.

아벨의 질문을 들은 이리스는 곤란한 듯 시선을 피했다. 고백을 499번이나 까인 부작용일까. 사랑해서 그랬다는 말이 목에 턱 걸려 나오지 않아 얼버무릴 수밖에 없었다.

"시엘리아의 혈통을 증명하라는 목소리에 네가 스스로를 찌르는 악몽에서 벗어나기를 바랐어."

하지만 아벨에게는 이리스의 말이 사랑한다는 말과 같은 말로 들렸다. 그는 미안함과 고마움을 담아 입을 뗐다.

"……이리스. 이제 제게는 아무것도 없습니다. 기사단장이라는 지위도, 시엘리아라는 명예도. 머지않아 시엘리아 급습 건에 대한 처벌도 받을 겁니다."

"내가 널 처음 봤을 땐 지금보다 더 아무것도 없었는걸. 나도 직위 해제 상태라 이제 백수야."

아벨이 희미하게 웃었다. 맞는 말이었다. 이리스는 시엘리아의 창고에 갇혀

울던 때 처음 자신을 발견했으니까. 그는 뺨을 쓸어 주며 조심스레 말했다.

"이리스. 한 걸음 뒤에 당신이 있는 줄도 모르고 너무 오래 헤맸습니다. 이제야 돌아와서 미안합니다."

"아벨. 얼마든지 기다릴 수 있어. 왜냐하면 난……"

"허락해 준다면 500번째 고백은 제가 하고 싶은데."

이리스의 눈동자가 커다래졌다. 내내 무거웠던 가슴이 펑 터져 하늘 위로 날아오르는 기분이었다. 이제야 숨 쉬듯 내뱉은 고백들이 그에게 도착했다. 영영 닿지 않을지도 모른다고 생각하며 아득히 기다렸지만 결국 닿았다. 이리스는 뜨거운 눈물이 뺨을 타고 흐르는 것을 느끼며 말했다.

"키스해 주면 허락해 줄게."

이리스의 당돌한 선언에 구경꾼들이 입을 쩍 벌렸다. 망했다. 순진한 푸른 기사단장에게 키스라니!

'아벨 경도 카인 놈처럼 연애 고자이실 것 같은데……'

'아, 아벨 경은 키스는커녕 여자 손도 못 잡아 봤을 것 같…… 어?'

앉은 자리에서 각자 나라 잃은 얼굴로 머리를 쥐뜯던 제이드와 세이린은 곧 제 두 눈을 의심했다. 방금까지 교단에 설 때와 다름없는 사슴 같은 눈망울을 하고 있던 아벨이 찬찬히 눈을 내리떴다. 그의 팔이 이리스의 허리를 감싸 안았고, 상냥하기 그지없는 동작으로 입을 맞췄다. 그것도 아주 따뜻하고 능숙하게.

'미쳤다, 미쳤어…… 아벨 경이 키스 장인이었다니.'

세이린이 입을 틀어막곤 남은 손으로 클라우드의 허리를 콩콩콩콩 두드리다 헛, 하고 놀라 그만두었다.

한편, 레이는 아벨의 목에 팔을 감고 눈을 꼭 감은 채 키스를 나누는 이리스를 무표정으로 바라봤다. 아니, 그러려고 했다.

"……"

제이드는 어딘가 아련한 눈을 하는 레이를 슬쩍 보곤 커밋을 바라봤다. 그 또한 표정이 안 좋기는 매한가지였다. 자연스레 의문이 들었다. 레이 필드는 왜 죽상을 하는 것인가.

"커밋 놈은 이리스 경을 계속 싫어했으니 아들 빼앗긴 시어머니처럼 분개하는 거고. 레이 경은 왜 그러세요?"

"몰라. 둘이 삽질하는 걸 너무 오래 지켜봐서 그런가?"

레이가 깊은 한숨을 쉬며 코로나에게 특수 탄환을 쏘던 순간을 떠올렸다. 왜일까. 빼도 박도 못하고 영창에 가야 할 상황이 되자 주군에 의해 킬 협곡에 구금된 이리스가 떠올랐다. 정확히는 아벨을 걱정하느라 울고 있을 이리스의 모습이. 그래서 기왕 영창 가는 김에 이리스를 풀어 주려 킬 협곡의 구금실에 들렀었다.

'야, 이리스. 나 영창 간다.'

그렇게 말했을 때, 이리스가 뭐라고 대답했던가.

'레이. 어차피 영창 가는 길이면 내 구금 좀 풀어 주고 가라, 응? 동기 사랑 나라 사랑이라잖아.'

동기 사랑 나라 사랑이란다. 내가 왜 아카데미 학생들의 교내 연애를 금지하자는 안을 발의한지도 모르고.

"동기 사랑 나라 사랑이라는 말은 대체 누가 만든 거야?"

레이가 신경질적으로 중얼거렸다.

"……그러게요."

제이드가 작게 동의했다.

이리스는 뺨을 부드럽게 감싸는 손길과 한없이 다정하게 입술을 겹쳐 오는 그를 느꼈다. 그리 길지도 않은 입맞춤에 그간 했던 모든 마음고생들이 봄바람 아래의 얼음처럼 흔적도 없이 녹아내렸다.

아벨이 달착지근한 키스를 매듭지을 즈음 이리스는 조심스레 눈을 떴다. 모든 서러움을 녹일 만큼 따뜻한 입맞춤이었는지라 이번에도 겁이 났다.

아벨 시엘리아는 눈사람. 가까이하려 할수록, 따뜻하게 안아 주려 할수록 제체온에 녹아 사라지는 존재. 하지만 이번엔 코앞에 그가 있었다. 아무런 걱정도, 두려움도 없는 환한 미소인지라 이리스는 자연스레 어린 시엘리아의 도련님을 떠올렸다. 기억 속의 어린 그와 눈앞에 있는 지금의 아벨이 동시에 입술을 움직였다.

"이리스 레인. 사랑합니다."

"……."

가슴이 미친 듯이 두근댔다. 방금 들은 사랑한다는 고백을 제외한 모든 것이 사라져 버려도 상관없을 것 같았다. 한 번에 다 받아들일 수 없어 흐르는 것을 지켜봐야 할 만큼 기쁨이 넘쳤다.

이리스는 몸 구석구석에서 퍼붓는 충동을 이기지 못하고 와락 아벨에게 뛰어들었다. 체중을 실은 급습에 아벨이 뒤로 넘어갔고, 이리스와 아벨은 길고 높고 빽빽하게 자란 갈대밭 아래로 얼크러졌다.

"아벨, 내게 돌아와 줘서 고마워."

이리스는 아벨의 얼굴 옆을 팔로 짚은 채로 눈물을 뚝뚝 흘렸다. 깨끗하고 숭고한 눈물이 아벨의 뺨을 적셨다. 가만히 눈물의 온도를 느끼고 있던 아벨은 변화의 조짐을 느꼈다. 차가운 줄도 모르고 있던 가슴이 사르르 녹는 기분.

"아벨, 머리카락이……."

이리스는 찬찬히 짙은 남색이 빠져나가 원래처럼 맑은 하늘빛을 띠기 시작하는 아벨의 머리카락과 눈동자를 보고 놀랐다. 맑은 바다를 담은 듯한 그의 눈동자에 물기가 어리더니 이내 흘러내렸다. 그 눈물을 닦아 주려 눈가를 매만진 그녀는 또 한 번 놀랄 수밖에 없었다.

"아벨, 네 눈물이…… 눈물이 따뜻해."

시엘리아의 혈통을 이어받은 탓에 얼음처럼 차가워야 하는 눈물이 따뜻했다. 마침내 그를 시엘리아의 핏줄이라는 수렁에서 구해 내겠다는 이리스의 염원이 이뤄지는 순간이었다. 아벨은 제 몸 위에 반쯤 겹쳐 있는 이리스의 몸을 꼭 껴안은 채로 물었다.

"이리스. 가족이 되어 주겠다던 말, 아직 유효합니까?"

이리스는 감동이 가슴에서 머리로 치밀어 오르기도 전에 재빨리 대답했다.

"응!"

아벨은 구원처럼 느껴지는 그 대답에 환하게 웃었다.

"제게 처음 생긴 가족이 이리스라 다행입니다."

"······응?"

이리스가 고개를 갸웃했다. 그동안 아벨이 가족, 즉 가문을 얼마나 소중하게 여겼는지 알고 있기 때문이었다. 아벨을 위해서라면 카인 놈이 시어머니처럼 굴어도 견디리라고 결심했던 이리스였다. 그런데 처음 가족이 자신이라니.

아벨은 이리스의 마음을 읽기라도 한 것처럼 시원스레 답했다.

"시엘리아 따위 망하든 말든. 생각해 보니 직계 혈통들이 저지른 잘못인데 피해자인 제가 대신 속죄할 이유가 없는 것 같습니다. 저를 화살받이로 쓴 덕에 형이라는 자가 살아 있으니 알아서 하겠지요."

그렇지! 그 정신이야! 얼마나 마물다워! 이리스가 속으로 기립 박수를 쳤다. 아벨은 기뻐하는 그녀를 끌어안은 손에 힘을 주었다. 고작 한 존재가 제 편이 되어 주겠다고 말했을 뿐인데도 세상을 다 가진 것 같았다.

"지금······ 행복합니다."

아벨이 환하게 웃자 이리스는 아무런 말도 할 수 없었다. 단언컨대 마력 추출기에 들어가 젬이 부서지던 순간에도 가슴이 지금처럼 아프진 않았다. 그때 몸을 강타했던 건 그냥 고통이었다. 그건 참아 낼 수 있었다.

하지만 지금, 아벨이 행복하다고 말하며 웃는 것은 버티기 힘들었다. 심장이 아팠다. 온몸이 찌르르 울리는데 가슴은 쾅쾅 뛰어서 혼란했다. 그 와중에 얼굴로 피가 몰리는 게 느껴졌다.

"아벨······."

"응. 이리스. 듣고 있습니다."

아벨은 결국 과부하가 온 것처럼 가슴 위로 픽 쓰러지는 이리스를 꼭 껴안았다.

"아픕니까?"

"아벨 때문에······."

"미안합니다. 기다려 준 시간만큼 더 잘하겠습니다. 많이 힘들었을 텐데도 제게 다가와 줘서 고맙습니다."

얼굴의 화끈거림을 견디지 못한 이리스가 손등으로 얼굴을 식혔다. 아벨은 그 손 위에 제 손을 겹쳤다. 시엘리아의 마력 덕에 얼굴이 식었다. 이리스는 시원함을 느끼다 문득 아벨이 창틀에 두고 간 눈사람을 떠올렸다.

"아벨. 눈사람은 언제 두고 간 거야?"

"이리스가 깨어났다는 소식을 듣고 바로."

"그런데 왜 사라졌어? 조금만 기다리지……."

"눈사람을 하나 더 만들어 가려고 했습니다."

알쏭달쏭한 답이었다. 이리스가 눈썹을 찡그리자 아벨이 삼켰던 뒷말을 이었다.

"혼자는 외로워 보여서. 이젠 혼자보다 둘이 좋습니다."

눈을 맞춘 채로 다정한 목소리를 낸 아벨이 이리스를 더 바짝 끌어당겼다.

연인은 그 후로도 오랫동안 서로의 심장 박동을 느꼈다.

□ ■ □

한동안 마계는 아벨 시엘리아의 약혼 소식으로 떠들썩했다. 깨끗하고 고결하던 푸른 기사단장이 드디어 이리스 레인의 오랜 꼬드김에 넘어갔다는 것만으로도 특종감이었다. 거기에다 무려 아벨은 죄를 지어 구금된 상태였다. 죄인이 몰래 탈옥해 약혼이라니. 마물들의 반응이야 뻔했다.

[역시 아벨 경. 언젠간 사고 치실 줄 알았습니다. 제가 다 짜릿하네요. 이 맛에 나쁜 일 합니다.]

[기사단장의 소소한 악행은 차원이 다르네요. 본받고 갑니다. 역시 아벨 경은 온 마물의 모범이네요.]

[역시…… 아벨-이리스 주식 사길 잘했네요.]

시엘리아 기습 사건으로 주춤했던 아벨의 인기와 관련 주식이 하늘 높은 줄 모르고 치솟았다.

'쳇. 이게 뜰 줄이야. 마물들은 알다가도 모르겠다니까.'

일명 '타락한 아벨' 관련 주식을 살피던 카인이 스크롤을 조금 더 내렸다가 휴대폰을 툭 내려놓았다. 아벨과 관련된 기사 아래에 늘 있는 자신의 이름을 발견한 탓이었다. 당연히 좋은 말은 아니었다. 아무리 연구에 미쳐 있었다고 해도 아버지의 뜻에 못 이기는 척 동생을 최후의 결전 장소로 보낸 건 야비한 행동이었으니.

플레어 프로젝트에 참가한 보상으로 받은 플레어의 사리로 모두의 기억을 지웠을 땐 문제없었다. 빌리아 같은 특이 케이스를 제외하곤 모두가 영주의 이름조차 기억하지 못했으니까. 하지만 세이린이 신이 되면서 마물들은 전 영주들의 이름과 그들의 만행을 모두 기억해 냈고, 대차게 카인을 까댔다.

'욕먹을 짓 했으니 먹는 것뿐인데, 뭐.'

카인이 시무룩해진 것은 아벨에게 한 잘못으로 욕을 먹는 것 때문이 아니었다. 빌리아. 그는 속으로나마 작게 그 이름을 불러 보았다. 빌리아리아가 직접 선택한 애칭이라 그런지 아리아라는 애칭보다 어감이 더 좋은 것도 같았다.

'……미치겠네. 원래 이런 느낌인가?'

카인은 얼음으로 제 뺨을 식혔다. 뜨거운 음식을 먹은 것도 아닌데 괜히 더웠다. 만병통치약인 블루레몬에이드로도 진정되지 않는 간질거림이 있을 줄이야. 그렇게 잘 다스려지던 감정이 하루에도 몇 번씩이나 상승과 하락을 반복하는 게 영 불편했다.

왜 이러는지 인정하게 된 것은 약 일주일 전, 아벨과 이리스가 서로의 연인이 되는 장면을 몰래 지켜볼 때였다. 카인은 매복 상태로 아벨과 이리스를 지켜봤고 빌리아도 매복 장소 근처의 덤불 뒤에 자리를 잡고 있었다. 아벨과 이리스가 다정하게 입술을 겹치는 순간.

'내가 왜 그랬지?'

그 야릇한 입맞춤의 순간에 카인은 빌리아를 바라봤다. 왜 그랬는지는 알 수 없었다. 그냥 고개가 돌아갔다. 오물거리는 붉은 입술이나 제가 다 뿌듯하다는 듯 슬쩍 웃음을 머금은 눈을 보니 확신이 들었다. 이게 짝사랑이구나, 하는. 하지만 빌리아가 보인 반응은……

카인. 뭘 봐?

'……어?'

'이 팝콘은 로자리가 나 먹으라고 만든 거야. 코로나한테라면 몰라도 너한텐 안 나눠 줘.'

왕비는 욕망 가득한 카인의 시선을 보곤 팝콘을 제 품에 꼭 안았다. 자신을 조금도 남자로 봐 주는 것 같지가 않았다. 심지어 팝콘도 나눠 주지 않았다.

"팝콘한테 진 건가……?"

전직 밤 대륙 최강 시엘리아의 영주, 황제 후보였던 카인 시엘리아는 책상을 손끝으로 툭툭 두드리다가 자기 합리화를 시작했다.

"아니야. 그럴 리가 없어."

하지만 아무리 생각해도 자신의 패배였다. 튀긴 옥수수를 상대로. 시엘리아의 영특한 머리가 빠른 합리화를 진행했다. 팝콘이 캐러멜 맛이었던 것이 문제였다. 애당초에 불공평한 승부였다. 버터 맛이기만 했어도 나눠 줬으리라.

그가 볼을 부풀렸다가 뚱한 얼굴을 할 즈음 복도에 발소리가 울렸다. 빌리아가 과중한 업무에 시달리느라 집무실 밖으로 잘 나오지도 않는다는 걸 알면서도 복도에 발소리가 울리면 카인은 괜히 기대했다. 이번에도 마찬가지였다. 발목까지 삐끗해 가며 달려간 카인이 문을 활짝 열어 주었다.

"어휴, 전직 황제 후보께서 무슨 일로 문까지 열어 주시나?"

심드렁한 얼굴의 세이린 폴룩스가 서 있을 때의 실망감이란. 카인은 퉁명스레 말했다.

"네가 내 방엔 왜 와?"

"나는 곧 황후가 될 거고, 그럼 마왕성은 내 거거든."

"아직 황후 아니잖아."

"뭐, 그 전에 유일신이잖아? 숭배하도록."

뻔뻔하게 답한 세이린이 문을 막고 있던 카인의 팔 아래로 몸을 숙여 방 안에 들어왔다. 세이린은 무척 바쁜 몸이었다. 〈임성운의 5,500가지 그림자〉 외전 원고로도 벅찬데 연설문이나 축사도 여러 개 작성해야 했으니. 그녀가 요즘 가장 공을 들이는 글은 약 일주일 후에 있을 황제의 대관식에서 낭독할 축사였다.

"원고 작업은 별궁이나 트와일 힐즈에 있는 네 집 가서 하시지?"

"여기가 제일 집중이 잘 돼."

"마왕 집무실도 넓잖아."

"……."

세이린이라고 클라우드의 집무실에서 원고 작업을 시도해 보지 않은 것은 아니었다. 하지만 안 그래도 섹시한 마물이 진지한 얼굴로 일하는 건 견딜 수 없을 만큼 치명적이었다. 늘 5분을 못 버티고 시공간을 멈춘 다음 의자를 박차고 일어나 서로를 탐하는 일만 반복되어 글을 쓸 수 없었다.

"마왕님이 옆에서 일하시는데 내가 어떻게 원고 작업을 해."

다른 진도 나가야지. 새침하게 쏘아붙이자 카인은 조용히 책상을 내주고 조명을 조정해 주었다. 불을 켜자 그의 불그스름한 얼굴이 조금 더 드러났다. 음란 마귀가 그 흥미진진한 징후를 놓칠 리 없었다.

"카인. 부탁 하나만 들어줄래? 어려운 건 아니고……."

"싫어. 네가 눈 반짝이는 걸 보니까 불안해."

"어휴…… 그럼 기분 좋은 소식을 듣고 모든 것을 긍정적으로 생각하고 계실 비전하께 빌린 물건을 가져다드리는 일은 내가 해야겠다."

세이린은 미리 클라우드에게 들어 알고 있었다. 오늘 저녁, 마왕 부부가 이혼 서류를 작성하리라는 것을. 게다가 빌리아는 클라우드에게 예상치 못한 큰 선물까지 받을 것이다. 세이린이 미묘한 웃음을 머금자 카인은 언제 거절했냐는 듯 양손을 가지런히 모아 내밀었다.

"돌려줘야 할 물건 얼른 줘. 무거운 거야? 내가 보기와는 다르게 튼튼하니까 걱정 말고 맡겨."

픽 웃은 세이린이 품을 뒤적여 릴리트 에테라를 꺼냈다. 진작 돌려줬어야 했지만 뜨거운 밤을 보낸 후유증의 치료제로 쓰느라 그러지 못했다. 세이린이 카인에게 두 송이의 백합을 내밀었다.

"유용하게 잘 썼다고 꼭 전해 드려. 알았지?"

카인이 맡겨 달라는 듯 연신 고개를 끄덕였다.

□ ■ □

오늘 저녁 방으로 찾아가겠다는 클라우드의 연락을 받은 빌리아는 극도의 흥분 상태에 빠져 있었다.

'드디어 내가 이혼을……!'

마왕이 보낸 고용인들이 이혼 절차를 위해 필요한 서류와 물건들을 테이블에 가지런히 내려 두고 사라졌다. 왜 집무실이나 복도를 놔두고 자신의 침소에서 이혼 서류를 작성하자는 것인지는 모르겠으나 어쨌든 이혼은 이혼이었다.

'단둘이 있을 때 할 말이 있다는 건 뭐지?'

빌리아는 길게 고민하지 않기로 했다. 이혼하는 게 중요한 거지, 클라우드가제게 무슨 말을 하는 것이 중요한 게 아니니까. 책꽂이로 다가간 왕비가 가장 기쁜 날 읽기 위해 한참 전에 받고도 아껴 두었던 〈임성운의 5,500가지 그림자〉 외전 원고를 꺼냈다.

'작가님…… 감사해요.'

빌리아는 그것이 성서라도 되는 양 경건히 바라본 다음 찬찬히 정독을 시작했다. 눈동자가 움직일수록 그녀의 얼굴이 발그레해졌다.

'미쳤다. 그새 묘사가 더 늘었어. 역시 유일 작가님.'

단어 하나하나를 곱씹으며 정독을 마친 빌리아는 마계에서 가장 행복한 마물이 되어 있었다. 세상이 핑크빛으로 보이기 시작했고 무엇이든 할 수 있다는 자신감마저 넘쳤다. 빌리아가 절절한 감동을 느끼며 2차 정독을 시작할 즈음이었다.

"……누구지?"

누군가 문 앞에 서 있다. 그것도 꽤나 경직된 자세로. 빌리아는 곧장 문을 열어 주곤 놀랐다. 꽃다발을 든 카인 시엘리아가 문 앞에 서 있었다. 당연히 이혼 서류에 도장을 찍으러 온 클라우드일 거라 생각한 빌리아가 실망감을 드러냈다. 그러자 카인이 무척 초조한 얼굴로 물었다.

"……누구 기다리고 있었어?"

"클라우드 슈테른. 너는 무슨 일로 찾아왔어?"

"이거. 세이린이 돌려주라고 해서. 잘 썼다고 전해 달래."

빌리아는 카인이 내미는 꽃다발을 받아 들기 위해 손을 내밀었다 멈칫했다. 손이 꽃다발로 향할수록 그의 얼굴이 밝아지는 게 훤히 보이기 때문이었다. 잠시 고민한 그녀는 티슈를 뽑듯 꽃다발에서 두 송이의 백합만을 톡톡 뽑아냈다.

"고마워. 다른 꽃들은 안 받을게. 당신이 준 꽃다발을 받을 이유가 없으니까."

상큼하게 웃자 카인은 무례하다고도 할 수 있는 태도에 화가 나긴커녕 홀딱 반한 눈치였다. 그렇게 기다릴 땐 얼굴도 안 비치더니.

울컥하기를 잠시. 빌리아는 차분하고 우아하게 그에게 복수하기로 했다. 제게 빠진 남자에게 어떤 행동이 해로운지는 유일 작가님께 배워 잘 알고 있었다. 빌리아는 카인의 손을 잡아끌어 그를 제 침실 안으로 들였다. 단숨에 그를 침대에 내동댕이치자 묘한 희열이 느껴졌다.

"……!"

당사자는 가슴이 쿵쾅거려 미칠 것 같다는 얼굴이었지만.

빌리아는 덮치듯 그의 위로 올라선 다음 찬찬히 입술과 입술 사이의 거리를 좁혔다. 파르르 떨리는 카인의 속눈썹이 참으로 인상적이었다.

"왜, 왜 갑자기……."

카인이 순정 만화 주인공처럼 물었다. 얼마나 떨리는지 삑사리까지 내면서. 빌리아는 그의 손목을 구속하듯 침대에 꾹 누르며 달짝지근한 목소리를 냈다.

"싫어?"

그녀의 도발은 아찔했다. 카인은 고개를 살살 저어 절대로 싫지 않다는 뜻을 분명히 했다. 괴도로 활동했던 경험을 바탕으로 기왕 입술을 훔치는 김에 끝까지 다 훔쳐 버리는 것도 나쁘지 않을 것이라는 충고를 덧붙이고 싶었지만 겨우 참았다. 그가 눈을 꼭 감고 입술이 닿기만을 기다릴 때, 빌리아는 딱 맞춰 한쪽 입꼬리를 비뚤게 올리곤 침대에서 일어났다.

"……?"

카인은 기대했던 일이 일어나지 않아 다소 멍청한 얼굴이었다. 빌리아는 짜릿함을 느꼈다. 곧 빌리아가 자신을 가지고 놀았다는 사실을 깨달은 카인이 인상을 찌푸렸다.

"빌리아. 지금 날……."

"가지고 논 건데?"

빌리아가 눈웃음을 지었다. 이렇게 하면 그의 얼굴이 순식간에 풀어지리라는 것을 잘 안다는 듯. 그리고 그녀가 옳았다. 카인은 반달 모양으로 예쁘게 접힌 눈매를 보며 침을 꿀꺽 삼키기 바빴다.

제게 반한 약혼자를 가지고 노는 기분은 생각했던 것보다 더 짜릿했다. 빌리아는 사랑에 빠져 순종적이 된 그를 살살 쓰다듬으며 말했다.

"날 7년 동안이나 방치한 당신이 내게 빠졌다는데, 나도 그 정도는 가지고 놀아야 하지 않겠어?"

Chapter
38

존경과 우정

　빌리아에게 농락당한 카인이 돌아가고 얼마 후, 처음으로 빌리아의 방에 들어선 클라우드는 낯선 곳에 처음 들어섰을 때 흔히 그렇듯 찬찬히 구경을 시작했다.

　에테라가 어지간히 그리웠는지 낮 대륙풍 그림이나 조각이 벽면에 즐비했다. 구석에 놓인 작은 테이블 위에는 벨제바브 에테라가 생전에 늘 씹고 있던 풍선껌이 꽃 한 송이와 함께 가지런히 놓여 있었다.

　클라우드는 시선을 잠시 고정했다가 다른 곳으로 옮겼다. 웬 와인들이 벽면 하나를 죽 장식하고 있었는데, 보존 상태를 최상으로 유지하기 위해 마법까지 걸린 상태였다.

　"무슨 놈의 술이 이렇게 많지?"

　"클라우드. 내 방 인테리어 구경하러 왔어?"

　"말했잖나. 할 말이 있다고."

　"할 말은 늘 그랬던 것처럼 문자로 하지, 뭘 만나서……."

　빌리아는 떨떠름한 얼굴을 하면서도 클라우드에게 자리를 권했다.

"나는 여기 앉을 거니까 기왕이면 가까운 자리에 앉아 줘. 그래야 이혼 서류 작성하기 편하지. 반대쪽에 앉으면 불편하잖아? 그렇다고 바로 옆자리에 앉지는 말고."

빌리아와 의자 하나를 사이에 두고 앉은 클라우드는 펜을 꺼냈다. 그녀의 서명은 이미 모두 되어 있었기에, 클라우드는 대리점에서 휴대폰을 개통할 때처럼 그녀가 가리키는 곳에 서명만 하면 끝이었다.

"이제 이혼 합의 조건서를 작성해야 해."

얼마나 시뮬레이션을 한 것일까. 빌리아는 이혼 전문 변호사 못지않은 노련함을 보였다. 클라우드의 앞에 텅 빈 종이가 한 장 놓였다.

"이혼 조건으로 내게 요구할 게 있으면 여기 적으면 돼. 물론 적기 전에 나랑 합의해야 하고."

"생각나는 게 딱히 없군. 내게 원하는 것이라도 있나?"

빌리아는 마왕성에서 훔쳐 가고 싶은 것들을 죽 떠올려 보았다.

"로자리를 데려가게 해 줘."

"인재를 잃어 아쉽긴 하지만 로자리가 동의한다면 그렇게 하지. 다른 건?"

"카인 시엘리아 안 쓸 거면 나 줘."

"데려가서 화살받이로 쓸 거라면."

빌리아가 웃음으로 동의를 표했다. 노예제를 폐지시킨 성군 오브 더 성군 마왕이 깔끔하게 카인을 팔아넘기곤 물었다.

"더 원하는 것이 있나?"

"당장은 딱히 생각나는 게 없는데. 클라우드, 넌?"

"네게 부탁하고 싶은 게 있는데."

클라우드가 기다렸다는 듯 답한 탓에 빌리아는 바짝 긴장했다. 마왕 놈은 과로사해도 이상하지 않을 만큼의 서류를 떠넘길 때도 늘 이런 얼굴이었다.

"……뭔데?"

"직책을 하나 맡아 줬으면 해."

망했다. 빌리아가 드레스 자락을 휘어잡았다. 어쩐 순순히 요구 사항을 들어 준다 했더니 마지막에 함정이 있었다. 하지만 이 관문만 넘으면 사랑하는 에테라로 돌아갈 수 있었다. 그녀가 후미진 감옥 경비원 일이라도 즐겁게 하리라고 눈물겨운 결의를 다질 찰나, 클라우드가 운을 뗐다.

"황제."

"그래. 클라우드 황제께선 제게 어떤 일을 맡기려 하시나요."

"방금 말했잖나. 황제라고."

"그래. 네가 며칠 후면 황제가 되는 건 온 마물이 다 알아."

"아니. 네가 낮 대륙의 황제가 되어 줬으면 좋겠다고."

"그러니까 내가 낮 대륙의…… 뭐?"

서류를 바라보며 신경질적으로 받아치던 빌리아가 휙 고개를 쳐들었다. 마왕의 태연한 얼굴을 보니 잘못 들은 것 같기도 했다.

솔직히, 클라우드가 자신을 에테라의 제후로 세워 그곳을 다스리게 하리라는 기대 정도는 했던 그녀였다. 일단 자신은 에테라의 직계 혈통이고, 그곳을 누구보다 사랑하니. 하지만 낮 대륙의 황제라니. 이건 상상조차 해 본 적 없는 일이었다. 빌리아는 재차 물었다.

"황제?"

"그새 청력에 이상이라도 생긴 건가?"

"갑자기 왜? 네 욕망은 마계의 유일한 황제가 되는 거였잖아."

클라우드는 괜히 눈썹을 으쓱하곤 말했다.

"……생각해 보니 우정을 나눌 황제가 있는 것도 괜찮을 것 같더군."

"우정?"

"낯간지러우니까 두 번 말하게 하지 마."

"방금은 놀라서 되물은 거거든?"

찌릿. 두 마물은 훈훈해지려는 분위기를 깨고 언제나처럼 서로를 죽일 듯 노려봤다. 클라우드는 빌리아에게 상냥하게 굴지 않으면 마왕님 침실이 아닌 별궁에서 문을 잠그고 밤새 마플릭스를 보겠다던 세이린의 말을 상기하곤 마음을 가다듬었다.

"빌리아. 네가 맨 처음 내게 무엇을 익히라고 했는지 기억하나?"

"음……."

익히라고 한 것이 한두 개가 아니라 생각나지 않았다. 곧장 떠올리지 못하는 빌리아에게 클라우드가 툭 내뱉었다.

"지리."

그제야 빌리아는 클라우드와 같은 기억을 회상할 수 있었다.

때는 빌리아의 마왕성 입성 1일 차. 그녀는 어둠의 기운을 온몸에서 내뿜는 클라우드의 앞에서 땀을 뻘뻘 흘리고 있었다.

'조금 쉬고 싶은데 이 남자는 너무 무서워. 보통 마물이 아닌 것 같아.'

당당하고 자신이 넘치는 지금과는 달리 겁이 많고 소심했던 빌리아였다. 마생 2일 차 클라우드는 그녀를 제 집무실로 불러내 딱딱하게 물었다.

"내가 너를 뭐라고 부르면 되지?"

"제, 제 이름은 빌리아리아 에테라……."

"길어."

"그럼 아리아, 아니, 빌리아라고 불러 주세요."

클라우드는 빌리아가 새 출발을 위해 애칭을 바꿨다는 사실을 알지도, 알려 하지도 않았다. 그의 관심사는 다른 것이었다.

"백성에게 사랑받는 황제가 되려면 어떻게 해야 하지?"

참으로 포괄적인 질문이었다. 보통 마물이라면 그가 필요한 대답을 하지 못 했으리라. 하지만 빌리아는 어떻게 해야 사랑받는 군주가 될 수 있을지를 수없 이 자문하고 자답했던 마물이었다. 그녀는 생각을 정리한 뒤 차분하게 말했다.

"먼저 마계에 대해 익히셔야 합니다. 군주의 덕목이나 행정에 대해 논하는 것은 그 후고요."

"마계에 대해?"

"네. 어떤 마물들이 어느 곳에서 어떻게 사는지를 알고 계셔야 합니다."

"뭘 가장 먼저 해야 하나."

영주들의 젬을 자비 없이 박살 낸 남자가 내뱉은 질문치고는 어딘가 둔한 감 이 있었다. 빌리아는 그를 위해 친절히 표를 만들어 주었다.

"가장 먼저 마계의 지리에 대해 익히시는 게 좋겠습니다."

빌리아는 집무실에 놓인 책꽂이에서 마계의 지리와 관련된 책들을 여러 권 뽑아 왔다. 클라우드의 앞에 벽돌보다 두꺼운 책들이 무려 열 권이나 놓였다.

"마계의 지정학적 특징을 연구한 책들입니다. 이것들을 익히시면 됩니다."

"그러지. 오늘은 이만 가 봐."

그날, 클라우드는 정말 열심히 공부했다. 단 하루 만에 희미하게나마 머릿속에 마계 지도를 그릴 수 있을 만큼의 지식을 집어넣는 것은 쉬운 일이 아니었다. 하지만 그 어려운 일을 해냈다는 기쁨은 다음 날 빌리아를 만났을 때 물거품이 되어 버렸다.

"대충 다 익혔어. 다음은 뭐지?"

대충. 그 단어에 빌리아의 미간에 미세한 주름이 잡혔다. 최대한 예의 바르게 종이와 펜을 가져온 빌리아는 그것을 황제 꿈나무에게 내밀었다.

"그려 보세요. 완벽하게 익히셨는지 확인하겠습니다. 머릿속에 있는 것을 그림으로 그려 주세요."

클라우드는 재수 부재중인 얼굴로 펜을 움직이기 시작했다. 그런데 무언가가 이상했다. 분명 완벽하게 익혔다고 생각한 책의 내용이 막상 그림으로 옮기려니 생각나지 않았다.

'······이 정도는 얼버무려도 모르겠지.'

기억나는 부분 위주로 디테일을 살려 지도를 완성한 마왕이었다. 빌리아는 그 지도를 가만히 바라보다 가차 없이 찢었다. 클라우드는 즉각 항의의 눈빛을 하고 말했다.

"지금 뭐 하는 짓이지?"

"틀린 부분이 한두 곳이 아니니 다시 그리십시오."

"······."

처음엔 마왕도 오기로 빌리아의 도전을 받아들였다. 하지만 빌리아는 클라우드의 지도를 찢고 또 찢었다. 그냥 찢기만 하는 게 아니라 꼭 신경을 콕콕 건드리는 말을 더했다.

"황제는 아무나 될 수 있지만 백성에게 사랑받는 황제는 아무나 될 수 있는 게 아닙니다."

클라우드의 지도 제작은 장장 일주일 동안 계속되었다. 이쯤 되자 마왕은 오기가 아니라 분노를 느끼기 시작했다. 444번째 지도도 가차 없이 찢겨 나가자, 클라우드는 울컥 펜을 내려놓곤 빌리아에게 선언했다.

"네가 그려 봐. 나보다 더 완벽하게 지도를 그릴 수 있나."

마생 8일 차 클라우드 슈테른의 인내력은 고갈 상태였다. 그는 빌리아가 조금만 틀리면 곧장 면박을 줄 생각이었다. 하지만.

'……뭐야? 무슨 놈의 마물이 지도를 마글 맵이랑 똑같이 그려?'

클라우드는 거침없이 움직이는 빌리아의 펜 끝에서 눈을 뗄 수 없었다. 강의 위치나 세세한 섬을 한 치의 오차도 없이 표현함은 물론이고 산에는 규격을 딱딱 맞춰 등고선까지 그렸다. 바다 부분에는 깊이에 따라 다른 빗금으로 명암을 넣어 척 봐도 어디가 깊고 얕은지가 보였다.

무어라 트집을 잡을 수도 없을 만큼 완벽한 지도를 보며 마왕이 할 말을 잃었다. 자연 발생 8일 만에 처음 존경심이라는 것을 느낀 그였다.

"내가 지도 잘 그려서 황제 시켜 주는 거야?"

회상을 마친 빌리아가 클라우드에게 물었다. 클라우드는 그럴 리가 있냐는 듯 작게 웃었다. 그는 집무실에 아직도 빌리아가 그린 마계 지도를 간직하고 있었다. 집무실에 갈 때마다 그 마계 지도를 보고 또 봤다. 마계의 후미진 구석부터 번화한 곳까지, 어디 하나 빼먹지 않고 구석구석 살펴 온 마물. 그것이 빌리아리아 에테라였다.

"지금 그려도 네가 그린 지도만큼은 못 그릴 것 같군."

"말 나온 김에 한번 그려 볼래?"

빌리아가 웃으며 클라우드의 승부욕을 자극했다. 펜과 종이를 받아 든 마왕은 한동안 왕비의 침전에 방문한 목적을 잊고 지도 그리기에 열중했다. 잠시후, 빌리아가 날카로운 눈으로 클라우드의 666번째 지도를 훑어보았다. 클라우드는 괜히 긴장해 힐끔 눈치를 봤다. 이번에는 합격의 기쁨을 누리리라. 하지만 빌리아는 매정했다.

"이것도 찢어야겠는데? 에테라의 그믐 호수 말이야. 작가님이 유성을 떨어트러서 원형이 되었잖아? 그런데 네 지도엔 여전히 그믐달 모양이야."

"……."

클라우드는 절망했다. 그믐 호수를 보름 호수로 개명해야겠다는 빌리아의 말이 흐릿하게 들렸다. 아무리 노력해도 빌리아만큼 마계를 잘 아는 것은 불가능할 듯했다.

하긴, 따라잡을 수 있을 리 없었다. 아버지와 동생의 폭정, 약혼자의 방치, 팔자에도 없던 쇼윈도 부부 생활, 기타 등등. 그 모든 악조건 속에서도 사랑하는 에테라를 제 손으로 통치하겠다는 열망을 지켜 온 마물이니. 아무리 생각해 봐도, 오직 빌리아리아 에테라만이 낮 대륙의 황제가 될 자격이 있었다.

"빌리아. 네가 내 지도를 정정했으니 나도 네가 방금 한 말을 정정하지. 지도를 잘 그려서가 아니라, 네가 낮 대륙을 누구보다 아끼기 때문에."

"……."

"황제 역할을 시켜 준다는 말도 정정할 필요가 있을 것 같군. 황제의 자리는 권력을 가진 한 마물이 만들어 낼 수 있는 것이 아니니."

클라우드는 존경을 담아 빌리아에게 말했다.

"에테라의 백성들이, 낮 대륙의 마물들이 네가 황제의 자리에 앉길 원하더군. 네 황좌는 내가 하사한 게 아냐. 네 스스로 오른 거지."

빌리아는 뜨거워진 눈시울을 진정시키려 잠시간 말이 없었다. 클라우드는 지금 같은 분위기가 다신 찾아오지 않으리라는 것을 직감적으로 깨달았다. 그렇다면 언젠가 전하고 싶었던 말을 지금 해야 하리라.

"빌리아. 한 번만 말할 테니 잘 들어."

"……듣고 있어."

"널 존경해."

클라우드가 말했다. 빌리아는 입술을 맞물고 참으려 했지만 눈물이 그녀의 뺨을 타고 흘렀다.

"네가 아닌 다른 마물에게 황제가 되는 법을 배웠더라면 지금과는 많이 달랐겠지. 너를 스승으로 삼은 건 큰 행운이었어. 네가 마왕성에서 보낸 7년이라는 시간과 그동안 내게 가르쳐 준 것들에 대해 고맙다는 말을 하고 싶군."

"그건 나도 그래."

빌리아가 손등으로 눈물을 훔치며 답했다. 눈만 마주쳤다 하면 연년생 남매처럼 트집을 잡고 짜증을 내는 사이였지만 변하지 않는 사실이 있었다. 클라우드 슈테른과 빌리아리아 에테라는 서로를 깊이 존경했다.

서로가 서로에게 스승이며 제자였고, 삶의 가장 헤매던 시간을 함께한 진정한 친구이기도 했다. 성격도, 취향도 맞지 않았지만 가슴에는 같은 이상을 품고 있었다. 그랬기에 함께 성장하며 지금의 이 자리까지 왔다.

"내가 황제라……."

빌리아는 희미한 웃음을 머금은 채로 마력을 일으켰다. 선반에 놓여 있던 와인 중 가장 비싼 것이 두둥실 테이블로 날아왔다. 클라우드와 이혼하는 순간 축배를 들기 위해 특별히 마련한 것이었지만 지금 같이 마시는 게 더 기쁠 것같았다. 빌리아는 천천히 와인을 따르며 말했다.

"네가 아니었다면 난 지금처럼 적당히 나쁜 성격은 절대 못 가졌을 거야. 고마워."

"그건 내 덕이 아니라 네 성격이 원래 나빤……."

"시끄러워, 클라우드. 분위기 망치지 마."

칼같이 말을 자른 빌리아가 클라우드에게도 한 잔을 내밀었다. 두 군주가 엇비슷한 높이로 잔을 들곤 말했다.

"마계의 평화와 유일한 신을 위하여."

두 황제가 서로를 향한 존경을 담아 건배했다.

□ ■ □

클라우드가 거친 숨을 씨근대며 세이린의 옆자리에 몸을 던졌다. 아직 식지 않아 뜨거운 그녀의 살결에 입술을 가져다 대는 일이 즐겁게만 느껴졌다. 물론 세이린이 한 번 더 허락한다면 더 즐거울 테지만.

세이린은 방금까지 자신을 안으면서 또 흑심으로 눈을 반짝이는 클라우드에게 고개를 저어 보였다.

"섹시해서 거절하기 힘들긴 한데 더는 안 돼. 내일 중요한 날이잖아요?"

마왕은 그 말에 수긍할 수밖에 없었다. 내일은 대관식, 즉 황제의 자리에 오르는 날이니 슬슬 자야 했다. 클라우드는 세이린을 끌어안은 다음 허리에 팔을 감았다. 배에 얹힌 제 손 위로 세이린이 손을 포갤 때면 포근한 안도감이 느껴졌다.

"세이린. 잘 자."

귓바퀴에 입을 맞춘 클라우드가 마력을 일으켜 침대에 걸려 있던 펜듈럼을 살폈다. 마력이 충만하게 일렁이는 것을 보니 이 일도 거의 막바지였다. 이제 조금만 더 힘을 내면 문제의 고소장을 찢어발길 수 있으리라.

클라우드가 무리한 세이린을 꼭 껴안았다. 내일이면 왕이 아니라 황제가 된다는 핑계로 진도표에 '마왕님'이나 '전하'라는 단어가 포함된 칸을 싹 해치웠다. 희열에 몸을 바르르 떨면서도 앓는 목소리를 내야 했던 세이린과 달리 클라우드는 사랑을 나눌수록 힘이 차오르는 것을 느꼈다.

'어둠이라 그런가? 세이린이 밝힐수록 어둠은 짙어질 테니.'

점점 음란 마귀를 닮아 가 엉뚱한 상상을 하는 그였다. 잠들지 않고 조심조심 자신을 쓰다듬기만 하는 그에게 세이린이 경고했다.

"얼른 자야 착한 마물이죠, 우리 마왕님."

"마물이 착하면 어디다 쓰려고."

"어허. 유일신의 말에 토를 달다니."

근엄하게 말한 세이린이 꾸물꾸물 돌아누워 클라우드와 마주 봤다. 그를 꼬드기는 것쯤이야 쉬웠다.

"전하. 오늘은 그만하고 주무세요. 슬슬 체력 관리 하셔야지."

"체력 관리?"

"대관식 다음에 우리 결혼식 올리고 신혼여행 가잖아. 비전하가 신혼여행을 5일 일정으로 짜셨더라고요. 하루는 마왕님이 돌아가기 싫다고 생떼 좀 부려 봐. 하루는 내가 아픈 척할게."

클라우드는 일전에 빌리아에게 세이린의 신혼여행 계획에 대해 들은 바가 있었다. 하지만 세이린이 원하는 바를 제 입으로 말하는 것도 듣고 싶었다.

"그럼 딱 7일이군. 가 보고 싶은 곳이라도 있나?"

"제가 허니문 베이비를 노리고 있거든요."

"……."

허니문 베이비라니. 달콤한 음성으로 흘리는 거룩한 야망에 클라우드의 이성이 잠시 자리를 비웠다. 세이린은 자겠다며 눈을 꼭 감고도 그를 안달 나게 할 수 있었다.

"6일 바짝 노력한 다음 하루 쉬자. 어때요?"

"완벽하군."

어째 얌전한 반응이다 싶던 그가 참지 못하고 세이린의 뺨에 제 뺨을 마구 비볐다. 세이린은 부드러운 머리카락을 마구 쓰다듬으며 웃었다.

"마왕님, 애교가 늘었어."

"싫은가?"

"어휴…… 감사하죠. 앞으로도 지속적인 발전 부탁드립니다. 그럼 저는 이만 꿈나라로 갈래요."

픽 웃은 클라우드가 세이린을 찬찬히 토닥였다. 안정적인 손길에 노곤함을 느낀 그녀는 곧장 꿈나라로 가려 했다.

"내일이면 너는 황제의 사랑을 받는 황후가 되겠군."

클라우드가 이 한마디만 하지 않았다면 말이다. 세이린이 눈을 번뜩 뜨고 클라우드의 목에 팔을 감았다.

"……꿈나라로 간다고 하지 않았나?"

"어딜 가는지가 중요한가. 가는 게 중요하지."

세이린의 눈동자가 욕망으로 빛났다.

□ ■ □

역사에 길이 남을 대관식 날이 밝았다. 오늘도 가뿐하게 일어난 클라우드는 세상모르고 자고 있는 세이린을 쓰다듬어 깨웠다.

"신이 늦잠을 자면 황제는 왕관을 누구에게 받으라는 건가."

"으음…… 5분만…… 어제도 시간을 멈춰서 너무 피곤해요."

어째 신의 능력을 자꾸 욕망을 채우는 데에만 쓰는 것 같았다.

"늦었어. 지금쯤이면 빌리아는 준비를 마쳤을 것 같군."

"아, 맞다! 비전하 예장하신 모습 꼭 보고 싶었는데!"

방금까지만 해도 한숨 더 잘 것처럼 노곤하던 세이린이 날치처럼 침대 밖으로 튀어 올랐다. 나도 예장하는데. 클라우드가 뚱한 얼굴을 하고 이불을 마저 정리했다.

신통력을 남발해 금세 먹고 씻고 입은 세이린이 빌리아의 처소로 향했다. 그녀가 도착했다는 것을 눈치챈 로자리가 귀신같이 문을 열어 주었다.

"아가씨. 비전하가 너무 아름다워요……."

"세상에나……."

빌리아는 유일한 신의 신성함을 상징하는 흰색 드레스를 입고 있었는데, 늘 어뜨린 황금색 머리카락과 어우러져 동화 속 공주님 그 자체였다. 흰 깃털 장식이 들어가 그녀가 걸을 때마다 살랑였다. 금을 드리워 만든 머리 장식은 고개를 조금만 돌려도 아름다운 빛을 발했다.

"어흑, 비전하 완전 여신……."

아름다움에 감동한 진짜 신이 물개 박수를 짝짝짝 쳤다. 세상 그 어떤 것을 가지고 와도 이보다 아름답긴 힘들 듯했다. 오늘의 빌리아는 평소보다 더 화사한 얼굴을 하고 있어 그 자체로도 빛이 났다. 거기에 화려한 예장까지 더했으니 오죽하랴.

오두방정을 떨며 미모에 감탄하는 세이린과 달리 로자리는 딸을 시집보내는 어머니처럼 눈물만 글썽였다. 빌리아가 그 이유를 묻자 로자리는 한참이나 우물거리다 말했다.

"비전하께서 에테라로 돌아가실 생각을 하니……."

"너도 가는 거야. 약속했잖아. 작가님을 곁에서 모시면 에테라로 데려가겠다고."

잠시 후에야 빌리아의 말을 온전히 이해한 로자리는 눈시울을 붉혔다. 세이린은 빌리아와 로자리가 떠난다는 사실을 새삼 느끼곤 애써 서운한 마음을 감추었다. 그녀의 눈가도 서서히 불그스름해졌다.

□ ■ □

대관식은 밤 대륙과 낮 대륙 사이의 황혼 지대에서 진행될 예정이었다. 황혼 지대에는 구경 온 마물들을 수용할 만큼 커다란 건물이 없었기에, 카인이 밤을 꼴딱 새워 얼음으로 신전 비스무리한 것을 지어 냈다.

예장을 한 빌리아와 클라우드는 대기실에서 함께 대기하고 있었다. 대관식이라 하여 엄숙한 분위기일 줄 알았건만. 레이 필드가 사회를 맡은 탓에 대관식이라기보단 결혼식 비스무리한 분위기가 났다.

— 자자! 앞자리부터 꽉꽉 채워서 앉으세요! 중대 발표가 있을 예정이니 기자님들은 지정석으로 가시고!

"두 분, 왜 이렇게 긴장하셨어요?"

세이린은 답지 않게 굳어 있는 클라우드와 빌리아를 위해 따뜻한 물 두 잔을 내밀었다. 넉살 좋게 웃었지만 황제가 될 두 마물은 수심 가득한 얼굴을 하고 있었다. 세이린은 한참을 졸라 그 속마음을 알아낼 수 있었다.

"그러니까, 마계가 아무리 밥 먹듯 이혼을 하는 세계라고 해도 부부 행세를 한 건 백성들을 속인 거니까 양심에 찔린다는 거죠?"

클라우드와 빌리아가 동시에 고개를 끄덕였다. 역시 뼛속부터 성군은 달라도 달랐다.

"오늘 모인 마물들 중에는 마왕성 자체를 안 좋게 보는 자들도 많아. 한둘 속인 것도 아니고 마계를 속였는데 마냥 웃어넘기진 않겠지."

클라우드가 우울한 목소리로 말했지만 마물 다 된 음란 마귀는 걱정하지 말라는 듯 손가락을 휘휘 저어 보였다.

"대관식 중간에 이혼 선언을 하는 건 대범해요. 마물들은 오히려 좋아할걸요? 그러니 긴장 풀고 나오세요! 파이팅!"

세이린은 상큼한 미소를 남긴 채 대기실을 빠져나갔다. 그녀는 괜찮은 척하긴 했지만 사실 대기실 안의 둘보다 더 떨고 있었다. 그녀에게는 중대한 임무가 있었다. 신의 이름으로 두 황제에게 왕관을 수여하기. 그리고 둘을 축복해주기.

온 마물의 이목이 집중된 자리이니만큼 실수를 했다간 개망신을 당할 것이 분명했다. 기자들도 많으니 사고를 치는 순간 신문에 대문짝만하게 박제되리라.

'……실수해도 못 보게 하면 되잖아?'

해결책을 찾은 유일신은 신통력을 팍팍 들여 몸에 광채를 휘감았다. 3초 이상 쳐다보면 눈이 멀 것만 같은 중무장이었다.

'오케이. 준비 완료.'

오로라를 선녀의 날개옷처럼 두른 세이린은 기사들의 안내를 받아 마물들이 줄 맞춰 앉아 있는 중앙 홀로 들어섰다.

"유일신 만세!"

"마계를 밝히는 음란 마귀 만세!"

오늘도 수치스러워 죽을 것 같았다. 자연 발생한 마물이 뜬금없이 신이 되면 정통성이 떨어진다는 지적에 맞서 종족이 음란 마귀라는 것을 밝힌 게 문제였다. 레이의 안내를 받아 겨우 자리 잡은 세이린이 근엄하고 진지한 얼굴로 신행세를 했다.

'떨지 말자, 떨지 말자……'

열심히 연습한 덕에 여유로운 표정은 지어졌으나 드레스에 꽁꽁 감춰진 다리가 후들거렸다. 이대로라면 5분 내로 고꾸라져 슬랩스틱 코미디 한 편을 찍을 기세였다.

'어떡하지. 지금이라도 못 하겠다고…… 아냐. 처음 하는 신 역할인데.'

겨우 마음을 다잡은 세이린은 갑자기 뻗쳐 오는 광채에 눈가를 잔뜩 찌푸렸다. 밝혀서 빛의 신이 된 저보다 빛나는 생명체가 걸어오고 있었다. 예장을 한 클라우드 슈테른이었다.

평소 제복을 갖춰 입은 모습을 보는 것만으로도 그 안을 상상하느라 머리가 지끈거렸는데. 지금의 클라우드는 넓은 어깨 위에 세이린이 환장하는 금빛 견장을 달았음은 물론이요, 등 뒤로 길게 망토까지 늘어뜨리고 있었다.

특별한 날이니만큼 평소와 다른 모양으로 손질한 머리는 또 어떤가. 살짝 드러난 이마 아래부터 곧고 날카롭게 존재감을 드러내는 콧날과 진한 눈썹, 깊은 눈동자에 절로 입이 벌어졌다.

"미쳤다……."

긴장으로 후들거리던 세이린의 다리는 성은이 망극한 마왕님의 미모에 언제 그랬냐는 듯 진정되었다. 곧 황제가 될 남자가 주는 심신 안정 효과를 톡톡히 누린 음란 마귀는 긴장을 잠시 접어 두곤 평소대로 엉큼한 미소를 보일 수 있었다.

"마왕 클라우드 슈테른이 마계의 유일한 신께 인사드립니다."

클라우드가 장난스레 말한 다음 한쪽 무릎을 굽혀 낮은 자세를 취했다. 세이린은 앞으로 툭 튀어나온 단단한 허벅지를 보지 않으려 노력했다. 그러자 자연스레 얼굴로 시선이 갔다.

"……"

역시 마왕님은 앞에 꿇려 놓고 보는 게 제일이었다.

클라우드 또한 어느 때보다 화사하게 빛나는 세이린을 눈에 담는 것으로 긴장을 풀었다. 낮 대륙의 황제가 될 빌리아도 좌우로 빼곡하게 들어선 마물들 사이로 입장했다. 어느 때보다도 경건한 눈빛으로 세이린을 올려다본 빌리아는 유일 작가에게 속으로나마 감사를 표했다.

'작가님…… 감사해요. 작가님이 없었더라면 지금의 저는 없었을 거예요.'

클라우드의 옆에 서 있던 빌리아도 서서히 무릎을 굽혀 신에게 예를 표했다. 덩달아 무릎을 꿇을 뻔한 세이린은 레이의 눈치에 겨우 정신을 차렸다. 세이린이 준비가 되었다는 신호를 보내자 도톰한 벨벳 쿠션 위, 황금과 달빛 수정으로 호화롭게 장식한 왕관이 시종의 손에 들려 나왔다. 세이린은 황제의 상징이 될 왕관에 정성껏 축복을 걸었다.

'적게 일하고 많이 버시고…… 손대는 일마다 잘 되시고…….'

멋지진 않았지만 진정성 넘치는 축복이었다. 곧 무릎을 꿇은 채로 머리를 조아리고 있던 빌리아와 클라우드의 머리 위에 묵직한 왕관이 얹혔다.

"와아아아—!"

"황제 폐하 만세!"

우레와 같은 함성이 작렬했다. 구경꾼들은 사방에서 직접 꺾어 온 풀꽃들을 던져 대며 휘파람을 불었다. 갓 황제가 된 빌리아리아 에테라와 클라우드 슈테른은 눈빛을 교환했다.

'이 분위기에서 이혼 발표를 하라고?'

'매장당하기 딱 좋겠군.'

둘은 이혼 발표 계획을 수정해야겠다고 생각했다. 일단 대관식의 여운이 가실 때까지 기다린 다음, 아무 일도 아니라는 듯 신문 기사로 내는 방향이었다. 점잖은 데다 얻어맞을 걱정까지 없었다. 괜찮은 계획이었다.

"자, 그럼…… 미리 예고드렸던 중대 발표가 있겠습니다!"

환호성에 취해 있던 레이 필드가 갑작스레 마이크를 건네지만 않았다면 그리 했으리라. 클라우드와 빌리아는 서로에게 슬쩍 마이크를 떠넘기다, 결국 동시에 목소리를 내기로 했다.

하나, 둘, 셋.

"이 자리에서 빌리아리아 에테라와 이혼을 선언…… 빌리아, 이럴 건가?"

셋을 센 다음 목소리를 낸 건 클라우드뿐이었다. 전직 마왕, 현직 밤 대륙과 황혼 지대의 황제가 선언하자 마물들은 일제히 환호를 멈추었다. 사위에 무거운 침묵과 소곤거림이 퍼져 갈수록 빌리아와 클라우드의 등줄기는 서늘해졌다.

"이혼 선언을…… 하신 겁니까?"

대범한 외침에 당황하기는 레이도 마찬가지였다. 이미 엎질러진 물이기에 클라우드와 빌리아는 고개를 끄덕였는데, 그 모습을 지켜보던 마물 하나가 맥빠진 물음을 건넸다.

"그럼 그동안 보이신 모습들은 다……."

"죄송합니다. 다 연기였어요."

이번엔 빌리아가 깔끔하게 대답했다.

그동안 왕비와 마왕의 뜬금없는 로맨스를 무척 즐겨 감상하던 마물들이었다. 그런데 그 로맨스들이 다 거짓말이었다. 빌리아와 클라우드는 싸해진 분위기를 읽어 내곤 스스로에게 방어 마법을 걸었다. 그런데.

"와아아아! 그동안 우리를 감쪽같이 속였어! 쓰레기!"

"역시 황제 되실 분들은 소소한 악행도 남달라!"

"쇼윈도 부부 황제 만세! 둘 사이를 갈라놓은 유일신 만세!"

나쁜 일에 환장하는 마물들은 그동안 속았음에 분노하는커녕 미친 듯이 환호하기 시작했다. 역시 마물은 마물이었다.

한편, 카인은 대관식이 이뤄지고 있는 얼음으로 된 건물을 먼발치에서 지켜보고 있었다. 두 황제가 신에게 왕관을 받는 순간, 귀가 먹먹해질 정도의 환호에도 시엘리아의 마력으로 만든 건물은 멀쩡했다.

뿌듯함을 느낀 카인은 잠시 후, 한 번 더 터져 나오는 함성에 당황했다. 대체 안에서 무슨 일이 벌어지고 있기에 왕관을 받을 때보다 더 큰 환호성이란 말인가. 투시 마법을 써도 마물이 너무 많은 탓에 건물 내부가 보이지 않아 도무지 알 수 없었다. 카인의 궁금증을 해결해 준 건 이동 마법진을 타고 그의 곁에 나타난 아벨이었다.

"호외입니다."

아벨이 방금 찍은 따끈따끈한 제릴 포스트 한 부를 카인에게 내밀었다. 카인은 아리송한 얼굴로 신문을 펼쳤다. 잠시 후, 늘 시큰둥하게 반만 뜨고 있는 그의 눈동자가 튀어나올 듯 동그래졌다.

[속보] 마왕 부부 이혼 선언…… 악행 남달라 기대
모두를 속인 쇼윈도 부부 생활이 종료되다

카인은 보고도 믿을 수 없었다. 빌리아가 이혼이라니. 물론 그녀가 세이린만큼 마왕을 뜨겁게 사랑하지 않는다는 것은 알고 있었다. 그런데 쇼윈도 부부였다고?

카인은 눈을 가늘게 뜨고 기사를 정독했다. 그곳에는 빌리아가 전쟁 직후, 동생 벨제바브의 젬을 위해 마왕을 황제로 만들려 노력했으며 그 일환으로 왕비 연기를 해 온 것이라는 보도가 있었다.

'그렇다면…….'

빌리아는 마왕을 사랑한 게 아니다. 지금, 어느 때보다 상쾌한 얼굴로 발코니에 있는 그녀의 모습을 보고 확신하건대 사랑한 적도 없다. 카인은 펼쳤던 신문에 머리를 박아 버렸다. 갑자기 심장이 미친 듯이 뛰어 몸을 가눌 수 없었다. 빌리아가 마왕을 사랑하지 않는다니.

"의외로 좋아하는 티를 내시는군요."

아벨이 무심하게 쏘아붙이곤 카인에게서 신문을 빼앗았다. 답지 않게 흥분하는 걸 보니 호외 신문을 가져다준 보람은 있었다. 뜨끔한 카인은 그제야 차가운 마력으로 뺨을 식히곤 아무 일도 없었다는 듯 말을 돌렸다.

"아벨. 대관식에 안 들어가고 왜 여기 있어?"

"구금 상태라 들어갈 수 없습니다."

아벨은 역사적인 순간을 가까이에서 보지 못한다는 것을 무척 아쉽게 여기고 있었다. 다른 누구의 즉위도 아닌 클라우드 슈테른과 빌리아리아 에테라의 즉위다. 게다가 왕관을 내려 주는 건 신이 된 세이린 폴룩스.

"……마계 역사에 길이 남을 장면일 텐데 가까이에서 보지 못해 아쉽습니다."

"그러네."

카인은 팔짱을 낀 채로 막 행진을 시작하는 빌리아를 바라봤다. 갓 이혼을 마친 그녀는 일 중독자의 마수에서 벗어났다는 행복감에 평소보다 백배는 아름다웠다. 웨딩드레스를 연상시키는 흰 드레스도 무척 잘 어울렸지만 황제를 상징하는 왕관은 애초에 그녀의 것인 듯 자연스레 머리를 장식했다.

카인은 황제가 된 빌리아를 바라보며 많은 생각을 했다. 황제. 플레어 프로젝트를 통해 신의 힘이라는 빛을 얻어서라도 오르고 싶었던 자리. 그 열망이 온전한 자신의 것이었는지, 직계 혈통의 원로들이 불어넣은 것인지는 구분할 수 없으나 어쨌든 황제라는 자리는 오래 열망하던 것이었다. 아무것도 얻을 줄 몰랐던 에테라의 미숙한 공주는 지금 자신이 원했던 바로 그 자리에 올랐다.

'빌리아가 황제가 될 줄은 몰랐는데.'

때맞춰 카인의 휴대폰에 팝업 메시지가 떴다. 마왕이 이혼 선언을 한 탓에 거의 전 재산을 쏟아부었던 '후궁 테마주'의 가격이 고공 행진 중이라는 내용이었다. 평소대로라면 광분했을 카인이 건조한 눈으로 휴대폰을 꺼 버렸다.

이제야 깨달은 사실이 하나 있었다. 온 백성들의 염원이 담긴 황제라는 자리는 자신에게 어울리지 않았다. 손대는 주식마다 대박을 치면 뭐 하나. 가장 큰 잠재력을 가지고 있던 빌리아의 가치를 알아보지 못했는데.

카인은 주식에서 손을 떼⋯⋯는 것은 불가능할 것 같으니 앞으로는 자제하자고 생각했다. 다소 씁쓸한 얼굴을 하는 그에게 아벨이 말을 붙였다.

"그나저나, 저번 전투는 인상 깊었습니다."

"저번 전투?"

카인은 마왕성에 새벽단 간부들이 쳐들어왔을 때를 떠올렸다. 그때는 제정신이 아니라 전투에 제대로 참여하지도 않았다. 그런데 인상 깊었다니.

"대체 뭘 두고⋯⋯."

"제이드 군에게 많은 도움을 주지 않았습니까."

아벨이 환하게 웃으며 엿을 먹었다. 카인은 그제야 제이드에게 붙잡혀 흡혈의 희생양이 되었던 순간을 떠올렸다.

'망할 뱀파이어 자식⋯⋯!'

수치도 이런 수치가 없었다. 거기다 자신은 낮은 신음까지 흘려 대지 않았던가. 카인은 잊어 달라 말하고 싶었지만 아벨은 절대 그래 줄 것 같지 않았다.

"앞으로 기름진 음식은 자제하십시오. 귀하게 자란 제이드 군의 입맛은 왠지 까다로울 것 같아서. 아, 운동도 알아서 하시고. 중요한 순간 제 제자에게 도움이 되어야 하지 않겠습니까."

아벨은 순진한 얼굴을 유지한 채 가시 박힌 말들로 심장을 후벼 팠다. 카인이 아는 마물 중 이런 독설에 능숙한 건 딱 하나였다.

"이리스 레인은 잘 있어?"

"이젠 이리스 레인이 아니라 이리스 시엘리아입니다."

놀란 카인이 눈짓으로 되물었으나 아벨은 친절하게 설명해 줄 생각이 없었다. 이리스와 부부의 연을 맺은 어젯밤의 일을.

'……아직 자고 있을까.'

지금쯤 끙끙거리며 일어났을지도 모르니 슬슬 레인 성에 돌아가 봐야 했다. 이리스가 깨어났을 때 곁에 있어 주고 싶었다. 아벨은 곧바로 이동 마법진을 그렸다. 자신의 것과 거의 비슷한 마법진을 본 카인은 마력을 일으켜 그것을 부수곤 아벨을 불러 세웠다.

"가 봐야 합니다."

"……할 말이 있어. 잠깐이면 돼."

아벨은 웃으며 정색하는 신기술을 보였으나 카인은 꿋꿋이 말을 이었다.

"아벨. 시엘리아의 짐을 네게 떠맡겨서 미안해. 잘못된 선택이었어. 용서해 달라는 말은 하지 않을게. 하지만 내가 그 선택을 잘못된 것이었다고 인지하고 있다는 건 말하고 싶었어. 직계 혈통이 인정하든 안 하든, 시엘리아의 계승자는 너야. 그러니 이건 네가 가져가."

카인은 허리춤에 차고 있던 시엘리아 영주의 상징, 두 자루의 검을 뽑아 아벨에게 내밀었다. 하지만 아벨은 그 검을 받지 않았다.

"역시 새벽단 출신답게 잔머리 굴리는 데 능하군요. 제 기분이 좋아 보일 때 사과하다니."

"큼……."

"시엘리아의 검은 받지 않겠습니다."

"검은 그렇다 쳐도 가문의 유산은 받아 가는 게 좋을 거야. 결혼하면 돈 많이 들걸?"

"……."

아벨은 지독히 현실적인 조언에 마지못해 고개를 끄덕이곤 말을 이었다.

"카인. 전 당신을 비롯한 시엘리아의 직계 혈통들이 제게 했던 일들을 혐오합니다. 유년을 고통 속에 보내게 했던 시엘리아를 저주하고 싶습니다. 하지만 시엘리아의 창고에 갇혀 살지 않았더라면 이리스를 만나지 못했을 겁니다."

"……."

"그러니 당신도 자유로워지십시오. 시엘리아의 이름에서."

카인은 멍하니 아벨을 바라봤다. 유리창 너머로 보던 조그만 아이가 어느샌 가 자신보다 자라 있었다. 자신보다 더 크고 올곧게. 감히 따라잡을 수도 없을 만큼 훌쩍.

"정말 나한테 그렇게 말해도 괜찮겠어? 후회 안 해?"

냉혈의 가문. 전 시엘리아 영주답지 않은 다소 멍청한 질문을 건네자 아벨은 시원스레 웃으며 답했다.

"괜찮습니다. 이제 제겐 돌아갈 곳이 있으니."

□ ■ □

대관식 저녁에는 성대한 파티가 열렸다. 그간 외부인에게 단 한 번도 개방된 적 없는 마왕성이 문을 활짝 열어 두고 음식을 나눠 주었다. 성을 구경하러, 새 로운 황제를 축복하고 눈에 담으려 참 많은 마물들이 마왕성을 드나들었다. 비 행 마법으로 샹들리에 근처에 자리 잡고 그들을 부지런히 안내하던 세이린은 어딘가 허전함을 느꼈다.

'황제 탄생을 축하하는 파티에 아벨 경이 안 계시다니.'

물론 시엘리아 습격 사건으로 구금 상태인 아벨이 거리낌 없이 파티에 참석 했다면 구설수에 휘말렸을 것이다. 하지만 세이린은 개국 공신 격인 아벨이 이 자리에 빠진 게 영 마음에 들지 않았다. 클라우드가 아벨에게 '그 처분'을 내리 겠노라고 말한 걸 들어서인지 더욱 그랬다. 방법이 정말 없는지 고민하기를 잠시.

'……잠깐. 나 신이잖아?'

정체성을 상기해 낸 음란 마귀가 거대한 신통력을 일으켜 시간과 공간을 멈 추었다. 그러나 마왕과 기사단장은 시공간 정지의 예외였다. 폴짝 내려온 그녀 가 클라우드의 곁에 붙어 섰다.

"얼른 아벨 경 불러요. 응?"

"넌 항상 내 속을 꿰뚫어 보고 있군."

작게 감탄한 마왕이 소환 마법진을 그려 아벨과 이리스를 마왕성으로 데려왔다. 둘은 갑자기 소환되어 어리둥절해하면서도 주군을 발견하고 예를 갖추었다. 클라우드는 기사단장 제복을 입지 않은 전직 기사단장 둘을 보며 씁쓸한 웃음을 머금었다.

"몸이 상하지 않은 것 같아 다행이군."

"전하께서, 아니, 폐하께서 자비를 베풀어 주신 덕입니다."

아벨이 말했다. 클라우드는 그의 조금도 변함없는 태도에 얼른 첫 번째 황명을 내려야겠다고 생각했다.

"아벨, 그리고 이리스 시엘리아. 너희에게 내 첫 황명을 내리지."

그 부름에 약혼반지를 낀 이리스가 손을 움찔했다. 황명의 내용이 무엇인지를 미리 들어 아는 세이린만이 빙긋 웃었다.

"나는 너희 둘을 밤 대륙에서 내보내기로 결정했다. 내 통치를 달갑게 여기지 않는 마물들이 향했던 황혼 지대 북부의 플래티나 빙하 근처로."

이것은 추방 명령이었다.

"너희는 그곳으로 가서 내가 나를 배척한 그들을 여전히 백성으로 맞고 싶어 한다는 뜻을 전해라. 온전히 내게 충성하지 않아도 좋으니 내 백성들과 뒤섞여 살라고 설득해라."

동시에 추방 명령이 아니었다.

"아벨 시엘리아. 그대를 황혼 지대의 제후로 임명한다. 황제인 내가 명하니 황혼 지대의 왕이 되어 그곳을 다스리도록."

아벨은 멍하니 주군을 올려다보았다. 마계를 사랑하는 클라우드 슈테른의 뜻을 받들고 펼치는 것. 그것이 제 염원이긴 했다. 하지만 자신은 지금 죄인이었다. 제후로 봉해지는 것은 벌이 아니라 상이었다. 그것도 막대한. 아벨이 거절의 뜻을 내비치려 하자 클라우드가 재빨리 말을 막았다.

"혼자 못 다스려. 네가 도와줘야 할 것 같군."

"폐하. 저는……."

"죄인이지. 죄인이 황제의 명을 거절할 수 있나?"

"……."

"황제가 된 다음 처음으로 내리는 명이니 군말 없이 따라 줬으면 좋겠군. 근신 처분을 거둘 테니 당분간 시엘리아 저택에 머무르며 준비하도록."

아벨은 무어라 말을 잇지 못하다가, 늘 그랬던 대로 충성의 뜻을 바쳐 고개를 숙였다. 그러자 클라우드는 제일 중요한 사실을 잊어버렸다는 듯 급히 덧붙였다.

"떠나는 건 2주 뒤, 내 결혼식이 끝난 다음. 내 결혼식에는 무조건 참석하도록. 아, 이리스와 결혼식을 올리는 건 그 뒤로 미뤄. 내가 먼저 할 거야."

세이린은 초등학생처럼 결혼식에 욕심을 내는 황제를 보며 양손에 얼굴을 파묻었다.

Chapter 39

유일한 신, 유일의 황제

마생 2년 차, 세이린 폴룩스는 울상을 하고 책상에 머리를 처박았다. 전지전
능한 유일신이 되었는데 뭐 이리 막막한 일이 많은지.

"로자리, 이것 좀 읽어 봐 줄래요?"

세이린이 울먹이며 밤새 작성한 연설문을 로자리에게 건넸다. 며칠 후면 클
라우드가 공을 팍팍 들이고 있는 사업, 신전 건축이 완료된다. 그곳에서 결혼식
을 올린 후 연설을 할 계획이었다. 하지만 〈임성운의 5,500가지 그림자〉 추가
외전 마감과 유일신 노릇, 예비 황후에게 주어진 의무를 모두 완벽하게 처리하
기란 불가능했다. 게다가 아카데미는 슬슬 시험 기간이었다.

'할 일이 너무 많아.'

물리적인 시간과 더불어 마음의 여유도 없어 마지막으로 클라우드와 사랑을
나눈 것이 무려 일주일 전이었다. 클라우드가 슬쩍 별궁에 찾아와도 세이린은
그의 욕구 불만 상태를 모르는 척 키보드만 두드려 댔다. 물론 세이린도 클라
우드에게 안기고 싶었다. 다 때려치우고 폐하 소리를 하며 올라타고 싶은 마음
도 간절했다. 하지만 제 의무를 다하는 것이 진정으로 그를 위하는 길이리라.

로자리는 우울해하는 세이린의 어깨를 두드려 주며 그녀가 작성한 연설문을
소리 내어 읽어 주었다.

"'마물의, 마물에 의한, 마물을 위한 신이 되리라고 맹세합니다.' 이 구절이
끝내주는데요?"

세이린은 움찔했다. 반수면 상태에서 쓴 탓인지 인간이었을 때 들었던 연설
과 신전 건립식을 위해 쓴 연설문이 너무도 흡사했다. 어차피 마계이기 때문에
아무도 그 유명한 링컨의 게티즈버그 연설을 모를 것이다.

'아니야. 양심은 지키자.'

겨우 마음을 다잡은 유일 작가는 다른 연설문을 읽어 봐 달라고 부탁했다.
로자리는 이번에도 감탄하며 또박또박 세이린의 글을 읽어 나갔다.

"저에게는 꿈이 있습니다. 이 마계가……"

"아악, 또!"

"저는 짧으면서도 강렬한 연설이라고 생각했는데. 역시 유일 작가님이 원하
는 수준은 이보다 훨씬 위인가요?"

로자리가 엄청난 기대가 담긴 눈빛으로 세이린을 바라봤다. 세이린도 이 연
설이 짧고 강렬하다는 것은 인정했다. 하지만 아무리 명연설이면 뭐 하나. 남이
쓴 연설문인데.

"후…… 로자리. 저 잠깐 바람 좀 쐬고 올게요."

"네! 조심히 다녀오세요. 애플파이 구워 놓고 있을게요."

로자리는 따스한 미소로 세이린을 배웅했다. 터덜터덜 산책을 시작하는 뒷
모습이 작은 점이 될 때까지 손을 흔들어 준 그녀가 곧바로 누군가에게 전화를
걸었다.

"폐하. 아가씨가 산책을 가셨습니다."

재빠른 보고였다.

□ ■ □

신통력을 일으켜 햇볕 좋고 바람 맑은 아르디노로 향한 세이린은 가장 먼저

자판기를 찾아 눈을 번뜩였다. 커피든, 콜라든 좋으니 당과 카페인을 넣어 달라며 온몸이 비명을 질러 댔기에 곧장 지갑이 들어 있을 주머니로 손을 가져갔다.

그런데 지갑이 없었다. 휴대폰도 두고 온 것 같다. 다시 마왕성으로 돌아가거나 소환 마법을 사용하는 건 어렵지 않았지만, 평소 하지 않는 실수를 했다는 것만으로도 기분이 꿍해졌다. 세이린이 마음에 들지 않는 상황을 마주했을 때의 버릇대로 입술을 비죽 내밀었을 때였다.

쪽—

난데없는 입맞춤에 당황하기를 잠시. 세이린은 익숙한 등빨에 안심하곤 픽 웃었다.

"이번엔 좀 설렜다."

"그렇다면 다행이군."

클라우드는 그녀의 취향대로 시럽을 듬뿍 넣은 아메리카노를 내밀었다. 곧장 한 모금을 마신 세이린의 얼굴이 사르르 풀어졌다.

"역시 우리 황제 폐하께서는 제 취향을 너무 잘 아시네."

"네가 날 계속 피해서 그런지 네 말들이 불순하게만 들리는군."

움찔. 욕구 불만임을 팍팍 티 내는 문장이었다. 세이린은 아하하, 하고 어색하게 웃은 다음 걸음을 떼 산책을 시작했다.

"바빠서 갑갑했나 봐요. 산책하는 게 뭐라고 이렇게 좋지?"

"외전 원고는 어제 딜런에게 넘겼다고 했고. 지금은 연설문을 쓰는 중인가?"

"응. 죽겠어요. 연설문은 어떻게 써야 좋은 연설문일까요?"

"마물들에게 네가 어떤 신이 되고 싶은지를 들려주는 것도 좋겠지."

클라우드가 보조를 맞추며 함께했기에 세이린의 기분은 금방 나아졌다. 얼마 지나지 않아 특유의 상큼발랄함을 재장전한 세이린은 팔랑팔랑 공원을 거닐다 중대한 사실을 알아차렸다.

"클라우드. 여기 기억나?"

"여기?"

"음…… 힌트를 줄게. 제가 이런 자세로 누워 있었어요."

세이린이 꿍차 몸을 움직여 벤치에 길게 드러누운 다음 재차 물었다.

"어때. 지금 무슨 생각이 들어?"

"덮치고 싶어."

"……."

너무도 솔직한 발언에 할 말이 없었다. 마음 같아서는 황제는 말이 아니라 행동으로 보여야 한다고 부추기고 싶었다. 하지만 주변에 마물이 많아도 너무 많았다. 즐비한 벤치마다 꼭 숙취에 앓는 마물들이 한 명씩은 누워 있었으니.

"땡! 여긴 우리가……"

"처음 만난 공원이지. 너는 와인 한 모금에 취해 아까처럼 드러누웠고."

픽 웃은 클라우드가 벤치 끄트머리에 앉아 세이린에게 무릎을 내주……려다 너무도 불순한 생각이 들어 관두었다. 대신 나란히 앉은 두 마물은 역사적인 첫 만남을 곱씹었다.

"그땐 지금만큼 마물이 많지 않아서 다행이네요. 하마터면 우리 황제 폐하께서 날 그냥 지나칠 뻔했어."

세이린이 안도하며 말했다. 이곳은 젊은이들의 거리, 레드빅과 가까운 공원이라 술에 취한 마물들이 많고도 많았다. 벤치에 마물이 널브러져 있든 죽어가고 있든 아무도 이상하게 여기지 않을 장소. 그곳에서 클라우드의 시선을 사로잡은 게 대단한 행운으로 느껴졌다. 클라우드는 살며시 기대 오는 세이린을 쓰다듬으며 말했다.

"그땐 이것보다 마물이 더 많았어."

"……응? 기억 안 나는데."

"그야 넌 취했으니까. 고작 와인 한 모금 마시고. 아주 예쁘게."

"우리 폐하께선 도시 경관을 고려해서 날 지구대에 넘겨 버리려고 하지 않았나?"

"……."

그렇게 말하긴 했다. 실제로도 그런 줄 알았다. 하지만 그날, 도시 경관을 어지럽히던 마물은 사실 세이린뿐만이 아니었다. 레드빅에서 신장개업한 스탠드업 바에서 무제한 주류 시음을 하던 날인지라 벤치에 늘어진 마물이 지금보다 더 많았다.

하지만 클라우드는 세이린에게 술술 사실을 털어놓는 게 어쩐지 부끄럽다고 생각했다. 그날, 세이린을 만난 다음. 마왕성으로 돌아가 내핵까지 파낼 기세로 삽질을 해 댄 것이 어제 일처럼 선명히 떠올랐다.

재수 부재중이라는 말에 크나큰 타격을 입은 마생 7년 차 클라우드는 마왕성에 들어오자마자 물었다.

"빌리아. 내 신경을 거슬리게 한 마물에게는 어떤 벌을 줘야겠나."

과로에 시달리고 있던 빌리아는 그 대상이 유일 작가라고는 꿈에도 생각지 못하고 간단하게 답했다.

"법적으로 해결해야지. 넌 왕이잖아."

주먹다짐으로 해결하지 말라는 의미였지만 클라우드는 전혀 다르게 받아들였다.

'고소장을 날려야겠어.'

재수 부재중이라는 말은 타격이 컸다. 얼마나 열을 받았으면 생전 처음으로 두근거림 때문에 가슴이 벅찰까. 심장만 빨리 뛰는 게 아니었다. 왕을 앞에 두고도 건방지게 벤치에 드러눕는 모습이 외울 정도로 반복 재생되었다. 특히나 밤에. 침대에서.

흔하지 않은 산홋빛 은발을 가만히 늘어뜨리며 제 침대에 문제의 마물이 눕는 장면이 끊임없이 상상되었다.

'내게 주술이라도 건 건가?'

클라우드는 결국 한숨도 자지 못했다. 그런 날들이 며칠 반복되자 신경은 예민해질 대로 예민해졌다. 고소장을 보내긴 보내야겠는데 아는 것이 필명뿐인지라 난감했다. 작가를 향한 무한한 애정을 드러내는 빌리아라면 무언가를 더 알고 있을지도 모르는 일.

"……절대 안 돼."

하지만 마왕은 빌리아에게 도움을 구하고 싶지 않았다.

클라우드는 세이린을 한 번만 더 보고 싶었다. 그렇게 한다면 자신을 괴롭히는 그녀의 환상들도 사라질 것만 같았다.

책상 위에 〈임성운의 5,500가지 그림자〉를 두고 매일 째려보기만을 반복하던 어느 날, 레이 필드가 술에 떡이 되어 노숙을 한 공로로 제럴 포스트의 1면을 장식하는 불미스러운 사건이 발생했다.

"전하. 죄송합니다. 어제는 술도 못 마시는 애한테 자꾸 술을 권하는 놈들에게 정의가 뭔지 보여 주느라⋯⋯."

"시끄러워. 변명하지 마. 그런다고 시엘리아에서 현수막 덮고 노숙한 게 포장될 것 같나?"

클라우드는 기사단장의 명예를 추락시킨 레이를 이번에야말로 따끔하게 벌하겠노라 다짐하고 집무실로 불렀다.

"이게 다 딜런 그놈이 딸 같은 친구를 꼭 파티에 데려가 달라고 해서 발생한⋯⋯."

레이는 변명을 하면서도 망연자실했다. 주군은 핑계를 용납하는 남자가 아니었다. 하지만 이번엔 그의 반응이 조금 달랐다.

"잠깐. 딜런이라고 했나? 딜런 알데바란? 〈임성운의 5,500가지 그림자〉를 출판한 데몬의 편집장?"

어째 주군이 술술 묻는 게 불안했지만 레이는 제 목숨을 사수하는 일이 더 급했다.

"맞습니다. 딜런 알데바란."

"레이 필드, 그 남자와 친한가?"

"기사단장이 되기 전부터 쭉 어울린 친구입니다. 딜런은 저를 세이린의 베이비시터 취급하는 것 같지만."

"세이린?"

"네. 전하의 책상 위에 놓인 〈임성운의 5,500가지 그림자〉를 쓴⋯⋯ 헙."

레이가 입을 틀어막았다. 세이린이 유일 작가라는 것은 극비 중의 극비였다. 이렇게 술술 불어서는 안 되는 일.

며칠간 자신을 괴롭힌 여자에 대한 실마리를 의외의 장소에서 찾은 클라우드가 살기로 눈을 번뜩였다.

"세이린이라고 했나?"

정말 화가 많이 난 것일까. 고작 그 여자의 이름을 발음하는 데도 가슴이 철렁했다.

"그 여자에 대해 아는 거 불어. 싹 다."

"그럼 영창은……."

"없던 걸로 하지."

레이는 단 5분 만에 세이린 폴룩스에 대해 아는 것을 몽땅 까발렸다.

"클라우드. 무슨 생각 해?"

세이린이 그의 뺨을 조물거리며 물었다. 단단한 몸에 매달려 잘난 얼굴을 감상하는 기분은 최고였다.

회상을 마친 클라우드는 세이린을 보고 피식 웃었다. 그때를 떠올리고 있자니 세이린을 궁금해하던 며칠 동안 잠도 못 자고 해 댔던 후회가 함께 떠올랐다.

벤치에 누워 있던 그 마물에게 연락처라도 물어볼걸. 아니, 이름이라도. 네 모습이 자꾸 떠오르면서 가슴이 이상해진다고 말이라도 흘려 볼걸, 하고 얼마나 후회하고 자책했던가. 삽질을 했다는 것은 여전히 부끄러웠지만, 지금은 제 마음을 바라볼 줄 모르던 그때와 달랐기에 말할 수 있었다.

"사랑이랑 짜증을 구분하지 못해 고소장부터 보냈던 옛날 생각. 돌이켜 보니 네게 첫눈에 반했던 것 같아. 끝없이 늘어진 술 취한 마물들 속에서 네게만 눈길이 가더군."

신기한 일이었다. 7년이라는 시간을 통치자로 보내면서 사랑과 화를 구분하지 못했던 자신이 며칠 후면 결혼한다는 것은. 이젠 사랑을 표현할 줄도, 사랑을 받을 줄도 알았다. 물론 사랑을 나누는 것에도 능숙해졌다. 모든 것이 이 벤치에서 시작된 변화라고 생각하니 이걸 뜯어다가 마왕성에 전시하고 싶은 기분마저 들었다.

"진짜 첫눈에 반한 것 같아요?"

"그때도 지금처럼 날이 맑았으니 확실해."

쏟아지는 햇살을 받으며 벤치에 앉아 있는 세이린을 백 번 마주한다면 백 번 모두 사랑에 빠지지 않고는 못 배기리라. 이것이 클라우드가 내린 결론이었다.

"어휴…… 말 예쁘게 하는 것 좀 봐. 이리 와요."

지금처럼 살랑살랑 애교를 부리며 입술을 겹쳐 온다면 더더욱. 세이린은 클라우드의 뺨을 감싸 쥔 채로 한참이나 눈을 맞췄다. 지금은 재수 부재중인 얼굴도 귀엽기만 했다.

"그거 알아요? 우리 내일모레면 결혼한다?"

"모를 리가. 네가 내게 청혼한 순간부터 쭉 기다렸는데."

마왕의 눈웃음에 사르르 녹은 세이린이 그의 입술에 짧게 뽀뽀했다. 입술이 맞물리고 또 떨어지기를 장난스레 반복했다.

함께하는 지금, 세이린과 클라우드는 행복했다.

□ ■ □

밤 대륙과 황혼 지대를 아우르는 대제국 폴룩스. 제국의 수도 슈테른의 황궁에도 아침 햇살이 스며들었다. 신전 건립 기념식 겸 결혼식에 어울리는 따스한 햇살이었다.

이른 아침부터 클라우드와 함께 목욕을 하며 뜨거운 애정 행각을 마친 세이린은 한가롭게 머리를 말리려 했다.

"작가님! 지금 여기서 뭐 하시는 거예요! 결혼 당일에 신부가 할 일이 얼마나 많은데!"

오늘 있을 결혼식의 총책임자, 빌리아에게 발각되기 전까지는 말이다. 난데없는 불호령에 머리를 털어 말리며 나오던 클라우드도 멈칫했다. 찔리는 것이 많았다.

"작가님, 얼른 가서 준비해야 해요. 머리부터 발끝까지…… 음?"

빌리아의 붉은 눈동자가 예리하게 빛났다. 범죄 현장을 발견한 듯한 날카로움이었다. 세이린은 빌리아가 보고 있는 제 몸을 힐끗 내려다보았다. 목과 쇄골, 가슴께에 물고 빤 흔적이 적나라했다. 눈치를 보던 클라우드는 슬쩍 방에서 빠져나가려다가 빌리아에게 딱 걸리고 말았다.

"이 화상아. 몇 시간 후면 신혼여행 가는데 그새를 못 참고……."

"……."

5분만 더 이렇게 두었다간 두 황제가 한 판 붙을지도 모르는 상황. 세이린은 빌리아의 어깨를 안고 토닥였다.

"괜찮아요, 괜찮아. 낫게 하면 되죠."

세이린은 신통력으로 제 몸을 휘감았다. 그러자 야릇하게 남았던 붉은 자국들이 감쪽같이 사라졌다. 오늘도 신통력은 그렇고 그런 일에만 알뜰하게 쓰였다.

세이린의 피부가 단번에 깨끗해졌다. 안도한 빌리아가 악당에게서 공주님을 구해 내듯 세이린을 제 쪽으로 품어 안았다.

"얼른 가요, 작가님. 저 인내력 없는 시커먼 것이 무슨 짓을 할지 모르니까."

"그럴까요? 클라우드, 이따 봐!"

세이린이 해맑게 웃으며 손을 방방 흔들었다. '인내력 없는 시커먼 것'은 방에 홀연히 남아 예비 신부의 미소를 곱씹다 무엇인가 잘못되었음을 눈치챘다.

'……내 준비는 누가 도와주는 거지?'

빌리아는 당연히 세이린의 결혼 준비에 총력을 기울일 것이다. 보통 마왕성에 일이 생기면 세이린을 서포트하는 건 빌리아였고, 자신은 기사단장들의 도움을 받았다. 별생각 없이 기억나는 사내들을 모두 불러 모은 클라우드는 잠시 후 고개를 갸웃했다.

코로나. 외관상 나이 미상. 미혼.

레이 필드. 외관상 27세. 바람둥이지만 미혼.

제이드 제릴. 외관상 24세. 첫사랑 망함.

카인 시엘리아. 외관상 25세. 전 약혼녀 짝사랑하느라 미혼.

아벨 시엘리아. 외관상 25세. 이리스와 부부의 연을 맺긴 했으나 결혼식 경험 전무.

아무리 봐도 결혼식 준비에 도움이 될 만한 마물이 없었다.

"망했군."

클라우드가 절망 어린 목소리로 탄식하자 소환된 모두가 어깨를 으쓱하며 비슷한 의견을 냈다. 결혼식 준비? 그거 그냥 옷만 갖춰 입으면 되는 거 아닌가?

"망했어."

클라우드가 다시 한 번 중얼거렸다.

어찌어찌 결혼식 때 입을 흰 턱시도를 가져오는 것까지는 성공했다. 그러나 아무도 이 복잡하게 생긴 옷을 입을 줄 몰랐다. 달아야 하는 장식은 또 왜 이리 많은지.

마네킹에 걸린 옷을 보고 모두가 말을 잇지 못할 때, 코로나가 단호하게 말했다.

"일단 벗으시지요, 전하. 꾸물거릴 시간이 없습니다!"

"……."

클라우드는 상당히 껄끄럽다는 얼굴을 하고 셔츠 단추를 하나씩 풀었다. 아무렇지 않은 척하려 했지만 시선이 너무 따가웠다.

"……뭘 그렇게 빤히 보지?"

마물들은 음란 마귀가 기적적으로 지켜 낸 황제의 허리나 입이 마르도록 칭찬하던 등빨을 은근히 궁금해했다. 같은 남자라고는 하나 어쨌든 황제는 황제이니 벗은 몸을 볼 기회란 흔치 않았다. 클라우드는 자신의 몸으로 향하는 뜨거운 시선들에 민망함을 배로 느끼며 셔츠를 완전히 벗었다. 그러자 마물들의 얼굴이 각기 다른 빛깔로 물들었다.

앞면을 본 제이드와 아벨, 코로나는 자신도 모르게 감탄사를 흘렸다. 그러나 뒷면, 등빨과 허리를 본 카인과 레이의 얼굴은 새빨갛게 달아올랐다. 오늘 아침, 세이린이 낸 손자국이 고스란히 남아 있었기 때문이었다.

카인은 세이린을 짝사랑한 제이드에게 반사적으로 마실 것을 가져오도록 시킨 다음 마왕에게 예복 셔츠를 걸치게 했다. 다행히 셔츠는 어렵지 않았다. 재킷도 코로나와 아벨, 둘이 달라붙어 퍼즐 맞추듯 장식을 달아 보니 얼추 격식을 갖춰 갔다.

문제는 리본 형식의 타이였다. 아무도 맬 줄 아는 자가 없었다. 클라우드 또한 여러 번 시도했으나 모양이 영 엉성했다. 이번엔 진짜 망했다. 마물들이 점점 뫼비우스의 띠가 되어 가는 리본 타이를 보며 절망감에 젖어 들 때였다.

"좋은 날에 왜 다들 죽상을 하고 계시는지……."

"……!"

망연자실한 그들에게 구원 투수가 나타났다. 제이드가 오렌지주스와 함께 마물 하나를 더 데려온 것이다. 딜런 알데바란. 본인은 미혼이나 누나 셋 모두 기혼. 지인들 결혼식 참석 경험 다수. 평소 공예나 요리를 즐겨 하는 섬세한 성격. 결정적으로……

"딜런. 마침 잘 와 주었군."

리본 넥타이 잘 맴.

클라우드는 딜런의 목에 장식된 완벽한 모양의 리본 타이를 보고 그를 환한 얼굴로 반겼다.

□ ■ □

빌리아는 공언한 대로 세이린의 머리부터 발끝까지에 온 정성을 쏟아부었다. 세이린은 입고 있는 검은색 웨딩드레스를 다시 눈에 담았다. 인간계였다면 상상도 하지 못할 색깔의 드레스였다.

"검은색 드레스는 상대에게만 타락하겠다는 의미라고 하셨죠?"

골반 위까지는 섹시한 이미지 조성을 위해 몸에 꼭 달라붙는 디자인이었지만 골반 아래에서부터는 치맛단이 층을 이루어 퍼졌다. 별을 박아 넣은 듯 군데군데 금박과 은박 장식이 들어가 있어 자연광 아래의 모습이 더 기대되었다.

"신전 안까지 일반 마물들이 들어올 거예요. 기자들도 많을 거고. 결혼식 후에 하실 연설은 잘 준비하셨나요?"

"짧고 강렬하게 준비했으니 걱정 마세요."

얄궂게 웃은 세이린은 시계를 바라보았다. 이젠 정말 신전 겸 결혼식장으로 가야 할 때였다.

"갈까요?"

세이린이 생긋 웃었다. 빌리아는 웨딩드레스를 밟지 않도록 조심하며 아름다운 신부를 껴안았다.

"그동안 감사했어요, 작가님. 신혼여행 즐겁게 다녀오시고, 허니문 베이비, 아시죠?"

"그럼요. 최선을 다해야죠……!"

의미심장하게 웃은 세이린이 거대한 이동 마법진을 열어 모두를 결혼식장으로 옮겼다. 마음의 준비를 충분히 했다고 생각했지만 지평선까지 들어차 있는 구경꾼들을 보자 몸이 절로 긴장했다. 심호흡을 한 그녀는 예비 신랑이 기다리고 있을 신전 안쪽을 향해 씩씩한 걸음을 옮겼다.

너나 할 것 없이 모두가 고대하던 황제와 신의 결혼식은 리허설 없이 바로 시작되었다. 하객들은 자리에 앉아 달라는 방송에 하나둘 착석했고, 곳곳에 설치된 카메라가 세기의 결혼식을 마계 구석구석에 중계하기 시작했다.

— 꼬맹이…… 아니, 신부 입장!

오늘도 마이크를 쥔 레이가 시원하게 소리쳤다. 세이린은 순서지를 보고 머릿속에 그려 본 대로 딜런과 함께 입장했다. 식을 기다리는 동안 얼마나 운 것인지 그의 장갑이 축축해져 있었다.

"자기, 행복하게 잘 살아야…… 크흡…….'

"딜런…… 그동안 돌봐 줘서 고마웠어."

딜런은 오열하면서도 세이린의 면사포를 앞으로 끌어와 클라우드가 벗기기 어렵도록 꽁꽁 싸매었다. 꽃길의 끝에는 레이를 제외한 기사단장들이 예장을 한 채 칼을 하늘로 쳐들고 있었다. 제이드는 제 검 아래로 찬찬히 걸어 황제에게 향하는 세이린을 보며 속으로 축복했다.

'행복해라. 멀리서 지켜 줄 테니.'

축하해 주는 모두에게 눈길을 돌리며 걸음을 내디디던 세이린은 딜런의 걸음이 급격히 느려지는 것을 느꼈다. 원래 꽃길의 끝에서 얌전히 기다려야 할 클라우드가 여섯 걸음이나 마중을 나온 탓이었다.

"고맙군, 딜런."

세이린과 절절한 작별의 시간을 가지려던 딜런은 인내력이라곤 없는 황제에게 그녀의 손을 넘겨줄 수밖에 없었다.

클라우드가 조심스레 세이린의 손을 쥐었다. 오늘 아침에도 꼭 깍지 꼈던 손인데 지금은 느낌이 달라도 너무 달랐다.

두 마물은 레이가 다음 순서로 넘어가야 하니 제발 그만 좀 꽁냥거리라고 하는 것을 듣지 못한 채 한참이나 서로를 바라보았다. 결혼식이고 뭐고 빨리 해치우고 신혼여행을 떠나자는 암묵적인 합의가 이루어졌다.

둘을 축복하는 의미에서 불 속성인 스피카가 화촉을 밝혔고, 작은 마물들이 사방에 꽃잎을 뿌려 댔다.

다음은 결혼식의 하이라이트라고 할 수 있는 혼인 서약이었다. 하지만 클라우드와 세이린이 서로에게 껌뻑 죽는 건 모두가 아는 일. 해서 둘의 결혼식에서는 결혼반지를 교환한 뒤 세이린이 짧은 연설을 하는 것으로 대신하기로 되어 있었다.

"자, 서로의 마음을 확인한 두 마물은 결혼반지만 얼른 교환해 주세요!"

레이가 간곡하게 청했으나 세이린과 클라우드는 그 말을 들을 생각이 없었다. 클라우드는 두둥실 공중에 뜬 쿠션 위에 놓인 결혼반지를 집어 세이린의 약지에 끼워 주곤 그대로 손등에 입을 맞췄다.

"마음에 드나?"

"어휴…… 저는 마왕님이 주시는 거면 다 좋아요."

클라우드는 달빛 수정 안에 소환 마법진과 제 마력을 듬뿍 넣어 두었다. 원한다면 언제든 불러도 좋다는 의미였다. 세이린도 빛이 가득 든 반지를 클라우드의 약지에 끼워 주었다. 어쩜 손가락도 예뻐 꼭 어울렸다.

"이제 우리 부부네요?"

"……."

뭉클함을 느낀 클라우드가 그대로 세이린을 푹 껴안았다. 결혼반지를 보고 또 보는 세이린의 앞에 펑, 하고 단상과 마이크가 놓였다.

어쨌거나 이곳은 신전. 즉 신을 숭배하는 공간이었다. 신이 된 그녀의 음성을 온 마물이 고대하고 있었다.

"바로 뒤에 있을 테니 긴장하지 마."

클라우드가 다정하게 말하곤 잠시 손을 놓아주었다. 세이린은 그를 힐끗 바라보다 씩씩하게 단상 위로 올랐다. 아주 조금 높은 곳으로 자리를 옮겼을 뿐인데도 빽빽하게 서서 자신을 바라보는 마물들이 보였다.

"······."

1년 전까지만 해도 자연 발생한 평범한 음란 마귀였는데. 지금 마물들의 시선을 한 몸에 받고 있다는 게 믿기지 않았다.

음란 마귀 자격으로 마계 영주권을 받고 밤 대륙에 자연 발생한 직후, 세이린이 바랐던 것은 딱 하나였다. 낯선 세계, 낯선 존재들 속에 적응해서 겉돌지 않는 진짜 마물이 되게 해 달라는 것.

그리고 지금, 그녀는 이 세계에 없어서는 안 될 축이 되어 있었다. 때로는 베스트셀러 작가 유일로, 가끔은 마계의 유일한 질서인 신으로. 그러나 대부분은 클라우드 슈테른이 온 마계보다 사랑하는 세이린 폴룩스로.

그런 사랑을 받는 그녀가 온 마물에게 전하고 싶은 말이 있었다.

세이린이 마이크에 다가가자 하늘도 무너뜨릴 듯 웅장했던 환호가 순식간에 가라앉았다. 모두가 밝히는 것으로 신이 된 궁극의 음란 마귀에게 신경을 집중했다.

"긴 연설을 하자니 남편 되실 분께서 오래 기다리시지 못할 듯하여 짧게 마치겠습니다."

신전 앞 광장에 몰린 마물들이 동시에 키득거렸다. 세이린은 그들 중에도 클라우드 슈테른은 신에게 버림받은 미천한 그림자라며 통치를 거부하는 자가 있다는 것을 알고 있었다. 그렇기에 말했다.

"신인 제가 추구하는 가치는 일곱 글자로 요약할 수 있습니다."

우아하지만 절대 만만하게 보이지는 않을 눈을 하고서.

"클라우드 슈테른, 이라는. 저는 마계가 제가 사랑하는 유일한 황제······ 어머."

빌리아가 황제가 되었으니 이제 유일한 황제가 아니었다. 세이린이 잠시 멈칫하곤 클라우드에게 도움을 요청했다.

"유일한 황제 아닌데 어떡하죠?"

"난 유일의 황제면 돼."

달콤한 해결책이었다. 세이린이 다시 말을 이었다.

"저는 마계가 제가 사랑하는 유일의 황제가 꿈꾸는 모습대로 변화하기를 바랍니다. 이상, 끝!"

만물을 밝히는 빛의 신이 온 마물 앞에서 어둠을 사랑한다고 공언했다. 그리고 모든 것을 아우르려는 그의 뜻에 힘을 실어 주었다. 신에게 버림받은 미천한 그림자 취급에 무뎌졌던 클라우드는 단숨에 유일한 신의 총애를 받는 황제가 되었다.

귀가 찢어질 듯한 환호성 속에 잠시 멍하던 클라우드는 자신을 구원한 연인을 올려다보았다. 제게 드리운 줄도 몰랐던 그림자를 거두는 빛이며 자신을 타락시키는 어둠인 세이린 폴룩스. 일곱 빛깔 오로라를 두른 채로 환히 빛나는 연인.

클라우드가 장난스러운 미소를 머금고 주머니에서 무언가를 꺼냈다. 2,749가지 그렇고 그런 일을 완료한 탓에 검은 마력이 거의 끝까지 차오른 펜듈럼이었다.

"여, 여기서 하자고요?"

물론 음란 마귀는 그의 의도와 다른 후끈한 해석을 내놓았지만.

클라우드는 픽 웃으며 펜듈럼을 하늘 높이 던진 다음, 나직한 목소리를 냈다.

"모든 연애 소설에 꼭 등장하는 장면이 있지."

일명 결혼식장에서 남들 눈치 안 보고 화끈하게 키스하기. 클라우드가 세이린의 허리를 끌어안음과 거의 동시에 세이린도 그의 목에 팔을 감았다.

"세이린 폴룩스, 사랑해."

아직 켜져 있는 마이크에 황제의 고백이 울렸다. 마물들의 아우성을 배경으로 세이린과 클라우드는 뜨거운 입맞춤을 나누었다. 〈임성운의 5,500가지 그림자〉의 절반, 2,750가지 그렇고 그런 짓을 완료한 덕에 펜듈럼이 환한 빛을 내며 부서졌다. 페일 세이건이 특수 효과를 넣어 둔 것인지 하늘에서 꽃비도 내리기 시작했다. 아주 환상적인 분위기였다. 페일이 넣어 둔 깜짝 음성 메시지만 공개되지 않았더라면 말이다.

— 전하, 세이린 양! 드디어 2,750가지 그렇고 그런 일들을 마치셨군요! 축하드립니다! 기왕 하시는 김에 5,500가지를 다 채워 보시는 것도 좋겠지요!

수치사. 이건 정말 수치사다. 세이린과 클라우드는 민망함에 잠시 멈칫했다가 이내 뻔뻔하게 굴기로 했다. 아무렴 어떤가. 7일 동안 가족이 된 연인과 뜨거운 신혼여행을 보낸다는 것이 중요하지.

"갈까?"

클라우드가 세이린에게 팔을 내밀었다. 세이린은 환하게 웃음 지으며 팔짱을 꼈다.

"행복하게 잘 살겠습니다!"

세이린이 쩌렁쩌렁 외친 다음 부케를 뒤로 휙 던졌다. 그리고 클라우드의 팔을 더 꼭 붙잡았다. 여기까지는 소설을 현실로 만드는 이야기였다. 앞으로 써 내려갈 이야기는 함께인 만큼 더 행복하리라.

"사랑해, 클라우드."

"그에 대한 답은 이따 밤에 하도록 하지."

"말로 하는 건 별로 안 좋아하는 거, 알죠?"

"물론."

잠시간 서로를 애틋하게 바라본 세이린과 클라우드는 한 걸음을 함께 내디뎠다. 새로운 마계 신화의 첫 문장이 될 걸음이었다.

完

외전
1

트와일 힐즈의 신혼부부

신과 황제의 세기의 결혼식은 두말할 것 없이 장안의 화제였다. 검은색 웨딩 드레스를 입은 세이린과 깔끔한 흰색 턱시도를 입은 클라우드를 접한 마물들은 두 사람의 신혼여행을 상상하며 엉큼한 웃음을 지어 보였다.

"어쩜…… 두 분 너무 잘 어울리신다."

"얼른 황녀님이나 황자님 소식이 있었으면!"

"지금쯤 도심에서 벗어나 한적한 휴양지에서 시간을 보내고 계시겠지?"

물론 훌륭한 마물답게 5,500가지 나쁜 일을 상상하면서 말이다.

하지만 마물들의 기대와는 달리 클라우드와 세이린은 도시 중의 도시, 트와일 힐즈에 머무르고 있었다. 이 모든 것은 나름의 빅 데이터를 기반으로 한 빌리아의 신혼여행 계획 때문이었다. 〈임성운의 5,500가지 그림자〉와 그 외전을 꼼꼼히 분석한 빌리아는 세이린의 취향을 주의 깊게 살폈다.

'작가님이라면 분명 트와일 힐즈의 펜트하우스에서 머무르고 싶어 하실 거야. 외전의 배경을 성이 아니라 평범한 가정집으로 하셨으니.'

여행은 총 5일. 그중 이틀을 세이린의 집에서 평범한 연인처럼 보낸 다음,

남은 신혼여행 기간을 관광지에서 보내는 것으로 계획되었다.

클라우드는 빌리아의 분석이 정확하다고 생각했다. 강변에 돗자리를 깔고, 시시콜콜한 대화를 나누며 음식을 나눠 먹고, 오늘 저녁에 무엇을 할지 이야기하는 세이린은 무척 행복해 보였다. 오전 내내 돌아다니며 함께 찍은 폴라로이드 사진을 파닥파닥 흔들 때면 세상을 다 가진 얼굴이었다.

'아무래도 세이린은 황궁 생활보다 이쪽이 더 편안하겠지.'

황제가 아닌 상대와의 일상적이고 평범한 데이트를 말이다. 그렇게 생각하니 어쩐지 미안하면서도 고마웠다. 무언가를 더 해 주고 싶다는 마음이 불쑥 치밀어 클라우드는 입을 뗐다.

"세이린. 더 하고 싶은 것 없나?"

"사진은 원 없이 찍었고…… 아! 클라우드랑 마트 가서 장 보고 싶어. 우리 마왕님이랑 커플 잠옷 입어 보고 싶어! 영화도 같이 봤으면 좋겠고."

즉위식을 마친 클라우드는 공식적으로 황제 폐하라고 불려야 했지만, 세이린은 그를 애칭처럼 굳어져 버린 '마왕님'이라는 호칭으로 부르는 것을 선호했다. 세이린은 마계의 신이기도 했고, 마왕님, 하는 목소리가 워낙 달콤한 터라 클라우드를 포함한 아무도 호칭에 토를 달지 못했다.

"그다음에는?"

질문을 들은 세이린이 씩 웃곤 그의 귓가에 속삭였다.

"클라우드랑 자고 싶어. 그거 알아요? 우리 오늘 신혼 첫날밤이다?"

"……."

또 유혹해 놓고 아무 일 아니라는 듯 생글거리지. 클라우드는 속으로 마계법을 줄줄 읊었다. 하지만 세이린은 멈출 생각이 없었다. 돌처럼 단단한 그의 허벅지를 베고 돗자리에 누운 그녀가 천연덕스레 입을 뗐다.

"전에도 말했지만 나는 자연 발생이라 아이를 셋쯤 낳고 싶은데. 우리 마왕님 생각은 어때요?"

세이린을 쓰다듬던 클라우드의 손이 점점 느려졌다. 아이가 셋이라. 그의 머릿속에는 세이린을 닮은 귀여운 아이들이 옹기종기 모여 자신을 기다리는 장면이 그려졌다. '아빠!' 하고 소리치며 손을 붕붕 흔드는 아이들을 생각하니 절로 미소가 지어졌다.

"적당하군. 터울은?"

"글쎄…… 나이 차이가 얼마 안 나거나 쌍둥이였으면 좋겠지만, 그건 제 마음대로 되는 게 아니잖아요?"

"네가 원한다면 쌍둥이는 몰라도 연년생은 노력해 보지."

"고전적인 질문을 하나 더 할게요. 우리 애들 성별은? 아들이 좋아, 딸이 좋아?"

"성별은 상관없어."

숱하게 읽은 로맨스 소설에서 들었던 대답. 하지만 막상 들으니 로맨틱하다기보다는 그래도 궁금하다는 생각만이 들었다.

"둘 중 하나만 고르라면요?"

"굳이 고르라면 딸이 좋겠군. 우리 둘을 반반 닮았으면 좋겠어."

즐거운 상상이었다. 세이린을 닮아 산호색 은발을 가진 딸아이가 쪼르르 달려온다. 자신을 닮아 재수 부재중인 얼굴을 하고.

"……나는 괜찮으니 너를 더 닮는 것이 좋겠군."

"응? 왜?"

"쇼핑 가자고 하지 않았나? 슬슬 이동하지."

클라우드는 어딘가 착잡한 기분에 사로잡혀 세이린을 일으켰다.

□ ■ □

두 마물은 휴일의 여느 마물 부부처럼 마계 최고의 대형 마트, 마플러스에 방문했다. 마물들이 꽤 많았지만 아무도 둘을 황제 부부라고 생각하지 않았다. 소소한 악행과 야릇한 장난을 활기 삼아 살아가는 존재가 마물. 결혼식을 갓 마친 신혼부부가 침대 밖으로 나오는 것은 상상할 수 없는 일이었다.

"아무도 못 알아보는군."

"덕분에 편안하게 쇼핑할 수 있고 좋잖아요?"

세이린은 능숙하게 카트를 뽑아 마트 안으로 들어서려다 멈칫했다. 클라우드에게는 처음 방문하는 대형 마트일 터. 무언가에 서투른 그를 볼 수 있는 건 흔한 기회가 아니었다. 음흉하게 웃은 음란 마귀가 툭 카트를 넘겼다.

"운전면허 딴 게 너무 오래전이라…… 남편님이 밀어 줄래?"

"그러지."

기대했던 '서툴러 어쩔 줄 모르다 난감한 얼굴로 도움을 구하는 클라우드'는 볼 수 없었다. 뼛속까지 성군인 그는 일반 마물의 삶을 너무나도 잘 알고 있었다. 카트를 끄는 것은 물론이고 급정거와 코너링까지 완벽했다. 어딘가 각이 잡힌 자세로 카트를 몰아갈 때면 든든함마저 느껴졌다. 세이린은 카트 손잡이를 잡고 있는 그의 탄탄한 팔에 팔짱을 끼고 반쯤 매달려 걷기 시작했다.

"이따 영화 보면서 먹을 간식도 좀 사고…… 딸기도 살래. 클라우드는 뭐 갖고 싶은 거 없어?"

"내가 지금 뭘 원하겠나."

"그야 갓 신부가 된 이린이지."

세이린이 양손을 턱 아래에 착 붙였다. 그녀의 꼬드김과 애교는 아무리 많이 본다 한들 언제든 그의 정신을 아득하게 만들었다. 겨우 정신을 다잡은 클라우드는 한결 빠른 걸음으로 카트를 몰았다. 세이린이 커플 잠옷을 원하니 그것을 사서 얼른 집으로 돌아가려는 속셈이었다. 하지만.

'무슨 놈의 마트에 잠옷이 이렇게 많아?'

클라우드의 눈앞에 잠옷의 군락이 펼쳐졌다. 계절이 바뀌는 시즌이라 하필 잠옷 기획전이 벌어지고 있었던 것이다. 게다가 세이린은 잠옷을 고르는 자신만의 까다로운 기준이라도 있다는 양 찬찬히 그것들을 눈으로 훑었다.

"어떤 디자인이 우리 커플 잠옷으로 어울릴까……."

하고 중얼거리면서.

클라우드는 그녀의 즐거운 시간을 방해하지 않기로 마음먹곤 얌전히 기다렸다. 잠옷들은 디테일이 조금씩 달라 선택이 어려운 것도 얼추 이해가 갔다.

"클라우드. 나한테 어떤 게 어울릴 것 같아?"

조금 멍하던 그에게 세이린이 물었다. 어울리는 것이라. 클라우드는 잠옷을 입은 세이린의 모습을 여러 버전으로 상상해 보았다. 투피스? 물론 나쁘지 않다. 하지만 세이린에게는 부드러운 소재로 된 원피스가 더 잘 어울릴 것 같았다.

'……벗기기도 쉽고.'

결론 내린 클라우드가 연분홍색 원피스 잠옷을 카트 안에 넣었다.

세이린 또한 그의 잠옷에 대해 생각했다. 소재야 다들 어련히 부드러울 것이고 통풍도 나름 잘 될 것이다. 음란 마귀가 고려하는 조건은 딱 하나였다.

'벗기기 쉬워야 해. 단추가 너무 많으면 뜯어 버리고 싶단 말이지.'

잠옷 코너를 샅샅이 뒤진 세이린은 마침내 단추가 그리 많지 않으면서도 툭 잡아당기면 벗겨질 것 같은 남색 잠옷을 찾아냈다. '이거다!' 하고 집어 들려는 찰나 그녀의 머릿속에 의문이 들었다.

'……굳이 옷을 입고 재워야 하나?'

클라우드 슈테른이 침대에 누워 있는 모습을 상상할 때, 제일 바람직한 건 역시 살색이었다. 짙은 남색 잠옷이 아니라.

"우리 마왕님한테는 짙은 남색보다 역시……."

"벗고 자면 되나?"

척하면 척이었다. 클라우드는 곧 세이린이 고른 제 잠옷을 카트 안에 넣으며 말했다.

"커플 잠옷 해 보고 싶다고 했으니 이 기회에 해 보지."

"생각해 보니 잠옷을 굳이 안 사도 커플 잠옷을 하는 방법이 있긴 한데."

클라우드의 머리가 빠르게 굴러갔다. 잠옷을 사지 않으면 자신은 자연 그대로의 살색을 하고 잠들 것이다. 그렇다면 헐벗은 자신과 커플 잠옷을 하겠다는 말은……

"그것도 나쁘지 않을 것 같군."

그가 빠르게 긍정했다. 역시 신혼부부가 된 마물에게 잠옷은 사치였다. 어차피 몸에 걸쳐질 시간보다 바닥에 널브러져 있을 시간이 더 많을 테니. 대충 비슷한 디자인의 잠옷을 카트에 넣은 두 마물은 마트를 한 바퀴 더 돌곤 쇼핑을 마쳤다.

□ ■ □

    세이린과 클라우드는 이동 마법진을 쓰지 않고 트와일 힐즈의 펜트하우스로 돌아왔다. 구입한 물건들이 담긴 종이봉투를 안고 나란히 걸으니 제법 신혼부부 분위기가 났다.

    "그럼 이제 영화 볼까요?"

    그녀의 눈이 기대로 빛났다. 일 중독자에게 두 시간을 통째로 빼 달라고 하자니 미안해 함께 영화를 보고 싶던 것을 꾹 참아 온 탓이었다. 하지만 지금은 일을 잠시 잊고 둘만의 시간을 보내는 신혼여행이 아닌가. 모태 솔로로 지낸 인생 1회차나 음기 가득한 처녀 귀신으로 산 인생 2회차 내내 세이린은 연인과 나란히 앉아 영화를 보고 싶었다.

    "우리 마왕님, 간식 가져올 테니까 영화 골라 놓고 있을래? 소파 옆에 보면 USB가 든 작은 상자가 있어."

    "어떤 영화 볼까."

    "클라우드가 보고 싶은 거."

    USB가 든 작은 상자를 찾은 클라우드는 빔 프로젝터 앞으로 다가가 고민에 잠겼다. 무엇이 들어 있을지 모르는 USB가 한가득이었다.

    '설마 또 직박구리는 아니겠지.'

    혹시나 하는 마음에 그때 보았던 것과 같은 모양의 USB는 모두 골라냈다. 이제 남은 것들 중 지뢰가 없기를 바라는 수밖에 없었다. 클라우드는 쪼그려 앉아 빔 프로젝터에 첫 번째 USB를 꽂아 넣었다. 잠시 후, 화면에 대문짝만한 안내 메시지가 나타났으니.

    [왜가리 폴더의 동영상(2,750개)을 순차적으로 재생합니다.]

    '직박구리 다음은 왜가리인가.'

    폴더 이름을 보나 동영상 개수를 보나 이 USB는 판도라의 상자가 분명했다. 그는 침착하게 다른 것을 꽂아 넣었다. 이미 직박구리와 왜가리에 8,250가지 그렇고 그런 영상들이 들어 있으니 다른 USB들은 건전하리라.

    [따오기 폴더의 동영상(69개)을 연속 재생합니다.]

"……."

과연 음란 마귀 자격으로 마계 영주권 받은 마물은 그 급이 달랐다. 혹자는 세이린이 유일신이 된 것이 허무맹랑한 결론이라고 생각한다지만 클라우드는 알았다. 이런 치열한 노력이 있었기에 세이린은 마계에서 제일 밝히는 빛의 신 자리에 오를 수 있었으리라.

'노력은 노력이고, 이번에는 제발 영화가 들어 있었으면 좋겠는데.'

클라우드는 주방에서 콧노래를 부르는 세이린의 눈치를 흘끗 봤다. 슬슬 세이린이 딸기 꼭지를 다 따고는 이리로 들고 올 것이고, 그렇다면 수치스러워 창밖으로 뛰어내릴지도 모르는 일이었다.

'이제 불사신이라 유리창을 깨고 나가도 수치사는 못 하겠지만.'

클라우드는 간절한 마음을 담아 USB를 또 꽂았다. 그릇에 수북이 딸기를 쌓은 세이린이 이리로 다가오고 있었다. 그리고 머지않아 뜨는 안내 메시지.

[잠시 후 종다리 폴더의 동영상(1개)을 재생합니다.]

'종다리?'

클라우드가 미간을 좁혔다. 종다리는 직박구리나 왜가리, 따오기와 마찬가지로 인간계의 새 이름이었다. 하지만 동영상은 하나. 게다가 곧 영화의 시작임을 알리는 배급사와 제작사의 로고가 나왔다.

'정말 영화인가?'

자신이 고르고도 믿을 수 없었다. 세이린의 USB에는 모두 야한 동영상만 저장되어 있다고 은연중에 믿고 있었기 때문이다. 클라우드의 속을 알 리 없는 세이린은 소파에 앉아 옆자리를 톡톡 두드렸다.

"무슨 영화인지는 모르겠지만 이리 와서 앉으세요. 나 안아 줘."

"그러지."

클라우드는 한결 편안한 마음으로 세이린의 옆에 앉아 빔 프로젝터가 만들어 내는 영상에 시선을 고정했다. 잠시 후, 스크린이 온통 살색으로 도배되었다. 세이린은 헐벗은 인체가 뒤엉킨 영화의 첫 장면을 보곤 엉큼한 눈웃음을 지었다.

"어휴. 우리 마왕님, 나랑 이런 영화가 보고 싶었어?"

"……?"

클라우드는 어쩐지 억울했다. 애당초 음란 마귀의 USB에 미성년자 관람 불가가 아닌 영화가 저장된 적이 있기나 할까.

클라우드가 튼 영화의 제목은 〈망자전〉. 세이린이 마계에 자연 발생하기 약 5년 전에 나온 걸작 중의 걸작으로, 120분이라는 러닝 타임 중 오프닝과 엔딩을 제외한 100분이 살색인 것으로 유명했다.

교양 차원에서 영화의 제목 정도는 들어 봤지만 이렇게 적나라할 줄이야. 클라우드는 세이린을 안은 그 상태 그대로 굳어 소파 손잡이만 으스러뜨릴 듯 쥐었다.

— 자…… 그럼 슬슬 시작할까요? 당신이 버틸 수 있는지 없는지 보고 싶어요.

스크린 속의 여배우가 나긋나긋한 목소리를 냈다. 클라우드는 도끼눈을 하고 이 상황을 빠져나갈 방법을 떠올렸다. 영화를 다 보는 순간 녹초가 될 것 같으니 어떻게든 중간에 끊고 싶었다. 그렇다면 방법은 하나.

'세이린을 꼬드기는 게 좋겠군.'

배우들이 본격적으로 움직이기 시작했으니 세이린도 슬슬 민망함과 야릇한 충동을 느낄 터. 지금쯤 분위기를 잡고 신혼 첫날밤의 막을 올리는 것도 나쁘지 않을 듯했다. 저녁 8시라니. 신혼 첫날밤을 시작하기 딱 좋은 시간이 아닌가.

마음을 다잡은 클라우드가 세이린을 껴안고 손을 차츰 움직였다. 어깨를 따라 찬찬히 움직였으니 이쯤이면 몸을 움찔할 법도 했다. 하지만 세이린은 부동자세로 스크린에 시선을 고정했다.

'긴장했나.'

불안감을 느낀 그가 이번엔 세이린의 목에 입술을 꾹 눌렀다 뗐다. 하지만 그녀는 요지부동이었다. 평소라면 간지럽다고 작게 웃곤 곧장 입술을 마주해 왔을 세이린이 말이다.

"세이……린?"

클라우드는 몸을 숙여 슬쩍 세이린의 눈치를 봤다가 움찔했다. 세이린은 그저 영화 감상을 하는 것이 아니었다. 프로급 수영 선수는 아무리 쉽겠다는 마음을 먹고 바닷가에 갔다고 한들 수영하는 사람을 보면 그들의 자세와 수영법을 분석한다. 프로 야구 선수도 마찬가지. 무언가의 경지에 오른 자들은 무심결에 자신의 분야를 분석하게 된다.

'그렇다면……'

클라우드가 침을 꿀꺽 삼켰다. 자신이 껴안은 신부는 마계에서 제일 밝힌다는 이유로 유일한 신이 되기 전 이미 최고의 경지에 올랐었다. 마계에서 제일 많이 팔린 두 권짜리 19금 소설의 작가이지 않던가. 그런 그녀가 살색뿐인 영화를 진지한 눈으로 바라보는 건 어쩌면 당연했다.

'망했군.'

세이린은 화면 그대로를 즐긴다기보단 그들의 움직임을 하나하나 뜯어보는 느낌이었다. 손에 연필만 쥐여 준다면 아카데미 수학 능력 시험 대비 인터넷 강의를 보고 있다고 해도 믿을 모습.

'……이게 아닌데.'

클라우드는 착잡한 마음으로 다시 세이린을 껴안았다. 아랫배가 묵직해졌지만 자잘한 키스나 접촉으로 세이린의 집중을 방해할 마음은 없었다. 자신과 영화를 보고 싶다고 말했으니까 어떻게든 끝까지 자리를 지키고 싶었다.

1초가 억겁처럼 길게 느껴졌다. 영화가 30분 정도 진행되었을 때 클라우드는 정수리에 흰머리가 자라나기 시작했을지도 모른다고 생각했다.

"클라우드."

세이린의 목소리는 딱 그때 맞추어 들려왔다.

"왜 하던 거 계속 안 해? 기다리고 있는데."

"……?"

세이린이 신통력을 일으켜 USB를 빼고 빔 프로젝터를 끄자 주변이 순식간에 어두워졌다. 어둠 속성인 클라우드에게는 좁은 소파 위에서 꾸물꾸물 자신과 마주 앉는 세이린의 얼굴이 훤히 보였다.

언제부터 이런 얼굴이었을까. 두 뺨이 발갛게 달아오른 데다 심장 박동까지 빠르다. 살짝 내리뜬 눈에는 장난기가 없었다. 그녀가 자신을 원할 때마다 이런 얼굴을 한다는 것을 잘 아는 클라우드는 곧장 엉덩이에 손을 받쳐 그녀를 안아 들었다.

"첫날밤을 시작하기엔 조금 늦은 시간이군."

"늦은 만큼 최선을 다하면 되지 않을까요? 아, 침대는 어딘지 알지?"

세이린은 고목나무에 찰싹 붙은 매미처럼 그의 몸에 다리를 감고 바짝 밀착했다. 스치듯 닿는 그의 하반신이 단단하게 굳어 있었다.

"마물들의 황제씩이나 되는 분이 나쁜 일을 참으면 어떡해요."

"네가 집중하는 것 같길래."

"어휴…… 예쁜 짓만 골라서 하는 것 좀 보게."

쪽. 세이린이 그의 앞머리를 홀랑 까뒤집곤 이마에 입 맞췄다. 잘생긴 사람은 머리를 밀어도 잘생겼다는 말이 맞는 듯했다.

"얼굴 조금만 들어 줘. 응?"

걸음에 집중하던 클라우드가 곧장 얼굴을 들고 혀를 살짝 내밀었다. 그의 목에 감고 있던 팔을 바짝 조여 얼굴을 가까이 한 그녀가 혀를 머금고 입 속에서 살살 녹였다.

부드럽고 뜨거운 마찰이 계속되는 사이 장소가 침대로 바뀌었다. 세이린은 씩 웃으며 신통력을 일으켰다. 그의 셔츠가 한 마리의 뱀처럼 몸에서 벗어났다. 세이린은 오늘도 건재한 그의 복근에 고개를 끄덕이며 말했다.

"나도 우리 마왕님이랑 커플 잠옷."

"팔 잠깐만 들어."

그녀가 양팔을 위로 들었다. 오늘 내내 입고 있던 흰 원피스가 그 위로 쑥 빠져나갔다. 살갗이 작은 소리를 내며 스치고 스쳤다. 몸과 몸 사이에 더 이상 좁힐 거리가 없다. 침대 헤드에 등을 기대고 앉은 클라우드가 아예 세이린을 제 다리 위에 앉혔다. 그러자 세이린이 자신을 오래 기다리고 있었다는 것이 느껴졌다. 녹진한 천이 허벅지에 닿은 탓이었다.

엉덩이를 바짝 제 쪽으로 당긴 클라우드가 손을 더 아래로 내려 움직였다. 쓰다듬듯 앞뒤로 왕복하는 그의 손 때문에 세이린은 양쪽 다리를 바짝 붙이지도 못하고 눈을 감았다.

"아……."

그의 움직임을 따라 몸이 절로 들썩였다. 이제는 제 몸을 외운 것인지 달래 듯 입을 맞추면서도 움직임이 멈추지 않았다. 곧 쑥 밀려 들어오는 손가락에 세이린이 탄성을 흘렸다. 그는 손끝을 굴려 제 영역을 확보했다.

"안 풀어도 되니까……."

"말끝 흐리지 말고 말해 봐."

그가 낮은 목소리로 으름장을 놓았다. 세이린은 느리고 유연하게 움직이는 그의 손목을 잡은 다음 속삭였다.

"사랑하는 만큼 사랑해 주세요. 손으로 말고."

"……사랑하는 만큼?"

"내가 허니문 베이비 노린다고 말 안 했던가?"

새빨갛게 달아오른 얼굴로 여유 있는 척 눈웃음을 지으면 어쩌라는 건지. 클라우드는 그녀를 짓궂게 괴롭히고 싶다는 마음을 꾹 눌렀다.

골반을 붙잡고 찬찬히 침입하자 세이린은 고통스러운 신음 대신 쾌감에 젖은 나른한 목소리를 흘렸다. 클라우드는 몸을 느리게 밀었다 빼며 세이린의 허리와 아랫배를 쓰다듬었다. 부드러운 살결이 닿는 기분이 좋았다. 얼굴을 들이밀면 머리를 마구잡이로 헤집은 다음 키스해 달라고 눈을 꼭 감는 것도.

클라우드는 세이린의 코에 쪽 입을 맞춘 다음 양 뺨과 이마에도 입술을 꾹 눌렀다. 자신을 제 안에 붙잡으려 몸에 바짝 힘을 주는 것도, 팔로 목을 감고 매달리는 것도 한없이 사랑스러웠다. 이미 그녀의 안을 문지르고 있는데도 그녀를 탐하고 싶어 미칠 노릇이었다.

"아, 방금 좋았…… 읏!"

세이린은 저도 모르게 신음을 흘리며 그를 느꼈다. 클라우드는 세이린의 머리카락을 정리해 주며 그녀가 좋다고 했던 지점을 공략했다. 바짝 몸을 붙여 올릴 때마다 굴곡진 그녀의 몸이 흔들렸다.

클라우드는 세이린의 가슴께를 모아 쥐어 자극하다 찬찬히 혀로 따라 그렸다. 빳빳하게 선 곳을 입에 머금고 혀를 놀리면 가느다란 허리가 움찔 들렸다.

"깨물지 말고…… 아흣!"

그만하라고 하기에는 자극이 너무 컸다. 세이린은 그의 머리를 쓰다듬으며 다리를 더 세게 조였다. 그의 입에서도 낮은 신음이 흘러나왔다. 뜨거운 숨이 그녀의 귓가를 적시고 귓불을 핥았다.

세차게 몸을 들이받을 때마다 세이린이 어깨를 꼭 끌어안았다. 무심결에 손톱자국이라도 내면 그는 귀신같이 눈치채곤 거칠게 들이닥쳤다. 그의 손길이 닿은 모든 곳이 흐물흐물 녹아 흐르는 기분. 목과 가슴께에 입술이 닿고 흡입감이 느껴지면 이대로 잡아먹히는 것도 황홀하리라는 생각이 들었다.

"아흑, 아, 천천히…… 훗!"

발끝까지 단단하게 힘을 주었던 세이린이 숨을 헉헉대며 몸을 이완시켰다. 성감이 뜨겁게 고조되어 눈물이 핑 돌았다. 목에 감았던 손을 침대 위로 툭 떨어트리자 그가 깍지를 꼈다. 세이린은 그와 단단히 얽힌 것이 마음에 들었다. 오늘은 얽힌 몸을 풀어 줄 생각이 없었으니까. 평소대로 숨을 씨근대며 티슈를 찾아 눈을 굴리는 그의 허리를 세이린이 꼭 감싸고 놓아주지 않았다.

"도망가게 안 놔둘 건데 어쩌나."

"……."

"쓰읍. 안 돼. 이제 우리 결혼했고 나는 허니문 베이비를 노리거든. 마왕님을 놓아줄 생각이 있을 리가."

세이린이 그의 아랫배를 짓궂게 지분거렸다. 경험한 바, 클라우드는 성은이 망극할 정도로 잘 참는 편이었지만 마물에게도 한계란 게 있는 법이었다. 없다면 만들어 주면 되고. 그녀의 신통력이 몸을 한 차례 훑고 지나가는 순간 클라우드가 이를 악물었다. 자극이 갑자기 커졌다. 이상할 만큼.

"……음란 마귀. 신통력을 자꾸 이런 데에만 쓸 건가?"

"싫으면 얼른 해요."

"……."

낮은 한숨을 삼키는 것으로 수긍한 클라우드는 자세를 낮추어 세이린에게 키스했다. 그다음 무의식적으로 아랫배에 주고 있던 힘을 풀었다.

그녀가 움찔했다. 뜨거운 것이 온몸을 적시는 느낌에 아직 차오른 숨도 다 고르지 못했는데도 몸이 또 달았다. 세이린의 신통력 때문에 감각이 배로 예민해진 클라우드에게는 혀로 입술을 축이며 헉헉대는 세이린이 청소년 관람 불가 영화의 한 장면처럼 보였다.

"밤은 길어요, 폐하."

세이린이 씩 웃곤 그를 눕혀 위를 점했다. 신혼 첫날밤은 이제 시작이었다.

□ ■ □

다음 날.

"아……."

신혼 첫날밤을 거하게 치른 클라우드는 앓는 소리를 내며 일어났다. 무리했다고 생각하긴 했지만 이렇게 힘들 줄이야. 온몸 곳곳이 쑤셨다. 철야와 운동으로 단련된 클라우드 슈테른이 근육통을 느낀다면 말 다 한 셈.

반면 밤새 그렇고 그런 일들로 음마력을 풀 충전한 음란 마귀는 몸이 깃털처럼 가뿐한 것을 느꼈다.

"좋은 아침! 클라우드, 잘 잤어? 우리가 부부가 된 다음 처음 맞는 아침이야! 날씨도 여행 가기 딱 좋고!"

"잘 잔 것 같아 다행이군."

"우리 마왕님이 왜 이렇게 기운이 없지?"

세이린이 빌리아에게 결혼 선물로 받은 릴리트 에테라를 그에게 사용했다. 두 송이의 백합이 클라우드의 근육통을 싹 없애 주었다. 그녀가 한결 편안한 얼굴을 하는 그를 껴안았다. 아직도 맞닿은 채로 얼크러진 몸에서 기분 좋은 냄새가 나는 걸로 봐선 어제의 마지막은 욕실에서 장식한 듯했다.

'맞다. 샤워기 틀어 놓고…….'

세이린이 풀린 눈으로 몸을 몰아가던 어제의 클라우드를 생각해 내곤 눈을 질끈 감았다. 아무리 곱씹어 봐도 최고의 첫날밤이었다.

몸도 다 나았겠다. 반짝거리는 그녀의 눈을 더 보고 있자니 욕망이 끓는 것을 느낀 클라우드가 애써 몸을 일으켰다.

"느긋하게 브런치를 즐기려면 슬슬 일어나야겠군."

"그러게요. 오늘 오후에는 낮 대륙으로 출발해야 하니."

트와일 힐즈에서 일상을 보내는 건 오늘이 마지막이었다. 아쉬운 마음도 들었으나 빌리아가 골라 둔 관광지를 구경하는 것도 무척 기대되었다.

"낮에는 여행에 집중하고. 밤에는 2세를 위해, 알죠?"

세이린이 기지개를 켜며 눈썹을 으쓱했다. 클라우드는 어제 으스러지도록 껴안은 허리를 또 끌어안으며 뻔뻔하게 굴었다.

"모르겠군. 아이는 어떻게 생기지?"

"밤낮으로 열심히 하면 황새가 물어다 줘요. 최선을 다해야 하늘이 감명받아서 황새를 보내 주는 거야."

"신이 그렇게 말하니 최선을 다해야겠군."

지당한 말이라는 듯 고개를 끄덕인 세이린이 신통력을 일으켜 어제 산 커플 잠옷을 가져왔다. 잠은 다 자고 일어났지만 어쨌든 커플 잠옷은 커플 잠옷. 장장 2번의 삶을 홀로 살아온 음란 마귀에게는 감회가 남달랐다.

"이러고 있으니까 진짜 부부 같아……."

"진짜 부부 맞아. 이게 있잖나."

클라우드가 약혼반지보다 한결 화려해진 세이린의 결혼반지를 톡 건드렸다. 자신의 손에도 같은 것이 있어 행복감이 더해졌다.

"말도 안 돼. 내가 이런 완벽한 남자랑 결혼하다니."

보이지 않는 손이 자신의 몸을, 특히 허리를 쓰다듬었지만 클라우드는 티 내지 않기로 했다. 둘은 나란히 욕실에 들어가 치약을 칫솔에 짜 입에 물었다. 무려 커플 잠옷을 입고. 문득 거울에 비친 마물이 하나가 아니라 둘이라는 것에 세이린은 감동했다.

"마앙니미랑 가치 이쓰니까 조아여."

"뭐라고?"

칫솔은 똑같이 물고 있는데 왜 저 남자의 발음은 저리도 정확한가. 세이린은 또박또박 다시 말했다.

"클라우드랑 이쓰니까 조아."

그는 이번에도 고개를 갸웃했다. 문장이 길어서 그런가? 세이린은 최대한 짧게 심경을 표현하기로 했다.

"조아해."

"응?"

"사랑해."

그가 이번에도 모르겠다는 얼굴을 하자 세이린은 빛의 속도로 입을 헹궈 내곤 말했다.

"에이. 방금은 발음 정확했어요. 마계어사전 음성 자료로 써도 될 '사랑해'였는데. 일부러 못 알아들은 척하고 있는 게 아니라면 못 알아들었을 리가 없어."

"뭐라고 했는데."

"사랑해."

"한 번만 더."

"사랑…… 잠깐. 진짜로 일부러 못 알아들은 척한 거예요?"

발걸음 소리만 듣고도 누가 어떤 기분으로 어딜 향해 가고 있는지 알아채는 눈치 백단 클라우드는 무슨 소린지 모르겠다는 듯 반응하곤 입을 헹궜다. 세이린은 답답함을 느꼈겠지만 좋아한다는 고백을 계속 듣고 싶었다. 귀엽게 웅얼거리는 말투로. 평소에도 사랑한다는 말을 남발하는 그녀지만 결혼 후 처음 맞는 아침에 듣는 건 또 느낌이 달랐다.

'더 듣고 싶은데.'

한 번 더 못 알아들은 척을 했다간 신혼여행이 아니라 이비인후과를 가게 되리라. 그가 아쉬움에 입맛을 다실 즈음.

"으아아…… 우리 임성운, 왜 아침부터 귀여운 짓 해? 어제 그렇게 들어 놓고 또 듣고 싶어?"

세이린은 물기 어린 클라우드의 뺨을 지분대며 눈을 반짝였다. 명백한 애 취급. 1년 전에 이런 취급을 당했다면 고소장을 보냈으리라. 하지만.

"듣고 싶어. 해 줘."

"뽀뽀해 주면."

쪽—

지금의 클라우드는 그저 사랑한다는 말을 듣고 싶어 안달이 난 새신랑이었다.

□ ■ □

양치를 마친 세이린과 클라우드는 트와일 힐즈에서의 마지막 시간을 브런치로 보내기로 했다. 어제 장을 봐 왔으니 요리를 하고 느긋하게 음식을 즐기면 시간이 딱 맞았다. 클라우드는 짧은 반바지와 흰 티를 입고 머리를 돌돌 말아 올려 묶는 세이린을 신기하다는 듯 바라봤다.

'아무래도 집이 더 편하겠지.'

황궁에 있을 땐 한 번도 이런 모습을 본 적이 없었다. 또 불쑥 미안함과 고마움이 차올라 뭐든 해 주고 싶었다.

"네가 차를 우리면 나머진 내가 할게."

"오…… 우리 마왕님은 요리도 잘하나?"

"식욕은 마물이 갖춰야 할 주요 욕망 중 하나이니."

"그럼 기대할게요."

그가 머리를 팽팽 굴리고 있다는 사실을 인지하지 못한 세이린은 백화점 뺨치는 호화로운 진열장에서 어떤 찻잔 세트를 사용할지 고르느라 신이 났다. 그 모습을 보니 더 맛있는 브런치를 해 주고 싶은 클라우드였다.

다행히 그에게는 비장의 카드가 있었다. 결혼식 직전, 세이린이 환장하는 마계 최고의 셰프 곤잘레스 나쵸에게 레시피를 받아 온 것이다.

'분명 어제 프렌치토스트가 먹고 싶다고 했지. 딸기를 곁들이는 게 좋겠군.'

브런치의 방향을 잡은 그는 가장 먼저 달걀과 그릇을 꺼냈다. 제 입으로 설명하자니 민망해 아무 말도 하지 않았지만, 다른 수업들과 마찬가지로 요리 수업 또한 완벽하게 수료했다. 클라우드는 아내에게 '나는 요리를 무척 잘하며 네가 원할 때면 언제든 맛있는 음식을 만들어 줄 수 있다'고 구구절절 설명하는 대신 행동으로 보여 주고 싶었다.

'요리의 기본은 달걀 깨기.'

클라우드가 자신만만한 얼굴로 달걀을 볼에 톡 두드렸다. 그러나 달걀은 예쁘게 깨지긴커녕 산산조각이 나고야 말았다. 세이린은 움찔했지만 일부러 뒤돌아보지 않았다. 클라우드가 그녀보다 더 당황했다. 왕년엔 양손에 달걀을 하나씩 쥐고 흰자와 노른자까지 분리해 냈다. 물론 달걀 껍질 같은 것은 들어가지도 않았고.

'연습을 너무 안 했나.'

돌이켜 보니 요리 수업 이후로 무언가를 만들어 먹은 기억이 없었다. 설령 있다 해도 재료를 때려 넣고 익히기만 하면 되는 요리가 전부였다. 클라우드는 착잡함을 느끼며 조심조심 달걀을 다뤘다. 몇 개를 깨트린 후에야 겨우 껍질과 알맹이를 분리할 수 있었다.

'이제 우유와 설탕을 넣고 저으면 되겠군.'

그다음 빵을 적셔 팬에 굽기만 하면 끝이었다. 자신감을 되찾은 클라우드가 휘퍼를 볼 안에서 가볍게 휘둘렀다.

촤악—

기껏 황금 비율로 배합해 둔 달걀물이 절반이나 엎어지는 참사가 일어났다. 더군다나 파도가 치는 듯한 소리를 들은 세이린이 움찔하기까지.

"클라우드, 도와줄까?"

"거의 다 됐어. 앉아서 쉬고 있어."

사근사근 말했으나 상황은 영 좋지 않았다. 일단 더 이상 깨 먹을 달걀이 없었다. 이대로라면 토스트는 무척 뻑뻑해지리라.

"같이 요리하고 싶어서 그래. 무슨 일…… 헉."

세이린은 처참한 싱크대와 조리대를 보고 말을 잇지 못했다. 달걀은 또 왜 이렇게 많이 깨 먹은 건지. 게다가 이미 엎질러진 달걀물을 주워 담는 것은 불가능했다. 평범한 마물들이라면. 하지만 세이린 폴룩스가 누구인가.

무지갯빛으로 찬란히 빛나는 신통력이 클라우드와 그 주변을 휘감았다. 달걀은 깨트리기 전 상태로 돌아왔고 그 외의 재료도 뜯지 않은 상태가 되었다.

"같이 천천히 합시다. 내가 달걀 깔까?"

"그럼…… 생크림을 부탁하지."

"오케이."

세이린은 생크림을 저으며 요리하는 그의 바람직한 등빨을 지켜봤다. 저 큰 손으로 조심조심 달걀을 다루는 게 무척 귀여웠다. 욕구를 휘핑으로 승화시킨 덕에 세이린의 생크림은 금방 완성되었다. 조금 시간이 지나자 클라우드도 프렌치토스트를 완성했다. 세이린은 모락모락 김이 나는 토스트 옆에 꼭지를 딴 딸기를 놓는 그에게 슬쩍 다가갔다.

"잘 만들어졌나 먹어 볼래?"

생크림이 푹 찍힌 손가락이 그의 앞에 나타났다. 클라우드는 고민 없이 세이린의 손가락을 입에 물었다. 혀를 굴리며 맛을 음미해 본 결과 생크림은 최고였다. 생크림과 함께 머금은 세이린의 손가락이 달고 따뜻해서 계속 이 상태로 있고 싶었다.

"나도. 아─"

세이린이 입을 작게 벌리고 생크림을 기다렸다. 클라우드도 그녀가 했던 것처럼 생크림을 푹 찍어 입 안에 넣어 주었다. 장난스러운 미소를 지은 그녀가 손끝을 살살 빨았다. 자신이 했던 것과 별반 다르지 않은 행동. 하지만 쪽, 쪽, 하고 작은 소리가 날 때마다 어째 하반신에 피가 몰렸다.

"……얼른 먹지."

브런치를 즐길 인내력이 밑바닥을 보이기 전에.

"그럴까요?"

세이린과 클라우드는 유리 테이블에 나란히 마주 앉아 브런치를 즐겼다. 같이 무언가를 만들어 먹는다는 것은 즐거운 일이었다.

클라우드는 특히나 더 좋아하는 세이린을 보며 말을 아꼈다. 황궁을 벗어나 트와일 힐즈에 들어섰을 때부터 세이린의 표정은 평소보다 밝았다.

아무리 규칙 따위 없는 마계의 황궁이라지만 자유로운 도시 생활이나 소박한 일상과는 거리가 멀다. 하물며 자연 발생한 지 이제 2년이 되었을 뿐인 세이린이 얼마나 답답함을 느낄까. 클라우드는 그녀가 식사를 다 마치고 차로 입가심을 한 후에야 겨우 입을 뗐다.

"세이린. 네가 나를 따라 황궁에서 지내 주는 것에 대해서는 항상 감사하고 있어. 기회가 될 때마다 황궁에서 나와서 어제나 오늘 같은 시간을 보내면 좋겠군."

"어제나 오늘…… 같은?"

그렇고 그런 일들만 떠올린 음란 마귀가 언제든 좋다는 의미로 고개를 주억거렸다.

"근데 황궁에 지내는 게 왜요? 편하고 좋은데."

"네가 좋아하는 소박한 일상과는 거리가 멀잖나."

"제가 소박한 일상 좋아한다고 누가 그래요?"

맥시멈 라이프를 추구하는 세이린은 소박한 것과 거리가 멀었다. 하녀들이 항시 대기하고 같이 떠들 마물들도 많은 황궁이야말로 세이린이 마계에서 가장 좋아하는 장소였다.

"우리 황제 폐하께선 왜 그렇게 생각했어?"

"황궁을 떠난 뒤부터 계속 표정이 좋길래."

"그야 당연히…… 우리 결혼해서 그랬지."

순간 클라우드의 얼굴에 화색이 돌았다. 그가 침대 밖에서 급격한 표정 변화를 보이는 건 또 오랜만에 봤기에 세이린은 가슴이 두근거렸다.

"계속 같이 있었잖아. 같이 사진도 많이 찍었고. 그래서 좋아한 거예요."

"……진짜?"

"응. 달리 이유가 있겠어?"

당연하지 않냐는 듯한 말투에 클라우드는 웃음을 감추지 못했다. 또 괜한 삽질을 한 셈이지만 그게 중요한 게 아니니. 클라우드가 테이블 위에 얹혀 있던 세이린의 손을 조심히 잡았다. 닿는 것만으로도 기분이 좋은데 이제는 계속 붙어 있을 수 있다고 생각하니 가슴이 벅찼다.

"이제 진짜 신혼여행 갈까?"

"응. 같이 가요."

세이린이 환하게 웃으며 답했다.

외전
2
—

아기는 어떻게 생겨요?

    세이린과 클라우드의 신혼여행 계획은 빌리아의 치밀한 설계로 이루어져 있었다. 〈임성운의 5,500가지 그림자〉를 바탕으로 둘의 취향을 낱낱이 분석한 다음, 마계의 주요 관광지에 녹여낸 것이다. 짜릿한 탄산수가 흐르는 세븐스타 스트림, 뜨거운 포도주가 하천 대신 흐르는 뱅쇼 섬 등등. 일정도, 숙소도 모두 완벽했다.

    그러나 여행 마지막 날인 오늘, 일정표를 내려다보던 두 마물은 난감한 얼굴을 했다.

    '……빌리아가 분명 여행에 대해 물을 텐데.'

    '왜 기억나는 게 하나도 없지? 우리 마왕님, 아니 황제 폐하랑 알콩달콩 여행을 즐기고 싶었는데…… 어디서부터 잘못된 거야?'

    세이린이 머리를 굴렸다. 가만히 생각해 보니 관광지 구경 첫날, 간단하게 저녁을 먹고 뱅쇼 섬의 온천욕을 준비하던 것부터가 문제였다. 황제와 신을 위해 전용으로 준비된 온천이라고는 하나, 온천욕에는 수영복이 필수라는 규칙이 있었다.

해서 세이린은 마지막 날을 위해 아껴 두었던 수영복을 개시하기로 했다. 들어갈 데는 훅 들어가고 나올 데는 훅 나온 끝내주는 몸매가 부각되는 마토리아 시크릿 비키니를.

"크으으……."

머리를 양 갈래로 내려 묶고 산호색 비키니를 입은 자신의 모습에 취한 음란 마귀는 전신 거울 앞을 떠나지 못했다. 군살 없이 쭉쭉 뻗은 팔다리에, 영혼까지 끌어 모은 가슴골. 기가 막힌 곡선을 그리며 떨어지는 가슴과 허리, 골반의 곡선까지.

"클라우드, 나 좀 봐 봐. 기가 막히지? 우리 마왕님은 좋겠다. 이렇게 예쁜 이린이가 당신 거…… 으악!"

관능적인 그녀의 모습에 고삐 풀린 클라우드가 세이린에게 돌진했다. 흡사 미식축구의 한 장면처럼 몸이 붕 들린 세이린은 잠시 후 푹신한 침대에 안착하게 되었다. 귓가에 뜨거운 클라우드의 목소리가 들렸다.

"……하고 싶어."

"허으윽…… 우리 황제 폐하께서 하고 싶다면 해야…… 아웃!"

그렇게 세이린의 비키니는 온천은커녕 바깥바람도 쐬지 못한 채 세탁기로 들어가게 되었다.

2일 하고도 반나절 동안 비슷한 일들이 벌어졌다. 문득 눈을 마주했을 때 불꽃이 튀는 일이 허다했다. 서로를 탐하느라 식사도, 시간도 잊을 지경이라면 말 다 한 셈.

'오늘은 절대 안 돼. 코랄 비치는 꼭 가 보고 싶었단 말야!'

세이린은 오늘의 관광지를 꼭 사수하리라 다짐하곤 말끔히 세탁된 문제의 비키니를 다시 입었다.

"가자, 클라우드. 코랄 비치로."

말만 들으면 코랄 비치를 정복하러 가자는 것 같았다. 결연하게 고개를 끄덕인 클라우드 또한 오늘이라도 관광지를 즐기리라 마음먹곤 코랄 비치로 향했다.

코랄 비치는 복숭아 맛이 나는 연분홍빛 바닷물과 모래 대신 설탕 알갱이로 된 해변이 유명한 마계의 대표 관광지였다. 원래는 연인들로 붐볐지만 황제와 신이 신혼여행을 온다는 말을 전해 들은 마물들이 자리를 비켜 주어 전용이나 다름없었다.

"와…… 예쁘다."

세이린은 드넓게 펼쳐진 분홍빛 바다를 보며 연신 감탄했고, 클라우드는 발그레 달아오른 그녀의 뺨을 보며 충동을 애써 억눌렀다. 분홍빛 바닷물을 신기하게 바라보던 세이린은 숨을 참고 부드럽게 잠수했다. 그녀가 요란한 숨소리와 함께 수면 위로 얼굴을 내밀 때면 클라우드는 산홋빛 머리카락이 흰 살결에 달라붙는 모습을 보며 숨을 삼켰다. 잠수는 세이린이 했는데 제 호흡이 부자연스러워졌다. 세이린이 아이처럼 해맑게 웃을 때면 더더욱.

"신기하다. 진짜 바닷물에서 복숭아 맛이 나요."

클라우드는 천진하게 즐거워하는 세이린에게 쪽 입을 맞추곤 고개를 끄덕였다.

"그렇군."

세이린의 입술에서 복숭아 맛이 났다. 잠수를 했으니 세이린의 몸에서는 달콤한 맛이 날 것이다. 아랫배가 묵직하게 욱신거렸다.

'……핥고 싶다.'

클라우드는 물속에 하반신이 온전히 잠겨 있어서 다행이라고 생각했다.

□ ■ □

두 마물은 한참 수영을 즐긴 후에야 물 밖으로 나왔다. 모포에 드러누운 세이린이 클라우드의 허벅지를 콕콕 건드리며 물었다.

"물놀이를 마쳤으니 끈적끈적한 몸을 씻을 필요가 있지 않을까요?"

"……."

척하면 척이었다. 클라우드와 세이린은 곧장 오늘의 숙소, 에테라의 다산의 성으로 이동해 욕실을 찾았다. 복숭아 맛이 나는 서로의 몸을 미친 듯이 맛보고 녹이는 시간이 코랄 비치에서 물놀이를 한 시간보다 배로 길었다. 겨우 욕실 밖으로 나왔을 땐 해가 남아 있기는커녕 노을도 진 후였다. 분명 오후에도 일정이 있었으나 욕실에서 보낸 시간이 너무도 길어 취소된 것이 분명했다.

"음…… 달이 밝네요?"

"여행은 다음에 또 오지. 지금은 신혼여행이잖나."

"하긴. 신혼여행은 관광지가 중요한 게 아니죠."

세이린이 그의 몸에 슬쩍 올라타며 눈웃음을 지었다.

"내가 여행 일정 내내 술을 입에도 안 댄 이유가 있지. 허니문 베이비 아직 포기 안 했으니까 얌전히 눈 감아요."

"덮칠 건가?"

"방법이야 어쨌든 최선을 다해 노력하면 황새가 물어다 주지 않을까요?"

클라우드가 아무것도 모른다는 듯 말하면서도 제 허리를 쓰다듬는 세이린에게 약속했다.

"양적으로도 질적으로도 최선을 다하지."

"어휴…… 역시 우리 마왕님이 최고."

위협적인 눈빛이 공중에서 얽히다 점점 가까워졌다. 클라우드가 세이린의 머리를 한쪽으로 쓸어 넘겨 주었다. 세상의 온갖 보라색을 띠는 것들을 뒤섞어 만든 듯한 눈동자에 갈망이 서렸다.

"……예뻐."

드러난 어깨선에 그의 입술이 닿았다. 귀한 음식을 살살 녹여 먹듯 입술은 한곳을 진득이 빨고 음미한 다음에야 조금씩 아래로 옮겨 갔다. 깨끗한 설탕 모래가 깔린 해변에서 온종일 뒹군 탓에 안 그래도 매혹적이던 살결이 더욱 부드럽고 달콤했다. 손끝이 쪼글쪼글해질 때까지 코랄 비치에 몸을 담그고 있어서일까. 희미한 복숭아 향까지 났다.

"아, 간지럽…… 으읏!"

세이린이 몸을 움찔했다. 그가 옅게 드러난 복근을 혀로 따라 그렸기 때문이었다. 찬찬히 핥아 올리는 터라 간지러웠지만 제 살결을 탐하는 얼굴이 보여 발끝부터 흥분이 차올랐다.

클라우드는 점자를 읽어 내듯 조심스러운 손길로 세이린의 팔과 옆구리, 골

494

반과 허벅지까지를 매만졌다. 딱 간지러움과 쾌감의 중간 정도에 있는 자극. 그는 연인을 애태우는 데 능숙했다.

"이리 와요."

세이린은 자신과 마찬가지로 얄팍한 속옷만 걸친 채 침대에 앉아 있는 그의 허벅지에 마주 앉았다. 넓은 어깨에서 목까지를 손으로 훑다 팔을 감아 껴안으니 가슴과 몸이 바짝 밀착했다.

클라우드는 제게 매달린 탓에 젖혀진 세이린의 허리를 어루만지며 그녀가 조심스레 제 입술을 머금는 것을 느꼈다.

"쓰읍. 얼른."

일부러 입술을 꼭 다물고 있자 세이린이 제법 위협까지 하며 겁을 주었다. 찬찬히 입을 열어 주자 그것만으로도 만족스러운지 맞닿은 입술이 씩 올라갔다. 사랑스러웠다. 이제는 이 마성의 여인을 왕실 작가나 약혼녀, 피고소인이 아니라 아내, 가족, 황후라고 불러도 좋다는 사실에 클라우드의 입매도 둥글게 올라갔다. 세이린의 허리에 새겨진 서명을 문지르던 그의 손이 척추를 타고 올라와 등의 후크를 풀었다.

그의 목을 꼭 껴안은 세이린은 조금이라도 떨어져 있기 싫다고 말하는 것처럼 팔을 번갈아 빼낸 다음 더 바짝 몸을 밀착했다. 허리를 튕기듯 앞뒤로 움직이자 그도 자신을 원하고 있다는 것이 닿은 몸으로부터 느껴졌다.

클라우드가 세이린을 눕힌 다음 그녀의 위를 점했다. 목욕 내내 달아 있던 몸인지라 조금씩 그녀의 안으로 스며들기 편했다.

"아……."

세이린이 눈을 질끈 감으며 침범해 오는 그를 느꼈다. 꽉 들어찼다는 충만감은 곧 야릇한 쾌감으로 뒤바뀌었다. 클라우드의 튼실한 허리에 다리를 감자 그가 찬찬히 움직였다. 클라우드가 허리를 끌어 깊숙이 들이칠 때마다 허리가 제멋대로 들렸다.

음란 마귀의 못된 손은 그의 넓은 등과 팔뚝을 주물러 댔다. 움직일 때마다 힘이 들어간다. 심장 박동이 거세고 빠르다. 그도 자신처럼 희열을 느끼기를 바랐다.

"아훗…… 이리 와."

부름받은 클라우드가 얼굴을 가까이 했다. 세이린은 그의 귓불을 머금고 혀끝으로 찬찬히 녹이며 신음을 흘렸다. 다정하게 머리를 넘겨 주는 그의 손과 그의 거친 움직임은 도무지 어울리지 않았다.

"아, 방금 거기 좋았…… 웃!"

한곳을 문지르려 몸을 붙여 올리는 속도가 더욱 빨라졌다. 클라우드는 1초가 멀다 하고 자신을 느끼며 흐트러지는 세이린을 눈에 담았다. 입술을 깨물다, 손으로 힘주어 등을 붙잡다, 더 해 달라고 앙앙거리며 졸라 대는 게 사랑스러워 미칠 것 같았다.

"……사랑해."

"지금 그런 얘기 하시면…… 아흑……!"

세이린이 신통력을 일으켜 자세를 바꾸었다. 이번엔 그녀가 앉아 있는 그에게 올라타 위를 점했다. 직접 그를 기분 좋게 해 주고 싶다는 생각이 강하게 차올랐다. 허벅지에 힘을 바짝 준 채로 쾌감에 몸을 내맡기자 몸이 격렬하게 흔들렸다.

클라우드는 자신의 입술에 닿는 그녀의 살결을 모조리 빨아들이며 아득한 쾌감을 느꼈다. 자신을 원해서 안달 난 세이린이라니. 아랫배가 절로 묵직해졌다.

"클라우드, 하다가 웃지 마, 응? 나 죽을 것 같……아……."

깨물지 말고! 세이린이 그를 머금었다 놓기를 반복하며 눈을 질끈 감았다. 직접 움직이는 게 원하는 자극을 얻기 더 편했다.

"좋은데 어떻게 안 웃…… 크윽……."

클라우드가 세이린의 가슴에 얼굴을 묻었다. 동시에 그를 머금던 세이린이 허리를 바짝 젖혔다. 배 속부터 허벅지까지가 덜컥 마비되는 기분이었다.

그가 잔열을 훔치듯 천천히 세이린의 몸에 입 맞추자 세이린은 피식 웃을 수밖에 없었다. 사랑을 듬뿍 받으며 몸을 섞는 건 언제든 황홀했다. 긴 입맞춤 후, 클라우드가 몸을 빼내려 하자 세이린이 다리로 그의 허리를 감았다.

"어딜 빠져나가려고, 자기야."

"……허니문 베이비를 위해 한 번 더 할까."

죽이 척척 맞는 부부였다.

□ ■ □

몇 시간 후. 2세를 얻기 위한 최선의 노력을 마친 클라우드와 세이린은 가쁜 숨을 고르며 침대로 몸을 던졌다.

"역시 비전하 결혼 선물이 최고……."

세이린이 클라우드가 협탁에 내려 둔 '릴리트 에테라'를 보고 중얼거렸다. 빌리아는 세이린과 클라우드에게 통 큰 결혼 선물을 줬다. 클라우드에게는 지금 머물고 있는 숙소, 에테라의 '다산의 성'을, 세이린에게는 '릴리트 에테라'를 준 것이다. 너무나도 한 가지 목적에 충실한 결혼 선물이었으나 매우 유용했으므로 두 마물은 신경 쓰지 않기로 했다.

"세이린. 나랑 결혼해 줘서 고마워."

클라우드가 세이린을 꼭 껴안고 속삭였다. 요즘따라 애정 표현이 부쩍 늘어난 그였다. 세이린은 눈을 꼭 감고 고개를 끄덕였다.

"어휴…… 다정한 걸 보니 우리 애들 아빠로 딱이네."

"좋은 아버지가 되도록 노력하지."

"얼른 황새가 예쁜 아기를 물어다 줘야 할 텐데……."

능청을 떤 세이린이 그의 품에 더 바짝 파고들었다.

"사랑해, 클라우드. 잘 자."

굿나잇 키스를 마친 두 마물은 서로의 따스함과 포근함을 느끼며 잠을 청했다.

다산의 성 주변에는 다른 건물이 없어 고요했다. 얼마나 시간이 지났을까. 깊은 잠에 빠졌던 클라우드는 알 수 없는 소음에 신경을 곤두세웠다.

가가가가가가가가각—

'……?'

무언가가 짧은 간격을 두고 부딪히는 소리. 눈을 감은 채로 이것이 어디서 나는 소리인지 헤아리던 클라우드는 이내 푸스스 웃었다.

'많이 피곤했나 보군. 귀여워.'

무리한 세이린이 이를 가는 소리라고 생각하니 마냥 사랑스러웠다. 세이린을 꼬옥 껴안은 클라우드는 이내 멈칫했다.

가가가가가가각—

가가가각—

분명 세이린은 품에서 새근새근 잘 자고 있는데 알 수 없는 소리가 계속 들려온 까닭이었다. 그것도 어디라고 특정 지을 수 없을 만큼 곳곳에서. 몸을 일으킨 클라우드는 답지 않게 입까지 벌리고 굳어 버렸다. 침대를 제외한 침실과 에테라 성 주변이 온통 정체불명의 생명체에게 점령당했다.

'뭐지?'

클라우드는 마력을 일으켜 방 안에 그득 들어찬 것들의 정체를 확인했다. 부리와 날개의 끝부분만 검은색이고 나머지 깃털들은 모두 하얀 조류였다. 게다가 이 특이한 울음소리라면······.

'황새?'

그렇다. 황제 부부가 잠든 침실을 중심으로 무려 5,500마리의 황새가 빼곡히 날아들어 있었다. 당황한 클라우드가 세이린을 흔들어 깨웠다.

"으음······ 알았어요. 딱 한 번만 더······."

"세이린."

"응?"

그의 진중한 목소리에 눈을 뜬 세이린도 입을 떡 벌렸다. 마계의 유일한 신에게 5,500마리의 황새가 공손히 머리를 조아렸다.

'이런 미친······ 설마, 설마······.'

세이린은 제발 자신의 직감이 틀렸기를 바라며 침을 꼴깍 삼켰다. 그러나 황새들은 세이린과 클라우드의 앞에 보드라운 깃털갈대로 만든 둥지를 툭 내려놓았다. 둥지 안에는 황새의 것이라고 하기에는 너무도 커다란 알 두 개가 들어 있었다.

어스름한 신통력에 둘러싸인 두 개의 알. 빛과 어둠을 연상시키는 흰색과 검은색.

······알.

"······정말 황새가 물어다 줄 줄은 몰랐는데."

"마계 나한테 왜 이래, 진짜······. 아무리 신이라고 해도 그렇지 인간이었던 마물한테 2세를 알로 주냐······."

황망한 얼굴로 황새들을 바라보기를 잠시. 세이린과 클라우드는 후들거리는 다리를 애써 진정시키곤 황새들 사이로 파고들었다. 매끈한 알 두 개가 담긴 둥지를 조심스레 안아 올리자 황새들은 이제 되었다는 듯 흐뭇한 얼굴을 했다.

곧 푸드덕거리는 요란한 소리를 내며 황새들이 창문과 문을 통해 바깥으로 빠져나갔다. 조금 전까지만 해도 5,500마리의 황새가 있던 자리는 깃털 하나 없이 말끔해서 둥지 안의 알이 아니었다면 방금 일을 꿈으로 생각할 지경이었다.

"어, 어떡하죠?"

"세이린. 일단 진정하고······."

그렇게 말하는 클라우드의 목소리도 떨린다는 게 문제였다. 둘은 한동안 보드라운 둥지 안에 들어 있는 알을 바라봤다. 두 알은 모두 성인 머리통만 한 크기에, 표면은 계란처럼 매끈했다. 하지만 손을 댈 용기가 나지 않았다.

"······비전하가 장난치신 거겠죠? 다산의 성이니까."

"그렇겠군."

합리화를 마친 세이린은 곧장 황궁의 빌리아에게 전화를 걸었다. 날도 밝기 전의 새벽인지라 그녀는 잠긴 목소리로 전화를 받았다.

— 여보세요? 작가님, 무슨 일로?

"비전하. 저, 저랑 클라우드가 지금 마주 보고 있는데, 저희 둘 사이에 알 두 개가······."

말이라면 자신 있던 세이린이 횡설수설 늘어놓았다. 하지만 빌리아는 유일 작가의 다급함을 영 이상하게 받아들였다.

— 음······ 작가님. 농담이 조금 저질이네요.

빌리아가 전화를 끊었다. 당황한 세이린이 다시 한 번 전화를 걸었다.

"그게 아니라요, 클라우드와 제 알인 것 같아요."

— 글쎄, 클라우드의 알이 저랑 무슨 상관…… 잠깐. 알을 낳으셨다고요?

"제가 낳은 적은 없는데……."

"빌리아. 우릴 놀라게 하는 게 목표였으면 진작 달성했으니 장난은 그만둬."

클라우드가 끼어들었다. 하지만 빌리아는 알 수 없다는 목소리였다.

— 장난은 무슨 장난? 내가 둘 신혼 밤에 장난을 치겠어? 2세를 그렇게 기다리는데?

맞는 말이었다. 아이를 무척 좋아하는 빌리아는 세이린과 클라우드보다 둘의 2세를 더 기다렸다. 그러니 신성한 신혼여행의 밤을 장난으로 방해하지는 않으리라.

"빌리아. 기사단장들 소집해. 곧 돌아가지."

클라우드가 겨우 입을 떼고곤 전화를 끊었다. 빌리아가 아니라면 감히 신과 황제에게 이런 장난을 벌일 마물은 없었다.

세이린은 가만히 둥지 안에 담긴 예쁜 알들을 바라보았다. 아까는 당황스러워 제대로 보지 못했는데 묘하게 사랑스러웠다. 가만히 손을 대니 작은 움직임과 따스한 온기가 느껴졌다.

"……!"

세이린이 놀란 얼굴을 하자 클라우드도 조심스레 알에 손을 대 보았다. 미세하지만 분명 심장 박동이 느껴졌다. 이 작은 세계 안에 생명체가 든 게 분명했다.

두 마물은 알 수 없는 감동에 사로잡혀 눈시울을 붉혔다. 검은 알에서는 어둠의 마력이, 흰 알에서는 빛의 마력이 미약하게나마 뿜어져 나오고 있었다. 굳이 마력이나 알의 색깔이 아니더라도 본능적으로 알 수 있었다. 이 알들이 설레는 마음으로 기다리던 제 아이라는 것을.

"……우리 아이인 것 같군."

"기쁜데 기분이 이상해."

세이린이 알이 든 둥지를 조심히 끌어안았고 클라우드가 아내를 감쌌다. 기쁜 건 기쁜 거고 난감한 건 별개의 문제였다. 사실 세이린과 클라우드는 서로

몰래 언젠가 갖게 될 아이를 위한 공부를 하고 있었다. 임신 중에는 어떻게 행동해야 하는지, 갓 태어난 아기 마물을 어떻게 다뤄야 하는지는 둘 다 제법 알고 있다고 자부했다.

하지만 알이라니. 이건 조금도 예상치 못한 전개였다. 그동안 공부한 것들이 모조리 쓸모없어지는 순간이었다.

"일단 황궁으로 돌아갈까?"

"그러는 게 좋겠군."

세이린이 알들을 살살 쓰다듬는 동안 클라우드가 커다란 나무 바구니를 가져왔다. 이불을 구겨 넣은 다음 조심스레 둥지를 넣었다.

"으…… 클라우드, 이거 보여? 우리 애들 벌써 귀여워."

"엄마를 닮아서 그런 것 같군. 동그란 걸 보니 성격도 모나지 않을 것 같아."

"그럼요. 아빠가 성인군자인데. 얼마나 사랑스러울까."

아직 부화하지도 않았지만 둘의 눈에는 한없이 귀여워 보였다. 두 마물은 한참 후에야 이동 마법진을 그릴 수 있었다.

□ ■ □

폴룩스 제국, 수도 슈테른의 황궁.

낮 대륙의 황제지만 신혼여행이 끝날 때까지 클라우드의 직무 대리를 하고 있는 빌리아의 명으로 기사단장들이 소집되었다. 코로나, 제이드, 레이, 다프네. 그리고 황궁에 머무르고 있던 로자리와 카인까지. 빌리아는 고개를 갸웃했다.

"빅토리아는요?"

"보던 드라마가 잠시 후면 끝나니 그때 오겠다고 하였습니다."

로자리가 고했다. 아무래도 개국 공신인 빅토리아는 제이드에게 모든 것을 맡기고 정년퇴직을 노리고 있는 것 같았다. 때 되면 알아서 오겠지. 빌리아는 어깨를 으쓱하고 말했다.

"무슨 일인지는 모르겠지만 클라우드와 작가님께 큰일이 생긴 것 같아요.

떨리는 목소리로 소집 명령을 내려 달라고 했으니까."

"……!"

클라우드가 매사에 신중한 것은 황궁의 모두가 아는 사실. 그런 그가 떨리는 목소리를 냈다면 상황은 심각하리라. 마물들이 자세를 고치며 긴장했다.

잠시 후 세이린과 클라우드가 이동 마법진에서 나왔다. 원래 세이린을 과보호하는 경향이 있던 클라우드지만 지금은 더 심했다. 클라우드는 바구니를 든 세이린을 애지중지 살피며 걸어왔다.

"꼬맹이, 그 바구니는 뭐냐?"

"안에 알이 들어 있어요."

"계란프라이라도 해 먹게?"

쿠궁! 세이린이 충격을 받고 울먹였다. 클라우드는 당장 칼을 뽑아 들 기세로 레이를 노려봤다. 그러나 레이는 그 이유를 알 수 없었다.

"미안. 네 계란이니까 네 프라이에는 손 안 댈게."

"그런 잔인한 말 하지 마세요! 우리 애들 듣는단 말이에요!"

"계란프라이가 언제부터 잔인한 말이야? 그나저나, 우리 애들이라면……."

레이가 세이린의 배를 바라봤다. 말하는 걸 보니 아이를 가진 건 맞는 듯한데, 배가 조금도 나오지 않았다. 임신 초기라 그러려니 하는 모두에게 클라우드가 상황을 설명했다.

"……그래서. 우리가 판단하기론 이 알이 우리 아이들이다."

마물들은 아무런 반응도 보이지 못했다. 인간형 마물들이 새끼를 낳는 법은 인간과 같았다. 임신, 그리고 출산. 알을 낳는다는 말은 한 번도 들어 본 적이 없었다. 팔짱을 끼고 이야기를 듣고 있던 카인이 목소리를 냈다.

"야, 제이드. 너는 뭐 아는 거 없어? 너 인간형 마물 아니잖아."

"뱀파이어는 박쥐에서 유래한 마물이라 새끼 낳아. 알이 아니라."

비인간형 마물인 제이드라고 해서 아이디어가 있는 것은 아니었다. 모두가 곤란한 얼굴을 할 때 살그머니 빅토리아가 끼어들었다.

"늦어서 죄송해요. 드라마가 방금 끝나서…… 어머. 귀여운 알이네요?"

빅토리아는 '황새가 알을 물어다 줘서 데려왔다'는 이야기를 듣고도 전혀 당황하지 않았다. 도리어 알이 든 바구니를 살살 흔들어 주는 여유까지 보였다.

"폐하와 아가씨를 닮아 개구쟁이로 자라겠어요. 예뻐라. 축하드려요."

"빅토리아, 알을 잘 다루나?"

클라우드의 물음에 그녀는 피식 웃었다.

"그럼요. 제가 부화시킨 알이 몇 갠데요."

빅토리아는 화룡, 즉 파이어 드래곤이었다. 드래곤은 알을 낳는다. 세이린은 구세주를 만난 듯 안도의 한숨을 내쉬었다.

"휴. 빅토리아 경이 알을 부화시켜 보셔서 다행이에요."

"부화만 시켜 봤겠어요? 제 새끼들인데."

"……?"

빅토리아의 말에 마물들의 눈이 튀어나올 듯 동그래졌다. 제 새끼들이라니. 클라우드가 대표로 입을 열었다.

"빅토리아, 아이가 있었나?"

"아, 제가 말씀드린 적 없던가요? 애가 다섯이에요."

"언급한 적도 없었어. 육아 수당도 받아 간 적 없잖나. 어떻게 된 거지?"

"육아 수당이라…… 폐하, 폐하께서 올해 마생 몇 년 차시죠?"

"자연 발생한 지 8년째군."

"저희 막내가 마생 2,750년 차예요. 참고로 500년 전에 고손녀가 태어났답니다."

"……."

클라우드는 말문이 막혀 눈만 깜빡거렸다. 역시 마물들이 파이어 드래곤을 신성시하는 데에는 다 이유가 있었다.

□ ■ □

세이린과 클라우드는 책상에 앉아 어느 때보다 경건한 눈으로 빅토리아를 올려다보았다. 펜과 노트를 준비하는 것도 잊지 않았다. 빅토리아는 학구열 가득한 둘에게 어떻게 알을 관리해야 하는지를 세세히 알려 주고 있었다.

"자, 알을 안을 때는 뾰족한 부분이 위로, 둥근 부분이 아래로 가야 해요. 그래야 아이가 편안함을 느낀답니다. 알은 쉽게 깨지지 않으니 걱정 마시고요. 가끔 제멋대로 굴러다니기도 해요. 탐험 욕구가 강하죠."

"굴러다닌다고요?"

"네. 알에 갇힌 시간 동안 아기 마물들이 얼마나 심심하겠어요? 소소한 악행도 못 하는데."

알들이 데굴데굴 굴러 어딘가로 사라질 생각을 하니 벌써 아찔했다. 세이린과 클라우드는 제발 그런 사고가 일어나지 않기를 바라며 빅토리아가 알려 주는 것들을 메모했다.

"하루에 두어 시간은 꼭 알과 교감해야 해요. 쓰다듬어 주거나, 표면을 닦아 주거나. 말을 걸거나 품어 주는 방법도 있죠. 알들은 부모의 사랑으로 자란답니다."

안아 주고 말 걸어 줄 것. 클라우드가 별표를 치고 밑줄을 좍좍 긋다가 물었다.

"임신한 게 아니니 세이린에게는 변화가 없는 건가?"

"그럴 리가요. 일단 아이가 생기면 부모가 될 마물들에게도 크고 작은 변화가 생긴답니다. 대부분 심리적인 것들이죠."

세이린이 결연한 얼굴로 고개를 끄덕였다. 이 정도는 충분히 예상했던 일이라 마음의 준비가 되어 있었다. 그 외에도 빅토리아는 태명을 지어 주고 알에 꼭 맞는 스웨터를 떠 줄 것, 여러 영양소를 골고루 섭취할 것을 당부했다.

"그럼 열심히 사랑을 나누도록 하세요. 제 도움이 필요하다면 언제든 부르시고요."

"……사랑을 나누라고?"

사랑해 주는 게 아니라? 클라우드가 되물었다. 빅토리아는 당연하지 않냐는 듯 고개를 끄덕였다.

"말씀드렸잖아요. 알들은 부모의 사랑으로 자란다니까요?"

"그 사랑이라는 게……."

"당연히 육체적인 거죠. 여긴 마곈데."

이런 미친. 세이린이 알과 빅토리아, 클라우드를 번갈아 보았다. 아이가 사랑으로 크기 때문에 사랑을 나눠야 한다니. 밝혀서 빛의 신이 되는 것과 같은 논리였다.

'이놈의 마계가 진짜……. 아무리 언어유희가 세계를 구성하는 질서 중 하나라지만…….'

좌절하는 그녀에게 빅토리아가 덧붙였다.

"알의 입장에선 당연한 거랍니다. 부모가 서로를 사랑하지 않는 가정에서 태어나는 건 너무 위험하잖아요."

"만약 사랑을 안 하면 어떻게 되는데요?"

"알이 부화하지 못하죠."

"……!"

빅토리아는 얼굴을 빨갛게 물들인 두 마물에게 엄지를 척 세워 보였다.

"아까 말씀드린 대로 알들은 침실 옆에 작은 독방을 마련해 주는 게 제일 좋답니다. 간섭을 싫어하거든요. 그럼 힘내세요!"

사랑을 나누지 않으면 알이 부화하지 못한다니. 클라우드는 무슨 농담을 그렇게 하냐고 코웃음을 치고 싶었지만 차마 그럴 수 없었다. 알도 황새가 물어다 준 마당에 무슨 말을 못 믿을까.

"일단 오늘은 할 수 있는 걸 해 볼까."

그의 팔이 세이린의 허리에 감겼다. 당황한 세이린이 눈을 빠르게 깜빡이며 얼굴을 붉혔다. 오늘 할 수 있는 것이라니. 자세를 말하는 건가, 횟수를 말하는 건가. 세이린은 침대 위에 가지런히 놓인 알을 힐끗 쳐다보곤 다시 그를 바라봤다. 눈빛이 진중했다. 당장이라도 무릎 뒤와 허리에 손을 넣어 자신을 안아 들 것처럼.

"애, 애들이 있는데 어떻게 그렇고 그런 짓을 해! 아무리 내가 갓 신랑이 된 우리 마왕님 얼굴, 등빨, 목소리에 껌뻑 죽는다고는 하지만……."

"……?"

"그래, 솔직히 말할게요. 나라고 안 하고 싶겠어? 당신이 이렇게 섹시하고 고혹적이고 귀엽고 다 하는데? 마음 같아서는 신통력으로 시간을 멈춘 다음 앞도 못 보게 눈을 가려 놓고…….”

“세이린.”

“응?”

클라우드가 묘한 눈웃음을 머금고 눈을 마주했다. 무언가 웃긴 상황을 참는 듯한 얼굴. 세이린은 그제야 자신이 또 앞서갔다는 생각을 하곤 괜히 큼큼 목을 가다듬었다.

“애들 보는 데서 그런 사랑 할 생각 없어. 나도 생각이라는 게 있다는 걸 알 아줬으면 좋겠군.”

몸과 충동이 생각을 앞설 때가 빈번하긴 하다만. 클라우드가 두 개의 알이 들어 있는 바구니를 번쩍 들었다. 분명 어디론가 옮기려는 동작. 세이린은 일순간 아이 잃은 어머니처럼 그의 앞을 막아섰다.

“우리 애들 어디로 데려가려고?”

“빅토리아가 말했잖나. 아이 방은 따로 만들어 주는 게 좋다고. 아까 네가 잠깐 잠들었을 때 마련해 뒀어.”

“진짜?”

클라우드가 침실과 붙어 있는 작은 방의 문을 열었다. 세이린은 그곳이 클라우드가 꽤나 애정을 갖던 공간임을 알았다. 일 중독자를 위해 침실 옆에 마련된 작은 서재. 빽빽한 책들과 그 책을 위한 보존 마법이 걸려 있던 곳. 하지만 열린 문 너머로 보이는 공간은 기억하고 있던 것과 달라도 너무 달랐다.

“우와…….”

놀이동산을 옮겨 놓은 듯 알록달록한 벽지와 따뜻한 공기. 포근하고 부드러운 것들로 만들어진 커다란 둥지. 천장에는 진저브레드 맨 모양의 가렌더가 길게 늘어져 있고, 가구의 모서리마다 푹신한 쿠션이 덧대어진 모습. 한쪽 선반에는 아기들이 다 가지고 놀지도 못할 만큼 많은 장난감이 가지런히 정리되어 있었다.

세이린이 아이 방 안 가구들을 이리저리 만져 보며 연신 감탄사를 흘렸다. 구석구석 신경을 써 마녀의 과자 집만큼이나 아이들에게 인기 만점일 듯했다.

"이 장난감들은 다 언제 사 왔어요?"

"전부터 조금씩 사 뒀어."

그의 대답이 의외라 또 웃음이 나왔다. 전부터 조금씩이라니. 클라우드는 아내 몰래 자신만의 방법으로 아이를 기다리고 있던 게 분명했다.

"언제부터?"

"……네가 아이를 셋쯤 낳고 싶다고 말했을 때부터."

"오래전부터 사 뒀던 것치고는 보존 상태가 좋네요?"

장난감에는 먼지가 조금도 쌓여 있지 않았다. 세이린은 그저 황궁의 고용인이 이 많은 장난감들을 관리해 왔으리라 생각했다.

하지만 사실은 조금 달랐다. 이 모든 장난감과 가구들을 관리해 온 건 클라우드였다. 그는 세이린을 닮은 아이들이 생겼으면 좋겠다는 마음과 그렇게 된다면 세이린을 아이들에게 빼앗길지도 모른다는 마음이 부딪쳐 심란해질 때면 장난감을 닦으며 마음을 다스리곤 했다.

'유치한 질투 같은 건 안 해.'

클라우드는 다시 한 번 결심했다. 육아 수업 전, 세이린이 딜런에게 기쁜 소식을 전하러 잠시 자리를 비운 사이 빅토리아가 말하지 않았던가. 알을 가진 엄마 마물들은 감정 기복이 심해진다고. 작은 일에도 예민하게 반응한다고 했다. 위험한 상황에서 알들을 보호하기 위해서란다. 앞으로 세이린이 스트레스를 많이 받을진대 자신까지 철없이 굴 생각은 없었다. 적어도 머리로는 그랬다.

방긋방긋 웃으며 아이들 방을 둘러본 세이린은 그에게서 두 개의 알을 빼앗다가 폭신한 둥지에 올려 주었다. 사랑 가득한 손길로 알들을 어루만져 주는 것으로도 모자라 신통력으로 갖은 방어 마법까지 걸어 주고는 말했다.

"클라우드. 나 여기서 자도 돼?"

"……"

마계의 황제, 클라우드 슈테른. 무려 알 탄생 하루 만에 세이린을 빼앗겼다.

'아이들은 아직 약하니까.'

클라우드의 머리는 그것이 당연한 일이라 생각했지만 가슴은 아니었다. 그가 뚱한 얼굴을 하고 입을 뗐다.

"세이린. 하나만 묻지. 나야, 아니면……."

차마 말을 마무리할 수 없었다. 나야 애들이야, 라니. 육아에 무지한 철없는 남편이나 뱉을 말이 아닌가. 클라우드는 절대 그런 부류의 남편이 되고 싶지 않았다. 아기들을 기르는 데에는 쥐뿔도 도움이 되지 않으면서 질투만 넘치는 아버지 말이다.

아내에게도, 아이들에게도 다정한 아버지가 되고 싶어 그렇게 열심히 공부하지 않았던가. 임신이 아니라 알의 형태로 아이가 찾아와 말짱 도루묵이 되긴 했지만.

"클라우드, 뭐 물어보려고 하지 않았어?"

"……."

게다가 어쩐지 패배할 것 같은 느낌이었다. 알은 둘이고 자신은 하나다. 더 군다나 알들은 둥그스름한 게 귀엽기까지 하다. 세이린을 닮아 벌써 애교가 철철 넘쳐흐르는 데다 상큼하고 발랄하기까지. 딸이라면 어떻게든 얼굴 한번 보려는 놈팡이들이 황궁을 세 바퀴 반 둘러 줄을 설 것이고, 아들이라면 러브레터에 파묻혀 호흡이 곤란하리라.

'……우리 아이지만 너무 귀여워.'

클라우드는 불리한 질문을 하지 않기로 했다. 대신 세이린을 번쩍 안아 성인 마물 네 명이 누워도 충분할 만큼 큰 둥지 안에 눕혔다.

"오늘만 여기서 같이 잘까. 아이들에겐 황궁이 낯설 것 같군."

세이린은 다정하게 말하며 둥지 안으로 들어오는 그를 보며 빙긋 미소 지었다. 동글동글한 알들의 아버지가 클라우드라 다행이라는 생각이 들었다. 뭉클한 마음을 느낀 그녀가 팔을 뻗어 알들을 품에 안고 그의 등을 감쌌다. 피부에 닿는 모든 게 따뜻해 기분이 좋았다.

클라우드도 자신과 그녀 사이에 있는 두 개의 알에 새삼 감동했다. 따뜻했다. 자연 발생 직후부터 그림자 속에 홀로 있었던 시간들이 잊혀질 정도로. 한 동안 감동을 느낀 그가 마법으로 이불을 가져와 덮어 주며 말했다.

"아이들에게 태명을 붙여 줘야 할 텐데."

"으음…… 뭐가 좋을까요?"

알이 하나였다면 혁거세 슈테른이라는 기가 막힌 태명을 붙여 줬을 텐데. 세이린이 속으로 아쉬워했다. 아이의 이름이라면 생각해 본 적이 있지만 태명은 딱히 생각해 둔 것이 없다. 기왕이면 직관적이면서도 귀여운 태명을 붙여 주고 싶었다. 따뜻한 알을 찬찬히 쓰다듬던 세이린이 눈을 반짝였다.

"까망이랑 하양이 어때요?"

그렇다. 유일 작가의 작명 센스는 그리 훌륭한 편이 아니었다. 〈임성운의 5,500가지 그림자〉 초고에 있던 인물들의 이름도 편집장인 딜런과 몇 번이나 뜯어고친 것이니.

클라우드가 슬쩍 알을 내려다보며 물었다.

"까만 알이라 까망이고 하얀 알이라 하양이인가?"

"응. 어때요? 직관적이고 귀엽지? 하양 슈테른이랑 까망 슈테른이야."

다른 마물들이 듣는다면 분명 눈에 불을 켜고 반대할 태명.

"귀엽군. 그걸로 하지."

하지만 클라우드 또한 작명 센스가 없긴 마찬가지였다. 아이들의 태명을 지어 줬다는 뿌듯함에 두 마물이 작게 웃었다. 뜨겁지는 않았으나 어느 때보다 따뜻한 밤이었다.

외전
3

에테라의 황제와 부케

날이 밝은 지 한참. 황궁에서 부지런하기로 둘째가라면 서러운 빌리아리아 에테라는 평소와 달리 느긋하게 늦잠을 즐기다 일어났다. 드디어 오늘이다. 밤 대륙과 황혼 지대를 아우르는 대제국 폴룩스의 황제 부부가 신혼여행에서 돌아왔으니 이제 자신은 황제가 되어 낮 대륙으로 떠날 차례였다.

낮 대륙 제국의 국호와 수도는 모두 에테라였다. 이미 낮 대륙의 모든 것은 빌리아리아 에테라라는 황제를 맞을 준비를 마친 후였다.

'좋아. 얼른 가자. 아침만 먹고.'

빌리아는 로자리를 시켜 상다리 부러지는 브런치를 방에 들었다. 낮 대륙으로 뜨기 전 마지막 식사이니 호화로워도 괜찮으리라.

"비전하, 아니, 황제 폐하. 에테라로 떠날 준비가 완료되었습니다. 이건 오늘 자 신문이에요."

빌리아에게 제릴 포스트 한 부를 건네는 로자리 또한 방글방글 웃고 있었다. 웃음의 원인은 하나. 오늘, 쭉 모셔 오던 그녀를 따라 낮 대륙으로 떠나기 때문이었다.

"고마워, 로자리. 같이 먹을래?"

빌리아는 로자리에게 자리를 권한 다음 우아한 움직임으로 신문을 집어 들었다. 오늘 1면이 무엇일지 안 봐도 뻔했다.

'분명 작가님의 2세에 관한 이야기겠지.'

누구보다 앙증맞은 조카들을 기다리던 빌리아인 만큼 벌써부터 애정이 남달랐다. 어젯밤 클라우드와 세이린을 대신해 기자단을 상대한 것도 그 때문이었다. 하지만 제럴 포스트의 1면에는 예상치 못한 정보가 추가되어 있었다. 이건 그녀가 한 인터뷰가 아니었다.

"애, 애들 태명이 까망이랑 하양이라고?"

빌리아는 저도 모르게 소리쳤다. 유일 작가님의 작명 센스가 조금 떨어지는 것은 들은 적이 있었지만······.

'클라우드 그 자식은 애들 태명이 이렇게 될 동안 뭐 했어?!'

장장 7년 동안 쇼윈도 부부 연기를 했던 남자의 이름 짓기 실력에 대해서는 아는 것이 없는 빌리아였다.

밤 대륙에서의 마지막 식사를 허겁지겁 마친 빌리아는 로자리와 함께 로비로 향했다. 그곳엔 떠나는 전 왕비를 배웅하기 위한 인파들이 가득했다.

물론 세이린과 클라우드도 있었다. 빌리아는 인상을 팍 구긴 다음 클라우드에게 나직이 물을 생각이었다. 애들 태명 지을 때 약이라도 한 것이냐고. 하지만 세이린이 먼저 선수를 쳤다.

"비전하. 우리 아가들이랑 인사하실래요?"

알들은 보드라운 털실을 단단하게 엮어 만든 바구니 안에 가지런히 들어가 있었다. 알의 부모가 방어 마법을 꼼꼼히 걸어 두어 꼭 선물용 과일 세트를 연상시켰다. 알들의 태명에 대해 따지려던 빌리아는 둥그스름한 알들의 자태와 반짝이는 유일 작가의 눈망울에 입을 다물었다.

"으아아······ 귀여워요! 작가님 닮아서 오밀조밀 예쁜 것 좀 봐!"

빌리아리아 에테라는 아이와 유일 작가에게 너무나도 약했다.

"그쵸? 태명은 까망이랑 하양이에요. 제가 지었어요."

"딱 어울려요. 하지만 아이들 진짜 이름을 지을 때는 제 의견도 반영해 주셨으면 좋겠는걸요."

안 그랬다간 아이들 이름에 어떤 참사가 일어날지도 모르니. 다행히 세이린은 빌리아의 호의를 받아들이곤 고개를 끄덕였다.

둘이 한참 인사를 나눈 후에야 클라우드가 빌리아에게 다가왔다. 이제 정말 빌리아가 밤 대륙을 떠난다고 생각하니 아쉬운 마음이 들었다.

"이제 밤샘은 혼자 해야겠군."

"일 중독자야, 밤샘을 하지 마. 작가님 스트레스 받는 일 없도록 잘하고."

빌리아는 장장 10분 동안이나 클라우드에게 잔소리를 늘어놓고서야 자신이 꾸린 짐들을 바라봤다. 유일 작가님 책들은 비닐 포장 후 뽁뽁이로 감싸 스티로폼 상자에 챙겼다. 로자리도 간소한 짐과 함께 기다리고 있었다.

"클라우드. 내 퇴직금 하나 어디 갔어?"

"화살받이 말하는 건가? 저기 오는군."

클라우드가 턱짓으로 헐레벌떡 달려오는 커밋 글레이시아를 가리켰다. 그는 무척 당황한 얼굴이었다. 빌리아가 자신을 낮 대륙의 황궁으로 데려간다는 소식을 고작 5분 전에 전해 들었기 때문이다.

'⋯⋯빌리아가 나를 왜?'

커밋은 궁금했지만 묻지 않았다. 누가 서류상 실수를 해서 같이 떠나는 것인지, 정말 빌리아가 자신을 필요로 해서 데려가는 것인지는 중요하지 않았다. 조금이라도 그녀와 가까이 있을 수 있다는 게 중요하지. 그렇게 생각하면서도 이유가 궁금했다.

짚이는 것이 하나도 없어 전전긍긍하던 그때.

'설마 그때 그 부케 때문인가?'

그럴듯한 이유가 하나 생각났다. 일명 '세이린이 쏘아 올린 작은 부케' 사건. 그의 머릿속으로 세이린이 부케를 던진 직후가 생생히 떠올랐다.

때는 황제와 신이 맺어지는 세기의 결혼식의 막바지였다. 당시 세이린과 클라우드는 어떻게든 빨리 결혼식을 마치고 신혼여행을 떠나는 데에만 혈안이 되어 있었다. 마계 역사에 길이 남을 연설이 끝나고 세이린은 클라우드와 팔짱을 낀 다음 부케를 뒤로 휙 던졌다. 자신이 던진 부케가 어느 쪽으로 날아갈지도 모르고 말이다.

그래, 신혼여행이 급했으니 그럴 수 있다. 하지만 부케는 정말 향해서는 안 될 곳으로 향하고 있었다. 다름 아닌 신부를 짝사랑했던 제이드 제릴에게로. 제이드는 신혼부부를 위한 꽃길에서 검을 추켜들고 있는지라 피할 수도 없어 보였다. 커밋은 그 광경을 보고 경악했다.

'세이린 쟤는 부케를 던져도 왜 하필 제이드한테!'

찰나 동안 커밋은 제이드가 세이린의 부케를 받는 장면을 상상했다. 분명 씁쓸한 웃음을 지으면서도 부케를 버리지 못하리라. 보존 마법을 걸어 제릴 성의 깊숙한 곳에 보관해 둔 다음 매일 꺼내 볼지도 모른다. 그런 짠 내 나는 참사는 막아야 했다.

친구 하나 살리는 셈 치고 몸을 날린 커밋은 세이린이 던진 부케를 향해 양손을 뻗었다. 전직 괴도 K는 어렵지 않게 부케를 가로챘다. 그러자 모두가 부케를 품은 그를 놀란 얼굴로 바라봤다. 그중 가장 역동적인 표정을 짓고 있는 것은 빌리아였다. 당연한 일이었다. 그녀는 누구보다도 유일 작가님의 부케를 탐내고 있었으니까.

'보존 마법을 건 다음 대대로 물려주려고 했는데……'

아쉬운 마음도 잠시. 빌리아는 간단한 해결법을 찾아냈다. 값을 치르고 부케를 사면 될 것 아닌가. 자신은 이제 황제인 데다 돈까지 많았다. 유일 작가님의 부케라면 소장 가치야 두말할 것 없다. 계산을 마친 빌리아가 커밋에게 말했다.

"저는 그 부케가 갖고 싶어요."

딱 여기까지 들었을 때 커밋의 얼굴은 불이라도 난 듯 화르륵 뜨거워졌다. 그녀가 다음으로 한 말은 들리지도 않았다. 일전에 릴리트 에테라와 함께 꽃다발을 가져다주었을 때는 자신이 선물한 꽃은 받지 않겠다고 했으면서 부케는 원한단다. 물론 줄 수 있었다. 얼마든지. 아니, 황제에게 꽃을 바치고 싶었다. 해서, 커밋은 빌리아에게 화사한 부케를 내밀었다.

"……?"

무려 한쪽 무릎을 꿇고 말이다. 커밋도 자신이 왜 그런 요망한 자세를 취했는지는 알 수 없었다. 그냥 몸이 그렇게 움직였다. 약혼녀였던 빌리아리아 에테라가 처음으로 자신의 꽃을 받아 주는 순간이라고 생각하니 저절로. 빌리아는 저를 보며 잠시간 말이 없었다.

'……왜 이런 반응이지?'

커밋은 혼란했다. 부케를 원한다고 해 놓고 받지 않다니. 설마 내가 주는 건 더러워서 안 받는단 건가? 그가 혼자만의 충격에 빠져 그대로 굳어 버릴 즈음, 주변에서 술렁임이 들려왔다.

"어머. 지금 커밋 글레이시아가……."

"저 자세는 분명……."

"부케까지 들고 있으니까 청혼, 맞지?"

청혼. 두 글자를 들은 커밋은 화들짝 놀랐다. 그제야 떠오르는 사실 하나. 마계에서 미혼의 남자 마물이 미혼의 여성 마물에게 결혼식에서 갓 잡아챈 부케를 준다는 건 청혼을 의미했다.

'내가 지금 무슨 대형 사고를 친 거지.'

커밋이 제 구두코만 바라보며 땀을 삐질삐질 흘렸다. 등 뒤에서 제이드의 키득거림이 들려왔다. 망할 자식. 자기 구해 주려다 이렇게 된 것도 모르고.

커밋은 침착하게 계획을 세웠다. 일단 이동 마법진을 만든 다음 그리로 뛰어들기. 자기 전 이불을 팡팡 차는 것까지 막을 수는 없겠지만 현 상황에서 벗어나는 유일한 방법이리라. 그렇게 생각한 커밋이 슬쩍 마력을 일으킬 때였다.

"……?"

일순간 손이 허전해졌다. 커밋은 찬찬히 고개를 들어 무슨 일이 일어나고 있는지를 파악했다. 부케가 찬찬히 제 손을 떠나 빌리아의 품에 안겼다. 그 말인즉, 빌리아가 자신이 내민 부케를 받아 줬다는 것이다. 예상치 못한 낮 대륙 황제의 행동에 기자들이 눈에 불을 켜고 질문 세례를 퍼붓기 시작했다.

"폐하! 이제 재혼하시는 겁니까!"

"방금 청혼을 받아 주신 건가요?!"

"한 말씀 해 주시죠!"

기자들이 우르르 따라붙었으나 빌리아는 우아한 몸짓으로 결혼식장을 빠져나갔다. 부정도, 긍정도 하지 않은 채로.

다시 현재. 낮 대륙의 황제가 된 빌리아를 따라 에테라 성에 도착한 커밋은 새 보금자리를 둘러보지도 않은 채로 그녀의 눈치만 힐끗힐끗 봤다.

'왜 부정을 안 했을까?'

빌리아는 청혼을 받아 준 것이냐는 기자의 물음에도, 새로운 사랑을 찾은 것이냐는 호들갑에도 온화한 미소를 지을 뿐이었다. 물론 카인에게도 쥐꼬리만 한 양심이 있었기에 그녀가 자신에게 다시 빠질지도 모른다는 생각은 일찌감치 접었다. 그런데도 마음 한구석에서 자꾸 간질간질한 기분이 들어 미칠 것 같았다.

커밋이 짐을 옮기는 것을 도우며 한숨을 푹푹 내쉴 때, 빌리아는 황궁이 된 에테라 성을 둘러보며 뿌듯한 웃음을 지었다.

"드디어 도착했네. 로자리, 얼른 들어가서 쉬렴."

"아니에요. 정리만 마저 하고 들어갈게요."

"마차에 앉아서 온 나보단 말을 몬 네가 더 피곤하겠지. 얼른 들어가서 쉬어. 황명이란다."

빌리아는 폴룩스 제국의 수도, 슈테른에서 에테라까지 오는 동안 마차를 이용했다. 백성들에게 얼굴을 보이고 싶다는 것이 그 이유였다. 모두가 황제가 되어 돌아온 에테라의 공주를 반겼기에 힘들지만 보람 있는 행진이었다.

'이제 슬슬 쉴까. 매일 이동 마법진만 써서 움직였더니 마차가 피곤하긴 하네.'

기지개를 켠 빌리아가 고용인들에게 짐 정리를 세세하게 지시한 다음 걸음을 뗐다. 꿈에 그리던 에테라의 제 방에 들어갈 생각을 하니 가슴이 뭉클했다. 이동 마법진을 그리려던 그녀의 눈에 문득 커밋이 들어왔다.

'……저걸 어떻게 굴려야 잘 굴렸다고 소문이 날까.'

빌리아의 눈동자가 맑게 빛났다. 며칠 전 결혼식 때 이후로 카인은 제 눈치를 보기 시작했다. 그 콧대 높던 카인 시엘리아가. 고액을 제시하려던 부케도 공짜로 주지 않았던가. 덕분에 재혼을 하느니 마느니 하는 질문을 왕창 받았지만.

'대체 무릎은 왜 꿇고 준 거야? 진짜 청혼한 건가?'

어쨌든 빌리아는 카인을 가만둘 생각이 없었다. 무려 7년 동안이나 자신을 방치한 약혼자가 아니던가. 그를 좌로 굴리고 우로 굴린 다음 언덕 위에서 평지까지 데굴데굴 굴려 보내도 앙금이 풀리지 않을 것만 같았다.

'앞으로 바빠질 테니 시간 날 때 열심히 굴려 둬야지.'

빌리아는 생긋 웃으며 그에게 말했다.

"들기론 에테라 성에 빈방이 없다던데. 아직 리모델링이 덜 끝났나 봐."

에테라 성은 황궁으로 자리매김하기 위해 곳곳을 손보고 장식을 덧대는 작업이 한창이었다. 커밋도 그 사실을 알고 있었다. 문제는 왜 하필 지금 그 얘기를 꺼내냐는 거였다.

"당신이 어디서 쉬어야 할지 알려 줄 테니 따라와."

빌리아는 별일 아니라는 듯 말하곤 앞서 걸었다. 커밋은 홀린 듯 그녀를 따라갔다. 그런데 무언가가 이상했다. 방을 아무리 지나쳐도 빌리아는 '이곳에서 쉬어라' 말해 주지 않았다. 벨제바브 합류 이후, 새벽단이 에테라 성을 근거지로 사용했기 때문에 커밋은 에테라 성의 구조에 대해 제법 빠삭했다.

'이상하다. 이 계단을 올라가면 나오는 방은 딱 하난데.'

그의 예상대로 점점 화려해지는 계단의 위에는 빌리아리아 에테라의 방만이 자리했다. 에테라의 문양이 문에 조각된 고풍스러운 공간은 벨제바브가 사용하던 황제의 방과 맞먹을 정도로 화려했다.

빌리아는 애틋한 기분에 사로잡혀 문손잡이를 어루만지다 안으로 들어섰다. 에테라의 공주를 사랑하던 고용인들이 몰래 힘을 써 준 탓에 그녀의 방은 떠날 때와 조금도 다르지 않았다. 방을 둘러보던 빌리아는 창틀을 보다 멈칫했다. 오른쪽에서 두 번째 창틀은 그녀가 짝사랑하던 약혼자, 카인 시엘리아를 그리워하느라 잠 못 들던 밤마다 달을 올려다보던 장소였다.

빠직. 빌리아의 입매가 비뚜름히 올라갔다.

"뭐 해? 따라 들어오지 않고."

"……응?"

커밋은 제 귀를 의심했다. 따라 들어오라니. 뭔가를 시킬 것이 있나 싶어 얌전히 기다렸지만 빌리아는 태연히 방 구경을 이어 갔다.

"난 쉴 거야. 내일부터 일정이 빡빡하니까 방해하지 마."

그녀가 말했다. 커밋은 고개를 끄덕이곤 방에서 나가려고 했다.

"알았……."

코앞에서 빌리아가 얇은 잠옷 드레스로 갈아입는 모습을 보지 않았다면 분명 그렇게 했으리라. 커밋의 얼굴이 새빨갛게 달아올랐다. 어찌나 당황했는지 변신 마법이 깨져 카인 시엘리아라는 본모습으로 돌아오고야 말았다. 우아하고 관능적인 자태에 정신이 다 아찔했다.

굵은 곡선을 그리며 늘어지는 금발 사이로 드러나는 흰 피부. 몸의 가파른 굴곡들과 살풋 휘는 눈매. 장미꽃만큼 붉은 입술과 보고 있으면 정신이 나갈 만큼 탐스러운 붉은 눈동자.

그런 그녀가 태연하게 침대에 누워 옆자리를 톡톡 두드렸다. 지금 제 모습이 안 그래도 자기에게 빠져 있는 남자에게 얼마나 위협적인지도 모르고.

"카인. 빈방이 없대. 아쉽게 됐어."

톡톡. 카인은 제 옆을 두드리는 그녀의 손길이 환상이기를 바랐다. 말이 안 되지 않는가. 혈기 왕성한 남녀가 한 침대에서 쉬는 건.

"나가서 잘게."

카인이 겨우 마음을 추스르고 말했지만 빌리아는 그가 편하게 쉬는 꼴을 볼 마음이 없었다.

"아직 모르나 본데 이제 나는 황제고, 당신은 아무것도 아니야. 그러니 얼른 올라와."

"……진짜?"

"내 침대는 커."

크고 위험하지. 카인은 그렇게 대답하고 싶은 것을 겨우 삼키곤 침대 위에 올랐다. 자신이 움직일수록 빌리아와 가까워지니 달콤한 살 냄새가 폴폴 풍겨

와 춘곤증에 시달리는 것처럼 아득했다.

게다가 빌리아는 무방비했다. 정말 피곤한 듯 폭신한 베개를 베고 누워 이불을 가슴께까지 덮었다. 한 번쯤 만져 보고 싶을 만큼 화사한 금발이 침구 위로 어지러이 굽이치는 것까지 계산해 자신을 유혹하는 건 아닌가 하는 생각마저 들었다.

"카인. 나 당신이 해 줬으면 하는 게 있는데."

빌리아가 말하자 카인의 목울대가 거세게 울렁였다. 드디어 올 것이 왔구나. 바짝 긴장한 그가 고개를 주억거렸다.

"네 부탁이라면 들어줄게."

그게 무엇이든. 지은 죄가 있으니 그렇고 그런 부탁이라도 최선을 다해 들어줄 용의가 있었다. 푸른 눈동자가 기대감으로 빛났다. 심장은 어찌나 거세게 뛰는지 마력을 집중하지 않아도 두근거림이 들릴 정도였다.

빌리아는 사르르 웃는 것으로 활활 타고 있는 그의 마음에 기름을 들이부은 다음 말했다.

"양 좀 세 줘."

"······응?"

"양 좀 세 달라고. 만 이천 마리 정도는 세야 잠이 올 것 같아. 내가 요즘 불면증이 심해서."

거짓말이었다. 강행군을 마친 지금이라면 눈을 감자마자 잠들어 버릴 테니. 하지만 빌리아는 천연덕스레 고개를 갸웃했다.

"왜, 안 돼?"

"······양 세는 것 말고 다른 건 부탁할 거 없어?"

토닥여 달라든지, 굿나잇 키스를 해 달라든지. 세이린의 소설에는 그런 장면들이 많이 나오지 않던가. 하지만 빌리아는 피식 웃으며 눈을 감고 중얼거렸다.

"웃기지 마. 내가 말했지. 당신이 내게 빠졌으니 최소 7년은 굴릴 거라고. 아, 그리고 부탁이 아니라 명령이야. 나 이제 황제잖아."

당신이 끝내 되지 못했던 황제. 씩 웃는 것으로 자신감을 표한 빌리아는 눈을 감고 잠을 청했다.

"······양 한 마리."

카인은 자신이 아기 양이라도 된 듯 떨리는 목소리로 기나긴 여정을 시작했다. 오늘 밤은 잠들 수 없으리라는 확신이 들었다.

□ ■ □

날이 밝자 카인 시엘리아는 확언할 수 있었다. 빌리아리아 에테라는 자신을 남자로 보지 않는다고.

'남자로 보고 안 보고의 문제가 아냐. 아예 살아 있는 마물 취급도 안 해 줘. 옆자리에 강아지가 누워 있었어도 나랑 있을 때보다는 불편해했을 텐데.'

한 침대 위에 다른 생명체가 있다고 생각하면 결코 빌리아처럼 숙면을 취할 수 없으리라고 카인은 생각했다. 지난밤. 빌리아는 카인이 만 이천 마리의 양을 세기도 전에 잠들었다. 사실 베개에 머리가 닿자마자 꿈나라행이었다.

카인은 오로지 자신을 위해 만 이천 마리에 천 마리를 더해 만 삼천 마리의 양을 셌다. 빌리아의 옆에 누워 잠들 수는 없었다. 절대로. 혹여나 자다 실수라도 해 그녀의 미움을 사는 게 두려웠으니까.

빌리아가 요즘 자신을 가지고 놀기 시작했다는 것도, 그 행동이 순전히 7년 동안 자신을 방치해 둔 것에 대한 복수를 위해서라는 것도 알았다. 그럼에도 빌리아가 까칠하게 구는 행동들이 싫지 않았다. 어떻게, 얼마나 굴려도 좋으니 지금처럼 제게 관심을 보여 주었으면 했다. 그러기 위해 괜찮은 모습만 보이고 싶었다. 카인은 이렇게 스스로를 검열해 본 적이 없었다.

'······빌리아가 이런 느낌이었겠구나.'

카인은 인정할 수밖에 없었다. 이제 전세는 역전되었다. 매달리고 기는 것은 모두 자신의 역할이었고 빌리아는 그저 고고한 황제의 모습으로 명령을 내리면 그만이었다. 그가 잠을 자긴커녕 밤새 긴장을 풀지 못해 엉망이 된 몸을 억지로 일으키려 할 때였다.

"으음······."

빌리아가 작은 소리를 내며 뒤척이더니 잠에서 깼다. 늘 흐트러짐 없던 그녀가 엉킨 머리카락을 손으로 빗으며 나른한 하품을 했다. 빌리아가 잠에서 깨는 즉시 항의의 뜻을 전하겠노라고 마음먹었던 카인은 3초 만에 홀라당 넘어갔다.

"잘 잤어?"

"덕분에."

"……오늘 밤에도 올까?"

"물이나 줘."

빌리아가 작게 입을 벌렸다. 카인은 마력을 일으켜 가느다란 물줄기를 그녀의 입술 안으로 흘려 넣었다. 조금 건조하던 빌리아의 입술이 촉촉하게 젖어드는 동시에 잠에 취해 있던 그녀의 눈동자에도 생기가 돌기 시작했다. 그 모든 장면이 아침 햇살을 받은 나팔꽃이 피어나는 것처럼 아름다웠다.

"카인, 캑, 그만!"

"아…… 미안."

빌리아는 계속 밀려 들어오는 물에 아침부터 숨이 막혀 죽을 뻔했지만.

분명 방금까지만 해도 잠을 자지 못해 뻐근하던 몸이 괜찮아진 기분. 카인은 마물 마음이란 게 참 알 수 없다고 생각하며 자리에서 일어났다.

"가 볼게. 아카데미에 가야 해서."

"가서 작가님 잘 모셔. 알이 생기면 임신했을 때보다 더 예민하다니까. 끝나고 와서 보고해."

"알았어."

짧게 대답하고 황제의 침전을 나서려는 그를 빌리아가 다시 불러 세웠다. 무언가 요구할 게 있다는 얼굴이었다.

"카인. 뭐 잊은 거 없어? 내가 자다가 방금 일어났잖아. 그럼 당신이 뭘 해야겠어?"

빌리아가 가까이 오라는 듯 제 쪽으로 손을 까딱였다. 문득 그 손동작이 무엇을 의미하는지 깨달은 카인은 발밑이 와르르 무너지는 느낌을 받았다. 심장이 거세게 뛰었다. 비슷한 상황을 세이린의 책에서 본 기억이 있었다. 역시 독서는 마생 사는 데 도움이 된다고 생각한 그가 성큼성큼 빌리아에게 다가갔다.

무어라 말을 붙일 틈도 없이 허리를 숙인 그가 코끝이 닿지 않도록 얼굴을 슬쩍 기울이곤 빌리아의 입술에 쪽 키스했다.

"……!"

카인의 기습적인 행동에 빌리아가 화들짝 놀랐다. 너무 놀라 말도 나오지 않았다. 당연히 빌리아가 요구하는 것이 '모닝 키스'라고 생각한 카인은 빌리아의 반응에 고개를 갸웃하다, 위치 선정을 잘못했을지도 모른다는 생각에 그녀의 왼쪽 뺨에도 부드럽게 입 맞췄다. 그의 돌발 행동을 예상치 못한 빌리아가 놀라 되묻는 것은 당연한 일이었다.

"카인, 당신 지금 뭐 해?"

"……잊은 거 없냐며. 이거 아냐?"

"내가 말한 건 모닝 키스가 아니라 신문이었어. 로자리에게 부탁할 테니까 이만 가 봐."

"……아. 미안."

카인은 뻣뻣한 걸음으로 황제의 침전에서 나왔다. 망했다. 착각을 해도 모닝 키스랑 착각을 하다니. 얻어터지지 않은 게 다행이었다.

그가 나간 직후 빌리아는 문을 향해 애먼 쿠션을 집어 던졌다. 갑자기 다가와 거리를 좁히곤 키스하던 그의 모습이 1초 단위로 선명하게 기억났다.

"으……."

얼음 그 자체이던 시엘리아의 영주가 눈치 제로에 삽질 전문이라니. 빌리아가 유리 테이블에 이마를 갖다 댔다. 얼굴이 식지 않아 미칠 것 같았다.

외전
4

아카데미 F반 클라우드

비슷한 시각, 밤 대륙의 황궁. 세이린은 세상모르고 자고 있었다. 클라우드는 그런 그녀에게 이불을 끌어 덮어 주곤 알 바구니를 집어 들었다.

'빅토리아가 말한 대로 세이린이 많이 피곤한가 보군.'

세이린은 원래 아침잠이 많았지만 클라우드는 이것이 분명 귀여운 아이들이 생겼기 때문이라고 확신했다. 그는 자는 세이린을 애정 어린 시선으로 바라보다 검은 알, 까망 슈테른을 조심스레 꺼냈다.

"잘 잤나?"

말을 알아들은 것일까. 알이 작게 움직였다. 태동을 느낀 그의 눈이 순간 커졌다. 클라우드는 당장 세이린을 깨워 이 환희의 순간을 공유하고 싶다는 충동을 겨우 참아 냈다. 세이린은 피곤할 테니.

클라우드는 빅토리아에게 배운 대로 깨끗한 거즈를 꺼내 까망이의 표면을 닦아 주었다. 작은 움직임과 체온이 손끝에 전해져 무척 기분이 좋았다. 다음은 하양이 차례였다. 클라우드는 알을 바꿔 들고 또다시 다정하게 인사를 건넸다.

"잘 잤나?"

이번에도 알이 말을 알아들은 듯 작게 움직였다. 클라우드가 극도의 흥분 상태에 휩싸여 소리 없이 눈을 반짝였다.

'아이에게 많은 걸 바라긴 싫지만 벌써 비범하군. 부화하기도 전에 말을 알아든다니.'

클라우드는 알들을 정성껏 쓰다듬어 주었다. 다시 바구니에 넣기 전에 새로운 솜털 시트로 교체하는 것도 잊지 않았다. 바구니의 두 알과 클라우드는 그 후 한참 동안 세이린이 자는 것을 지켜보았다. 얼마나 시간이 지났을까.

"음……."

세이린이 서서히 눈을 떴다. 클라우드의 입가에 부드러운 미소가 걸렸다. 그녀가 기지개를 켤 때면 알들도 신이 나 바구니 안에서 조금씩 굴러다녔다.

"세이린, 잘 잤나?"

"응. 우리 남편은요?"

"나도."

물 흐르듯 자연스레 두 입술이 겹쳤다 떨어졌다. 짧은 모닝 키스 후 몸을 일으킨 세이린은 따끈따끈한 알들을 간질이며 인사를 건넸다.

"하양, 까망. 잘 잤어?"

이번에도 알들이 작게 진동했다. 클라우드는 드디어 세이린에게 이 말을 할 수 있어서 후련하다는 얼굴로 말했다.

"세이린. 아무래도 우리 아이들이 비범한 것 같은데. 벌써 말을 알아듣고 반응하잖나. 게다가 활동적이기까지 해. 내가 살면서 봤던 어떤 알도 이렇게 활기차게 굴러다니진 않았어. 우리 아이들의 반응을 보니 여러 방면에서 비범하다는 결론만 나오는군."

"반응? 무슨 반응?"

평소 말이 많은 편이 아닌 클라우드는 이 순간만큼은 하나도 생략할 것이 없다는 듯 줄줄이 방금 전의 일을 늘어놓았다. 아침 인사를 하자 까망이와 하양이가 작게 움직였다는 이야기를 들은 세이린은 속으로 생각했다.

'그거 그냥…… 소리가 들리니까 움찔한 거 아냐?'

뭐, 이유가 중요한 건 아니었다. 답지 않게 눈을 빛내며 말하는 클라우드가 귀엽다는 게 중요하지. 세이린은 해맑게 웃으며 한술 더 떴다.

"애들이 아빠가 말 걸어 주니까 좋아서 그랬나 보다."

"……!"

황제 조련에는 도가 튼 유일신이었다. 세이린은 흐뭇한 웃음을 짓는 클라우드를 뒤로하고 마력을 일으켜 옷을 갈아입었다. 오늘은 아카데미 수업이 있는 날이기 때문이었다. 아카데미는 아이를 가진 마물들이 공부할 수 있도록 제도들이 잘 갖춰져 있었다. 그에 더해 남편이 황제이니 아이들을 돌봐 줄 사람도 많아 세이린이 공부를 포기할 이유는 없었다.

'그래도 좀 미안한걸.'

마음 같아서는 알들을 품에 안고 쓰다듬어 주면서 시간을 보내고 싶었다. 하지만 입학 추천 서명이 사라진지라 휴학이나 자퇴도 불가능했다.

'안 되겠지. 지금 허리에 있는 서명은 입학 추천 서명이 아니니까.'

세이린은 아쉬운 마음을 뒤로하고 애써 웃었다. 클라우드는 그녀의 마음을 읽은 것처럼 말했다.

"공교육 체제 개편 일은 결혼식 전에 마쳤어. 아이들은 한가해진 내가 돌보면 되니 네가 일방적으로 희생할 생각은 하지 마."

클라우드가 이렇게 나오리라는 것을 은연중에 알고 있었으면서도 말로 들으니 가슴이 뭉클했다.

"이렇게 좋은 남편이 있으니 내가 벌써 셋째를 갖고 싶어 하지."

"네가 원하는 자녀 계획에 적극 협조하지. 네가 원할 때면 언제든."

그의 나지막한 목소리에 잠깐 넋을 놓을 뻔한 음란 마귀가 학교에 다녀와야 한다는 다짐을 되새겼다. 그의 입술에 가장 먼저, 그리고 두 개의 알에도 쪽쪽 뽀뽀한 세이린은 이동 마법진을 일으켜 아카데미로 향했다. 시간이 조금 있으니 매점에 들러 아침을 해결하고 수업에 들어가면 될 듯했다.

클라우드는 세이린이 사라진 자리를 가만히 응시하다 알 바구니를 든 손이 달달달 떨리는 것을 느꼈다. 무슨 일인가 하여 시선을 내렸더니 가관이었다. 엄마가 사라진 것을 눈치챈 알들이 바구니 안에서 그야말로 깽판을 부리고 있었다.

"세이린이 보고 싶은가?"

그가 묻자 알들은 언제 폭주 기관차처럼 굴러다녔냐는 듯 얌전해졌다. 이건 분명한 긍정이었다.

"……나도 보고 싶군."

어차피 일도 없으니. 솔직하게 말한 클라우드가 아카데미 총장실로 향하는 이동 마법진을 그렸다.

□ ■ □

아카데미의 총장, 스피카 블랙은 자신이 너무 오래 살았음을 몸소 느끼는 중이었다. 딱 클라우드 슈테른이 황제가 되는 순간 세상을 떴어야 했다. 그랬다면 황제가 된 마왕이 아카데미 입학시험을 보겠다고 우기는 그림을 보지 않아도 되었으리라.

"말했잖나, 스피카. 아카데미 입학시험을 보고 싶다고."

스피카는 얌전히 놓여 있는 두 개의 알을 힐끗 보곤 다시 클라우드를 바라봤다.

"그러니까 지금…… 알들이 세이린 양과 붙어 있고 싶어 하니 아카데미 입학시험을 쳐서 아카데미의 학생이 되시겠다는 말씀이신지."

"그래."

"그동안 밤샘을 너무 하셨나 봅니다. 기어이 돌아 버리시다니."

"스피카. 말조심해. 우리 애들 들어."

클라우드가 바구니를 꼬옥 끌어안으며 말했다. 스피카는 더더욱 어이없다는 얼굴을 했지만.

"안 됩니다. 다른 누구도 아니고 폐하께서 떡하니 교실에 앉아 있으면 다른 마물들은 어떻게 공부하라는 겁니까?"

"공부할 때 환경 탓하는 놈치고 똑바로 하는 놈 못 봤어."

"말조심하십시오, 폐하. 자제분들께서 듣겠습니다."

"……."

클라우드의 요구 사항은 간단했다. 알이 부화할 때까지만 세이린의 수업에 참관하도록 해 줄 것. 사실 문제 될 것은 없었다. 아카데미야 원래부터 마계의 여느 행정 기관들처럼 주먹구구식으로 돌아갔고, 클라우드 슈테른은 황제이니. 그럼에도 스피카가 그의 입학을 반대하는 이유는 하나.

'저 일 중독자가 있으면……'

성군 중의 성군인 황제가 아카데미에 있으면 출근을 하지 않거나 금연 구역 인 총장실에서 몰래 담배를 피우는 일이 불가능해지기 때문이었다.

클라우드는 항상 아벨에게 '무슨 놈의 마물이 그리 올바르게 사느냐'고 훈 수를 두었지만 불량 신도 출신인 스피카가 보기에는 그도 만만찮은 바른 생활 사나이였다. 일생을 불량하게 살아온 스피카는 주군이 같은 건물에 있다는 생 각만 해도 숨이 턱턱 막혔다.

"안 됩니다. 지금은 입학시험 기간이 아닙니다. 부정 입학이에요."

"스피카. 카인 시엘리아도 몰래 입학시킨 네가 부정 입학이라는 말도 아 냐?"

"그 얘기를 꺼내셔도 안 되는 건 안 됩니다. 황제 폐하의 위엄을 지키십시 오."

클라우드가 한풀 꺾인 얼굴을 하자 스피카는 속으로 쾌재를 질렀다. 포기하 신 듯하니 이제 곧 돌아가리라. 하지만 클라우드는 특유의 재수 부재중인 얼굴 을 하고 말을 이었다.

"스피카 블랙. 너를 생각해서 학생 신분을 받으려 했는데 비협조적으로 나 오니 할 수 없군. 학생으로 받아 주지 않는다면 이사장 권한을 사용하는 수밖 에."

스피카는 등줄기가 서늘해짐을 느꼈다. 잊고 있던 아카데미 이사장 역할을 한다는 건 손수 일을 열심히 하라고 갈구겠다는 얘기가 아닌가. 아카데미 총장 인 자신을. 일 중독자 황제가 총장실 옆 이사장실에 붙어 있는 상황만은 어떻 게든 막아야 한다고 생각한 그녀가 급히 마력을 일으켜 학생증을 만들어 냈다.

[아카데미 1학년 F반 신입생 클라우드 슈테른]

일련의 사건들로 인해 아직 1학년 F반 소속인 세이린의 학생증과 학년과 반이 같아 꼭 커플 아이템 같았다. 클라우드는 만족스러운 얼굴로 학생증을 챙기며 자리에서 일어났다.

"그럼 나는 이만 가 보지."

"……어디로 가십니까?"

스피카의 물음에 그는 당연하지 않냐는 듯 답했다.

"수업 들으러."

귀여운 알 바구니를 챙기는 것을 잊지 않으면서.

□ ■ □

세이린은 아카데미에 도착하자마자 아침 겸 간식을 사러 매점으로 향했다. 매점은 여느 때처럼 붐볐지만 빵과 우유를 사는 것은 어렵지 않았다.

"아침 안 먹었어?"

커밋이 물었다. 그는 세이린을 잘 부탁한다는 빌리아의 한마디에 유일신의 보디가드를 자처하는 중이었다.

"오늘 늦잠 자서 못 먹었어."

"알도 있는 마물이 그걸로 되겠어? 수업 째고 나가서 맛있는 거 먹자. 내가 살게."

"임신한 것도 아닌데 유난 떨긴."

"빅토리아한테 못 들었어? 아이가 모체에게 영양과 마력을 공급받는 건 임신한 마물이나 알을 낳은 마물이나 똑같아."

알을 황새가 주워다 준 마물도 같을진 모르겠지만. 커밋이 그간 공부한 것을 줄줄 읊었다.

"한 끼 이렇게 먹는다고 문제 생기면, 세상에 멀쩡한 마물 없게?"

세이린이 톡 쏘아붙였다. 유난 떨고 싶지 않았다. 저녁 식사를 황실에서 하는 자신이 영양적으로 문제가 생길 확률은 0에 가깝다는 것을 잘 알기 때문이었다. 그나저나, 자신보다 더 유난을 떠는 커밋이라니. 마계 최고의 로맨스 소설 작가는 흥미 가득한 눈으로 커밋을 훑어봤다. 얼굴이 쾡한 걸 보니 밤에 잠을 자지 못한 듯했다. 그렇다면 무슨 일이 있었으리라.

"커밋, 네 얘기나 해 봐. 에테라 황궁의 밤에 무슨 일이 있었길래 잠을 못 주무셨을까?"

"……!"

능구렁이 같은 그녀의 말투에 커밋의 얼굴이 토마토처럼 붉어졌다. 좀체 당황하는 법이 없는 그였지만 그건 빌리아와 한 침대에서 밤을 지새우기 전의 일이었다.

"웃기지 마. 아무 일도 없었거든?"

"아, 알겠다. 아무 일이 있어야 할 상황이 딱! 닥쳤는데 아무 일이 없었구먼? 너는 은근히 기대하고 있었을 텐데 말이야."

세이린이 큭큭 웃자 커밋은 늘 보이던 시니컬한 얼굴을 했다.

"지금 놀려?"

"보면 몰라? 어쩐지 친절하다 싶었더니만 다 이유가 있었어. 둘이 같이 자고 아침에 비전하가 날 부탁한다고 말한 거겠지."

"……신통력 써서 봤어?"

"에이, 이 정도도 눈치 못 채면 음란 마귀 자격으로 받은 마계 영주권이 울지."

세이린은 민망함에 눈동자만 굴리는 그를 보며 '어휴, 이 화상아' 하곤 혀를 춧춧 찼다. 빌리아가 교신용 달빛 수정을 전해 주러 왔다가 결투를 벌인 다음부터였을 것이다. 천하의 카인 시엘리아가 이렇게 멍청한 얼굴을 보이기 시작한 것은.

커밋이 괘씸하긴 하지만 빌리아가 은근히 그를 원하고 있다는 사실을 알기에 둘의 관계에 불씨 정도는 던져 주고 싶었다. 불씨가 번지고 번져 커다란 불길이 될지, 금방 사그라들어 흔적도 없이 사라질지는 둘이 어떻게 하느냐에 따라 달라지겠지만.

"그래서, 넌 어떻게 하고 싶은데?"

"……됐어. 나도 양심이라는 게 있는데."

"양심 운운하는 거 보니 잘되고 싶나 본데, 그럼 가만히 있을 게 아니라 유

528

혹을 해야지."

커밋은 '유혹'이라는 단어의 뜻을 모르는 사람처럼 눈을 느리게 깜빡였다. 유혹이라니. 그런 건 단 한 번도 해 본 적 없었다.

"유혹? 난 너같이 능구렁이처럼 말 못 해."

"사지가 멀쩡한데 왜 유혹을 말로 해?"

"……!"

그렇다. 말재주가 없다면 몸으로 유혹하면 되는 일. 다행히 운동을 게을리하지 않아 몸은 그럭저럭 봐 줄 만했다. 큰 깨달음을 얻은 커밋은 세이린에게 구체적인 방법을 물으며 교실로 향했다.

"안 입은 걸 부끄러워하지 않는 게 포인트야. 못 할 것 같으면 아예 시작하지 마. 무슨 소린지 알지?"

"알았다니까 그러네."

서로에게 이성적인 감정이 콩알만큼도 없는 세이린과 커밋은 유혹에 대해 진지하게 고찰하며 F반 교실에 다다랐다. 그런데 평소와 분위기가 달랐다. 연예인이라도 전학 온 것인지 온 마물들이 F반 교실에 북적북적 몰려든 것이다. 앞문과 뒷문은 물론이고 주변 복도가 이미 마비된 상태였다.

커밋은 세이린을 위해 마물들 사이로 파고들어 길을 뚫었다. 그러자 믿을 수 없는 광경이 눈앞에 펼쳐졌다. 구김살 하나 없는 검은 정장과 반짝반짝 광이 나는 구두를 장착한 밤 대륙의 황제가 교실 한가운데 떡하니 앉아 있는 것이다. 매끈한 두 개의 알이 담긴 바구니를 책상 위에 내려놓은 채로.

이 인파는 마계의 존경받는 영웅이자 최고의 인기를 자랑하는 유명인인 그를 구경하러 온 것이 분명했다. 하지만 정작 클라우드 슈테른 본인은 바구니 안의 알을 살피는 데 신경이 쏠려 그 사실을 눈치채지 못하고 있었다.

"하양. 까망. 온도는 괜찮은가?"

그가 바구니를 향해 다정한 음성으로 물었다. 그간 학습한 바, 알들이 꼬물대면 긍정, 굴러다니면 부정이었다. 하지만 알들은 그의 물음에 긍정도 부정도 아닌 제3의 반응을 보였다. 기다리던 주인을 발견하고 꼬리 치는 개처럼 바구니 안에서 방방 뛰었다. 그제야 고개를 든 클라우드가 커밋과 세이린을 발견했다. 하지만 기쁨은 잠시였다.

"세이린."

클라우드가 나직한 목소리로 그녀를 불렀다. 고작 세 글자를 입 밖에 냈을 뿐임에도 몰려 있던 마물들이 알아서 해산했다. 그의 목소리는 나직해 꼭 화가 난 것처럼 들렸다. 얼굴도 굳어 있다.

클라우드는 성군 이미지가 압도적인 군주였지만 만만한 것과 선정하는 것은 엄연히 다른 일. 당장 부부 싸움이 난다고 해도 믿을 만큼 위협적인 목소리였기에 마물들은 겁을 먹고 침묵을 지켰다. 단 한 명만 빼고.

"아카데미에는 무슨 일로 오셨어요, 폐하?"

세이린은 갑자기 분위기가 싸해지는 이유를 알 수 없었다. 저렇게 잘생긴 남자가 달콤하고 사랑스러운 목소리로 아내의 이름을 부르는데. 물론 표정이 조금 딱딱하고 눈매가 날카로웠지만 세이린은 그 안에 녹아 있는 애정을 볼 줄 알았다.

"이사장 권한으로 수업 참관."

클라우드가 말했다. 총장에게 떼를 써서 F반에 들어왔다고 말하려 했으나 입이 떨어지지 않았다. 세이린은 어찌 되었든 좋다는 눈웃음을 지었다.

"아, 알았다. 수업 참관 핑계로 사랑스러운 아내를 보러 오신 거죠?"

"알아챘으면 옆에 앉아."

클라우드가 옆자리를 권하자 마물들이 술렁였다. 황제가 F반 세이린 폴룩스에게 빠져 있다는 사실은 진작부터 알고 있었지만 둘의 관계는 놀라울 정도로 뜨거웠고 애정이 가득했다. 펄쩍펄쩍 뛰던 알들도 언제 그랬냐는 듯 얌전히 있는 걸 보면 세이린은 사랑을 듬뿍 받고 있음이 틀림없었다.

'부부 싸움은 괜한 걱정이었어.'

'휴. 듣던 대로 사이가 좋으시네.'

'소설에서 나오던 황제와 신의 전쟁 같은 건 없겠어.'

마물들이 안도했다. 클라우드는 민심 안정 또한 참관 수업의 효과라고 생각하며 세이린을 꼼꼼히 살폈다. 그녀가 바구니 안에 든 알들을 쓰다듬으며 바깥에 처음 나와 보는 기분이 어떠냐고 묻는 게 무척 사랑스러웠다.

클라우드의 흐뭇함은 곧 절망감으로 뒤바뀌었다. 세이린이 들고 있던 빵과 우유 때문이었다.

매점에서 산 빵과 우유라니. 며칠 전 황새가 물어다 준 따끈따끈한 알을 가진 마물이 추구할 식사는 아니었다. 클라우드는 세이린이 자신은 알의 어미라는 생색을 내며 몸을 사렸으면 했다. 은근히 조심성이 없는 데다 팔랑팔랑 나돌아 다니기를 좋아하는 마물이니만큼.

'……물론 세이린은 불사신이지만.'

그런데 제 마음을 조금도 몰라주는 아내는 태평하게 빵과 우유로 아침을 때우려 하고 있었다. 황궁에서 간단한 요깃거리를 준비해 온 것이 천만다행이었다. 그는 척 보기에도 한 끼에 다 먹는 건 불가능해 보이는 도시락을 내밀었다.

"세이린. 그거 먹지 말고 이거 먹어. 아침을 안 먹고 왔잖나."

"아니, 제가 언제부터 아침을 이렇게 많이 먹었다고…… 어디서 사 온 거예요?"

설명을 들어 보니 곤잘레스 셰프에게 부탁해 황궁 뒤뜰의 텃밭에서 갓 수확한 유기농 재료들만 사용해 만든 도시락이라고 했다. 세이린은 고개를 갸웃했다.

"황궁에 텃밭이 있어요?"

"없었는데 이 기회에 하나 만들었어. 이제 전보다 좋은 식재료를 쓸 수 있겠지."

"이거 완전 과잉보호인 거 알죠?"

그녀가 톡 쏘아붙이는 걸 똑똑히 들었음에도 클라우드는 세이린 아침밥 챙기기에 여념이 없었다. 그는 언젠가 제릴 포스트에서 특집으로 다루었던 이혼율 관련 기사를 읽은 적이 있었다. 결혼과 이혼, 재혼을 밥 먹듯 하는 마물들도 아이를 가졌을 때 부부 관계가 소원했던 기억이 있으면 재혼할 확률이 확 낮아진다는 것이 흥미로웠다. 아이를 가졌을 때 받은 홀대나 상처는 더 거대하고 깊게 기억된다던가.

'그럴 일은 없겠지만.'

세이린과 헤어지는 일은 절대 없겠지만 적어도 알이 부화할 때까지는 먼지한 톨만큼의 상처도 주고 싶지 않다는 게 클라우드의 마음이었다. 세이린이 자신을 떠난다니. 상상만으로도 심장이 철렁한 그가 포크로 먹음직스러운 치킨너깃을 찍어 주며 투덜댔다.

"아내가 아침을 굶고 학교에 갔는데 과잉보호 안 하게 생겼나? 제발 몸 관리 좀 해. 그러다 네가 잘못되면 나랑 애들은……."

"클라우드, 내가 신인 건 기억하고 있지? 불사의 몸이라고."

"알았으니까 이거 먹어. 그 빵 내려놓고."

클라우드는 세이린이 들고 있는 매점 빵을 길거리 불량 식품만큼이나 두려워하는 것 같았다. 세이린은 그가 먹여 주는 치킨너깃을 우물거리며 생각에 잠겼다. 아무리 소소한 악행을 즐기던 마물이라 할지라도 가족 구성원 중 누군가가 아이를 가지면 얌전해진다는 것을 들은 적이 있었다.

'마물들의 특성이라고 했지.'

이리스 레인에게 슬쩍 들은 바로는 아벨을 그리도 학대했던 시엘리아의 늙은 영주도 아벨이 태중에 있을 때는 금전적 지원을 아끼지 않았다고 했다.

'태어난 아들을 창고에 가둬 기르는 아버지도 여자가 자기 아이를 가졌을 땐 극진했다니 클라우드가 이러는 건 보통인가.'

어차피 알이 부화하면 끝날 특별 대우라고 생각한 세이린은 그의 호의를 기꺼이 받아들이기로 했다.

"잘 먹을게, 고마워."

세이린이 클라우드를 향해 활짝 웃은 다음 건강하고 맛있는 음식을 부지런히 먹었다. 그녀가 입에 포크를 가져갈 때마다 클라우드가 웃는 것은 물론이거니와 알들도 폴짝폴짝 뛰며 기뻐했다.

'어째 아이들이 받을 대우를 내가 받는 것 같은데.'

세이린은 고개를 갸웃했으나 음식이 워낙 맛있어 다른 생각은 금방 잊혀졌다. 세이린은 커밋에게도 음식을 권했지만 커밋은 픽 웃으며 세이린이 사 온 빵과 우유만을 집어 들었다.

"차라리 쥐약을 먹으라고 해라."

커밋은 괜히 밤 대륙 황제의 미움을 사지 않기로 했다. 커밋뿐만 아니라 세이린과 그럭저럭 관계를 유지해 온 F반의 그 누구도 세이린의 음식을 빼앗아 먹을 용기를 내지 못했다.

'저걸 나눠 먹었다간······.'

'세이린이 진짜 신이 맞긴 맞구나.'

'황후인 게 이제야 실감이 나네.'

이들에게 세이린은 그저 같은 반 친구였다. 적어도 황제가 알이 든 바구니를 들고 찾아오기 전까지는. 과잉보호에 눈살이 찌푸려질 법도 하지만 세이린은 마계에서 그 중요도가 남달랐다. 그리고 그녀의 2세는 무려 신과 황제의 후손. F반의 마물들은 오히려 클라우드의 편에 서서 그녀를 보호하는 데 일조할 궁리를 했다.

"남편이 신경 써 줘서 그런가? 황궁에서 먹었던 것보다 더 맛있네."

너스레를 떤 세이린이 포크를 내려 두었다. 수업 참관이 아니라 그녀의 시중을 들러 따라온 사람처럼 단번에 정리를 마친 클라우드는 세이린을 빤히 바라보았다. 맛있다는 평가가 말뿐은 아닌 듯 둥글게 호선을 그리는 양 입꼬리에 뽀뽀하고 싶었다. 그저 그렇게 생각했을 뿐인데 클라우드는 온몸의 피가 끓었다가 모두 빠져나가 버리는 듯한 기분을 느꼈다. 갑작스럽고도 익숙한 고통이었다.

"두고 온 게 있어서 잠시 이사장실에 다녀오지."

그는 태연히 거짓말을 한 다음 이사장실로 이동했다. 제 집무실과 비슷하게 꾸며져 있는 그 공간에 아무도 없다는 것을 재차 확인한 후.

'젠장. 또 침식인가?'

클라우드는 낮게 욕을 지껄였다. 이런 기분, 이런 고통은 한참 전에 영영 사라진 줄 알았다. 순간이지만 눈앞의 세이린을 안고 싶어 몸이 달아올랐고 머리가 아팠다. 아랫배가 묵직해졌고 정신이 아찔했다. 하지만 세이린이 완전한 신으로 성장한 지금, 침식이 다시 시작되었을 리는 없다. 그렇다면 짚이는 이유는 하나.

'······설마 알을 부화시키기 위해 사랑을 나눠야 해서?'

대체 이놈의 마계는 뭐가 문제인가. 클라우드가 벽에 이마를 힘없이 댄 채로 깊은 한숨을 내쉬었다. 이제 일도 없어 한가했기에 아카데미에서 세이린과 오붓한 시간을 보내고 싶었을 뿐이다. 정성을 쏟아 다듬은 공교육 시스템이 잘 굴러가는지 확인하고 싶기도 했고.

'그런데 또 침식 비슷한 증상이라니.'

속성 간의 충돌 때문에 겪었던 고통과 지금 겪는 고통은 근본적으로 달랐다. 그때는 누군가가 심장을 바늘로 찌르듯 아팠지만 지금은 저릿저릿한 고통이었다. 세이린의 날숨에 페로몬이라도 섞여 있는 것인지 쉴 새 없이 가슴이 뜨거워졌다.

누군가에게 이렇게 말했다간 비웃음만 당할 게 뻔했지만 이 표현이 제일 적절했다. 지금 상태라면 세이린 자체가 해로웠다. 새삼 그녀가 예뻤다. 자신의 피를 이어받은 알들을 사르르 웃으며 간질일 때면 그 손끝을 입에 물고 찬찬히 빨아 먹고 싶을 만큼.

'미치겠군.'

자신이 무슨 죄를 지었길래 이런 야릇한 충동에 사로잡혀야 하는지. 아무리 가장 밝히는 마물을 신으로 선정하는 마계라지만 이건 과하다는 생각만 들었다. 부화하지 못한 알이 두 개나 있는데 시도 때도 없이 세이린에게 달려들면 발정 난 짐승으로 보이기 딱 좋으리라.

물론 세이린은 음란 마귀라는 종족 특성으로 인해 거부하지 않겠지만 그건 별개의 문제였다. 클라우드는 굳건히 닫힌 이사장실의 문을 보며 마음을 다스렸다. 그간 세이린이 숨 쉬듯 하던 유혹도 잘 참아 오지 않았던가. 비록 유혹의 반 정도는 넘어갔으나 긍정적으로 생각해 보자면 나머지 반은 참은 셈이었다.

'할 수 있어.'

혼자만의 결의를 다진 클라우드는 겨우 몸을 진정시킨 다음 다시 교실로 돌아왔다. 다행히 수업을 맡은 레이 필드는 아직 도착 전이었다.

"잘 갔다 왔어?"

세이린이 웃으며 옆자리에 앉는 그를 반겼다. 클라우드는 이번에도 저릿한 통증을 느꼈지만 아무렇지 않은 척 자리에 앉았다.

곧 오늘의 첫 수업을 맡은 레이 필드가 교단에 서서 눈을 재차 비볐다. 술을 너무 마셔서 드디어 뇌 기능에 문제가 생긴 건가.

'왜 폐하께서 저기……'

알 바구니를 보니 알 것 같았다. 분명 알을 핑계로 꼬맹이와 붙어 있으려 아카데미에 들어온 것이리라. 저 성군이라면 겸사겸사 아카데미 수업을 감시하겠지.

'젠장. 나한테 술 냄새는 안 나겠지?'

레이는 제 옷깃에 코를 박고 킁킁대다 이내 관두었다. 어차피 주군의 관심은 온통 세이린과 알들에게 쏠려 있을 터.

"자, 그럼 수업 시작하지. 책 펴. 오늘 배울 부분은……"

미리 표시해 둔 페이지를 펼친 레이는 소제목을 읽곤 곧바로 주군을 힐끗 바라봤다.

[55장. 유혹 및 방중술의 이해]

원래는 이리스의 담당이었으나 아벨과 함께 황혼 지대로 떠나는 바람에 레이가 떠맡은 과목의 이름은 '첩보학 개론'이었다. 이름 그대로 정보를 캐내기 위해 동원할 수 있는 온갖 술수들에 대해 배우는 시간인지라 상대 마물을 꼬셔 정보를 불게 하는 방법도 수업의 일부였다.

'이거 재미있겠는데.'

마물다운 사악한 웃음을 지은 레이가 클라우드를 가리켰다.

"아카데미 방문 기념으로 폐하께서 94쪽을 읽어 주시길 바랍니다."

클라우드는 자신의 난감함을 즐기는 레이를 흘겨보곤 책상으로 고개를 떨구었다. 교과서가 없는 그를 위해 세이린이 살며시 제 책을 밀었다.

"……유혹이란 타인을 꾀어내는 행위로, 특히 성적인 목적으로……"

클라우드는 자신이 뭘 읽고 있는지도 자각하지 못한 채 충실히 입을 움직였다. 무릇 훌륭한 마물이라면 이 정도 수위의 글은 눈 깜짝하지 않고 읽어 내야 했다. 그가 의연함을 잃지 않으려 애쓸 때였다.

세이린이 은근슬쩍 책상 아래로 손을 뻗어 클라우드의 손가락과 제 손가락을 얽었다. 캠퍼스 커플이라면 흔히 하는 장난이라고 어느 잡지에선가 봤기 때문이었다.

하지만 손이 닿자마자 클라우드는 반사적으로 자리에서 벌떡 일어났다. 그물에 걸려 물 밖으로 나온 잉어가 튀어 오르는 듯한 움직임이었다. 군중 앞에서 연설할 때도 긴장하지 않던 그의 얼굴이 발갛게 익어 있다. 황제의 음성에 귀를 기울이던 마물들은 흠칫 놀라 음란 마귀를 바라보았다.

'저 음란 마귀가 대체 무슨 짓을……!'

'세이린은 정말 종족 특성에 충실하구나.'

세이린은 동기들의 반응이 무척 억울해 클라우드를 바라보았다. 고작 손이 스친 것뿐인데, 누가 보면 내가 신성한 수업 시간에 단단한 허벅지 안쪽으로 손을 미끄러트린 줄 알겠어!

평상시의 클라우드라면 제 하반신에 뱀처럼 손이 기어들어 와도 깍지나 꼈을 터. 그러나 지금은 어째서인지 과민 반응이었다.

민망하기는 클라우드 본인도 마찬가지였다. 석쇠에 던져진 생선처럼 튀어오를 생각까진 없었건만 세이린의 얼굴이 너무 가까웠다. 왜 교과서를 안 읽고 저를 보는 건가. 그 이유를 생각하자니 정신이 또 아찔해졌다. 클라우드는 급히 알 바구니를 집어 들고 말했다.

"알들이 보채서 달래고 와야 할 것 같군."

얌전히 있던 알들을 팔아먹은 그는 이동 마법진을 그려 단번에 교실에서 사라졌다. 클라우드의 핑계는 적절했기에 마물들은 그저 '폐하께서는 의외로 숫기가 없나 보다' 하는 반응으로 일관하다 다시 수업에 집중했다.

클라우드의 반응을 의아하게 여기는 것은 세이린뿐이었다. 신혼 첫날밤, 나쁜 손 퍼레이드를 벌일 때도 저런 반응은 아니었다. 술김에 첫 키스를 훔쳤을 때? 당황하긴 했으나 지금처럼 펄쩍 뛰진 않았다. 오히려 허리에 아카데미 입학 추천 서명을 하는 대담한 짓을 벌이지 않았던가.

'수상해.'

그의 이상 반응에 대해 수업 시간 내내 고찰하던 세이린은 레이가 교실에서 나갈 무렵, 도망간 남편에게 연락하려다 원인을 깨달았다. 클라우드에게 어디에 있냐고 전화하려 집어 든 휴대폰에 비친 제 모습이…….

'내가 너무 예뻐서 참기 힘들었구나!'

오늘따라 여신 소리가 절로 나오도록 아름다웠다. 이 미모가 또 한 마물을 고통스럽게 했다니 탄식이 절로 나왔다. 공교육 시스템에 온갖 공을 들인 남편께서 살갗이 스칠 만한 거리에 있는 아내를 보고 얼마나 애가 탔을까.

"커밋. 나 우리 남편 찾으러 갈게."

"……어디 있는 줄 알고?"

"이럴 때 쓰라고 신통력이 있는 게 아니겠어?"

즉각 아니라고 대답하려던 커밋은 빌리아를 생각해 입을 조개처럼 다물었다.

□ ■ □

수줍은 새색시처럼 교실에서 뛰쳐나온 클라우드는 아카데미의 벤치에 자리 잡았다.

'미치겠군.'

이쯤이면 온 마계가 셋째 아이를 원하는 듯했다. 주변에 황새가 없다는 것을 다시 한 번 확인한 클라우드가 등받이에 몸을 기댔다. 알들은 세이린에게서 도망쳐 나온 것이 무척 불만스러운지 시위하듯 바구니 안을 굴러다니고 있었다.

"아직 너희가 알이란 걸 모르나 보군. 깨지기라도 하면 어쩌려고."

클라우드는 알들을 쓰다듬어 진정시키며 책 한 권을 소환했다. 세이린의 수업이 끝날 때까지 아이들에게 책이나 읽어 줄 생각이었다.

〈내 아이를 악랄한 마물로 키워 주는 동화집〉

데몬 출판사에서 나온 이 동화집은 클라우드가 하루에 한 번씩 잊지 않고 알들에게 읽어 주는 것이었다. 여러 단편 중 하나를 고른 그가 다정한 목소리를 냈다.

"마계의 어느 마을에 개미와 베짱이가 살았습니다. 개미는……."

아까 세이린의 옆에서 책을 읽을 때에는 당장이라도 몸이 터져 죽을 것 같더니만 지금은 멀쩡했다. 역시 침식 비슷한 증상은 세이린과 가까이 있어야 나타났다.

"개미는 결국 과로사했습니다. 현재를 즐겼던 베짱이는 소소한 악행들을 실천하며 오래오래 행복하게 살았답니다."

알들은 클라우드가 단편 하나를 읽어 주면 곤히 잠들었다. 이번에도 마찬가지였다. 그가 보드라운 천을 알 위에 덮어 주었을 때였다. 벤치에 앉아 있던 그의 뒤에 누군가가 붙어 섰다. 바짝 붙어 어깨에 양손을 얹는 것으로 보아 세이린이라는 것을 알면서도 클라우드는 긴장했다.

"자기야, 심심한데 뽀뽀나 할까?"

세이린이 손을 찬찬히 그의 가슴과 배로 미끄러트리며 속살거렸다. 진득하게 흐르는 꿀 같은 목소리에 클라우드는 화들짝 놀랐다.

"⋯⋯세이린."

음란 마귀의 손은 빠르게 상체를 훑곤 쭉 아래로 직진했다. 그 손길을 느끼고 있자니 클라우드는 순결을 빼앗기는 기분이었다. 이미 빼앗길 순결은 남아 있지 않지만 어쨌든 그랬다. 벤치도 하필 으슥한 곳에 있던 것을 골라 앉은 덕에 주변에 보는 마물도 없다. 클라우드는 도망을 가야겠노라고 마음먹고 바구니를 슬며시 들었다.

"슬슬 수업 시작할 때 되지 않았나?"

"흐음⋯⋯ 이번 수업은 참관 안 해요?"

"나중에."

클라우드는 얼른 이 자리를 피해야겠다는 생각뿐이었다. 그러지 않았다간 아카데미의 '불명예의 전당'에 오를지도 모르는 일. 그러나 세이린은 거침없는 동작으로 슬금슬금 도망가던 클라우드의 옆에 있던 벽을 척 짚었다. 도망을 저지당한 그는 순정 만화 속의 여주인공처럼 화들짝 놀랐다.

"세이린. 누가 오기라도 하면⋯⋯."

"황제 부부가 사이가 참 좋다고 생각하겠지."

클라우드는 마른침을 삼켰다. 이 여자는 대체 왜 자신이 곤란할 때 특히 저돌적으로 나올까. 햇빛도 닿지 않는데 몸이며 얼굴이며 모두 더웠다. 욕심이 불쑥 치솟았다. 그냥 모르는 척 그녀의 유혹에 넘어갈까. 세이린이 먼저 건드린다면 참을 수 없을 것 같았다.

"아카데미까지 따라온 남편께서 왜 나를 피하실까."

그의 복잡한 속도 모르고 얄궂게 웃은 세이린은 몸을 바짝 밀착해 왔다. 그의 단단한 몸이 느껴져 그녀도 때아닌 더위를 느꼈다.

"몸은 솔직한 것 같은데. 응? 날 피하고 있으면서, 사실은 마왕님도 즐기고 있는 거 아냐?"

"대사는 또 왜 그래."

말하는 모양이 꼭 직박구리 폴더 안의 동영상에서나 나올 것 같다. 클라우드는 고개를 휘휘 저었지만 세이린의 보이지 않는 손이 그의 양 뺨을 꼭 감쌌다.

"싫어요?"

"싫은 건 아니지만……."

"그럼 좋은 거네."

세이린은 알들이 이 광경을 보지 못하도록 슬쩍 마력을 흘린 다음 까치발을 들었다. 몸이 바짝 붙어 있던 터라 그녀가 위로 타고 오르는 게 그에게도 여실히 느껴졌다.

세이린은 한숨이 새어 나오려던 그의 입술을 가만히 물었다. 혀로 베어 문 입술을 꾹 누르고 살살 문지르자 굳어 있던 클라우드도 조금씩 키스에 응했다.

그와 별개로 클라우드의 손은 애먼 아카데미의 벽만 긁고 있었다. 평소라면 세이린을 바짝 끌어당겼을 손이 애매한 모양으로 말려 벽과 허공 사이를 왕복하는 게 가관이었다.

"어허. 신의 뜻을 따르도록."

세이린이 작게 으르렁대곤 그의 목덜미를 어루만졌다. 손길이 닿는 곳마다 짜릿한 소름이 돋아 클라우드가 얼굴을 내뺐다. 세이린은 제 입술을 거부한 남편을 혼란스러운 눈길로 바라보았다. 오늘도 상큼한 데다 발랄하기까지 한 아내의 입술을 거절하다니.

'왜지? 설마…….'

세이린은 인간계에서 주부를 대상으로 한 잡지를 훔쳐봤던 기억을 떠올렸다. 결혼 후, 아이가 생기니 부부 관계가 소원해졌다는 수많은 사연들이 떠올랐다. 다른 잡지에는 아내가 더 이상 여자로 보이지 않아 외도를 할 수밖에 없었다는 짐승만도 못한 누군가의 변명도 실려 있었다.

　물론 세이린은 자신이 선택한 남자가 길가에 널브러진 개똥만도 못한 마물이라곤 생각하지 않았다. 하지만…….

　'나를 밀어냈다고?'

　색욕의 랭커 자존심이 용납하지 않았다. 내가 오늘도 이렇게 사랑스러운데! 세이린은 클라우드가 자신을 밀어낸 이유를 상상조차 하지 못한 채 굳은 얼굴을 했다. 유혹이 먹히지 않는다면 방법은 하나.

　'오케이. 다음엔 밀어내지도 못할 만큼 숨 막히는 유혹을 해 주지.'

　지극히 음란 마귀다운 결론이었다.

□ ■ □

　황새가 알을 물어다 준 지 약 2주 후의 어느 날. 클라우드는 등교한 세이린을 대신해 집무실에서 알을 돌보고 있었다. 황궁 고용인들의 도움을 받는다고 해도 부화 전의 알들을 돌보는 데에는 상당한 시간과 노력이 필요했다. 세이린과 클라우드는 빅토리아에게 알 돌보기에 필요한 것들을 배워 가며 초보 부모 딱지를 떼기 위해 힘썼다.

　빅토리아에게 배운 대로 알을 이리저리 굴려 주면서도 그의 시선은 세이린을 찾았다. 책상에는 웨딩 사진이 끼워진 액자가 과하다 싶을 정도로 빽빽이 들어서 있었으니 어려운 일은 아니었다. 클라우드는 화사하게 웃는 세이린의 사진을 보고 또 보다 엄청난 사실을 깨달았다.

　'그러고 보니…….'

　알들이 찾아온 이후로 한 번도 하지 않았다. 하루에도 몇 번이나 몸을 섞던 날들이 먼 옛날로 느껴질 정도로 오랫동안. 아이들이 생기니 아무래도 둘만의 시간을 갖기 어려웠다. 예상하던 임신이 아닌지라 적응하는 데 더욱 정성을 들이게 되었다.

　"……."

　아니, 사실 이것들은 다 핑계였다. 침식 증상과 비슷한 자신의 성욕이 문제였다. 한 번 세이린을 붙잡으면 놓아줄 것 같지 않아 슬금슬금 둘만 있는 상황을 피해 왔다.

게다가 자타가 공인하는 마계의 신이 된 세이린은 할 일이 많았다. 알들을 돌보는 것 외에도 마계의 신화를 새로 써야 했고, 〈임성운의 5,500가지 그림자〉 외전 원고 교정 작업도 한창이었다. 나까지 발정 난 개처럼 굴지 말자. 이것이 클라우드가 내린 결론이었다.

그럼에도 찜찜했다. 세이린은 소소한 악행으로 활기를 얻는 마물 중에서도 그렇고 그런 접촉들을 즐기는 음란 마귀가 아닌가. 물이 없으면 물고기는 말라 죽고 소악행을 실천하지 못하면 마물들은 무기력해진다. 얼핏 듣기론, 박쥐에서 유래한 마물인 제이드 제릴은 오랜 시간 흡혈하지 못하면 우울감에 시달린다고 했다.

'오늘 아침 일이 이것 때문인가.'

클라우드는 오늘 아침에 있었던 일을 떠올렸다. 등교 준비가 한창인 세이린에게 오늘은 일이 바빠 아카데미에 따라가지 못한다는 말을 건넸었다. 은연중에 아쉬운 얼굴로 입 맞춰 주기를 바랐으나 세이린은 샐쭉 웃곤 그대로 사라졌다. 숨 쉬듯 뽀뽀하고 입술을 맞대 오는 사랑스러운 아내가 말이다.

'……세이린이 우울한가?'

생각이 여기까지 닿자 가슴이 철렁했다. 세이린이 우울하다면 그 원인은 하나. 야릇한 충동을 참으려 자신이 그녀를 피했기 때문이리라. 알을 쓰다듬던 클라우드가 자리에서 일어났다. 지금 일이 중요한 게 아니었다.

'사랑하는 아내가 우울해하고 있다는데.'

입 밖으로 낸 말도 아니지만 '아내'라는 호칭에 그의 얼굴이 발그레해졌다. 생각만으로도 기분이 좋아지는 여자를 우울에서 구해 내고 싶었다. 해서, 클라우드는 알들이 든 바구니를 든 채로 이동 마법진을 그렸다.

□ ■ □

워렛 중심부의 알데바란 타워. 마계 최고의 출판사 데몬의 편집장 겸 사장인 딜런은 회의실의 상석에 앉아 쓰고 있던 안경을 벗었다.

"회의는 이쯤에서 마무리하지. 유일 작가님 교정 원고는 오는 대로 나한테 보내고."

그가 까칠하게 말하고 몸을 일으키자 편집자 하나가 물었다.

"사장님, 유일 작가님 차기작 소식은 없으십니까?"

딜런은 그 질문에 답하는 대신 엷은 미소를 지었다. 세이린이 마계의 유일한 신이 된 직후, 딜런은 유일 작가에게 자서전을 내는 것이 어떻겠냐고 권유했다. 차기작 약속은 잡은 셈. 허나 그건 귀여운 허니문 베이비, 아니, 허니문 에그가 생기기 전의 일이었다. 딜런은 세이린이 요즘 얼마나 바쁠지를 누구보다 잘 알고 있었다.

"유일 작가 원고는 내가 알아서 하지."

날카로운 말투와 달리 딜런은 웃고 있었다. 세이린이 알들을 가져와 '딜런! 우리 아가들한테 인사해!' 하고 해맑게 웃던 장면이 아른거렸다. 딜런은 얼른 자신의 사무 공간으로 돌아가 세이린과 찍었던 사진을 돌려 보겠다고 마음먹으며 걸음을 재촉했다. 그러나 벽이 유리로 된 편집장실 안에는 낯익은 뒷모습이 보였다.

"황제 폐하?"

후다닥 유리문을 열고 들어온 딜런은 고개 숙여 클라우드에게 인사했다. 어째 알콩달콩한 신혼을 즐기고 있을 황제의 안색이 좋지 않았다.

"알데바란. 불쑥 찾아와 미안하군. 부탁이 있는데 들어줄 수 있나?"

"물론입니다. 그런데……."

딜런은 바구니에 가지런히 담긴 알들을 보며 눈을 빛냈다. 세이린을 닮아 활달하고 귀여운 알들은 한 번 마주하면 만져 보고 싶다는 충동을 일으켰다. 클라우드는 딜런의 손에 세척 마법과 살균 마법을 동시에 걸었다. 바람 마법으로 손이 보송보송하게 마르자 딜런은 귀하디귀한 신의 아이들을 쓰다듬을 수 있었다.

"그새 많이 큰 것 같습니다. 처음 안아 봤을 때보다 묵직하네요."

딜런이 능숙하게 알을 안으며 말했다. 세이린이 뜬금없이 알 바구니를 들고 찾아왔던 것이 2주 전이건만 알들은 하루가 다르게 존재감을 키워 갔다. 칭찬 중 칭찬이라는 자식 칭찬을 받은 클라우드가 굳어 있던 얼굴을 풀었다.

"세이린을 닮아서 아이들이 귀여워."

"제 눈에도 그렇습니다."

"성격은 또 얼마나 활발한지."

두 남자는 그저 크기가 조금 클 뿐 계란과 똑같이 생긴 알들을 보며 한참이나 칭찬을 주고받았다. 그러는 사이 간단한 다과가 준비되었다. 딜런은 클라우드에게 차를 권하며 물었다.

"그런데 무슨 일로 오신 겁니까? 혹시 알들이 저를 보고 싶다고 했다거나……."

"세이린이 우울감을 느끼더군."

딜런은 최후통첩이라도 들은 듯 놀랐다. 그 세이린 폴룩스가 우울이라니. 우울해하는 모습이 그려지지도 않는데. 딜런이 붕어처럼 뻐끔거리는 동안 클라우드는 종이와 펜을 소환해 책상 위에 두었다. 세이린이 우울해하는 것을 두고 볼 수 없기는 남편인 그도 마찬가지였다.

"알데바란. 세이린이 좋아하는 것들의 목록을 작성해 주겠나? 음식이든, 놀이든, 뭐든."

클라우드의 목소리에는 자책감이 서려 있었다. 세이린이 우울한 것을 진작 알아채지 못했다는 속상함은 덤이었다. 누구보다 세이린을 아끼는 그의 마음을 잘 알기에 딜런은 펜을 쥐고 그녀가 좋아하는 '백도 복숭아'를 적으려다 멈칫했다. 자고로 사회생활이란 아부와 칭찬이 기본이지 않던가.

[클라우드 슈테른]

'세이린이 좋아하는 것' 목록의 가장 위에 제 이름이 적히자 클라우드는 피식 웃었다.

"역시 사장은 아무나 하는 게 아니군."

"아부가 아닙니다. 세이린이 폐하를 얼마나 사랑하는지는 폐하보다 제가 더 잘 알 겁니다. 전화로 얼마나 칭찬을 늘어놓던지. 업무에 방해가 될 정도입니다."

"네 이름도 적지 그러나. 세이린의 가장 친한 친구이니."

"어찌 황제 폐하의 아래에 제 이름을 적겠습니까. 세이린의 사랑은 이미 전하의 것인데."

클라우드에게는 이미 딜런의 **뻔뻔함**이 느껴지지 않았다. 세이린이 넘치도록 자신을 사랑해 준다는데 무엇이 중요할까. 딜런의 말재간에 기분이 좋아진 클라우드는 조만간 알데바란에게 작위를 내려 줘야겠다고 결심하며 알들을 쓰다듬었다.

그러는 동안 딜런은 막힘없이 세이린이 좋아하는 것들의 목록을 작성했다. 음식부터 관광지, 좋아하는 옷의 종류와 단어까지. 펜을 움직일수록 어째 눈가가 뜨거워졌다.

세이린이 아이를 가졌다는 소식을 들었을 때, 딜런은 그 철부지 아가씨가 엄마가 된다는 사실을 믿지 못했다. 어떻게 믿을 수 있을까. 마계에 갓 자연 발생한 세이린에게 밥을 먹이고 동사무소로 데려가 출생 신고를 한 일이 아직 어제처럼 선명한데. 겨우 눈물을 삼킨 딜런은 덤덤한 척 회상했다.

"폐하. 주린 배를 움켜쥐고 잔디라도 뜯어 먹으려던 세이린에게서는 하얀 빛이 났습니다. 달의 일부가 떨어져 나온 것처럼…… 보고 있기만 해도 구원받는 것 같은 신비로운 빛이었습니다. 막도날드의 라지 사이즈 햄버거 세트를 다섯 개나 해치운 것도 이상하게 여겨지지 않을 정도로."

클라우드는 세이린이 잔디를 뜯어 먹으려 했다는 부분에서 놀랐지만 회상에 심취한 딜런은 그 후 한참 동안 세이린의 흑역사를 줄줄 읊었다. 클라우드는 시간 가는 줄 모르고 그의 말을 경청했다.

□ ■ □

그날 밤. 흡혈 수업 보강을 듣고 늦은 시각에 아카데미에서 나온 세이린은 황궁의 본궁이 아닌 별궁, 자신의 자취방으로 향했다.

'로자리가 없으니까 휑하네.'

오랜만에 들어오는 별궁에 신통력으로 온기를 더한 그녀가 곧장 2층 제 방으로 올라가 옷을 벗으며 소환 마법을 펼쳤다. 거의 전부가 검은 레이스로 이루어진 야릇한 속옷들이 침대 위로 떨어졌다. 세이린은 그것들을 걸치며 엉큼한 웃음을 지었다.

'지금쯤 우리 마왕님 애간장은 다 타들어 갔겠지?'

그간 바쁜 척, 내키지 않는 척을 하며 그를 슬금슬금 피했다. 오직 오늘 던질 강력한 유혹을 위해서. 아카데미에서 키스를 거부한 그에게 따끔하고 뜨거운 벌을 주고 싶었다.

그녀가 옷을 갖춰 입을 때마다 음마력은 별궁을 후끈한 분위기로 뒤바꾸었다. 짙은 와인색 커튼에 스민 달빛과 달콤한 머스크계 향초가 방을 물들였다. 준비를 마친 세이린은 일부러 우울한 목소리를 장착하곤 클라우드에게 전화했다.

"클라우드. 잠깐 별궁으로 와. 할 말이 있어."

부부 싸움 5초 전이라고 해도 믿을 만큼 가라앉은 음성이었다.

황궁에 있던 클라우드는 세이린의 전화를 받고 철렁했다. 딜런이 준 목록을 바탕으로 오늘 밤, 세이린과 뜨거운 시간을 보내려 준비하고 있던 그였다.

알들은 아이들을 하룻밤만 맡게 해 달라며 애원하던 빌리아에게 맡겼다. 낯선 환경에 들여 두는 것이 알들의 정서 발달에도 좋다고 하지 않던가. 물론 불안하니 빅토리아를 붙이는 것도 잊지 않았다. 하지만 정작 세이린의 기분이 좋지 않은 듯했다.

'내 잘못이야.'

클라우드는 자책하는 와중에도 세이린이 좋아하는 꽃과 간식들을 부랴부랴 챙겨 별궁으로 향했다. 할 말이 있다고 했으니 좋은 일은 아니리라. 그래도 오랜만에 진솔한 대화를 나눌 생각을 하니 괜스레 웃음이 나왔다.

'……얼른 목소리 듣고 싶다.'

양손 가득 세이린을 위한 선물을 준비했기에 클라우드는 어깨로 문을 열었다. 그러자 달콤하고 관능적인 향이 훅 끼쳐 왔다. 바닥에 놓인 채로 아롱거리는 향초들을 따라 시선을 옮기던 그가 새카만 하이힐을 발견하곤 침을 삼켰다.

"세이린?"

예상과 달리 그녀는 우울해 보이지 않았다. 여태껏 봤던 어느 순간보다 섹시한 매력을 내뿜고 있을 뿐.

세이린은 흔히 '바니 걸'이라고 불리는 섹시한 코스튬을 입고 있었다. 수영복을 연상시키는 짧은 옷과 검은색 망사 스타킹이 찰떡같이 어울렸다. 백옥 같은 피부와 쭉쭉 뻗은 팔다리를 이리저리로 내보이던 세이린은 걸치고 있던 얇은 가운을 바닥으로 내려뜨리고 유려한 허리선을 드러냈다.

클라우드는 세이린이 어디서 저런 자극적인 옷을 구해 온 것일지 잠깐 생각해 보았다. 아마도 자료 조사를 위해 수집했던 수많은 코스튬 중 하나겠지. 사실 그런 건 중요하지 않았다. 세이린이 자신을 위해 정성을 들이고 있다는 게, 그리고 참을 수 없는 뜨거운 감각이 머리를 녹이는 것 같다는 게 중요하지.

"클라우드, 토끼 좋아해?"

세이린이 나른하고 요염한 목소리로 물었다. 클라우드는 저 목소리로 묻는다면 사약도 즐겨 마신다고 답하리라고 생각했다. 대답을 들은 세이린은 눈웃음을 지으며 토끼 귀 모양의 검은 머리띠를 썼다. 양 갈래로 내려 묶은 머리카락이 살랑임과 동시에 토끼 귀가 마력을 받아 쫑긋거렸다.

"짠! 서프라이즈!"

"……."

클라우드는 자신이 어떤 표정을 짓고 있을지 몰라 얼굴을 양손으로 가렸다. 가만히 있어도 감당이 어려울 정도로 사랑스러운데 왜 이런 짓으로 자신을 시험하는 것일까. 작고 여린 동물들보다는 사자나 늑대 같은 커다란 동물을 더 좋아하는 그였으나 지금은 다 필요 없고 토끼가 최고였다.

"클라우드."

세이린이 말하자 그녀의 머리띠가 또다시 쫑긋거렸다.

'미쳤군.'

역시 토끼가 최고였다. 클라우드는 지체 없이 넥타이를 아래로 잡아당겼다. 세이린은 픽 웃으며 오늘의 필살기를 선보였다.

"짠! 꼬리도 있다?"

그녀가 살랑 돌아서 벽을 짚자 엉덩이에 달린 앙증맞은 토끼 꼬리가 드러났다. 그 모습을 본 클라우드가 곧바로 재킷을 벗어 던지는 것은 당연했다. 세이린은 자신을 안아 올리는 클라우드의 허리에 다리를 감았다. 한두 번 해 본 자세가 아닌지라 모든 것이 능숙했다.

"역시 우리 마왕님 허리는……."

"네가 마계에서 가장 소중하게 여기는 것이잖나."

클라우드는 벨제바브가 자신의 허리에 깊은 상처를 냈을 때 세이린이 마력을 거하게 개방했던 일을 생생히 기억하고 있었다. 비록 허리라는 한정된 신체 부위이긴 하나 어쨌든 세이린이 마계에서 가장 소중하게 여기는 것은 자신이었다. 다른 누군가가 아니라.

2층의 세이린 방으로 가기 위해 계단을 오르던 클라우드가 드러난 그녀의 살갗에 자잘한 키스마크를 남겼다. 말캉하고 부드러운 피부가 입술에 닿자 걷고 싶은 마음이 싹 사라졌다. 그가 게으름을 피우는 소처럼 발걸음을 늦추자 세이린이 그의 등을 쿡쿡 건드렸다.

"여기서는 안 돼. 여긴 복도라 카펫밖에 없잖아요?"

"벽 있잖아. 내가 안고 하면 돼."

"침대 위에 황제 폐하를 위해 준비해 둔 게 있는데……."

"진작 말하지 그랬나."

한쪽 팔로 세이린을 안고 벨트 버클을 풀던 클라우드가 손바닥 뒤집듯 태도를 바꾸었다. 세이린은 귀여운 짓을 하는 그의 머리를 마구 헝클었다.

"마왕님, 이렇게 날 좋아하면서 어떻게 피할 생각을 했지?"

"……참기가 힘들었어. 아무래도 온 마계가 셋째를 원하는 것 같더군."

클라우드는 세이린의 구두를 벗기고 걸리적거리는 스타킹을 찢으며 자신이 겪었던 증상에 대해 설명했다. 세이린은 발정 난 개처럼 보일까 봐 참았다고 말하는 주옥같은 목소리를 곱씹고 또 곱씹었다. 어찌나 섹시한지 녹음해 두었다가 모닝콜로 쓰고 싶었다.

"……그러는 넌 왜 날 피했지?"

나지막한 질문이 들려오자 세이린의 토끼 귀 머리띠가 쫑긋거렸다. 그를 피한 이유야 하나뿐이었다.

"그야 오늘의 유혹을 위해서지."

"유혹엔 언제든 넘어갈 테니 앞으로는 피하지 마."

"웃겨. 내가 도망이라도 갈까 봐?"

세이린은 양팔을 활짝 벌려 '나는 당신의 것'임을 어필했다. 이미 자신의 입에서 나온 '도망'이라는 두 글자가 클라우드의 스위치를 누른 줄도 모르고.

도망. 그 단어를 듣는 순간 클라우드의 얼굴에 웃음기가 걷혔다. 세이린이 도망을 간다면 적극적으로 협조할 놈들의 목록이 머릿속에 좌르륵 지나갔다.

"아무 데도 안 보내."

"어차피 나는 자연 발생한 마물이라 갈 데가 없…… 아훗!"

가뜩이나 아내에게 목이 마른 남자에게 도망이라는 말을 꺼낸 건 세이린의 실수였다. 클라우드는 이성을 셔츠와 함께 바닥에 던져 버리곤 세이린을 짓궂게 매만지기 시작했다. 보통의 여인네라면 집착 어린 행동에 당황했을 상황. 하지만 음란 마귀인 세이린은,

"아, 방금 완전 좋…… 도망도 못 갈 만큼 더 해 주는 건 어때요?"

이 상황을 즐기며 그를 더 꼬드겼다.

외전
5

부화

한편, 클라우드와 세이린의 알은 에테라 성의 가장 깊은 곳에서 하룻밤을 보내고 있었다. 낯선 장소에서 시간을 보내는 것은 탐험을 좋아하는 알들이 반기는 놀이 중 하나였다.

"어때, 이렇게 하니까 좋아?"

빌리아가 나긋한 목소리로 물었다. 그녀는 사랑이 가득 담긴 눈으로 알 바구니를 살살 흔들어 주고 있었다. 알들은 데구루루 구르는 것으로 기분이 좋다는 의사를 표현했다. 그러면 로자리와 빌리아, 빅토리아가 꺅꺅 탄성을 흘렸다.

"어떡해. 너무 귀여워요……!"

"작가님을 닮아서 그래. 어쩜……."

빌리아가 앓는 소리를 냈다. 안 그래도 작은 마물에는 사족을 못 쓰는 그녀였다. 그런데 유일 작가님의 알이라니. 탄생부터 비범해 자꾸 눈길이 갔다.

"카인. 그것 좀 더 해 봐."

"……아, 응."

빌리아가 넋을 반쯤 놓고 있는 카인을 쿡쿡 건드렸다. 그러자 그가 눈송이 모양 모빌을 만들어 알 위에서 흔들었다. 분명 얼음이지만 차갑지 않은 것은 카인의 마력이 빛에 가까울 정도로 정제되어 있기 때문이었다. 알들은 세이린이 지닌 빛의 마력과 비슷한 카인의 마력에 열광했다.

"어머나, 좋아하는 것 좀 봐!"

빌리아가 얼굴을 붉히며 알들을 간질였다. 유일 작가님을 닮아 매끈하고 동그란 것이 너무도 사랑스러웠다. 아직 성별은 알 수 없지만 아이들은 분명 작가님을 닮았으리라. 귀여운 아가들이 뛰어와 폭 안기는 장면을 생각하니 클라우드가 한없이 부러워졌다.

"나도 아이나 만들까……?"

빌리아가 카인을 바라보며 작게 중얼거렸다. 가까이 있는 탓에 그 말을 듣고야 만 카인은 눈이 커질 정도로 놀랐다.

'아이? 애를…… 만들자고?'

미동 없기로 유명한 푸른 눈동자가 진동했다. 아이를 만들자니. 그런 말을 왜 자신을 보며 흘리는 것일까. 아무런 악의도 없다는 듯 천진한 빌리아의 얼굴이 얄밉기까지 했다. 카인은 빌리아의 옆모습을 뚫어져라 바라보며 사색에 잠겼다. 빌리아리아 에테라는 빌리아리아 시엘리아가 될 운명이었다. 자신이 예고도 없이 잠수를 타지만 않았더라면.

'……젠장.'

과거의 자신에게 원망이 들었다. 얌전히 숨만 쉬고 있었으면 눈앞의 여인이 자신의 것인데 왜 헛짓을 해서 기회를 뻥 걷어찼을까. 만약 빌리아와 자신이 결혼식을 올렸다면 세이린과 클라우드의 결혼식에 버금가는 성대한 식이었을 것이다. 낮 대륙과 밤 대륙의 가장 강한 가문이 결합하는 일이었으니. 가문과 가문의 결합이니만큼 뒷말이 나오지 않게 철저한 감시 속에서 첫날밤도 보냈으리라.

'……첫날밤이라.'

클라우드와 쇼원도 부부를 연기하기 전의 빌리아는 자존감은커녕 숫기도 없어 자신에게 말을 걸 때마다 벌벌 떨었다. 부부가 된 다음에도 비슷했을 것 같았다. 얌전히 앉은 아리아에게 다가가는 것도, 그녀에게 먼저 입을 맞추는 것도 자신의 역할이었을 터. 거리를 좁히면 빌리아는 떨리는 목소리로 이름을 불렀을 것이다.

"……카인?"

그래. 이렇게. 카인은 망상에 심취해 현실의 빌리아가 정말 자신을 부르고 있다는 것을 한참 후에야 자각했다.

"카인."

"……어?"

얼마나 망상을 해 댄 것인지 정신을 차렸을 땐 빅토리아와 로자리가 자리를 비운 후였다. 처음 받았을 때보다 묵직해진 알 바구니만 덩그러니 남아 있었다. 게다가 빌리아는 잠옷으로 갈아입은 상태였다. 얼마 전까지만 해도 밤 대륙에서 입던 긴 실크 드레스를 입더니만 오늘은 낮 대륙의 더위를 핑계로 소매 대신 어깨끈이 자리했다.

"대체 무슨 생각을 했길래 부르는 걸 못 들어? 야한 생각이라도 했어?"

뜨끔. 정곡을 찔린 카인은 말을 잇지 못했다. 빌리아는 별생각 없이 한 말이 적중해 당황한 눈치였다. 무표정에 얼음처럼 차가운 마력이 트레이드마크인 카인 시엘리아가 야한 생각을 하다 걸려서 얼굴을 붉히다니. 세상 오래 살고 볼 일이었다.

"무슨 야한 생각?"

빌리아가 얄궂게 웃으며 물었다. 카인은 아무런 답도 하지 못한 채로 빌리아의 얼굴만 눈에 담았다.

"……그냥."

우리가 보낼 뻔했던 첫날밤을 생각하고 있다고 말하느니 이 자리에서 혀를 깨물고 죽는 게 나을 듯했다. 하지만 빌리아는 봐줄 생각이 없어 보였다.

"대상이 있을 거 아냐. 설마 내 방에서 말도 못 할 정도로 저질스러운 생각을 한 건 아니겠지? 어머, 맞나 봐?"

카인은 이번에도 대답 대신 침대에 걸터앉은 빌리아의 얼굴만 바라봤다. 왜 하필 침대에 앉아 있는 것일까.

"얼른 말해. 황명이야."

"에테라에는 자유도 없나?"

"시엘리아에는 자유가 있었던 것처럼 말하네."

빌리아는 무릎에 알 바구니를 두고 살살 흔들며 들으라는 듯 중얼거리기까지 했다.

"애들 앞에서 입에 못 담을 상상을 하다니……."

"……그냥 첫날밤 생각이었거든?"

황제의 술수에 놀아난 카인이 결국 고백하듯 내뱉었다. 빌리아는 첫날밤이라는 말에 눈살을 찌푸렸다. 카인 시엘리아는 제멋대로 구는 마물이었으나 하반신이 방탕하지는 않았다. 즉, 그가 상상할 만한 첫날밤 속의 여자는 하나.

"웃겨. 7년도 넘게 방치해 놓고 이제 와서?"

"상대가 너라곤 안 했어."

카인이 반사적으로 대꾸했으나 빌리아는 그의 말보다 붉어진 뺨을 믿었다.

"됐고, 나 씻고 올 동안 애들이나 잘 보고 있어. 만만한 상대가 보모 역할을 하면 알들이 장난을 친다더라."

빌리아가 빠르게 말하곤 욕실로 들어갔다. 순식간에 알 바구니를 건네받은 카인은 한숨을 푹 내쉬며 음란 마귀의 자손들을 쓰다듬었다.

'세이린이랑 클라우드는 대체 뭘 하고 있는 거야?'

알들의 부화를 위해 최선을 다해 노력하고 있는 것인지 알들이 점점 묵직해졌다. 특히 까망이의 무게가 빠르게 늘어 갔다.

'이 정도 무게면 곧 부화하겠는데.'

카인은 세이린과 클라우드의 아이가 어떤 모습일지를 상상해 보다 주제를 옮겼다. 만일 빌리아와 결혼을 했다면 자신에게도 아이가 있었을 것이다. 후사를 굳건히 하는 것은 가문의 주인에게 주어지는 의무 중 하나이니.

'빌리아와 나를 닮은 아이라.'

이루어질 수 없는 일임을 알면서도 괜스레 웃음이 났다. 막심한 후회는 덤이었다. 카인은 잘 알고 있었다. 시간을 되돌린다고 해도 과거의 자신은 이속성 연구에 빠져 그 길을 걸으리라는 것을.

하지만 만약에, 정말 만약에. 에테라의 성에서 빌리아와 다시 재회한 순간 자신이 그녀를 붙잡았더라면. 아니, 적어도 보고 싶었다는 말이라도 건넸었다면.

'지금과는 달랐을까.'

이제는 아무 사이도 아닌 약혼녀와의 2세를 상상하는 건 미친 짓이었다. 빌리아가 들으면 지금 와서 무슨 후회를 하느냐고 비웃고 경멸하리라. 지금의 빌리아는 자신이 마음대로 꼬실 수 있는 존재가 아니었다. 그녀는 낮 대륙을 포용하는 황제였다. 자신이 끝내 되지 못했던 황제.

'에테라에 온 후부터 계속 과로하는 것 같던데.'

카인은 쇄아아 물소리가 나는 욕실을 힐끗 바라봤다. 빌리아는 낮 대륙에 와서도 과로를 자처했다. 친히 민가에 내려가 백성들을 살폈고 그들의 바람을 귀담아들었다. 그러니 무당벌레처럼 작은 마물들부터 팔이 열 개 달린 마물들까지 모두가 그녀를 사랑하는 건 당연했다.

보통 로자리를 호위로 삼아 외출을 하는데, 돌아올 때면 갓은 꽃다발과 화환이 한 트럭이었다. 그만큼 빌리아는 사랑받는 군주였다.

'나 같은 게 앞길을 막으면 안 되겠지.'

카인은 마음을 다잡았다. 더 이상 그녀의 발목을 잡지 않으리라. 문제를 일으키지도 않을 것이고. 그렇게 생각한 그가 버릇처럼 알 바구니를 살랑 흔들었다. 그런데 너무 가벼웠다. 아무런 문제도 일으키지 않겠다고 마음먹은 지 30초 만에 문제가 생겼다. 그것도 아주 큰 문제가.

"왜, 왜…… 알 바구니가 비었지?"

한눈을 판 건 찰나였다. 알들이 마력을 일으켰다면 시엘리아의 영주였던 자신이 눈치채지 못할 리 없다. 당황해 주변을 둘러보는 카인의 머릿속에 빅토리아가 우스갯소리로 했던 말이 스르륵 지나갔다.

'짓궂은 알들은 부화 직전에 도망가기도 해요. 엄마 아빠의 애간장을 태우려는 거죠.'

망했다. 카인의 얼굴이 새하얗게 질렸다. 누가 세이린의 아이들 아니랄까 봐 알들은 마물 골탕 먹이는 걸 즐기는 듯했다. 카인은 침착하게 상황을 정리했다.

……아무리 정리해도 망했다는 결론만 나왔지만.

카인은 세이린에게 전화를 걸면서 재빨리 마력을 휘둘렀다. 푸른 마력이 거미줄처럼 얇고 광범위하게 퍼져 나가 주변을 수색했다.

'얜 왜 전화를 안 받아?!'

클라우드에게도 전화를 해 보았으나 묵묵부답이었다. 카인은 기사단장들에게 차례차례 전화하며 알이 담겨 있던 바구니를 뜯어보았다. 일부러 자취를 감춘 듯 은신 마법의 흔적이 곳곳에 남아 있었다. 아직 부화하지도 않은 것들이었지만 어머니가 신이고 아버지가 전쟁 영웅이니 은신쯤은 껌으로 여기는 듯했다.

카인은 자신이 저지른 멍청한 실수에 속이 타 방 안을 빠르게 배회했다. 빌리아가 머리를 털어 말리며 욕실에서 나온 것도 그쯤이었다.

"왜 비명을 질러? 잠깐, 아가들 어디 갔어?"

"……빌리아."

입이 열 개라도 할 말이 없는 상황이었으나 지금은 욕을 먹지 않기 위해 상황을 숨길 때가 아니었다. 카인은 무슨 일이 있었는지를 빠르고 정확하게 요약했다. 빌리아는 이마를 짚으며 한숨을 내쉬었다. 이 사달이 난 것에 대해 화가 났지만 지금은 알들을 찾는 게 우선이었다.

"작가님께 연락은 했어?"

"전화를 안 받아서 마력으로 만든 비둘기도 보냈는데 반응이 없어."

"당연히 안 받지. 비둘기 말고 황새를 만들어서 보내. 둘 다 기겁하면서 달려올 거야. 나는 로자리랑 성 안을 찾아볼 테니까 당신은 기사단장들이랑 바깥을 맡아."

"알았어."

"으휴…… 잠시나마 당신 아이를 갖고 싶다고 생각한 내가 바보지!"

폭탄 발언을 떨군 빌리아는 제발 알들에게 아무런 문제가 없기를 바라며 뛰쳐나갔다.

□ ■ □

"세이린, 졸려?"

나른하게 물은 클라우드가 그녀의 뺨에 입술을 꾹 눌렀다. 그의 목소리에는 남들은 결코 상상조차 하지 못할 애교가 담겨 있었다. 몸을 섞을수록 더 원하게 되는 게 스스로도 이상할 지경. 하지만 통제할 수 없는 욕망이 그리 기분 나쁘게 느껴지지 않았다.

세이린은 물기를 꼼꼼히 닦아 주는 그의 손길을 느끼다 픽 웃었다. 방금 씻겨 놓고 다시 원한다는 눈빛이라니.

"폐하. 살살 다시 꼬드길 거면 왜 씻겨요?"

"씻기고 싶어서. 욕실에서 하고 싶기도 했고."

"옷은 왜 입혀?"

"벗기려고."

"어휴…… 처음부터 다시 시작하겠다는 태도, 아주 좋아."

세이린은 몽롱한 얼굴로 중얼거리며 클라우드를 쓰다듬었다. 줄곧 자신이 하고 있던 토끼 귀 머리띠가 새카만 머리카락 위에서 쫑긋거렸다.

음란 마귀는 그의 양 뺨을 꼭 감싸곤 이마를 맞댔다. 분명 몸을 식히겠답시고 찬물로 씻었건만 클라우드의 얼굴은 뜨끈뜨끈했다. 입을 살짝 벌린 그녀가 그대로 그의 입술을 머금으려 할 때였다.

가가가가가각—

"……!"

세이린과 클라우드가 들려오는 익숙한 소음에 깜짝 놀랐다. 이것은 꿈에서도 잊지 못하던 황새의 울음소리. 이미 한 번 경험한 일이라 그런지 두 마물은 침착했다. 커튼을 걷자 예상한 대로 황새가 부리를 달그락거리며 창문을 쪼고 있었다.

"황새가 좀 파랗지 않아요?"

"물의 마력으로 만든 것 같군. 아벨인가?"

클라우드가 창문을 열어 주자 황새는 재빨리 날아 들어와 두 마물의 휴대폰을 톡톡 건드렸다. 그제야 카인에게 부재중 전화가 와 있다는 것을 확인한 세이린은 곧장 전화를 걸었다.

"카인. 이 밤에 연애 상담해 달라고 황새를 보낸 건 아니겠지?"

— 세이린, 미안하다. 그게 아니라……

카인은 차분하게 무슨 일이 벌어졌는지를 설명했다. 클라우드는 알이 사라졌다는 말이 나온 순간 이동 마법진을 열어 에테라로 향했다. 마침 에테라 성을 다 뒤진 빌리아가 클라우드를 보고 얼굴을 굳혔다.

"클라우드, 그 머리띠는 뭐야?"

"……."

세이린이 씌워 준 귀여운 토끼 귀 머리띠를 벗은 클라우드가 다시 인상을 찌푸렸다.

"알이 사라졌다는 게 정말인가? 부화까진 한참 남았는데."

"지금 보니 부화가 앞당겨진 것 같네."

빌리아가 아직도 복숭앗빛으로 물든 세이린의 뺨을 보며 헛웃음을 흘렸다. 대체 얼마나 사랑을 나눴길래 알 부화가 앞당겨진단 말인가.

"그러게 적당히 하고 작가님 좀 놓아주라니까……!"

"큼, 큼. 비전하, 아이들 위치는 추적해 봤나요?"

"네. 카인이 알 바구니에 은신 마법의 흔적이 남아 있었다고 하던데. 은신 마법을 쓸 줄 아나 봐요."

빌리아가 말하자 클라우드가 '거봐' 하는 얼굴을 지었다. 까망이와 하양이에게 매일매일 동화책을 읽어 준 보람이 느껴지는 순간이었다.

"말했잖나. 우리 애들이 똑똑한 것 같다고."

"클라우드, 지금 그게 중요해?"

발을 동동 구른 세이린은 곧 자신이 누구인지를 자각했다. 마계의 유일한 신이니 당황할 필요는 없었다. 오색찬란한 음마력이 그녀의 손에서부터 지평선까지 뻗쳐 나가 너울거렸다.

"하양이랑 까망이가 일부러 자취를 감춰서 위치를 추적하는 데 시간이 걸릴 것 같아요."

세이린은 더 이상 예전의 입만 산 F반 음란 마귀가 아니었다. 그녀의 음마력과 신통력은 이제 바다였다. 퍼 올리고 또 퍼 올려도 끝이 없었다. 오랜만에 신통력을 제대로 쓰는 신에게 빌리아와 클라우드는 압도되었다. 매일 그렇고 그런 일에만 쓰던 힘이 이렇게 유용할 줄이야.

"후, 됐다. 애들한테 방어 마법을 걸어 줬으니 다치진 않을 거예요. 좀 놀다 오게 놔둘까요?"

세이린은 아이의 꽁무니를 졸졸 따라다니며 닦달하는 타입이 아니었다. 오히려 아이들이 하고 싶은 게 있으면 하도록 놔두고 싶었다. 클라우드 또한 안전이 보장되었다면 아이들을 찾느라 발을 동동 구르고 싶지 않았다. 아기 마물이 부모 엿 좀 먹이는 게 무슨 대수라고. 하지만 소집 명령을 받고 나타난 빅토리아가 둘의 안일한 생각을 깨 버렸다.

"저기 두 분…… 알에서 태어나는 마물들은 알에서 깨어났을 때 가장 먼저 본 존재를 보호자라고 생각한다는 거, 아시죠?"

"네?"

개구쟁이 알들을 얼른 찾지 못하면 아이들이 생판 모르는 마물을 부모로 생각할지도 모른다. 그렇게 놔둘 수는 없었다. 다급해진 세이린은 그간 공부한 지리학을 바탕으로 모두에게 구역을 배정했다. 얼른 알들을 찾아야 한다는 마음뿐이었다.

□ ■ □

슈테른 제국 소속의 영토 황혼 지대. 황제의 명을 받고 이 땅에 머무르며 마물들을 다스리고 있는 아벨은 침대에서 몸을 일으켰다. 시계를 보니 아침이었지만 침실은 어두웠다. 빛이 들어오는 모든 부분에 쳐 둔 암막 커튼 때문이었다.

아벨이 얼음 저택을 세우고 새로이 정착한 플래티나 빙하는 극지방이었기 때문에 캄캄해야 할 밤에도 백야 현상이 잦았다. 해서 아벨을 따라 황혼 지대로 이주한 마물들의 집에도 모두 암막 커튼이 달려 있었다. 이제 커튼은 이들에겐 없어서는 안 될 하나의 필수품이었다.

"이리스."

아벨이 다정한 음성으로 아내를 불렀다. 이리스는 이름이 불린 줄도 모르고

557

늦잠을 잤다. 아벨은 이불을 더 끌어 덮어 준 뒤 침실을 빠져나왔다. 그는 사실상 황혼 지대의 영주였지만 저택에는 단 한 명의 고용인조차 없었다. 성격이 워낙 소탈한 아벨인지라 모든 일을 혼자 하는 게 익숙했다.

늦잠을 자고 일어날 이리스를 위해 물을 뜨겁게 끓여 두어야겠다고 생각한 아벨이 주방으로 걸음을 옮기려 했을 때, 누군가가 저택의 문을 두드렸다. 문은 두꺼운 얼음으로 되어 있어 초대한 적 없는 손님의 실루엣이 뭉개져 비쳤다. 작고 동그스름한 실루엣을 보며 길 잃은 고양이일 것이라고 생각한 아벨은 잠시 후 당황했다.

쾅! 쾅!

손님은 제 몸을 문에 난폭하게 부딪쳤다. 문을 열어 주지 않는다면 고소장이라도 보낼 기세. 아벨은 눈살을 찌푸리며 문을 열어 주었다.

"……음."

손님의 정체는 동그랗고 새카만 돌이었다. 언뜻 보기엔 얼마 전 세상에 나온 밤 대륙 황제 부부의 알이라고 해도 믿으리라. 하지만 아벨이 기억하는 알은 세로로 조금 더 긴 모양이었다. 지금 보는 돌처럼 완벽한 원형이 아니었다. 조금 더 가볍기도 했고.

'돌처럼 생긴 마물도 있던가?'

아벨은 돌이 내뿜는 마력이 어딘가 익숙하다는 느낌을 받으며 그것을 안아 올렸다. 어찌 되었건 손님은 손님이었다.

"실례하겠습니다. 바닥이 차가우니 따뜻한 자리로 안내해 드리겠습니다."

아벨은 자신의 저택을 찾아온 손님을 매몰차게 내쫓거나 정체를 캐물을 생각이 없었다. 애당초 저택에 담벼락을 만들지 않은 것도 그 때문이었으니까.

"따뜻한 음료나 차를 드릴까요?"

아벨이 웃으며 물었다. 까만 돌은 고개를 끄덕였다. 아벨은 그 모습이 무척 귀엽다고 생각하며 주방으로 향했다.

"잠시 기다려 주십시오. 따뜻한 코코아를 가져다드리겠습니다. 마시멜로랑 크림은 넣는 게 좋습니까?"

까만 돌이 당연하지 않냐는 듯 끄덕였다. 아벨은 참 특이한 생명체라고 생각하며 걸음을 옮겼다. 핫초코 만들기는 황혼 지대의 플래티나 빙하에 정착한 후로 가장 많이 연습한 일 중 하나였다. 아벨은 가게를 차려도 될 만큼 숙련된 솜씨를 자랑했다.

손님이 있는 거실에서 '쩌저적' 하는 의문의 소리가 들려왔으나 아벨은 개의치 않고 마시멜로를 핫초코 안에 넣어 녹였다. 낯선 손님이 물건을 훔쳐 간다고 하면 아벨은 은촛대도 같이 가져가라고 할 마물이었다.

곧 핫초코를 완성한 그는 느긋한 걸음으로 쟁반을 들고 검은 돌에게로 향했다. 하지만 검은 돌은 보이지 않았다. 소파에는 아무 물건도 올려져 있지 않지만 어딘가로 향한 흔적이 남아 있었다. 아벨은 무언가가 굴러간 듯한 흔적을 따라 걸음을 옮겼다. 이 방향이라면 이리스가 수집품을 모아 두는 공간에 다다르리라.

'이리스 물건은 내가 마음대로 못 주는데.'

곤란한 얼굴을 한 그는 더 곤란한 상황을 마주하게 되었다. 정체를 알 수 없는 돌멩이 마물이 이리스가 가장 아끼는 조각상을 구경하고 있는 것이다. 돌은 금방이라도 터질 듯 바르르 떨면서도 조각상을 바라봤다. 이 조각상은 이리스가 황혼 지대의 마물들에게 선물 받아 소중히 보관하고 있는 물건들이었다.

아벨을 따라 황혼 지대로 이주해 온 마물들은 대부분 골치 아플 정도로 독실한 여명회 신도였는데, 그들은 재림한 신, 세이린 폴룩스의 생애를 바탕으로 조각상을 만드는 것을 취미로 삼았다. 세이린이 무언가를 이룬 순간을 대리석으로 조각해 선물하는 것이 그들 사이의 하나의 문화라고 했다.

"그 조각상의 이름은 '음란 마귀가 마왕의 허리를 구함' 입니다. 대리석을 이용해 실제 크기로 제작된 것이지요."

아벨이 친절히 설명했으나 검은 돌은 빤히 조각상을 구경할 뿐이었다. 제 몸집보다 네 배는 큰 조각상을. 보기와는 달리 예술에 조예가 깊은 듯했다.

"그 옆에 있는 것은 '마계에서 제일 밝혀서 신이 됨' 이고, 위에 있는 것은……."

조각상들을 하나하나 설명해 주던 아벨은 갑자기 주변을 밝히는 빛에 눈을 가늘게 떴다. 어딘가에서 화려한 빛이 밝아 오고 있었다.

단단히 쳐 둔 커튼이 걷히더니 한 가닥의 오로라가 문 틈새로 들어왔다. 오로라는 무언가를 찾듯 조각상 사이사이를 훑다 검은 돌을 건드렸다. 순간 일반 마물들이 사용하는 것과 차원이 다른 이동 마법진이 생겨나 아벨을 당황하게 했다. 그곳에서 치렁치렁한 장신구를 착용한 세이린이 톡 튀어나와 소리쳤다.

"까망아! 엄마 여기 있어!"

그러자 검은 알의 표면에 쩌적쩌적 금이 가기 시작했다. 세이린은 재빨리 알의 근처에 솜털을 깔아 준 다음 그 앞에 앉아 초조한 얼굴을 했다. 알에 금이 갔다. 곧 아이가 알에서 나올 것이다. 잠시 후면 아이를 만난다는 생각에 가슴이 두근거렸다.

'그나저나, 까망이가 못 본 사이에 너무 많이 자란 것 같은데.'

빌리아에게 맡기기 전과 비교했을 때 두 배는 커진 느낌이었다. 원래도 까망이가 하양이보다 묵직하긴 했지만. 사랑을 너무 나눴다. 뜨끔한 음란 마귀가 고개를 휘휘 저었다. 지금은 그게 중요한 게 아니었다. 애 아빠를 불러와야 했다.

"아벨 경, 죄송한데 클라우드한테 연락 좀 해 주시겠어요? 까망이가 곧 부화한다고……."

"알겠습니다."

"그런데 혹시 하양이 못 보셨어요?"

"하얀 알은 보지 못했습니다. 다른 곳으로 간 게 아닐까요?"

세이린은 급한 마음에 고개를 끄덕이고 까망이를 지켜봤다. 인간계에서 본 다큐멘터리의 한 장면이 떠올랐다. 알 안에 있는 생명체에게는 알을 깨고 나오는 것이 무척 힘겨운 도전이라고 했다. 힘이 모자라 알을 깨고 나오지 못하는 경우도 종종 있다던가.

"까망아, 힘내……!"

세이린은 자신이 신이라는 것도 잊은 채 양손을 꼭 맞잡고 기도했다. 엄마의 마음이 전해진 듯 까망이는 힘겹게 알을 부수기 시작했다. 알에 생긴 균열 사이로 간간이 아이의 얼굴과 몸이 언뜻언뜻 보였다.

세이린은 다시 양손을 꼭 맞잡고 간절히 기다렸다. 출산을 방불케 하는 부화 장면을 보며 덩달아 다급해진 아벨은 클라우드에게 계속 전화를 걸었다. 몇 번의 시도 끝에 겨우 전화를 받은 클라우드였다. 하지만.

─ 아벨. 지금은 하양이에게 일이 생겨 나중에 전화하지.

클라우드는 제 할 말만 남기고 전화를 끊었다. 세이린은 혼이 빠져나간 얼굴로 아벨을 바라봤다.

"우리 애 아빠는요……?"

"지금 하양이에게도 문제가 생긴 것 같습니다. 아가씨, 침착하십시오. 제가 곁에 있어 드리겠습니다."

"그러다 우리 애들이 아벨 경이 아빠인 줄 알면 어떡해요?"

아벨은 멈칫했다. 알에서 태어나는 마물들이 처음 본 사람을 보호자로 인식한다는 건 흔히 알려진 사실. 세이린의 말대로 주변의 유일한 남자인 자신을 아버지라고 생각할 확률이 높았다.

'그런 일이 벌어졌다가는…….'

주군의 질투를 받아 죽을지도 모르는 일이었다. 그렇다고 알과 세이린을 덩그러니 남겨 두고 나갈 수도 없는 일. 곤란해하는 그에게 구세주처럼 대문 열리는 소리가 들렸다. 함께 알을 수색하던 기사단장 중 하나가 이곳에 온 것이 틀림없었다.

'제발 빅토리아였으면. 제발…….'

아벨은 간절한 마음으로 뛰쳐나가 손님을 바라봤다. 불 속성의 기사단장임을 증명하는 붉은 망토. 불의 마력이 흐르는 기사단장 제복.

"아벨 경!"

"……."

그러나 도착한 것은 빅토리아가 아니라 제이드 제릴이었다. 아벨의 머릿속에 갓 태어난 주군의 아이가 제이드를 향해 '아빠!' 하고 소리치는 장면이 그려졌다.

'……대참사가 따로 없겠군.'

제이드는 눈에 넣어도 아프지 않을 제자였지만 그런 상황만은 막아야 했다. 다행히 그를 구원할 한 명의 여인이 저택에 있었다.

"아벨, 무슨 일이야?"

이리스였다. 아벨은 눈에 띄게 안도하며 그녀를 조각상이 있는 방으로 데려 갔다. 다행히 이리스는 하녀 일을 오래 했기에 아이에 대해 잘 알았다.

"알았어. 내가 맡을게. 얼른 클라우드 폐하 모셔 와. 아이가 나오자마자 아 빠를 봐야 해."

제이드와 아벨이 결연한 얼굴로 고개를 끄덕였다.

□ ■ □

마생 8년 차, 클라우드 슈테른의 속은 타들어 가고 있었다. 아벨과 제이드에 게서 세이린이 까망이의 부화 현장을 지키고 있다는 소식을 전해 들은 탓이었 다. 클라우드도 아이의 탄생을 두 눈으로 보고 싶었다. 세이린을 불안감 속에 혼자 두고 싶지도 않았다. 하지만 이런 그의 마음을 모르는 듯 하양이는 멈추 지 않고 질주했다.

"하양 슈테른. 이제 그만 움직이도록."

근엄하게 말해 보았으나 하양이는 빛의 마력을 펑펑 써 대며 도망갔다. 상대 가 부화하지도 않은 알이었기에 클라우드는 마력 사용을 자제할 수밖에 없었 다. 하얀 알은 지치지도 않고 이동과 이동을 반복해 밤 대륙의 초승 호수까지 이동해 왔다. 낮 대륙과는 거리가 상당한 곳이었다.

'확실해. 우리 애들은 천재야.'

그 와중에 아이들의 마력에 뿌듯함을 느끼는 클라우드였다. 특히 까망이보 다 하양이의 마력이 거대했다. 하양이는 넘치는 마력을 주체하지 못하고 이리 저리로 빛의 마력을 발산했다. 아니, 발산한다기보다는 날뛴다는 표현이 더 어 울렸다. 클라우드는 이런 상황을 육아백과에서 본 적이 있었다.

'아이들은 지치도록 하루 종일 놀아 줘야 잠든다고 했지.'

일부러 아이의 힘을 빼야 하는 상황이었다. 부화한 후라면 공놀이나 술래잡 기로 아이들을 지치게 했겠지만 알과는 할 수 있는 놀이가 없었다. 클라우드가 곤란한 얼굴을 하자 하얀 알이 초승 호수에 제 몸을 던졌다. 깜짝 놀란 클라우 드도 호수 안으로 들어갔다.

'호수가 밝아지고 있군.'

작고 여린 하얀 알이 어마어마한 빛의 마력으로 호수 전체를 밝히고 있었다. 깊은 곳으로 가라앉을수록 알은 더 강력한 마력을 뿜어 댔다. 클라우드는 이와 비슷한 상황을 이미 겪은 적이 있었다. 세이린이 죽은 자신을 그믐 호수에서 살려 내던 순간에도 호수는 달빛이 고인 듯 찬란하게 빛났었다.

"구경을 다 했으면 이제 나가지."

빛의 마력을 휘두르는 것과 말썽 피우기를 좋아하는 것을 보니 하양이는 세이린을 닮은 듯했다. 클라우드는 바람의 마력으로 호흡을 이어 가면서도 알이 숨 막혀 할까 봐 걱정했다. 마력을 일으켜서라도 알을 물 밖으로 데리고 나가야겠다고 결심한 순간이었다.

— 부황이시여.

환청처럼, 메아리처럼 어린 소녀의 목소리가 들려왔다. 어딘가 세이린을 닮은 음성. 그 사실만으로도 클라우드는 경계를 풀었다.

— 제가 당신의 어둠을 가져가도록 허락해 주시겠습니까?

클라우드는 이 목소리를 내는 게 눈앞의 하얀 알이라고 확신했다. 불현듯 세이린이 호수 안에서 어둠을 흡수해 완전한 신으로 거듭났던 일이 떠올랐다.

'……세이린은 허리에 있던 어둠을 사용하긴 했지만.'

아무래도 하양이에게는 어둠의 마력이 필요한 듯했다. 그것을 얻기 위해 일부러 호수에 빠진 건지도 몰랐다. 일부러 허락까지 받는 걸 보면 상당한 양의 마력이 필요하리라. 클라우드는 제 가슴팍으로 다가오는 알을 찬찬히 쓰다듬으며 말했다.

"너는 내가 사랑하는 여자의 아이다. 그 이유만으로도 모든 것을 줄 수 있어."

부드러운 미소가 그의 입가에 걸렸다. 알은 마력의 타래를 만들 듯 아버지에게서 검은 마력을 흡수하기 시작했다. 새카만 마력이 실처럼 늘어져 흰 알에 빨려 들어갔다. 클라우드는 심장부터 퍼지는 아릿한 고통을 참으며 알을 쓰다듬었다. 직감적으로 알 수 있었다. 하양이는 세이린처럼 완전한 신이 되리라는 것을.

"얼마든지 기다려 줄 테니 천천히 해."

그가 알을 조심히 품에 안았다. 마력을 더 빠른 속도로 빼앗기게 되었지만 흡족한 기분이 들었다.

□ ■ □

다시 플래티나 빙하의 시엘리아 성.

"아가씨, 조금만 더 힘내세요!"

이리스가 작게 신음하는 세이린에게 말했다. 알의 부화는 거의 다 이루어졌다. 남은 건 아기 마물이 마음껏 내뿜는 마력을 가지런히 정리해 주는 일이었다.

세이린은 신통력을 섬세히 일으켜 까망이가 뿜어 대는 엉킨 마력의 실을 빗겨 주었다. 한참 정성을 들인 끝에 까망이의 알껍질이 완전히 부서졌다. 마침내 까망 슈테른이 세상에 모습을 드러내는 순간.

"까망……아?"

축축이 젖어 있을 아이를 위해 보송보송한 수건 한 장을 준비했던 세이린은 눈을 말똥말똥 떴다. 이리스도 비슷한 반응이었다.

"알이 묵직하다 했더니 쌍둥이였네요? 축하드려요, 아가씨!"

"허으윽…… 어떡해……."

세이린은 이상한 탄성을 내며 아이들의 몸을 수건으로 감쌌다. 알에서 나온 두 아이는 모두 남자였다. 그것도 아빠를 쏙 빼닮은. 클라우드의 어린 모습을 잉크가 조금 부족한 프린터로 인쇄하면 딱 이런 느낌일 것 같았다. 세이린의 피가 섞인 탓에 아이들의 머리색은 아빠보다 옅은 청보라색이었다.

'……근데 원래 갓 태어난 애들이 이렇게 머리카락이 많은가? 몸은 왜 이렇게 보송보송하지? 원래 쭈글쭈글하지 않나?'

세이린의 자신과 똑같은 보라색 눈동자를 가진 아이들을 한참이나 바라봤다. 의문보다 감동이 복받쳐 말이 나오지 않았다. 갓 세상에 나온 아기 마물들은 그야말로 사랑스러움의 극치였다. 클라우드를 닮아 더욱 그렇게 보였다.

"아가들아…… 안녕?"

세이린이 빅토리아에게 배운 대로 아기 마물들의 몸을 흰 천으로 싸매며 말했다. 말을 알아들은 것처럼 아기들이 방싯방싯 웃었다.

"꺅! 어떡해!"

한동안 쪽쪽 뽀뽀하는 소리가 방을 채웠다. 까망이가 사실 쌍둥이였다는 사실이 그녀를 두 배로 기쁘게 했다. 눈도 못 뜨는 갓난아이로 태어날 줄 알았건만 까망이들은 돌을 넘긴 아이만큼이나 자라 있었다. 갓 태어난 마물답지 않게 온순했고, 자신이 웃을 때마다 방글방글 따라 웃었다.

"아빠 닮아서 사랑스러운 것 좀 봐."

세이린은 무심결에 중얼거리고 아이들의 뺨에 입 맞췄다. 그래서 보지 못했다. '아빠'라는 말에 클라우드 슈테른 2세들이 뚱한 얼굴을 하는 것을.

"세이린."

얼마 지나지 않아 클라우드가 하양이를 품에 안고 나타났다. 그는 하양이에게 마력을 잔뜩 빼앗겨 무척 지친 모습이었다가, 세이린과 두 아이를 보고 언제 그랬냐는 듯 풀어진 얼굴을 했다.

"클라우드, 마력이……."

"나중에 얘기하지. 혼자 둬서 미안해."

클라우드는 습관처럼 세이린에게 짧게 키스했다. 그러자 갓 태어난 아기들의 얼굴이 보였다. 정확히는 자신을 뚱한 얼굴로 지켜보는 아기들의 얼굴이. 무언가 불만이 가득한 것이 고소장이라도 보낼 기세였다.

"자기야. 얼른 애들 안아 봐."

잠깐 의아함을 느끼던 클라우드가 세이린의 목소리에 웃음을 머금었다. 그러나 아이들은 어떻게든 엄마 품에서 떨어지지 않으려 버둥거렸다.

"이상하다. 애들이 방금까지는 엄청 순했는데 왜 이러지? 배고픈가?"

세이린은 아이들의 뺨을 살살 간질이며 고개를 갸웃했다. 하지만 클라우드는 알 수 있었다.

"……아무래도 내가 너무 늦게 온 것 같군."

아이들이 자신을 아버지로 생각하지 않는다는 것을.

출생의 순간에 자리에 없었으니 당연한 결과인지도 몰랐다. 씁쓸함과 미안함, 죄책감이 밀려와 클라우드는 아이를 쓰다듬지도 못했다.

그러나 그의 짐작이 틀렸다는 것이 잠시 후 드러났다. 아벨 시엘리아가 방에 들어오자 아이들이 다시 웃기 시작한 것이다. 두 어린 마물은 언제 뚱한 얼굴을 했냐는 듯 어리광 가득한 웃음을 지으며 아벨에게 안겼다. 부화 소식을 듣고 뒤따라 들어온 다른 기사단장들과 빌리아에게도 까르르 애교를 부렸다.

'설마⋯⋯.'

이들 모두 출생의 순간에 없었기는 마찬가지. 그런데 자신만 싫어한다. 클라우드는 그 이유를 알 수 있었다. 이 검은 머리 짐승들은 그저 엄마를, 세이린 폴룩스를 자신과 공유할 생각이 없는 것이었다.

□ ■ □

백성들의 사랑을 받는 황제와 마계의 유일한 신 사이에서 2세가 태어났다는 사실은 온 마계를 축제 분위기로 만들기 충분했다. 밤 대륙과 낮 대륙, 황혼 지대의 상점마다 황손의 탄생을 기념하는 기념품들이 쏟아져 나왔다. 거리에는 황자들의 머리색과 같은 옅은 청보라색 리본이 걸렸다. 세이린은 마물들의 성향을 반영해 오늘 하루, 마계의 폭포수를 죄다 포도주로 바꾸는 마법을 부려 민심을 사로잡았다.

이 축제 분위기를 즐기지 못하는 마물은 오직 아이들의 아버지, 클라우드 슈테른뿐이었다. 그는 아이들의 탄생을 기념하려 모인 인파들 속에서 혼자만 차갑게 식어 가고 있었다. 군중 속의 고독이란 바로 지금 그의 상태를 일컫는 말이었다.

"아가들, 여기 볼래? 까꿍!"

세이린은 불과 반나절 만에 아이들이 있는 삶에 적응했다. 그녀가 까꿍! 하며 얼굴을 가린 손바닥을 치울 때마다 두 아들은 까르르 웃음을 터트렸다.

'세이린 앞에서는 저렇게 귀여운데.'

클라우드는 씁쓸한 웃음을 머금었다. 왜 아이들은 자신만 보면 불만이 많은 듯한 뚱한 얼굴을 하는가. 그렇게 애지중지 아껴 줬건만.

'애들은 태어나기 전이 제일 예쁘다는 말을 왜 하는지 몰랐는데, 이제야 알겠군.'

아들들에게 투명 인간 취급당하는 기분은 이루 말할 수 없었다. 물론 알이 부화할 당시 곁을 지키지 못한 건 제 잘못이었다. 하지만 그때 하양이에게는 자신이 가진 마력이 필요했다. 다시 시간을 되돌린대도 클라우드는 하양이를 위해 마력을 내주리라고 생각했다.

'어둠의 마력을 흡수했으니 하양이도 곧 부화하겠지.'

하양이의 부화 때는 꼭 곁을 지켜야겠다고 재차 결심한 클라우드였다. 홀로 고독을 맛보고 있는 남편을 발견한 세이린은 그에게 성큼 다가가 두 아이를 내밀었다.

"아가들. 아빠한테 안아 달라고 해!"

"……."

"……."

클라우드는 자신을 '뜬금없이 나타나 자기가 아빠라고 우기는 아저씨' 쯤으로 바라보는 두 아이의 얼굴을 보며 절망했다. 무슨 놈의 마물들이 태어난 지 반나절 만에 감정 표현을 이리도 정확하게 한단 말인가.

세이린은 재수 부재중인 얼굴을 하는 두 아들을 보며 시무룩한 기색을 내비쳤다.

"애들아…… 아빠한테 안기기 싫어?"

"……."

두 아들은 마치 어머니를 위해서 험난하고 괴로운 전쟁 길에 오르는 것처럼 결연한 얼굴을 하고 클라우드에게 팔을 뻗었다.

'검은 머리 짐승은 거두지 말라는 옛말이 옳았군.'

클라우드가 한숨을 삼켰다. 아이들은 아버지인 자신에게 안기기를 원해서가 아니라 세이린의 기분을 위해 지능적으로 움직였다.

"어때, 클라우드?"

세이린이 눈을 초롱초롱 뜨고 심경을 물었다. 클라우드는 떨어지지 않으려 제 팔과 어깨를 꼭 붙잡는 작은 손을 바라봤다. 그의 뺨이 묘한 환희에 젖었다. 아무리 애들이 자신을 투명 인간 취급한다고 한들 제 새끼였다. 따뜻하고 말랑말랑한 생명체가 품에 안겨 호흡하는 게 무척 감격스러웠다. 작은 등이 오르락내리락할 때마다 깊은 감동이 밀려왔다.

아이들에게서는 세이린에게만 나는 달콤한 냄새가 났다. 분홍빛으로 홍조가 오른 하얗고 보들보들한 뺨도 사랑하는 아내를 똑 닮았다. 둘은 한 알에서 나온 쌍둥이였지만 묘하게 인상이 달라 헷갈릴 일은 없을 듯했다. 자신에겐 웃어 주지 않지만 웃을 땐 세이린처럼 눈이 반달 모양으로 접혔다.

'……세이린을 닮아서 귀여워.'

아이들의 몸에 흐르는 마력은 자신의 것과 똑같은 어둠 속성이었다. 더 이상 홀로 어둠 속성을 부리지 않아도 된다는 생각이 들자 가슴이 뜨거워졌다. 클라우드는 자연스러운 미소를 띤 채로 아이들의 뺨에 뽀뽀했다. 두 아들은 사랑스러웠다. 흠뻑 사랑해 주고 싶을 만큼.

그러나 클라우드의 뽀뽀를 받은 아들들은 '거 합의되지 않은 스킨십은 좀 자제합시다' 하는 심드렁한 표정을 지을 뿐이었다.

그 모습을 가만히 지켜보던 빌리아와 로자리가 아이들을 넘겨받았다. 두 황자의 얼굴이 급격히 편안해졌다. 반응을 보니 아무래도 클라우드를 정말 굴러들어온 외간 남자로 아는 듯했다. 세이린은 시무룩해진 클라우드를 보며 안타까워했다.

"어떡하지……."

지난 일이긴 했지만 클라우드는 여명회의 신도들에게 미천한 것 취급을 받은 적이 있었다. 그런 그가 누구에게 무시당하는 꼴은 더 이상 보고 싶지 않았다. 세이린은 두 아들이 클라우드를 싫어하는 게 순전히 그가 부화 때 자리를 지키지 못해서라고 생각했다. 그렇지 않다면 아이들이 아빠를 싫어할 이유가 없었다. 밤낮으로 책을 읽어 주고 누구보다 열심히 알들을 관리해 준 아빠를 말이다.

"미안해, 클라우드."

덩달아 속상해진 세이린이 그를 푹 끌어안았다. 클라우드는 품에서 웅얼거리는 세이린의 머리카락을 정리해 주며 속삭였다.

"네가 왜 미안해. 아이들이 널 닮아서 사랑할 수밖에 없을 텐데. 애들 엄마가 너라는 것만으로도 괜찮아."

"……진짜?"

세이린이 고개를 번쩍 쳐들며 눈을 빛냈다. 클라우드는 고개를 끄덕이곤 그대로 그녀에게 키스했다. 알에서 태어난 황자들을 구경하려 몰려온 지인들은 이제 둘의 애정 행각에 면역이 생겨 그러려니 하고 넘어갔다. 서로를 향한 사랑이 듬뿍 느껴지는 입맞춤을 보며 충격에 빠진 건 갓 태어난 두 아들뿐이었다.

□ ■ □

"작가님. 애들 이름을 지어 줘야 하지 않을까요?"

기사단장들과 지인들이 함께한 성대한 만찬이 끝나 갈 무렵 빌리아가 말했다. 아이들에게 홀딱 빠져 있느라 이름을 지어 주지 않았다는 사실을 자각한 세이린이 멋쩍게 웃었다.

"알에서 나온 게 두 명이라 까망이라는 태명을 그대로 사용하면 아이들이 헷갈리겠죠?"

"어머, 그럼요."

헷갈리고 말고의 문제가 아니라 아이들 이름을 까망으로 지을 수는 없기에 빌리아는 단호했다.

"비전하, 좋은 이름이 있을까요?"

"훌륭한 마물이 되라는 의미에서 '사탄'은 어떤가요?"

"애들 이름으로는 좀……."

이번엔 세이린이 거절했다. 갓 태어난 마물 이름을 사탄이라고 짓자니. 이름부터 나쁜 일 잘할 것 같은 느낌이 폴폴 풍기긴 하지만 내키지 않았다.

"그럼 '디아블로'는 어떻습니까?"

주군을 꼭 빼닮은 아이들에게 딸랑이를 흔들어 주던 코로나가 건의했다. 이번에도 어째 최종 보스 같은 이름이었다.

"'인페르나' 는 어떻습니까? 지옥이라는 뜻입니다!"

"어흑……."

세이린은 삶이 이름을 따라간다는 말을 어느 정도 믿었기에 아이들에게 좋은 이름을 지어 주고 싶었다.

"말랑말랑하고 사랑스러운 이름을 지어 주고 싶은데. 클라우드, 뭐 없을까?"

"마시멜로는 어떤가. 젤리는?"

"마시멜로 슈테른이랑 젤리 슈테른. 귀여운데요? 하양이가 태어나면 캔디 슈테른이라고 하면 되겠다!"

이번엔 빌리아가 기겁을 하며 둘을 막았다.

"안 돼요. 황제와 신의 아이인데 한 입 거리 간식 같은 이름이라니."

이름 짓기는 순탄치 않았다. 의미와 발음 등 고려해야 할 것들도 많았다. 모두가 고민할 때 빅토리아가 입을 열었다.

"그냥 두 분께 의미 있는 단어로 아이들 이름을 정해 주시는 건 어때요? 부를 때마다 애틋하게."

"오…… 역시 빅토리아 경."

과연 고손녀까지 있는 파이어 드래곤의 작명 센스는 달랐다.

"세이린 아가씨가 가장 소중하게 여기는 단어는 뭐예요?"

그녀가 묻자 레이가 깜짝 놀라 저지했다.

"꼬맹이, 아무리 그래도 한 제국의 황자 이름인데 '허리' 는 좀 그렇지 않아?"

"……아직 허리라고 대답 안 했거든요?!"

빽 대답한 세이린은 '얼굴, 등빨, 목소리' 라는 세 단어를 고이 마음에 접어 두곤 미간을 찌푸렸다. 갑자기 좋아하는 것을 떠올리려 하니 생각나는 것이 없었다.

기대 가득한 눈빛으로 제 이름을 기다리던 아이들은 곧 클라우드의 목소리가 들려오자 입술을 비죽 내밀었다.

"마물 이름이 '빛'이라는 의미이면 이상할 것 같나?"

빛. 그 한 글자는 세이린의 속성 판정 이후로 클라우드가 제일 좋아하는 단어였다. 그에게 아내는 때로는 햇살처럼, 때로는 반짝이다 사라지는 섬광처럼 주변을 밝히는 존재였으니.

"빛이라는 뜻을 가진 이름도 좋겠네요. 마계에서 제일 밝혀서 신이 된 어머니를 본받아 밝히라는 의미, 맞죠?"

그의 의견을 듣던 다른 마물들은 전혀 다른 의도로 해석했지만, 세이린은 망설임 없이 빛이 좋다고 말하는 그의 행동에 빙긋 웃었다.

"그럼 둘째는 어둠이라는 의미를 가진 이름으로. 셋째 이름은 하양이가 부화하면 더 고민해 봐요. 혹시 알아요? 하양이도 쌍둥이일지."

그렇게 세이린과 클라우드의 첫째 아들은 빛이라는 의미의 '리히트'라는 이름을, 둘째 아들은 어둠이라는 의미의 '칼리고'라는 이름을 갖게 되었다.

□ ■ □

밤이 되자 아이들의 탄생을 축하하러 와 준 마물들이 모두 집으로 돌아갔다. 세이린은 아이들을 마력으로 들어 올려 침실로 향했다. 리히트와 칼리고는 신통력에 의해 공중에 둥둥 떠 수영을 하듯 짧은 팔다리를 휘적였다.

"재미있어?"

공중에서 빙그르르 회전하는 신기술을 선보이면 세이린이 흐뭇하게 웃는다는 것을 학습한 리히트와 칼리고는 유영하는 우주 비행사처럼 빙글빙글 돌았다.

"아빠 나오면 엄마 씻으러 갈 거거든? 아빠랑 얌전히 있을 수 있지?"

"응!"

"응!"

"......?"

줄곧 웃음을 보이던 세이린의 얼굴에 물음표가 가득했다. 오늘 아침에 태어난 마물이 벌써 대답을 하다니. 게다가 말을 완전히 알아들은 눈치였다.

'그러고 보니 갓 알에서 나왔을 때보다 많이 무거워졌어.'

원래 마물들은 콩나물 자라듯 하루에도 쑥쑥 크는 것인가. 세이린은 고개를 갸웃하며 리히트와 칼리고의 몸을 살펴봤다. 자랐다. 확실했다. 처음 알에서 나왔을 때도 첫돌을 넘긴 인간 아기처럼 보송보송했지만 지금은 더 자랐다.

"우리 아가들, 키가 몇일까?"

세이린은 마법으로 아이들의 키와 몸무게를 꼼꼼히 기록했다. 대체 하루에 얼마나 자라는 것인지 기록해 둘 필요가 있었다. 그녀가 당황스러운 얼굴로 메모를 끼적일 때 클라우드가 샤워를 마치고 나왔다.

"고생했어. 애들 내가 보고 있을게, 씻고 와."

"응. 알았어. 근데 마왕님 말대로 우리 애들 진짜 천재인가 봐. 벌써 말을 알아듣는다?"

세이린은 아이들의 머리를 쓸어 준 뒤 욕실로 향했다. 두 아들이 어느 정도 크면 각자의 방을 내줄 생각이었지만 오늘은 알에서 태어난 첫날이 아닌가. 클라우드 또한 오늘 아이들과 한 침대에서 잘 생각에 설레고 있었다. 리히트와 칼리고는 여전히 자신을 외간 남자 보듯 봤지만 그건 시간이 해결해 주리라.

'그나저나 애들이 말을 알아듣는다니.'

그러고 보니 알 안에 있을 때도 까망이와 하양이는 물음에 정확히 의사 표현을 할 줄 알았다. 클라우드는 동화책이 너덜너덜해질 때까지 열심히 읽어 준 보람을 느끼며 아이들을 껴안았다.

"으앗!"

"힝!"

아빠의 단단한 품에 갇힌 아이들이 반사적으로 툴툴댔다. 그 발음이 무척 정확해 클라우드도 당황할 수밖에 없었다.

"……벌써 말도 하나?"

"……."

"리히트, 칼리고. 내 생각엔 너희가 말을 할 줄 아는 것 같은데."

"……."

리히트와 칼리고는 묵비권을 행사했다. '나는 당신과 말을 섞기 싫소' 하는 표정을 지어 보이는 것도 잊지 않았다. 그러나 그 행동이 리히트와 칼리고의 언어 능력이 완성되었다는 증거라는 것을 클라우드는 알았다. 아이들은 천재가 맞았다. 자신을 무시하고 엄마를 독점하는 데 그 재능을 알차게 사용하고 있을 뿐.

'말도 일부러 안 하는 건가? 옹알이를 하면 세이린이 귀여워해 주니까?'

기껏 좋은 두뇌를 물려줬더니만 자신에게서 세이린을 뺏어 가는 데 쓰다니. 그의 인상이 묘하게 뚱해졌다. 머릿속에서는 어른이자 아버지답게 성숙한 반응을 보여야 한다는 생각과 다 필요 없고 이 검은 머리 짐승들에게서 세이린을 빼앗고 싶다는 욕망이 충돌했다.

'그래. 애들은 아직 어리니까.'

클라우드는 그저 아이들을 사랑으로 쓰다듬어 주려고 했다. 줄곧 도끼눈을 하고 있던 두 아들이 세이린이 나오자 반색을 하며 손을 팔랑팔랑 흔드는 걸 보지 않았더라면 그렇게 했으리라. 클라우드는 침대로 서서히 다가오는 세이린이 듣지 못하도록 낮고 조용한 목소리로 아이들에게 선전 포고를 했다.

"너흰 친아들이라 엄마랑 결혼 못 해. 난 세이린과 연애랑 결혼 둘 다 했고."

"우으······!"

"리히트, 칼리고. 이제 세이린 폴룩스가 누구의 여자인지 잘 알겠나?"

클라우드는 세이린에게 찰싹 등짝을 맞기 전까지 아주 짧은 시간 동안 승리감을 맛볼 수 있었다.

□ ■ □

까망이가 부화한 지 약 일주일. 세이린은 매일 아침 잠에서 깰 때마다 두 아들을 보며 감탄을 금치 못했다.

'빅토리아 경이 빨리 자란다고 했을 땐 이 정도일 줄은 몰랐는데.'

겨우 일주일 만에 리히트와 칼리고는 처음보다 두 배나 자랐다. 외형만 본다면 인간 나이로 네다섯 살쯤은 되어 보였다. 가르친 적도 없는 말은 어찌나 청산유수인지.

'애들 언어 능력이 날 닮아 비범해.'

세이린이 자고 있을 땐 천사라고 해도 믿을 두 아들을 꼭 껴안았다. 잠깐 고개를 돌리면 자라 있는 경우가 허다해 세이린은 조금도 아이들과 떨어져 있고 싶지 않았다. 그러나 현실은 냉혹한 법. 아카데미의 시험 기간이 시작됨과 동시에 세이린은 무척 바빠졌다. 황제인 클라우드가 백수로 느껴질 지경이었다.

'하양이까지 클라우드에게 맡기기는 너무 미안한데.'

하얀 알은 아직 부화하지 않았다. 마력은 진작 안정되었으나 무슨 일인지 아이는 알 밖으로 나오지 않았다. 전문가에게 진단을 받아 봐도 하양이에게는 아무런 문제가 없다는 답만 돌아왔다.

'그래. 조금 늦을 수도 있지.'

세이린은 건강하게만 태어나 달라고 속삭이며 하양이를 쓰다듬었다. 멀리서 찰각 문 닫히는 소리가 났다. 클라우드가 샤워를 마쳤다는 신호. 그렇다면 슬슬 아카데미에 가야 했다. 물론 그가 쉬이 놓아주지는 않을 테지만.

"세이린."

클라우드가 피곤에 찌든 목소리로 웅얼거리곤 팔을 허리에 감아 왔다. 그는 요즘 편히 쉬지 못했다. 낮잠을 잘라치면 두 아들이 놀아 달라고 생떼를 썼다. 다행히 리히트와 칼리고는 잘 땐 천사 같았다. 잠투정도 없었다. 문제는 장장 일주일째 아이들과 침대를 공유하느라 엄청난 욕구 불만 상태가 된 그의 몸뿐이었다.

"애들 아직 자는데 같이 아침 먹을까."

클라우드는 아직 물기가 가시지 않은 몸에 그녀를 가두며 말했다. 백 허그가 이렇게 위험하게 느껴지기는 또 처음이라 세이린도 마른침을 삼켰다.

'오늘 첫 강의가 빅토리아 경이었지. 자체 휴강을 해도 이해해 주시지 않을까.'

세이린이 진지하게 고민하는 것을 눈치챘는지 클라우드가 그녀의 목에 젖어 차가운 입술을 댔다. 한 입, 두 입 입술이 움직일 때마다 목 뒷덜미에 야릇한 소름이 돋아 올랐다.

"그래. 아침 같이 먹자. 우리 황제 폐하께서 먹고 싶다는데."

언제부턴가 같이 아침을 먹자는 건 둘만의 은어였다. 아무도 모르는 곳에 가 잠깐 서로에게만 집중하자는. 물론 마계답게 육체적인 집중이 주를 이뤘다. 허락을 받은 클라우드는 재빨리 세이린의 허벅지 아래에 손을 넣어 그녀를 안아 올렸다. 단숨에 별궁으로 가 그녀를 안을 생각이었다.

"엄마…… 리히트 두고 어디 가?"

"칼리고도 데려가 주세요. 응?"

검은 머리 짐승들이 때맞춰 방해하지 않았다면 그리했으리라.

클라우드의 입장에서 보자면 두 아들은 새끼 여우라고 해도 믿을 만큼 영악했다. 세이린이 없을 땐 주석이 반 페이지씩 달린 어려운 책이나 논문도 척척 읽어 내면서 이제 와 엄마 없인 못 사는 어린애 행세라니. 속이 부글부글 끓었으나 클라우드는 한숨을 삼키며 세이린을 다시 침대에 내려 주었다. 속 좁은 남편이 되고 싶지 않았다.

아쉬워하기는 세이린도 마찬가지였다. 오랜만에 클라우드와 뜨거운 시간을 보내나 싶었건만.

"엄마 아카데미 다녀와야 해. 아빠랑 잘 있을 수 있지?"

그간 열심히 어필한 덕에 아이들은 클라우드를 아빠라고 칭할 때 대놓고 뚱한 얼굴을 하진 않았다. 하지만 여전히 친아빠가 아닌 굴러들어 온 새아빠를 대하는 태도였다. 형보다 머리를 굴리는 것이 조금 더 빠른 칼리고가 활짝 웃으며 말했다.

"응! 얌전히 있을게요."

"으휴…… 예뻐라."

예상대로 세이린은 칼리고의 양 뺨에 쪽쪽 입을 맞춰 주었다. 뒤늦게 리히트도 아빠 말을 잘 듣겠다는 마음에도 없는 선서를 했다. 보상으로 얻은 엄마의 사랑은 달콤했다. 앞으로 이 아빠라는 작자와 시간을 보내야 한다는 게 조금 귀찮았지만.

"클라우드, 나 다녀올게. 미안하고…… 사랑하는 거 알지?"

세이린이 애정을 가득 담아 그에게 뽀뽀했다. 자신이 이 남자를 사랑하고 아낀다는 걸 수시로 보여 줘야 아들들이 클라우드를 친아빠라고 생각할 것 같았다.

"괜찮으니까 일찍 와."

클라우드가 세이린의 이마에 길게 입을 맞추었다. 연애할 때도 일찍 오라는 말은 하지 않던 그가 왜 빠른 귀가를 원하는지 헤아리지 못한 채로 그녀는 등굣길에 올랐다.

세이린이 사라지자 방금까지만 해도 인형처럼 귀여운 자태로 손을 흔들던 리히트와 칼리고가 입술을 비죽 내밀고 볼을 부풀렸다.

"배고파요."

"아침을 엄마랑만 먹을 거예요?"

또 이렇게 지옥 같은 하루가 시작되는군. 클라우드가 혀를 내둘렀다. 마물들의 황제인 자신이 이런 투정을 부리긴 뭣하지만, 아이들은 악마의 자식이 따로 없었다. 세이린이 있을 때와 없을 때의 태도가 너무도 달랐다. 엄하게 대하려 했으나 알 부화 때 자리를 지키지 못한 것이 마음에 걸려 쓴소리를 하기 어려웠다.

'미치겠군.'

일단 배가 고프다니 무언가를 먹여야 했다. 식습관과 식사 예절을 위해 식사는 꼭 식탁에서 해야 하고. 클라우드는 제법 묵직해진 하양이를 바구니에 넣어 챙기곤 리히트와 칼리고를 마력으로 들었다. 그러자 첫째 아들이 볼멘소리를 냈다.

"왜 하양이는 안아 주고 우린 마력으로 들어요?"

"얘 아직 부화 전이라 자기 팔다리가 없잖아. 너희는 있고."

꽤나 논리적인 반박에 리히트는 입을 비죽 내밀었다.

"칫."

"아빠한테 칫이 뭐야."

"힝……!"

눈동자를 굴리며 힝, 하고 토라지는 게 세이린과 똑같았다.

'귀엽지나 않으면 말이라도 안 하지.'

클라우드는 귀여우면 한 번은 봐줘도 괜찮다는 근본 없는 육아 철학을 내세우며 식당으로 이동했다. 아이들이 사용하기 편하도록 조정된 크기의 식탁 위에 따끈따끈한 이유식이 차려져 있었다. 조금 싱겁게 만들어진 반찬도, 유아용 식기도 가지런했다.

클라우드는 아이들이 바른 자세로 앉아 식기를 쥐었는지를 확인한 후에야 자리에 앉을 수 있었다. 물론 편안한 식사는 불가능했다.

"코로나. 검토할 서류를 가져다주겠나?"

"예, 폐하. 헌데…… 황자님들께선 메뉴가 마음에 안 드시는 걸까요?"

코로나가 황자들 쪽으로 고개를 돌렸다. 리히트와 칼리고는 단식 투쟁을 하려는지 식기만 쥐고 멀뚱히 앉아 있었다. 클라우드는 그저 피식 웃고 말았다. 자신도 처음엔 아이들의 입맛이 까다로워 먹지 않는 줄 알았다.

"리히트, 칼리고. 그거 세이린이 만들어 놓고 간 건데. 안 먹을 건가?"

"그래요?"

"진작 말씀해 주시지!"

하지만 아이들은 그저 세이린이 식사 자리에 빠져 뚱한 것뿐이었다. 아버지라는 작자를 골려 주고 싶기도 했고. 말로만 듣던 극한 육아의 현장을 직접 본 코로나는 주군을 향해 존경과 안쓰러움을 내비칠 뿐이었다.

클라우드는 코로나가 두고 간 서류를 한 손으로 넘겨 가며 식사를 이어 갔다. 아이들이 밥을 잘 먹고 있는지도 틈틈이 확인하자니 밥이 입으로 들어가는지 코로 들어가는지 모를 지경이었다. 점점 지쳐 가는 몸과 달리 마음 한구석은 흐뭇해졌다. 일단, 리히트와 칼리고의 우애는 상당했다.

'나를 공공의 적으로 생각해서 그런 건지도 모르겠군.'

둘이 나란히 앉아 작은 손으로 식기를 쥐고 젖살이 가득한 뺨을 우물거리는 그림을 보자니 이 맛에 아이들을 키우나 싶었다. 귀엽군. 클라우드는 제 식사는 잊은 채 리히트와 칼리고를 눈에 담았다. 맛있는 음식을 입에 넣었을 때 잠깐 보이는 환희에 찬 얼굴이 세이린과 판박이였다.

"그만 보세요, 닳아요."

"먹는 모습이 새삼 귀여운가요?"

마물 홀려 놓고 뻔뻔하게 너스레를 떠는 것까지 똑같았다. 클라우드는 오늘도 참지 못하고 밥 먹는 아이들 사진을 찍어 세이린에게 보냈다.

'너무 많이 찍었나.'

[애들 사진 : 999+ 장]

조만간 아이들 사진 저장용 외장 메모리를 하나 사야 할 것 같았다.

□ ■ □

간식까지 알차게 챙겨 먹은 슈테른들은 정원으로 향했다. 아이들의 오후 일정은 이 넓은 곳에서 뛰노는 게 전부였다.

"자. 얼른 고삐 풀린 망아지처럼 뛰어놀도록."

"싫어요. 화관을 만들어야 해요."

"그럼 화관 다 만들고 뛰어놀아."

사실 아이들이 뛰노는 건 양육자인 클라우드의 바람이었다. 열심히 뜀박질을 시켜 놔야 아이들의 기운이 빠져 돌보기 편했다. 혹시 모른다. 제풀에 지친 두 아들이 나란히 낮잠이라도 자 줄지. 그렇다면 정말 행복하겠지만 클라우드는 기대하지 않기로 했다.

'애들이 누굴 닮아 잠이 이렇게 없는지.'

오늘도 밤잠을 설친 클라우드는 부드러운 잔디 위에 모포를 깐 뒤 알 바구니를 내려놓고 자신도 그 옆에 앉았다. 내리쬐는 햇살이 어찌나 따스한지 잠이 솔솔 쏟아졌다. 하지만 잠들 수 없다. 그랬다간 저 검은 머리 짐승들이 무슨 사고를 칠지 모르는 일. 귀여운 건 귀여운 거고 천방지축은 천방지축인 거였다. 클라우드는 퀭한 얼굴로 하양이가 든 바구니를 꼭 껴안았다.

'얼른 하양 슈테른이 부화했으면 좋겠군.'

일단 동생이 태어난다면 아들들도 조금은 얌전해지리라.

호수 바닥에서 마력을 빼앗겼을 당시 들렸던 하양이의 목소리는 세이린을 닮은 여자의 것이었다. 직감이 하양이는 세이린을 닮은 딸일 것이라 말하고 있었다. 이번에야말로 부화의 순간을 제대로 지키겠다고 마음먹은 그가 흰 알을 품에 안았다. 모포 위에 앉아 긴 팔다리로 알을 껴안고 있는 모습이 조금 궁상 맞았지만 하양이가 알을 깨고 나오는 게 그만큼이나 간절했다.

정원에서 들꽃을 꺾던 리히트와 칼리고는 새도 아니면서 알을 품는 클라우드를 보고 의아한 얼굴을 했다. 아무래도 자연 발생한 아버지라는 작자는 알의 생태에 대해 전혀 모르는 듯했다.

"뭐 하세요?"

리히트가 물었다. 클라우드는 민망함에 자세를 고치며 둘러댔다.

"하양이가 보고 싶어서. 너희는 동생이 궁금하지도 않나?"

"노크를 하면 되잖아요."

이번엔 칼리고가 답했다. 편한 방법이 있는데 왜 돌아가냐는 투였다. 클라우드는 픽 웃으며 리히트와 칼리고의 머리를 쓰다듬었다. 속이 시커멓긴 해도 아이는 아이인지 헛소리를 하면서도 진지했다.

'이런 게 동심이라는 건가.'

노크하면 알 안에 있는 동생이 응답해 주리라 생각하는 것이 무척 귀여웠다. 이 말랑말랑한 동심을 지켜 주고 싶었다. 해서, 클라우드는 두 아들의 말을 믿는 척 하양이를 조심스레 두드리며 말했다.

톡톡톡―

"하양 슈테른, 안에 있나?"

역시나 하얀 알은 미동도 없었다. 당연한 반응에 클라우드는 자조적으로 웃었다. 싱거운 그의 반응에 옆에 앉아 조그마한 손에 꽃물을 들여 가며 화관을 만들던 리히트와 칼리고가 뚱한 얼굴을 했다.

"그렇게 하니까 티나가 안 열어 주지."

"티나?"

티나는 대체 누구인가. 이것이 말로만 듣던 아이들의 상상 속 친구인가. 자연 발생할 때부터 성인이었는지라 유년기에 대한 이해가 부족한 클라우드는 그저 물음표를 띄울 수밖에 없었다. 그가 멍한 틈을 타 칼리고가 조막만 한 손으로 하양이를 세게 두드렸다.

쾅쾅쾅!

"티나, 티나!"

클라우드는 재빨리 칼리고를 하양이에게서 떼어 놓았다. 이 작고 여린 하얀 알을 쾅쾅 소리가 나도록 두드리다니. 걱정했던 대로 표면에 쩌저적 금이 갔다. 다물고 있던 짐승의 아가리가 벌어지는 듯한 모습에 온몸의 피가 다 빠져나가는 느낌이었다.

'일단 봉합 마법…… 음?'

곧장 마력을 일으켰던 클라우드가 맥없이 팔을 떨궜다. 리히트와 칼리고의 말이 장난이 아니었던 것일까. 벌어진 틈으로 앙증맞은 손이 보였다. 손뿐만이 아니었다. 알 안쪽은 마치 아기자기한 가정집처럼 꾸며져 있었다. 작은 세계가 들어 있다는 설명이 어울릴 정도로.

"티나, 이거 받아. 저번에 약속한 화관이야."

무슨 일이 일어난 것인지 파악하느라 겨를이 없는 클라우드를 대신해 리히트가 말을 걸었다. 작은 손으로 건네는 화관을 더 작은 손이 받아 든다. 그러곤 잘 받았다는 듯 손을 파닥이며 인사하곤 알을 다시 닫으려 한다.

"……?"

클라우드는 여전히 상황을 이해하지 못했다. 그저 조개처럼 쏙 들어가 버리려는 작은 손을 붙잡으며 물을 뿐.

"잠깐만. 하양 슈테른, 나올 수 있는 건가?"

목소리가 낯선 탓인지 알에서 튀어나온 작은 손이 움찔했다. 클라우드는 성군 스마일을 지어 보이며 하양 알의 벌어진 부분과 제 눈높이를 맞추었다.

그러자 마찬가지로 탐색하듯 자신을 바라보는 영롱한 보랏빛 눈동자를 볼 수 있었다. 언뜻 세이린과 똑같은 색의 산호빛 은발도 보였다. 알 속에 요정처럼 들어가 있던 작은 여자아이는 곧 눈을 마주하고 있는 상대가 누구인지 파악한 듯 활짝 웃으며 말했다.

"파파!"

"……!"

마생 8년 차 클라우드 슈테른, 딸 바보가 되는 순간이었다.

□ ■ □

세이린과 커밋은 아카데미 공강 시간을 잡담으로 채우고 있었다. 오늘도 대화 주제는 한결같았다.

"야, 커밋. 그래서 내가 저번에 하라는 대로 유혹했어, 안 했어?"

"했……어."

"비전하 반응은 어땠는데?"

바로 커밋의 빌리아를 향한 짝사랑 얘기였다. 세이린은 주말 드라마를 기다리는 시청자의 마음으로 커밋의 답을 기다렸다.

"네 말대로 다 벗고 누워 있었어. 그랬는데 아무런 일도 없었다고."

"말도 안 돼. 네가 뭔가를 잘못한 거겠지. 헐벗은 마물이 자기 침대에 누워 있는데 어떤 여자가 안 놀라?"

게다가 헐벗은 상대가 예전에 열렬히 짝사랑했던 남자인데. 세이린이 눈을 가늘게 뜨고 그를 추궁했다. 커밋은 그제야 무언가를 깨달았다는 반응이었다.

"아. 누워 있으라는 게 내 침대가 아니라 빌리아 침대 말하는 거였어?"

"……너는 그냥 이번 생에 연애하기를 포기해라."

이건 가르친다고 해서 발전할 수 있는 수준이 아니었다. 커밋의 눈치 없음과 둔감함은 상상을 초월했다.

"그냥 네가 하고 싶은 대로 해. 말하고 싶을 때 고백하고."

"……그것도 충고라고 하냐?"

"몰라. 나 집에 가서 쉬고 올래."

그때였다. 세이린과 커밋 모두 지천을 뒤흔드는 듯한 마력의 흐름을 느꼈다. 분명한 빛의 마력이었으나 세이린의 것은 아니었다.

자신의 마력이 아니라면 생각나는 것은 하나. 하양이가 부화했음을 직감한 세이린은 곧바로 이동 마법진을 그려 하양이가 있는 곳으로 이동했다.

장소는 익숙하디익숙한 클라우드의 방 침실이었다. 격하게 뛰논 것인지 리히트와 칼리고가 침대 한쪽에서 낮잠을 자고 있다. 클라우드는 그 옆에 바짝 긴장한 채로 누워 있었다. 누구에게 마력을 흡수당한 것인지 힘들어 보였다. 흰 셔츠를 입은 그의 가슴팍엔 하얀 찹쌀떡 같은 것이 아주 작게 부풀었다 꺼지기를 반복했다.

"세이린. 왔나?"

"클라우드…… 수고했어."

"얼른 와서 안아 봐. 하양이는 쌍둥이가 아니라 딸 하나더군."

누가 본다면 클라우드가 격한 진통 끝에 딸아이를 낳은 것으로 착각할 만한 그림이었다.

"어쩌다가 부화한 거예요?"

"부화는 한참 전에 했던 것 같아. 아이들이 노크를 하니 문을 열어 주더군. 알 안에 살림까지 차렸던데."

"날 닮아서 우리 딸은 적응력이 상당한가 보다. 역시 유이린 하면 자취지."

너스레를 떤 세이린은 곧장 신발을 벗고 아들들과 클라우드 사이에 누웠다. 하얀 무명천에 꼼꼼하게 둘러싸인 딸아이는 세이린을 발견하곤 발그레 뺨을 붉히며 환하게 웃었다.

"엄마!"

"응, 엄마 왔어. 우리 딸 안녕? 처음 보네?"

"꺄—!"

"어흐흑…… 어떡해."

이번에도 예상한 것보다 아이가 훨씬 자라 있긴 했지만 어쨌든 치명적으로 귀여웠다. 마물들은 유전이 어떤 방식으로 되는 것인지 까망이에서 나온 두 아들과 달리 딸아이는 세이린과 외모적 특성이 거의 일치했다. 오밀조밀한 얼굴 안에 별처럼 콕콕 박힌 보라색 눈동자가 다르다면 조금 달랐다. 세이린은 분홍빛이 많이 가미되어 거의 자주색에 가까웠지만 아이의 눈동자는 어둡고 차분한 보라색이었다.

"눈이 아빠 닮았네."

"……그런가? 아, 이름이 '플래티나'라더군."

클라우드가 조금 지친 목소리로 말했다.

"플래티나? 클라우드가 지어 준 이름이야?"

"리히트와 칼리고가 알이었을 때 지어 준 이름인 것 같던데. 까망이가 부화할 때 구경했던 플래티나 빙하의 풍경이 상당히 마음에 들었나 봐."

클라우드는 두 아들이 빛 속성을 가진 여동생에게 플래티나라는 이름을 지어 준 이유를 알 것 같았다. 세이린이 제게 프러포즈를 했던 장소이기도 한 플래티나 빙하는 눈을 뜨고 있으면 눈에서 반사된 하얀 빛에 눈이 멀어 버리는 곳. 지천이 하얀 빛인 성스러운 장소였다. 두 아들은 엄마를 독차지하기에 혈안이 되어 있으니 세이린을 닮아 환한 장소를 동생 이름으로 짓는 것도 무리는 아니었다.

"플래티나라. 예쁜 이름인데요? 애칭을 티나라고 하면 되겠다."

세이린은 플래티나라는 딸의 이름을 몇 번이나 중얼거리다가 아이를 품에 안고 토닥였다.

"티나. 낮잠 잘래?"

도리도리. 티나 또한 방금 태어났으면서 정확히 의사 표현을 할 줄 알았다. 세이린은 아이와 이마를 맞대고 잠시간 교감했다. 유사한 빛의 마력이 흐르고 뒤엉키기를 반복했다. 그 모습이 밀물과 썰물만큼이나 거대하게 느껴졌다.

클라우드는 그 모습에 평온함을 느끼면서도 어쩐지 억울했다. 부화 당시 자리에 없으면 리히트와 칼리고가 하듯 부모를 생판 남처럼 여기는 줄 알았건만. 세이린의 품에서도 차분한 티나를 보니 그건 그냥 두 검은 머리 짐승이 세이린을 공유할 생각이 없다는 것을 드러내는 것뿐이었다.

세이린은 부루퉁한 얼굴을 애써 숨기는 그를 보며 웃음을 흘렸다.

"그런데 우리 남편님께선 마력이 왜 텅텅 비었을까?"

"티나가 내 마력을 필요로 하더군. 네가 어둠의 마력을 흡수해 신이 되었던 것처럼 내 마력을 흡수하면 편한가 봐."

"그럼 우리 딸내미는 아빠랑 착 붙어 있겠네? 아빠파랑 엄마파로 나뉘는 건가?"

"그럴 일 없도록 노력해야지. 아들들도 얼마나 귀여운데."

세이린이 사르르 눈웃음을 지었다. 클라우드 슈테른은 이런 마물이었다. 누군가가 자신을 밀어낸다고 해도 결국 그들까지 포용하려는 성군. 비록 질투는 조금 하는 것 같았지만 이런 그가 남편이라 다행이라는 생각만 들었다.

"역시…… 이러니 내가 안 반해?"

"반했나?"

"어휴, 그럼요. 이렇게 자상하고 다정한데 어떻게 안 반할까."

"……."

클라우드는 딸이 하나 더 있어도 괜찮을 것 같다는 속마음을 꾹 눌러 담으며 세이린에게 짧은 키스를 흩뿌렸다. 모든 게 꿈같았다. 세이린이 당연하다는 듯 제 사랑을 받아들이는 것도, 어둠이라는 속성을 지닌 두 아들과 아내를 꼭 닮은 딸이 한 침대에 있는 것도.

리히트와 칼리고가 조금만 더 자신을 아버지로 여겨 준다면 더 좋을 테지만 그건 시간과 노력으로 극복할 수 있는 일이리라.

"세이린, 고마워."

진심이 가득 담긴 목소리였다. 세이린은 옆으로 몸을 돌려 그의 품에 안겼다. 엄마와 아빠의 사이에 끼인 플래티나는 둘의 체온에 마냥 기분이 좋아 까르르 웃었다. 세이린은 그에게 붙잡힌 손을 이리저리 꼼질대다가 아주 작은 목소리로 물었다.

"클라우드. 이따 밤에 애들 재우고……."

"그러지."

척하면 척이었다. 결혼 한 달 만에 아이가 셋이나 생겼지만 어찌 되었건 둘은 눈만 마주해도 몸이 달아오를 신혼부부였다. 세이린이 야릇한 눈웃음을 지었으나 클라우드는 시선을 피할 수밖에 없었다. 욕구 불만 상태에서 이 눈웃음을 가만히 보고 있다간 정신을 놓을 것만 같았다.

"……."

그래서 고개를 돌렸건만 자신을 잡아먹을 듯 그르렁대는 두 아들이 보였다. 나쁜 생각을 하지 않았더라면 당당했을 텐데 마침 나쁜 생각을 하던 터라 뜨끔했다. 찔린다는 표현도 썩 어울렸다. 클라우드가 죄지은 듯 시선을 피하자 리히트가 먼저 경고했다.

"우리 엄마 괴롭히지 마요!"

"……."

차마 안 괴롭히겠다는 답을 하지 못하는 그였다. 세이린은 살짝씩 얼굴을 찡그리거나 움찔 몸을 떠는 게 숨 막힐 정도로 예뻤으니까.

'이 남자는 왜 이런 포인트에서만 정직해?'

세이린이 옆구리를 툭 건드려 남편의 정신을 붙잡았다.

"안 괴롭히지."

한 박자 늦긴 했지만 뻔뻔히 거짓말을 하는 클라우드에게 이번엔 칼리고가 덤벼들었다.

"우리 엄마 건드리면 안 돼요, 알았죠?"

"그건 힘들겠는데."

즉답이었다. 클라우드는 이 지점만큼은 거짓말을 하고 싶지 않았다. 아내를 건드리지 말라니. 죽으라는 소리가 아닌가.

단호한 클라우드의 대답에 칼리고가 부루퉁한 얼굴을 했다. 눈가가 불그스름해지는 것이 금방이라도 울 것 같았다. 세이린은 아이를 품에 안고 살살 달래기 시작했다.

"이상하다, 아빠가 왜 저렇게 말했을까."

"아빠 아니야!"

"아니긴. 거울을 봐. 너희는 얼굴이 가족 관계 증명서야. 누가 뭐라고 해도 네 아빠…… 이게 아니지. 칼리고, 왜 아빠가 엄마 건드리는 게 싫어?"

나는 좋은데. 세이린이 뒷말을 열심히 삼켰다.

"엄마는, 흡, 내 거…… 힝……!"

"알았어, 알았어. 엄마가 아빠한테 건드리지 말라고 말할게."

내가 건드려야겠다. 음란 마귀가 아이들과 남편을 동시에 지킬 수 있는 묘책을 떠올렸다.

클라우드는 묘하게 미안한 기색이었다. 물론 세이린을 건드리지 않을 생각은 없었으나 아이를 상대로 무슨 짓을 했나 싶었다. 평소에는 그렇게 얄궂던 둘째 아들이 울 때는 왜 이렇게 순진하고 여린지. 아이를 달래 주고 싶었다.

"……칼리고, 책 읽어 줄까?"

클라우드가 닳을 대로 닳아 버린 동화책을 꺼냈다. 까망이가 부화하기 전까지 하루에 몇 번이고 읽어 주었지만 부화 후로는 정신이 없어 잊고 있었다. 칼리고는 물론 리히트도 어디 한번 재주를 부려 보라는 듯 새침하게 고개를 끄덕였다. 클라우드는 가장 많이 읽은 동화를 골라 찬찬히 읽기 시작했다.

"옛날 옛날에 개미와 베짱이가 살았습니다. 개미는……."

이야기를 이어 갈수록 가슴이 간질거렸다. 아이들이 무사히 부화하기만을 바랐던 게 고작 2주 전이었다. 비록 자신을 따르지는 않지만 아이들은 건강했다. 새삼 감사하는 마음이 들었다. 동화를 거의 다 읽었을 때, 클라우드의 눈빛은 처음보다 다정해져 있었다.

"……?"

그리고 그건 리히트와 칼리고도 마찬가지였다. 두 아들은 클라우드가 들고 있는 동화책을 보며 울먹울먹거렸다. 엄마가 아빠라고 소개한 남자가 동화의 첫 줄을 읽는 순간 가슴이 저릿했다. 몽롱하던 꿈속에서 계속해서 들었던 목소리였다.

둘의 마음을 먼저 눈치챈 건 세이린이었다.

"클라우드. 애들이 아빠가 동화책 읽어 준 거 기억하나 봐!"

"……진짜?"

클라우드는 확인하듯 동화의 첫 줄을 다시 읊었다. 하도 읽어 주어 이제는 외울 지경. 그러자 두 아들의 귀가 쫑긋거렸다.

'진짜 아빠가 봐.'

'책 읽어 주던 그 사람인가 봐!'

리히트와 칼리고는 초롱거리는 눈으로 클라우드를 바라봤다. 이 커다란 마물은 정말 아빠가 틀림없었다.

"진짜 아빠예요?"

"아저씨 아니고 진짜 우리 아빠?"

"그렇다고 몇 번을 말해, 이 아들들아."

클라우드는 마력으로 두 아들을 데려와 품에 안았다. 리히트와 칼리고는 더 이상 벗어나려 버둥대지 않았다. 자신들과 같은 새카만 마력이 흐르는 포근하고 넓은 품에 작은 몸을 내맡길 뿐. 그 사실이 클라우드를 행복하게 만들었다. 그의 눈시울이 뜨겁게 젖어 들었다.

'역시 클라우드는 그림자가 아니라 어둠이야.'

세이린이 그의 어깨에 머리를 기대며 생각했다. 클라우드 슈테른은 모든 것을 덮고 감싸는 어둠이지 미천한 그림자가 아니었다.

감상에 젖은 엄마를 효자인 첫째 아들이 톡톡 건드렸다.

"근데 엄마…… 수업 안 가?"

"조금만 더 이러고 있다가 갈래. 지금 기분이 좋아서."

세이린은 그의 몸에 얼굴을 푹 묻었다. 클라우드는 은은한 미소를 머금으며 세이린과 아이들을 껴안았다. 혼자가 아니라 여럿이 된 기분이 몹시 만족스러웠다.

클라우드는 이런 가족을 갖게 해 준 마계의 유일한 신에게 감사했다.

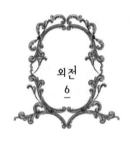

외전
6
—

성혼(成婚)

낮 대륙의 황제, 빌리아리아 에테라는 요즘 질투심과 부러움에 잠을 못 이뤘다. 부러움의 대상은 7년간 쇼윈도 부부 생활을 했던 클라우드 슈테른. 그의 제국, 폴룩스의 영토나 부유함을 부러워할 생각은 없었다. 백성들의 지지? 빌리아도 지지율은 하늘을 찔렀다.

'왜, 왜 그렇게 귀여운 딸이 태어난 거지?'

빌리아가 속앓이를 하는 이유는 바로 한 달 전, 클라우드와 세이린 사이에 태어난 막내딸 플래티나 때문이었다. 처음 요정처럼 자그마한 아이를 보았을 때 빌리아는 그 자리에 털썩 주저앉았다. 플래티나는 사랑스러운 유일 작가님의 미니어처가 따로 없었다.

'리히트랑 칼리고가 부화했을 때도 귀여워서 깨물어 주고 싶었는데……'

플래티나, 애칭 티나의 귀여움은 상상을 초월했다. 유일 작가를 닮아 자기가 귀여운 걸 알아서 더 문제였다.

황제 폐하. 절 낮 대륙으로 데려가고 싶으시죠?

티나가 앙증맞은 얼굴로 자신의 의중을 떠보던 그때, 빌리아는 낮 대륙의 사탕과 과자들을 총동원해 아이를 꾀어 오고 싶다는 생각까지 했다.

'클라우드가 변한 것도 이해가 가.'

빌리아가 질투심과 부러움에 몸부림치는 이유 중 하나는 클라우드의 급변한 태도였다. 리히트와 칼리고는 사진이나 동영상으로만 자랑하던 클라우드가 플래티나는 꼭 실물을 데려와 자랑했다. 발을 동동 구르며 한 번만 안아 보게 해달라고 부탁하면 도도하게 티나의 의견을 묻는 꼴이 무척 얄미웠다. 어쩔 수 없다는 듯 어깨를 으쓱할 때는 또 어떠한가.

'*티나가 품에서 안 떨어지려고 해. 어떻게 해야 할지 모르겠군.*'

'은근히 자랑해서 더 열받아!'

티나는 어둠 속성인 아빠의 품에 아기 코알라처럼 꼭 붙어 편안함을 느꼈다. 빌리아는 티나 황녀를 위해 속성을 개조하고 싶다는 생각까지 했다.

'부러워. 부러워 죽겠다고!'

야밤이었으나 빌리아는 이불을 팡팡 차올렸다. 아기자기한 티나가 몽글몽글한 레이스가 달린 원피스와 앙증맞은 구두를 신고 시커먼 마물의 품에 안겨 있는 걸 상상하니 아무리 생각해도 속이 쓰렸다.

"빌리아. 또 플래티나 황녀 생각 해? 그럼 난 가도 돼?"

맞은편에 앉아 있던 카인이 물었다. 오늘도 시중으로 불려 온 그는 내내 아이를 생각하며 흥분하는 빌리아를 보고 있어야만 했다. 하인 노릇을 하는 데에는 아무런 불만도 없었다. 내내 베개를 끌어안고 얼굴을 붉히는 빌리아를 가만히 지켜보는 게 지칠 뿐.

'……힘들어.'

충동을 억누르느라 머리가 다 뻐근했다. 빌리아는 왜 자기 앞에서 아이를 원한다고 몸부림을 치는 걸까? 정말 순수하게 후계자를 원한다는 뜻이라면 카인은 적극 협조할 생각이 있었다. 얼마 전, 서점에서 관련된 책을 사 두기까지 했으니.

〈쉽게 만드는 호문쿨루스〉

〈DIY! 1년 만에 완성하는 유전자 공학〉

〈자가 복제 무작정 따라 하기〉

물론 자신을 굴리기로 마음먹은 빌리아가 '나는 내 피만을 이어받은 2세를 원한다'는 명쾌한 답을 내려 줄 가능성은 희박했다.

'내가 쓰레기지.'

빌리아는 아이를 저렇게나 좋아했다. 로자리에게 들기론 세이린의 빛이 성장했을 당시 작아진 코로나에게도 환장했다고 한다. 약혼자가 잠수를 타지 않았더라면 지금쯤 그렇게 좋아하는 아이들을 두어 명 기르고 있을지도 몰랐다.

'내가 왜 그랬을까.'

카인이 지친 얼굴로 한숨을 꾹 삼켰다. 오늘도 미안함과 분수를 모르고 끓는 마음 사이에서 고통스러웠다. 빌리아는 그제야 휴대폰을 내려 두고 말했다.

"온 김에 와인이나 한잔하고 가."

빌리아는 여유로운 턱짓으로 와인을 가리켰다. 황제의 방에서 여러 밤을 양이나 세며 보낸 카인은 이제 척척 움직였다. 에테라는 자연환경이 따라 주는 덕에 달콤한 와인들이 많았다. 씁쓰름한 술이 주류를 이루는 밤 대륙과는 문화가 또 달랐다. 카인은 몸에 밴 귀족적인 태도로 두 잔에 와인을 따라 하나를 빌리아에게 건넸다. 이쯤이면 로자리 못지않은 하인이었다.

"요즘 잠을 통 못 잔다던데."

"누가 그래?"

"하녀들이. 모두가 네 걱정을 하더라."

빌리아는 어깨를 으쓱하는 것으로 대답을 대신했다. 하인들의 존경을 받는 것은 그녀에겐 당연한 일이라 자랑거리도 못 되었다. 두 마물의 와인 잔이 스치듯 부딪쳤다. 카인은 끓는 마음을 식히려 얼른 와인을 마셨다. 그럼에도 그의 갈증은 사그라들지 않았다. 단둘이 있기엔 이 방의 공기가 너무도 달았다. 카인은 괜한 말이라도 던져 보기로 했다.

"결국 에테라는 네가 다스리네."

"내가 황제니까. 낮 대륙 백성들은 나를 원해."

"그것까지 내가 방해하지 않아서 다행이다."

카인 딴에는 자신이 빌리아의 유일한 걸림돌이라는 뜻으로 한 말이었다. 그러나 빌리아의 미간이 찌푸려졌다.

"무슨 뜻이야?"

"무슨 뜻이긴. 네 앞길 내가 안 막아서 다행이라는 뜻이지. 예전이나 지금이나 네겐 나 같은 게 없는 게 훨씬 나아."

"마치 당신이 나를 위해 날 버렸다는 듯이 들리는데."

빌리아가 까칠하게 쏘아붙였다. 빈 잔을 채우느라 잠시 한눈을 팔았던 카인은 가시 돋친 말투에 다시 그녀를 바라봤다. 역린이라도 건드린 듯 화가 난 모습. 얼굴을 덮은 어두운 감정이 분노인지, 슬픔인지 알 길이 없다.

"빌리아, 그런 뜻이 아니었어."

카인은 와인을 내려 두곤 창문 옆의 벽에 기대어 섰다. 그러자 그녀의 얼굴이 조금 더 찌푸려졌다.

"당신이 날 밀어낸 게 사실 나를 위해서였다는 말을 할 거면 당장 나가."

"그런 뜻 아니야. 빌리아, 넌 왜 내 얘기를 하면 격해져?"

"그야……."

깔끔히 잊고 없었던 일로 하려고 해도 번번이 실패하기 때문이겠지. 빌리아는 인상을 찌푸렸다. 카인은 그녀의 속도 모르고 말을 이었지만.

"약혼만 해 두고 널 혼자 둬서 미안해. 하지만 네가 버림받았다고 생각하지는 마. 난 널 버릴 자격이 안 돼."

다른 누구라도 그러하리라. 누구보다도 이 땅을 사랑해 결국 황제의 자리에 오른 빌리아리아 에테라를 버릴 수 있는 남자는 없었다.

"너는 나보다 위대해. 나는 한평생을 황제가 되려고 발버둥 쳤지만 결국 네 발끝에도 닿지 못했어. 그러니까……."

"지금 나더러 당신을 아무것도 아닌 것처럼 의식하지 말라는 거야? 당신 말에 따르면 나는 위대한 사람이니, 사사로운 감정에는 휘둘리지 말라고?"

"나 따위에게 휘둘리기에는 네가 너무 아깝다는 거야."

"허……."

빌리아는 입맛이 다 가셨다는 듯 들고 있던 와인 잔을 내려 두고 창가에 기대선 그를 쏘아봤다.

"카인 시엘리아. 나한테 무엇이 소중한지 아닌지는 내가 정해."

오래전, 그에게 받은 것은 사랑도, 우애도 아닌 자비였다. 아무것도 못 하던 에테라의 공주가 속성이 같다는 이유로 실링 워렛과 약혼하게 생겼을 때. 카인 시엘리아는 그 나약함을 동정해 결투까지 벌여 약혼을 가로챘다. 이름뿐인 약혼녀였으나 당시의 빌리아에게는 그 약혼녀라는 이름이 사랑 못지않게 중요했다.

"그리고 나한테 당신이라는 기억은 소중해. 당신한텐 있으나 마나 한 순간이었겠지만."

카인은 폭풍처럼 쏟아 내곤 뒤늦게 눈가와 머리를 짚는 빌리아를 가만히 바라보았다. 이 아름다운 황제가 제게 흔들리는 게 한없이 안타깝고 아깝게 느껴졌다.

"빌리아. 난 네가 원하면 언제든 취할 수 있어. 그러니까 나 따위에게……"

"그 창문 옆에 서서 그런 말 하지 마."

고개를 숙이고 있던 빌리아가 무겁게 말했다. 그녀의 눈길이 카인이 서 있는 벽의 바로 옆 창문을 가리켰다. 정원과 어울려 달이 가장 아름답게 보이는 창문. 동시에 빌리아와 카인이 처음 만났던 첨탑이 슬쩍 엿보이는 자리였다.

"나는 그 창문 앞에 무릎 꿇고 당신이 돌아오기만을 기다렸어. 아니, 살아 있다는 소식만이라도 전해 주기를 간절히 바랐어. 당신을 처음 만난 후로 1년 동안 매일 밤을 저 앞에서 보냈다고. 꼬박 1년 동안. 그러다 그 짓을 더 하면 미쳐 버릴 것 같아서 겨우 관뒀어."

카인은 말을 잇지 못했다. 죄책감이 가슴에서 넘실대다 눈물로 떨어질 것 같았다. 한 존재를 이렇게 벼랑까지 몰았다는 자괴감도 만만찮았다.

"……차라리 네 기억까지 지워 줄 걸 그랬다. 날 아예 기억 못 하게. 그랬으면 네가 조금 더 편했을 텐데."

"지금 와서 그딴 후회 하지 마. 당신이 내 기억만 빼고 모두의 기억을 지운 이유는 당신도 모른다고 했잖아."

"지금은 알아. 네가 나를 기억해 주기를 바랐기 때문이겠지."

"……."

카인은 눈물을 그렁그렁 매단 채 자신을 쩨려보는 빌리아를 마주하는 순간 직감했다. 절대 전하지 못할 것만 같던 진심을 고백할 기회가 있다면 지금뿐이리라.

지금 입 밖으로 내야만 했다. 플레어의 사리를 이용해 기억 삭제 마법을 쓰던 그때 섬광처럼 튀었다 사라졌던 네 모습이 지금에야 불을 지피고 있다고. 그때는 그 감정이 무엇인지 몰랐는데 이제 와 보니 스치듯 지나갔던 것도 한 종류의 사랑이었다고. 끝까지 이 사실을 모를 줄 알았으나 결국 깨달을 수밖에 없었다.

카인은 창가에 기대었던 몸을 천천히 움직여 빌리아에게 다가갔다. 그리고 그녀의 앞에 무릎 꿇고 앉아 간절한 눈으로 고백했다.

"내가 너무 늦게 사랑에 빠진 거 알아. 후회해. 빌리아, 아니, 아리아. 사랑해. 그러니까 네가 내게서 편해졌으면 좋겠어."

여태 온몸으로 티 내 오던 것을 말로 옮겼을 뿐인데 심장이 쿵쾅댔다. 머리와 양 뺨이, 귓가가 뜨거워 터질 것 같았다.

"젠장. 지금은 그때의 내가 어떻게 널 두고 떠날 생각을 했는지 모르겠어."

고백을 들은 빌리아도 멍해지긴 마찬가지였다. 이상했다. 그가 언젠간 자신에게 사랑한다는 언질을 줄 것은 예상했지만 이토록 뚜렷할 줄은 몰랐다. 제 앞에 무릎을 꿇고 사랑한다고 했다. 돌려 말하지 않고 이름까지 부르면서.

"빌리아. 용서해 달라는 말은 안 할 테니 네 곁에서 평생 후회하게 해 줘."

애절하기 짝이 없는 목소리로.

빌리아는 묘하게 뒤틀린 듯한 쾌감을 느꼈다. 방금까지만 해도 침대에 걸터앉아 눈물을 꾹꾹 참고 있었는데. 이젠 가장 가지고 싶었던 한 존재가 무릎을 꿇고 올려다보고 있었다. 어쩐지 배 속이 뜨거워 욕망이 서린 문장이 툭 튀어나왔다.

"당신 하는 거 봐서."

"하는 거?"

빌리아는 대답 대신 매끈한 다리를 뻗었다. 종아리에 그의 단단한 몸 옆 선이 스쳤다. 손으로 쓸어내리는 것보다 노골적인 자극이었다. 카인은 그녀의 도발적인 행동에 마른침을 삼켰다. 하는 거 봐서, 라니. 이렇게 행동하는 걸 보니

'한다'는 말이 무엇을 의미하는지 너무도 뻔했다.

"그럼 잘 해야겠네. 네 곁에 있고 싶으니까."

카인은 몸을 일으켜 빌리아를 번쩍 안아 침대 위에 내려놓았다. 빌리아가 자신의 사랑 고백을 거부하지 않았다는 사실에 이미 속이 녹는 듯했다. 이럴 줄 알았으면 진작 마음을 전할 걸 그랬다.

'미치겠네.'

카인은 침대 위에 부채꼴로 우아하게 퍼진 빌리아의 머리카락을 만지다 입술을 겹치려 했다. 그러나 그의 얼굴을 빌리아가 척 막았다.

"그래도 당신 나한테 죄지은 게 있는데 마음대로 하면 억울할 것 같아. 그러니까 내가 하라는 것만 해."

"……내가 하고 싶은 걸 네가 하지 말라고 하면?"

"별수 있나. 당신이 나한테 빌어야지."

뭘 하고 싶어 하는지는 모르겠지만. 빌리아는 그의 얼굴을 그러쥐던 손을 거두어 입술을 허락했다. 그는 누워 있어 뒤로 내빼지 못하는 그녀의 아랫입술 위로 제 입술을 조심히 포갰다. 방금까지 와인을 마셔 촉촉하고 달콤했다.

쪽, 쪽, 소리가 방에 퍼졌다. 그는 본능이 시키는 대로 찬찬히 빌리아의 입술을 탐했다. 진작부터 미치도록 원하고 있었는데 막상 때가 오니 다칠까, 놀랄까 염려하며 조심조심 입 맞추는 자신의 처지가 우스웠다.

'이 남자는 왜 이렇게 능숙해?'

빌리아는 몸을 더 바짝 밀착해 혀를 깊이 얽는 그를 느끼며 다리를 움찔 접었다. 특유의 마력 때문인지 그의 몸 곳곳에선 차가움과 뜨거움이 공존했다. 손길도 마찬가지였다. 시엘리아 남자들은 몸이 차가웠다. 마치 얼음을 살갗에 대고 찬찬히 미끄러트리는 것 같아 태연하려 해도 자꾸만 몸이 먼저 움츠러들었다.

"웃……."

"차가워?"

빌리아는 고개를 작게 끄덕였다. 차가웠지만 거부할 수 없었다.

그의 손이 발목을 만지다 차츰 다리 위를 훑고 올라왔다. 저지할 수 없을 섬세한 손길에 애가 탔지만 왠지 한 번쯤은 튕겨야 할 것 같았다.

'분명 작가님 책에서도 그렇게 했어.'

연애를 글로 배운 빌리아가 새침한 목소리를 내려 할 때, 카인이 답답해서 안 되겠다는 듯 셔츠를 빠르게 벗었다.

"······."

순간 빌리아의 머릿속이 하얘졌다. 남자 몸을 처음 보는 것도 아닌데 얼굴에 피가 훅 몰렸다. 피부가 희고 군살 없이 근육만 단단하게 박혀 꼭 대리석 조각을 보는 듯했다. 앉아서 두꺼운 안경 쓰고 연구만 하던 놈 몸이 왜 이렇게 바람직한 건가.

카인은 제 몸을 끈적한 시선으로 훑어보는 빌리아 때문에 픽 웃고 말았다. 새빨간 눈동자가 노골적이라 마치 스트립쇼를 하는 기분이었다. 천천히 벗어 내린 그의 옷가지들이 완전히 침대 아래로 떨어졌다. 그러자 빌리아의 시선은 자연스레 한 곳으로 향했다.

'원래 저렇게······ 커?'

괜히 〈임성운의 5,500가지 그림자〉에서 아파 죽겠다는 말이 나온 게 아니었다. 카인은 결국 얼굴을 돌리고 큭큭 웃었다.

"빌리아. 그렇게 한 곳만 빤히 보면 민망해. 다른 데에 키스해도 돼?"

그녀가 마지못한 척 고개를 끄덕이다 팔을 들었다. 카인은 시중을 드는 하인처럼 황제의 흰 잠옷 원피스를 머리 위로 빼냈다. 새하얀 살결이 달빛에 빛났다. 밀가루 반죽으로 정성스레 빚은 듯 몸 위의 곡선들이 탐스러웠다.

빌리아와 달리 카인은 여체를 실제로 보는 것이 처음이었다. 넋이 나갈 만큼 아름다워 저 위로 입을 맞추는 게 불경한 일로 느껴졌다. 동시에 불경을 범하고 싶다는 충동을 일게 하는 매력적인 모습이었다.

목덜미부터 한 입씩, 살갗을 머금고 빨아들이자 가느다란 몸이 움찔움찔한다. 참으려 애를 쓰는 것 같은데도 신음이 흘러나오는 게 들린다. 카인은 시간을 들여 예민한 가슴을 녹이듯 핥았다. 부드러운 살결을 쓰다듬고 또 쓰다듬었다. 모두 자신이 원해서 하는 일이었다. 사죄하듯 손끝 하나하나와 귓불에도 입을 맞춘 그가 제 몸을 조심히 밀어붙였다.

"아······!"

그녀의 턱이 위로 들렸다. 새빨갛게 익은 얼굴은 아파 죽겠다는 듯 일그러졌지만 빌리아는 멈추지 말라는 듯 눈짓했다.

"많이 아프면 말해."

"시끄러워. 황제는 나인데······ 웃······."

이불을 긁듯 쥐며 바르작거리던 몸이 점점 자신에게 들러붙었다. 매끈한 다리가 허리에 감겼고 팔이 목을 껴안았다. 처음이 조금 힘들었지 이후는 버틸 만했다. 빌리아는 안일하게 생각하며 취한 듯 자신을 내려다보는 카인을 눈에 담았다.

카인 시엘리아가 자신을 애가 타 죽겠다는 얼굴로 바라보다니. 남몰래 수천 번 상상한 얼굴보다 실물이 더 나았다.

"······움직여. 천천히."

"명령 안 해도 그렇게 할 거야."

그가 자잘한 입맞춤을 선사하며 하체를 움직였다. 처음 다시 들이닥쳤을 때 빌리아의 눈가에는 찌르르 눈물이 맺혔다. 데인 듯 아프고 쓰라린데 그 위로 불을 또 붙이는 느낌. 허리부터 발끝까지가 겪어 보지 못한 쾌감과 고통에 미친 듯이 동요했다.

생각한 것 이상으로 아프다. 분명 아픈데 그만두고 싶지 않았다. 빌리아는 작은 신음을 흘려 그를 더 빠르게 몰아갔다. 이상한 기분이, 야릇한 움직임이 얼른 끝나길 바라면서도 영원히 끝나지 않기를 바랐다. 그의 손이 제 몸 위에서만 움직였으면 했다. 기억 속, 늘 냉정하기 그지없던 남자의 얼굴이 희열에 취해 풀렸다. 귀까지 빨갛게 달아올라 허리를 움직인다.

"아흣······!"

천천히 움직이라는 말에 그러겠노라고 대답한 것치곤 그의 몸짓이 점점 빨라졌다. 탐색하듯 구석구석을 누비면서도 꼭 가장 예민한 부분을 문질러 허리가 제멋대로 들렸다.

빌리아는 이를 악물려다 곧 말캉하게 미끄러져 들어오는 입술을 느끼며 신음을 흘렸다. 세상에 존재하는 것이 오직 쾌락에 젖은 푸른 눈뿐인 듯 카인의 얼굴과 밀려드는 쾌감이 온 신경을 지배했다.

"카인, 잠깐…… 아……!"

하늘빛 머리카락을 헤집던 빌리아의 손에 바짝 힘이 들어갔다. 배 속으로 전기처럼 퍼지는 감각을 느끼려 눈이 절로 감겼다. 그간 온갖 감정들을 다 느껴 봤다고 생각했건만 이런 기분은 처음이었다. 더러운 밑바닥까지 보인 것 같아 수치스러우면서도 거대한 성감이 모든 것을 덮어 버렸다.

"하아……."

빌리아가 팔등으로 제 눈을 가렸다. 일단 숨을 조금 골라야 생각을 하든 말든 할 수 있으리라. 하지만 카인이 그녀의 팔을 거두었다.

"얼굴 보고 싶은데. 위에서 보니까 더 예쁘네."

그도 거친 숨을 내쉬며 말한다. 빌리아는 당신도 아래에서 올려다보는 게 더 낫다는 말을 해 주려다 관두었다. 유치했다.

절정이라는 게 이렇게 온몸의 힘이 빠지는 일인 줄 미처 몰랐던 그녀인지라 적잖이 당황했다. 물론 예상보다 백배는 더 황홀한 기분이긴 했다. 호흡이 원래대로 돌아온 지금에도 가슴은 미친 듯이 뛰었다.

한 번 더 닿고 싶은 감각이다. 결론을 내린 빌리아가 그의 뺨을 쓰다듬으며 명령했다.

"나한테 키스해."

"어디에?"

"일단 입술부터."

카인은 눈썹을 까딱였다. 어린 나이에 영주가 된 터라 누군가의 명령을 듣는 게 거북할 줄 알았는데 그리 기분이 나쁘지 않았다.

'황제의 명이라 그런가. 아니면……'

고개를 숙여 코끝이 맞닿는 거리까지 다다랐을 때, 빌리아가 추가로 명했다.

"……그다음에 한 번 더 해."

그저 연모의 대상이 하는 명령이 제 마음에 들어서인지도 몰랐다.

□ ■ □

다음 날 아침. 카인은 빌리아보다 먼저 일어났다. 자신에게만 들리도록 설정
해 둔 휴대폰 벨소리가 울렸기 때문이었다.

[발신자 — 음란 마귀]

카인은 부스스 뻗친 머리를 손으로 헝클며 욕실로 들어가 전화를 받았다. 세
이린은 불만 가득한 목소리로 비아냥거렸다.

— 어이구. 카인 시엘리아 영주님. 왜 이리 전화를 안 받으시는지? 수업 내
내 대련 파트너가 없어서 벽 보고 마법 연습했다고!

"미안. 늦잠 잤다. 오늘 아카데미 못 갈 것 같은데."

— 뭐? 늦잠?

카인 시엘리아는 약속을 잘 지키는 편이었다. 아카데미 수업을 쨀 때도 일찍
와 출석 체크를 한 다음 눈치를 보다 도망가는 번거로운 방법을 택했다. 그런
놈이 늦잠을 자서 아카데미에 오지 않았다니. 수상함을 느낀 음란 마귀 레이더
가 빠르게 작동했다. 은근히 잠겨 있는 듯한 목소리에 피로감이 팍팍 느껴지는
말투라.

'드디어 낮 대륙의 역사가 움직였군.'

세이린의 엉큼한 웃음이 수화기 너머 카인에게도 어렴풋 전해졌다.

— 그래. 마물이 그럴 수도 있지. 어쩐지 신앙심도 없는 네가 어젯밤에는 신
을 너무 찾더라.

"……음란 마귀, 끊는다."

카인은 전화를 끊었다. 세이린이 눈치챈 게 틀림없었다. 음란 마귀 자격으로
마계 영주권을 받을 정도이니 말 다 했으리라.

간단히 샤워를 마친 카인은 머리를 털어 말리며 고용인에게 낮 대륙식 조식
을 부탁했다. 제복을 갈아입고 배달 온 음식을 늘어놓을 무렵에도 빌리아는 여
전히 꿈속이었다.

'자는 모습은 많이 봤지만 오늘은 느낌이 다르네.'

그녀는 머리카락을 마구 헝클어트린 채 이불을 꼭 껴안고 자고 있었다. 간간

이 입술 자국이 남은 어깨와 등이 고스란히 드러났다.

카인은 재킷을 뒤져 얼음처럼 차가운 마력을 두르고 있는 수선화를 꺼내 그녀에게 장식했다. 아름다운 푸른빛이 빌리아의 머리카락과 어울렸다. 절대 시들지 않는 이 꽃의 이름은 나르시스 시엘리아. 마계의 여러 보물 중 시엘리아에서 대대로 차지하고 있는 진귀한 수선화였다.

"으음……."

빌리아는 귓가에서 느껴지는 낯선 마력의 흐름에 잠에서 깼다. 마력은 차가웠으나 역설적이게도 보온과 방어 마법이 느껴졌다. 수선화를 빼내 살피는 그녀에게 카인이 부드럽게 물었다.

"일어났어?"

"……."

'아, 맞다. 어제 했지.'

간단하게 어젯밤을 떠올린 빌리아는 아무렇지 않은 척 고개를 끄덕였다. 하지만 애석하게도 몸뚱이는 마디마디를 분해했다 다시 조립한 것처럼 쑤셨다. 끙끙 앓는 모습을 보이고 싶진 않았기에 빌리아는 말을 돌렸다.

"웬 수선화?"

"나르시스 시엘리아. 네 머리색이랑 어울리는 것 같아서. 릴리트 에테라를 세이린에게 신혼 선물로 줬으니 허전할 거 아냐."

빌리아는 픽 웃었다. 줄곧 자신이 매달리던 남자가 이젠 자신에게 잘 보이려 안달을 내는 게 즐거웠다. 나르시스 시엘리아는 대대로 시엘리아의 영부인에게 귀속되는 물건이었다. 그녀들에게는 신분증이나 다름없던 꽃을 주는 술수야 뻔했다.

"그래서, 난 네 곁에 있어도 돼?"

음식을 침대 위로 옮겨 주며 카인이 물었다. 딱 예상한 질문이었으나 빌리아는 모르는 척 물었다.

"갑자기 무슨 말이야?"

"하는 거 봐서 곁에 두겠다며."

"그렇게 거침없이 묻는 걸 보니 어젯밤에 꽤 자신이 있었나 봐?"

"어젯밤 함께한 상대가 좋다고 티를 꽤 내길래 괜찮은 줄 알았는데. 아냐?"

괜찮은 정도가 아니었다. 끝내줬지. 계속 곁에 두고 매일 밤 찾고 싶을 만큼이나. 빌리아는 카인의 왼손을 턱으로 가리키며 말했다.

"손."

"……내가 개야?"

"웃겨. 그러면서 손은 왜 내밀어?"

빌리아는 카인이 내민 왼손을 덮었다 뗐다. 그의 네 번째 손가락에 녹색 마력이 부드럽게 감기더니 이내 문신처럼 새겨졌다. 카인은 자신의 손가락에 새겨진 녹음의 문양이 에테라의 왕가를 상징한다는 것을 잘 알고 있었다.

"7년이야. 내가 당신 약혼반지를 품고 있었던 건. 그런데 어젯밤이 마음에 들었으니 봐줄게. 7개월만 더 굴러."

도도하게 말한 빌리아는 스크램블 에그가 맛있다고 중얼댔다. 태연한 그녀의 행동에 그의 마음이 다급해졌다.

"7개월 더 구르면, 그 후엔? 곁에 있어도 돼?"

"그때 하는 거 봐서."

답을 들은 카인은 그것도 괜찮겠다고 답하곤 빌리아를 빤히 바라보았다. 어쨌건 7개월 동안은 곁에 두겠다는 답이 마음에 들었다. 아니, 사실 자신에겐 과분하다는 생각도 들었다.

"7개월 동안 열심히 연습하라는 건가?"

"그렇게도 해석될 수 있겠네."

"황제 폐하께서 바쁘시니 연습은 틈틈이 해야겠는데."

빌리아는 알아서 하라는 뜻으로 아무런 답도 하지 않았다. 그러자 그가 그녀의 뺨을 감싸고 입술을 이마에 가져다 댔다. 차가운 말로 툭툭 자신을 밀어내던 입술은 의외로 부드러웠다. 빌리아는 잠시간 그 감촉과 후회막심한 얼굴을 즐기다 미소를 머금었다.

에테라의 군주라는 자리와 짝사랑하던 카인 시엘리아. 드디어 욕망하던 모든 것을 손에 넣은 순간이었다.

외전
7

흔하디흔한 사랑 이야기

3년 후의 어느 저녁. 세이린은 방 곳곳을 누비며 며칠 전에도 입었던 제 옷을 찾고 있었다. 분명 마지막 기억으로는 침실에 벗어 두었건만.

"클라우드, 내 살구색 블라우스 못 봤어? 오늘 자리에는 그 옷이 딱인데!"

"그때 벗다가 찢어져서 버리지 않았나?"

정확히는 내가 찢었지. 클라우드는 낮잠을 자고 있는 세 아이가 듣지 못하도록 작게 말했다. 세이린은 그제야 기억한 눈치였다.

"맞다, 그랬지……. 미안. 요즘 정신이 없어서. 왜 이렇게 바쁜 것 같지?"

"차기작을 준비하는 유일 작가는 요즘 바쁜 것 같은 게 아니라 바쁘지. 어느 때보다도."

그가 세이린이 탁자에 놓아둔 두꺼운 노트를 힐끗 바라봤다. 세이린이 해 둔 깨알 같은 메모들이 빼곡히 차 있었다.

"소설 구상은 끝났다고 하지 않았나? 내가 도와줄 게 있으면 말해."

"구상은 끝났는데 딜런이 소설 한 줄 소개를 고민해 보라고 하더라고. 긴 이야기를 어떻게 한 줄로 줄이지?"

세이린은 툴툴대면서도 클라우드에게 다가와 그의 목에 팔을 둘렀다. 이젠 이 자세가 어느 자세보다도 편했다.

"클라우드. 나 아카데미 다녀올게. 이따 파티에 올 거지?"

"우리 애들은 코로나가 1박 2일 동안 마버랜드에 데려가기로 했어. 그간 놀이공원에 가고 싶다고 노래를 부르던 애들도 좋아하더군."

"역시 우리 남편은……."

세이린이 그의 튼실한 엉덩이를 툭툭툭툭 두드리곤 엉큼한 웃음을 지었다.

"그럼 파티 파티에서 봐, 마왕님."

"금방 가지."

두 입술이 가볍게 맞닿았다 떨어지는가 싶더니 다시 깊게 겹쳤다. 한참 동안 숨을 나눈 후에야 세이린이 쪽, 하고 키스를 마무리했다.

"다녀올게!"

오늘은 기다리고 기다리던 아카데미의 졸업식이었다.

□ ■ □

마물들의 온갖 기념식들은 노을이 막 내리기 시작할 즈음의 저녁에 이루어졌다. 세이린과 커밋이 졸업장을 받는 오늘도 마찬가지였다. 어둑어둑 해가 내려앉자 마물들이 가득한 강당에 스피카 총장이 들어섰다. 연단에 오른 그녀는 인상을 찌푸렸다. 졸업을 앞둔 마물들이 검은 망토와 학사모를 착용하고 있어 흑마법 연구회라고 해도 믿을 그림이었다.

— 자, 그럼, 아카데미 학위 수여식을 시작하겠습니다. 먼저 마국가를 1절만 제창하겠습니다.

오늘도 사회는 레이 필드가 보았다. 스피카는 웅장한 반주에 맞추어 입을 벙긋거리며 졸업생들을 훑어보았다.

'이번 졸업생들은 특히 기억에 남겠어.'

자신이 손수 아카데미에 집어넣은 커밋과 이제는 교수가 된 수석 입학생 제이드, 거기에 마계의 신인 세이린까지 있으니 흔한 그림은 아니었다.

스피카는 이들이 앞으로 마계를 잘 이끌어 주기를 바라는 마음과 얼른 허례 허식을 마친 뒤 술이나 진탕 마시고 싶다는 마음을 담아 한 명 한 명에게 졸업 장을 건넸다. 아카데미 학생들만 참석할 수 있는 졸업식을 얼른 끝내야 민간인 에게도 개방되는 졸업 파티가 시작되기에 졸업생들도 마음이 급했다.

— 자, 그럼, 이제 각 속성의 수석 졸업생들에게 졸업장을 수여하겠습니다!

레이가 외쳤다. 원래는 지, 수, 화, 풍의 마물들을 하나씩 선정해 수석 배지 를 증정해야 했지만 이번에는 조금 달랐다. 불 속성 마물들 중 최우수 학생이 었던 제이드가 갑작스레 교수가 되어 버려 공석이 생긴 것이다. 물론 그의 빈 자리를 대신할 마물이 하나 있었다.

"세이린 폴룩스. F반. 빛 속성."

세이린은 제이드를 대신해 가장 마지막으로 졸업장을 받게 되었다. 그녀만 큼 학생들을 대표할 자격이 있는 마물은 없었다. 묘한 감동을 느낀 세이린은 성큼성큼 연단으로 올라갔다. 당당한 걸음마다 아카데미의 강당에 우레와 같은 박수가 울렸다. 연단에 올라 스피카와 얼굴을 마주하자니 새벽단을 상대하던 지난날들이 주마등처럼 스쳤다.

"안녕하세요, 총장님."

"세이린 양. 졸업을 축하해요."

둘은 짧게 인사를 나누곤 졸업식을 계속했다. 스피카가 졸업장을 펼친 채 표 창장을 읽어 주었다.

"세이린 폴룩스는 F반 낙제생이라는 낙인에도 굴하지 않고 꾸준히 나쁜 생 각을 해 마계에서 가장 밝히는 경지에 이르렀다."

"……"

젠장. 망신도 이런 개망신이 없었다. 이제 불사의 몸이라 수치사도 불가능했 기에 세이린은 민망함을 참으며 치맛단을 꼭 쥐었다.

"또한, 여명회를 통해 잘못 전래된 마계의 탄생 설화를 바로잡아 아카데미 학생들뿐만 아니라 온 마계의 귀감이 되었다. 하여 이 표창장과 배지를 수여하 는 바이다."

다행히 끝은 들어 줄 만했다. 세이린은 스피카가 내미는 아카데미 졸업장을 받아 들곤 씩 웃었다. 가장 마지막에 졸업장을 받게 된 그녀가 꼭 해야 할 일이 있었다. 바로 구호를 외치면서 학사모 벗어 던지기.

"교수님, 사랑합니다!"

쩌렁쩌렁 외친 세이린이 학사모와 검은 망토를 펄럭 벗어 던지자 모든 졸업생들이 그 행동을 따라 했다.

펄럭—!

비장한 소리와 함께 검은 망토들이 허공을 갈랐다. 졸업생들은 망토가 바닥에 떨어지기도 전에 파티가 진행되는 아카데미 정원으로 이동했다.

정원은 사실상 주점과 무도회를 그럴듯하게 섞어 둔 모양새였다. 졸업생들의 뜨거운 졸업식 날 밤을 위해 곳곳에 맛만 봐도 백 퍼센트 피임 효과를 자랑하는 사탕들이 놓여 있는 게 다르다면 달랐다. 정체를 알 수 없는 조명들이 야릇한 빛을 비추었고 한쪽에서는 왈츠가, 한쪽에서는 신나는 댄스 음악이 흘러나왔다.

그 중간쯤에 자리를 잡은 세이린과 커밋은 제자와 동기들의 인사를 받던 제이드를 납치하듯 데려와 앉혔다. 커밋이 먼저 꾸벅 고개를 숙이곤 술잔을 채웠다. 졸업식 날, 스승에게 감사를 표한 후 선물을 건네는 건 아카데미의 전통이었다.

"어휴, 우리 담임 교수님. 그동안 못난 제자들 때문에 고생 많으셨습니다."

"오냐. 너 때문에 내가 개고생이었지."

제이드는 진심을 담아 답하곤 커밋이 채워 준 잔을 비웠다. 세이린 또한 장난기 가득한 목소리를 냈다.

"우리 제이드 님 아니었으면 졸업 못 할 뻔했네. 아카데미 내내 어울려 주셔서 감사해요!"

"졸업 못 하긴 무슨. 성적도 좋았으면서. 내 앞길만 콘크리트로 막지 마."

픽 웃은 제이드가 이번에도 술을 벌컥 들이켰다. 술이 상당히 독했다. 왜 황제 폐하께서 아카데미 졸업식 다음 날은 특별 휴가를 주는지 이해하는 순간이었다.

'나야 뒤늦게 들어와서 제자가 많지 않지만 다른 기사단장님들은……'

술 좀 마신다던 레이는 이미 바닥을 악어처럼 기어 다니고 있었다. 빅토리아와 다프네 또한 해롱거리는 중이었다.

"어허."

"어딜 한눈을 파시나, 우리 제이드 님."

커밋과 세이린은 탁자를 탕탕 두드려 제이드의 정신을 붙잡은 뒤 각자가 준비한 선물을 건넸다. 제이드는 기대 가득한 얼굴로 커밋의 선물부터 뜯어보았다. 안에는 사랑과 정열이 물씬 느껴지는 한 송이 장미가 들어 있었다.

"야, 너…… 낮의 황제께서 임신 초기인데 애 아빠인 네가 나한테 꽃을 주면 어떡해?"

"시끄러워. 로제 플로리스잖아. 불 속성의 장미. 나보단 불 속성인 너한테 효율이 좋을 것 같아서."

"이 맛에 교수 하는구나. 잘 쓸게."

값비싼 보물을 얻은 제이드가 흡족하게 웃었다. 세이린은 당연하다는 듯 장미를 품에 넣은 제이드와 뿌듯한 얼굴의 커밋을 번갈아 보았다. 둘이 가장 절친한 친구 사이라는 것은 이제 부정할 수 없을 듯했다.

"제 선물도 만만치 않아요, 제이드 님."

제이드는 세이린이 생글거리며 내미는 작은 선물 상자를 보곤 침을 삼켰다. 마계에 8개밖에 없는 보물과 견줄 만하다니. 기대 가득한 얼굴로 상자를 연 제이드는 거꾸로 들고 탈탈 털었다. 그러나 아무것도 들어 있지 않기는 마찬가지였다.

제이드가 아리송한 얼굴을 하자 세이린이 실실 웃으며 신통력을 일으켰다.

"큼, 큼! 드디어 졸업을 했으니 반말로 할게, 제이드."

"……그래라."

"이 몸은 마계의 유일한 신이니 축복을 선물로 준비했지. 먼저 목숨 99개 더 줄게. 젬이 부서져도 내 힘으로 99번 더 되살아날 수 있는 거야. 끝내주지? 이제 목숨 100개야!"

순식간에 제이드는 목숨 99개를 더 얻게 되었다!

"한적한 휴가를 좋아하는 것 같아서 '제이드 제릴 제도'도 만들었어! 무인도니까 마음대로 써도 돼."

제이드는 순식간에 44개의 섬을 받았다!

"마지막으로 축복도 걸어 줄게. 사랑하는 마물 곁에서 평생 행복하기를!"

제이드의 머리 위에서 세이린의 찬란한 마력이 펑 터졌다. 따스한 깃털이 나풋나풋 떨어져 그의 어깨에 닿았다. 사랑하는 마물 곁에서 평생 행복하라니, 황궁에서 평생 기사단장으로 근무하게 생겼네. 제이드는 깃털을 집어 이리저리 만지며 허탈한 웃음을 지었다.

"세이린. 너 신통력 그렇게 마음대로 써도 돼? 고맙긴 하지만."

"신이 축복해 주겠다는데 뭐 어때? 자, 둘 다 이쪽 보고 웃어 봐."

그녀가 찡긋 웃곤 마력을 일으켜 카메라를 소환했다. 아무리 생각해도 졸업사진 없는 졸업식은 팥 없는 찐빵이었다. 찰칵, 하고 요란한 셔터음이 울렸다. 밤 대륙의 기사단장과 황후, 낮 대륙의 애 아빠가 나란히 담긴 이 사진은 역사에도 길이 남을 만한 것이었다.

셋은 시시콜콜한 이야기를 나누며 음료를 홀짝였다. 세이린과 제이드는 술을, 커밋은 건전하기 짝이 없는 오렌지주스를 마셨으나 분위기 때문에 모두에게 취기가 올랐다. 얼마나 시간이 지났을까. 커밋이 세이린을 톡톡 건드렸다.

"클라우드 폐하 오셨다."

"우리 남편이 오셨다고? 그럼 누나 먼저 들어간다."

완전한 신이 된 세이린은 이제 술을 오크통째 들이켜도 멀쩡한 마물이 되었다. 이번에도 멀쩡한 걸음으로 쪼르르 클라우드에게 달려가는 그녀였다.

"클라우드! 왜 이렇게 늦게 왔어, 응? 하고 싶은 게 많단 말이에요."

"늦어서 미안하군. 이제 갈까."

끄덕. 세이린이 고개를 끄덕이곤 피임 사탕이 잔뜩 들어 있던 바구니에 손을 넣어 사탕을 한 주먹이나 챙겼다. 클라우드의 허리에 팔을 두르자 그의 주머니에도 같은 사탕이 두둑이 들어 있는 게 느껴졌다.

"폐하, 뭘 이렇게 많이 챙기셨어요. 설레게."

"네가 차기작 한 줄 소개 생각하느라 조만간 바쁠 테니, 시간이 있을 때 해치우지."

이제는 서로를 너무나도 닮아 버린 세이린과 클라우드가 동시에 마력을 일으켰다. 빛과 어둠의 마력이 조화롭게 서로를 물들이며 이동 마법진을 그려 냈다. 아무것도 없는 공간에 덩그러니 침대만 있는, 참으로 목적에 충실한 공간이 나왔다. 이 공간은 세이린이 방금 신통력을 사용해 다른 차원에 만든 것이었다.

"이럴 때 쓰라고 있는 신통력 아니겠어?"

"당연한 소리."

클라우드는 피식 웃음을 흘리며 팔을 벌렸다. 세이린은 자연스럽게 폴짝 뛰어올라 그의 품에 안겼다. 그녀의 눈높이가 한참이나 높아 키스하려면 얼굴을 쳐들어야 했지만 클라우드는 이 자세를 좋아했다. 세이린이 세상에 자신밖에 없다는 듯 팔과 다리로 매달리고, 긴 산홋빛 은발을 귀 뒤로 넘기며 웃을 때면 정말 사랑받고 있다는 느낌이 들었다. 새카만 머리카락을 걷어 내곤 이마에 입술을 꾹 내리누르는 아내에게 클라우드가 속삭였다.

"네 차기작은 몰라도 우리 이야기 한 줄 소개는 쓰기 쉬울 것 같군."

어느 순간부턴가 세이린과 자신의 이야기는 너무도 뻔했다. 뻔하면서도 사랑스러워 꼭 흔하디흔한 결말로 끝나기만을 바랐다.

세이린은 신발을 바닥으로 벗어 던지며 그의 속삭임에 동조했다.

"클라우드도 참……. 소개 글에 야설이라고 쓰게?"

"……."

"얼른 입 벌려요. 키스하게."

역시 음란 마귀 자격으로 마계 영주권을 받은 마물의 생각은 남달랐다. 이젠 헛다리를 짚는 목소리까지 사랑스러웠기에 클라우드는 그녀가 하라는 대로 움직이면서 확신할 수 있었다.

고소장으로 시작된 이 이야기는 결국 네가 나를 빛으로 물들인 이야기이자, 네가 나와 내 세계를 구한 이야기면서—

"유이린, 세이린 폴룩스. 사랑해."
오래오래 행복하게 사는 것으로 끝날 사랑 이야기라고.

完